中国皮影木偶戏剧本集成

主编 朱恒夫
副主编 刘衍青

「十四五」国家重点图书出版规划项目

华北东北卷·紫荆关（上）

上海大学出版社
·上海·

4

图书在版编目(CIP)数据

紫荆关.上/朱恒夫主编；刘衍青副主编.—上海：上海大学出版社,2023.2
(中国皮影木偶戏剧本集成；4.华北东北卷)
ISBN 978-7-5671-4638-9

Ⅰ.①紫… Ⅱ.①朱… ②刘… Ⅲ.①皮影戏-剧本-中国②木偶剧-剧本-中国 Ⅳ.①I238.7

中国国家版本馆CIP数据核字(2023)第014313号

责任编辑　庄际虹
封面设计　柯国富
技术编辑　金　鑫　钱宇坤

中国皮影木偶戏剧本集成
主编　朱恒夫　副主编　刘衍青

华北东北卷·紫荆关(上)

上海大学出版社出版发行
(上海市上大路99号　邮政编码200444)
(https://www.shupress.cn　发行热线021-66135112)
出版人　戴骏豪

*

南京展望文化发展有限公司排版
江阴市机关印刷服务有限公司印刷　各地新华书店经销
开本710mm×1000mm　1/16　印张30.25　字数508千
2023年2月第1版　2023年2月第1次印刷
印数：1～1100
ISBN 978-7-5671-4638-9/I·676　定价　98.00元

版权所有　侵权必究
如发现本书有印装质量问题请与印刷厂质量科联系
联系电话：0510-86688678

总序：中国皮影戏的历史、现状与剧目特征

皮影戏是我国产生较早的戏剧种类之一，也是一门古老的传统民间艺术。它以羊、牛、驴皮以及纸等为基本材料，制作成能活动的形象造型即影人，由艺人手执竹扦在幕后操作，通过光线的透视，配以演唱及丝竹鼓点的伴奏，在影窗上展现各式的人物和故事。皮影戏是一种集文学、绘画、雕刻、音乐、表演于一体，融进历史、哲学、宗教、民俗、伦理等多种文化的民间艺术形式，是中华民族的艺术瑰宝。

一、皮影戏发展历程溯源

中国皮影戏源远流长，但其最早起源于何时，尚无文献典籍可考。皮影戏，历史上称为"影戏"，关于影戏产生的时间，众说纷纭。近人顾颉刚在《中国影戏略史及其现状》中说："影戏之性质与傀儡全同，不同者只其表现之方法，是以影戏亦必自始即模仿戏剧者，其兴起虽确知当后于傀儡，然或亦在周之世也。"[①] 他猜测周代就有了影戏。稍有一点根据的是"汉代说"。宋代高承《事物纪原》卷九《博弈嬉戏部》"影戏"条云："故老相承，言影戏之原出于汉武帝。李夫人之亡，齐人少翁言能致其魂，上念夫人无已，乃使致之。少翁夜为方帷，张灯烛，帝坐他帐，自帷中望见之，仿佛夫人像也，盖不得就视之。由是世间有影戏。"[②] 但是，这出"招魂戏"只是借灯光投影之术，没有"人影"的表演，也没有情节，所以还不是真正意义上的皮影戏。《稗史》亦说汉代就有了影戏，云：秦武王作角

---

① 顾颉刚：《中国影戏略史及其现状》，《文史》第19辑，中华书局1983年8月，第111页。

② （宋）高承撰：《事物纪原》，（明）李果订，金圆、许沛藻点校，中华书局1989年版，第495页。

抵，始皇作曼延鱼龙水戏，汉武帝益以幻眼、走索、寻橦（橦）、舞输（轮）、弄碗、影戏……①大概所说的"影戏"是从武帝"设帷招魂"之事推断而来。

在隋代的佛事活动中，似乎有弄影戏的迹象。《隋书·五行志》云："唐县人宋子贤，善为幻术。每夜，楼上有光明，能变作佛形，自称弥勒出世。又悬大镜于堂上，纸素上画为蛇、为兽及人形。有人来礼谒者，转侧其镜，遣观来生形象。或映见纸上蛇形，子贤辄告云：'此罪业也，当更礼念。'又令礼谒，乃转人形示之。"②用灯光照影作为幻术以惑人，也不等于后代的影戏。

近人多认为影戏产生于唐代。齐如山在《影戏——故都百戏考之四》中认为："此戏当然始于陕西，因西安建都数百年，玄宗又极爱提倡美术，各种伎艺由陕西兴起者甚多，则影戏始于此，亦在意中。"③力主戏曲源起于影戏、偶戏的孙楷第在《近代戏曲原出宋傀儡戏影戏考》中断言："余意影戏殆仁宗时始盛耳。若溯其源，则唐五代时，似已有类似影戏之事。"并进一步说与唐代的俗讲有关："说话与影戏，仅讲时雕像有无之异，其原出于俗讲则一也。"④

齐如山和孙楷第之说均属推测，缺少文献依据。一些唐诗倒是直接说明唐代已经有了影戏。中唐人元稹《灯影》云："洛阳昼夜无车马，漫挂红纱满树头。见说平时灯影里，玄宗潜伴太真游。"⑤很显然，彼时的洛阳已经有了皮影，玄宗与贵妃的故事是表演的内容之一。又，雍裕之的《两头纤纤》诗也对影戏作了描绘："两头纤纤八字眉，半白半黑灯影帷。腽腽膊膊晓禽飞，磊磊落落秋果垂。"⑥影帷即是今日的影窗，"晓禽飞"和"秋果垂"当是表演的一些场景。晚唐韦庄的《途次逢李氏兄弟感旧》诗云："御沟西面朱门宅，记得当时好弟兄。晓傍柳阴骑竹马，夜隈灯影弄先生。"⑦康保成认为："'夜隈灯影弄先生'就是玩影戏，'先生'即影偶。"⑧

---

① （清）赵吉士辑《寄园寄所寄》卷七"獭祭寄"，清康熙三十五年刻本。
② 《隋书》第三册，中华书局1982年版，第662—663页。
③ 齐如山：《影戏——故都百戏考之四》，《大公报·剧坛》1935年8月7日第12版。
④ 孙楷第：《近代戏曲原出宋傀儡戏影戏考》，《傀儡戏考原》，上杂出版社1952年版，第62、63页。
⑤ 《全唐诗》卷四一二，中华书局1999年版，第4580页。
⑥ 《全唐诗》卷四七一，中华书局1999年版，第5383页。
⑦ 《全唐诗》卷七〇〇，中华书局1999年版，第8131页。
⑧ 康保成：《佛教与中国皮影戏的发展》，《文艺研究》2003年第5期，第91页。

随着时间的推移，影戏艺术有了很大的提高，剧目也不断地增加。北宋张耒在《明道杂志》中记载："京师有富家子，少孤，专财，群无赖百方诱导之，而此子甚好看弄影戏，每弄至斩关羽，辄为之泣下，嘱弄者且缓之。"① 可见，此时的影戏剧目中有三国故事。此为高承《事物纪原》证实，该书云："宋朝仁宗时，市人有能谈三国事者，或采其说，加缘饰作影人，始为魏、吴、蜀三分战争之像。"② 影戏为人们喜爱后，玩皮影的人就多了，于是，便出现了著名的艺人。孟元老《东京梦华录》卷五《京瓦伎艺》云："……杂剧、掉刀、蛮牌董十五、赵七、曹保义、朱婆儿、没困驼、风僧哥、俎六姐。影戏丁仪，瘦吉等弄乔影戏。"③ 吴自牧《梦粱录》卷二十"百戏伎艺"条云："更有弄影戏者，元汴京初以素纸雕簇，自后人巧工精，以羊皮雕形，用以彩色妆饰，不致损坏。杭城有贾四郎、王升、王闰卿等，熟于摆布，立讲无差。其话本与讲史书者颇同，大抵真假相半，公忠者雕以正貌，奸邪者刻以丑形，盖亦寓褒贬于其间耳。"④ 由此可见，北宋的影戏已经发展到了相当成熟的水平，其成绩可以归纳为四点：其一，演唱不再随意，而是遵照脚本的内容，其内容相当于彼时开始流行的话本。可以讲述史书，三国故事更是其常演的剧目。其二，已经形成一批专业的艺人队伍，还分为"影戏"与"乔影戏"（"乔"字在当时作"伪装"解。瓦子诸艺中有一种"乔相扑"的表演艺术，就是扮演摔跤的样子，而不是真摔跤。"乔影戏"可能是由真人模拟影人的动作形式，做出种种滑稽的样子，以引人发笑。）两个品种。其三，有了人物的脸谱，并按照性格、品性分别饰以图案色彩。其四，演出水平极高，能使观众忘乎所以，以假当真。影戏艺术在北宋之所以能飞速发展，与当时城市的发展、市民人口的大幅增多有很大的关系。

至南宋，影戏的发展进入一个前所未有的辉煌时代。周密《武林旧事》卷二《元夕》记载道："又有幽坊静巷好事之家，多设五色琉璃泡灯，更自雅洁，靓妆笑语，望之如神仙。……或戏于小楼，以人为大影戏，儿童喧呼，终夕不绝。"⑤

---

① （元）陶宗仪等：《说郛三种》卷四十二，上海古籍出版社1989年版，第2003页。
② （宋）高承撰：《事物纪原》，（明）李果订，金圆、许沛藻点校，中华书局1989年版，第495页。
③ （宋）孟元老撰：《东京梦华录笺注》，伊永文笺注，中华书局2006年版，第461页。
④ （宋）吴自牧：《梦粱录》，浙江人民出版社1984年版，第194页。
⑤ （宋）四水潜夫辑：《武林旧事》，浙江人民出版社1984年版，第31页。

此大影戏，孙楷第认为是人扮演的，相当于"乔影戏"。周贻白认为是人的影子在表演。当时还有一种称为"手影"的影戏形式。南宋洪迈《夷坚志·夷坚三志》辛卷第三"普照明颠"条记载："华亭县普照寺僧惠明者，常若失志恍惚，语言无绪，而信口谈人灾福，一切多验，因目曰明颠。……尝遇手影戏者，人请之占颂。即把笔书云：'三尺生绡作戏台，全凭十指逞诙谐。有时明月灯窗下，一笑还从掌握来。'"① 悬挂三尺生绡做影窗，用手做出各种形状，投影到影窗上，即为手影。华亭为今日之上海松江，当时影戏在江南是比较普及的，宋代《吴县志》云："上元，影灯巧丽，它郡莫及，有万眼罗及琉璃球者犹妙。"②

南宋时，宋金对峙，经常发生战争，故影戏艺人常搬演金戈铁马的故事。张戒《岁寒堂诗话》云："往在柏台，郑亨仲、方公美诵张文潜《中兴碑》诗，戒曰：'此弄影戏语耳。'二公骇笑，问其故，戒曰：'郭公凛凛英雄才，金戈铁马从西来。举旗为风偃为雨，洒扫九庙无尘埃。'岂非弄影戏乎？"③ 当然，主要的演出内容还是历史故事，此时，"历史剧"已涉及汉、三国、唐、五代等朝代的人物和事件。由于艺人队伍进一步扩大，影人制作与影戏表演已经成了一个行业，于是，产生了"绘革社"这样专业的行业组织。

金元的影戏，文献记载不多。既然戏曲在彼时极为兴旺，作为戏剧的一种形式，影戏就不可能衰弱，只不过那时文人的兴趣主要放在人演的院本、杂剧上罢了。不过，有两幅壁画倒是露出了一点影戏的信息。一是金代山西繁峙岩山寺文殊殿壁画，其中有一个场景，我们不妨称之为"儿童弄影戏图"。画面上，有一影窗，前面三个儿童席地观看，后面有一人正在拽拉影人进行表演。还有一个儿童，在影窗的旁边，学着影戏艺人亦在拽拉着小影人。二是山西孝义出土的大德二年（1298）的元墓壁画。壁画上绘着男耕女织的场景，旁边有一人正手拿着影人在玩耍，墓壁上写着"王同乐影传家，共守其职"几个字④。显然，男耕女织是影戏所表现的内容，"乐影传家"则是影戏艺人标榜自己有着渊源的家学。

明代影戏资料目前见于文献的多为诗文和小说。瞿佑《影戏》云："灯火光中夜漏迟，风轮旋转竞奔驰。过来有迹人争睹，散去无声鬼不知。月地花阶频出没，

---

① （宋）洪迈：《夷坚志》第三册，中华书局1981年版，第1406页。
② 《吴县志》，民国三年乌程张钧衡影宋刻本。
③ （宋）张戒：《岁寒堂诗话》，中华书局1985年版，第13页。
④ 中国戏曲志编辑委员会：《中国戏曲志·山西卷》，中国ISBN中心出版社2000年版，第7页。

云窗雾阁暂追随。一场变幻如春梦，线索重看傀儡嬉。"①瞿佑对影戏的兴趣很浓厚，多次写诗记述他观看的情景，田汝成辑撰的《西湖游览志余》卷二十也引了一首他的关于影戏的诗，云："南瓦新开影戏场，满堂明烛照兴亡，看看弄到乌江渡，犹把英雄说霸王。"②《霸王别姬》是影戏的常演剧目，故徐文长所作的《做影戏》灯谜，也是以这个影戏剧目为素材，云："做得好，又要遮得好，一般也号做子弟兵，有何面目见江东父老？"③

由于影戏在明代是一种普及性的表演艺术，所以，小说所描写的社会生活中亦有所反映。明末无名氏小说《梼杌闲评》第二回就描写了一个家庭戏班的演出情况：

> 朱公问道："你是那里人？姓甚么？"妇人跪下禀道："小妇姓侯，丈夫姓魏，肃宁县人。"朱公道："你还有甚么戏法？"妇人道："还有刀山、吞火、走马灯戏。"朱公道："别的戏不做罢，且看戏。你们奉酒，晚间做几出灯戏来看。"传巡捕官上来道："各色社火俱着退去，各赏新历钱钞，惟留昆腔戏子一班，四名妓女承应，并留侯氏晚间做灯戏。"巡捕答应去了。……侯一娘上前禀道："回大人，可好做灯戏哩？"朱公道："做罢。"一娘下来，那男子取过一张桌子，对着席前放上一个白纸棚子，点起两枝画烛。妇人取过一个小篾箱子，拿出些纸人来，都是纸骨子剪成的人物，糊上各样颜色纱绢，手脚皆活动一般，也有别趣。④

因皮影戏被人们高度认同，它的功能就不仅仅是娱人了，还可以同人戏一样酬神祭祀。明末张仁熙在《皮人曲》诗中有这样的描述："年年六月田夫忙，田塍草土设戏场。田多场小大如掌，隔纸皮人来徜徉。虫神有灵人莫恼，年年惯看皮人好。田夫苍黄具黍鸡，纸钱罗案香插泥。打鼓鸣锣拜不已，愿我虫神生欢喜。神之去矣翔若云，香烟作车纸作靡。虫神嗜苗更嗜酒，田儿少习今白首。那得闲钱倩人歌，自作皮人祈大有。"⑤

明朝影戏初步形成了地方流派，河北、江苏、浙江、山东、陕西、山西、云

---

① （清）俞琰选编：《咏物诗选》，成都古籍书店1987年版，第116页。
② （明）田汝成辑撰：《西湖游览志余》，中华书局1958年版，第356页。
③ （明）徐渭：《徐渭集》，中华书局1983年版，第1066页。
④ 不题撰人：《梼杌闲评》，止戈、韦行校点，齐鲁书社1995年版，第12—13页。
⑤ 邓之诚：《清诗纪事初编》，上海古籍出版社2013年版，第192页。

南等地的皮影艺人结合当地的人文风俗、民间曲调，各自创新，形成了不同于他地的特色。

清代尤其是乾隆之后以及民国时期，影戏进入了中国影戏发展史上的高峰阶段，无论是技艺水平、剧目数量，还是艺人人数和观众人次，都是前所未有的。这与当时戏曲特别是花部戏的整体勃兴的大环境紧密相关。影戏的审美效果，不逊于人戏，富察敦崇《燕京岁时记》云："影戏借灯取影，哀怨异常，老妪听之多能下泪。"① 其普及程度，可以从日常的俗语中看出来，如《红楼梦》第六十五回云："见提着影戏人子上场，好歹别戳破这层纸儿。"②

根据清代各地皮影戏的历史流变及其皮影戏影人的造型特征，可以将我国皮影戏分为北方影系、西部影系和中南部影系三大系统。

北方影系：包括今河北、东北三省、内蒙古等地的皮影戏。这一影系的皮影戏始于金代。1127年金兵入侵中原时，曾经将包括皮影戏艺人在内的各类艺人掳掠到北方，北方的皮影戏由此发展而来，而以河北滦州（今唐山）一带为中心。

西部影系：涵盖陕西、四川、甘肃、青海、晋南、豫东、鄂西、冀中和北京西部等地。该系统的皮影戏是由北宋躲避靖康之乱而向西迁徙的中原皮影戏艺人带来，并经历代发展而形成。西部影系以陕西华县、华阴一带的皮影戏为主要代表。还有晋南皮影戏、川北皮影戏、陇原皮影戏、陇东皮影戏、环县道情皮影戏和青海皮影戏等。

中南部影系：包括中原地区及其以南地区的皮影戏。自北宋灭亡之后，中原地区的皮影戏艺人与其他各类艺人一起随着都城的南迁，到了临安（今浙江杭州），还有一部分艺人流落到江苏、湖北、湖南等地，后又陆续流转到广东、福建、台湾一带。这些地区加上中原地区的皮影戏，属我国中南部影系。中南部影系没有自己单独的唱腔，而是借用当地的戏曲、说唱、民歌小调的唱腔进行演唱。

清代文献中有关影戏的记载较多，尤其是方志中"民俗"栏目，可谓比比皆是。如清代乾隆年间进士李声振《百戏竹枝词·影戏》云："机关牵引未分明，绿

---

① （清）潘荣陛：《帝京岁时纪胜》；（清）富察敦崇：《燕京岁时记》，北京古籍出版社1981年版，第94页。

② （清）曹雪芹、高鹗：《红楼梦》，中国艺术研究院红楼梦研究所校注，人民文学出版社1996年版，第908页。

绮窗前透夜檠。半面才通君莫问，前身原是楮先生。"① 乾隆《永平府志》"岁时民俗"条云："通街张灯、演剧，或影戏、驱戏之类，观者达曙。"② 滦州学正左乔林《海阳竹枝词》有句云："张灯作戏调翻新，顾影徘徊却逼真。环佩珊珊莲步稳，帐前活现李夫人。"③ 清代澄海人李勋《说诀》卷十三云：潮人最尚影戏，其制以牛皮刻作人形，加以藻绘，作戏者于纸窗内爇火一盏，以箸运之，乃能旋转如意，舞蹈应节，较之傀儡更觉优雅可观。④ 说者谓此惟潮郡有之，其实非也。

民国年间，战争不断，社会动荡不安，许多时候，老百姓在生死线上挣扎，这自然会影响皮影戏的演出。但只要局势稍微稳定，皮影戏就会活跃起来，而在兵祸较少的地方，它还得到了长足的发展。

民国二十三年（1934），高云翘对滦州的皮影做了调查，感慨地说："高粱地里，唱影的不绝，梆子或有一二，皮黄绝无。"⑤ 卓之在《湖南戏剧概观》中记述了20世纪30年代湖南一些地方的皮影戏情况："影戏班在湖南，地位远不及汉班（即今之湘剧）及花鼓班，大概用为酬神还愿之工具而已。是以无论在城在乡，到处皆得见之。平日常演于各寺庵内，惟每届旧历中元节，则居民多演以祀祖，该省戏班异常忙碌，甚至从黄昏起演至通宵达旦，可演四五本之多。"⑥ 1934年刊的辽宁《庄河县志》"民间文艺·影戏"条对本县的皮影戏有较为详细的介绍："有所谓驴皮影者，即影戏也。其制，酷似有声电影，不过彼为电灯机唱，此为油灯人唱耳。其法，以白布为幔，置灯其中，系以驴皮制人马牲畜、楼台建筑及飞潜动植等物，用灯幻照，俨在目前，并能活动自如，惟妙惟肖。司事者在幔歌唱，词多俚俗。农民凡有吉庆、酬神等事，多醵金演唱。"⑦

民国年间的影戏在与时俱进上，有三个方面的表现：一是灌制唱片，向全国

---

① 雷梦水等编：《中华竹枝词》，北京古籍出版社1997年版，第81页。该诗自注云："剪纸为之，透机械于小窗上，夜演一剧，亦有生致。"
② 《永平府志》，乾隆三十九年刻本。
③ 张工明编著：《滦县志诗歌集》，河北人民出版社2015年版，第151页。
④ 中山大学中国非物质文化遗产研究中心编：《中国非物质文化遗产第十一辑》，中山大学出版社2006年版，第113页。
⑤ 高云翘：《滦州影调查记》，《剧学月刊》第三卷第十一期，1934年。
⑥ 卓之：《湖南戏剧概观》，《剧学月刊》第三卷第七期，1934年。
⑦ 丁世良、赵放主编：《中国地方志民俗资料汇编·东北卷》，北京图书馆出版社1989年版，第152页。

发行,借此将地方皮影戏声腔与故事传播到全国。冀东的皮影戏艺人就曾经和胜利、百代、昆仑、丽歌、宝利等唱片公司合作,灌制了 100 多个剧目的唱段。二是借助新的印刷技术,刻印皮影戏的脚本。这当然是文人和出版商合作所为,出于射利的目的,但在客观上对于皮影戏的传播和帮助人们深刻认识其思想内容起到了积极的作用。三是自觉地将其作为救亡图存与革命斗争的工具。如日军占领嘉兴海宁时,皮影戏艺人张九元为揭露日本侵略者的暴行,唤起人们的抗日热情,创编了皮影戏《打皇兵》,演出后产生很大的影响。至于中国共产党建立政权的地区,影戏的政治功能则更为明显,从剧目的名称《田玉参军》《齐心杀敌》《土地改革》《送夫参军》《破除迷信》等,就可以看出它们的思想倾向性。

二、当代影戏的现状与分布

中华人民共和国成立后,因实行新的社会制度和倡导新的思想,无论是生产关系,还是意识形态,都发生了根本性的变化。作为一种艺术形式的皮影戏,在党的方针路线的指引下,在戏班组织、剧目编创、皮影绘制与表演形式上也进行了一系列的改革。新中国成立之初,皮影戏与戏曲的其他剧种一样,"改戏、改人、改制"。在"百花齐放,推陈出新"的政策的指导下,各地皮影剧团对传统剧目进行整理和改编,出现了一批思想性和艺术性较高的表现古代生活的剧目,如浙江海宁的皮影戏《蜈蚣岭》、陕西的碗碗腔皮影戏《快活林》、青海的皮影戏《牛头山》、湖南的皮影戏《梁红玉》《火焰山》,等等。配合不同时期的政治需要,编演了反映现代生活的剧目,如宣传新婚姻法的华阴皮影戏《小女婿》等。内容上的变革,一些地方在"文革"后期特别明显,仅在 1972 年至 1976 年间,唐山市皮影剧团就编演了《红嫂》《红灯记》《龙江颂》《智取威虎山》《沙家浜》《杜鹃山》《磐石湾》《山庄红医》《唐山人民缅怀毛主席》等。新中国成立之前的皮影戏班全部是民营的,而在新中国成立之后,能够留存下来的所有戏班都改成国有或集体所有制的剧团,艺人则成了"文艺工作者"。据《人民日报》1960 年 2 月 18 日报道,至 20 世纪 60 年代初,我国的皮影戏班约有 1 100 多个,从业人员大约在 6 200 名。当然,地区之间是不平衡的。

自 20 世纪 50 年代之后,皮影戏在形式上发生的变革,成绩也是很突出的。例如湖南皮影戏艺人何德润、谭德贵与画家翟翊合作,让"影人比原来大出一倍多，变五分脸为七分身材七分脸，甚至由侧面改为正面。有的面部用赛璐珞着色剪制；有的服饰上嵌以彩色透明纸，又以新颖的灯光彩景和大影幕，使得影窗上的形象极其鲜艳生动。在操纵技术上，他们根据各种动物不同的典型动作，进行了特别的制作，利用卷棒、弹簧、拉线，使影人的表情可以活动自如：双眼可以开闭，嘴能张合；龟的四脚和鹤的头颈可以自由伸缩等。……在表现闪电雷鸣时，用两根炭棒相碰，闪出电光。在电唱机的转盘上，装上圆木板，板边装上一圈灯泡，通电后，灯亮木板转，轮番照射幕布上的火、水、云彩等道具，使影窗上的云、水、火都可以动起来，非常逼真"①。其他地方的影戏艺人，也发挥创造力，有许多推进皮影戏艺术发展的发明，像黑龙江皮影戏就使影人一步一步地走路和骑着自行车前进；唐山皮影戏增加了乐器，由原来的一把二胡，变成了扬琴、二胡、琵琶、三弦、大阮、笙、笛、唢呐等众多乐器，甚至小提琴也加入合奏，比起先前自然好听多了。

"文革"时期，皮影戏的繁荣景象戛然而止。剧团解散，剧目禁演，艺人转业，大量珍贵的皮影道具和文献资料被损毁，这种状况，除了个别地方，一直持续到1976年。

"文革"结束之后，各地皮影艺术迅速复苏，剧团重建，传统剧目解禁，新的剧目不断产生。仅1980年，湖南衡阳一个地区6个县就有大小剧团557个，从艺人员1 150人。然而，随着电视的普及和娱乐形式的丰富，皮影戏与人演的戏曲一样，以不可遏制的趋势一天天衰萎下去，而市场的持续性的收缩又使得皮影戏进入了恶性循环，观众愈少，就愈加没有人从事这个行业，而人才缺乏，则会使皮影戏艺术不能与时俱进而得到观众的欣赏。于是，皮影戏艺术的前景便越来越黯淡。以辽宁凌源县为例，全县原有皮影戏班120个左右，进入20世纪90年代之后，不断缩减，现在可以演出的戏班仅存4个，艺人不到30位，而30岁以下的艺人又只有2位，其技艺和知名的老艺人则无法相比。

为了传承民族的优秀文化，保护像皮影戏这类古老的艺术形式，国家于2011年2月25日颁布了《中华人民共和国非物质文化遗产法》。自此之后，皮影戏便得到了中央和地方政府的高度重视，多种皮影戏进入国家级或省市级"非物质文化遗产名录"，得到了财政经费的支持，减缓了衰萎的速度，有的还显示出勃勃的生机。

---

① 魏力群主编：《中国皮影戏全集》第1卷"源流"，文物出版社2015年版，第160页。

如下表所示，现时的大多数皮影戏剧团主要分布在河北、陕西、甘肃、内蒙古、黑龙江、天津、北京、山东、河南、湖南、山西、浙江、广东、辽宁、青海、上海、湖北、重庆、福建、云南、江苏、安徽、江西等20多个省市、自治区，当然，有的地方多，有的地方少。

所属影系	省（市、自治区）	市（县、区、州）	剧团名称	主要演出区域
北方影系	内蒙古自治区	赤峰	阿鲁科尔沁旗皮影艺术团	内蒙古自治区、北京市等
			赤峰玉龙皮影文化艺术团	内蒙古自治区赤峰市红山区等
			宁城董家古装皮影戏	内蒙古自治区赤峰市宁城县等
			宁城龙雨皮影艺术团	内蒙古自治区赤峰市宁城县汐子镇等
	黑龙江	哈尔滨	哈尔滨儿童艺术剧院	黑龙江省哈尔滨市及周边地区
	辽宁	沈阳	浑南顾景恩皮影	辽宁省沈阳市浑南区及周边地区
		朝阳	凌源市旭日皮影艺术团	辽宁省朝阳市凌源市及辽西地区
			凌源英熙皮影文化产业有限公司	辽宁省朝阳市凌源市及周边地区
			喀左红星皮影团	辽宁省朝阳市喀左县洞子沟等
	河北	秦皇岛	青龙满族自治县百灵皮影剧团	河北省、北京市等
			青龙东方皮影剧团	河北省秦皇岛市青龙满族自治县大巫岚镇等
			卢龙县启明皮影团	河北省秦皇岛市卢龙县等地
			昌黎县向东皮影剧团	河北省秦皇岛市昌黎县及周边地区
		承德	平泉市皮影艺术团	河北省平泉市平房乡等
			河北省雾灵皮影艺术团	河北省承德市兴隆县及周边地区
			承德红星皮影剧团	河北省承德市及周边地区

总序：中国皮影戏的历史、现状与剧目特征

续　表

所属影系	省（市、自治区）	市（县、区、州）	剧团名称	主要演出区域
北方影系	河北	唐山	圣灯皮影工作室	河北省唐山市乐亭县及周边地区
			滦南县皮影团	河北省唐山市滦南县及周边地区
			中国滦州皮影剧团	河北省唐山市滦州市小马庄镇等
			滦州禾丽皮影剧团	河北省滦州市
			周捞爷皮影艺术团	河北省唐山市
			迁西县燕昆皮影团	河北省唐山市迁西县兴城镇等
			郭宝皮影传承馆	河北省唐山市迁安市城区街道
			夕阳红皮影团	河北省唐山市遵化市
			天宇皮影团	河北省唐山市遵化市刘备寨乡刘南山村
		衡水	腾飞皮影戏班	河北省衡水市景县
		廊坊	庆升平乡村皮影民俗演艺文化基地	河北省廊坊市三河市
	天津	蓟州区	蓟州新城皮影队	天津市蓟州区
		宝坻区	海滨街道天锦园皮影队	天津市宝坻区
	北京	西城区	北京皮影剧团	北京市西城区
			小蚂蚁袖珍人皮影艺术团	北京市西城区
		通州区	韩非子剧社	北京市通州区
西部影戏	陕西	西安	黄河魂艺术团	陕西省西安市
			小雁塔传统文化交流中心皮影戏	陕西省西安市碑林区
			中国汪氏皮影艺术剧团	陕西省西安市

11

续 表

所属影系	省(市、自治区)	市(县、区、州)	剧团名称	主要演出区域
西部影戏	陕西	渭南	永兴坊皮影戏班	陕西省渭南市华州区胡磊村
			华县魏氏皮影剧社	陕西省渭南市华州区
			魏金全戏班	陕西省渭南市华州区
			陕西民间艺术演艺社	陕西省渭南市临渭区双泉乡
			白水县古调影子社	陕西省渭南市白水县尧禾镇麻家村
	山西	太原	清徐常丰皮影团	山西省太原市清徐县柳杜乡常丰村
		吕梁	王政仁皮影剧团	山西省吕梁市孝义市高阳镇高阳村
			传统文化展演团	山西省吕梁市孝义市贾家庄村
			武俊礼皮影剧团	山西省吕梁市孝义市梧桐镇
		临汾	侯马市皮影剧团	山西省临汾市侯马市
	甘肃	庆阳	环县杨登义戏班	甘肃省庆阳市环县
		定西	甘肃通渭刘氏皮影班	甘肃省定西市通渭县常家河镇
	青海	西宁	大通县新艺皮影社	青海省西宁市大通回族土族自治县黄家寨镇东柳村
	重庆	巫山县	同兴班皮影剧团	重庆市巫山县罗坪镇
	云南	保山	腾冲刘家寨皮影剧团	云南省保山市腾冲市
		楚雄彝族自治州	表演者：额加寿	云南省楚雄彝族自治州禄丰县
		玉溪	表演者：王文跃	云南省玉溪市
中南部影戏	山东	青岛	西海岸金凤皮影艺术团	山东省青岛市西海岸新区薛家岛
			大嘴巴皮影班	山东省青岛市市南区
		烟台	所城皮影艺术团	山东省烟台市芝罘区

续　表

所属影系	省（市、自治区）	市（县、区、州）	剧团名称	主要演出区域
中南部影戏	山东	泰安	泰山皮影艺术研究院	山东省泰安市
		枣庄	山亭皮影徐庄镇邢氏庄户剧团	山东省枣庄市山亭区徐庄镇
			鲁南山花皮影剧团	山东省枣庄市山亭区山亭街道
			山亭皮影凫城镇韩氏庄户剧团	山东省枣庄市山亭区
		菏泽	定陶荣坤皮影艺术团	山东省菏泽市定陶区张湾镇
			曹县任家班皮影剧团	山东省菏泽市曹县庄寨镇
	河南	三门峡	灵宝西车道情皮影艺术团	河南省三门峡市灵宝市尹庄镇西车村
		郑州	河南精灵梦皮影艺术团	河南省郑州市惠济区良库工舍
		南阳	桐柏县皮影艺术团彭家班	河南省南阳市桐柏县吴城镇邓庄村
			桐柏县皮影艺术团蔡家班	河南省南阳市桐柏县月河镇林庙村
		信阳	平桥区杜光金皮影戏剧团	河南省信阳市平桥区平昌镇
			罗山皮影戏新秀剧团	河南省信阳市罗山县彭新镇曾店村
			罗山弘馨皮影戏剧团	河南省信阳市罗山县周党镇同兴社区
			光山县任长明皮影戏文化传播有限公司	河南省信阳市光山县泼陂河镇黄涂湾村
	湖北	孝感	孝感市皮影艺术团	湖北省孝感市孝南区朋兴乡丹阳古镇
			张望明戏班	湖北省孝感市云梦县义堂镇好石村
			余长永戏班	湖北省孝感市云梦县曾店镇
			湖北省云梦皮影队	湖北省孝感市云梦县城关镇
			陈红军戏班	

续　表

所属影系	省(市、自治区)	市(县、区、州)	剧团名称	主要演出区域
中南部影戏	湖北	孝感	大悟县九女潭皮影团	湖北省孝感市大悟县宣化店镇
			应城市皮影艺术剧团	湖北省孝感市应城市汤池镇方集村
			应城市皮影艺术团	湖北省孝感市应城市
		黄冈	红安县华河镇皮影队	湖北省黄冈市红安县华河镇金桥村
			红安县杏花乡秦昌武皮影剧团	湖北省黄冈市红安县杏花乡长兴村
			红安县七里坪镇典明皮影艺术团	湖北省黄冈市红安县七里坪镇典明村
			红安县城关镇易杨家皮影队	湖北省黄冈市红安县城关镇易杨家村
			红安县城关镇倪赵家皮影队	湖北省黄冈市红安县城关镇倪赵家村
			红安县二程镇赵氏皮影戏团	湖北省黄冈市红安县二程镇新街村
			红安传统戏剧皮影艺术队	湖北省黄冈市红安华河镇陈河村
			红安县杏花乡兴旺皮影队	湖北省黄冈市红安县杏花乡秦家岗湾
			中南皮影戏团	湖北省黄冈市麻城市中馆驿镇马路口村
			李先耀皮影队	湖北省黄冈市麻城市铁门岗乡谭程村
			东山皮影艺术团	湖北省黄冈市麻城市盐田河镇栗花新村
		武汉	新洲区龙丘黄冈皮影队	湖北省武汉市新洲区三店街道
			黄陂区大余湾皮影戏馆	湖北省武汉市黄陂区木兰乡

续　表

所属影系	省（市、自治区）	市（县、区、州）	剧团名称	主要演出区域
中南部影戏	湖北	天门	天门市豪城传承基地	湖北省天门市
		潜江	周矶雷谭仙潜业余皮影队	湖北省潜江市
		仙桃	仙桃江汉皮影团	湖北省仙桃市
			仙桃市江汉皮影艺术剧团	
		宜昌	夷陵区分乡徐氏皮影	湖北省宜昌市夷陵区分乡镇南垭村
			秭归皮影戏太和班	湖北省宜昌市秭归县郭家坝镇百日场村
		襄阳	沮水乐艺术团	湖北省襄阳市保康县马良镇张家岭村
		十堰	房县兴隆皮影戏班	湖北省十堰市房县窑淮乡
		神农架林区	下谷坪堂戏皮影戏剧团永和班	湖北省神农架林区下谷坪土家族乡
		恩施州	巴东皮影协会（大顺班）	湖北省恩施州巴东县沿渡河镇
	安徽	宿州	泗县古韵皮影剧团	安徽省宿州市泗县草沟镇秦桥村
		合肥	安徽省马派皮影戏剧团	安徽省合肥市
		宣城	皖南皮影戏曲艺术团	安徽省宣城市宣州区水东镇
	江苏	南京	姚其德戏班	南京市夫子庙秦淮人家酒楼
	上海	黄浦区	上海市木偶剧团有限公司	上海市黄浦区
		徐汇区	康健街道艺术团桂林皮影戏班	上海市徐汇区康健街道
		普陀区	上海马派影偶剧团	上海市普陀区
		长宁区	上海长宁民俗文化中心青梦园皮影团	上海市长宁区民俗文化中心

续　表

所属影系	省(市、自治区)	市(县、区、州)	剧团名称	主要演出区域
中南部影戏	上海	闵行区	上海七宝皮影馆	上海市闵行区七宝镇
		松江区	泗泾镇非遗传承基地	上海市松江区泗泾镇
	浙江	湖州	安吉孝丰项家皮影艺术团	浙江省湖州市安吉县孝丰镇大河村
		嘉兴	乌镇皮影艺术团	浙江省嘉兴市桐乡市西栅大街乌镇风景区
			海宁皮影艺术团有限公司	浙江省嘉兴市海宁市盐官镇
			海宁市长陆皮影剧团	浙江省嘉兴市海宁市长安镇陆泽村
		杭州	表演者：马群	浙江省杭州市上城区中国美术学院
	湖南	长沙	湖南省木偶皮影艺术保护传承中心	湖南省长沙市雨花区湖南省木偶皮影艺术保护传承中心
			长沙庆明皮影艺术团	湖南省长沙市望城区白箬铺镇
		湘潭	湘潭升平轩皮影艺术团	湖南省湘潭市雨湖区鹤岭镇凤凰村
		株洲	攸县丫江桥皮影一队	湖南省株洲市攸县丫江桥镇双江社区
	江西	萍乡	上栗县天马皮影戏文化艺术团	江西省萍乡市上栗县上栗镇绿塘村
			萍乡市湘东区永发皮影演艺团	江西省萍乡市湘东区东桥镇界头村
	福建	厦门	厦门市弘晏庄木偶皮影戏传习中心	福建省厦门市思明区曾厝垵文创艺术中心
	广东	汕尾	陆丰市皮影剧团	广东省汕尾市陆丰市
		深圳	深圳百仕达皮影艺术团	深圳市罗湖区翠竹街道
			草埔小学皮影艺术团	深圳市罗湖区草埔小学
			深圳三只猴剧团	深圳市宝安区观澜街道
			杜鹃花皮影文化艺术中心	深圳市龙岗区

每个地方的皮影戏因其渊源、剧目、唱腔、影人制法和表演技艺的不同，便和他地的皮影艺术形态有了差异。我们以甘肃省环县道情皮影戏和浙江海宁皮影戏为例，来看看它们的特色。

环县道情皮影戏是秦陇文化与周边族群文化、道情说唱曲艺与皮影艺术相结合的产物，采取"借灯、传影、配声以演故事"的手段，融民间音乐、美术和口传文学为一体。其独特性主要体现在道情音乐唱腔和皮影制作及表演上。戏班演出时，前台一人挑杆表演，并承担所有角色的做、唱、念、白的工作，后台四五人伴奏并"嘛簧"，一唱众和，其腔调粗犷高亢。道情音乐为徵调式，分为"伤音""花音"，以坦板、飞板两种速度演唱，曲牌体与板式体并存。其伴奏乐器有四弦、渔鼓、甩梆子、简板等。演唱剧目有180多部，以表现古代生活为主。

海宁皮影戏。皮影戏自南宋从中原传入海宁后，与当地的"海塘盐工曲"和"海宁小调"相融合，并吸收了"弋阳腔""海盐腔"等声腔，曲调既高亢激越，又婉转悠扬。其唱词和道白用海宁方言。其开台戏和武打戏，以板胡、二胡伴奏为主，其主腔为【三五七】【文二凡】【武二凡】【文三凡】【武三凡】【回龙】【叫王龙】等；正本戏用笛子、二胡伴奏，其声腔有【长腔】【十八板】【当头君官】【日出扶桑】【深深下拜】【上上楼】等。其影人脸谱造型既接近于京剧，又不同于京剧，它按忠、奸、贤、义的不同性格和喜、怒、哀、乐的不同表情来加以夸张塑造。为了符合剧情发展，适应操作上的艺术需要，在表演剧目时，有时候同一个人物要换几次头面。海宁皮影戏剧目近300个，有大戏、小戏和文戏、武戏之分。其皮影的主要制作特点是："少雕镂，重彩绘，单线平涂"；脸形圆活，单眼侧面；少夸张，近实像，富"人情"味；整体以单手、并足（侧身）为主。

三、皮影戏剧目的内容与艺术特征

尽管皮影戏历史悠久，但是由于多种原因，宋、元、明三代的剧本都没有留存下来，现存最早的剧本大概产生于清代中叶。

很可能在早期就没有书写的剧本，即纸质剧本，但并不是说，皮影戏的演唱就没有剧本，剧本还是有的，只不过是无文字的。在新中国成立之前，每一个地区的皮影戏，都有不依文字剧本演唱的戏班。由于多数艺人不识字，演唱的内容全凭着师徒间口传心授。当然，由于内容是靠记忆的，所以变化较大。同一个故事，不同的戏班演出的不一样，就是同一个戏班，甚至是同一个人，在不同的时间、不同的地点演出的也不完全一样。随着粗通文墨之人的加入，开始有了叙写故事梗概的"搭桥本"（湖南称"过桥本""口述本"，湖北称"杠子书"，河北称"书套子"），文雅的说法叫"提纲本"，相当于戏曲的"路头戏""幕表戏"。艺人在把握了所演唱故事的主要情节后，需要当场发挥，既可以添枝加叶，也可以"偷工减料"。为了演唱得好，显示文采，艺人大都会掌握一些"赋子"，每出现相同的场景时，就套用一下，如有皇帝早朝的场景时，就唱这样的四句："金殿当头紫阁重，仙人掌上玉芙蓉。太平皇帝朝元日，五色云车驾六龙。"空守闺房而心情郁闷的年轻妻子上场时，则袭用这样固定的诗句："闺中少妇不知愁，性惯娇痴懒上楼。想到昨宵春梦恶，对花不语自低头。"当然，这些"赋子"不是文盲艺人编写的，而是文人所作。

到了明代，随着教育的普及，许多原致力于科考的读书人，因为长期困顿场屋、功名无望，便将智力、精力与时间投入到皮影剧本的创作上，于是，皮影戏的剧目发生了根本性的变化。之前的剧目，主要来源于曲艺、民间传说和戏曲，而自此之后，产生了大量的原创性的剧目。如清代乾隆时的陕西渭南县举人李芳桂，在几次春闱失利后，为当地碗碗腔皮影戏创作了十部剧本，即《春秋配》《白玉钿》《香莲佩》《紫霞宫》《如意簪》《玉燕纹》《万福莲》《火焰驹》《四岔捎书》和《玄玄锄谷》。又如清道光时人滦州乐亭县戴家河的高述尧，因为人耿直，得罪权贵，被革除了秀才的名号，于是，他在设塾教书之暇，为皮影戏班编写了《二度梅》《三贤传》《定唐》《珠宝钗》《出师表》《青云剑》等剧目。一般来说，文人编写的剧本，比起"提纲本"或艺人自编的戏，质量上要高得多。这些剧本情节曲折，且符合生活与艺术的真实；人物形象鲜明，其行动具有内在的逻辑性；文通句顺，富有文采，唱词合辙押韵，好念易唱。

自古迄今，皮影戏的剧本，当以万计，真可谓汗牛充栋。仅陇东环县皮影戏，据 2004 年的调查，现存剧本就有 2 277 本，内容不重复的剧本有 188 本。滦州皮影戏的传统连本大戏有 415 部，传统的单出剧目则为 323 卷[①]，这些还不包括新中国成立后编创的剧目。

皮影戏剧本从素材的来源上，可以分为五大类。

---

① 魏力群：《中国皮影艺术史》，文物出版社 2007 年版，第 159—168 页。

第一类是讲史，多改编自历史演义。从夏商周起，重要人物和重大事件都有演绎，如《大舜王耕田》《禹王治水》《姜子牙下山》《吴越春秋》《战渑池》《黄泉见母》《伐子都》《马陵道》《将相和》《刺秦》《鸿门宴》《霸王别姬》《貂蝉拜月》《未央宫》《苏武牧羊》《昭君出塞》《骂王朗》《白帝托孤》《打黄盖》《单刀会》《讨荆州》《洛神》《铜雀台》《姚献杀妻》《绿珠坠楼》《秦琼卖马》《陈杏元出塞》《罗成叫关》《唐明皇哭妃》《千里送京娘》《陈桥驿》《下南唐》《打关西》《杨家将》《打銮驾》《精忠报国》，等等。

讲史剧目众多的原因在于我国民众对历史有着浓厚的兴趣，他们通过"知古"来反映自己对今日政治的诉求，并通过历史经验获得为人处世的原则，也正因为此，皮影艺人创作排演历史剧便拥有了厚实的观众基础和市场竞争力。而对于统治者来说，颂扬历史上的忠臣孝子，批判奸臣逆子，为人们树立道德榜样，无疑有利于政权的稳定与阶级矛盾的缓和，所以，具有"风化"功能的历史剧也得到了他们的鼓励。

第二类是民间故事，包括神话与传说。如《嫦娥奔月》《哪吒闹海》《天河配》《孟姜女》《赶山塞海》《大香山》《郭巨埋儿》《雪梅吊孝》《白蛇传》《花木兰从军》，等等。

第三类是非历史演义的小说。但凡著名的小说如《封神演义》《水浒传》《西游记》等，皮影艺人都会将它们改编成剧目。当然，不是原封不动地照搬，而是选择其中精彩的人物故事，重新整理改编，如将《水浒传》中的内容编成《乌龙院》《鲁达除霸》《逼上梁山》《打店》《石秀杀嫂》《丁甲山》《三打祝家庄》，等等。既可以连起来演连本的梁山好汉故事，也可以单独演出其中的折子戏。

第四类是戏曲曲艺故事，即是从戏曲剧目和说唱曲艺的曲目中改编而来，如《六月雪》《西厢记》《赵氏孤儿》《白兔记》《十五贯》《绣襦记》《铡美案》《梁山伯与祝英台》《珍珠塔》《杨乃武与小白菜》，等等。"文革"后期，许多地方的皮影戏也将《红灯记》《沙家浜》《智取威虎山》《杜鹃山》《龙江颂》《平原游击队》等"革命样板戏"映上了影窗。

第五类是根据古今生活创编的剧目。文人编写的剧本多属此类，一些篇幅不长的单出戏也是无所依傍的原创剧目，如传统剧目中的《一匹布》《卖杂货》《偷蔓菁》《怕婆娘》《董烂子卖他妈》《老顶嘴》《二姐娃做梦》，现当代剧目中的《穷人恨》《赤胆忠心》《焦裕禄》《新任支书》，等等。

尽管皮影戏剧目多改编自历史演义、民间故事、戏曲剧目、曲艺曲目等，但有许多剧目改编的幅度很大，不但情节不一样，人物的形象也大不相同，如长沙皮影戏《盘貂》虽然改编自湘剧的《斩貂》，但两者比较，差异很大，念白、唱词迥乎不同。湘剧《斩貂》中的关羽出场时这样唱道："【引】雄心赤胆汉英豪，撩袍勒马破奸曹！丹心耿耿，社稷坚牢，万马营中逞英豪，斩华雄，谁人不晓？"而皮影戏《盘貂》的关羽出场时的唱词为："【引】赤胆忠心，不知何日会桃园，徐州失散好惨凄。兄南弟北各一偏，好似鳌鱼吞钩线，各人肝胆费心间。"湘剧《斩貂》中的关羽有着"红颜祸水"的成见，对貂蝉的所作所为，极度蔑视："（唱）【乱弹腔】一轮明月照山川，推去了云雾星斗全。坐虎椅，看几本《春秋》《左传》。《春秋》内，尽都是妖女婵娟。（白）我想权臣篡位，即董卓父子；妖女丧夫，即貂蝉也！"最后毫不留情地将她杀死。而皮影戏《盘貂》中的关羽在听了貂蝉用美人计引起董卓、吕布父子争风吃醋而致董卓丧命的介绍后，以肯定的语气评价道："若还不把美人计献，眼见这汉江山归了董奸。"他欣赏貂蝉的智慧，准备将她送给兄长刘备，给她更好的前程："貂蝉女她生来嘴能舌变，几句话说得某喜笑连天。但愿某大哥早登金殿，封你个班头女子靠君前。"

依据篇幅的长度，皮影戏又可以分为折子戏、连本戏、单出戏。折子戏是一部戏中的一折，多数有一个相对完整的情节，如《游西湖》《拜佛》《精变》《盗草》《水漫金山》《断桥》《合钵》《宝塔压白蛇》《祭塔》是连本戏《白蛇传》的折子，因全本《白蛇传》需要几天才能演完，若时间不允许，可以演出其中的一个或几个折子戏。连本戏规模较大，没有五六个演出单元时间演不完，有的需连演一个多月，如《封神榜》《西游记》《杨家将》《包公案》《施公案》《江湖二十四侠》等。折子戏和连本戏的关系是整体和部分的关系，将内容相关的折子戏连起来就是一个整体，分开来就是折子戏。单出戏是叙事完整但体量不大的戏，往往又称为"小戏"，如《打面缸》《小姑贤》《教书谋馆》《嘎秃子闹洞房》《八仙过海》《兰香阁》《聚宝盆》等。浙江海宁皮影戏选出一些武打的折子戏做"开台戏"，活跃演出的气氛，常演的开台折子戏有《闹龙宫》《闹地府》《闹天宫》《火焰山》《快活林》《蜈蚣岭》《潞安州》《凤凰山》《打石猴》《南天国》《金沙滩》《两郎关》《烈火旗》等。

皮影戏和戏曲，在叙事的立足点上不完全一样。戏曲完全为代言体，每个角色为所扮演的人物代言，而皮影戏受说唱艺术的影响，为代言体和叙事体的结合。

如滦州皮影戏《珍珠塔》中的一个片段：

  天子：（唱）天子一见吃一惊。这刺客，甚是凶。杀败侍卫，怎把朕容？忙把宫人叫，赶快撞金钟。聚起阖朝文武，救驾保护主公。惊慌失色逃了命。

  陈春：（唱）陈春追，抖威风，提刀前往，上下冲锋，（代白）昏君哪里逃生！

无论是皇帝还是陈春，他们的唱词，代言体与叙述体都是混合在一起的。

皮影戏剧本歌唱多而念白少，唱词的语言通俗易懂，如同常语，但是合辙押韵。如滦州皮影戏《紫荆关》中的一段唱词：

  姑嫂二人寻车辆，庄稼地里把身藏。何处万恶贼强盗，行路竟敢抢女娘。不知何人来救护，你我得便逃了祸殃。也不知哥哥/相公怎么样？唯恐追贼受了伤。

  叹咱鞋弓袜又小，不能急快转家乡。恐怕贼人来追赶，汗透衣衫心发慌。

北方的皮影戏唱词，所用韵辙一般有十三道，其名目是：发花、梭波、乜斜、一七、姑苏、怀来、灰堆、遥条、由求、言前、人辰、江阳、中东。之外，还有两道儿化韵的小辙。通常是偶句押韵，压在句末的字上。押平声韵的叫"正韵"，押仄声韵的叫"硬辙"或称"反辙"。南方的方言较多，之间的差别很大，因而南方皮影戏唱词的用韵各地不一样。以吴语地区为例，其唱词的用韵共有十一部，分为阳声韵四部，为东同部、江阳部、真亭部和寒田部；阴声韵七部，为支鱼部、灰回部、萧豪部、皆来部、歌模部、家蛇部和尤侯部。当然，皮影戏的唱词格律没有诗、词或昆曲的曲律那么严格，只要顺口易唱即可。

每一个地方的皮影戏唱腔与流传于该地域的地方戏声腔有着紧密的关系。若皮影戏后起于地方戏，那它就会运用戏曲的曲调，其唱腔与当地戏曲剧种的唱腔基本相同。如陕西、甘肃、宁夏的许多皮影戏多是用秦腔的曲调演唱，长沙一带的皮影戏用湘剧曲调演唱。若是由皮影戏为基础发展起来的戏曲剧种，当然唱的就是皮影戏原先的曲调，如流行于河北唐山一带的影调剧所唱的【平调】【花调】【滦河调】【吟腔】【硬唱】就是当地皮影戏所唱的；现为戏曲剧种的碗碗腔是在皮影戏基础上发展起来的，主要曲调自然还是原先皮影戏所唱的。后一种情况说明，有一些皮影戏已经形成了自己的曲调体系，如滦州皮影的原始曲调为"九腔十八调"，九腔即【梅花腔】【柔腔】【琴腔】【一字腔】【小银腔】【小东腔】【西门腔】【凤凰腔】【纺车腔】，而每腔上下两句的曲调不一样，故成"十八调"；之后，吸收了戏曲和俚歌俗曲的曲调,渐渐由单调而变得丰富起来。

皮影戏剧目的主旨是鲜明的,传统剧目的思想性主要表现在三个方面:一是颂扬忠君爱国之臣的赤诚无畏的精神,二是高度肯定青年男女之间纯真的爱情,三是赞扬慈悲仁爱、行侠仗义、坚忍不拔的品质。而对那些少廉寡耻、自私自利、残忍酷虐、行奸贪婪之人,这些剧目则予以无情的批判。

皮影戏剧目大多故事情节丰富曲折,引人入胜,尤其是连本大戏,能让观众欲罢不能。如海宁皮影戏《聚宝盆》(又名《李金煌买鱼放生》)故事略云:

宋时,书生李金煌之父李天笙升为兵部尚书,但不久遭权奸何荣所害而被打入天牢。朝廷命杨文广率军抄家,杨同情李家,掩护其全家逃逸。金煌之叔李天帛与妻为武人,上首阳山为王;金煌与母亲逃至成都,落在瓦窑讨饭度日。其时,成都知府王天佑为官不廉,其女桂香力劝改邪归正,天佑怒,遣家丁上街找一叫花子,逼女嫁之。桂香恨,不带走王家一件衣物,匆匆随叫花子而去。叫花子乃李金煌也。金煌携桂香至瓦窑,见李母,一家相依相亲。桂香有一金钗,让金煌典当后买线绣花度日。不久桂香有孕,金煌欲为桂香煮鱼汤,上街买得鲤鱼一条,然见鱼可怜,放生而去。不料鱼乃是龙宫三太子。后龙王为酬答救子之恩,送来聚宝盆一只,恰逢桂香分娩,生子便名"得宝"。龙王又献大宅予金煌,使之顿成巨富,金煌感恩,改姓为敖,人称"敖百万"。李天帛为惩贪官,劫了绵迪县库银,朝廷命已升为总督的王天佑缉查。王与绵迪县令有隙,不但不查,反而耻笑他。县令怒,上告。王被罚银六十万两,无奈去敖百万家借银,见到了女儿桂香,天佑认罪。后何荣与弟何延海奸事败露,李天笙获释封相;天帛归顺,为兵部侍郎;金煌亦得官,后李得宝被皇上招为驸马。

皮影戏剧目所叙述的故事大都具有传奇性,根本原因是为了迎合观众的审美需要。在旧时的中国,处于底层社会的劳动人民,生活极为单调,日出而作,日落而息,生产与生活是重复的、机械的,因而是乏味的。没有色彩的日子,必然导致身体的疲惫和心理的压抑,而传奇性的故事能如一剂"强心针",为他们劳苦平淡的生活带来精神的抚慰与快感。另外,再平凡卑微的人都有追求"卓越"的心理,然而,"卓越"并非人人可以实现,但可以借助传奇性的人物和故事来表达自己"卓越"的理想,并获得间接的"卓越"感受。

连本戏的表演和唱白,较为严肃,而小戏因为贴近生活,角色又均为小人物,其言语举止幽默诙谐，或调侃，或自嘲，剧情轻松自如，具有喜剧的风格，如《王七怕老婆》《刘捣鬼》《老渔婆劝架》等。

新中国成立之后，皮影戏界为适应时代需要、拓展观众面，创作了一批短小精悍、生动活泼的童话寓言戏，代表剧目有《鹤与龟》《两个朋友》《野心狼》《东郭先生》《小羊过桥》《小猫钓鱼》《雀之灵》《两只公鸡》《狐狸与乌鸦》《三只老鼠》等。今天皮影戏之所以还有一些生命力，主要是靠为孩子们演出的这类剧目。

历史悠久、曾经遍布全国绝大多数省份的皮影戏，在城市化与现代化进程中，逐渐失去昔日的风光，但是，因受国家非物质文化遗产法的保护和对旅游经济的融入，它会在相当长时间内生存着，或者变更自己的功能，譬如皮影造型像书法、绘画一样成为家庭或一些场所的装饰品。就剧本而言，它们的生命力不会因为整个皮影戏艺术的衰萎而衰颓，反而会因时间的推移而不断地增强，因为它们汇集了千万个故事，能为今日文艺创作提供大量的素材；它们所反映的政治理想、宗教信仰、艺术趣味等会成为今人和后人了解民族过去的精神世界的信息库；它们表现的方言土语、民俗画面、社会活动、生产过程等具有宝贵的学术研究价值。就是作为普通的读物，它们至少也会像明清白话小说一样，给人们带来审美的愉悦。正是考虑到这样的意义，我们才选择它们中的一些精品，整理出版，以飨读者。

编 校 说 明

本丛书第1—10卷主要收录华北、东北地区的皮影戏剧目，对于剧本的编订整理遵循以下原则：

一、所收录的均是当地演出频繁且为百姓喜闻乐见的剧目，剧本以民间手抄本为底本。

二、编校整理时，一律保持剧本原貌，除注释某些较为难懂的方言、俗语外，主要是改正错别字、校补漏字等，在内容上不做改动。对于影响剧情内容的错讹则以按语的形式予以标注。

三、对于演绎历史故事的剧本，其历史人物姓名、地名仍用其称呼，以保持剧本原貌。

四、为便于读者把握剧情，在每个剧目的开篇处设有"故事梗概"，在每本戏的前面设"剧情梗概"，以总括主要情节、提示剧情进展。

五、由于皮影戏剧本的传承大多是口耳相传，手抄本中的很多人物身份及行当都没有标示清楚，为保持作品原貌，"主要人物及行当表"一仍其旧，缺失部分未予增加。

目 录

华北东北皮影戏概述 ··· 1

紫荆关（上）

主要人物及行当表 ··· 9
 第一本 ··· 11
 第二本 ··· 43
 第三本 ··· 77
 第四本 ··· 116
 第五本 ··· 146
 第六本 ··· 174
 第七本 ··· 209
 第八本 ··· 231
 第九本 ··· 259
 第十本 ··· 288
 第十一本 ·· 321
 第十二本 ·· 351
 第十三本 ·· 383
 第十四本 ·· 421

华北东北皮影戏概述

华北、东北的地域范围，为今日之河北、内蒙古、北京、天津、辽宁、吉林、黑龙江等地，而这一地域的皮影戏当以滦州为中心。

滦州，在今河北省唐山市，乐亭曾隶属于滦州，故外人将产生在这里的影戏称之为"滦州影""乐亭影"或"唐山皮影"等。

那么，这一地域的皮影来源于何处？据现有文献来看，当是中原一带。徐梦莘《三朝北盟会编》卷七十七"靖康二年正月二十五日乙卯"条记载道：

> 金人来索御前祗候、方脉医人、教坊乐人、内侍官四十五人；露台祗候、妓女千人，蔡京、童贯、王黼、梁师成等家歌舞宫女数百人。先是权贵家舞伎内人，自上即位后皆散出民间，令开封府勒牙婆媒人追寻之。……杂剧、说话、弄影戏、小说、嘌唱、弄傀儡、打筋斗、弹筝、琵琶、吹笙等艺人一百五十余家，令开封府押赴军前。开封府军人争持文牒，乱取人口，攘夺财物，自城中发赴军前者，皆先破碎其家计，然后扶老携幼，竭室以行。亲戚、故旧涕泣，叙别离相送而去，哭泣之声，遍于里巷，如此者日日不绝。①

由此可见，至迟在金代时，北方就有了皮影戏。元蒙时期，皮影戏已经成了皇室欣赏的一种艺术形式。瑞典学者多桑（C. d'Ohsson）在他的蒙古史中说："有汉地人在窝阔台前作影戏，影中有各国人。其间有一老人，长髯，冠缠头巾……"②

然而，北方的"滦州影"却没有在金元明清的文献上出现过，直到了民国年间，才有一位叫李脱尘的皮影艺人说他从别人那里得到了一本《影戏小史》，他在此基础上写成《滦州影戏小史》。此书问世后，多被研究皮影的学者引用，佟晶心在《中国影戏考》中引述云：

---

① ［宋］徐梦莘撰：《三朝北盟会编》（影印本）上册（靖康中帙五十二），上海古籍出版社1987年版，第583—584页。

② ［瑞典］多桑著，冯承钧译：《多桑蒙古史》（上册），中华书局1962年版，第206页。

> 我国自影戏发端于前明嘉靖年，首创者为永平府属滦县人黄素志君。黄君，一生员也，博学而兼精雕刻、绘画。因连仕不第，遂游学关外（即山海关），至辽阳，设帐教读，启蒙该地幼童。惟黄先生素崇佛教，每见社会人心不古，奸诈邪淫，五伦反覆，思挽救之，始有影戏之作。初编制之影戏脚本为《盼儿楼》，系述周昭王误信偏妃之言致使夫妻父子离散，若许苦痛因而生焉，百姓小民更遭涂炭。黄君作影辞毕，复思如何现身说法以使芸芸众生易于了解，遂用厚纸刻成人形，染以颜色。然纸质易坏，屡经修改未获良法。黄君之弟子裴生，敏慧异常，每见先生雕刻，己则思维。后见先生屡次失望，便思以羊皮刮净毛血而刻之或能奏效。因以其意见述之乃师，黄先生采其言，试用果较纸人美观而坚实。后思忠奸邪正、君子小人宜如何分别方能使人一目了然，后于《孟子》书中得之，以眼目之形状分之。大概凡奸人必目似瓜子形，丑角眼外有白圈，即用外表以辨明其内心也。①

但一些学人对于有无黄素志其人持怀疑态度。但无论如何，"滦州影"在明代已经成熟，是一事实，因为在1958年，唐山专区文教局发现了一本标明为"明万历己卯年（1579）手抄"的连台本乐亭影卷《薄命图》，该本行当齐全，唱词有"十字赋"、七字句、"三赶七"等②。

因"滦州影"剧目数以百计，剧旨积极向上，故事内容丰富，情节传奇曲折，人物形象鲜明，唱腔悦耳动人，所以不断地向外扩展，几乎传播至整个华北、东北。自民国年间皮影艺术进入学术研究领域之后，所有的学者都一致认为华北、东北的皮影戏的源发地在滦州。

顾颉刚说："而负盛名之滦州影戏，则河北东部及东北各地尚为其领域。"③

江玉祥将影戏划分为七大系列，其中"滦州影戏，包括河北东部皮影、北京东城皮影、东北皮影、内蒙古皮影"④。

秦振安认为："滦州影系，以河北省之滦州（即今之昌黎、滦县、乐亭三县）

---

① 佟晶心：《中国影戏考》，《剧学月刊》第3卷第11期，1934年11月。
② 庞彦强、张松岩主编：《燕赵艺术精粹：河北皮影·木偶》，花山文艺出版社2005年版，第24—25、36页。
③ 顾颉刚：《中国影戏略史及其现状》，《文史》第19辑，中华书局1983年8月，第135页。
④ 江玉祥：《中国影戏》，四川人民出版社1992年版，第196页。

为中心。活动范围,遍及河北全境、北京及天津两特别市和东北各省。"①

魏力群通过调查后得出这样的结论:"清代道光年间至二十世纪三十年代,许多乐亭人到东北各城镇做生意,也就将家乡的影戏带到了东北。起初,这些影戏只在东北农村和小城镇流动演出,后来,乐亭县'翠荫堂班''王华班'等,先后应大商号之邀赴东北大城市沈阳、哈尔滨、营口等地进行职业演出,并获得巨大成功,使乐亭影戏很快风靡东北三省,为东北当地原有影戏充实了新的内容和形式,又结合当地风俗及语言条件的影响,形成了不同的演唱风格和流派。"②

一些地方志也证实了学者们的说法。吉林省《怀德县志》云:"光绪末年,河北省乐亭县移民杨德林等人迁来秦家屯,他们组织皮影戏班,并于乐亭县购进全部影箱、影卷,使皮影戏在怀德落了户。王老箭、于和、孙建、孙跃等为当时四大皮影名人。……艺人除在本地坐堂演出外,还到梨树、双辽、长岭、农安、黑龙江等地演出。"③ 因此,我们将华北、东北的皮影戏合成一卷。

华北、东北皮影经历了影经、流口影与翻卷影三个阶段。影经相当于故事提要,艺人在此基础上充实细节;流口影的内容相对于影经要固定一些,是师徒之间、艺人之间口耳相传的;到了翻卷影,才有了文本。之所以有影经与流口影,是因为彼阶段艺人们多是文盲,不具备阅读文本的能力。到了清代中叶之后,不能翻阅文本的艺人,说唱的随意性太大,无法保证表演的艺术质量,基本上是不受欢迎的,因而艺人多成了识字之人。

经过几百年数代艺人的创造,华北、东北的皮影戏影卷繁富,有上千个之多。其中大多数采用了其他文艺形式的故事,有的改编自章回小说,如《封神榜》《凤岐山》《伐西岐》《前七国》《后七国》《五雷阵》《吴越春秋》《六国封相》《反樊城》《重耳走国》《临潼斗宝》《楚汉相争》《九里山》《白莽山》《东汉》《三国》《瓦岗寨》《隋唐》《江流记》《二度梅》《小西唐》《中西唐》《大西唐》《薛丁山征西》《罗通扫北》《薛刚反唐》《打登州》《破孟州》《天汉山》《绿牡丹》《西游记》《五色英雄会》《刘金定救驾》《杨家将》《天门阵》《牤牛阵》《岳飞传》《五虎传》《九龙山》《十粒金丹》《三侠五义》《金鞭记》《飞龙传》《水浒传》《济公传》《大

---

① 秦振安编著:《中国皮影戏之主流——滦州影》,台湾省立博物馆出版部1991年版,第31页。
② 魏力群:《冀东乐亭皮影戏》,《神州民俗》2013年第206期。
③ 怀德县志编纂委员会编著:《怀德县志》,吉林文史出版社1996年版,第769页。

明英烈》《香莲帕》《于公案》《彭公案》《施公案》《刘公案》，等等；有的来自戏曲，如《蝴蝶梦》《昭君出塞》《狸猫换太子》《渔家乐》《灵飞镜》《蕉叶扇》《五龙图》《目连救母》《党人碑》《宝莲灯》《雷峰塔》《六月雪》《百花亭》《混元盒》，等等；还有的源自民间故事、宝卷、评书、鼓词、弹词等文艺形式。

到了清末之后，创作新影卷成了风气。如创作了《二度梅》《三贤传》《定唐》《珠宝钗》《出师表》和《青云剑》六大部影卷、达百万字之多的高述尧，为清嘉道时人，县诸生，居于乐亭城北关帝庙于庄（今代家河于庄），满族。他博学多才，屡试不第后，在家设塾教学。因性嗜影戏，谙熟音律，便在教学之余，创编影卷。他对影戏唱词结构进行了规范化的整理，摒弃了一些"杂牌子"，规范了"大、小金边"的格律，扩大了"硬辙"的使用范围。所编影卷，艺人视为范本之作①。在高述尧之后，华北、东北许多地方的文人热衷于影卷的创作，如清末辽宁锦县大齐屯齐二黑撰写了《五峰（锋）会》，其女又续写了《平西册》；辽宁凌源北炉乡平房村举人任善树（字老玉）撰写了《十粒金丹》；辽宁喀左县李杖子村皮影艺人李文然（1912年生）于二十世纪三十年代编撰了《丝绒带》《鲛绡帐》《万灵针》等。

新中国成立之前的传统影卷在内容与艺术上有三个特点：一是剧旨宣扬忠孝节义，二是情节曲折离奇，三是染上了地方特有的文化色彩。当然，编创者都是站在底层大众的立场上，以他们的伦理观、价值观来衡量是非，并表现他们的生活理想。如歌颂"忠君"的品质，很多故事中的"君"，尽是明君，而绝不是昏君，这明君等同于国家，"忠君"实际上就是忠于国家。而对于昏君，不管是哪朝哪代的，影卷都是大加挞伐。再如对女性形象的描写，虽然也以男性的视角写她们愿意在一夫多妻的婚姻中生活，但她们对于男人的选择却是主动的、积极的、高标准的。

新中国成立之后，为了迎合时代的需要，华北、东北的皮影戏的影卷内容发生了显著的变化。首先在剧旨上，体现出主流意识，即揭露封建社会的黑暗和统治阶级的残酷无道，歌颂劳动人民高尚的品质，宣扬爱国主义精神，等等。其次，多以现当代的社会生活为题材，以革命战争时期的英雄和社会主义建设时期的工农兵为主要人物。再次，以神话、童话为题材，充分考虑儿童的审美趣味。作品

---

① 张军：《滦州影戏研究》，大象出版社2010年版，第148—149页。

如《九件衣》《芦荡火种》《女游击队员》《焦裕禄》《红管家》《大闹天宫》《乌龟与兔子》《嫦娥下凡》,等等。

影卷的唱词结构形式有七字句和"十字锦""五字赋""三赶七""大金边""小金边""楼上楼""赞"等,总的来说,较为自由,编创者可以根据叙事、抒情与表现人物性格的需要而选择某种表达形式。

皮影戏艺人在表演时以"影卷"为脚本,依字来建构唱腔。唱词须合辙押韵,一般来讲,有十三辙,即中东、衣期、言前、灰堆、梭波、遥迢、麻沙、人辰、由求、包邪、姑苏、江阳、怀来等。编创者会根据不同行当、人物性格和情节需要,尽量选用适合的辙口。旦行较多使用"衣期""包邪""灰堆""由求"等,生行多用"江阳""中东""言前"等。由于韵母所含的字有多有少,含字多的叫宽辙,含字少的叫窄辙,也叫险辙。如"包邪"辙,平声字少,仄声字多,有文字功底的人才能够运用得恰到好处。押平声的叫"正辙",押仄声的叫"硬辙"或"反辙"。

以"滦州影"为中心的华北、东北皮影戏,所唱的曲调有平调、悲调、花调、侉调、梦调、游阴调、还阳调、凄凉调等调式。"平调"是基本唱腔,男、女腔皆可用,它既能用于抒情性的唱段,又可用于叙事的唱段。"花调"是在平调基础上通过装饰、加花等手法发展而成,唱腔华丽,用于表现欢快、活泼、诙谐的情绪,在传统剧目中,为彩旦、花旦、小旦和丑专用,板式运用上只有大板和二性板。"凄凉调"也叫"路途悲",用于表现悲哀凄凉的情绪,女腔专用,唱腔速度慢,擅长抒情和叙述,多用于怀念、回忆和痛苦之处。"悲调"一般为大板、二性板,速度缓慢,男、女腔皆有,用于表现声泪俱下、悲恸欲绝的感情,曲调如泣如诉,线条起伏很大,源于当地妇女失去亲人悲极痛哭的音调。"游阴调"传统上是人死后到阴间变成鬼魂时专用的唱腔,因为用途的局限性,很少演唱,也没有严格的规范。"滦州影"还有一个特殊的唱法,即用手指掐捏着喉头,控制声带而发出声音的歌唱。①

华北、东北的皮影戏,近年来一直处于衰落的状态。但由于许多地方将它们列为"非物质文化遗产"而得到传承,政府和业界正在按照"创新性发展、创造性转化"的精神,努力探索,让它能与时俱进,从而重新获得观众的喜爱。

---

① 刘荣德、石玉琢编著:《乐亭影戏音乐概论》,人民音乐出版社1991年版,第137—237页。

紫荆关

（上）

杨明忠　梁芝榕　整理

【故事梗概】 明朝正统年间，太监王振专权，皇帝对他言听计从。皇亲孙吉宗、大臣刘球等人先后被王振诬陷，刘球冤死狱中，全家被抄。无奈之下，孙家二子与刘家二子一女落草为寇，希冀冤案昭雪。与此同时，王振与北国也先等人密谋颠覆大明，以平分大明疆土，将英宗皇帝引诱至土木堡俘虏，史称"土木堡之变"。为保大明，郕王朱祁钰在大臣于谦等人的拥护下登基，任命被忠仆救出的皇亲孙吉宗为元帅带兵平叛，同时命孙家二子和刘家二子带兵平叛王振余党所引起的内乱。最终，英宗皇帝被成功救出，重归帝位，孙家和刘家的冤案得以平反。

主要人物及行当表

孙吉宗：老髯王帽，昌国公、天子舅父
孙　堂：正武生，孙吉宗之子
康金定：正旦，孙堂之妻
赵素娘：正旦，孙堂之妻
孙　安：生，孙堂之弟
孙　弘：白面武生，孙堂之子
孙　月：黑面小生，孙堂之子
郭　登：白面武髯，大同总兵、孙吉宗妻兄
石建章：生，前工部尚书之子
董月英：正旦，石建章之妻
石　瑞：红面小生，石建章之子
石玉珠：正旦，石建章之妹
牛　氏：奸面旦，石建章继母

石大星：石建章异母弟
花翠红：小丑旦，石大星之妻
牛　寿：牛氏之弟
董　宽：绿高罗帽，董月英之弟
刘　汉：红面帅，刘球之子、宣化府总兵
刘　月：黑面武生，刘球之子
刘赛花：花旦，刘球之女
陈　望：丑，罗帽，刘球妻侄
赵　杰：白面髯生扎巾，京营指挥
陶季春：中年旦，赵杰之妻
张爱玉：小旦，赵杰之妾
赵　荣：赵杰之子
陶　忠：白脸武髯扎巾，陶季春之兄、

边镇指挥

陶秀英：陶忠之女

郝　仁：老丑，货郎

裴　成：老丑，渔民

裴桂香：小旦，裴成之女

邢碧云：裴成妻侄女

宋金芳：番旦，杏花山首领

朱祁钰：郕王，景泰皇帝

杨　普：白面，丞相

罗亨信：奸面，宣化府巡抚

张　锐：红面三尖帅，勋爵之子、紫荆关守将

同　寅：道士

王　振：奸面大老公，治国公、司礼监太监

王　文：都察院御史

王　山：丑花面武生，王振之侄

王　林：丑武生，王山之弟

王大才：丑生，王文之子

王永和：丑，锦衣卫

马　顺：奸面罗帽，指挥

杨　洪：老丑帅，京营武将

杨　俊：丑扎巾，杨洪之子

吴　良：指挥、杨洪妻弟

金玉莲：豹头山大郡主

金玉环：豹头山二郡主

陈　豹：奸外，恶霸

乜　先：蒙古宁顺王、太师

伯　彦：蒙古英烈王、乜先之弟

喜凤鸾：蒙古庆阳公主、乜先之弟

会　真：和尚，国师

第 一 本

【剧情梗概】 皇亲孙吉宗之子孙堂进京寻父,途中解救下被当朝权宦王振之侄王山掳走的两位女子,受二女子之兄/夫石建章力邀,前往石家做客。孙吉宗与王振发生冲突,正值鞑靼入寇紫荆关,明英宗遂命他前往御敌。王山之弟王林追赶鸟雀误入大臣刘球家花园,见刘球之女赛花貌美,顿生垂涎之心 被赛花之弟刘月打伤。

(出正武生装扮孙堂)

孙　堂：(诗) 孔孟诗篇训儒流,武子兵法用心谋。
异日风云龙虎会,金殿当头步龙楼。
(白) 学生孙堂在原籍居住,吾父孙吉宗在朝伴驾,身居公爵,当今皇帝之母乃是吾姑母,身为国戚。因为吾母去世在家守孝,我弟兄二人,兄弟孙安在家守业,苦读诗书。今已三年服满,不免进京探父一回则个。将二位娘子唤出,嘱咐一回便了。二位娘子哪里,快来!
(正旦装扮康金定、赵氏上)

康金定、赵氏：忽听官人唤,急忙到前厅,官人可好?

孙　堂：二位娘子免礼,请坐。

康金定、赵氏：妾等告坐,官人唤吾姐妹不知有何话讲?

孙　堂：娘子们听了。
(唱) 自从萱堂身辞世,拙夫守制报亲恩。
三年服满归地府,日夜又思老严亲。
久违膝下缺定省,孝子安能忘天伦。
理当进京去看父,我今便要离家门。
家中事托于兄弟与奴仆,内里嘱咐你二人。
我去不定几时转,还需出头报君恩。
兄弟在家读书史,荣登金榜跳龙门。
叔嫂之中礼莫错,好好看待要尽心。

康金定、赵氏：(唱) 二人一齐尊夫主,将军要去放宽心。

　　　　　　　家中之事不必挂，阖家就有我二人。
　　　　　　　叔嫂和顺奴仆义，上下礼待敬如宾。
　　　　　　　家内少忧只管去，见公爹替我二人问严尊。
　　　　　　　官人受旨若保国，从来夫荣妻也尊。
　　　　　　　叔叔后来登金榜，阖家均沾雨露恩。
　　　　　　　不枉孙门忠良辈，世代居官救万民。

孙　堂：（唱）一闻此言心大悦，娘子们淑娴义超群。
　　　　　　　不枉侯门节义妇，凛凛大义件件闻。
　　　　　　　我若有幸承父志，同享荣华过百春。
　　　　　　　夫妻言讲天色晚。

　　　（生上，二公子孙安走进门）

孙　安：（白）兄嫂在上，小弟有礼。

孙堂、康金定、赵氏：兄弟／叔叔免礼。

孙　安：哥哥要进京去探父，小弟与你择定明日起身，便为饯行。

孙　堂：兄弟在家读书，候登金榜，愿咱弟兄龙虎风云际会，方显咱侯门幸也。时时要尽孝。

康金定、赵氏：看夫愿荣华。

　　　（出丑花面武生装扮王山）

王　山：（诗）力大身雄武艺高，威威烈烈逞英豪。
　　　　　　　富贵双全随心乐，无忧无虑任逍遥。
　　　　（白）俺王山，山西大同蔚州人氏，只因父母早亡，抛俺兄妹三人，多亏叔父照管成人，兄弟王林与我讲文习武，妹妹玉荣出嫁刘姓。叔父王振现做当朝一品太监，如今外通北国，内养雄兵，与我兄二人要图谋大事。前月命我回豹头山下书去见盟叔，多招人马，以待后来举事。见面交代已毕，带领家人回京复命，晓行夜宿，一路不停，方才打了早尖。小子们，外厢带马行路。

　　　（升帐，出四番将，站立）

四番将：（唱）人在大明国，心通塞北番。
　　　　（诗）北地胡兵盛，雄勇逞英豪。
　　　　　　　扶元兴旧业，雄心灭南朝。

胡里牙：（白）俺左都酋长胡里牙。

沙里金：俺右都酋长沙里金。

阿里素：阿里素。

阿里乌：阿里乌。

四番将：今有都督升帐，在此伺候。

（出净装扮番将）

索罗里：（诗）化外功高震江湖，一身勇猛敌万夫。

　　　　　　提刀马踏边界路，直到中原灭燕都。

（白）本都荡蛮大都督索罗里，在塞北可汗大元主驾下称臣，官拜总兵都督之职。只因元灭明兴，先皇失去中原，世代交兵，干戈不止。如今两国暗中私通，元主封我荡蛮大元帅，带兵十万，又去征伐南朝。吉日行兵，先去要路。今逢黄道吉日，人马点齐。众番兵，起兵杀到紫荆关，不得有误！

（出文生）

石建章：（诗）孔孟诗篇训儒流，圣贤有教苦潜修。

　　　　　　仰望蟾宫折丹桂，夺志云梯步龙楼。

（白）学生石建章，本是山东莱州府安乐村人氏，读书入泮，身入黉门。先父石璞在世做过工部尚书，生母李氏不幸早年去世，如今继母牛氏在堂。学生娶妻董氏，还有妹妹玉珠，年方二九，尚未受聘。继母所生兄弟石大星娶妻花氏，他婆媳待我兄妹夫妻不合，令人难言其过。今乃七月十五日，乃是生母亡年之日。我与娘子、妹妹痛念双亲，方才命人备下供献、车马，须得唤他姑嫂同去上坟。娘子、妹妹哪里？快来！

（二正旦出）

石玉珠：哥哥万福。

董月英：相公万福。

石建章：娘子、妹妹免礼。

董月英、石玉珠：是。

董月英、石玉珠：相公/哥哥要去上坟，外边车辆可曾齐备？

石建章：诸般齐备，等候你姑嫂起身。

董月英、石玉珠：如此我二人更衣前去。

     （唱）姑嫂俩，不消停。

       急去改换，回转身行。

石建章：（唱）书生思父母，两眼泪盈盈。

    早晚每日思念，继母大不相同。

    追思情伤恩难报，只有祭礼到坟茔。

    出书房，后同行。

董月英：（唱）只有二人，便把衣更。

    色服簪花去，素体一身青。

    立时改换已毕，不由一阵伤情。

石玉珠：（唱）可叹二老死得早，抛下女儿受孤零。

    心惨伤，往外行。

    一起上车，离了门庭。

  （赶车人上）

石建章：（唱）书生在车后，跟随徒步行。

董月英、石玉珠：（唱）家人赶起车辆，路上行走如风。

      不言众人上坟去，

孙　堂：（唱）又表孙堂在路行。

    催坐骑，奔路程。

    离了故土，去上京城。

    心思天伦父，几载未相逢。

    此去父子见面，见机报效朝廷。

    男儿志存四方外，但愿凌阁早标名。

    想到此，豪气生。

    行路遥观，遍野之中，

    满地是禾苗，山林草木青。

    士农工商如意，大路来往人行。

    路景潇洒多畅快，慢慢而行去进京。

    豪杰走，又不名。

王　山：（唱）再表王山，也在途中。

　　　　　　离了山西地，复又进山林。
　　　　　　带领家奴两个，主仆三人回京。
　　　　　　这日正走抬头看，呀！路旁有座大坟茔。
　　　　　　多树木，密层层，
　　　　　　俱都是些，翠柏苍松。
　　　　　　坟木多齐整，石气乱哄哄。
　　　　　　谁家这样阴宅，威严太把人惊？
　　　　　　必是官家大坟地，平等之人再不能。
　　　　　　我何不歇息看一看？主意已定下能行。
　　　　（白）小子把马拴在树上，大家在此歇歇再走。
家　　仆：是。（拴马）大爷你看这座坟茔修得好整齐，造的石门石人多少，石牲口多少，还有松树，地方宽大，真好巍势。
王　　山：此处树密人稀，你们在此等候，我进内观看观看，少刻回来再一同行程不迟。
家　　仆：我们外头等着。
王　　山：你俩外头等候，待我进去观看一回便了。
　　　　（唱）徐徐往前走，不住留神看。
　　　　　　坟茔不甚多，四面真好看。
　　　　　　只见坟里边，车马好像站。
　　　　　　原来是有人，倒要见一见。
石建章等三人：（内白）爹娘呀！
王　　山：（唱）原来有人哭，姣音听得曼。
　　　　　　近前仔细瞧，真好！一见遂心愿。
　　　　　　四人二女娘，两个男子汉。
　　　　　　一人像奴才，伺候旁边站。
　　　　　　那个跪坟前，同把美人伴。
　　　　　　化纸奠酒浆，桌上摆供献。
　　　　　　树旁隐我身，怕他早看见。
　　　　　　只见二美人，俊俏人罕见。
　　　　　　何不都抢着，回京把我伴？

　　　　　　我家有势力，不怕有祸患。
　　　　　　主意拿定了，定要如此办。
　　　　（内生祭礼已毕）
石建章：（白）天色已晚，家童，收拾供献回家。娘子，妹妹，快上车吧！
王　山：（唱）呀！他们要回家，心内有成算。
　　　　　　美人上了车，赶起正方便。
　　　　　　急快走近前，拦路迎头站。
　　　　（丑赶车，生同上）
石建章：（唱）书生一见开言问。
　　　　（白）你是何人？来到这里做甚？
王　山：在下王山，乃是远方行路之人，在此歇息，看见这座坟茔宽大，进来观看这座阴宅。想是你家坟墓，问你姓甚名谁，车内两个妇人是你什么人哪？快说！
石建章：学生名唤石建章，前来祭礼祖茔，车上乃是荆妻和妹妹。你今到此，素不相识，问起太也不当。快些闪路出去，我们便回家。
王　山：住了，我好意与你讲话，为何这样酸气？其情可恼，小子们！
家　仆：有！
王　山：哪里？快来！
家　仆：来了！哟！车上好两个人头，叫我们揍啥呀？
王　山：你们抢着两个美人，赶起车辆，快些带马行路！
家　仆：哈！
　　　　（丑打生家童车下）
石建章：罢了我了，贼奴真正反了。
家　童：兔羔子们，把咱们主仆都打咧！青天白日竟敢抢人，真正没有王法咧！
石建章：你看他们赶车而去，我也难敌，力软难行，只好舍死忘生赶上他们，定和强盗拼命。
家　童：你看公子气得疯了一般，随后赶去，一人如何是他们的对手？赶上还是吃亏。我只得急急回家告诉二公子，急急约会合庄人等齐来赶贼，解救少夫人、小姐便了。
　　　　（生又上）

石建章：救人啊救人！恶贼不要走，快些送回我的妻子、妹妹！
（唱）连声喊，骂狂贼。
口中不住，大喊如雷。
这样清平世，竟敢乱胡为。
一点王法不怕，不惧天网恢恢。
喊叫救人无人理，独自一人在后追。

（孙堂骑马上）

石建章：（白）救人哪救人。
孙　堂：（唱）呀！前面一人，喊叫如雷。
不知因何故，令人不晓得。
光景必有大难，何不细问明白？
看罢催马忙赶上。

（孙堂赶上石建章）

孙　堂：（白）那位仁兄，你且站住。
石建章：行路君子救命吧！
孙　堂：（唱）下坐骑，把马勒。
请问仁兄，姓甚名谁？
这样因何故？快些说一回。
石建章：咳！
（唱）君子若问其故，听我细说一回。
从头到尾说一遍，伏乞救难发慈悲呀！
孙　堂：（唱）豪杰听罢心大怒，何处强盗万恶贼？
待我赶上去解救，仁兄且候即便回。
说罢上马如飞去，
石建章：（白）此人倒也是个英魁。
孙　堂：待我随后看是为何？
王　山：再说王山心乐飞。（坐在马上）
小子们，催赶车辆快走！
家　仆：哈！
（二丑赶车）

董月英、石玉珠：苦哇！

孙　堂：呀歹！强盗们哪里走？

王　山：哟！不好，马上一人赶来，光景有些不好，家丁呢？

家　仆：有！

王　山：你们保护车辆前行，待我挡他回去。

家　仆：哈！

（孙堂骑马上前，与王山对）

王　山：哪里来的小辈？敢在太岁头上动土？

孙　堂：恶贼不要狂言，这样清平世界，朗朗乾坤，竟敢抢夺民间妇女？真乃胆大包天。劝你快把车辆留下，万事皆休，不然你难逃一死。

王　山：住了！你我井水不犯河水，少来多管闲事，若不远远走开，叫你难讨公道！

孙　堂：嘟，恶贼不良，其情可恼，不要饶舌，吃我一剑！

（王山战败，下）

王　山：哇呀，这厮骁勇非常，不是他的对手。小子们！扔下车辆，快些一起动手！

（二丑与孙堂对战，落败，王山又上，落败）

王　山：小子们敌他不过，尔等随吾，大家努力一齐跑他娘的吧。

孙　堂：你看他们飞跑，不必追赶，赶上车辆救那两个妇人回家便了。（下）

（孙堂下又上，下马）

孙　堂：呀，你看她们唬得下车逃跑不见，想是害怕藏躲，待吾回去告诉那人，寻访她们才是。

石玉珠：嫂嫂，你我快些逃走。

石玉珠、董月英：（唱）姑嫂二人离车辆，庄稼地里把身藏。

何处万恶贼强盗，行路竟敢抢女娘？

不知何人来救护，你我得便逃了祸殃。

也不知哥哥/相公怎么样？唯恐追贼受了伤。

叹咱鞋弓袜又小，不能急快转家乡。

恐怕贼人来追赶，汗透衣衫心发慌。

石建章：（白）娘子、妹妹哪里去了？不必害怕快些出来，随我回家去吧。

石玉珠、董月英：（唱）呀！忽听外面有人唤，就像那哥哥/相公声高扬。

叫咱出去回家转，想是平安无祸殃。

顺着声音出去看，

（石建章上，孙堂拉马上）

石建章：（唱）石建章一见喜非常。

娘子、妹妹快来也，我在这里莫惊慌。

石玉珠、董月英：（唱）果是相公/哥哥到，见面观瞧喜非常。

石建章：（唱）你姑嫂蒙这位恩人救，快些拜谢理应当。

石玉珠、董月英：（白）是。多谢恩人救难，受小女子一拜。

石建章：跪。

孙　堂：不必。

（唱）莫要多礼快请起，你们无祸转家乡。

我要上马去赶路，

石建章：（唱）君子慢走切莫忙。

还未领教尊名与何姓，且留玉齿讲其详。

孙　堂：（唱）家乡名姓说一遍，刻下还要进帝都。

石建章：（唱）原来还是贵公子，乞恕不知罪难当。

孙　堂：（白）好说，不敢。

石建章：（唱）救难之恩情难报，不才愿请到敝乡。

未知贵人可愿否？

孙　堂：（唱）公子听闻喜非常。

既承美意我愿去，去到贵府赐荣光。

石建章：（唱）多蒙救护情常好，正然讲话家人忙。

家人跑来忙禀报。

家　童：（白）好跑好跑，奶奶、姑姑怎得脱身？这位是谁？强盗为何不见？

石建章：原是如此这般，多亏这位恩人救护脱身。

家　童：好好，遇见救星，这是大喜。自从遇见强盗，小人飞跑到家，说与舅爷、二公子，约会合庄人等齐来赶贼，他们落后，我在头前，不想早有恩人解救，平安无事叫人放心，真乃万幸万幸。

石建章：原来这伙贼人去远，业已脱逃，不必追赶，你快去赶回车辆，叫她姑嫂

　　　　　　上车，待我迎回众人，一同回家去吧。娘子，妹妹，你们快些上车回家，有请孙兄一到舍下盘桓，请。

　　　　　（家童赶车下，王山急上）

王　山：哎呀，好生厉害。本想抢那两个妇人回京，一路无阻，不想偏遇冤家解救，我与家丁惜呼命丧他人之手。此仇难报，只得日后慢慢访查，拿他才是。小子们，随我急急回京！

　　　　　（升帐，二将站旁）

陈能、韩青：（诗）盖世英雄将，惯战武艺精。

　　　　　　　　　临阵能决胜，挥戈定太平。

陈　能：（白）俺团练陈能。

韩　青：俺指挥韩青。

陈能、韩青：总帅升帐，在此伺候。

　　　　　（出红面三尖帅坐）

张　锐：（诗）英雄志高称奇男，全凭枪马定江山。

　　　　　　　　威名久振蛮江外，运筹能扶社稷安。

　　　　　（白）本帅张锐，爹爹在朝官居公爵。先前我随父从军有功，官升总兵。如今接旨镇守紫荆关，小心要路，以防鞑虏。

　　　　　（小兵上）

小　兵：报总爷得知！了不得了！

张　锐：有何祸事慢慢报来。

小　兵：总爷听报！

　　　　（唱）报报报是非，小人去远探。

　　　　　　塞北发来兵，人马有十万。

　　　　　　离城十里多，人马安营占。

　　　　　　为首鞑子贼，恶相不好看。

　　　　　　带领毛袄兵，城下来要战。

　　　　　　小人探得明，来把元帅见。

张　锐：（白）呀！听罢甚惊慌，盼咐再去探！

小　兵：得令！

张　锐：（唱）叫声众将官，听我说一遍。

番贼这一来，来者必不善。
大家要齐心，努力退番叛。
传令众三军，杀出不怠慢。
（白）众将官，趁他人马疲乏，尔等随我出城退敌，不得有误！

番　将：众番兵压住阵脚。
（番将沙里金骑马上）

沙里金：吾沙里金，大兵来到关前安营扎寨，跟随都督来此挑战，一马当先来到关下，定要建立头功。
（炮响）

沙里金：呀！城中炮响，关门大开，涌出无数人马。众番兵，随我冲杀！
（韩青上，对阵）

韩　青：来者胡奴，报名上来！

沙里金：问你酋长，名唤沙里金，明将何名？

韩　青：你指挥老爷韩青！番贼竟敢犯界，太也胆大，劝你快快退兵，不然杀尽臊奴，叫尔片甲不归。

沙里金：哇呀呀！休发狠言大话，看叉取你！

韩　青：来来来！
（韩青战败，索罗里与陈能对阵）

陈　能：众将官闪列两旁，番贼少往前进，有你陈爷擒你。

索罗里：明将报上名来。

陈　能：问你陈爷，名唤陈能，番贼何名？

索罗里：你都督名叫索罗里，特来取关破敌。不要走，看刀取你。

陈　能：看枪。
（陈能战死）

索罗里：明将被我斩于马下，正好擒贼。小的们，努力冲杀！
（张锐上）

张　锐：臊奴竟敢伤我大将，本帅特来擒你报仇！

索罗里：来将何名，竟敢前来送死？

张　锐：番贼休得胡言，竟敢来犯天朝，自取灭亡。本帅若不杀你，誓不为人。休走！看枪！

（索罗里战败）

索罗里： 明将枪急马快，难以取胜，不免等他赶来，鞍桥摘下钢鞭，打他便了。

张　锐： 番贼哪里走？

索罗里： 看鞭打你。

张　锐： 咳呀，不好。

索罗里： 明将大败而逃，天色已晚不必追赶。小的们，打得胜鼓回营。

张　锐： 众将官把守城池，将马带带带过了。

（张锐坐，韩青站一旁）

张　锐： 一场好杀，一鞭好打，咳呀，罢了我了。

（唱）坐大帐，胆战惊。
　　　左膀疼痛，口打咳声。
　　　番贼真厉害，杀伐武艺精。
　　　力大刀沉马快，要想胜他不能。
　　　陈能在他手中死，本帅惜呼一命倾。
　　　受伤转，败回城。
　　　可叹失去，当日英名。
　　　此关难保守，唯恐再来攻。
　　　若无妙计防守，城破齐丧残生。
　　　要路一失无拦挡，贼入帝都了不成。
　　　无法使，口打哼。
　　　有心求救，又怕难行。
　　　着急干搓手，无法可调停。
　　　正然思想愁闷，

韩　青：（白）元帅，韩青又把话明。

（唱）口称元帅莫忧虑，何不写表去进京？

张　锐：（白）本帅也有此意，怎奈贼势压境？唯恐解救不到，必误大事。

韩　青： 不妨。

（唱）急表去，奏朝廷。
　　　救兵一到，可退贼兵。
　　　若是不求救，必误大事情。

　　　　　　胡人正在攻取，关城一涌可平。
　　　　　　你我纵有千合战，认定死守也不中。
张　锐：（白）好。
　　　（唱）连点头，全听从。
　　　　　　将军公论，也是实情。
　　　　　　我就急写表，差你去进京。
韩　青：（白）末将愿往。
张　锐：（唱）说罢提起竹管，一挥而就写成。
　　　　　　写完叠好装封筒，将军急急把令听。
韩　青：（白）在。
张　锐：（唱）骑快马，日夜行。
　　　　　　急去速回，莫误途程。
韩　青：（唱）接表急急去，去帐走龙楼。
　　　　　　韩青行路不表，
张　锐：（唱）张锐等候救兵。
　　　　　　座上急忙又传令，
　　　（白）众将官城头挂上免战牌，多加滚木礌石，小心防守城池，不得有误。

（出老髯王帽）

孙吉宗：（诗）位列高爵雨露深，辅国忠正贯古今。
　　　　　　功列洋洋满宇宙，威名赫赫震乾坤。
　　　（白）本公昌国公孙吉宗，原籍河南人氏，家有二子，长名孙堂，次名孙安，只因夫人去世，他们在家守孝。还有一个妹妹，乃是当今皇帝之母。老夫身为国戚，真乃居人之上。朝内老臣有我五人为首，俱是先皇托孤老臣，内有二人与我结义，一名定国公徐恭，一名成国公朱永，如今俱有公干离京。方才又有丞相杨普请我进府，今个少不得前去一往。来人！外厢带马，一到相府！

（出白面老丞相）

杨　普：（诗）位近台阁胜公侯，功德名扬震九州。
　　　　　　义秉忠心同日月，鞠躬尽瘁任君游。
　　　（白）本相杨普，在大明正统驾下称臣，官拜平章首相之职，年近七旬。

先皇宣德驾崩，新君继位，信宠太监王振，大失国典。前有外路两道表入朝，皇帝钦命英国公张福①、定国公徐恭二人去到黄河修堤镇基，又命成国公朱永云南封王，我想五人托孤，三人离京，只有我二人在朝，唯恐势孤，朝纲不振，所惧宦官专权，怕有社稷之忧，为此邀请他们进府议事，为何不见到来？

（中军上）

中　　军：禀爷，四家公爷请到。

杨　　普：好。待我迎接。

（唱）整理衣冠接出去，府门见面笑颜开。

　　　　　一让而行进书舍，

（四人上）

杨　　普：（白）众位请坐。

孙吉宗等四人：大家同坐。

杨　　普：（唱）分宾而坐笑颜开。吩咐中军把茶献，

孙吉宗等四人：（唱）四人开言问明白。

　　　　　不知丞相有何事，相邀我们进府来？

杨　　普：（唱）无事不能劳众位，只因素把国事怀。

　　　　　咱大家彼此同蒙托孤重，当今年幼不明白。

　　　　　无道凡事信王振，深宠宦官却不该。

　　　　　有意除奸时不遇，偏遇众位又出差。

　　　　　老夫年迈怀忠义，王振近日更心歪。

　　　　　权高势重无忌讳，威福日重坏国来。

　　　　　包藏祸心难猜测，唯恐社稷被他坏。

　　　　　特请列位来议事，

张福等三人：（唱）三人听闻把口开。

　　　　　丞相忧虑真不错，心中也把此事怀。

　　　　　我等此去日难定，事不了然怎得来。

　　　　　齐犯踌躇说不好，

---

① 按："张福"疑为"张辅"，明前期名臣。原文如此。

孙吉宗：（唱）孙侯这里把口开。尊声列位莫忧虑。

（白）两位大人，二位仁兄，你们不必多虑，王振纵然能独霸朝堂，三位去后，不才还有我与丞相理政，何怕奸臣当道？只要你我尽忠辅国，管能保住社稷无忧。

杨　普：皇亲之言虽是，但王振乃内官，时常近御，言语亲密，你我势孤，如何能防表里？细想总不如善化教之，以理当顺，乃是皇家之福。那王振前日有疾，如今病愈贺喜，老夫想邀皇亲，再邀一二位官员，也去见他贺喜，却以庆贺为由，席前劝他改过行善，岂不是好？

张福等三人：好，倒是丞相所言有理，既然如此，不必久谈，我等钦命紧急，也要离京，此来德教已领，便当告辞回府。

杨　普：君命在身，不敢久留，正好大家有事，一同出府，请！

（出奸面大老公）

王　振：（诗）权高势大蒙君宠，文钦武敬贵又尊。
　　　　　　　意图社稷山河富，胸存谋国一片心。

（白）咱家近御太监王振，自幼净身在家读书，深通翰墨，十四岁被选朝侍驾，得宠后伴太子御学读书。后来老主殡天，太子即位，钦封咱家司礼太监外加治国公之职，代辅国政，有事相召，俱都称为先生。虽是宦官，势压满朝。我有两个侄儿、一个侄女，俱是咱家照看成人。侄女出嫁，提拔侄婿为官，可恼亲翁与我不合。我今威福日盛，暗通塞北，图谋不轨，所为事体劳心，前者有恙，惜呼病入膏肓，多亏皇帝钦命太医看脉服药，今日体健身安。病愈洗尘，满朝文武都来贺喜，唯有几位托孤老臣待我大模大样，前日遇机有事，被我进宫奏知皇帝支出几位公干去了，其余只有一二人在朝，却也不妨咱家心意了。

（小老公上）

家　仆：禀公爷，今有杨丞相与皇亲孙吉宗还有王直、胡英两位尚书四人同来，都与公爷贺喜来了。

王　振：呦！这二人与我无有瓜葛，怎么他们来亲近。哼！罢了，我想别人却无要紧，唯有杨普、孙吉宗这二人不可慢待，急去迎接才是。

（唱）正冠束带往外走，出堂相迎满胸怀。

杨普等四人：（唱）来了大臣人四位，一见王振把头抬。

王　　振：（唱）近前拱手呼众位，迎接来迟莫见责。

杨普等四人：（唱）四人还礼说不敢，内烦外公笑盈腮。

王　　振：（唱）列位快请把庭进，香茗久候早把宴排。

杨普等四人：（白）请。

王　　振：一齐同把大堂上。请坐！归坐桌椅早调开。

孩儿们！看茶来。

（唱）早知列位必来降，特备小酌候驾台。

杨普等四人：（唱）有劳中贵相公候，我等轻造却不该。

王　　振：（唱）同僚套言却不必，抬爱咱家甚开怀。

恭罢吩咐排酒宴，珍馐美味样样来。

杨普等四人：（白）中贵有病少探望，

王　　振：不敢，好说。

杨普等四人：幸喜今日去危灾。

王　　振：（唱）咱家多亏皇恩重，赐医调治病好无灾。

杨　　普：（唱）中贵既感皇恩重，我有一言要说开。

王　　振：（唱）丞相有何话讲？

杨　　普：（唱）不怪方才言明讲，

王　　振：（唱）有话只管细说开。

（白）老丞相与众位光临敝府，多承抬爱，咱家喜之不尽。你我同朝伴驾，如同一家，何分彼此？有何见教就请明言，咱家并不介意。

杨　　普：好！老中贵，若不怪我多言，且听老夫对众位面论。

（唱）你我一般居人上，永乐北京做帝都。

功臣名入凌云阁，万古流芳落史书。

从古今未许宦官掌朝政，你今势大胜公孤。

既知国恩当报效，莫学那奸顽只把富贵图。

从来保国文胜武，不用征杀朝不出。

谁能像那汉诸葛，千古留名文武不如？

咱虽不能去比古，也得要把美名图。

宁学贤臣把忠尽，不留骂名后人呼。

你今执掌朝纲事，多有蒙蔽人不服。

劝你从今需要改，去恶行善方保无辱。

非是我今多言语，皆因吾暂退又把你托扶。

我今说了一席话，望你入耳心顺从。

王　振：（唱）听罢心烦好不舒。

这老儿哪里是与我来贺喜？分明对众把我辱。

酒席之前胡言乱道，叫人有气话难出。

勉强赔笑呼丞相：你的言语太也粗。

常言说酒后不可言朝政，不该闹此滴溜嘟噜。

犯了酒令当不该，应当罚你酒三壶。

吩咐令人看大盏，

（白）老丞相吃酒不多话倒不少，言语大乱，理当重罚三壶。看你年迈，担不住酒了，只罚你一盏。孩子们！看大盏过来，我与丞相敬一大盏！

杨　普：莫非老夫言语冒犯，贵驾有些吃恼吧？

王　振：我也未恼这事，说的那些话咱家太不入耳，罚你一盏，与我喝了吧。

杨　普：慢着！尊驾既不入耳，就算老夫酒后多言，却也不必介意，我的酒已尽量，不敢再饮，奉劝免罚，我便告辞，老夫少陪，众位休怪。

王　振：哟！你且慢行。

孙吉宗等三人：老丞相酒已尽兴，先生免过这一盏吧。

王　振：列位言之差矣，咱家好意敬酒，他怎不愿了呢？必得喝了再去吧。

杨　普：老夫言过酒已过度，不能再饮，莫非你还叫我强饮不成？

王　振：实对你说吧，既言深敬这杯酒，你饮也得饮，不饮也得饮。孩子们！快些斟酒。

家　仆：哈。

杨　普：哼哼。

王　振：烦咧，实在不饮，待我扯着耳朵灌了！

孙吉宗等三人：这倒不像话了。

杨　普：哎呀！好醉呀！

（唱）一盏入腹心打恍，只觉地转天也旋。

醉得头迷眼发黑，站立不住倒平川。

（醉倒）

杨　普：（白）哎呀！罢了我了！

孙吉宗等三人：这是怎么了？

王　振：（唱）王振鼓掌哈哈笑，老儿真是酒难担。

杨　普：（唱）又羞又气身站起，喝叫王振礼不端。

　　　　　　杨某劝你是为国，谁知竟不纳良言。
　　　　　　算我此来讨无趣，美意反恶面无颜。
　　　　　　可笑对众羞辱我，酒席宴前发狂颠。
　　　　　　量你赢得多大量，敢与日月比光鲜？
　　　　　　今番放肆幸遇我，若是别者罪难宽。
　　　　　　难免与你去见驾，金銮殿上讲一番。
　　　　　　老夫从来有酒量，幸与奸顽不一般。
　　　　　　今天不仁恕过你，且把众位体面观。
　　　　　　就算我大人不见小人怪，宰相腹内乘下船。

王　振：（白）好一个大人，真把咱家得罪苦咧。

杨　普：就此失陪三位了，改日大家再盘桓。

王　振：请吧，不送了，不送了。

杨　普：说罢带怒往外走，外面上轿把府还。

王直、胡英：王直、胡英也要把辞告。

孙吉宗：慢着，孙爷一见忙阻拦，口呼二位且稍站。

王直、胡英：丞相辞去，大家也当回府。

孙吉宗：（唱）勿忙何妨暂迟延？

　　　　　　满腹怀怒不平气，不由发怒上眉间。
　　　　　　忍耐不住发冷笑。哈哈哈！

王　振：（白）孙大人为何冷笑？

孙吉宗：我笑丞相领了东家的酒并不回敬，这也罢了，怎么临行连个谢字不答，反倒带怒而去。这是什么样子？为不为礼，哈哈哈，也罢，他不酬谢，待我回敬老先生一盏吧。

王直、胡英：老大人不要多事。

孙吉宗：这也不算多事，理该应当，在此我也斟满一盏，来来来，王老先生快请饮。
王　　振：哟！孙大人，这是为何？我的酒何用你回敬？这盏酒咱家不能饮，劝你免劳吧。
孙吉宗：这是什么话？别人吃得你也就得用。你虽是大人，这盏酒你吃得了，不要推辞。来来来，快饮吧。
王　　振：哟！你这光景好像气不平，莫非说还要与咱家怄个气不成吗？
孙吉宗：着哇，你说得不错，我是心怀不平，替他人出气。别人怕你，我孙某断不能怕你，这盏酒你不饮，我也要扯着耳朵灌了。
王　　振：哎呀，你这样无故寻非找事，太也不该！
孙吉宗：什么该与不该？你快与吾喝了吧。
　　　　　（灌酒）
王　　振：哎呀，灌得我鼻子眼都是酒，好不难受哇。
　　　　　（王振倒）
孙吉宗：哈哈，这回却也比前次可观，怎么这盏酒你也担不住了？我也学你的样子笑了吧，哈哈哈。
王直、胡英：孙大人你也醉了吧。
孙吉宗：不醉。
王直、胡英：不醉为何发疯？
孙吉宗：我非发疯，因他行事不端，我才气恨不过。
王　　振：好个孙吉宗，仗皇亲之势竟敢欺人。咱家与你势不两立！
孙吉宗：住了，要讲利害谁还怕你不成？我既惹你就不怕你。我把你这个不达事务的奴才不识抬举，杨丞相与你前来庆贺，一看皇帝，二看同僚，三则前来劝化与你，谁知你不纳，反当逆耳之谈。将当朝丞相凌辱而去，藐视托孤大臣，该当何罪？若以孙某所视，你不过一个小小奴仆之才，偏偏得宠侥幸高升，并非以功所累，怎如丞相国家栋梁，比如泰山，万众瞻仰，位居人上。不像你这般小人贪图富贵，专权害人，自然恶扬万代，竟不思忠贤保国，还敢胆大目高？这等小幸只知有己，不知有人，真乃是令人可耻呀可厌！
　　　　　（唱）越说越气无名动，拍手打掌把话发。
　　　　　　　　你是无知小人辈，令人高抬来惹咱。

王　　振：（唱）老孙你真把人怄，信口胡说把话发。
　　　　　　　　咱俩却有何仇恨？当面需要讲根芽。
孙吉宗：（唱）本来咱俩无相犯，纵然不平气难压。
王　　振：（唱）罚盏酒有何关系？无端无故你与我来磨牙。
孙吉宗：（唱）大臣哪许你欺辱？硬要罚酒把项掐。
王　　振：（唱）谁叫他来多言语？故才一怒把他罚。
孙吉宗：（唱）你说罚他我才罚你，一还一报两不差。
王　　振：（唱）哪个叫你来多事？气得忙把酒盏抓。
　　　　　　　　照着面上打了去，
孙吉宗：（唱）用手接住回里砸。
王　　振：（唱）躲闪不及招了中，脸上冒出血光花。
王直、胡英：（白）这是怎了？二位不该这样动粗，竟自闹出伤痕来了。
王　　振：姓孙的咱俩这里不用讲，快些跟我上朝吧。
　　　　　　（唱）说罢上前扯袍带，
孙吉宗：（白）说去就去不用扯拉。
众　　人：（唱）二人一起上金殿，
王直、胡英：（唱）王直、胡英甚惊讶。
　　　　　　（白）他俩前去见驾，祸事难压，你我快些随后上朝。见机而做，皇亲若有不测，大家从中保护才是。
　　　　　　（内朝）请爷下轿，尔等午门伺候。
　　　（白面髯生上，跪）
兵部尚书：万岁万万岁，臣兵部尚书前来见驾。
皇　　帝：爱卿见朕，有何本奏？
兵部尚书：万岁，臣接得紫荆关张总兵奏表一道，不敢自专，请主御览。
皇　　帝：侍儿，呈上来。
内　　臣：领旨，请主御览。
皇　　帝：闪过。
内　　臣：遵旨。
皇　　帝：爱卿平身。
兵部尚书：万岁。

皇　　帝：皇帝拆开表章，从头至尾看了一遍。呀！叫朕发兵退敌，朕想朝中公侯多半出外，命何人领兵前去呢？
　　　　（孙与王振，上殿，跪）
王　　振：万岁，奴才王振前来见驾。
孙吉宗：万岁，孙吉宗特为不平，前来见驾。
王　　振：我先奏。
孙吉宗：我先奏。
皇　　帝：慢着，你二人不要争论，王先生因何事面带血光，哦，孙皇亲有何不平，你二人扯扯拉拉来上金殿？
王　　振：万岁不知其情，原是如此这般，可恼皇亲因丞相杨普动起酒盏打伤奴才，惜乎一死，故此拉他前来见驾。我主问他这样欺人无礼，该当何罪？
皇　　帝：原来这等，皇亲这就是你的不是了，为何因此不忍，乱打大臣，将他打得这样狼狈？你见朕有何理讲？
孙吉宗：哎呀，休听一面之词，王振从来蒙君作弊，今日之事，微臣不服，特来与他辩理。
　　　　（唱）席前之事奏一遍，他不该罚酒得罪杨大臣。
　　　　　　杨普被辱辞回府，臣见不平把理分。
　　　　　　惹恼他又动酒器，被臣接住回打面门。
　　　　　　自己误伤怨哪个？又来拉我面当今。
　　　　　　一派虚言蒙敝主，吾皇万岁莫信真。
　　　　　　陛下不可把他宠，需要省察他的心。
　　　　　　从来宦官多不善，权势自然阴谋深。
　　　　　　谁不知秦有赵高指鹿为马，汉有十常社稷分。
　　　　　　唐室也有祸乱辈，李辅国与鱼朝恩。
　　　　　　四代宦官皆不善，俱是倾邦丧国人。
　　　　　　王振如今若比古，却与他们不差毫分。
　　　　　　陛下需要早除患，莫等日久实祸临。
　　　　　　贬了王振朝纲正，管保江山得安稳。
　　　　　　普天之下皆应贺，皇图永乐万年春。
　　　　　　奏罢伏地又叩首，

王　振：（唱）王振气得怒满心。

　　　　　　　叩头复又尊圣主，

　　　　（白）万岁，他与杨普二人酒后无忌，同在席前共骂圣上是无道软弱昏君，信宠奸佞，将来有亡国之忧，奴才听着气恨不过，故才惹他两个，一个怒辞，一个行暴，令人无法可使，来见陛下，辨明曲直。这样打臣骂君，真该万死！我主传旨，快些拿下问罪。

孙吉宗：哼哼，好个大胆奸贼，驾前巧言舌辩，毁骂圣上，竟敢当殿骂人，真乃是该剐该杀。

皇　帝：住了！你二人休在寡人面前争论。听其所奏皆难深信，必须细细斟酌，朕好从公论断。

孙吉宗：席前不光我俩，还有旁人见证。

皇　帝：不知还有哪个？

孙吉宗：王直、胡英却也随去，同在席前，俱各知晓，我主可选召他俩当殿一问，便知真假。

皇　帝：如此，内臣！

内　臣：伺候！

皇　帝：快宣王直、胡英前来见朕。

内　臣：遵旨。

　　　　（唱）内臣下殿急急去，

王直、胡英：（唱）二人来了好定夺。

　　　　　　　遂忙上殿齐跪倒，

皇　帝：（唱）皇帝一见问明白。

　　　　寡人宣召你们俩，这般如此说明白。

　　　　要你二人从实诉，

王直、胡英：（唱）万岁，吾皇若问听臣说。

　　　　　　　他们以往是如此，是怨先生礼不合。

　　　　　　　灌醉丞相他辞去，孙皇亲只为不平说。

　　　　　　　惹恼先生动酒器，却被皇亲他回拨。

　　　　　　　误伤难把别人怨，见驾不该又多舌。

　　　　　　　二人反目本不假，毁谤圣上无此说。

陛下莫把皇亲怪，不要伤了君臣和。
臣等二人来作证，从公论理奏明白。

兵部尚书：（唱）兵部尚书也跪倒，口呼万岁要定夺。
二人闹事不要紧，还有军情莫耽搁。
朝内无事再理论，快些发兵去平贼。

皇　帝：（唱）皇帝听罢将头点。
（白）倒是爱卿所奏有理，果然公事不像国事重大，细听王、胡二人所言，皇亲①皆有不周，若不看亲信股肱，俱各问罪。怎奈今有国事，公事不究。现今元兵犯境，朕要发兵，不知哪一个前去领兵挂印为帅前去灭贼才好？

王　振：万岁不必为难，鞑子造反不用别人救命，皇亲领兵前去，马到必能成功。

孙吉宗：住了，孙某为国自有圣上差遣，哪个用你荐举，混来多言多论？

皇　帝：你二人不用咬舌，今日之事朕当早有发落。皇亲多事，罚他出师灭敌，得胜回朝，将功折罪。先生不听善教，酒后无德，面上受伤，回府自己调治，罚俸一年，戴罪随朝。此乃解释仇隙，公断无偏，你们一起下殿回府，不许再奏。

众　人：万岁万万岁。

王　振：可恼可恼，孙吉宗打我一杯，指望参奏报仇，不想被作证，皇帝偏心亲戚，径自发落不公，这个仇恨难报，如何是好？哦，有了，我想孙老儿既领兵出征，内中必有咱家相近之人，何不秘密托付，暗暗谋害于他？有何不可？定是这个主意，走，急急回府。

（出白面髯生扎巾）

赵　杰：（诗）功业垂千古，将军姓字香。
（白）吾京营指挥赵杰，本京人氏，从前跟随孙皇亲征蛮有功，蒙恩提拔上进，婚配嫡妻陶氏，所生一子乳名喜哥，年方十二岁，庶妻张氏为人不忠，过门几载，这也不在话下。我今又随皇亲出征，官居护卫，奉命先到教场点将，需得早去伺候。人来！

家　童：有。

---

① 按：此处疑有脱漏，当为"先生与皇亲"。

赵　杰：带马，一到教场。

（升帐，二将站一旁）

赵杰、宋凌：（诗）中军帐里杀气漫，队伍独显将为先。

银甲映日霜露冷，宝刀光射斗牛寒。

赵　杰：（白）俺中军护卫赵杰。

宋　凌：俺运粮参将宋凌。

赵杰、宋凌：元帅升帐，在此伺候。

（出孙帅）

孙吉宗：（诗）花鼓聚起响如雷，大小儿郎抖雄威。

将台一上生杀气，盔明甲亮放光辉。

（白）本帅荡北经略孙吉宗，元兵造反，张锐上表求救，正遇王振与我反目，上殿辩理，皇帝言说发落。他多言荐我为帅，皇帝钦命难为。我想王振明是假公济私，暗夹仇恨，心怀歹意。钦赐精兵十万，战将数员，赏功罚罪，以功升赏，人马点齐，便要起兵前去。

（小兵上）

小　兵：禀爷，今有杨普丞相来到教场与爷饯行。

孙吉宗：快些看座，待吾前去迎接。

（唱）欠身离座下大帐，见面一揖把笑赔。

携手同行往里请，进帐一齐把座归。

杨　普：（唱）杨爷启齿开言道，尊声大人听明白。

前日为吾惹王振，今又远征去平贼。

孙吉宗：（唱）你我尽心皆为国，不想佞臣难挽回。

大人枉把良言劝，反惹无趣把心灰。

杨　普：（唱）为吾竟把大人累，最怕小人把仇为。

你今若是出征去，剩吾一人成孤危。

孙吉宗：（唱）只要你我怀忠正，不怕奸邪把心亏。

我若平贼得胜转，早除国患内防贼。

杨　普：（唱）全仗大人把乱退，定除狐党定国威。

别无可表把行饯，但愿你马到成功凯旋回。

孙吉宗：（唱）多谢大人吉言也，只求万幸早归回。

吩咐中军快看酒，大人请饮这一盏，
接过酒祭天和地，大人多劳快请回。

杨　　普：（白）如此老夫告辞，不能远送。

孙吉宗：请。

（送回丞相）

孙吉宗：（唱）送出回帐忙传令。

（白）众将官一起到紫荆关，不得有误。

（出花旦坐）

刘赛花：（诗）香闺寂寞恨悠悠，何日凝妆上翠楼？

（白）奴刘赛花，父名刘球，在京居官侍读学士，母亲陈氏生我姐弟三人，长弟刘汉，外任居官，次弟刘月，与奴随父在京。不幸母亲去世，抛奴幼女还未择配，如今年过及笄，犹在深闺思想终身，不知何日朱陈有定？

（唱）独坐香闺生烦闷，想起终身气常吁。
　　　奴今年交二十岁，还是幼女身无依。
　　　又想母亲在世日，教吾武艺用心机。
　　　她老乃是将门女，兵书战策尽皆知。
　　　传授奴家文成武就，常夸我女中之魁属第一。
　　　若是男子为人上，可惜是个女花枝。
　　　又说兄弟不如我，他俩心性粗太愚。
　　　言定嫁女择佳婿，不想她老早归西。
　　　闪得奴家无依靠，时常想念泪淋淋。
　　　虽有爹爹相照管，择配之事并不提。
　　　叹奴年过摽梅岁，也不知之子于归在何时？
　　　闷倦时与兄弟花园去演武，闲来时闺房针指习。
　　　正然自己心暗想，

（黑面武生出）

刘　月：（唱）刘月进来把话提。

（白）姐姐不用在房闷坐，快随小弟去到花园演武，对景观赏岂不是好？

刘赛花：兄弟之言正合我意，海棠哪里？

35

海　棠：来了。

（白面丫鬟出）

海　棠：姑娘有何吩咐？

刘赛花：我与你公子要到花园演武，你也去走走。

海　棠：是，晓得。

刘赛花：（诗）诗文堪遣兴，演武更逍遥。

（丑武生出）

王　林：（诗）习武文章免，生来好耍枪。

养鸟常为乐，宿柳爱贪花。

（白）我二爷王林，叔父王振，只因那日待客受辱，至今烦恼，总不舒心。哥哥王山前月有事出京未回家，在府内闲居，别事不管，不是玩鸟，就是到柳巷风流。今日买了一只画眉，哨得十分出奇，今日何不出府游逛，显显我的鸟儿，岂不是好？定是如此。小子们哪里？快来！

（二丑出）

家　仆：二爷有何吩咐？

王　林：你把画眉笼子拿着，随我出府走走。

家　仆：（唱）家人答应不怠慢，拿着鸟笼不消停。

王　林：（唱）王林相随一起走，安心要听鸟音声。

我与哥哥习文又习武，不好读书爱拉弓。

自觉武艺占人上，想要做官就现成。

不如闲居得快乐，专好养鸟听音声。

时至七月天气热，想想晒得抖索索。

怕是起尖有了病，拿出笼来看分明。

家　仆：（白）二爷呀！别拿出来看它飞了。

王　林：不怕。

（伸手取出托掌上，鸟飞）

家　仆：不好了，飞啦。我说别往外掏，偏不听，这可怎么是好？

王　林：（唱）果然飞起腾了空。

家　仆：（白）得了，飞起来咧，也不占地咧。

王　林：（唱）雀儿它把良心丧。

（白）咳，又恨又气又心疼。小子！你把笼子递给我，回府去快找梯子随我行。

家　仆：是。

王　林：（唱）鸟落高处笼子逗，顺便好把梯子登。

（家仆搬来梯子）

家　仆：（白）搬来咧，二爷，咱俩登梯子赶。

王　林：（唱）紧追一直在后赶，顺着大街往前行。
　　　　雀儿行起又行落，追到近处又飞行。
　　　　气得不住把牙咬，不觉赶到一座大胡同。
　　　　一道群墙高又大，鸟儿飞过影无踪。
　　　　王林急得干跺脚。

（白）哎呀，这个该死的扁毛畜生，真是气死人也，飞过高墙渺无踪影。你就上天入地，我也要找回你来。快把梯子靠在这里，我好过去寻找寻找。

家　仆：二爷呀！小心着点，有人看到不把你当贼抓？

王　林：不怕的，没有人敢。

家　奴：把梯子靠在这里，你快过去吧。

（王林上墙）

王　林：小子，你再把梯子往上举举，我接过来好下去。

家　仆：使得，接着接着。

王　林：你在外边等着吾，吾找着鸟儿，咱一同回府。

家　仆：是呀，你去吧。

（王林下墙）

王　林：过得墙来寻找画眉不见踪影，可恨落在好几下里总未抓住，这回再要找不见就算白搭了。你看这里原来是座花园，好一个幽雅去处，要是游玩，真是乐也。哈哈。

（唱）一时大意鸟儿飞，追赶越墙到这里。
　　　辨不出花园是谁家，里边景致真可以。
　　　当时夏末七月天，百花未谢胜无比。
　　　园内当中好房屋，荼蘼架子靠花亭。

　　　　　　养鱼莲花池内接，旁边青竹如水洗。
　　　　　　还有芭蕉与垂杨，苍松翠柏树皆齐。
　　　　　　花开茂盛枝叶多，向前远看不能矣。
刘赛花：（白）大家射箭已毕，你们舞剑，我到亭子上少待片时，再演刀枪。
王　林：（唱）女子声音真好听，庭外说话细声音。
　　　　　　待吾上前看端底，蹑足潜踪往前行。
　　　　　　看看画眉落哪里，走着离亭不远咧。
　　　　　　花朵以下藏身体，暗里偷看用眼观。
　　　　　　哟，好一个俊俏人物大闺女，模样好像赛天仙。
　　　　　　袅娜风流真无比，舞剑穿着紧袖衣。
　　　　　　武艺还胜奇男子，她两人物真是强。
　　　　　　王老二得配她俩真是喜，呆眼偷看且不言。
刘赛花、海棠：（唱）再把主仆二人语，刘氏赛花与海棠。
　　　　　　　　二人舞剑不停止，时候不少住了手。
刘　月：（唱）刘月出亭开言语。
　　　　（白）你们住手，海棠一旁歇息，该我姐弟演习刀枪了。
海　棠：是。
刘　月：姐姐接刀，小弟操枪，快些比拼。
刘赛花：兵刀无眼，兄弟多加仔细。
刘　月：那是自然。
刘赛花：快来。
　　　　（硬唱①）长枪耍起来，大刀忙对点。
刘　月：（唱）刘月抖威风，花枪却不乱。
刘赛花：（唱）赛花刀法精，舞起如闪电。
刘　月：（唱）姐弟齐用功，留神目不转。
刘赛花：（唱）兵刃两相交，一派寒亮现。
海　棠：（唱）海棠在一旁，不住留神看。
　　　　　　姑娘武艺强，公子也不差。

---

① 硬唱：指与正常唱腔相反，上句落字为平音，下句落字为仄音。

　　　　　　姐弟艺超群，本领俱高显。
　　　　　　演武把我教，自觉也习惯。
　　　　　　若比他二人，只怕差千万。
　　　　　　一旁观多时，直把小姐唤。
　　　　　　公子也歇息，姐俩不用战。
　　　　　　时候不早了，你看日西转。
刘赛花、刘月：（唱）姐弟把手停，没放刀枪剑。
　　　　　　　才要齐进庭，
王　林：（唱）王林不怠慢。
　　　　　　识得刘月他，亲戚见过面。
　　　　　　急忙走近前，忙把表弟唤。
　　　　　（白）好哇，二表弟。
刘　月：你不是王家二表兄吗？
王　林：正是。
刘赛花：海棠，随我进亭。
海　棠：是。
王　林：走咧，这是咋咧？
刘　月：二表兄这是什么样子？好不体面，你从何处突然而来到在此处？
王　林：我从外面顶梯子而入，请问表弟方才那俩天仙是你什么人呢？
刘　月：那是家姐与丫鬟海棠，你问她们做什么？见面这样不雅，好不稳重。
王　林：表弟休怪，我觉着咱们是至亲，没啥不一样，哈哈。
刘　月：虽说至亲无事，却也不当，你来进府，怎不走门？你为何翻墙擅入花园？若不关系亲戚分上，定要拿你当作飞贼来论。
王　林：表弟别怪我，我来并无别故，乃是自己闲游出府，一同家人带着画眉鸟弄飞咧，落在这里，故而过墙来找，并无别意，你怎说起外话来咧？
刘　月：如此说来，恕我不知，多有得罪。
王　林：好说好说，表弟不怪，我并不介意。我还有一事，请问表弟，令姐许了人了没有呢？
刘　月：不曾受聘，又问这个做甚？
王　林：表弟少笑，自然有点心事，不用媒人，咱们两家门当户对，亲上作亲，

　　　　　　岂不是好？
刘　月：我还没有媳妇呢，把你妹子给我吗？
王　林：不是，把你姐给我。
刘　月：住了，狗子少来胡言乱道。
　　　　（唱）心大怒，气纷纷。
　　　　　　狗子出言，好不自尊。
　　　　　　说话太无耻，哪有自提亲？
　　　　　　见面早就不悦，无故又来怄人。
　　　　　　不看汝姐家嫂面，早就将你向外拎。
王　林：（唱）你好愣，太伤人。
　　　　　　未曾撑我，也该思忖。
　　　　　　二爷谁敢惹？不是大话云。
　　　　　　动根汗毛事乱，叫他一命归阴。
　　　　　　今日你咋这么横，竟敢冲撞我老林？
刘　月：（唱）哎呀，忍不住，气攻心。
　　　　　　狗子不用，前来喝人。
　　　　　　我看亲戚分，不好大动嗔。
　　　　　　反来怄人起火，逞脸要惹瘟神。
　　　　　　今日叫你认识我，
王　林：（白）认识你又该怎样？大料你也不敢碰我一下。
刘　月：上前一掌恶狠狠。
王　林：（唱）真动手，来打人。
　　　　　　二爷与你，拼上一拼。
　　　　　　说罢也动手，进前把拳抡。
　　　　　　自觉武艺不善，着意处处留神。
　　　　　　打了多时难取胜，（王林败）哎呀，这个小子武艺深。
　　　　　　加仔细，要小心。
　　　　　　不好不好，要落下风。
刘　月：（唱）刘月力气大，拳脚重又沉。
　　　　　　恶狠一脚踢去，

王　　林：哎呀！

　　　　（唱）不防倒在埃尘。

　　　　　　爬将起来急急跑，

刘　　月：（白）哪里跑？

　　　　（唱）大叫一声随后跟。

刘赛花：（白）兄弟转来呀！他竟自追去。海棠，随我劝你公子回来，不要多事。

海　　棠：是。

刘赛花、海棠：（唱）主仆俩，出门庭。

　　　　　　　　随后劝解，

王　　林：（唱）哎呀，妈呀，吓坏王林。

　　　　　　小子随后赶，又来女娘们。

　　　　　　光景都来不让，还得急急脱身。

　　　　　　凑乎梯子顺墙里，急忙上去叫家人。

　　（王林上墙）

王　　林：（白）小子们。

　　（二丑出）

家　　仆：二爷回来咧，找到画眉咧。

王　　林：不用问，丢尽人。

家　　仆：怎的咧？回来了吗？没丢一点。

王　　林：来接梯子，忙把手伸，才要顺墙外。

刘　　月：刘月一纵身，上墙往下一搡。

王　　林：王林掉在埃尘。

家　　仆：二爷，这是怎的咧？

刘　　月：（唱）忙把梯子拿在手，用力推下恶狠狠。

王　　林：（唱）王林一闪蹦在头上，磕破顶门血淋淋。

家　　仆：（白）不好，背着二爷快跑。

刘　　月：（唱）狗子吃亏凭他去，飞身下墙笑哈哈。

刘赛花、海棠：（唱）赛花海棠齐来问。

　　　　　　　（白）兄弟追赶王林怎样？莫非放他去了？

刘　　月：王林被我搡下墙去，这里有他的梯子，也被我拿过来扔下去，摔得他头破血流,这才解我心中之恨。

刘赛花:呀,不好,兄弟粗鲁,不该打他,一来咱是至亲,二来他叔父王振现今专权当道,素与爹爹不睦,你今把他侄子打伤,岂不怀恨在心,与咱结仇吗?

刘　月:不妨,大丈夫做事,何恨之有,谁叫他来惹小弟,自取其辱,若怕有事咱快回房,禀与父亲知道,准备提防他们便了。

刘赛花:兄弟言之有理。

(家仆背王林,放下)

家　仆:公子醒来,二爷醒来!气儿往上转,你是怎么样了,还叫着不醒?脑袋受伤磕破太重,血流不止,要转崩症咧。这光景不好,只得背他进府去见公爷便了。

(完)

第 二 本

【剧情梗概】王振得知王林受伤大怒不已,拉着刘球在皇帝面前理论,诬陷刘球妄议君主,皇帝大怒,将刘球重打四十大棍后下狱。王振因王林对刘赛花念念不忘,派遣心腹王永和前往狱中找刘球提亲,被刘球一口回绝。王振恼羞成怒,便派遣差官马顺深夜将刘球杀死。刘球外甥陈望前来探亲,与刘球之子刘月通过狱卒得知真相,二人设下计谋,暗暗将马顺之子马金玉等人杀死,与刘家人一道逃往宣化府刘汉处。与此同时,皇亲孙吉宗在紫荆关大败番兵,番王派国师会真前往增援。

　　　　（王振坐）

王　振：（诗）势大威风振满朝,威压仇人气难消。
　　　　（白）咱家王振,前者孙吉宗出兵,内有一个参将名叫宋凌,此人是我的心腹之人,随军运粮,正好可托。我曾叫他找孙老儿的过犯,若有私弊,即便参本,不然叫他粮草不足,军心散乱,不怕孙吉宗不死。
　　　　（王山入内）

王　山：小子将马带过来。叔父在上,小侄拜揖。

王　振：侄儿免礼,我命你豹头山见你盟叔,回来倒也急快,不知他那里招了多少人马?

王　山：山寨喽兵五千有余,寨主见了小侄满心欢喜,言道要招许多人马,积草囤粮,等兵足将广,与叔父里应外合,共成大事。

王　振：好,这才是我的知心好友。
　　　　（丑背王林,放下）

家　仆：公爷,了不得了,看看公子伤痕吧。

王　振：呀,这是怎样?
　　　　（唱）一见甚惊慌,心内吓一跳。

王　山：（唱）王山用手扶,不住连声叫。

王　振：（唱）侄儿快醒来,呼唤不知道。
　　　　　　头上受了伤,鲜血往外冒。

　　　　　　　性命保不来，叫人心急躁。
　　　　　　　开言叫小子，你们何处绕？
　　　　　　　这样回府来，快快细禀告。
家　　仆：（唱）公爷问情由，细听小人报。
　　　　　　　我们爷三个，去逗雀儿哨。
　　　　　　　出府到大街，雀儿就飞了。
　　　　　　　一飞到花园，刘球他家到。
　　　　　　　公子进去寻，刘月赶出闹。
　　　　　　　二爷在墙头，刚把梯子靠。
　　　　　　　刘月也上墙，推的往下掉。
　　　　　　　又用梯子砸，血流往外冒。
　　　　　　　昏迷不醒的，小人背回绕。
王　　振：（唱）哎呀，活活气死人，刘月真性傲。
　　　　　　　好个贼刘球，纵子无家教。
　　　　　　　不念亲戚情，咱就闹一闹。
　　　　　　　定要找你把账算。
　　　　（白）刘月这样无礼，下此毒手，哪里容得？定要找他父子算账！哦，王山，你与小子把你兄弟扶在软榻上，请人调治。我去找他父子算账。
王　　山：小子快些着手，把你二爷抬到后院，急到太医院请医调治。
　　　　（刘球出）
刘　　球：（诗）性秉刚直学问深，心存忠义报国恩。
　　　　　　　何日除奸诛佞党，肃清君侧整乾坤。
　　　　（白）下官刘球，在朝正统驾下称臣，官拜侍读学士。夫人陈氏五年前去世，所生两子一女。女名赛花，年交二十，不但诗赋精通，而且刀马纯熟。长子刘汉年交十八岁，聘娶王氏为妻，亲翁王振提拔他做了宣化府总兵，带眷上任去了。次子刘月年方一十六岁，心性粗鲁，每日在花园抡刀舞剑。方才他姐弟向我言道，王林忽然跳墙进了花园，胡言乱语总想求亲，被刘月痛打，带伤而逃。我想王振一定疼他侄儿，必要前来晦气。

　　　　（丑上）

家　　仆：禀爷，外有王振气昂昂地要来见老爷。
刘　　球：早知他必前来。
　　　　　（王振上）
王　　振：刘球，你的好家教。
刘　　球：亲翁请坐，犬子打了令侄，恕他年轻粗鲁，望亲翁见谅，看我薄面，将他恕过了吧。
王　　振：住了，你的儿子将我侄儿打得至死，你叫我怎么容恕他？
　　　　　（唱）圆瞪眼，恶狠狠。
　　　　　　　　大叫刘球，洗耳听清。
　　　　　　　　竟敢失家教，纵子痛打人。
　　　　　　　　不念亲戚之义，真乃狗肺狼心。
　　　　　　　　今日咱俩不两立，来来，随我上朝去面君。
刘　　球：（唱）压怒气，把话云。
　　　　　　　　亲翁不要，虎气纷纷。
　　　　　　　　只说将他打，不知为何因。
王　　振：（唱）咱家不知为何。
刘　　球：（唱）原来是这般如此，胡言乱道提亲。
　　　　　　　　小儿与他讲道理，他反动怒两相拼。
王　　振：（唱）说此话，信不真。
　　　　　　　　一家有女，百家问亲。
　　　　　　　　不应便就恼，为何混打人？
　　　　　　　　而今堪堪要死，性命不定亡存。
　　　　　　　　明是还记昔年恨，咱倒要闹个你死我活拼一拼。
刘　　球：（唱）叫王振，少欺人。
　　　　　　　　你侄之辱，自找自寻。
　　　　　　　　青天白日里，跳入花园墙。
　　　　　　　　观见我女美貌，他竟信口胡云。
　　　　　　　　小儿一怒将他赶，自己摔伤怨何人？
王　　振：（唱）往下里，不用云。
　　　　　　　　咱就上殿，同去面君。

刘　球：（唱）上朝咱就走，何惧亡与存？
　　　　　　　二人一起出府，霎时来到午门。
（王振拉刘球上）

王振、刘球：（唱）上前跪倒呼万岁。

王　振：（白）万岁万万岁，奴辈王振有本奏主。

刘　球：万岁，臣刘球见驾。

皇　帝：王先生与刘爱卿，你二人有何大事，这样拉拉扯扯？岂不大伤体统？有本慢慢奏来。

王　振：万岁，刘球纵子行凶，有伤国典，只求我主问他罪。

刘　球：万岁休听他一面之词，巧言惑主。

皇　帝：你二人之言俱是前言不搭后语，王先生先奏，刘球纵子行凶到底却为何事？

王　振：万岁。
　　　　（唱）连叩首，往前趴。
　　　　　　　口呼万岁，请听根芽。
　　　　　　　奴才二侄子，今年刚十八。
　　　　　　　一生性好玩耍，专好养鸟栽花。
　　　　　　　一时大意鸟儿跑，飞入花园到刘家。
　　　　　　　跳墙找，事情砸。
　　　　　　　遇见男女，正演兵法。
　　　　　　　刘球他子女，刘月小冤家。
　　　　　　　见面胡言乱道，动怒就把野撒。
　　　　　　　踢打王林往外赶，又拿梯子把头砸。
　　　　　　　伤太重，不哼哈。
　　　　　　　有些难保，要染黄沙。
　　　　　　　家人背回府，一一告诉咱。
　　　　　　　说明前后之事，令人气恨难压。
　　　　　　　一怒去把刘球见，见面又把邪理拿。
　　　　　　　赖王林，理太差。
　　　　　　　窥见他女，该打该杀。

　　　　　纵子行凶暴，不知有什么。
　　　　　自己有罪不认，邪理反把人压。
　　　　　一怒拉他来见驾，请主高论按国法。
　　　　　奏罢俯伏丹墀下，
刘　球：（唱）刘球叩头把话发。
　　　　　我主休听王振话，其侄非礼罪该杀。
　　　　　窥见臣女生得俊，非礼之言信口发。
　　　　　臣子年幼性粗鲁，一怒动手赶出他。
　　　　　王林坠落花园墙外，自己跌伤赖人砸。
　　　　　王振带怒把臣找，见面不容把话发。
　　　　　硬拉微臣来见驾，求主惦度细详查。
　　　　　只是以往实情话，
王　振：（唱）王振气得连咬牙。
　　　　（白）万岁，王林明明被刘月砸打半死不活，怎言误赖跌伤？当殿竟敢欺君妄奏，该当何罪？
皇　帝：你二人本是至亲，都为家务之事来见寡人，当殿不必争论。朕想王林年少轻浮，必然有之；刘月年幼粗鲁，打伤王林也必情真。先生回府与侄调养伤痕，刘球回府重责其子，以解王家之愤。你二人下殿回府，朕当从轻发落，不许再奏，退。
王　振：万岁休言我俩至亲，因他背后常骂圣上信宠宦官，是亡国之君，为此我俩成仇甚久，今特来在驾前奏明其故，望乞我主快些问明，不可放他回府。
刘　球：住了，好个王振，妄谈君过，你竟当殿诬奏，血口喷人，其情可恼，是你找打。
王　振：嗨呀，万岁，刘球竟敢打奴才，我主还不问罪，更待何时？
皇　帝：哼哼，好个刘球佞臣，竟敢当殿无礼，若不念素日忠正，以下犯上，就该斩首。朕格外施恩，死罪饶过，活罪难免，金瓜武士何在？
武　士：万岁。
皇　帝：急将刘球重责四十御棍，再听发落。
武　士：遵旨。

（拉下打介，又上）

武　士：启禀万岁，重责已毕。

皇　帝：将他打入锦衣卫监牢中，囚禁百日，再释放脱罪。

武　士：领旨。

（王林出）

王　林：（诗）闲来游乐生忧恨，思花难采恨在心。

（白）吾王林因为寻鸟丢丑惹气，被那刘家小子打破脑袋，只觉着呜呜悠悠，人事不知，用药调治苏醒过来，哥来说会子话，叔父去找刘球算账，必不干休，准要摆置他们，与我出气，不用再讲。

王　振：孩子们，将马带过。

王　林：叔父回来，快些请坐。

王　振：你可好了么？

王　林：死不了啦，叔父去找刘球父子怎么样了？

王　振：如此这般朝廷问罪了，把老儿重责四十入监，略解心头之恨。王林你今受伤，家人回来报告不清，你再仔细告诉明白怎么回事，刘球家妇女却是因何置气？

王　林：叔父听了——

（唱）小侄出府游，带着画眉鸟。
　　　大意雀儿飞，追赶随后跑。
　　　落在一花园，梯子靠墙角。
　　　吾就过去了，就把画眉找。
　　　遇见刘家人，看见识得了。
　　　还有一女娘，模样长得好。
　　　他们耍刀枪，捎带比拳脚。
　　　妇女不认得，吾才问根苗。
　　　刘月都告诉，把人乐个饱。
　　　他姐无婆家，女婿还未找。
　　　吾就想提亲，不用媒人保。
　　　两家正相当，自觉很凑巧。
　　　想省见他爹，一说刘月恼。

>   叫人抹不开，当面不让了。
>   他竟骂起来，混话说不少。
>   动怒打起来，吾就往外跑。
>   被他搡下墙，跌在外面倒。
>   又用梯子砸，正中我头脑。
>   磕破血直流，昏迷不知晓。
>   调治醒明白，这才觉着好。
>   听得家人说，你老把他找。
>   还是想方法，差人把媒保。

王　　振：（唱）孩子你无志，把话说错了。
　　　　　（白）咱家与刘球仇深似海，还想求亲？你快绝了此念，从今不要起此心了。

王　　林：哎呀，亲戚不做，哪里有这样闺女？长得如花似玉，赛如天仙，必得匹配与吾才好呢。总想亲上加亲，才解心头之恨，你老说对不对呢？

王　　振：你想两家如今有仇，他们执意不应如何是好？

王　　林：谆谆恳求亲戚和好，叔父早救他爹出监，大料着无有不应之理。

王　　振：嗨，罢了罢了，想是你见此女，一心中意，我也念咱亲戚之情，不好绝意。就依你的主意，我且忍气吞声，隐恨不论，差人去到监中见你妹妹公父，前去提亲。他若应了，仇恨撇开，叫他出脱牢狱；若他不从，另想别计，再作去处。

王　　林：着，这才对喽，差人唤来王永和速去提亲。正是：
　　　　　（诗）至亲为仇成吴越，又想亲上做亲戚。
　　　　　（刘赛花出）

刘赛花：（诗）人有旦夕祸福至，天有不测风云来。
　　　　（白）奴刘赛花，不意花园比武，兄弟惹了弟妇胞兄，亲戚成仇，其叔父王太监前来反目，硬拉爹爹上朝，令人挂念。心神不定，许久不回，必是凶多吉少。
　　　　（刘月急上）

刘　　月：哎呀，姐姐，不好了。

刘赛花：兄弟为何惊慌？

刘　　月：姐姐不知，有家人回报，叫人又痛又恨。
　　　　（唱）王太监，咱府扑。
　　　　　　　硬拉爹爹，前去面君。
　　　　　　　皇帝将他宠，问罪怪天伦。
　　　　　　　打了四十御棍，可怜疼痛难云。
　　　　　　　陷入锦衣卫中去，百日灾满出监门。
刘赛花：（唱）呀，闻此话，唬掉魂。
　　　　　　　咱家算是，惹了权臣。
　　　　　　　萧墙大祸起，赖你打王林。
　　　　　　　王振偏心护短，皂白情理不分。
　　　　　　　本奏朝廷罪及父，皇帝不能辨清浑。
　　　　　　　罪不满，怎脱身？
　　　　　　　只得多多，预备金银。
　　　　　　　兄弟快出府，急去到监门。
刘　　月：（唱）说不可，有条陈。
　　　　　　　可恨朝廷，无道昏君。
　　　　　　　偏心向佞党，竟不念忠臣。
　　　　　　　糊里糊涂问罪，叫人气恨在心。
　　　　　　　王振作对更可恨，如今越造仇越深。
　　　　　　　咱何不，拼一拼。
　　　　　　　劫牢反狱，不用问津。
　　　　　　　拿住贼王振，剥皮抽了筋。
　　　　　　　皇帝纵然见罪，却也不怕罪临。
　　　　　　　凭咱武艺闹一闹，哪怕皇家百万军？
刘赛花：（唱）叫兄弟，莫胡言。
　　　　　　　血力之勇，枉费劳神。
　　　　　　　不但父难救，反惹罪孽深。
　　　　　　　更又罪上加罪，爹爹性命难存。
　　　　　　　劝你不可生粗鲁，还是打点得安稳。
　　　　　　　打点牢头与禁子，上下必须要宽恩。

莫叫爹爹身受罪，限满平安转家门。

（白）爹爹既做皇帝命官，咱姐弟皇家臣子，为何以下犯上？况且爹爹又在图圄，咱若以轻惹重，爹爹不但加罪，还有性命之忧。莫如存心忍耐，你今多带金银，前去探监。打点狱牢，用心扶持爹爹，莫叫爹爹受罪，宽心忍耐，等罪满自然放出，何必任性胡为？

刘　月：姐姐所见极是，你就打点金银，我就急急探父。

刘赛花：是。

（刘赛花下，又上）

刘赛花：这是金银五十两，你快拿去探父，用心打点，千万不可冲了狱卒，再惹是非。

刘　月：是。

刘赛花：兄弟去了，但愿爹爹平安无罪，罪满回府。闭户家中坐，祸从天上来。

（丑官出）

王永和：（诗）笑骂由他去，好官我自为。

（白）下官王永和，今有刘球得罪了王府公爷，犯罪在监。王府差人把我请去，原来公爷回心转意，不忍亲戚受罪，命我为媒，与他侄儿提亲，应了便救他出狱。我想待他这样好心，此去一说就成。左右。

家　仆：有。

王永和：随我一到监中走走便了。

（刘球穿罪衣上）

刘　球：（诗）心刚不惧势，性傲祸此身。

（白）老夫刘球，只因又惹王振，皇帝责罪入监，单等罪满出狱，定与奴才势不两立。

牢　头：公子，老爷在狱神台坐着凉爽着呢，你进去吧。

刘　月：是，爹爹在哪里？

（刘月上，跪）

刘　月：哎呀，罢了，我的爹爹呀。

刘　球：我儿起来。

刘　月：是。

刘　球：为父获罪，怎样赶快就来探监？

刘　　月：儿命家人探信，我姐姐命我前来探监，用金银打点狱卒，用心服侍爹爹免受罪，劝父宽心忍耐，等罪满出狱。

刘　　球：好，倒是你姐弟为我用心，为父宽心无忧。

（狱卒上）

狱　　卒：禀大人，今有本衙王老爷求见。

刘　　球：哎呀，王永和乃是王振的爪牙，素日与我无交，他今到此却有何事？就说有请。

狱　　卒：哈。

刘　　球：我儿闪在一旁。

刘　　月：是。

狱　　卒：刘大人有请王老爷。

王永和：来了。

（王永和上）

王永和：刘大人可好？

刘　　球：好，王大人请坐。

王永和：有坐。呀，大人，你身后却是哪个？

刘　　球：此乃犬子前来探监。

王永和：哦，这就是了。

刘　　球：王大人来见犯官却有何事？

王永和：刘大人你在此坐监，下官十分叹息。此来一则探监，二则奉大人所托，有件喜事与你商议。

刘　　球：多蒙盛情来看犯官，感念不尽，叹我犯罪，忧愁不了，有何喜事？实在令人不明。

王永和：大人不知，该你忧中变喜，转祸为福。

（唱）你犯罪，我尽知。

　　　　因你令郎，惹了亲戚。

　　　　治国公吃恼，你俩做仇敌。

　　　　如今大人做罪，他人另有叹息。

　　　　看着至亲心不忍，故托我来到这里。

　　　　这件事，对你提。

	说出千万，不可推辞。
刘　　球：	（白）倒是何事？
王永和：	听说大人你，有位女红枝，如今尚未受聘，何不速寻女婿？
刘　　球：	大人提媒是与哪个？
王永和：	（唱）王老先生二侄子，你俩做亲门户齐。
	要应了，选佳期。
	令爱过门，你把祸离。
	急速出牢狱，从前仇恨息。
	你说好哇不好？
刘　　球：	（白）哼哼。
王永和：	大人为何不言语？倒也不必犯寻思。
刘　　球：	（唱）听此话，气不息。
	这个媒人，你算来迟。
王永和：	（白）怎么呢？
刘　　球：	我女早受聘。
王永和：	这是推脱呢。
刘　　球：	你们谁不知？
王永和：	给了谁家？
刘　　球：	早年聘于同郡，许亲是在原籍。
王永和：	不能吧。
刘　　球：	有凭有据不必问，劝你免劳这心机。
王永和：	（唱）大人你，好痴迷也。
	这个时候，怎就装愚？
	说过应亲事，不叫你受屈。
	来回亲戚和好，这也不算你低。
	令爱明明未受聘，你怎混人拿话支？
刘　　球：	（唱）我从来，心正直。
	言出无假，不会说虚。
	我女既择定，婚定在原籍。
	谁请你来到此？缠绕混把媒提。

　　　　　　　既与王家成吴越，再结亲近志算失。
王永和：（唱）讨无趣，把座离。
　　　　　　　喝叫老刘，不识抬举。
　　　　　　　既不应亲事，何必说东西？
　　　　　　　一来觉着满脸，不该伤了面皮。
刘　球：（白）伤你面皮又该怎么样？回去说虎女不嫁犬子。
王永和：中啊！
　　　　（唱）等我回去细告诉，准给你个无意思。
刘　球：（唱）住了，不怕你，加言词。
　　　　　　　狗党狐群，并不惧敌。
王永和：（白）得啦，下回接着吧，叫你见识低。
刘　球：哎呀，接着又该怎样？狗官少来胡提。
刘　月：小刘月上前按倒用拳打。
刘　球：住了，喝叫逆子快远离。
刘　月：是。
刘　球：便宜你这狗官，饶你去吧。
王永和：（唱）哎呀。叫刘球，你听之。
　　　　　　　纵子行凶，又把人欺。
　　　　　　　等我去告诉，看你怎解局？
　　　　　　　说罢带怒出狱去，
刘　球：（唱）哼哼，刘爷又犯寻思，
　　　　　　　狗官去了必生事，告诉他们定不依。
刘　月：（白）待我赶上闹一闹，
刘　球：住了。
　　　　（唱）小子粗鲁太无知。
　　　　　　　不可轻身去闹祸，速速回府莫挨迟。
　　　　　　　告诉你姐姐加防备，我在监中听消息。
刘　月：（白）是。孩儿遵命。刘月回家做准备，
刘　球：（唱）刘爷做监牢且不提。
王　振：（唱）再说王振书房坐。

家　仆：（白）禀公爷，王大人求见。

王　振：有请。吩咐快请要紧急。

家　仆：是。公爷有请。

王永和：（唱）王永和急急忙忙把房进。

（白）哈呀。罢了我了，咳，罢了罢了，真把人气坏了。

王　振：贤契回来了，这是怎样？快些请坐。

王永和：告坐。

王　振：看你光景，好像受辱而回。

王永和：咳，公爷不消问了。

（唱）奉命去提亲，觉着不累赘。

见了刘球他，一说拧了背。

褒贬令侄他，狗子非人类。

胜夸他女儿，出类又拔萃。

虎女贵千金，不把犬子配。

当年两结亲，如今悔又愧。

你今又提亲，再做更无味。

别的不用说，叫我急急退。

说他罪满了，定找你作对。

杀了臭老公，不要想高位。

你说气人不？受得受不得。

气得我纷争，说他理不对。

恼了他儿子，把我打又推。

王　振：（白）他儿子去做什么？

王永和：（唱）说是去探监，留在狱牢内。

把我打出来，害怕回里退。

前来见公爷，告诉不瞒昧。

王　振：（白）这些言语句句都是真的吗？

王永和：（唱）一字也不虚，撒谎非人类。

不信去问他，

王　振：（白）哎呀，

    （唱）听罢气炸肺。
       大骂贼刘球，万恶了不得。
       想是不愿活，要归地府内。
       贤契快想法，休等他出狱。
       与我把恨消，速把他命废。

王永和：（唱）报仇却不难，方法我早会。
       关系令侄女，不好把他废。

王 振：（白）这个不难不要紧。刘球既然与我作对，不得不决计害他。

王永和：那是，你不害他，他要害你。

王 振：那是自然，既要雪恨，还怜什么侄婿？只好一并除根，免留后患。把我侄女接进京来，另自择配。

王永和：正当如此，有的是高门结亲。要害刘球必须差指挥官马顺，命他夜到监牢行刺，暗将刘球杀害，尸首掩埋，我再上本报他监闭而死，皇帝必信，然后公爷命人将他家口抄杀岂不是好？

王 振：好，倒是贤契妙计多端，依计而行便了。恨小非君子，

王永和：无毒不丈夫。

    （升帐，张锐出，众将站一旁）

张 锐：（诗）敌兵压境犯关城，日夜忧愁盼救兵。
    （白）本帅张锐，差韩青上表求救，为何不见到来？

韩 青：军校们，马带过来。

    （韩青进帐）

韩 青：元帅在上，末将打躬。

张 锐：将军回来了，求救之事怎么样？

韩 青：皇帝见表发兵，钦命孙皇亲为帅领兵前来，人马已到城外，末将前来通报。

张 锐：好！众将官排开队伍，待吾出城迎接。
    （唱）元帅下了中军帐，急忙往外去迎出。
       元帅正是孙叔叔，施礼连把叔父呼。
    （张锐、孙吉宗对上）小侄迎接来拜见，

孙吉宗：（唱）贤侄免礼引路途。

　　　　　　　传令人马把城进，进入帅府急又速。（众立，孙坐）
孙吉宗：（唱）孙爷大帐入了座，侍立众将兵与卒。
　　　　　　　开言又把贤侄叫，敌兵怎样说清楚。
张　锐：（唱）口尊叔父不消问，番贼厉害敌万夫。
　　　　　　　此人名叫索罗里，刀马无敌战不输。
　　　　　　　众将着伤丧他手，我也惜乎赴阴途。
　　　　　　　受伤万般无奈时，才写哀表赴京都。
　　　　　　　请兵求救护关口，幸亏近日来盟叔。
　　　　　　　仰仗虎威把敌退，但愿一战灭番奴。
　　　　　　　正议军情人来报。
　　　（小兵上）
小　兵：（白）报元帅得知，贼兵又来攻城！
张　锐：传令免战，城头多加防备。
孙吉宗：慢着，贤侄，贼兵攻城，为何免战？
张　锐：理当明日再战不迟。
孙吉宗：说哪里话来？为国尽忠，何言劳乏二字？既然贼兵要战，尔等随我出城会合一阵。
　　　（番将上，对赵杰）
赵　杰：来者臊奴，你快报上名来，下马受刑。
胡里牙：问你酋长名叫胡里牙，来将何名，竟敢疆场前来送死？
赵　杰：你爷姓赵名杰，番贼不要走，看枪取你。
　　　（番将败，阿里乌对阵孙吉宗）
孙吉宗：众将官闪过，待本帅擒拿番叛。来者番贼快些通名来受死。
阿里乌：问我名叫阿里乌，老将何名？
孙吉宗：哪里有闲工夫与你通名？看枪！
阿里乌：来来。
　　　（阿里乌死）
孙吉宗：番贼被我一枪刺于马下，众将官一起冲杀。
　　　（索罗里对阵孙吉宗）
索罗里：来者老儿何名？杀我上将不要逞强，本督杀你来也。

孙吉宗：问你帅爷名叫孙吉宗，番贼是谁，竟敢来会本帅？

索罗里：本督索罗里，原来你是救兵元帅。若知好歹，快些下马开关投降，可免一死，不然杀进城去，鸡犬不留，尽做刀下之鬼。

孙吉宗：住了，番贼不要猖狂，细听我劝解与你。

（唱）叫番贼，听其详。

快退兵将，少来猖狂。

本帅提兵到，救护此关厢。

你国久不犯境，为何又起不良？

侵犯天朝该何罪？大胆竟敢取死亡。

索罗里：（唱）叫明将，快投降。

中原乃是，大元家邦。

不幸失灭国，先主远逃荒。

归隐沙漠之地，化外算把身藏。

几代交兵为国业，如今又来取封疆。

孙吉宗：（唱）微冷笑，叫犬羊。

怎知我国，将勇兵强？

岂容胡奴辈，前来乱边疆？

劝你收兵回国，免得命丧疆场。

不然一怒平塞北，扫尽沙漠做丘荒。

索罗里：（唱）哎呀，一声喊，震天堂。

怒发如雷，虎气昂昂。

厉声骂明将，浑话太不当。

都督誓不容你，咱俩立拼疆场。

索罗里说罢催战马，大刀一摆照项梁。

孙吉宗：（唱）忙招架，拈钢枪。

来回几趟，不分弱强。

巧中又生变，不慌又不忙。

长枪寻蛇拨草，只见一道寒光。

索罗里：（白）嗨呀，不好！

（唱）躲之不及中了招，大败亏输走得忙。

孙吉宗：（唱）急追赶，率儿郎。
众　将：（唱）众将一起，努力相追。
　　　　　　　掩杀兵与将，多半受了伤。
　　　　　　　也有丢旗去鼓，也有走死逃亡。
　　　　　　　传令众兵往前赶，番兵逃走着了慌。
孙吉宗：（唱）孙爷一见心欢喜，高兴一阵胜犬羊。
　　　　　　　传令一声收兵将，鸣金回城喜洋洋。
索罗里：（唱）气坏番贼索罗里，受伤大败痛难当。
　　　　　　　马上不住连声喊。
　　　　（白）气死人也，好个明将，看他年迈，不想杀法无敌，本督着伤败在他手，却又折兵损将，无法可施，只得退兵远避，急急写表差一酋长回国求救，搬兵再来破关。小番们，兵退十八里安营扎寨，不得有误。
　　　　（功曹出）
功　曹：奉了玉帝旨，下方接善人。今奉敕旨一道下方去接刘球。今有马顺前去刺杀忠良，招他归位，只得下方走走。堪堪青天不可欺，未曾举义神先知。
　　　　（奸面罗帽出）
马　顺：官卑职小不情愿，朝走权门待高升。吾马顺拜在王振门下，今早密托，叫我刺杀刘球，欣然领命，带领我儿马金玉前去才是。
　　　　（丑生上）
马金玉：爹爹，天不早了，咱父子该走了吧。
马　顺：我儿言之有理，天将二更，手执灯笼，就此前去走走。
　　　　（牢头出）
牢　头：奉命守监门，把守犯法人，我刘息。
　　　　（马顺父子拿刀上）
牢　头：呀，是谁叫门？待我开门看看去。
　　　　（牢头开门）
牢　头：我当何人，原来马爷父子前来。贪夜到此，有何事故？
马　顺：莫要声张，原是这般如此，快把刘球唤出来见我。
牢　头：哎呀，我的妈，可了不得了。

马　　顺：不许高声，快前去唤来。

牢　　头：是，刘老爷，有瞧你的来了。

刘　　球：夜间有何人到此？领我去见。

　　　　　（丑上）

牢　　头：我躲了吧。

刘　　球：呀，你不是马指挥吗？

马　　顺：正是。

刘　　球：马老爷到此啊，你夜来到此有何事故？你身后执灯者是何人？

马　　顺：呔，刘球不必问长问短，吾父子密奉王公爷之命，前来杀你。

刘　　球：嘟，马顺贼呀，我与你何仇何恨，暗害忠良？可惜我含冤被屈，不明不白。我死定要到太祖驾前诉冤，先皇有灵，怜悯忠良，定捉尔等冤冤相报。

马　　顺：咳，不用喊叫，我儿放下灯笼快些动手。

　　　　　（唱）父子上前绑二背，恶狠狠地下绝情。

刘　　球：（唱）刘爷有口难言语，眼见就要一命终。

马金玉：（唱）金玉急忙取利刃，刀砍人头落流平。

　　　　　　　冤魂不离死尸体，死尸不倒冒血红。

　　　　　　　用手一指好丧气，躲在一旁怕又惊。

马　　顺：（唱）马顺一见尸不动，量一个死鬼有何能？

　　　　　　　还是不倒也不动，恶狠狠地用足蹬。

　　　　　　　纹丝不动如根长，不由急忙吃一惊。

　　　　　　　屈死冤魂把灵显，把住牢门指灭灯。

马金玉：（唱）金玉吓得倒在地，

马　　顺：（唱）咳呀，马顺急忙转身行。

　　　　　　　摸不着牢门在何处，复又碰着死尸灵。

　　　　　　　摸摸未倒还直立，一阵发诈战兢兢，

　　　　　　　莫非冤魂是要命？忽忙跪倒把誓明。

　　　　　（白）刘球刘球，你今惹了上司，罪该万死，为何死尸不倒？若是怪我马顺把你屈死屈杀，情愿一家偿命，日后我还身丧午门，死在文武百官之手。

玉　　皇：刘忠良听真，吾神前来接你。奸党既然明誓，就该魂离牢狱，还不归位，等待何时？快随吾神前去交旨复命。

刘　　球：来了。

（尸倒）

马金玉：哎呀，好害怕，爹爹啊，你咋胡说起来了。一个起誓把一家人都连上，莫非一家人该与他偿命？

马　　顺：咳，我刚才糊里糊涂，信口说出，此时明白也觉悔之不及。誓咒不足为虑，我儿不要疑虑。我摸摸死尸倒了没有。咳，倒了，想是冤魂去也。牢头哪里？快来。

牢　　头：却黑得害怕，叫我做啥也？

马　　顺：不必害怕，快取灯来，我们收拾死尸好出狱。

牢　　头：是。

（牢头下，又上）

马　　顺：牢头。

牢　　头：有。

马　　顺：刘球已死，他家再有人来探监，不许放进。若有泄露风声，让你碎尸万段。

牢　　头：是，小人遵命。嗨呀，我还是一边躲着去，忒害怕了呀。

马　　顺：我儿，咱就把尸首用芦席卷了，携出牢狱，埋在衙后。回府歇息，明日我好去见公爷报功。

马金玉：爹爹，你卷吧，我害怕呀。若依我说，杀人还起誓，等着死吧，还报功呢。

马　　顺：胡说，闪过。

（收拾好）

马　　顺：收拾已毕，我儿随父来。

马金玉：是。

牢　　头：我的妈呀，好狠呀，他们竟把刘老爷活活杀死，叫我瞒下，不叫刘家人等探监，还是猫着去吧，好害怕。

（丑扮陈望，罗帽步上）

陈　　望：（诗）天上英雄汉，常在江湖窜。

　　　　　　　交友游四方，飞腿人罕见。
　　　（白）我草上飞陈望，保定府人氏，父母不在，剩我一人走闯江湖。因我飞腿急快，能够日行千里，人人都称我草上飞。我有一个姑母，出嫁刘姓，不幸早年亡故，姑父刘球在京为官。昨天我从京西怀来县辞别朋友高礼，来奔京都，眼前就是刘府，急急进府拜见姑父便了。
　　　（刘赛花出）

刘赛花：（诗）梦由心中作，思亲虑更深。
　　　（白）奴刘赛花。昨日兄弟探监回府，告诉王家提亲，爹爹未允，兄弟一怒又打媒人，此乃雪上加霜。王家怀恨在心，必不甘休。奴家思亲，昨夜偶得一梦，十分不祥。早起闷坐，思想爹爹必是凶多吉少。
　　　（刘月上）

刘　月：姐姐在房？

刘赛花：兄弟来了，请坐。

刘　月：姐姐，小弟昨夜三更做了一梦，极是凶险。从早起来，心里总是憋闷，特来告诉与你。快些看此梦，不知吉凶如何？

刘赛花：你做何梦？快快讲来。

刘　月：姐姐听了。
　　　（唱）刘月才要说梦由，

海　棠：（唱）海棠进来禀军情。
　　　　　　家人说是亲戚至，姓陈名望说得清。

刘　月：（唱）刘月牵手往外走，咱姐弟一同到前庭。

刘赛花：（唱）赛花也就忙离座，一同兄弟出房中。
　　　　　　陈望是咱表兄到，同到前庭看分明。
　　　　　　姐弟同把前庭进。

刘赛花、刘月：（白）表兄可好？

陈　望：表弟表妹可好？
　　　（三人同上，进房就座叙离情）

陈　望：（唱）自从上年来一次，忽然就是几载零。

刘　月：（唱）可叹我舅舅舅母下世早。

刘赛花：（唱）剩你一人甚孤寂。

陈　　望：（唱）一朝从军离家内，几载漂流走西东。
　　　　　　　　思想这里来探望，不辞路远到此中。
　　　　　　　　姑母虽亡有姑父，听说如今又高升。
　　　　　　　　我来为何不见面？莫非不曾在府中？
　　　　　　　　快些请来我拜见，
刘赛花：（唱）提起不由好伤情。
刘　　月：（唱）刘月伤心也落泪，二目滔滔泪直倾。
陈　　望：（唱）提起姑父来因何落泪？莫非他老也辞世去了？
刘赛花：（唱）我父未死倒还在，如今不幸在监中。
陈　　望：（白）犯了何罪？
刘赛花：（唱）从头至尾说一遍，不意表兄到门庭。
陈　　望：（唱）一闻此言说不好，
　　　　　（白）不好呀，亲戚反目为仇，王家提亲，姑父又不应他，他们必要加害，况且光景太凶，姑父定有不测，表弟要去探监，我也一同前去，看他一面才是。
刘赛花、刘月：表兄远来到此，理当歇息歇息，要去探监改日去吧。
陈　　望：说哪里话来？我想他心思如渴，恨不一时见面，况且而今又在监牢中，更当急去探望，事不宜迟，表弟领我快走哇！
刘　　月：表兄要去，不用强拦，姐姐在家，我们去了，快走吧。
刘赛花：你看兄弟表兄去了，奴在家中等候便了。
宫　　人：（内）请爷下轿，午门伺候。
　　　　　（王永和上殿，跪）
王永和：万岁万万岁，臣王永和前来见驾。
皇　　帝：爱卿有何本奏？
王永和：万岁，只因刘球受刑不过，自己身亡，微臣不敢隐匿，特来奏主。
皇　　帝：呀，原来他竟一死，倒也可叹。爱卿晓谕其子领尸回葬，下殿回府去吧。
王永和：微臣领旨。
　　　　（王永和下，又上）
王永和：好也好也，皇帝被我一言哄信，人死不究，只得回府见马指挥，去见公爷报功便是。

（牢头出）

牢　头：（诗）应差入公门，严禁犯法人。

（白）在下刘息。咳，可叹刘老爷昨夜被人杀害，叫人十分可怜。堂上吩咐他家有人探监，不许放入，怕是泄露害人之事。

（陈望、刘月上）

陈望、刘月：禁公哥，我们探监来了。

牢　头：公子请回吧，进不去了，上司吩咐下来，任凭谁来探监，不许放进，况且你又领个人来，更不叫进去。

刘　月：来的是我至亲，望乞方便方便吧。

牢　头：不中，方便不了。

刘　月：住了，前日我来打点，怎么放进？今日为何这样不肯。再不开门，吃我一顿好打。

牢　头：你别发横，横也不中，我是奉命，不是徇私，少来无礼。

刘　月：囚攮①的！不要胡言乱语，找打。

（陈拉刘月）

陈　望：站住站在，不要动粗，快些靠后，让我前去问来。禁公哥，他多有冒冲，有我赔礼，少要介意，恳求方便一二，通个私情儿，容我们进去吧。

牢　头：不中不中，任凭怎说也办不了。

陈　望：哎呀，光景必有不测。哦，有了。禁公哥不敢徇私，却也不怪，有劳请至密地，有话问你去去如何？

牢　头：不中，我不去。

陈　望：走吧，你别推脱了。

（唱）拉着不放松，忍性压着气。
　　　大叫禁公哥，不去也得去。

牢　头：（唱）牢头无方法，被拉难逃去。
　　　　无奈跟着行，

陈　望：（唱）陈望叫表弟。
　　　　你快远着些，不要跟着去。

---

① 囚攮：意指囚犯的子女。此处作为咒骂的粗话。

		用眼只一溜，
刘　　月：	（唱）	刘月也会意。
		转身忙躲开，等候听详细。
陈　　望：	（唱）	陈望拉牢头，不时到密地。
		墙角可藏身，这里可雅密。
		叫声禁公哥，我要问来历。
		我们一探监，并无别心意。
		不让却为何？你多煞心意。
		想是别有私，看你相发惧。
		我的姑父他，必有不祥事，
		望乞对我说，到底怎么的？
牢　　头：	（唱）	你撒手，我好说。
陈　　望：	（唱）	松手万不能，必得说详细。
		当真你不说，我也要放肆。
		按倒踏胸膛，瞪眼双眉立。
		取出护身刀，乱晃照面试。
		不说用刀杀，叫你归阴去。
牢　　头：	（唱）	哎呀，害怕魂吓崩，不由倒憋气。
		连连说我说，爷爷别生气。
	（白）	嗨呀，我的妈，吾之爹，你别杀我，我说就是了。
	（唱）	身子难动刀按头，害怕着忙好作难。
		口呼爷爷把气消，听我实说不用问。
陈　　望：	（白）	快说。
牢　　头：	（唱）	是咧，若问犯罪那老爷，可怜监中身受困。
		昨夜晚间一命亡。
陈　　望：	（白）	呵，他老是怎么死的？你快说。
牢　　头：	（唱）	杀人之人名马顺。
		同他儿子爷两个，昨夜密来把监进。
		父子持刀把他杀，吓得我害怕远远遁。
陈　　望：	（白）	我姑父被杀，不知尸首现在何处？快快说来。

牢　头：（唱）死尸埋在衙后边，现在还许被犬啃。
陈　望：（白）这样害人难道与他们都有仇吗？
牢　头：（唱）老爷不曾惹他们，仇人不过是王振。
陈　望：（白）他一人有仇，怎有这些人行凶呢？
牢　头：（唱）别人乃是趋奉他，一群小人相亲近。
陈　望：（白）想是他的走狗不少哇。
牢　头：正是。
　　　　（唱）还有正堂王永和，两个走狗真可恨。
　　　　　　一党同谋害好人，拧成一股暗加劲。
　　　　　　协力同心狠又凶，通通作弊把君混。
　　　　　　刘爷一死嘱咐我，有人探监不容进。
　　　　　　怕是二位公子来，子报父仇恨又恨。
　　　　　　因此我才苦阻拦，不叫进监怕追问。
　　　　　　这是以往旧里情，并无一言把爷混。
陈　望：（唱）一闻此言放声哭，
牢　头：（白）哎呀，且住。
陈　望：（唱）复又思想暗憋着劲。
　　　　　　此处乃是虎狼穴，若要声张怕遭困。
牢　头：（白）此事与我无关，爷爷饶了我吧。
陈　望：（唱）叫我饶命也不难，还得领我把尸认。
牢　头：（白）不可不可。
　　　　（唱）摆手连说使不得，爷爷你咋这么问？
　　　　（白）此乃是非之地，去迟还怕有祸，还想认尸？岂不知老爷不是明死的？人家怕子报父仇，你们再要认尸，定惹杀身之祸。你老想想，去不得呀。
陈　望：哎呀，可不是呢，听你之言叫我如梦方醒。看你这人倒也伶俐，多承指教，我走放你去吧。
牢　头：罢了我了。
　　　　（牢头下）
陈　望：牢头去了，量他不能生事，只得依言，不去寻尸，同表弟一起回府再议。

表弟哪里快来？

刘　月：来了，表兄，那牢头怎样？

陈　望：这里不用细问，大家回府，再告诉吧。

刘　月：是。

（刘赛花出）

刘赛花：（诗）祸变仓促是非生，瘖瘝思想魂梦中。

（白）奴刘赛花，兄弟与表兄前去探监，此时也该回来了。

刘　月：咳，爹爹呀！

刘赛花：兄弟为何泪流满面？表兄探监回来了，爹爹吉凶怎么样？

刘　月：姐姐不消问了，爹爹被人暗害，表兄在那里未敢告诉，恐我生事，回府方才言明。令人痛恨难当，来见姐姐，快想个主意与父报仇。

刘赛花：呀，竟有此事，可不痛死人也。

（刘赛花倒）

海　棠：姑娘醒来。

陈　望：表妹醒来。

刘　月：姐姐醒来。

刘赛花：哎呀。

（唱）闻父遇害身痛倒，真灵飞上九重天。

众　人：（白）快快醒来。

刘赛花：（唱）耳内只听有人唤，苏醒多时魂又还。

　　　　　　不由只觉睁杏眼，瞧见三人在旁边。

　　　　　　勉强坐起号啕痛，咳，爹爹呀，大放悲声泪涌泉。

　　　　　　直叫爹爹死得苦，被害不明好可怜。

　　　　　　怪不得昨夜做凶梦，果然应验身被砍。

　　　　　　父死是因不孝女，众惹风波一命捐。

　　　　　　哭罢多时身站起，咬牙切齿骂奸顽。

　　　　　　竟敢暗害我的父，仇恨真是不共戴天。

　　　　　　这样仇恨岂不报？算我姐弟枉在人间。

　　　　　　恨骂多时叫兄弟。

（白）兄弟。

刘　月：有。
刘赛花：父死理当报仇，哭之无益，你快快去吩咐家丁各执兵器，预备刀马，我与海棠急急披挂，大家一起上马，带领家丁前去杀贼，报仇雪恨。
刘　月：是，小弟遵命。
陈　望：站住，你们别忙报仇，仇自然是要报，何必这样着急？
刘赛花：表兄阻拦，莫非另有妙计？
陈　望：没有妙计，想了个小主意商量商量，不知中与不中。
刘赛花：是何主意？快些说来。
陈　望：你们一起坐下听我道来。
　　　　（唱）表妹莫着急，表弟也休愣。
　　　　　　你们听我说，大家把计定。
　　　　　　我想仇人多，势大凶又众。
　　　　　　咱们多么孤，人少不中用。
　　　　　　你们听我说，有个方法胜。
　　　　　　莫如夜晚间，出府等人静。
　　　　　　表弟随我来，去要贼的命。
　　　　　　行刺走一遭，管保能取胜。
刘　月：（白）虽好，但就怕贼不在府，岂不枉去？
陈　望：（唱）不妨咱莫急，吾会飞又纵。
　　　　　　咱俩越过墙，寻贼把手动。
　　　　　　你在低处行，我在高处望。
　　　　　　仇人杀不着，也得把他弄。
　　　　　　放上一把火，烧他一个净。
　　　　　　回来有安排，莫与贼留空。
　　　　　　表妹也收拾，东西随身用。
　　　　　　家丁赶着车，大家好逃命。
　　　　　　他们发兵追，一齐把手动。
　　　　　　杀退众官兵，速奔宣化境。
　　　　　　见了大表弟，好把方法定。
　　　　　　此计中不中？大家碰一碰。

众　　人：（白）好。

刘月、刘赛花：（唱）姐弟心欢喜，齐夸好妙用。

　　　　　　　（白）倒是表兄妙计不错，大家依计而行。

陈　　望：吩咐家丁预备妥当，准备行刺，回来明日出城逃走。只因仇恨深，杀贼忘主恩，请。

　　　　　（升殿，五番臣站一旁）

众　　人：（诗）北地沙漠风气刚，文韬武略逞豪强。

　　　　　　　　忠心赤胆扶元主，重新拓土要开疆。

会　　真：（白）衰家铁头和尚会真。

阿　　刺：吾枢密院阿刺。

昂　　克：吾丞相昂克。

铁哥不花：吾元主二弟铁哥不花。

达儿不花：吾元主三弟达儿不花。

众　　人：国王升殿，在此伺候。

　　　　　（番王出）

脱脱不花：（诗）天武神威盖世雄，执掌羌胡百万兵。

　　　　　　　　心怀一片江山恨，何时灭明得复兴？

　　　　　（白）孤家可汗大元主脱脱不花，乃大元之苗。自世祖开基创业，平金灭大宋，在中原定鼎，相传子孙八十余年而有天下，不想元灭明兴，先皇兵归沙漠，一整山河尽归于大明洪武，元氏子孙虽然未绝，世代进兵伐取中原，不得复兴。传至孤家，兵威大振，上年一怒，兵发中原，在榆木川对敌，是一个好杀，一个好战，杀得我国人马尸横遍野，血流成河，孤家丧师辱国，逃回沙漠。无奈与军师设计，差一位能臣宫官名叫喜乐，带着国宝买通南朝太监王振与我国通事，一去事成，将喜乐留下，打发从人回来报信，叫孤家操演人马，大动干戈。命都督索罗里带兵征南，如能冲开要路，便好一入中原，夺取大明一统。

阿　　刺：（跪）千岁千千岁，臣枢密院阿刺接得索都督急表一道，不敢自专，特来启奏千岁。

脱脱不花：好，呈表上来。

阿　　刺：请主过目。

脱脱不花： 归班。

阿　刺： 是。

脱脱不花： 不知表上是何言语，待孤拆开看来。

（唱）拆开表章铺玉案，一闪二目仔细观。
　　　上写微臣索罗里，拜上我主御驾前。
　　　微臣奉旨领人马，发兵先取紫荆关。
　　　初时倒也大获胜，杀得蛮人心胆寒。
　　　不想他又添兵将，领兵元帅武艺全。
　　　微臣败在他的手，无奈写表把兵搬。
　　　望乞大王发人马，余不再言把兵添。
　　　元主看罢声大骂，帮助都督去破关。
　　　主意一定忙传旨，堂后官！速宣国师上银安。

堂后官：（白）领旨，有宣国师上殿。

会　真： 千岁，臣会真见驾。

脱脱不花：（唱）国师平身听孤讲，

会　真：（白）谢过千岁。

脱脱不花：（唱）如此这般说一番。

会　真：（白）千岁即刻发兵，微臣万死不辞，帮助都督共破关口。

脱脱不花： 好哇。

（唱）听罢大悦忙传旨。

（白）国师既愿领兵前去，速下校场挑兵选将，择吉日行师，一同都督并力征南。若能灭明，恢复旧业，定封国师高爵厚禄，裂土分茅，目下行兵速速以往。退朝。

会　真： 微臣领旨。

脱脱不花： 国师此去未知胜负，但听捷音便了。

（诗）创业难以得，失统亦难回。

（陈望、刘月上）

陈望、刘月：（诗）行刺学嬴政，舍命比专诸。

陈　望：（白）吾陈望。

刘　月： 吾刘月。

陈　望：表弟，咱俩夜静出府，方才见那大街之上巡更之人去了，寂静无人，咱们计较计较锦衣卫，再白日来探，记住路径。只有王太监那里不熟，想来表弟你必知道。

刘　月：小弟尽知王贼之府，正与锦衣卫相连。大家先从锦衣卫杀入，然后再寻王振岂不顺便？

陈　望：倒也使得，引火之物我全带在身边，顺便可以使用，咱就速奔锦衣卫，先杀马顺、王永和便了。

刘　月：有理。

（刘月下，又上）

刘　月：来此已是，大家越墙而过。

（陈望下，又上）

陈　望：进得院来，表弟你在身后跟随，悄悄而行。

刘　月：是。

家　仆：伙计防备着点，不看贼人混偷摸。

（打锣）

陈　望：哟，你看园内吆喝，待我先杀更夫，去其耳目，再寻马顺便了。

（唱）此时七月下旬景，明月不旺未东升。

天之黑暗人难见，悄悄而行蹑足潜踪。

更　夫：（唱）两个更夫把锣打，

（二丑出）

陈　望：（唱）陈望他一刀一个脖齐平。

杀死一个剩一个。

更　夫：（白）你咋咧？梆子不打你咋倒？

问话你咋不吱声？

陈　望：（唱）陈望他又一刀一个，（杀死更夫）两个更夫赴幽冥。

拾起梆子把锣打，装着更夫往前行。

刘　月：（唱）刘月悄悄后面跟，一边走咱侧耳听。

陈　望：（唱）陈望他还把更来打，

刘　月：（唱）刘月直奔上房中。

恶狠狠去把仇人找。

（马金玉出，与二花旦对坐取乐）

马金玉：（诗）怕邪祟瘟疹取乐。

妓　女：（诗）陪大爷作乐追欢。

马金玉：（白）吾马金玉。

妓　女：吾青楼妓女。

马金玉：美人。

妓　女：大爷。

马金玉：自从同父暗害刘球，总觉着害怕，合眼做梦就见他要命，昨夜半宿胆战心惊，因此今晚不敢安寝，接来妓女相陪作乐。爹爹同王大人去见王公爷，被那里留住款待未回，这里也备佳肴美酒。我说这个美人哪。

妓　女：大爷说啥呢？

马金玉：我接你陪宴，咱二人必须尽醉方休。听说你能唱，何不唱几句我听听？

妓　女：咳，既是大爷有兴，奴当舍命奉陪，要是听唱更又容易？
　　　　（唱）妓女笑嘻嘻，连把大爷叫。
　　　　　　　接奴到此来，相陪取欢乐。
　　　　　　　蒙恩怪臊多，自觉怪讨臊。
　　　　　　　恐怕不遂心，大爷你见笑。
　　　　　　　高待抬敬奴，当把情义报。
　　　　　　　既要听曲儿哪，不知唱哪套？

马金玉：（唱）狗子好喜欢，不住拍手笑。
　　　　　　　美人赛天仙，浑身都带俏。
　　　　　　　不但人物强，口头更是哨。
　　　　　　　红粉妓女多，你算把头报。
　　　　　　　这样玉美人，一见哪不好？
　　　　　　　大爷我素知，才把你接到。
　　　　　　　今夜陪伴吾，咱俩不睡觉。
　　　　　　　既要唱曲儿，凭你意儿闹。
　　　　　　　咋唱我咋听，不会把样要。

妓　女：（唱）大爷既不挑，听我唱一套。
　　　　　　　才要吐莺声，

刘　月：（唱）公子刘月到。
　　　　　　举刀把人杀，咔嚓人头掉。
　　（妓女死）
马金玉：（唱）狗子魂吓崩，吓得真魂掉。
　　　　　　想要把命逃，偏偏挡住道。
刘　月：（唱）刘月抓住忙忙问，
　　　　（白）你这狗子快说名姓。
马金玉：哎呀，好汉爷爷不要动手，我叫马金玉，爷爷饶了我吧。
刘　月：饶你不难，马顺与你什么人？他今却在哪里？快说！
马金玉：马顺乃是我爹爹，他上王府去了，并未在家。爷爷是谁，这等厉害？
刘　月：果然是你这狗子，看刀。
　　（刘月杀死马金玉）
刘　月：虽然杀了其子，不杀其父，难消我恨。
　　（家仆上）
家　仆：大爷不要酒喝呀？看看去。不好，有了贼了。
刘　月：看刀。
　　（家仆死）
刘　月：不免出房，杀他众人便了。
　　（刘月大杀一阵，陈望上）
陈　望：好也好也，方才装作更夫，闯入厨房杀了两个厨子，又到后房杀了一个老婆子和几个丫鬟，又见前面有许多人，与我表弟杀在一处，大料他不能受伤，我何不到衙门内去杀王永和才是？
　　　　（唱）身子纵起往外行，蹿房入舍如飞燕。
　　　　　　过了几座大楼房，不时到了王府内。
　　　　　　急忙取出火扇子，哗啦一晃火光现。
　　　　　　取出硫黄与火硝，随身带来火药面。
　　　　　　堆积如山忙点着，飞身上房留神看。
家　仆：（唱）惊动众人看火着，连说失火齐忙乱。
　　（丑旦出）
王永和妻：（唱）惊动王永和的妻，穿衣吓得嗒嗒战。

　　　　　　（白）不好，带领侍女出来瞧，喊叫是谁闹得乱。
　　　　　　　　偏偏老爷不在家中，谁上王府去呼唤？
　　　　　　　　着急只是乱吵吵，
陈　　望：（唱）陈望房上都听见。
　　　　　　　　此贼也在王府中，先杀妇人消消怨。
　　　　　　　　飞身下房用刀砍，（丑旦死）杀不到王贼莫久站。
　　　　　　　　飞身照旧回里行，只见他们不交战。
　　　　　　　　又见后房一垛柴，急去点着不怠慢。
　　　　　　　　火光照得亮堂堂，
　　　　　（丑上）
家　　仆：（白）不好了，后面失火了，快去救火呀。
陈　　望：（唱）他们齐来奔后院。
　　　　　　　　纵身又奔前院来，表弟快来与我见。
刘　　月：来了，表兄你上哪里去了？
陈　　望：（唱）如此这般空去了，他们都在王府院。
　　　　　　　　大家快去奔那里，奋力杀贼才遂愿。
刘　　月：（白）有理。
刘陈合：（唱）二人纵身急急行，安心去杀王太监。
　　　　　　　　贼府不远就到了，一齐纵入落在院。
　　　　　（丑上）
更　　夫：（唱）更夫才要往前行，（杀死）才要说话头两半。
陈　　望：（唱）陈望这里暗寻思，心中不由暗打算。
　　　　　　（白）表弟，你需小心杀贼，我还去到上房，见一个杀一个，大仇一报，咱好急急逃走。
刘　　月：有理。
　　　　　（家仆内喊，上家人）
家　　仆：禀二位少爷，了不得了。
　　　　　（王山、王林上）
王山、王林：何事这么惊慌？
家　　仆：咱府进来行凶之人，乞少爷定夺。

王山、王林：呀，这还了得？传齐家丁，各拿兵刀，捉拿便了。

  （刘月上）

刘 月：你不是王山、王林吗？

王山、王林：正是，你不是刘月吗？

刘 月：然也。

王山、王林：得咧，听说有贼行凶，原来是你到此，咱俩前仇未消，今夜狭路相逢，该你死期至矣。

刘 月：狗头休说大话，你们若不暗害我父，今夜断不到此。我今特来行刺，听说狗党都在这里，快说你叔父与狗官都在何处？叫他们出来受死，免得你少爷费事。

王山、王林：哈，原来是你前来行刺，怎知我叔父与众人都不在此，算你白来一回，枉送性命。

刘 月：嗨呀，竟不巧遇，真气死人也，他们不在此处先杀你俩，看刀吧。（杀下）

陈 望：咳，好不凑巧，方才我听得明白，仇人又不在此，竟在别处藏身，我们算是枉来一回。此仇不报，还是他娘的烧哇。

  （唱）想到此，还是烧。

    满府各处，任意走瞧。

    着急将房上，伶俐甚飘飘。

    看见柴草去处，取出硫黄火硝。

    点着又往别处运，亭台楼阁任意着。

    各处里，都点着。

    烧得呼呼，乱响声高。

    凑巧风又起，烈火四下飘。

    一派寒光火起，万丈又有多高。

王山、王林：（唱）王山王林不顾交战，

      害怕吓得魂胆消。

      齐逃命，好心焦。

刘 月：（唱）刘月一见，追赶不饶。

王 林：（唱）王林头里跑，

王 山：（唱）王山回头瞧。

　　　　　　　落后不曾防备，
刘　月：（唱）刘月赶上一刀。
　　　　（白）看刀！
王　山：妈呀。躲闪不及着了重，左膀受伤把命逃。
刘　月：（唱）心喜悦，乐陶陶。
　　　　　　　仇人小幸，未赴阴曹。
陈　望：（唱）陈望急来到，瞧见喜眉梢。
　　　　　　　口中直叫表弟，仇恨也算料消。
　　　　　　　不必久站快回府，天明出城好走逃。

（完）

第 三 本

【剧情梗概】 王振派兵捉拿刘府一行人，刘月等人逃脱后直奔宣化府投靠兄长刘汉，刘汉闻听父亲死讯，怒不可遏，冲进营帐将妻子（王振之女）王玉荣杀死，众人一同前往麒麟山投奔旧友毛福寿。王振派遣老将杨洪为新任宣化府总兵，并派兵捉拿刘府众人。孙堂在石家做客期间，花翠红前来勾引，勾引不成反将罪名栽赃给石建章之妻董月英，恰逢孙堂离去，董月英百口莫辩，被石建章驱逐出府，幸遇老汉郝仁收留，她拜郝为义父。

（王振、王永和、马顺三人出）

王　振：（诗）报仇除却心中恨，协力同谋效微劳。
　　　　（白）咱家王振。
王永和：下官王永和。
马　顺：下官马顺。
王　振：多承二位替我进监狱害死刘球，雅密消恨叫我感激不尽。
王永和、马顺：好说，不敢，料效微劳何足挂齿？又蒙厚恩实是抬爱。
王　振：好说，自己不套言，我今早起心惊肉跳，不知何故？
王永和、马顺：正是，我俩也觉如此，莫非有什么不祥之事？盛宴已领，我俩告
　　　　　　　辞回府。

（丑扎巾上）

彭将军：嗨呀，众位老爷，可不好咧。
王振等三人：彭将军到此有何大事，这等惊慌？
彭将军：马家姐夫与王大人有所不知，不知从何处来了两个强盗，闯进你俩府中，提刀行凶，将王大人的夫人梅香杀死，又把我姐姐性命全伤，奴仆家人一共伤了十四口，又放大火将房屋烧坏，因你二人不在府中，两家之人齐去见我，告知其故。贼盗去已多时，我也无法可施，故此来见你俩，想法报仇捉贼吧！
王永和、马顺：呀，此话可是当真？
彭德清：哎，这样家败人亡的事，我还哄你们不成？

王永和、马顺：呀，竟有此事，真真气死人也。

（王林急上）

王　林：叔父，可不好了。

王　振：侄儿为何这样惊慌？

王　林：叔父不知，乃是刘家之人前来行凶，杀了王家夫人梅香等，又杀马家之人，复又来咱府杀人放火，叔父快想主意吧。

王　振：呀，竟有此事。不用奏主，就命彭将军、马大人带领校尉，前去拿他满门家眷。

彭德清：他们惧罪逃走，搜寻不见。

王　振：无妨，他们虽走去不甚远，你二人速去拿来碎尸万段，方消我恨。

马顺、彭德清：遵命。

王　振：王贤契回府，速备棺椁，成殓你两家尸首去吧。

王永和、马顺：小官告退。

王　振：王林。

王　林：有。

王　振：引我去看你哥哥伤痕，请医调治，再把咱家奴仆尸首成殓埋葬。

王　林：是。

王　振：好个刘家小子，竟敢前来行刺，单等抓住他们，再拿刘汉，接回侄女另聘高门。

（诗）剪草亦要根除净，萌芽难免又复生。

马顺、彭德清：（白）校御。

校　御：哈。

马顺、彭德清：随吾二人前去抄拿刘府，不得有误。

校　御：哈。

（马顺、彭德清上）

马　顺：吾马顺。

彭德清：吾彭德清。我说姐夫，所因别人把你一家闹得老幼不存，与我连心，真叫人伤心落泪。

马　顺：事已至此，别无所愿，只有捉拿仇人雪恨。

（家仆上）

家　　仆：报二位老爷！

马顺、彭德清：何事？

家　　仆：我等闯入刘府，他家径自逃走，渺无踪迹，访问明白，说是天明开城，有人看见赶着车辆闯出西门去了。

马顺、彭德清：起过。

家　　仆：是。

马　　顺：我想他们逃走，哪里容得！校尉们，人马速出西门，急急追赶，不得有误！

刘　　月：家将们各执兵刀，保护车辆快行。

（三人在马上，陈望步行）

众　　人：（诗）报仇未得尽除奸，闯出虎穴与龙潭。

刘赛花：（白）奴刘赛花。

海　　棠：奴海棠。

刘　　月：我刘月。

陈　　望：吾陈望。表弟、表妹，咱们装扮迁徙离京，车内暗带兵刀闯出城来，算是离了是非之地咧。他们若是知道必来追赶。呀！说着说着，人马就来了。

刘赛花：果然人马蜂拥而来。表兄你同几个家将保护车辆先行，其余随我姐弟堵挡官兵。

陈　　望：有理，家将们催促车辆快走。

刘　　月：哎呀，囚攮的来了，姐姐在后，小弟堵挡头阵。

刘赛花：可要小心。

刘　　月：姐姐放心吧。

刘赛花：你看兄弟去了。海棠，咱主仆闯杀上去。

海　　棠：有理。

（彭德清对阵刘月）

刘　　月：来者狗官报名受死。

彭德清：你老爷彭德清，你这黑小子是谁？

刘　　月：你祖宗刘月，劝你收回人马，万事皆休，不然叫你枪下做鬼。

彭德清：小子不要逞强，昨夜杀人放火，就是你吗？

刘　　月：然也。

彭望清：哈哈，敢称"然也"二字，不要走，看枪。

刘　　月：来来来。

　　　　　（刘月打彭德清，彭败）

彭德清：这小子果然厉害，我不中咧，姐夫快来吧。

　　　　　（马顺上马）

马　　顺：贤弟闪过，待我擒他。

刘　　月：狗官哪里走？

马　　顺：幼儿休走，有你马老爷在此。你可是刘球之子吗？

刘　　月：然也，莫非你就是马顺吗？

马　　顺：然也。

刘　　月：看枪。

　　　　　（马顺杀刘月败，刘赛花上，马顺败）

马　　顺：呀，刘家女子都能惯战，校尉们一齐杀上前去。

　　　　　（众乱杀，刘赛花败）

刘赛花：呀，不好，众将齐上，势众难敌，只能先退，方可取胜。何不用走线飞锤打他才是。

马　　顺：女子哪里走？

刘赛花：找打。

马　　顺：哎呀，不好。

刘赛花：老儿被我一锤打得抱鞍而逃。家将们！

家　　将：有。

刘赛花：一起杀上前去。

　　　　　（马顺上）

马　　顺：哎呀不好了，罢了我了。

　　　　　（唱）老马顺，中一锤。

　　　　　　　　左膀疼痛，头迷眼黑。

　　　　　　　　身子乱打晃，吃了无限亏。

　　　　　　　　险些掉下坐骑，抱鞍拨马逃回。

　　　　　　　　吩咐众将撤人马，今日之事拿不得。

（刘赛花上）

刘赛花：（唱）赛花女，喜气堆。
　　　　　　趁机追杀，料展雄威。
刘　月：（唱）刘月精神长，拧枪喊如雷。
　　　　　　奋勇追杀兵将，
海　棠：（唱）海棠急急相随。
刘赛花：（唱）赛花努力追兵将，幼女今日胜须眉。
家　将：（唱）众家将，如虎威。
　　　　　　并力厮杀，齐往前追。
校　尉：（唱）校尉心害怕，个个魂吓飞。
　　　　　　弃甲卸兵逃走，个个魂散魄飞。
　　　　　　个个魂散魄飞，不顾交兵把兵催。
彭德清：（唱）彭德清落荒也逃走。
　　　　　　心胆怯，发了霉。
　　　　　　仇人难敌，功劳化灰。
　　　　　　别人都不惧，怕那女花魁。
　　　　　　实在胜过男子，一人能破众威。
　　　　　　姐夫带伤丧了气，兴与众将堆了灰。
　　　　　　见公爷，说明白。
　　　　　　准受责备，定免不得。
　　　　　　领罪凭发落，想法再抓贼。
　　　　　　不然启奏圣上，发兵另遣英魁。
　　　　　　不言他们回兵去，
刘赛花：（唱）刘氏赛花笑微微。
　　　　　　见兵将，急退回。
刘　月：（唱）刘月一见，却也不追。
海　棠：（唱）海棠也来到，彼此到一堆。
刘赛花：（唱）吩咐急赶车辆，此行再无颠危。
　　　　　　天涯海角全不怕，真是天高任鸟飞。
　　　　　　家将快快急行走，一齐去把车辆追。

		打马急往前追赶，
陈　　望：	（唱）	陈望前途把车随。
		惦着表弟与表妹，不住回头看明白。
		只见众人齐来到，后面追兵一概没。
		说话众人对了面。
	（白）	表弟、表妹你们来了，追兵不见，想是退回。

刘赛花、刘月：正是，杀退官兵，才赶车辆。

陈　　望：好，大家脱离虎口，真是万幸。料想他们必还发兵来追，大家急赶奔怀来县便了。在那里站稳，我再回来瞧探动静，去见大表弟好做准备。

刘赛花、刘月：全仗表兄保护，脱离灾难，因为我家受尽奔波，今生恩情难以报答。

陈　　望：好说，咱们至亲，说不到什么恩情，大家快些赶路要紧。

刘赛花、刘月：有理。

　　　　　　（白面髯官坐）

于　　谦：（诗）秉德纯良志刚强，忠心贯日可达天。

　　　　　（白）下官兵部侍郎于谦，夫人曹氏所生一子，名唤于冕，他母子同在原籍钱塘县居住，我在朝内居官。常恨太监王振，无计可除，不幸刘球却又惹他犯罪在监，我俩同年相契，怎忍坐视不救？今乃大朝之日，今日何不上殿保奏救他出狱？人来。

家　　仆：有。

于　　谦：外厢调轿上朝。

　　　　　　（摆朝，站六官将）

合：　　　（诗）殿上衮衣明日月，砚中旗影动龙蛇。

　　　　　　　纵横礼乐三千字，独对丹墀日未斜。

王　　振：（白）咱家治国公王振。

于　　谦：下官兵部侍郎于谦。

王　　直：下官吏部尚书王直。

胡　　英：下官户部尚书胡英。

王　　文：下官都察院御史王文。

王永和：下官锦衣卫王永和。

（皇帝出，坐堂）

皇　帝：（诗）金殿当头紫阁重，仙人掌上玉芙蓉。
　　　　　　　太平皇帝朝元日，五色云车驾六龙。
　　　　（白）朕大明皇帝，正统在位，先皇归天，寡人即位，多亏老臣辅佐，王振扶立。登基以来，虽然太平世界，不想云南王薨，北虏入寇，又有黄河起乱，水淹居民。朕想别者无虑，唯有大元交兵，世代不灭，乃是社稷大大之忧。朕三位国公出朝，一人去云南封王，二人去黄河修堤，又命皇亲提兵塞北灭寇，不知几时班师凯旋。今设早朝，内臣！
内　臣：伺候。
皇　帝：传旨晓谕文武有本早奏，无本散朝。
内　臣：遵旨。殿下文武听着，圣上口旨传下，哪家大人有本早奏，无本散朝。
王　振：慢散朝纲。
内　臣：何人有本？
王　振：王振有本。
皇　帝：随旨上殿。
王　振：万岁。

（王振跪）

王　振：万岁万万岁，臣王振见驾，有本奏主。
皇　帝：先生有本，平身奏来。
王　振：万岁，听臣细奏。
　　　　（唱）平身站立呼万岁，微臣有本奏主公。
　　　　　　　昨夜晚奴才府中有刺客，杀人放火恶太凶。
　　　　　　　锦衣相连俱吃苦，刺客外走留姓名。
皇　帝：（白）哼哼，却是何人这样大胆？
王　振：（唱）就是刘球他次子，因父死狱中来行凶。
　　　　　　　夜进我府杀人又放火，惧罪凶徒逃出京。
　　　　　　　五百校尉去追赶，他们挡退回了城。
　　　　　　　逃走去奔宣化府，仗着刘汉做总兵。
　　　　　　　言道一家归一处，同心谋反叛朝廷。
皇　帝：（白）呀，你两家成仇，他们行凶又想叛乱是何道理？

王　振：（唱）我主若不早提问，后来患大了不成。
　　　　　　　奏罢跪倒又叩首，
皇　帝：（唱）皇帝听罢怒冲冲。
　　　　　　　乱臣贼子敢背反，理当拿问不留情。
　　　　　　　刘汉他本是先生亲侄婿，寡人为难来调停。
王　振：（唱）万岁我主不必虑，反叛不拿必逞凶。
　　　　　　　若看儿女江山坏，免留后患得安宁。
　　　　　　　奏罢伏服金阙下，
皇　帝：（白）好！
　　　　（唱）皇帝听罢喜心中。
　　　　（白）倒是先生为国无私，真是寡人治国忠良，但不知若拿刘汉，何人可当此任？
王　振：万岁，奴才推举一人准保无失。
皇　帝：却是哪个？
王　振：就是京营老将杨洪，老成练达，足智多谋，可当此任。其子杨俊少年英杰，亦可荐用。守备纪广堪能为将。我主何不封他三人前去镇守？拿了刘汉弟兄二人，解京问罪，岂不是好？
皇　帝：就依先生所奏，钦封杨洪宣化府总兵，纪广为副将，杨俊为参将，麾下听用，带兵一千去拿刘家弟兄两个。先生疾去晓谕。
王　振：奴才领旨。
于　谦：圣旨慢行。万岁，臣于谦见驾。
皇　帝：于爱卿拦住旨意，有何本奏？
于　谦：万岁，非是微臣拦阻圣旨，我细听先生所奏情有不明，故才出头见本。
王　振：住了，有何不明？你又多言，当殿胡讲。
于　谦：你也不必侫口。
　　　　（唱）你做事，我明白。
　　　　　　　你与刘球，素日不和。
　　　　　　　因你常作弊，蒙君弄奸谋。
　　　　　　　他人素日秉忠，不平恨在心窝。
　　　　　　　不意遇事又惹你，圣上怪他罪难脱。

入牢笼，身受折。

不多时日，又见阎罗。

死得太不明，叫人难琢磨。

方才听你启奏，叫人又犯琢磨。

量他纵然受刑中，却也不能命不活。

明是你，设计谋。

将他害死，又弄强舌。

驾前来蒙主，又惹他罪多。

赖人行刺背反，亲情一概全割。

绝人后嗣要剪草，好一个无情无义贼。

王　振：（唱）住口，谁叫你，来多舌？

替人辩法，混把罪遮。

明明他行刺，放火烧得多。

官宅相连受害，打伤人儿太多。

不信问问锦衣卫，刘球自尽谁害者？

（王永和又跪倒）

王永和：（唱）万岁，又跪倒，王永和。

口呼万岁，忙把头磕，

刘球自己死，奏主也晓得。

其子行刺放火，俱有并非瞎说。

臣府近邻尽遭害，不信差人问明白。

皇　帝：（唱）皇帝点头说有理，吩咐内臣验明白。

内　臣：（唱）领旨下殿急急去，

（内臣下，又上）

内　臣：（唱）查明回转快如梭。

（白）启奏万岁，奴婢验明：司礼监、锦衣卫果然都受火灾，分明有人刺杀人不少。

皇　帝：闪过。

内　臣：万岁。

皇　帝：这就是了，于谦哪于谦，先生所言是实，你怎言是虚呢？验明不假，你还有啥说？

于　　谦：哎呀，万岁，非是微臣无故多言，皆因刘球死得不明，令人可惜，才来奏本。若说其子行刺，又未拿住，何人可证。刘汉镇守宣化府，可是堵挡北边要路，无故屈压背反，拿他问罪，另换别将，倘若胡人犯境，不能抵挡住，只怕江山不稳，社稷不牢哇，万岁。

王　　振：万岁，于谦所论更是胡言。刘家兄弟背叛，若要不拿才有祸患，趁早除去哪有虑？我主细想，是也不是？

皇　　帝：先生所论极是，于爱卿不必替刘家争辩，快些归班。

王　　振：万岁慢着，叫他去，于谦与刘球同年相契，刘球已死，自然替他辩冤。大料刘家之子刺杀背叛，内中必然全是他主谋，我主千万不可不究。

于　　谦：哼哼，你个奸贼呀奸贼，于某忠正无私，哪有误国之理？你竟敢恶言恶语，血口喷人！

皇　　帝：住了，佞臣，不要发威。你替刘家辩本，显然有私，先生并非佞奏。若不念你素日忠正，却与刘家一同问罪，开恩不究，降职出朝，山东莱州府去做知府去吧。

于　　谦：万岁万万岁。

（王直、胡英跪）

王直、胡英：万岁，于侍郎保国无私，陛下何故贬他出朝？伏乞开恩追回先旨，免得叫良臣退步寒心。

皇　　帝：爱卿不必保奏，留他在朝多生是非，已经贬去，不能再叫复返，王先生传旨，莫误你们，一齐下殿，不许再奏，就此散朝！

王直、胡英：万岁。

（于谦急上）

于　　谦：罢了哇罢了，好个昏君，听信王振之言，疑我于某有私，径自把我降职出朝。君命难违，只得收拾离京赴任便了。

（丑武生出）

高　　礼：（诗）一身孤独闯江湖，敢称豪杰大丈夫。

（白）吾白花蛇高礼，家住宣化府怀来县人氏，自幼学武，父母早亡，家业耗尽，只剩我一人，爱交朋友，常来常往。前日有陈望哥哥到此住了几日，他又辞别上京而去。

家　　仆：禀大爷，前日来的那位陈爷又来咧。
高　　礼：大哥从此而去，说是进京探亲，怎么回来？必有别事。小子快去烹茶，
　　　　　待我出去迎接。哈。
　　　　　（唱）急急忙忙迎出去，见面问候为何由？
　　　　　（白）大哥请坐！
陈　　望：贤弟请坐。
高　　礼：（唱）归坐带笑急忙问，陈兄是有何勾当？
　　　　　　　　从前留住不久站，探亲求名进帝邦。
　　　　　　　　怎么去急来得快，却因何事这等忙？
陈　　望：（唱）从头到尾说一遍，我去弄事遇不祥。
　　　　　　　　舍亲无故遭冤枉，叹我姑父一命亡。
　　　　　　　　表弟表妹逃在外，跟随我来到这乡。
　　　　　　　　特来投奔舍弟你，暂且寄身这里藏。
　　　　　　　　京里必要发兵将，我还探信做提防。
　　　　　　　　必得去到宣化府，见我大表弟做商量。
　　　　　　　　或是兵来用将挡，或是避祸早潜藏。
　　　　　　　　不等临期遭拿问，故此借众要相帮。
高　　礼：（白）好。
　　　　　（唱）原来是令亲同到此，快些迎接要紧忙。
　　　　　　　　哥哥快领我接见，
陈　　望：（白）多谢贤弟，愚兄感激不尽。
高　　礼：（唱）快把客套撂一旁。
　　　　　　　　一齐接出见了面，
陈　　望：（唱）陈望说明事一桩。
刘赛花、刘月：（唱）刘家姐弟心欢喜，彼此问候喜洋洋。
　　　　　　　　　车辆相随他门进，仆人安置在两旁。
　　　　　　　　　为首共请同入后，众人一齐进了房。
刘　　月：（唱）刘月尊声高兄长，我们打搅甚不当。
高　　礼：（白）好说。
　　　　　（唱）套言收起快请坐，贵客相临算有光。

陈　　望：（唱）陈望复又开言道，表弟表妹听其详。

　　　　　　　　你们且在这里住，我明日探信走一场。

　　　　　　　　仗着飞腿去探信，等我回来做主张。

刘赛花：（白）表兄言之有理，你去，我们在此等候。

陈　　望：是。

高　　礼：公子、小姐住在此处只管放心。小子！

家　　仆：有。

高　　礼：你去说与村中人等，不许说刘家公子、小姐在此避祸，急去回来预备酒宴伺候。列位远来休息，请！

刘月、刘赛花：请。

（月英正旦出）

董月英：（诗）幽娴贞静性温柔，夫妻如宾两相投。

（白）奴董月英婚配石建章为妻，那日相公带我姑嫂上坟，身遭颠险，多亏孙公子救难，相公感激，与他八拜为交，又把姑姑婚许其弟为偶，成为至亲后留住未辞。不想姑姑因惊染病，相公进城去请名医，说是今晚方回。昨日婶婶邀我花园散心，头上失去金钗，问她并未拾去，今日府中人稀，不免去到花园寻找便了。

（小丑旦出）

花翠红：（诗）从小生来好胜，梳洗打扮爱动。

　　　　　　桃花粉面爱风流，人人见了迷死人。

（白）奴花翠红，配石大星为妻，婆婆待我狠强，虽然有前房小姑子、大伯子，我婆媳实在看不上，恨不得一时分开家。他们上坟惹了乱子，亏了姓孙的解救，就把姓孙的带到家中住着。前日和嫂嫂花园散心，她失去了一根金钗，被我捡来未给她。回来从书房路过瞧见那个姓孙的，哎哟，人家那个人呀，他是咋长来吧，真是风流俊俏，犹如神童一般。自从看见他呀，总觉着心慌意乱，情迷不禁，不由得叫人淫心陡起，欲火发作。

（唱）自见妙人心性乱，忽忽悠悠心发迷。

　　　　　那个人物算绝世，小模样长得真出奇。

　　　　　莫说男子堆里少，妇女堆里属第一。

　　　　　越思越想情难忍，无法憋得干着急。
　　　　　忽然一想也容易，今日肃静人儿稀。
　　　　　何不去到书房里？我俩私会有谁知？
　　　　　他若知情我知趣，云雨巫山乐有余。
　　　　　想到得意把床下，重新打扮身换衣。
　　　　　头上脚下收拾毕，菱花一照笑嘻嘻。
　　　　　不是奴家夸海口呀，可也敢比女西施。
　　　　　这也不是夸自己，情郎一见必爱惜。
　　　　　出了绣户出房去，

孙　堂：（诗）再表孙堂书舍居。闲来闷坐观书史。
　　　（孙堂上坐）
　　　（白）我孙堂只因途中解救石家之难，石兄邀到他家，我俩结拜，情同手足，又把妻妹许我兄弟为婚，单等进京禀知爹爹再行茶过礼。听说弟妹染病，心甚不安，等候石兄请医调治，弟妹病愈，我再告辞进京。
　　　（花翠红上）

花翠红：嗨哟，孙郎在屋里不咧？

孙　堂：呀，这女子是谁？突然到此，男女授受不亲，快些出去。

花翠红：哟，送上门的别撵我。我看你这人怪好的呀，咋这酸气？你来到我家是客，轻易不到内宅，自然不认得。说明白了，你就知道咧，你的盟兄是我大伯子，我来也非别人，不要外道，情郎——
　　　（唱）你虽是个远乡客，并非外人意不俗。
　　　　　我家小姑许令弟，实在亲戚非含糊。
　　　　　好意亲近来说话，你咋外道只背奴？

孙　堂：（白）既是弟妹更不该接言。

花翠红：（唱）你越撵我越不动。

孙　堂：（白）咳咳，好生不便。

花翠红：（唱）单要与你说句话，不走你却撵不出。

孙　堂：（白）你要不走我便要出去。

花翠红：插住门儿你哪里走？

孙　堂：咳，这是怎了？

花翠红：（唱）可意郎君听清楚。

　　　　　　　不才与你做个伴，这里无人乐何知？

　　　　　　　说罢迈步往前凑，

孙　堂：（白）快些退后。

　　　　（唱）连说不好快请出。

　　　　　　　劝你需要存廉耻，为人不可把节无。

　　　　　　　节义廉耻全不顾，只把眼前快乐思。

　　　　　　　孙某平生知大义，我若与你私通禽兽不如。

花翠红：（白）不从你得拿表记，桌子上这把小扇得给奴。

孙　堂：（唱）任你拿去我不要，

花翠红：（唱）你不要也是不中。

孙　堂：（唱）事不宜迟快请出。

花翠红：（唱）叫我出去不能够，既来到此不空出。

孙　堂：（唱）你不出去我出去，

　　　　（花翠红拉住孙堂）

花翠红：（唱）你要出去挠瞎你的眼珠。

孙　堂：（唱）不要拉扯快放手，

花翠红：（唱）放手不能你得依着奴。

孙　堂：（唱）正在着急气又恨。

董月英：（唱）董氏推门进了屋。

　　　　（白）你二人为何拉拉扯扯？是为什么？

花翠红：哟，你冒冒失失地凑啥来咧？好厌气，这是做啥？快走吧！

孙　堂：真是愧死人也。

董月英：贤弟乃是至诚君子，见色不迷，堪比柳下惠，何愧之有？

孙　堂：嫂嫂何时到此？如此明白。

董月英：我上花园回房，从此路过，忽听书房似有妇女声音，故此稍站且听。不料是那贱人淫奔无耻，可敬贤弟坐怀不乱，真是至诚。第一我家妇女无德，与你无干，何须抱愧？

孙　堂：罢了，嫂嫂既明其故，小弟就算洗了清白。我今此处难站，兄长不回不好不辞而去。

董月英：贤弟你不要介意，还是等你哥哥回来再去不迟。
孙　堂：不可，若等我兄回转还是留住小弟，不放小弟，久停再生是非，有失尊府体统，莫如早行，掩而不露是为全美。
董月英：贤弟所言虽是，唯恐你哥哥回来怪我慢待，再者还有我家小姑病势沉重，既与你家名分已定，不待病愈而去，岂不悬心？
孙　堂：不妨，弟妹有兄嫂可托，自然安然无事，别无再言，小弟收拾行李告辞行路。
董月英：实意要去，不敢强留，祝你一路保重。
孙　堂：嫂嫂回房，小弟去也。
董月英：孙家贤弟去了，可笑婶婶有伤家风，令人可耻。有心劝她改过，又怕烦劳无益，莫如隐而不论，免生事非。找物不见，回房便了。

（花翠红急上，坐）

花翠红：咳，这事咋好？这事咋好？可恨巧事不成，竟被嫂嫂看见，羞得我急急出去书房，不知他俩在屋内说我啥来着。待不多时，姓孙的拉马就走咧，嫂嫂也就回房。细想我今出丑，那贱人必要告诉我婆婆知道，那时一定要着实地呱嗒呱嗒打我，这个乱子一定不能逃过，这可怎么是好哟？有了！姓孙的既走，他的扇子、嫂嫂的金钗俱在我手里，何不拿着这两件东西去见婆母指物为赃，把我的丑事正好推在她身上？不愁婆婆不信。若把嫂嫂处死，我算一洗清白二免祸事。走，见婆婆去。

（出奸面旦）

牛　氏：（诗）丧夫有子守贞节，前房后脊两不贴。

（白）老身牛氏，出嫁石门为续弦，老爷居官，早年去世。前房抛下一个小子，一个丫头。小子名叫石建章，早娶老婆咧。丫头也没受聘，新近他们上坟闹了乱子咧，多亏姓孙的解救，大用[①]那小子把他妹子许了姓孙的。先交朋友后又做亲，狐朋狗友留在家住着，叫人看了实在烦气，必得想个法子把这一窝子都膔对[②]出去，我才眼亮，我才心宽。

（花翠红上）

---

① 大用：即石建章。
② 膔对：赶出去的俚语说法。

花翠红：婆母妈在上，媳妇万福。

牛　氏：咳咳，媳妇来咧，免礼，你快坐下。

花翠红：是，媳妇告坐。妈妈！

牛　氏：咳咳，啥勾当，只是叫哇？

花翠红：妈呀，如今咱们家又添了彩了。

牛　氏：啥彩？你快说说呀。

花翠红：您老听了。

（唱）我嫂嫂如今太不好，与那姓孙的说不来。

牛　氏：（白）哟，他们咋滴咧呢？

花翠红：（唱）勾搭连环不用问，叫人心内犯猜疑。

牛　氏：（白）这勾当你咋知道咧？

花翠红：（唱）背地偷听去窃看，云情雨意真乐哉。

他们那都有表记，

牛　氏：（白）有啥表记呀？你快说给妈听听。

花翠红：（唱）一把扇子一根钗。

叫我看见气不愤，闯进房去抢过来。

嫂嫂害怕追着要，姓孙的吓坏也走开。

我来告诉妈知晓，你说他俩该不该？

牛　氏：（白）这话叫人不信，你嫂嫂不是那样人，要是你可是许的。

花翠红：（唱）你老若是不凭信，当下叫你见明白。

两桩物件全拿出，你老看看不是媳妇混瞎掰。

牛　氏：（唱）一见赃证说我信，大骂董氏太不该。

待我前去把她找，教训教训这奴才。

说着说着就要走，

花翠红：（唱）且住！你老慢去且思裁。

（白）妈呀，你去不得。

牛　氏：怎么去不得呢？

花翠红：她又不是你的亲媳妇，不如告诉他汉子，叫他管教管教，省着你老多生闲气。

牛　氏：虽是那样说，她汉子要不信呢？

花翠红：不信我有主意，你老装病如此这般而言，再把赃证一现，他一看不愁他不信。

牛　氏：好，倒是你的主意强，不错，就依计而使便了，要除肉中刺。

花翠红：妈呀，一网打尽鱼。

（王林出）

王　林：（诗）未得求淑女，反惹他吴越仇。

（白）吾王林，叔父设计杀了刘球，他儿子暗来刺杀，未曾拿住全家逃走，叔父差人追赶，闹得兵败而回，无奈奏知皇帝，又发兵遣将去拿刘汉，哥哥受伤不能离府，叔父命我随着杨总兵一到宣化府接取妹妹回京，另再择配，只得走走。

（升帐，出二丑，扎巾站）

纪广、杨俊：（诗）大将有威风，盔甲挂玲珑。

上阵能征战，不胜定无赢。

纪　广：（白）我副将纪广。

杨　俊：我参将杨俊。

纪广、杨俊：舅舅/舍老子升帐，在此伺候。

（老丑帅出）

杨　洪：（诗）奉旨挂帅掌兵权，外镇边塞又高升。

（白）本帅杨洪，多蒙治国公提携，升为总兵，外甥纪广升为副将，爱子杨俊亲授参将，同在帐下听用。我今奉旨到宣化府上去拿刘汉，还有公子王林随军去接他妹妹。人马点齐，众将官！

将　官：有。

杨　洪：起兵到宣化府，不得有误。

将　官：哈。

杨　洪：（唱）一声令，众兵丁。

人马走动，乱响銮铃。

欠身忙离座，下了点将亭。

提刀上了坐骑，领兵一齐离京。

我今次去拿叛逆，暗为私来明为公。

且不表，老杨洪。

会　真：（唱）又说会真，带领番兵。
　　　　　　　离了沙漠地，急急奔军营。
　　　　　　　合兵攻打关口，一定越过长城。
　　　　　　　然后攻打顺天府，长驱一战灭北京。
　　　　　　　推倒了，明主公。
　　　　　　　帝都侵占，再夺金陵。
　　　　　　　中原一扫净，恢复旧江山。
　　　　　　　元主登了宝位，我是开国之功。
　　　　　　　一品军师却不算，必然割地把王封。
　　　　　　　那时节，显贫僧。
　　　　　　　不枉红尘，夺利争名。
　　　　　　　荣华与富贵，不想回山峰。
　　　　　　　赫赫名扬宇宙，强如师兄慧空。
　　　　　　　想到此间心欢喜，不住催兵把路行。
　　　　　　　和尚走，又不明。
陈　望：（唱）再表陈望，奔走途程。
　　　　　　　飞腿不停站，急走快如风。
　　　　　　　哪怕千里之路，不过一日之功。
　　　　　　　只为亲戚不辞苦，难免戴月与披星。
　　　　（白）为亲劳心力，来往如鹰梭。某家陈望，表弟、表妹俱在高家藏身，我来打听京中之事，果然朝廷发兵，又着飞腿急忙来到宣化府，只得进城去见我大表弟便了。
　　　　（升帐，二将站一旁）
朱千、杨能：（诗）辕门旌旗闪，宝帐杀气飞。
　　　　　　　　　　侍卫千军对，独显将英魁。
朱　千：（白）俺左护卫朱千。
杨　能：俺右护卫杨能。
朱千、杨能：元帅升帐在此伺候。
　　　　（红面帅出）
刘　汉：（诗）少年英雄武艺高，枪马能扶社稷牢。

坐镇夷地北房惧,威风赫赫四海标。

（白）本帅刘汉,在明主驾下称臣,蒙叔父王振提拔为宣化府总兵之职。父名刘球,在京为官,兄弟姐妹暂依膝下,我在外任。近日思亲,只觉心慌神离,莫非爹爹有啥灾难不成?

（小兵上）

小　兵：报元帅得知!
刘　汉：何事?
小　兵：辕门外来了一人,口称元帅亲戚到此,有事求见。
刘　汉：呀,这是何人前来?快些有请。
小　兵：哈。里面有请。
陈　望：来了。元帅表弟在上,愚兄这厢有礼了。
刘　汉：呀,原是陈家表兄到此,愚弟少迎,面前请罪。
陈　望：好说,不敢。客言不叙,表弟,你的祸事到了,快拿主意吧。
刘　汉：什么祸事?表兄请讲。
陈　望：原是如此这般。我姑父被害,一家逃走,被我寄在半路,打听皇帝又来发兵拿你,愚兄急来送信,表弟快想计策,免祸报仇吧。
刘　汉：呀,此言当真?
陈　望：你若不信,人马随后就到。
刘　汉：咳呀,我那爹爹呀,可不痛死人也。

（刘汉倒,众将呼唤）

陈　望：表弟醒来,表弟苏醒。
刘　汉：咳呀。

（唱）听说爹爹身被害,痛恨交加发了昏。
　　　苏醒一会睁二目,翻身坐起泪纷纷。
　　　爹爹呀,大放悲声号啕痛,可惜被害命归阴。
　　　姐姐弟弟暗逃走,剩我却有何条陈?
　　　哭罢多时连声喊,王振贼呀,我与你哪世仇人今做亲?
　　　害了我父心不死,还想剪草要除根。
　　　奏主发兵又拿我,皇帝不明心太昏。
　　　王贼与我仇似海,此仇不报怎甘心?

　　　　　　　恨罢想起王氏女，我与他夫妻是仇人。
　　　　　　　先杀贱人将仇报，主意一定叫三军。
　　　　　　　请你陈爷书房坐。
小　　兵：（白）哈！陈爷随我来。
陈　　望：来了。
刘　　汉：（唱）虎腕一摆退大帐，
兵　　将：（唱）兵将退去也不云。
　　（出旦坐）
王玉荣：（诗）体态风流比花羞，侍夫恩爱比秋霜。
　　（白）奴家王玉荣，乃太监王振侄女，婚配刘汉为妻，过门三年，提拔将军为官，奴家随夫住在任上。可喜儿夫幼年高升，倒也遂心如意，只是他为人性烈，夫妻言讲不投，反面无情，叫奴不由发惧。
　　（刘汉上）
刘　　汉：痛死人也！恨死人也！
王玉荣：将军来了，请上坐。
刘　　汉：便坐可以，哼哼！
王玉荣：将军进到房来，满眼落泪，这般痛恨是与何人生气？
刘　　汉：与你与你。
王玉荣：奴家并未惹着将军，与奴生气却是为何？请教明言。
刘　　汉：我此时心如火焚，贱人少来问长问短。
王玉荣：好火气呀。
　　　　（唱）一见将军这光景，叫人又怕又惊慌。
　　　　　　　不知他是因何故，一进门来脸焦黄。
　　　　　　　问他生气是何故，不知是为哪一桩？
　　　　　　　光景似有无限恨，不然为何气昂昂？
　　　　　　　追问不说只动怒，说话带怒好人伤。
　　　　　　　如不明言闷死我，讲不起还得问短长。
　　　　　　　仗着胆子往前凑，复又带笑把口张。
　　　　　　　将军息怒细告诉，倒是因为何勾当？
刘　　汉：（唱）贱人你要一定问，听我对你讲其详。

从头至尾说一遍，你可明白这一桩？

王玉荣：（唱）呀，一问此言心乱跳，半晌发怔面焦黄。

　　　　　　出神多会又启齿。

　　　　（白）原来是我叔父害死公爹，不怪将军动怒。虽然如此，是他不仁，与奴何干？将军还要三思。

刘　汉：住口，三思什么？我要发兵入朝，拿你叔父报仇雪恨，不知你意下如何？

王玉荣：呀，这个如何使得？

刘　汉：这个不愿，依你怎么样？

王玉荣：依我，公爹既死，报仇莫论，朝廷发兵拿你，料想难逃，不如受绑进京，奴家也同你前去，见我叔父求情，准保你无事。

刘　汉：叫我无事，不如叫你叔父领死，杀他一人报仇，余者免死，倒是你一片美意。若说父仇不报，叫我反向对头乞情，自图求生，成何人也？先人含冤，纵然不死抬头见，得气哪个？

王玉荣：你说此话，愚而不明，好生可笑，奴家劝你乃是一片好意，为何反说不当？若不听我之言，只怕临期后悔。

刘　汉：住了，我刘汉堂堂丈夫，岂听妇人之言，学那匹夫之志？今若是进京，明是飞蛾投火，自送其死，哪有再生之理？你的主意并非救我，分明自己躲净求安，另怀一片事也。

　　　　（唱）心不悦，怒气发。

　　　　　　贱人之言，与我不搭。

　　　　　　我父仇该报，不该混拦咱。

　　　　　　说甚叫我认罪，心事明白七八。

王玉荣：（白）明白什么？

刘　汉：我死你必要改嫁，狠心要去另抱琵琶。

王玉荣：（唱）这个话，是屈咱。

　　　　　　你要报仇，也看奴家。

　　　　　　我的亲叔父，怎肯叫你杀？

　　　　　　忘了你把官做，不想是谁提拔？

　　　　　　有仇忘恩竟负义，口口声声要杀他。

刘　汉：（唱）哇呀呀，贱人你，言更差。

　　　　　　不明伦理，偏向娘家。
　　　　　　心疼你叔父，不叫我杀他。
　　　　　　说啥我忘情义，刘某志也不弱。
　　　　　　顶上盔璎我不要，报仇再去争乌纱。
　　　　　　忙摘下，照面砸。
王玉荣：（唱）强人绝情，太也气咱。
　　　　　　一定把仇报，夫妻情义拉。
　　　　　　何苦杀我叔父？不如先杀奴家。
　　　　　　说罢上前把头撞，你杀了我吧！
　　　（刘汉踢倒王玉荣）
刘　汉：（唱）一脚踢倒烈火发，气得人咬钢牙。
　　　　　　贱人竟敢，来把泼发。
　　　　　　不用将我怄，正想把你杀。
王玉荣：（唱）强人是你，快杀。
刘　汉：（唱）逞强叫我杀你，杀你又该怎么？
　　　　　　说罢亮出纯钢剑，照顶一下染黄沙。
　　　（刘汉杀死王玉荣）
刘　汉：（白）贱人，是你起来呀，贱人不动，果然气绝身亡。杀得好，杀得妙。王氏已死，再拿王振报仇，倒也伶俐。院子、梅香快来。
梅　香：来了！啊呀，夫人这是怎么了？夫人哪。
刘　汉：不必啼哭，把尸首装起来，停在中堂。
梅　香：是。
刘　汉：待我换了衣裳，秘密去见罗大人，他与我父同年相契，叫他与我出一妙计，免祸报仇便了正是。
　　　（出奸面）
罗亨信：（诗）忠心扶社稷，赤胆报国恩。
　　　　（白）下官罗亨信。
　　　（家仆上）
家　仆：禀爷，总兵前来求见。
罗亨信：请进书房。

家　仆：哈。
家　仆：大人有请总爷。
刘　汉：来了！大人在上，小侄来参。
罗亨信：镇台免礼请坐。
刘　汉：谢座。
罗亨信：贤侄不在衙门料理军机，这般光景来见本院有何事故？
刘　汉：年伯不知，原是这般如此，无计报仇，目下大祸难免，特来见年伯，请教脱身之计。
罗亨信：呀，竟有这样，叫本院又悲又气。
　　　　（唱）原来令尊被人害，你今为父杀了妻。
　　　　　　不顾夫妻恩情重，也算纲常数第一。
　　　　　　你与王振仇更重，他今正在当道时。
　　　　　　奏主发兵来拿你，叫我可有何计施？
刘　汉：（白）必得年伯指条明路。
罗亨信：（唱）你若束手定无命，
刘　汉：（白）那是自然。
罗亨信：（唱）抗旨又是把君欺。
　　　　　　背叛连吾也有罪，难免千古骂名遗。
　　　　　　这事并无好妙计，
刘　汉：（白）年伯无计，小侄就得听候拿问了。
罗亨信：哼哼，有了，忽然一计把祸离。
刘　汉：有何妙计？
罗亨信：吩咐左右快退下。
家　仆：哈。
罗亨信：（唱）逃去隐遁藏身躯。
　　　　　　等候仇人时运败，自然雪恨何用急？
　　　　　　目下快走为上策，有人问我装不知。
　　　　　　皇帝他难怪罪我，此举如何你细思。
刘　汉：（白）好。
　　　　（唱）年伯高见我遵命，事不宜迟就告辞。

　　　　　　日后相见再拜谢，
罗亨信：（白）去吧。
刘　汉：是。
　　　　（唱）一揖而别去得急。
罗亨信：（唱）罗爷回后也不讲。
陈　望：（唱）陈望书房好憋屈。
　　　　　　表弟不知有何事，应当商量细说之。
　　　　　　不来着急好发闷，
刘　汉：（唱）刘汉进来把话提。
　　　　（白）小弟少信，表兄莫怪。
陈　望：好说，不敢，表弟请。
刘　汉：有坐。
陈　望：我来多时，表弟应该计较计较兵来到怎么挡？
刘　汉：小弟无计，方才杀了王氏，我又领教在巡抚大人那里，叫我避祸逃走，别无可论。
陈　望：怎么，你把表弟妹杀了？巡抚大人叫你逃走？
刘　汉：正是。
陈　望：好好，这倒是个高见，你杀了仇人侄女，真是刚强，不愧幼年居官。暂时隐遁，后来报仇，却也不难。大家速行，奔我朋友那里相聚一处，有何不可？
刘　汉：表兄所言极是，待我把帅印挂在中堂，大家悄悄而行。正是：
（诗）弃官抛名利，避祸暂潜身。
（石建章出，马上）
石建章：（诗）离难祸去逢好友，同胞病笃又生仇。
　　　　（白）学生石建章，只因上坟着难，多蒙孙公子相救，我俩结义，作为刎颈之交，又把妹妹婚许其弟为室，我俩相契又为至亲，真是情同骨肉。不意妹妹因此病在床上，学生今早进城请医调治，不承想没有机会，大夫无暇诊脉，无奈晚上自己归家，下马进府先到书房才是。
（下，又上）
石建章：呀，孙贤弟为何不在书房？莫非去到外边闲散去了？不免且到母亲房中，

　　　　　　然后再去书房便了。
　　　　（唱）不意今得知心友，每夜伴宿书房中。
　　　　　　迈步且把上房进，
牛　氏：（唱）牛氏装病混哼哼。
　　　　　　不意且把大用盼，
石建章：（唱）书生进屋问安宁。
　　　　　　母亲这是怎么样？
牛　氏：（白）小子你不知道哇，妈今日得病甚是沉重，只怕有些不好了。
石建章：（唱）为何忽然把病生？
　　　　　　今早我去尚无恙，突然得病就不轻。
牛　氏：（白）我这病是人家气的呀。
石建章：（唱）却是哪个气着你？快对孩儿说个清。
牛　氏：（白）当着你是说不得呀。
石建章：（唱）越发说得人纳闷，莫非董氏败家风？
牛　氏：（白）着着着，有那么一点呀。
石建章：（唱）不知她有何错处？有错教训必然听。
　　　　　　何用气恼生疾病？
牛　氏：（唱）不说我儿你不明。
石建章：（白）儿我不明，请妈指教。
牛　氏：我儿你一个劲地问，妈妈也不得不说，你坐下听妈妈告诉与你。
　　　　（唱）你舅舅兄弟去看戏，小子逛会也跟着。
　　　　　　你也去把医生请，家中肃净人不多。
　　　　　　你那朋友姓孙的，书房是他独自个。
　　　　　　你的妻子淫心起，他们两个偷偷摸摸。
石建章：呀。
牛　氏：（唱）你弟妹她书房门口过，听是花言巧语把话说。
　　　　　　密见他俩行苟且，丑态毕露把表记放在桌。
　　　　　　约会密地常如此，你兄弟媳妇气堵脖。
　　　　　　推门而入抢他表记，他们两个都脸吓白。
　　　　　　姓孙的害怕急外走，你老婆抽身回房话也未说。

　　　　　　你弟妹拿着表记来见吾，告诉我气得待死又待活。

　　　　　　你说说咱家是啥样门第呀？丑事传出那不说。

　　　　　　因此把我气出病，等你回来讲明白。

　　　　　　我儿你从今以后难说嘴，好丈夫怕遇见坏老婆。

　　　　　　这事你说气不气？

石建章：（唱）听罢气得怔呵呵。

　　　　　　好个贱人真该死，又恨孙堂行事恶。

　　　　　　怪不得我来不在书房内，原来他是走逃脱。

　　　　　　奸夫虽走淫妇在，立除贱人也使得。

　　　　　　才待要行又停止，腹内暗暗又思索。

　　　　　　董氏并非淫奔妇，孙贤弟也不是偷花盗柳贼。

　　　　　　他二人怎肯做出来不才事，叫人心内犯颠夺。

牛　氏：（唱）毒妇一见知其意。

　　　　（白）我说小子，妈说这话你必是不信，等我把赃物拿出来，叫你看看，你就知道了。咳，我一动好不受应。小子你看这两件东西，你是认得不认得，金钗、小扇俱都在此。

石建章：正是他俩之物，果然如此。真是气死人也！待我拿着赃物前去，定把贱人处死。

牛　氏：哟，这回他是信了，此去见了他老婆，必要吵闹，待我前去听个声儿才是。梅香丑儿哪里？快来。

梅　香：来了。

牛　氏：扶着我去到你大奶奶房中去。

梅　香：是。

（董氏出）

董月英：（诗）失物难寻心意恢，独坐房中盼夫回。

　　　　（白）奴董月英，自从失物，又遇花氏出丑，孙叔去后，奴只觉心慌意乱，不知有何是非。方才服侍太太、姑姑用过点心，料安稳倒下睡熟，奴才回房。看那天晚，只盼相公请来名医，好与姑娘消灾了病。

（石建章上）

董月英：相公在外回转，可曾请来医生无有？

石建章：哼哼。

董月英：相公讲话不悦，一进门来怒形于色，却是为何？

石建章：为你呀为你。

董月英：为妻有何不周？妾身不明，希君你明言相告。

石建章：呀吥，贱人你休装睡梦，我问你头上戴的金钗哪里去了？

董月英：昨日与婶婶上花园观花，失落花园，寻觅不见。

石建章：哪里是失落？明明将物赠与情人，密约求欢，你还巧言遮盖，前来瞒我。

董月英：呀，这话是从何而起呀？

（唱）直发蒙，不明白。

话无头脑，叫人难猜。

金钗本失落，寻觅未找来。

哪个密约私赠，与人暗作不才？

话不明言人纳闷，相公需要细说开。

石建章：（唱）你不用，自装呆。

鬼病一露，难以隐瞒。

你与孙家子，（牛氏上，听）早把情意怀。

今日趁我出外，竟敢私会书斋。

奸夫淫妇丑事露，出现标记被人责。

董月英：（唱）呀，闻此话，甚惊骇。

出神多会，直叫冤哉。

外客在书舍，奴家在内宅。

男女不在一处，哪有丑事出来？

却是哪个胡糟践？无故屈人太不该。

石建章：（唱）自出丑，却卖乖。

哪个胡来，信口河开？

丢丑算一定，事露难免灾。

从实快些招认，不用混洗清白。

实赃实据在我手，你说无有信不来。

董月英：（唱）夫哇，急又痛，泪满腮。

悲悲切切，跪在尘埃。

　　　　　　　口称儿夫主，是非要详查。
　　　　　　　不要错把人怨，妾身哪有不才？
　　　　　　　什么真赃我不晓，证据却是何处来？
石建章：（唱）你要见，不难哉。
　　　　　　　急忙取出，小扇金钗。
　　　　　　　贱人拿去看，一扔照面摔。
董月英：（唱）呀，一见连说奇怪，呀，忽然醒悟明白。
　　　　　　　不用细说是如此，需得问明免罪责。
　　　（白）请问相公，这两件东西是何人交付给你的呢？请你说明来历。
石建章：此物乃是母亲所交。
董月英：何人交与母亲呀？
石建章：弟妹花氏。
董月英：说我与人私通，何人所言哪？
石建章：也是弟妹。
董月英：这就是了，妾身问明，也有下情回禀。
石建章：你有何下情回禀？无非遮盖自己免罪。
董月英：咳，相公。
　　　　（唱）听妾身，讲明白。
　　　　　　　这般如此，花氏不才。
　　　　　　　却被我遇见，众围才解开。
　　　　　　　孙堂负愧辞去，不等久住着灾。
石建章：（白）你说弟妇不才，此把小扇不是你取，难道金钗也不是你的吗？
董月英：相公啊，金钗虽是我丢去，谁想她拾迷起来。
　　　　（唱）对机会，巧安排。
　　　　　　　移花接木，令人难猜。
　　　　　　　罪人自己出丑，移祸太也心歪。
　　　　　　　公佯装未中计，咱夫妻不可被他拆。
　　　　　　　言已毕，痛又哀。
石建章：（唱）哼，听罢无言，暗暗详猜。
牛　氏：（唱）牛氏在外头，听得甚明白。

好个娼妇董氏，竟敢反把人拍。
待我进去问一问，大喊一声闯进来。
骂声贱婢，蠢奴才。
大胆出丑，万死应该。
石家书香门第，节义被你坏。
一旦丑名在外，叫人难把头抬。
还敢胡赖你弟妹，令人听见气满怀。
老身今日试试你，上前按倒在尘埃。
恶狠狠地打又咬，

董月英：（唱）贤人告饶吐悲哀。

石建章：（唱）大用不理垂头恼，心中有事只是咳。

牛　氏：（白）牛氏越打越有气，

董月英：婆母，饶了我吧。

牛　氏：我看你吊歪不吊歪。梅香快来听吩咐。

梅　香：来了。

牛　氏：快去告诉你二奶奶，叫她前来把舌对，辩个青红与皂白。

梅　香：是。丑儿应声去告禀。

花翠红：花氏知道勉强来，进房故意把婆母问。哟，妈呀，叫媳妇前来做啥呀？

牛　氏：自然有事，方才说的那个话呀，都告诉你伯伯知道，他就找你嫂子来啦，老身怕他打骂，故此带病前来，好意拉劝，谁知董氏自病不说，反倒七口八舌赖你有私，故此叫你前来，三曹对案问个清楚。你们俩倒是哪个有私？快说。

花翠红：哈，好不咧，这可是反拍一巴掌，嫂子你不用血口喷人，你与人家偷情，现有证据，赖我私通，又无凭据，劝你不要自己遮臊。

（唱）你贪把丑丢，不用胡乱咬。
伯伯既然知，有罪逃不了。
若说丢金钗，哥哥不知晓。
既然你不知，还得再细表。
他们是这般，小妹遇见了。
抢出表记来，姓孙即逃跑。

　　　　　　　　　嫂嫂无金钗，你来说丢了。
　　　　　　　　　他俩若不私，孙堂去还早？
　　　　　　　　　必是等你来，不能私自跑。
　　　　　　　　　漏兜不漏兜，应当管管嫂。
　　　　　　　　　此事才明白，哪好哪不好。
　　　　　　　　　小妹话说完，从头庚与卯。
石建章：（唱）大用气纷纷，不住连跺脚。
董月英：（唱）董氏口难开，心中如刀绞。
牛　氏：（唱）牛氏叫小子，你可听见了。
　　　　　　　　　可叹咱家门，丢脸可不小。
　　　　　　　　　你若不打她，老娘惹不了。
　　　　　　　　　你们齐滚出，家中休站脚。
花翠红：（唱）花氏便开言，话多惹人恼。
　　　　　　　　　妈呀你别说，点到就是了。
　　　　　　　　　咱娘俩走吧，不用这里搅。
牛　氏：（白）中。
牛氏、花翠红：婆媳各回房，
石建章：大用气又恼。真正气死人，急忙踢一脚。
董月英：哎呀，罢了我了！相公，你妻子未损名节，莫听他们胡作非言，心怀疑忌，致使夫妻惨伤哟。
石建章：好个贱人，从今以后咱俩恩爱断绝，休论夫妻。叹我石建章素明圣教，忠孝传家，不幸遇此淫妇，携友败坏家门，自愧无奈，生于世上，若不把你这个贱人处死，之后怎见祖宗？我也不忍杀你，任你自寻道路，这里有佩刀一把，绫带一条，或是自刎，或是自尽，速速拿去。
　　　　　　（取上扔，董月英跪）
董月英：咳，相公官人夫主哇。
　　　　　（唱）眼泪汪汪双膝跪，悲悲切切把话儿言。
　　　　　　　　　自从过门十数载，你也知我性淑贤。
　　　　　　　　　三从四德奴也晓，失节无耻不是咱。
　　　　　　　　　夫君呀，劝君休信诬口语，莫叫你妻身被冤。

　　　　　　我死一身不要紧，怕你明白后悔难。
　　　　　　夫主哇，姑姑有病谁服侍？她与继母不投缘。
　　　　　　夫妻姑嫂不分散，郎君呀，至亲三人得团圆。
　　　　　　说罢叩头泪如雨，
石建章：（唱）听罢伤心也痛酸。
　　　　　　欲要留她一心动，处她一死又为难。
　　　　　　哎呀，有了！何不休她出门去？提笔休书立刻完。
　　　　　　这是休书交与你，凭你另改嫁上扳。
　　　　　　事不宜迟出门户，
董月英：（唱）被屈佳人又哀怜。
　　　　　（白）相公既然留情，你我夫妻仍然不可分离，何必叫我自去？
石建章：哼哼，贱人，饶你不死就算开恩，你还不走又生什么妄想？
董月英：咳，你真狠心到底。
　　　　　（唱）既然开恩不叫死，留情怎又把奴休？
石建章：（唱）施恩饶命把情断，再要留你理不投。
董月英：（唱）郎君哪，不留叫我何处去？此时夜晚何处游？
石建章：（唱）何不随你情人去？有他安身何用愁？
董月英：（唱）相公若是有心舍，不要伤人混讲究。
石建章：（唱）讲究并未冤屈你，要不然他怎背我私自溜？
董月英：（唱）夫君哇，妾身无染休分散，留我只当把好修。
石建章：（唱）不要唠叨快些走，
董月英：（唱）夫君呀，这样哀求怎不留？
石建章：（唱）撵着不动真可恼，
董月英：（唱）出去难免卧荒丘。
石建章：（唱）你是死不死的我不管。
董月英：（唱）相公不要狠心狠到头。
石建章：（唱）再若不走讨无趣，
董月英：（唱）至死难分不外游。
石建章：（唱）气得书生打一掌，
董月英：（唱）被屈叫苦泪交流。

石建章：（唱）贱人你再不出去，立时叫你一命休。
董月英：（唱）长吁一声说罢了，执意不留难强求。
　　　　　　　不用再赶奴家去，你的休书我不收。
　　　　　　　讲不起回家找兄弟，出城露夜在外头。
　　　　　　　求相公给我件男衣我改换，男装行路免惹羞。
石建章：（白）任你置办快去。
董月英：（唱）回身忙把男装换，拿起包袱泪交流。
　　　　（白）相公分别，请受我一拜。
石建章：不要唠叨快些出去，
董月英：（唱）带痛外行步步回头。
石建章：（唱）书生这才把恨解。
　　　　（白）贱人走了，不带休书，待我用火焚化，此事不必告诉妹妹知道。贱人离门，死活不必管她，闭门安寝便了。
　　　　（刘月出）
刘　月：（诗）逃灾避祸远藏行，只盼手足早相逢。
　　　　（白）俺刘月一家离乡，杀退兵将，来到高家居住。表兄探听是非，去见哥哥，也不知见面无有，也该回来。真叫人憋闷，不免出外张望张望才是。
　　　　（唱）欠身离座出房去，向外张望走去庄。
　　　　　　　那边来了人两个，看着他们来得忙。
　　　　　　　相离且近认得了，
　　　　　　（刘月下，又上）
刘　月：（唱）迎上前去喜洋洋。
　　　　　　　走至对面忙问候，
　　　　　（刘汉马上望，对上）
刘月、刘汉：（白）哥哥／弟弟安康。
刘　汉：（唱）刘汉急忙下了马，手足相逢喜非常。
　　　　　　　此处不必细言明，同见姐姐诉其详。
陈　望：（白）有理，表弟请。
众　人：压下他们且不表，

（刘赛花上）

刘赛花：（唱）又表赛花女红装。（坐）
　　　　　　避难来在高家庄，相陪作伴有海棠。
　　　　　　思想兄弟名刘汉，不知怎样做商量。
　　　　　　心中正把兄弟盼，

刘月、刘汉：（唱）兄弟二人走进房。

刘　汉：姐姐可好，小弟有礼。

刘赛花：（唱）冷眼一见兄弟到，又是欢喜又悲伤。
　　　　　　兄弟怎么离边地？报仇消恨有何方？

刘　汉：（唱）口尊姐姐不消问，归座开言讲其详。
　　　　　　从头至尾说一遍，小弟无奈避祸潜藏。

刘赛花：（唱）呀，一闻此言说可叹，弟妹被累一命亡。

刘　月：（唱）刘月闻听心不悦，哥哥你杀了嫂嫂算不强。
　　　　　　应该调动人共马，杀奔京都率儿郎。
　　　　　　捉拿王振亲杀剐，摘心喝血大开堂。
　　　　　　与咱爹爹把仇报，才出心中气一膛。
　　　　　　为何一心要隐遁？有失英雄志不强。

刘赛花：（唱）事已至此休妄想，不必再去惹灾殃。
　　　　　　仇人此时正运旺，要想拿他枉费心肠。
　　　　　　单丝不线仇难报，莫如隐遁耐时光。
　　　　　　就等仇人时运败，自然消恨何用着忙？
　　　　　　目下这里难久站，赶早寻找去处理才当。

刘　汉：（唱）刘汉接言说有理，小弟前面去做商量。

（刘汉下，又上）

刘　汉：不时去急来得快。
　　　　（白）姐姐，小弟方才见了表兄与高好汉他们，早就议论妥当。他俩还有一位朋友，名叫毛福寿，如今却在山东青州府麒麟山上居住，叫咱一同投在那里，事不宜迟，叫咱收拾启程。方才吩咐，速备车辆，急急快走。

众　人：有理。
　　　　（诗）隐身屈志才远游，性急再来自复仇。

（老丑挑担上）

郝　仁：（诗）买卖不在大小，挣钱养家就好。

（白）老汉郝仁，家住莱州府，红土岗的人氏，老婆子吴氏，我们两口子年过五旬，无儿无女，算是绝户到头了。自幼儿卖些杂货为生，家里虽不大富大贵，小日子倒也丰衣足食，因我卖货常年不在家，地主酌情分粮度日。今日离家半日的工夫，将货卖了不少，天已过午时，日已归西，挑着担子回家便了。

（唱）今日卖货真爽快，比照往日强好些。
　　　算是彩头叫人乐，欢喜回家走不迭。
　　　暂压郝仁路上走，

（董月英上）

董月英：（唱）再把贤人董氏说。
　　　被休要回娘家去，思量家乡悲切切。
　　　兄弟董宽粗又鲁，爹娘早亡把我们抛。
　　　兄弟要是不在家内，奴还得投奔宗族把身歇。
　　　路远难行身乏困，走了一日日西斜。
　　　不知到了何地界，见人懒问发呆也。
　　　虽然我把男装换，见人总是胆怯怯。
　　　走得浑身酸又痛，妇人家走路怎受得？
　　　包袱累得难举步，强扎扎步子乱旋旋。
　　　移步来至松阴下，放下包袱汗珠抛。

郝　仁：（白）好热呀，我要找个阴凉歇歇。

董月英：（唱）忽听背后有人语，急忙回头看明白。

郝　仁：（白）好，前方有树，正好到那里凉快，走凉快凉快去。

董月英：（唱）那边来了一老者，挑担直奔我来咧。
　　　说话之间对了眼，

郝　仁：（唱）郝老儿放下担子把话曰。

（白）这里歇歇咋还有伴呢，正好唠嗑。这位小相公，咱二人坐下说个话。

董月英：倒也使得，请问老人家做何生意？

郝　仁：老汉名叫郝仁，家住红土岗，离此不过二十里路，自幼是卖杂货为生。请问相公你贵姓高名，何方人士，从何而来，要往哪里而去？

董月英：学生名叫董月，家住福城，自幼父母双亡，一生孤苦伶仃，读书落魄，故土难站，无奈游学离家，远方去投亲友存身。

郝　仁：咳，可叹可叹，看你挺好一个人，你咋这样命苦？
　　　　（唱）我观足下美仪表，不会没福身飘零。
　　　　　　　为何命硬伤父母，独自一人苦伶仃？
　　　　　　　你今离家去投亲友，不知是往何处行？

董月英：（白）咳，无有定处，不过漂流在外，无处投奔。

郝　仁：（唱）如此说来无处去，令人怜惜把你痛。
　　　　　　　若不嫌弃跟我去，住上几天中不中？

董月英：（白）非亲非故怎好打搅？

郝　仁：人要对劲无妨碍，那不是修好积阴功。不知愿去不愿去？

董月英：（唱）佳人听闻暗叮咛。
　　　　　　　老者让我他家去，真是待吾甚有情。
　　　　　　　仁厚心慈多面善，这样年迈甚老成。
　　　　　　　我今孤身无依靠，虽然回家姐弟未必准相逢。
　　　　　　　幸喜得把善人儿遇，强如回乡奔亲朋。
　　　　　　　何不认他为义父在他家住，等候夫妻重相逢？
　　　　　　　目下暂且不说破，到了他家再相逢。

郝　仁：（白）你跟我去愿意不愿意？咋不言语呢？

董月英：连说情愿承抬爱，但有一件怕不应。

郝　仁：咋滴？这也不是你上赶着我呢？

董月英：无故到府真有愧，我倒有一言从不从？

郝　仁：有话请讲。

董月英：你老既然相抬爱，何妨认我作螟蛉？不知尊意何如也？

郝　仁：不敢高攀，那还了得吗？

董月英：（唱）高攀就是我愿意，急忙叩头在流平。

郝　仁：（唱）连说不必快请起，

董月英：（白）好。

郝　仁：（唱）心中欢喜乐无穷。

　　　　（白）哈哈，这一回可把我乐坏了，为父一生无儿无女，只想绝户到底了，不想老来得到这个好小子。不是爹我夸卖，真是好孩子，又聪明又伶俐，真是好孩子。这一回家叫你干妈看见，必把她乐得嘴都闭不上了。

董月英：爹爹取笑了。

郝　仁：不是取笑，我说小子这一到家，草舍不堪，衣食不佳，别笑话呀。

董月英：岂敢？孩儿游荡无归，今蒙爹爹收留，孩儿感恩不尽。

郝　仁：咳，你我乃是一家，何分彼此呢？

董月英：不敢。

郝　仁：这才好呢，走吧，跟我回家吧。

董月英：走得身体乏困，这却怎好？

郝　仁：把包袱放在我的挑子上，你空走如何也？

董月英：爹爹多有吃累了。

郝　仁：没关系，没关系，遇得儿子心中喜，

董月英：将来改变女红装。

　　　　（出朱千）

朱　千：（诗）国家多事甚怀忧，兵将无主太可愁。

　　　　（白）俺朱千在总兵帐下听用，主帅家亡令人可叹，听说还要拿他问罪。不久京兵来到，昨日我进帅府，不见元帅，问明中军说是杀了妇人，不知何往，我想定是惧罪逃走，大量难以寻觅，兵符无人执掌，单等新元帅到来再做定夺。

　　　　（小兵上）

小　兵：禀护卫老爷得知！

朱　千：何事？

小　兵：今有京兵到来，离城不远，请爷前去迎接。

朱　千：如此，待我前去迎接。

小　兵：哈。

朱　千：（唱）欠身离座往外走，一同杨能出了城。

杨　洪：（唱）杨洪马上抬头看，呀，对面来了将与兵。

　　　　　　　人马出城相接待，不像征战抗旨行。

莫非犯官要领罪？若如此免去了战争。
倒也省事无忧虑，

（朱千、杨能上）

朱千、杨能：（白）二人迎接身打躬。元帅马前来参见。

杨　洪： 你们前来，为何不见刘汉？

朱千、杨能： 他早逃走影无踪。

杨　洪： 哦，他是啥时候逃走的呀？

朱千、杨能：（唱）闻信不知何时走，访问一概不知情。

杨　洪：（白）哦，他去，他家眷怎么样了？

朱千、杨能：（唱）元帅要问其中故，请到帅府再言明。

杨　洪：（唱）头前引路把城来进，不时到了帅府厅。

（王林、众将站，杨洪坐）

杨　洪：（唱）杨洪进帐归了座，

众　将：（唱）众将站立归西东。

朱千、杨能：（唱）二将进帐又参见。

杨　洪：（白）免礼。

（唱）请把情由细说清。

朱千、杨能：（唱）元帅总兵乃是密逃走，夫人被杀甚苦情。

杨　洪：（白）杀妻逃走也该向你们言讲。

朱千、杨能： 元帅呀，

（唱）言道也是去后晓，去时暗暗不知行。

王　林：（唱）王林接言忙忙问。

（白）二位将军言道刘汉逃走，杀妻已死，可是真的吗？

朱千、杨能： 怎么不真？不信去看夫人灵柩，还停在中堂。

王　林： 嗨呀，我那苦命妹妹呀，唔唔唔。

杨　洪： 公子不必悲伤，令妹已死，只好严拿刘汉报仇。本帅这里镇守，你今将京兵调回，替我上禀令叔，就说刘汉一家逃走，我必尽心搜拿，叫他奏主，画影图形，各处搜寻，日久必见形影踪迹。

王　林： 晚生遵命。舍妹既死，算白来一趟，尸首不能带回，求大人择一吉地埋葬。

杨　　洪：那是自然，本帅敢不尽心？众将官。
将　　官：有。
杨　　洪：本帅到此，将兵符令箭交予本帅执掌，尔等俱各听令。
将　　官：哈。
杨　　洪：不免再出告示，捉拿钦犯。虽受君王禄，公私两尽情。
　　　　　（小番扎巾上）
毛福寿：（诗）绿林称好汉，为王乐无穷。
　　　　（白）俺英勇大王毛福寿，原籍山西太原府人氏，所因不平惹祸逃走，来在山东青州府占了这座麒麟山为王，倒也逍遥自在，结交朋友不少，时常这里聚会。
　　　　　（小兵上）
小　　兵：报大王得知！
毛福寿：何事？
小　　兵：今有保定府怀来县陈爷、高爷前来求见。
毛福寿：哟，陈贤兄与高贤弟前来，不可怠慢，喽啰们。
小　　兵：有。
毛福寿：排开队伍，随我迎接。
　　　　（唱）欠身离座出了帐，看见二人笑吟吟。
陈望、高礼：（唱）陈望高礼齐问候，咱弟兄日久不见惦在心。
毛福寿：（唱）大哥贤弟远来到，请进大帐叙寒温。
陈　　望：（唱）慢着，此来不是我们俩，山下等候还有人。
毛福寿：（唱）不知贵客还有谁？一同前来请明云。
陈　　望：（唱）从头至尾说一遍，同来借住且安身。
毛福寿：（唱）你们亲友和我一样，既来彼此不用云。
陈　　望：（唱）兄弟二哥真慷慨，令人感情又感恩。
毛福寿：（唱）好说，这番套言不必叙，快请他们上山林。
陈　　望：（唱）你们哥俩且叙话，待我前去请他们。
高礼、毛福寿：（唱）大家理当同去才好。
陈　　望：（唱）不用免劳我去也，飞腿下山说原因。
　　　　　　　　　快去一起把山上，

众　人：（唱）听罢一齐喜在心。
　　　　　　　上山下马来相见，彼此问候面生春。
毛福寿：（唱）列位一齐请进帐，进帐复又把话云。
　　　　　　　刘将军一家俱到荒山境，多有慢待恕屈尊。
刘　汉：（唱）自愧无故来打搅，轻造宝山罪更深。
毛福寿：（唱）好说，套言收起言正事。
　　　　（白）刘兄，上山此事俱都说明，可惜令尊被人暗害，叫人气恨不过，你今岂止避祸？好比虎入深山，又得踊跃，何不借此就机而行，我把山寨让你为主，就此招兵买马，立地为王，兵成大队，杀奔京都，拿了奸臣与父报仇，你再出头保国，岂不是好？
众　人：好好，毛二哥之言真有明见，刘将军正当如此而作，我等情愿帮扶与你，若能报仇扶国，大家做个一官半职，强如隐遁为寇。
刘　汉：不可呀，不可呀，我到此借仗容身，这就足矣，岂敢叫二位寨主为下？二位心意虽美，刘某自觉罪人，不敢当此重任。
陈　望：毛贤弟有此美意，又有高贤弟相帮，此乃一举两得，真是求之不得呀，何不在此处共成大事？表弟你不必推辞，快些应下才是。
刘　汉：罢了，列位相劝，不得不从，有谦了。
众　人：这便才是正礼。
毛福寿：喽啰们，尔等另拜寨主，高山立起大旗，小心听用，大排宴席伺候！
众　人：哈。
合　　：（诗）麒麟山上添虎翼，地灵人杰事业兴。
众　人：（白）寨主请。
刘　汉：众位请。

（完）

第 四 本

【剧情梗概】孙堂离开石家后，与董月英之弟董宽结为异性兄弟，二人入京途中路过麒麟山，被落草为寇的刘赛花赚上山去，并灌醉孙堂，与他结为夫妻，希冀孙堂能为刘家平反昭雪，孙堂假意顺从。石府内，石建章偶然间得知妻子蒙冤真情，愧疚难当，不小心中了后母之计，冤枉他奸妹辱娘，被扭送官府。紫荆关内，国师会真带领七万番兵前来增援，明将难以抵挡。

（孙堂出，马上）

孙　堂：（诗）君子愧德固本身，远免尽意是奇人。

（白）孙堂离了石家，自觉羞愧难当，无奈去到旅店休息几日，方觉身体无恙。病愈离店，复又行路，只得急急进京才是。

（唱）催马奔走阳关路，自己心内暗思索。

可笑石家花氏女，为人淫邪不怎么。

幸遇孙某真君子，若是别人丑难说。

石兄与吾同生死，岂肯忘义又失德？

不辞而行难怪我，今后情由自明白。

离家耽误多少日，父子不得早会合。

一边走着犯思想，烈日当空热难说。

休息急去奔旅店？

（绿高罗帽上座）

董　宽：（唱）又把一位英雄来说。

有病在这招商店，

（诗）英雄不得地，时衰病来缠。

（白）我董宽，是密县的人氏，父母早亡，一身独立，游闯江湖。姐姐月英出嫁石家，好久不见，有些想念。因我一人懒在家内，在外访友，前月来在莱州府，不意病在王家店内，修养多日，方才大愈。要去探望姐姐，怎奈欠下店账，店家不叫动身，无法可使，好生叫人憋闷。

（丑上）

店　家：董客官你把店费算了吧，我们是小买卖，没有多大油水，不能赊账。
董　宽：咳，店主不要催，我手内分文皆无，如何是好？
店　家：没，没有，你想法子，闷一会子还中么，我看你好像嘣子手。
董　宽：嘚，好个杂毛养的，某家正自心烦，你竟敢胡言乱道。
　　　　（唱）发炸怒冲冠，火起怒满面。
　　　　　　 狗头瞎眼睛，吾本是好汉。
　　　　　　 谁肯把你诓？轻人太不犯。
店　家：（唱）不嘣你拿钱，赊账我不干。
董　宽：（唱）此时手内空，无法才赊欠。
店　家：（唱）无法剥衣裳，有钱你来换。
董　宽：（唱）嘚，有衣谁敢剥？好个王八蛋。
店　家：（唱）小子切莫骚，骂人气难咽。
董　宽：（唱）我今无有钱，你敢怎么办？
店　家：（唱）伙计都快来，剥衣休怠慢。
董　宽：（唱）呀，豪杰气难压，忙把拳头攥。
　　　　　　 搂头打了来，一拳血光现。
店　家：（唱）呀呵，店主受了伤，出房到当院。
董　宽：（唱）董宽向外追，砸锅又倒案。
店　家：（唱）喊叫了不得，今要闹大乱。
　　　　　　 大伙快快来，捉拿这莽汉。
仆　人：（唱）这是怎的咧？你怎血光现？
店　家：（唱）此事是这般，快快和他干。
众　人：（唱）众人闻此言，动手不怠慢。
　　　　　　 一齐闯上前，围裹一大片。
　　　　　　 踢打不留情，喊叫声不断。
　　　　　　 好汉猛又泼，要把本领现。
　　　（乱打众人，众人败）
董　宽：（唱）一人逞威风，众人全打散。
　　　　　　 正然闹得凶，
孙　堂：（唱）孙堂来下店。

拴马细观瞧，进前来相劝。

（白）尊兄住手。因何动粗，这样吵闹？

店　家：君子有所不知，他有病，在我店住了不少日子，盘费花净，欠下店钱不给，反而动手打起来了。

董　宽：谁叫你们出言不逊，惹你祖宗生气？

孙　堂：哦，原来这样。我看这位不是无赖之徒，你们不必争闹，这我现有余资，何妨替他还账？你算欠下多少。

店　家：罢了，这是一位好人，不用算了，总共给我十吊钱吧。

孙　堂：如此你们收过吧，这里有纹银二两。

店　家：这位爷台真有大量，我白挨了打啦。爷台请屋里坐，吃茶吧！

孙　堂：头前引路。

店　家：是。

孙　堂：兄台随我进店一叙。

董　宽：某家正要拜谢领教尊名，请！尊兄请坐。

孙　堂：大家同坐。

店　家：爷台请用茶吧。

孙　堂：放在这里，快快收拾酒饭。

店　家：是。

董　宽：仁兄贵姓高名？何来何往？何乡人氏？咱今会在一起，待我这等大义，叫我何日报答？

孙　堂：我名孙堂，进京探父，愚兄周济不必挂齿。

董　宽：原来是皇亲孙大人之子，令尊之名人人敬仰，公子乃是官门贵人，恕我不知多有失敬。

孙　堂：好说好说。动问兄名贵姓，何方人士？请教明白。

董　宽：公子若问，请听了。

（唱）家住莱州高密县，在下名字叫董宽。
　　　一生孤零江湖闯，父母早年归九泉。
　　　我今要去把亲探，不幸困乏遇兄周全。

（白）舍亲姓石，家住莱州府。

孙　堂：（白）姓石却是何名讳？怎样亲戚说周全。

董　宽：乃是家姐出嫁石姓，我姐夫石建章，仁兄莫非知道吗？
孙　堂：我知道，你听了。
　　　　（唱）提起自然是知道，我俩早就识面颜。
董　宽：（白）公子啥时会过呀？
孙　堂：（唱）路遇救难说一遍，新近才离他家园。
　　　　　　　今姐丈与我结义为昆仲，兄名也曾对我言。
　　　　　　　一向久仰未见事，咱今相会何幸颜。
董　宽：（白）好，如此愚下有心事，怕兄弃嫌不敢言。
孙　堂：台兄有话请讲。
董　宽：（唱）不才也要愿结义，董某大胆要高攀。
　　　　　　　我也不去把亲探，随兄去见令尊颜。
　　　　　　　提拔荐与国家用，省得游荡一身闲。
　　　　　　　我的主意是如此，
　　　　（白）兄台，小弟有意要求兄，情愿结为昆仲同行。
孙　堂：见了家严，提拔尊兄不难。
董　宽：好，董某幸甚，咱二人未叙年庚，不知谁大谁小，咱就在店内焚香结拜再叙，尊意如何？
孙　堂：有理。豪侠遇杰士，结义死共生。
　　（刘赛花出）
刘赛花：（诗）抱恨终天诵蓼莪，不知何时弯凤歌。
　　　　（白）奴刘赛花，一家上山，兄弟尊为寨主，奴家居住后寨，想起爹爹，又思起奴的终身，真是叫我忧愁无限哪。
　　　　（唱）独坐后寨心烦闷，思前想后甚是忧。
　　　　　　　虽然边境招人马，不知何时报父仇。
　　　　　　　奴家还是闺中女，何时才得配好逑。
　　　　　　　不知几时朱陈定，才子佳人乐悠悠。
　　　　　　　越思越想更忧虑，
　　（海棠上）
海　棠：（唱）海棠捧茶用目丢。
　　　　　　　姑娘为何心不乐？何不行围解闷愁？

刘赛花：（白）倒也使得，你去吩咐快备刀马。

海　棠：是。答应一声吩咐去，

刘赛花：（唱）赛花开心可解忧。

　　　　　　急忙回身去披挂，装束已毕往外游。

　　　　　　寨外提刀上了马，带领喽啰下山头。

　　　　　　不言佳人行围去，再表英雄把路游。

　　（孙堂、董宽上）

孙　堂：（唱）孙堂董宽催马走，思亲一心奔京都。

　　　　（白）俺孙堂。

董　宽：俺董宽。

孙　堂：贤弟。

董　宽：大哥，小弟多蒙周济，有了鞍马一路同行，倒也爽快。

孙　堂：贤弟你我同行，离京尚远，鸡鸣早起，黑暗难行，信马由缰跨入小路，面前一带山坡草木森森，恐有贼寇，你我需加小心才是。

董　宽：有理，你我闯山而过。

孙　堂：有理。

刘赛花：喽啰们，散开围场。

喽　啰：是。

刘赛花：奴刘赛花。山寨闷倦，下山行围，遥观山景，但见山花悦目，林内鸟鸣，山清水秀，草木昌茂，看此山林倒也十分潇洒。

喽　啰：报姑娘得知，山下来了两个骑马的汉子，硬闯围场，乞令定夺。

刘赛花：再探。

喽　啰：得令。

刘赛花：何人这样大胆，敢来撒野？随我一起围裹上去，休放二人外走。

　　（内喊上，孙、董骑马上）

董　宽：呀，果然山上有寇，前方来了无数敌人，哥哥在后，待我杀这个狗男女便了。

孙　堂：贤弟可要小心哪。

董　宽：不用嘱咐，毛贼奔我来也，待我施展施展本领。

　　　　（唱）抽出护身刀，勒马看端底。

来者为首贼，是女非男子。
也非是老婆，原来是闺女。
头戴七星冠，雉尾飘后尾①。
金莲宝镫藏，铠甲照身体。
脸蛋瞧看人，风流真无比。
模样赛天仙，妖娆比娥女。
乘马手提刀，威风真可以。
这样俏佳人，怎入贼群里？
说话到跟前，

（刘赛花上）

刘赛花：（唱）赛花开言语。
叫声丑面贼，胆大真无比。
敢闯姑娘围，报名快受死。

董　宽：（唱）丫头要问咱，听我告诉你：
祖宗名董宽，远路来到此。
过山你们拦，真不达事体。
若不急躲开，毛贼一概死。

刘赛花：（白）住了！
（唱）佳人怒生嗔，少发狠言语。
（白）丑贼看刀。

董　宽：来来来。

（董宽大败刘赛花）

刘赛花：丑贼武艺高强，真是好汉，我们召集天下好汉，何不收他为将？定是如此，喽啰们。

喽　啰：有。

刘赛花：上绊马索。

喽　啰：哈。（追杀）

董　宽：丫头哪里走？呀，不好！

---

① 后尾：尾，yǐ；后尾，即后面。

（董宽落马）

刘赛花：喽啰们，把他绑了。

喽　啰：哈。

（孙堂上）

孙　堂：呀嘚，毛贼休走，快把我朋友放出。

刘赛花：迎面又来一人，看得真切，咳哟，好一位风流人物也。

　　　　（唱）暗夸此人真少有，美如宋玉貌似潘安。
　　　　　　　这人男子堆里少，女子群里也占先。
　　　　　　　不知他是何名姓，等他来时问根源。
　　　　　　　说话之间对了面，

孙　堂：（唱）豪杰孙堂把话言。
　　　　　　　女寇何名真胆大？拿我朋友太不端。
　　　　　　　劝你好好快送出，不然一怒平此山。

刘赛花：（唱）小将不要说大话，若问姑娘听根源。
　　　　　　　奴名赛花刘氏女，如此这般父被冤。
　　　　　　　姐弟隐居高山上，召聚人马拿权奸。
　　　　　　　拿你朋友不杀害，不必着急心放宽。
　　　　　　　我今说明还问你，贵姓何名请明言。

孙　堂：（白）你爷爷名叫孙堂。

刘赛花：路过这里奔何处？

孙　堂：进京探父。

刘赛花：何人是你令尊颜？

孙　堂：京内皇亲孙吉宗乃是家父。

刘赛花：原来你是贵公子，怪不得说话傲又酸。

孙　堂：一派闲话。

刘赛花：我劝你且不必进京去，

孙　堂：确是为何？

刘赛花：（唱）令尊领兵征北番。
　　　　　　　不在京你去做什么？不如居住高山边。
　　　　　　　我姐弟不会错待你，只有好处我不言。

孙　　堂：（白）住了！

　　　　　（唱）丫头不要胡言语，爷爷岂肯住贼山？
　　　　　　　你们虽是宦门后，落草为寇名不贤。
　　　　　　　快快放出我朋友，别的浑话不用言。

刘赛花：（唱）佳人听罢心不悦。

　　　　　（白）你这人儿好不尽情，奴家好意留你，反倒生怒，执意要你朋友，试试你的本领如何，不然连你也难逃。

孙　　堂：丫头，看剑取你。

刘赛花：来来。

　　　　　（刘赛花败）

刘赛花：嗨呀，小将果然厉害难敌，本领盖世，有心用暗器伤他，又怕伤他性命，不如还用绊马索擒他才是。

刘　　汉：姐姐休伤贵客，小弟来也。

孙　　堂：丫头哪里走？

刘赛花：小将不要逞强，我兄弟前来擒你，姑娘不站，回山去也。

　　　　　（刘汉上）

刘　　汉：公子快些息怒，不要动手！

孙　　堂：你这贼将拦我去路，莫非替女将助战不成？

刘　　汉：非也非也，公子不知，在下名唤刘汉，这般如此，避罪住在高山，方才你那朋友如此而言才知孙兄到此。我父昔日为官，与令尊一殿称臣，素有交往，你我原是世交兄弟，方才家姐多有冒犯，小弟特来赔罪，快请上山一叙。

孙　　堂：罢了，承蒙朋友美意，才闻家父出京征北，叫人心下不安，只好随你上山打搅一宿，明日我们告辞，便要行路。

刘　　汉：任凭尊意，仁兄请。

孙　　堂：请。

　　　　　（番将升帐，二将站一旁）

索罗里：（诗）胡马原来占中原，败兵无计破高关。

　　　　　（白）本帅索罗里，失机败阵守营未战，已命酋长沙里金回国搬兵，为何不见到来？

沙里金：小番们。

番　兵：有。

沙里金：将马带过。

番　兵：哈。

沙里金：都督在上，末将交令。

索罗里：收令，酋长回来了，勾兵之事怎样？

沙里金：末将奉令献表，大王一怒又发七万人马，钦命国师领兵前来，大队已到营外，末将先来回禀都督知晓。

索罗里：好，国师前来，不可慢待。小番们！

番　兵：有！

索罗里：排开队伍随我速速迎接。

番　兵：哈。

索罗里：（唱）心欢喜悦下大帐，出营参见接国师。
　　　　　　　营门相见同进帐，

会　真：（唱）会真归坐把话提。
　　　　　　　都督败关怎失利？快把以往来说之。

索罗里：（唱）口称国师不消问，细听末将说端底。
　　　　　　　初来杀破敌人胆，上阵无人把城闭。
　　　　　　　不想他们勾兵将，人马救应来得急。
　　　　　　　元帅姓孙多厉害，枪马无敌数第一。
　　　　　　　上阵伤了咱国将，末将不服去对敌。
　　　　　　　被他一枪刺左膀，大败亏输失了机。
　　　　　　　无奈退兵勾人马，差人回国去得急。
　　　　　　　幸亏军师来助战，这回胜败不用提。

会　真：（唱）听罢不由心大怒，传令起兵不宜迟。
　　　　　　　贫僧前去会一会，定要一战破城池。

索罗里：（白）不可不可。
　　　　　（唱）连说远劳切莫去。
　　　　　（白）军师远来人马劳乏，兵将休息一夜，但等明日同去不迟。

会　真：倒也有理，都督传令，兵合一处，安顿人马，明日破敌。

索罗里：大摆宴席，好与军师接风。

番　将：哈。

会　真：（诗）南北干戈动，结仇起刀兵。

　　　　（刘赛花出）

刘赛花：（诗）满怀心腹事，尽在不言中。

　　　　（白）奴刘赛花，今日下山行围，无意之中巧遇孙堂兄弟，将他请到高山，十分敬重，又将丑汉松放，留住高山，奴得遇郎才有心要求终身，不好启齿。

　　　　（唱）心里看中孙公子，我俩正好配婚姻。

　　　　　　　正愁无人对他讲，自提终身不好云。

　　　　　　　想到此间愁默默，

海　棠：（唱）海棠进来细留神。

　　　　　　　姑娘为何心不悦？若有所思对我云。

刘赛花：（唱）我的心思你不晓，少来多嘴问原因。

海　棠：（唱）姑娘不说我不问，何必这样丧邦人？

　　　　　　　正然说话脚步响，

刘　汉：（唱）刘汉进来姐姐尊。

　　　　　　　小弟有件心腹事，前来商议对你云。

　　　　　　　我看孙家公子好，想起一事正对心。

　　　　　　　姐姐年纪却不小，意欲招他作朱陈。

　　　　　　　不知姐姐可如意？

刘赛花：嗨哟。

　　　　（唱）正对心事口难云。

　　　　　　　兄弟你看怎办怎合适，

刘　汉：（唱）刘汉一见知原因。

　　　　　　　急忙欠身出房去，

海　棠：（唱）海棠过来姑娘尊。

　　　　　　　方才问着你不讲，事露还有何话云？

刘赛花：（白）你说这话。

海　棠：（唱）不让我说我就不言语，只要小姐定终身。

　　　　　（刘汉上）

刘　汉：（白）刘汉到。

　　　　（唱）姐姐之事枉费唇。

刘赛花：怎样？

刘　汉：（唱）我托表兄提亲事，他说道早有妻妾两个人。

　　　　　　　这般亲事难成就，

刘赛花：呀。

　　　　（唱）一闻此言不遂心。

刘　汉：（白）也罢。

刘赛花：（唱）任着假的也要作，不然错过也难寻。

　　　　　　　主意一定又启齿。

　　　　（白）兄弟，我想终身大事，一言既出，不如将就去作，省得被人耻笑。

刘　汉：如此这等一作，姐姐岂不受了屈了吗？

刘赛花：受啥委屈呀？事一成就，借助孙家势力，好与咱爹报仇。此事若不成就，谁肯与咱尽心？岂不是因小节而误大事？

刘　汉：好，倒是姐姐一言把我提醒。你既不嫌品低，正好从权而作，不免再托表兄前去说亲。

　　　　（唱）心中喜悦急急去，

海　棠：（唱）海棠带笑把话说。

　　　　　　　姑娘想事真绝妙，一举两得对心窝。

　　　　　　　这个女婿对了劲，准备拜堂无处挪。

刘赛花：（唱）说得姑娘红了脸，死猴丫头，无有正经闹贫嗑。

海　棠：（白）这不是正经的么？

刘赛花：（唱）不管别人羞与臊，由着嘴儿混瞎说。

海　棠：（唱）姑娘何必红粉面？说得娘们抹不开脸。

刘赛花：（白）死猴丫头，你还往下说。

海　棠：（唱）往下不说不用恨，临期倒看你怎么。

刘赛花：（白）呸，你是得了意了。

　　　　（唱）正是主仆闲闹趣，刘汉进来把话说。

刘赛花：（白）事情怎样？

刘　汉：（唱）孙家公子亲不允，表兄设了一计谋。
刘赛花：（白）何计？
刘　汉：（唱）要走就说放他去，明日送他下山坡。
　　　　　　亲事不提把行饯，今日灌醉他两个。
　　　　　　搀扶着你俩悄悄地把堂拜，董宽令人看守着。
　　　　　　天明生米成熟饭，这般亲事也难脱。
刘赛花：（白）好，此计倒也甚妙。
刘　汉：（唱）姐姐你也急梳洗，我去安排伺候着。
　　　　　　说罢出房去安排，
刘赛花：（白）心中暗喜念弥陀。
海　棠：姑娘，这回躲不过咧，等着拜天地吧，这回还说啥呀？
刘赛花：呸，死猴丫头不用贫气，快走吧，忙去梳洗预备着。
陈　望：（唱）陈望灌醉人两个，不多一时起更锣。
刘　汉：（唱）刘汉早就吩咐毕，院中设下香案桌。
刘　月：（唱）刘月背出孙公子，搀扶拜堂把头磕。
　　　　　　悄悄送入洞房内，醉卧床上不晓得。
侍　女：（唱）侍女丫鬟把灯秉，美酒香茶桌上搁。
　　　　　　事毕出房把门带，
刘赛花：（唱）赛花座上看明白。
　　　　　　只见新郎床上倒，沉沉大醉不动挪。
　　　　　　洞房无人是咱俩，何不叫醒把话说？
　　　　　　离座近前忙呼唤。
　　　（白）公子醒醒吧，你醒醒吧。你看他喝得大醉，人事不知，这却怎好？你看那小小的人儿还好喝几盅，醒醒吧！你怎醉得死一般？小东西你快醒醒吧。
　　　（唱）心内着急复又唤，你快醒来吧，夫妻上床好同眠。
　　　　　　急忙上前拉一把，不觉得心内乱跳羞惨惨。
　　　（白）我的妈亲，这个心跳啥咧？发的什么慌呢？你醒醒吧。
　　　（唱）叫着半天他不醒，这样怎么会巫山？
　　　　　　无奈斟上茶一盏，用力招起放唇边。

	你快喝茶醒醒吧，（孙堂吐）吐的沾了奴衣衫。
	你怎这样呕又吐？洞房之内不能言。
	你又倒下沉沉睡，一旁急坏女婵娟。
	多时一更一点交二鼓，只见他把身来翻。
孙　　堂：	（唱）公子孙堂酒渐醒，自觉口渴心内干。
	直叫陈兄我不饮，小生酒足不再贪。
	多蒙盛情量已尽，歇息一晚明日就下山。
刘赛花：	（白）自己说个热闹，你快醒醒起来坐坐吧。
孙　　堂：	（唱）耳旁又听有人语，揉目睁眼看一番。
	哼，这是来在何所在，面前怎有女婵娟？
	心内一想说不好，定是他们设套圈。
	若不急急往外走，私收女寇罪难担。
	想罢急急往外走，
刘赛花：	（白）你与我站住吧。
	（唱）佳人一见挡又拦。
	将军你往何处去？洞房耍笑不是玩。
孙　　堂：	（白）住了，什么洞房？学生不懂。你快闪开，我好出去。
刘赛花：	你是明知故问，竟装不晓取笑咱。
孙　　堂：	本来不知，哪有取笑？
刘赛花：	（唱）难道不知把堂拜？夫妻今夜把房圆。
孙　　堂：	（白）哪个与你拜堂？今夜之事你们愚弄与我。恨我酒醉，误入圈套。
刘赛花：	（唱）小东西，你既猜透其中意，却也不用我细言。
	成事不说古人语，消消气吧不用烦。
孙　　堂：	（白）住了，一闻此言心更怒。白日有人提亲，我曾言过家有妻子，不敢再允，谁知你们定计趁我酒醉不明不白又这等一作，真正令人可恼。
	（唱）我本侯门贵公子，有室岂敢又娶妻？
	况你又是山中寇，我父闻知罪难辞。
	两次求亲辞不允，今夜竟又弄玄虚。
	痴心妄想不中用，立志不把君子失。
	快些闪过我出去，不然定是无意思。

刘赛花：（唱）将军说的什么话？要弃婚姻使不得。
　　　　　　若说我们是落草，根底也曾对你提。
　　　　　　奴家也是官门女，配你却也不算低。
　　　　　　若说不失君子志，不该中计把酒吃。
　　　　　　来到洞房熏熏醉，好意敬茶你不吃。
　　　　　　呕吐打了玻璃盏，你看看沾了奴家衣。
　　　　　　陪伴服侍你半宿，一个谢字也不提。
　　　　　　醒来爬起就要走，拦挡你还说歪词。
　　　　　　想着要把奴家弃，不管三七二十一。
　　　　　　全不想奴家执意把你配，若不要倒是媳妇是闺女。
　　　　　　若说媳妇无人要，闺女却也有女婿。
　　　　　　扔我个上不上来下不下，归其倒是怎结局？
　　　　　　这样事儿怎能做？这婚姻该辞不该辞？
　　　　　　佳人说罢一席语，

孙　堂：（唱）问得豪杰把头低。
　　　　　　细想本是我的错，不该粗心把酒吃。
　　　　　　果言醉后失君子，醒来落个后悔迟。
　　　　　　我今入了桃源路，想要轻出万无一。
　　　　　　不如顺从暂权变，得便下山奔京师。
　　　　　　想罢故意嗔作喜。
　　　　　（白）小姐讲得有理，方才事我知错，娘子不要介意。

刘赛花：好说，不敢。君若不弃草野之妻，奴家既是万幸，我们还介意啥咧？

孙　堂：好，倒是娘子贤德宽量。

刘赛花：量不量的，夜已深咧，咱二人安寝吧。

孙　堂：还有一件，我那朋友却在哪里？

刘赛花：有我两兄弟相伴，错待不了，不用你惦着，只管放心吧。

孙　堂：我今在此招亲，罪逆难辞，真是造化低呀。

刘赛花：你们瞧着吧，他还抱屈呢，拿着我们宦门之女，千金之体，与你做小不嫌低，偏你还嫌弃，不识抬举，真是漏着你推福咧。

孙　堂：你千金之体，宦门之女，不是强求哇？若不然，我在你这屋内白待一宿，拉倒吧。
刘赛花：你别没门的咧，走睡觉去吧。
（升帐，二将站一旁）
张　锐：（诗）三尺龙泉吐光芒，英雄事业海天长。
（白）本帅张锐，多亏盟叔孙大人，杀得胡人远退。正在胜贼之际，不幸元帅有恙，命我处理军机。唯恐贼兵攻城，故此防守，单等元帅身体安好，再议杀贼之计。
小　兵：报帅爷得知，贼兵复来，有一和尚指名去叫孙帅爷出马，乞令定夺。
张　锐：再探。
小　兵：得令。
张　锐：果然贼兵退而复来，哪里来的僧人前来逞凶？大人有病，谁敢劳动出马？既来要战，少不得出去迎敌，往下便叫哪位将军去立头功。
赵　杰：有我赵杰愿往。
张　锐：将军可要小心。
赵　杰：不劳嘱咐，带马！（内喊，又上）军校们，将马带过。好生厉害！
张　锐：将军出马为何狼狈而回？贼兵怎样厉害快些说来。
赵　杰：元帅听了，
（唱）我出马，到疆场。
　　　正遇和尚，来逞刚强。
　　　我俩大交战，不能把他伤。
　　　枪刺不能而入，浑身体硬如钢。
　　　铁铲难敌败了阵，末将无法把他降。
张　锐：（唱）呀，闻此话，甚惊慌。
　　　哪里和尚，异样非常？
　　　刀枪身不入，拿他有何方？
　　　正在着急之际，
小　兵：（唱）探子又报其详。
　　　和尚城外又要战，只叫开关去投降。
张　锐：（白）起过了。
小　兵：是。

宋凌、韩青：（唱）哎呀，气坏了，人一双。
　　　　　　　　宋凌韩青，来把口张。
　　　　　　　　一起尊元帅，不要心内慌。
　　　　　　　　我俩会他一会，有何本领高强？
张　　锐：（白）二位将军，和尚本领高强，可要多加小心。
宋凌、韩青：（唱）不劳嘱咐说知道，吩咐带马快抬枪。
张　　锐：（唱）二将去，不安康。
　　　　　　　吩咐军校，一齐相帮。
　　　　　　　擂鼓把威助，城头看其详。
　　　　　　　又听不住呐喊，鼓响声震天堂。
　　　　　　　光景又是不取胜，还得本帅到疆场。
宋凌、韩青：（白）军校们，将马带过。
　　　　　　（唱）二将复又败了阵，一齐转回帅府堂。
　　　　　　　　口称元帅说厉害，和尚真乃勇难挡。
　　　　　　　　浑身硬如铁罗汉，要想拿他枉费心肠。
张　　锐：（唱）二位将军且退后，还得我去作主张。
　　　　　　　胜负不定回来议，元帅病好再商量。
　　　　　　　吩咐一声看枪马，领众齐出帅府堂。
众　　将：（唱）众将跟随也对阵，
会　　真：（唱）又表和尚喜洋洋。
　　　　　（白）贫道会真，带兵前来攻城，方才一连杀败三将，不见主帅出马，这回定要攻破城池，拿住主将好报先前之仇。
　　　　　（炮响）
会　　真：呀，城内炮响，营门大开，人马出来，待我迎将上去。
　　　　　（张锐对会真）
会　　真：来者小将是谁？叫你家主帅出来受死。
张　　锐：秃驴，问你帅爷名叫张锐，我家主帅整理军机无暇出马，特命我来杀贼灭寇？你这和尚不守清规，竟来逞凶，难道不怕自送其死？
会　　真：住了，小辈休要逞威，若问祖师爷，听我道来。
　　　　　（唱）贫道名会真，北国称元老。

　　　　　　　军师爵位高，忠心把元保。
　　　　　　　只因我国兵，到此来征讨。
　　　　　　　不想失了机，国王心中恼。
　　　　　　　复又差我来，带兵把城扫。
　　　　　　　方才胜三人，败回未停脚。
　　　　　　　劝你也回关，去命你那孙老。
　　　　　　　叫他快开关，投降把命保。
　　　　　　　若说一字不，就把关城扫。
　　　　　　　杀到抚顺天，昏君难逃跑。
　　　　　　　中原一扫平，到处齐剪草。
　　　　　　　那时后悔迟，投降莫如早。
张　锐：（唱）大骂贼僧人，太不知分晓。
　　　　　　　从前失了机，救兵来不少。
　　　　　　　杀退众番贼，难道你不晓？
　　　　　　　劝你快收兵，免得失和好。
　　　　　　　说罢展钢枪，直刺秃头脑。
会　真：（唱）凭你枪刺来，国师却不跑。
张　锐：（唱）这个恶僧人，果然真蹊跷。
　　　　　　　头如铁石坚，枪刺并不觉。
　　　　　　　心内暗吃惊，不战回头跑。
会　真：（唱）明将哪里行？动手却怎跑？
　　　　　　　等等国师爷，叫你去点卯。
　　　　　　　催马赶下来，
张　锐：（唱）回头说不好。
　　　　　　　对敌又交锋，加用双眼瞟。
　　　　　　　留神紧底放，
　　（两人对杀）
会　真：（唱）一铲铲后脑。
张　锐：（唱）一闪扫掉盔，大败亏输了。
　　　　　　　急忙叫军校，放箭城门保。

会　真：（唱）会真一见勒住马。
　　　　（白）明将关门紧闭，乱箭齐发，暂且由你。小番们，收兵！
（花翠红出）
花翠红：（诗）思情常得风流梦，鸡鸣醒后一场空。
　　　　（白）奴花翠红，可喜婆婆随手一计成功，闹得大伯子信以为真，竟把嫂子休出门去，我的丑事掩而未露。自从孙郎去后，痴心盼想，追思前情，竟把我想得神魂颠倒。
　　　　（唱）白日想他看不见，睡觉做梦又相逢。
　　　　　　　正然欢乐情难尽，死不了鸡儿把梦惊。
　　　　　　　醒来还是我自己，落个冷冷又清清。
　　　　　　　情人算把奴想坏，想起他来总不忍。
　　　　　　　花园常观风流画，有一张张生戏莺莺。
　　　　　　　对景生情可解闷，算赴佳期会多情。
　　　　　　　想罢出房花园去，
石建章：（唱）再表大用坐房中。
　　　　　　　休妻心中甚烦闷，调治妹妹病不轻。
　　　　　　　向我追问她嫂嫂，无法瞒下说真情。
　　　　　　　妹妹痛哭把我恨，说我糊涂心不明。
　　　　　　　无言可对愁默默，自己诸日闷倦生。
　　　　　　　何不去到花园内，料解愁烦宽心胸。
　　　　　　　主意一定花园去，
花翠红：（唱）花氏进房到花亭。
　　　　　　　单观才子佳人会，一段风流引人情。
　　　　　　　见景思邪不住看，
石建章：（唱）书生也来进花亭。
　　　　　　　刚至外边方欲进，
花翠红：（白）好一个风流画，真是令人可爱。
石建章：（唱）忽听内里有人声。
　　　　　　　是谁在此仔细看，弟妹在此我离亭。
　　　　　　　才要转身往外走，

花翠红：（白）我看这张画，不由叫人想起孙郎，可要我的命哪。
石建章：什么孙郎？真有隐情？我何不听她说些何言语？
（唱）暗里隐身仔细听。
花翠红：（唱）花氏观画不防备，越看越爱动人情。
自言自语说可叹。
（白）可叹哪可叹，古人都有幽欢密乐，今观风流佳画，想起自己在书房调戏孙堂，他竟不从，指望硬取表记，我想与他如此，却被嫂嫂看见冲散，孙郎辞去，令人羞恼便怒，拾物安赃，硬赖他俩私通。伯伯不明，径自一怒休妻。孙郎呀孙郎，咱俩夫妻未成，又把人家鸳鸯拆散。痴情本当抛开，怎奈我又想你？今观西厢之画，不由春心大动。只怕因你要害相思病了，这可叫我咋好哇？
石建章：呀，听她言语，董氏果然冤屈，叫人气恨难忍，待我进亭一问。哎呀，且住，不可呀不可！
（唱）才要进亭又停止，自己暗暗又思忖。
我今只顾把亭进，弟妇伯伯怎把话云？
莫论不如自己忍，尽早速去把妻寻。
主意一定抽身走，
花翠红：（唱）亭内花氏不知闻。
自言看画算不了，难当孙郎与我谈心。
在此待了时不少，只得出亭转房门。
离了花园回房去，
石建章：（唱）大用这里犯思寻。
不寻妻子探妹病，或轻或重我放心。
书生就把绣房进，
石玉珠：（唱）再表小姐玉珠云。
病势减退起来坐，思想嫂嫂痛伤心。
误被哥哥休出去，不明不白心太昏。
苦劝哥哥去寻找，兄长竟不放在心。
正自恨怨脚步响，
石建章：（唱）大用进来把话云。

（白）妹妹，可觉病好些了？

石玉珠：哥哥来了，请坐。

石建章：有坐。

石玉珠：哥哥，小妹料觉病愈，勉强坐起，兄长可曾去寻找嫂嫂？

石建章：妹妹不必牵挂，愚兄此时心明，后悔莫及，你且养病，我要寻找你嫂嫂回来。

石玉珠：哥哥怎知我嫂嫂被冤屈？告诉小妹知晓。

石建章：妹妹不知，是花氏自吐心腹，被我听见，特来告诉妹妹，不可对她婆媳言讲，愚兄急去寻找你嫂嫂。

石玉珠：原来这样。

（唱）一问此言气又恨，可恼花氏礼不合。
偏我有病不知晓，嫂嫂被屈不明白。
我嫂嫂怎作淫邪事？兄长不明中计谋。
兄长你不辨清白休出去，亲戚朋友却也薄。
哥哥明白悔不悔？莫怪小妹把你说。

石建章：（唱）妹妹宽心养病体，愚兄之罪不用说。
我就去寻你嫂嫂，夫妻离而定复合。
说罢急忙出房去，

石玉珠：（唱）小妹也就去歇着。

王　振：（唱）接连再把王振表。

（诗）势压三公府，权胜宰相家。

（白）咱家王振，我与孙吉宗结仇，此后害死刘球，灭其子女，方免后患。可恼于谦当殿多言，皇帝罚他出京，方消我恨。圣上发兵去拿刘汉，又命王林去接他妹妹了，多日未回，不见到来。

王　林：家童，将马带过来。（上）叔父在上，小侄拜见！

王　振：侄儿免礼，你怎回来太迟？接你妹妹怎样？

王　林：叔父听了。

（唱）叔父问情由，听我告诉你。
提起我妹妹，叫人泪如雨。

王　振：（白）却是为何？

王　林：（唱）小侄随大军，去拿刘家子。
　　　　　　到了宣化府，把人活气死。

王　振：（白）怎样？

王　林：（唱）我妹妹身被杀，刘汉弃官职。
　　　　　　隐遁去外省，寻找无踪迹。
　　　　　　孩儿无方法，这才把身起。
　　　　　　总兵老杨洪，托我来交旨。
　　　　　　小侄回府来，告诉叔父你。

王　振：（白）呀，此言可是真？

王　林：并无虚言语。

王　振：（唱）大叫喊一声，哎呀气我死。
　　　　　　刘汉小冤家，狠毒真无比。
　　　　　　杀妻自逃生，焉能饶了你？
　　　　　　上天也要拿，报仇割身体。
　　　　　　明日我上朝，拿他奏皇帝。
　　　　　　杨洪既托付，我替他交旨。

　　　　（白）刘汉罪恶滔天，定要拿他碎尸万段才能消恨，明日奏主画影图形拿他才是。侄女呀！

王　林：妹子呀！

（刘赛花出）

刘赛花：（诗）芙蓉帐里疑是魂，翡翠盒中妙如神。

　　　　（白）奴刘赛花自与那孙郎合卺，不觉过了三朝，我夫妻倒也遂心如意，怎奈他说要下山，苦留不住。

孙　堂：娘子在房？

刘赛花：将军来了，请转上座。

孙　堂：便座可以。哦，娘子，你我已过三朝，不可久住山寨，我与两个兄弟说明便要下山，赶奔塞北，你我夫妻只好异日再会。

刘赛花：将军要去，何日启程？

孙　堂：刻下就走。

刘赛花：将军听了。

　　　　　　（唱）听说将军就要走，呆呆愣愣不喜欢。
孙　　堂：（唱）惦着爹爹去征北，恨不一步飞下山。
刘赛花：（唱）如何心急这样紧？你我夫妻刚过三天。
孙　　堂：（唱）在此一日如百日，耽搁不得见年残。
刘赛花：（唱）公爹路远征贼寇，此时未必起狼烟。
孙　　堂：（唱）因此惦着当早去，久恋花烛礼不端。
刘赛花：（唱）燕尔新婚难割舍，实实不愿你下山。
孙　　堂：（唱）去了不久就回转，不用留恋费心思。
刘赛花：（唱）要去奴家嘱咐你，见公爹我家之事可要言。
孙　　堂：（唱）所托之事我记住，我必诉说你家冤。
刘赛花：（唱）报仇之事任凭你，你去了不可把奴扔一边。
孙　　堂：（唱）夫妻恩爱岂能忘？薄性之徒不是咱。
刘赛花：（唱）你不负心妾之幸，夫妻离别盼团圆。
孙　　堂：（唱）后事莫论我就走，快取行李莫迟延。
刘赛花：（唱）无可奈何回身转，收拾行李往外搬。
　　　　　　将军见了老公爹，替我问候在膝前。
孙　　堂：（白）娘子不要嘱咐。
刘赛花：（唱）千万莫把奴家忘，你去一日奴家盼望如一年。
孙　　堂：（唱）不用叮咛我知道，相逢有日莫牵挂。
　　　　　　携起行李往外走，
刘赛花：（唱）佳人相随出房间。
刘汉等三人：（唱）刘汉、刘月与陈望，三人一起陪董宽。
　　　　　　鞍马备齐伺候送，喽啰外面把马牵。
孙　　堂：（唱）孙堂夫妻出后宅，辞别妻弟要下山。
刘　　汉：（唱）刘汉复又叫姐夫，见伯父来召我们下山。
　　　　　　若能报仇拿王振，小弟归降免罪担。
孙　　堂：（唱）奉托必然把心尽，贤弟不必嘱咐咱。
董　　宽：（白）好，异日再谢吧。
刘赛花：好说，多有屈尊望海量，慢待叔叔。
董　　宽：天不早了，小弟我拜辞下山，在此多有打扰要包涵。

陈　望：（唱）至亲朋友不挑拣，离别客套不用言。
董　宽：天不早咧，快走吧。
孙堂、董宽：请。
　　　　　（唱）孙董二人上了马，拱手告辞下了山。
众　人：（唱）众人相送说保重，
孙堂、董宽：（唱）请回异日再盘桓。
众　人：（唱）众人说罢各回寨，
刘赛花：（唱）剩下赛花凝目观。
　　　　　　　将军去远看不见，是咱的不由好心酸。
海　棠：（白）去远咧，看不见了，回去吧。
刘赛花：你也不知忙的是啥？
　　　　（唱）无好拉气回身转，
孙堂、董宽：（唱）孙董二人紧加鞭。
　　　　　　　眼看水清山寨远，
孙　堂：（唱）孙堂复又把话言。
　　　　（白）贤弟你我下山，好似困鸟出笼。
董　宽：（唱）去而不返却是为何？
孙　堂：（白）想我公侯之苗裔，深明国法，婚配现有嫡庶之妻，焉敢再收反女为妻？莫如置之不论。咱要到了塞北见了爹爹，贤弟不要提及此事。
董　宽：哥哥想得不妥，事情已做，如何隐瞒得住呢？小弟纵就不说，日后必露马脚。既收嫂嫂，为何不要呢？奉劝哥哥不要绝情太甚。
孙　堂：兄弟不可如此，听了。
　　　　（唱）刘氏姐弟虽然好，落草为寇罪难择。
董　宽：（唱）提亲未允却不要，后来合卺却不该。
孙　堂：（唱）也是醉后不知事，误入他们巧安排。
董　宽：（唱）成事不说古人语，既做不可两分开。
孙　堂：（唱）当时不过从权办，困你受罪免祸灾。
董　宽：（唱）小弟仰仗哥哥你，不曾受屈离山崖。
孙　堂：（唱）你我得便脱身走，把那女寇算抛开。
董　宽：（唱）他们有冤托付你，管与不管说明白。

孙　堂：（唱）托我不过信口允，离贼离巢不挂心怀。
董　宽：（唱）你要不管寄音信，日后他们必找来。
孙　堂：（唱）寻我决议不能认，免得一身招祸灾。
董　宽：（唱）如此说来是惧罪，泄露唯恐身被裁。
孙　堂：（唱）正是如此嘱咐你，见父不提免受责。
董　宽：（唱）如此小弟不敢露，谨言省得是非来。
孙　堂：（唱）路上说明要谨记，速奔塞北莫迟挨。
董　宽：（唱）这一去见老盟父，你我随军把贼抓。
孙　堂：（唱）贤弟若能把功立，提拔不枉随时来。
董　宽：（唱）只要你我相帮扶，要灭番贼不难哉。
　　　　　　不言二人奔塞北，
郝　仁：（唱）又把郝仁表明白。自己步行慢慢走。
　　　　（诗）命里无儿莫强求，强求小子变丫头。
　　　　（白）老汉郝仁那日认了个干儿子，领到家中又变成闺女咧，告诉以往之事，真是苦不堪言，被那女婿休出来咧，也不知如今回心转意没有，我一到长乐村打听打听，走走。
　　　　（牛氏出）
牛　氏：（诗）拔出肉中刺，还有眼中钉。
　　　　（白）老身牛氏，大用那小子休了他媳妇，不知怎么又后悔咧，昨日出去寻找不见回来，带哭的样子叫人看了心里有气，何不把他处置了，然后再把那丫头弄出去？全把他们收拾了，才解我心头之恨，那才心宽眼亮呢。忽然想起一计，倒也甚毒。丑儿哪里？快来！
丑　儿：来了。太太有何吩咐？
牛　氏：唤你二奶奶前来见我。
丑　儿：晓得了。
　　　　（唱）丫鬟急去不怠慢，
花翠红：（唱）花氏进房叫声妈。
　　　　　　呼唤媳妇有何事？
牛　氏：（唱）坐下听我讲根芽。
花翠红：（白）有坐。

牛　　氏：（唱）董氏离了娘的眼，还有大用连他妹子两个冤家。
　　　　　　　分开家业难割舍，撑出又觉理太差。
　　　　　　　想法要出你大伯子，你去如此硬赖他。
花翠红：（白）哟，这么一办，人家不笑话？
牛　　氏：（唱）此是老身设的计，谁敢笑话混磨牙？
　　　　　　　你去随后我也去，准备和他大闹砸。
花翠红：（唱）连声遵命急急去，
牛　　氏：（唱）此计真妙不是自夸。
　　　　　　　待我去说与兄弟与小子，绑他急送到官衙。
　　　　　　　欠身出房安排去，
石建章：（唱）再说大用愁更加。
　　　　　　　寻妻不见回家转，满腹伤心泪如麻。
　　　　　　　好好夫妻生拆散，恨我当初眼太瞎。
　　　　　　　正在意乱心烦闷，
花翠红：（唱）翠红进来把话发。
　　　　　（白）伯伯在房呢？
石建章：弟妹来此何事？
花翠红：没啥事情，特来唠个磕儿，我那伯伯哥哥呀。
　　　　　（唱）目儿一溜床前坐，搭搭闪闪把话儿说。
　　　　　　　伯伯哥哥休嫂嫂，小妹替你担寂寞。
石建章：（白）这是什么话？弟妹请便。
花翠红：（唱）我要与你说个话，为何推我理不合？
石建章：（白）弟妹、伯伯闲谈，令人观之不雅。
花翠红：（唱）屁老鸦子，一家人说话何妨碍？谁要浑说把舌割。
　　　　　　　伯伯你真把人恨，心直性耿头一个。
　　　　　　　不怪小妹说你傻，与你亲近唠个嗑。
石建章：（白）越发不是话了。
花翠红：（唱）进房不该把我撵，叫人心内不快活。
　　　　　　　实话对你说了吧，你这受孤令我恁着。
　　　　　　　奴本是替我嫂嫂，就算娶我渡银河。

石建章：（白）不要胡言乱语，快快出去。
花翠红：（唱）想我出去不能够，既来求欢免不得。
　　　　　　呦呵，说着不由欲火动，往前凑凑叫哥哥。
　　　　　　你今不要弃嫌我，云雨巫山鸾心合。
　　　　　　说罢近前把衣扯，
石建章：（唱）书生动怒气勃勃。
　　　　　　又羞又愧往外走，
花翠红：（唱）你往哪走暂住着。
　　　　　　想要出去不能够，
石建章：（白）不要无羞无耻，你快些放手。
花翠红：（唱）你真无情真可恼咧。
　　　　　　羞恼变恶不撒手，喊破嗓子嚷得泼。
　　　　　　你们都来看一看，大伯子调戏兄弟媳妇不把礼说。
石建章：（白）不要喧嚷，哪个调戏与你？
花翠红：（唱）你不叫嚷不中用，量你今日祸难脱。
　　　　（白）你们都来看看，大伯子调戏兄弟媳妇，我的贞洁难保，我可不是那个人咧。
牛　氏：（唱）牛氏明知前来问。
　　　　（白）哟，可气死人啦，兄弟媳妇与大伯子啥勾当？竟然这样拉拉扯扯，也不怕人家笑话，快撒手吧！
花翠红：（哭）我撒不得手啦，可羞死我啦！
牛　氏：你只管撒手，有妈呢，跑不了他。
石建章：咳，罢了哇了。
牛　氏：不用罢了，等我分辨分辨，媳妇不用哭，告诉妈妈，他想怎样，快说，我好与你解气。
花翠红：咳，你老不用问了，看不出来呀，他硬拉我。
牛　氏：这小畜生想着怎样？你为啥来了，他敢这样拉你？
花翠红：咳，说不来咧，媳妇出房去看姑姑，要到病房，不想遇见伯伯，他说有事要秘密地吩咐我，我无奈随他前来，诓我进房不用分说，硬是这般如此。孩儿着急吵嚷，他就躲躲藏藏，被我拉住，有人来瞧，便好作为证

　　　　　据，故此你来我才敢撒手。婆母娘哪，快做主吧，媳妇被他羞辱怎么见人？从今之后我活不成了，我的妈呀！
牛　　氏：媳妇不要害羞，怨不着你，你快回房去吧。
花翠红：是。
石建章：母亲休听我弟妹之言，屈枉无辜，孩儿自幼读书，深知礼仪，非礼勿言，非礼勿动，怎敢侮辱家风，罪与禽兽同比？
牛　　氏：明是你休了女人，调戏兄弟媳妇，谁知她贞节不允，吵嚷起来，躲不了咧，还把这丑闻遮盖，怎得能够？你个狗杂种，王八蛋，你可气死我了。
　　　（唱）毒妇怒冲冲，故意动了气。
　　　　　　大骂小冤家，杂种了不得。
　　　　　　你那老婆娘，做了淫乱事。
　　　　　　老身告你知，要你休出去。
　　　　　　你既有刚强，就该守志气。
　　　　　　为何邪念生，敢把弟妇戏？
　　　　　　任意自横行，无人把你治。
　　　　　　不才有老身，与你试一试。
　　　　　　说罢就撞头，冤家看我的。
石建章：（唱）大用无方法，哀告跪在地。
　　　　　　母亲细想情，需要体人意。
　　　　　　孩儿本无思，未灭学生志。
　　　　　　怎肯乱人伦，善行不才事？
　　　　　　栽奸把人屈，需要查详细。
　　　　　　母亲莫信真，不可多疑忌。
牛　　氏：（唱）杂种还叫屈，真正把人气。
　　　　　　怎还说不真？现在被我遇。
　　　　　　遮盖是枉言，罪逆刻不去。
　　　　　　打你几下子，暂且出出气。
　　　　　　按倒打又踢，
石建章：（白）母亲开恩吧。
牛　　氏：（唱）吾想啥情义？

叫声小子们，快来听仔细。

（丑上）

家　　仆：（白）有何吩咐？
牛　　氏：（唱）绑起这冤家，我要送忤逆。
家　　仆：（唱）家人不敢迟，动手绑已毕。
石建章：（唱）大用气长出，被绑悲又泣。
　　　　　　　有口也难言，冤屈洗不去。
　　　　　　　一命由上天，生死何足惧？
牛　　氏：（唱）小子押着他，快些出房去。

（牛寿、石大星上）

石大星、牛寿：（唱）牛寿石大星，甥舅一起至。
　　　　　　　　　故意装不知，近前问来历。
　　　　　　　　　这是为什么？绑他因啥事？
牛　　氏：（唱）牛氏一一说，从头讲完毕。
　　　　　　　我今若送他，当官把罪治。
　　　　　　　你们两个来，正好替我去。
　　　　　　　兄弟你送他，算把姐姐替。
牛　　寿：（唱）牛寿说应当，我到衙门去。
　　　　　　　舅舅送外甥，别人保不得。
石大星：（唱）气坏石大星，瞪眼双眉竖。
　　　　　（白）好个匹夫竟敢欺人，你真反了。
牛　　寿：二外甥你别吱声，等我问问他。这个大外甥，你真不赖呀，学会欺娘奸妹之法，你真是越长越出息咧。
　　　　　（唱）你这是，读书人。
　　　　　　　何事不晓？何理不闻？
　　　　　　　怎不学正道？灭礼乱人伦。
　　　　　　　没有尊卑长上，这是成了啥人？
　　　　　　　有错怎不服管教？竟敢犯上打你母亲？
石建章：（唱）尊舅舅，听我云。
　　　　　　　非言误做，不可信真。

    甥儿虽愚蠢,也知卑与尊。

    怎敢乱伦灭礼,自取罪逆一身?

    圣贤所教无此礼,不敢为教亡双亲。

牛 氏:(白)嗨哟,好个杂种,怎么一会就不承认咧?你不打我,难道老身硬赖你吗?

牛 寿:(唱)对呀,你不用,闹臭闻。

    看透你是,人面兽心。

    外面装学生,内里坏十分。

牛 氏:(白)他舅舅不必和他唠叨,要送他赶快把他送了吧。

牛 寿:(唱)姐姐说得有理,就走去到衙门。

    二外甥快些随我走,小子们押着随后跟。

石建章:(白)天乎冤哉,该我一命如此。

牛 氏:(唱)牛氏才要回房去,

石玉珠:(白)母亲慢行。

   (唱)小姐前来问原因。

    方才吵嚷因何故?母亲快对孩儿云。

牛 氏:(白)原是如此这般,你不在屋里养病,做啥来咧?你不怕累着哇?

石玉珠:呀。

   (唱)一闻此言悲又痛,哥哥被屈苦死人。

牛 氏:(白)住了罢。

   (唱)休管闲事休多嘴,你快回转绣房门。

    再要多嘴我要打,

石玉珠:(唱)母亲何必又动嗔?

    嫂嫂被休无踪影,哥哥今日罪临身。

    剩我女孩活无意,不如一死倒甘心。

牛 氏:(白)要死就死,无人拉着。

石玉珠:(唱)呀,气得小姐动肝火,只觉头迷眼发昏。

    旧病复发说不好,站立不住倒在尘。

牛 氏:(白)丑儿快来。

丑 儿:大姑这是怎么啦?

牛　氏：把她搀回绣房。

　　　　（唱）死活凭她歇养去，好好看守暂温存。

丑　儿：（白）是咧。

牛　氏：（唱）牛氏回房且不表，再说老汉名郝仁。

郝　仁：（唱）再说老汉名郝仁。

　　　　（白）嗨呀，了不得咧，来安乐村打听干姑爷音信，不知他继母因什么送他去衙门，这还了得，只得去到衙门打探吉凶怎样，走走则可。

（完）

第 五 本

【剧情梗概】 大臣于谦因替刘球求情,被贬为莱州府知府,审理石建章一案,明察秋毫,为石建章洗清冤屈。石建章出府衙后寻得妻子董月英,并与之相认。牛氏不甘心就此罢休,让弟弟与权贵之子王大才合谋诬陷石建章,石建章被流放陕西。孙堂、董宽二人出山前往紫荆关寻父,孙堂与会真交手,不分胜负,孙吉宗想出一策,欲一举击败会真。

(于谦出,升堂)

于　谦:(诗)圣旨下降出朝堂,不求名利振帝邦。
　　　(白)本府于谦,昔日在京替人辩本得罪王振,被贬离京,降为山东莱州府知府。到此赴任以来,执政有道,教民有方,庶民感仰,称下官仁政青天。本府巡抚屡次上奏,又升山西布政,善候新官到来交代明白,便要赶奔山西赴任。
衙　役:禀爷,外有一人口称舅舅来送外甥忤逆,请爷判断。
于　谦:哎呀,本府在此为官,教化民贤,怎么又有忤逆?其情可恼,人来。
衙　役:有。
于　谦:先带原告人上堂。
衙　役:报告原告人进。
　　　(牛寿跪)
牛　寿:老爷在上,小人叩头。
于　谦:你叫何名?哪乡人士?所因何故来送忤逆。
牛　寿:小人名叫牛寿,马王庙人氏,因我外甥待我姐姐不尊,叫小人来送忤逆,乞爷恩准定罪。
于　谦:你可有呈状无有?
牛　寿:没有呈子,口述。
于　谦:你述上来。
牛　寿:老爷容禀。
　　　(唱)小人一生姐弟俩,父母双亡无别人。

>   我的姐姐嫁石姓，姐夫为官早归阴。
>   我姐教训不服管，羞恼又打他母亲。
>   他违大逆小人气，故此送他到衙门。
>   恳求老爷把他判，问明定罪送逆根。
>   诉罢已往将头叩，

于　谦：（唱）于谦闻罢怒生嗔。
>   似此大逆难宽恕，理当定罪除恶人。
>   恨罢复又开言问，

（白）牛寿。

牛　寿：有。

于　谦：你两个外甥都叫何名？

牛　寿：大外甥名叫石建章，今年廿五岁娶妻董氏，数载有余。我二外甥石大星娶妻花氏，过门一载多些，他小两口待他母亲孝顺无比。

于　谦：他两人可是一母所生么？

牛　寿：正是正是。

于　谦：你想是他嫡亲娘舅了。

牛　寿：不错不错。

于　谦：汝姐家可是读书可是庄农？

牛　寿：耕读两般全有。

于　谦：正论还是宦门书香？

牛　寿：吾姐夫在世也曾做过京官。

于　谦：他官居何职？

牛　寿：职分不小，做过工部尚书。

于　谦：哟，本府久仰，昔日在朝有位工部尚书石璞，听说故乡是在这里，莫非就是他家吗？

牛　寿：不错，就是他家。

于　谦：如今他家是贫是富？

牛　寿：度用不错，还是丰衣足食。

于　谦：既不贫寒，想是衣冠不改，你两个外甥必要读书，子承父志？

牛　寿：老大念书是个秀才，老二为人心性愚蠢，别事不知道，就知道孝敬他妈。

于　　谦：这也奇了，怎么道学灭礼、愚人反孝顺呢？令人不解其故，人来！
衙　　役：有。
于　　谦：带大逆石建章上堂。
衙　　役：哈，大逆进。
（石建章上，跪）
石建章：老公祖在上，生员叩头。
于　　谦：住了！好大逆子，你既是宦门之子，书生之辈，怎不知忠孝节义，竟学衣冠中禽兽，大失先人体统？岂不知淫逆二字，万恶淫为首？今来本府堂下，问你知法犯律，该当何罪？
石建章：哎呀，公祖大人，生员不才，素明圣训，存乎天理，怎敢乱伦逆亲？伏乞青天立断曲直，免使罪责无辜，生员感激不尽矣。
（唱）连连不住把头叩，大人听我讲其情。
　　　　不才还想承父志，焉能无知乱胡行？
　　　　又言子不言母过，眼前大义谁不明？
　　　　只求大人讲情理，一面之词不可听。
　　　　家务是非难细道，内中自言有隐情。
　　　　久闻大人多忠正，为何被贬离京城？
　　　　将大比小是一礼，事如曲直一般同。
　　　　我今被屈难争论，还请老爷细办清。
　　　　大人再不悬明镜，学生不过一命终。
　　　　说罢不住连叩首，
于　　谦：哼。
（唱）于爷坐着口打哼。
　　　　方才听他说此话，一言入腹心内明。
　　　　观其外来知其内，这人仪表非轻浮。
　　　　听其言来查其里，料想他断不为恶作歹行。
　　　　内中隐情他不讲，不言而论我心明。
　　　　家风不失免遗笑，深存体统大意通。
　　　　此人不像万恶辈，今送忤逆是屈情。
　　　　我要不把清浑辨，枉自为官落朽名。

　　　　主意一定又细问，
　　（白）石建章。

石建章： 有。

于　谦： 你既知守志，就该无是无非，你嫡亲母舅又来送你却是为何？

石建章： 大人，他是我继母之弟，怎倒是我的嫡亲母舅？

于　谦： 他不是你的嫡亲母舅，与你继母是同胞姐弟吗？

石建章： 正是。

于　谦： 如此说来，你弟兄不是一母所生？

石建章： 老爷所猜极是，我兄弟是我继母所生。

于　谦： 哼哼，这就是了。

牛　寿： 老爷，他本是我姐姐亲生长子，怎说我姐姐不是他亲妈呢？分明他是说谎，当堂言语巧辩，好叫老爷减等问罪。伏乞老爷明见，千万不可被他哄信哪，老爷。

于　谦： 哼，你也不可一口咬定，你俩之言本府全不深信，你二外甥他今可在家吗？

牛　寿： 他今跟我进城，现在大堂以外。

于　谦： 你俩暂且下去听候发落。

石建章、牛寿： 是。

于　谦： 来人，速传石大星上堂。

衙　役： 石大星上堂。将石大星传到。

于　谦： 带上堂来，

　　（石大星上，跪）

石大星： 老爷在上，小人叩头。

于　谦： 你是石大星吗？

石大星： 正是。

于　谦： 石建章是你什么人？

石大星： 是我哥哥。

于　谦： 你俩可是一母所生，嫡亲手足吗？

石大星： 不是。

于　谦： 想是一父二母了？

石大星： 不错，我爹爹娶妻两房，乃是先亡后续，他是前房所生，我是后娘所养。

于　谦： 你母亲素日待你兄嫂怎样？

石大星： 没别的说，也就看不上些。

于　谦： 待你夫妻怎样？

石大星： 不用说，好得不得了。

于　谦： 那牛寿想是你亲舅舅了？

石大星： 是呀。

于　谦： 他在你家可是长久住还是来往呢？

石大星： 乃是在我家久住，与我家管事。

于　谦： 这就是了。

石大星： 真格的。

于　谦： 你兄嫂待你夫妻母舅如何呢？

石大星： 往日不错，就是这遭儿我哥哥大大不对，戏弄我妻子，打我母亲。

于　谦： 他如此无礼，你可竟不知道呢？

石大星： 听的叫喊，打起架来我才知道。

于　谦： 汝兄戏你妻子是在你的房中还是在他的房中？

石大星： 在他的屋。

于　谦： 打你母亲是在一处闹此是非，你嫂嫂她该怎样？

石大星： 她早先丢丑，被我哥哥休咧，如今剩他一人，我这才想把他……

于　谦： 把他怎样？

石大星： 吓吓，不怎样。

于　谦： 住了，你怎么欲言又止？其中必有隐情，不必隐瞒快些说，不然叫你皮肉吃苦。

石大星： 哎呀，老爷，往下没别的啦，叫我说啥咧？

于　谦： 哼哼，你不必瞒我，若不明言是非，难免三推六问。若依我断，哪里是你兄嫂不仁？分明是你们心怀嫉妒，同谋一党，忌恨先房之根，除他夫妻俩离门才遂你们心愿。今在本府案下问你口角皆露，还不实说？其情可恼。人来，速看大板加棍棒伺候。不实说叫他二刑齐受，当堂上刑。

石大星： 老爷，别动刑，我说我说。

于　谦： 快说。

石大星：是，吾的妈呀，了不得了。
　　　　（唱）大刑放当堂，板子与枷棍。
　　　　　　　众人喊一声，惊堂木一镇。
　　　　　　　吓得昏迷了，害怕好发瘆。
　　　　　　　叩头称老爷，我说不用问。
　　　　　　　若论我哥哥，明白不用问。
　　　　　　　十分敬我妈，待我也对劲。
　　　　　　　就是我嫂子，为人也有信。
　　　　　　　不想把丑丢，我哥气不忿。
　　　　　　　休出又悔啦，在家心憋闷。
　　　　　　　吾那混账妈，害人瞎议论。
　　　　　　　硬叫小人妻，伯伯房中奔。
　　　　　　　硬赖他调戏，随后就去问。
　　　　　　　说与我舅舅，定计早怀恨。
　　　　　　　叫他进衙来，把这忤逆问。
　　　　　　　把他两口子，一网全打尽。
　　　　　　　设此巧方法，来把老爷混。
　　　　　　　不想遇青天，算是倒了运。
　　　　　　　毒计未得逞，尽被我招认。
　　　　　　　这是以往情，实话未胡呲。
　　　　　　　说罢连叩头，不住心发恨。
于　谦：（唱）手中拍惊堂，连连响一阵。
　　　　　　　竟是妇人谋，嫉妒情不顺。
　　　　　　　若非本府清，定把人屈问。
　　　　　　　这案要不消，得把好人困。
　　　　　　　左右，快带那二人，我好从公论。
衙　役：（唱）衙役把人传，
牛寿、石大星：（唱）二人齐齐进。
　　　　　　　跪在大堂前，
牛　寿：（唱）牛寿复又问。

（白）老爷，这样忤逆官司，到底是怎样定案呢？

于　　谦：好个该死的奴才，你今枉告不实，虚哄本府，还敢催案，若非石大星言讲，惜呼被屈良善，石建章无罪，你怎送他来忤逆？

牛　　寿：哎呀，大用淫逆万恶，千真万真，休听大星之言。

石大星：大舅哇，你不用对证咧，老爷问我，实话我全说咧，你还瞒啥咧？

牛　　寿：咳，这是咋说的呢？你这孩子好废物，真不知好歹。

于　　谦：哼哼，事情已露，你还瞒哄本老爷！你是石家外亲，就该公正办事，家务不合，应当周旋才是正礼，为何反倒助恶为非，加害纯善？该当何罪？你真死有余辜。

牛　　寿：哎呀，老爷，小人知罪也就是了，望乞老爷格外施恩吧，老爷！

于　　谦：论你姐弟屈害良善，本该一并追究问罪，但看去世石仁兄分上，牛氏婆媳一概宽恩不究。石大星不念兄弟之情，任其妻母所为，责其无知。牛寿助恶害甥，重责不恕！石建章无罪，回家去吧。

众　　人：谢过大人天恩。

于　　谦：来人，将石大星、牛寿重责四十大板撵出去！

（拉下打完）

衙　　役：禀爷，重责已毕，撵出衙外。

于　　谦：起过，今天此案，若非于某所断，别者定有曲直难辨。洗清浑浊案，善恶是非清，退堂。

（石大星、牛寿上）

牛　　寿：嗨呀呀，哪叫你这孩子说了实话？打你不屈，我不成了冤种了。

石大星：你别说咧，那是把我吓糊涂，不说中么？

牛　　寿：哪有不中的？明是你胆小，没有主意，说了实话，才闹得咱爷俩挨打着。看你哥哥平安无事回家去咧，这算他福星高照。

石大星：福不福的，见了我妈再说吧。

牛　　寿：就是那么着不咧，嗨呀，一动好疼。

（石建章上）

石建章：好也呀好也，我今脱案遇见清官，若是糊涂府县一定问罪，难逃一死，有日上京定报大恩。我今无事且不回家，单等寻到娘子一同回家，定与他们分居各过。

（郝仁上）

郝　仁：姑爷站住，走得好快，姑爷脱离此案，可喜可贺。

石建章：你是何人，这等称呼？我有是非老丈怎么知晓？

郝　仁：姑爷你不知，听我告诉于你。

（唱）我的名字叫郝仁，你媳妇是我干闺女。

石建章：（白）我妻子你怎么知道？

郝　仁：（唱）不必着急听我说，从头至尾讲根底。

如今收留在我家，老汉进来打听你。

听说犯罪送衙门，我才跟着到城里。

连看热闹带认人，遇见清官把冤洗。

送你两人官恼咧，吩咐衙门打出屎。

见你出去来看真，无人之处告诉你。

老汉说的已往情，你可明白知根底？

石建章：（唱）听说喜悦展愁眉，谢天谢地心欢喜。

老丈乃是大恩人，（跪）多谢收留我妻子。

郝　仁：（唱）老儿搀起把话云，休我女儿知怨你。

石建章：（白）知她被屈我今后悔，寻找见面理当负荆认罪。

郝　仁：（唱）这么一来无的说，你既知道就可以。

不必回家跟我来，你们团圆我大喜。

石建章：（唱）岳父之言我谨遵，拜见岳母才是理。

郝　仁：（唱）郝仁拉着急急行，离家不远几十里。

顿饭之时来到了，老儿复又开言语。

（白）说话之间来到我家门首，姑爷不可笑话。

石建章：岳父说哪里话？多有周全，我夫妻恩有重报。

郝　仁：不必套言，姑爷请。

（老、小旦出）

吴　氏：（唱）无儿义女当亲生，

董月英：（唱）藕断丝连难忘情。

吴　氏：（白）老身吴氏。

董月英：奴董月英。

吴　　氏：闺女呀，自从你到这里以女扮男，闺女儿子乃是一样，叫我十分欢喜，劝你不必忧愁。你爹找你的女婿去咧，姑爷他必后悔，必定前来接你。

董月英：咳，那个强人他未必回心转意。

郝　　仁：姑爷随我来。

石建章：来了。

郝　　仁：（唱）郝仁在前引着路，翁婿二人进了房。

（白）姑爷呀，那是闺女你可认得？这位是你丈母娘。

石建章：岳母可好，小婿拜见。

吴　　氏：姑爷免礼快请坐。

石建章：小婿告坐。

吴　　氏：（唱）你的来历我知详。

闺女都对老身讲，起初是怨你不当。

也该问明白与皂，不该任性无主张。

好好夫妻硬离散，如此哪个不心伤。

石建章：（白）小婿后悔，今日特来请罪。

吴　　氏：（唱）既言知道也罢了，不必提起撂一旁。

闺女过来说句话，姑爷到此算有光。

董月英：（唱）答应一声说遵命，近前二目泪盈盈。

（白）夫哇。

石建章：妻呀。

董月英：（唱）拉住相公悲又痛。

（白）相公认定你妻伤风败俗，狠心休出，不知何人替我分辩冤枉？你今日不弃糟糠，跟随义父来找我么？

石建章：咳，娘子，恨我当初不明，误休贤妻，今随岳父到此，特来见你负荆认罪，请娘子不要记恨，拙夫感情不忘。

董月英：你我夫妻说不到此，不知姑姑病势怎样？我的冤屈相公怎知晓？

石建章：娘子不知，妹妹病正调治无妨，你的冤情，我听花氏密言其故，才知你被冤屈，指望寻你回家。不想他们定计送我忤逆，拙夫遇见清官，幸而脱难，得见娘子，三生有幸。

董月英：呀，原来又有这些是非，婆母、妯娌真是狠心无比。论理相公到此，夫妻见面，不当提那前事，怎奈妾身有满腹冤屈未诉，今日当着恩父、恩母，聊表前情，伏乞相公千万莫怪。

石建章：娘子屈心有话只管说，拙夫无不听知。

郝　仁：这闺女有话当着姑爷说，大家坐下听听。

董月英：若是提起往事，令人一言难尽。

（唱）当初起事因花氏，她行不正反赖奴。
　　　婆媳一口相咬定，偏遇孙堂走得速。
　　　没有对证难分辩，不容奴诉写休书。
　　　绝情断义把奴撵，黑夜难行胆突突。
　　　幸喜改扮未露丑，天爷有眼可怜奴。
　　　路上遇见好义父，认亲怜我一身孤。
　　　领来这里存身体，二老恩待义不俗。
　　　盼你寻访无音信，惦着妹妹病何如。
　　　想你兄妹哪一天不哭几次，今日里咱俩相会妻见夫。
　　　对面当着义父母，诉说冤屈明当初。
　　　我倒未把贞节坏，纵就死去意也足。

石建章：（唱）咳，娘子不必提前事，拙夫早就心口服。
　　　　　恕我薄性从前错，再施一礼把罪赎。

董月英：（唱）奴家不过诉诉苦，莫怪你妻心计毒。
　　　　　嫉妒之妇不是我，把话说开如雪出。

郝仁夫妇：（唱）郝老夫妻齐言讲，闺女贤德世间无。
　　　　　　姑爷今日来到此，夫妻团圆乐何如。
　　　　　　你们同在这里住，不必回家去受辱。

石建章：（唱）如此多谢岳父母，蒙恩正好免跻躇。
　　　　　不才一同要打搅，日后得地再报服。

（白）二老，留我夫妻在此，不才还有我妹子在家，唯恐受害，小婿也接来同到这里打搅。

郝　仁：不嫌弃接来只管在此久住，管饱吃穿不愁，省得在家受你后妈之气。

石建章：多谢岳父母慷慨。

郝　仁：亲戚理当如此，不必套言，今日你夫妻团圆，老夫喜之不尽。老婆子，你快收拾酒饭，大家吃吃喝喝，庆贺闺女、姑爷离而复合之喜啊。

（诗）从前受害遇颠险，而今相聚又团圆。

（升番帐，众将站一旁）

会　真：（诗）智足刀兵顺，谋成鬼神惊。

　　　　　　运筹能取胜，玄机伏虎龙。

（白）衰家会真，领兵到此杀得明将闭门不出。几次攻打，免战牌高悬。今日要阵再无人出马，定要一勇攻城。番兵们，随我前去要战，不得有误。

（唱）吩咐已毕下大帐，出营飞马把铲提。

　　　　带领众将与番兵，大队前去攻城池。

　　　　无人对敌去免战，多加火炮与云梯。

　　　　一勇上前城攻破，占关落锁好行师。

　　　　不言番兵来要战，

兵　将：（唱）又把城内兵将提。

　　　　聚将鼓打如爆豆，

张锐、赵杰：（唱）张锐赵杰来得急。

宋凌、韩青：（唱）宋凌韩青也来到，

兵　将：（唱）大小儿郎俱到齐。

孙吉宗：（唱）元帅孙爷上大帐，归座心内自寻思。

　　　　盟侄张锐对我讲，贼兵复返又来欺。

　　　　有一僧人多厉害，说他练就铁身体。

　　　　杀败众将无对手，无人出城敢对敌。

　　　　今日我要亲临阵，定与和尚见高低。

　　　　才要传令去出马，军卒禀报把话提。

（小兵上）

小　兵：（白）启禀元帅，外面来了二人，口称公子孙堂带领朋友前来探父，现在辕门以外要见元帅。

孙吉宗：呀，我儿不在家内，带领何人到此？命他二人觐见。

小　兵：哈，命你们进见。

孙堂、董宽：爹爹/盟父在上，孩儿叩头。

孙吉宗：你二人一同起来。

孙堂、董宽：是。

孙吉宗：孙堂你不在家中守孝，因何离家？此人是谁，与你一同前来，见我这等称呼？

孙　堂：爹爹不知，孩儿服满进京探父，走在半路听说爹爹出兵，又遇此人名叫董宽，我俩结义，跟随孩儿前来投军，望乞爹爹提拔于他，我俩情愿随军效力。

孙吉宗：好，见他这样相貌，身体雄壮，又有本领，随军倒是一员虎将。

董　宽：盟父过奖，若肯提拔孩儿，感恩不尽。

孙吉宗：提拔不难，正是用军之时，你们来得正好，且在帐下听用，授为千总，准备有功再加升赏。

董　宽：多谢盟父。

小　兵：报元帅得知，今有和尚带兵前来要战，乞令定夺。

孙吉宗：再探！

小　兵：得令！

孙吉宗：僧人要战无人敢敌，待我亲身会他一会。

董　宽：慢着，你老不必劳动，有人要战，待我出去拿他立功，岂不是好？

孙吉宗：不可，你虽武艺精通，未经大敌，那和尚身如钢铁一般，你去如何能胜？不如我去见机而行，免遭颠险。

董　宽：咳，盟父不要长他的威风，灭咱的志气，莫说番兵是个和尚，就是铜铸金刚、铁打罗汉，我也是不怕的。你老放心，我去必然拿来立功，好与你老长脸。

孙吉宗：罢了，你既有此壮志，想来本领过人，你就披挂出去见上一阵，看看如何。

董　宽：孩儿遵命。

　　　　（董宽换甲）

董　宽：众将官，带马，杀出城去。（内喊，又上）好生厉害。

孙吉宗：胜败如何？

董　宽：丢脸丢脸。

　　　　（唱）奉令去杀贼，自觉不发怵。

　　　　　　　不想到疆场，上前敌不住。
　　　　　　　正遇那和尚，交手杀一处。
　　　　　　　刚杀刺头光，一点也不如。
　　　　　　　那厮本领强，杀伐好门路。
　　　　　　　力大铲又沉，招架挺不住。
　　　　　　　无奈败阵回，叫人干鼓肚。
　　　　　　　到此把人丢，愧见老盟父。
　　　　　　　趔趄算稀松，丢丑站不住。
孙吉宗：（白）胜败兵家常事，何罪之有？不必抱愧，退下！
董　宽：退下站一边。
孙　堂：（唱）孙堂忍不住，贤弟竟败回，叫人心中怒。
　　　　　　　上帐身打躬，连连口尊父。
　　　　　　　和尚这样凶，是人敌不住。
　　　　　　　孩儿气不服，要会贼头目。
　　　　　　　讨令就出城，把他捉拿住。
孙吉宗：（唱）我儿要临敌，细听我告诉。
　　　　　　　僧人是异端，必然有邪术。
　　　　　　　练就铁身躯，刀枪全不入。
　　　　　　　取胜要拿他，唯有一条路。
　　　　　　　我儿去交锋，刺他咽喉处。
　　　　　　　再看是何如，
孙　堂：（唱）答应说记住。
　　　　　　　接令出中军，上马人拥护。
　　　　　　　出城去交锋，
孙吉宗：（唱）孙爷又吩咐。
　　　　　　　传令上城头，擂鼓把威助。
孙　堂：（唱）孙堂把马催，拧枪瞪虎目。
　　　　　　　瞧见和尚来，对面把舌吐。
　　　　（白）来者僧人何名？杀败我国众将，可是你么？
会　真：然也，问我听真，衰家会真，幼儿何名？

孙　堂：问我听真，我乃是你孙元帅的大公子孙堂，知我厉害早早献关投降①，免遭枪刺你的狗胎。

会　真：嗨呀，好个幼儿，竟敢发此狠言大话。不要逞强，我的宝铲无眼，要追你命。

　　　　（唱）会真抡铲把马催，咱俩疆场试一试。
　　　　　　　今日不胜不收兵，一定取你贼首级。
　　　　　　　看看祖师强不强，要杀你国把功立。
　　　　　　　二马盘旋来回迎，这个小将有武艺。
　　　　　　　不怪他父做元戎，生下儿子真有趣。
　　　　　　　衰家今日遇能人，他的枪尖咽喉去。
　　　　　　　交战需要加小心，一时大意归阴去。
　　　　　　　马跑枪快来回迎，这个小儿有武艺。

孙　堂：（唱）叫声秃驴你是听，马上留神加仔细。
　　　　　　　少爷今不把你赢，不杀尔等不在世。
　　　　　　　疆场一定把你杀，发兵再征你国去。
　　　　　　　拿住贼王脱脱不花，狐朋狗友归阴去。
　　　　　　　尔等再要把世出，今认爹妈投生世。

会　真：（唱）会真这里开言道。
　　　　（白）小辈住手！

孙　堂：和尚为何不战？

会　真：咱俩杀了半天了，还不得歇歇啦。

孙　堂：如若不战，就算不赢，再要歇着就要献了降书顺表，两国不动刀兵，马放南山，刀枪入库，到了那时，不净歇着么？

会　真：哈，小辈莫说此话，衰家再要抡铲催马，你的性命休矣。我今非是不战，有件事要问你，若是应了，衰家回国，奉劝我主献了降书顺表。

孙　堂：什么心事？快快说来。

会　真：我若叫你三声孙堂，答应三声我就回国献表。

孙　堂：和尚不要胡言乱道，快快叫来。

---

① "献关投降"为套语，会真为入侵一方，本无关可献。

会　真：孙堂。

孙　堂：在。

会　真：我干儿。

孙　堂：和尚不要胡说，看枪。

会　真：来来。

（唱）衰家这才缓过力，一定把你首级削。

孙　堂：（唱）孙堂催马使英勇，两手不住把枪绕。

大营不住把威助，想起我父话根苗。

说与我直取脖项是要路，不胜令人恨难消。

愤怒杀得难分解，

孙吉宗：（唱）孙爷城上用目观瞧。

只见孙堂战和尚，二人不分低与高。

僧人骁勇难取胜。擒他需要想良谋。

才要传令抄后队，（锣响）又听敌营把锣敲。

无奈传令也罢战。回身下城旗一摇。

会　真：（唱）疆场两人齐住手，会真开言把话学。

小将咱俩战半日，胜败不分无下梢。

天晚鸣金各罢战，明日再来把手交。

不言两下收人马，

孙吉宗：（唱）元帅孙爷有计较。

带领兵将回大帐。

（白）本帅城头观阵，见那和尚勇猛无敌，力擒难胜，心思一计，必然成功。待我传令，军校们，尔等听我吩咐！寻找彩匠扎做草人，俱用油布裹罩五色画成，装作厉兵猛将，手执木器，绑在马上，命人领队布成阵势，演习熟练，准备交锋所用。尔等快去办来！

小　兵：是。

孙吉宗：众将官，敌兵叫阵，不许出马，等候假兵阵势演成，夜去偷营，一战必然成功。斗智不斗勇，奇谋胜敌兵。

（牛氏出）

牛　氏：（诗）计旧不随意，弄巧反成拙。

（白）老身牛氏，那日定计送那石建章一死，不想遇见清官，问出曲直，反把兄弟、儿子责打，回家他们告诉老身，把我恨得无法可使，真叫人这口气难出。石建章那小子虽然平安无事，他也不敢回家，连他老婆外边去啦，怎么一概不知去向？但愿他们都死在外边才好呢，那时我才称心如意呢。如今还有玉珠那个丫头在家，病又复返，比先前更沉重咧，不知死活，将养好了，想法把她卖了才是。那大用小子害他不死，必要为她日夜思想，大病必死，想法害死才好。命兄弟外面寻找他的下落，不知找着无有，叫人着急盼望。

牛　寿：姐姐在房？

牛　氏：哟，兄弟你可来了，我这里正想你呢，你快坐下。

牛　寿：有坐。

牛　氏：你到外边找着那小子没有哇？

牛　寿：找着了。姐姐要听了。

（唱）小弟寻访石建章，有了下落知明白。

牛　氏：（唱）不知却在何处住？兄弟快些同我说。

牛　寿：（唱）他今住在红土岗，郝家存身度日活。

牛　氏：（唱）素不相识无亲故，郝家留他是为何？

牛　寿：（唱）听说他媳妇在那里，认的干妈巧遇着。

牛　氏：（唱）他们怎就这样巧？汉子不死又遇老婆。

牛　寿：（唱）他两口儿那里住，不敢回家怕受折。

牛　氏：（唱）可恨他们都不死，真真叫人气堵脖。

牛　寿：（唱）打听准了未见面，回来告诉你明白。

牛　氏：（唱）兄弟快把方法想，替我除净他一窝。

牛　寿：（唱）害他不死怕结恨，心事记着早晓得。

牛　氏：（唱）正为此事对你讲，想法不叫他们活。

牛　寿：（唱）姐姐别忙把心放，小弟早已有计谋。

牛　氏：（白）兄弟你有什么计？快些细对姐姐说。

牛　寿：（唱）要问你且听我说。

（白）他们既有安身之处，暂时不能回家，我早替你打算主意，想了一条妙计。城东有位王大才，新近丧妻，我俩相好，他曾托我寻个美人与他续弦，就着机会我去见他商议，想法治死石建章，就把董氏与他为偶，他若愿意就此一做，于你去了一个大病，岂不是好吗？

牛　氏：不妥呀不妥。

牛　寿：怎么不妥呢？

牛　氏：害人的勾当找人家可不中，谁不怕贪事哪？不怕死哪？这个方法不妙，不如另想别的主意才好呢。

牛　寿：不妨，王大才乃是宦门子弟，势力双全，做事不怕许多。此人专好美色，董氏这样人品，我去对他一说，大半无有不愿意的。他若应允替咱办事，要害石建章一死，管保易如反掌。

牛　氏：好，要是这么一说，你就急急去办，事情要成了，姐姐忘不了你的好处。

牛　寿：姐姐只管放心，我就去也。

牛　氏：兄弟去了，且等回音才是。这宗事情要是成了，我再想法开发了玉珠那个丫头。一狠二毒才下手，打马争窝心才舒。

（丑生出）

王大才：（诗）富贵命硬运不强，中年丧妻守空房。

　　　　　　　鳏居冷落情难忍，睡梦思想美娇娘。

（白）我大爷王大才，家住莱州府，大王庄人氏，家爹王文在京为官，亲妈杨氏生我一人，爱如珠宝。爹妈在京，命我在原籍照顾家业，浑家袁氏上月小产而亡。咳，自她一死，抛得我寂寞难当，极想续弦，总不合适。保媒虽多，中意太少，挑到如今都不随心。我又托马王庙牛寿与我四外寻访美人，也不知访着没有，总也不见回信，好叫人着急，心中憋闷。

家　仆：禀公子，今有牛寿前来有事求见。

王大才：牛寿前来，必有回音，快请快请。

家　仆：我们公子有请。

牛　寿：来了来了。公子在上，牛寿有礼。

王大才：好说，咱俩相好，不必多礼，请坐。

牛　寿：有坐。

王大才：我托你办的那宗事情怎样？

牛　寿：公子别忙，我正为此而来。

	（唱）你托我来我托你，面见公子两相依。
王大才：	（唱）不知你有什么事？快些对我细说开。
牛　寿：	（唱）我有心事对你讲，说出来公子得安排。
王大才：	（唱）什么事儿不说破？叫人糊涂不明白。
牛　寿：	（唱）从头至尾说一遍，公子乐哉不乐哉？
王大才：	（唱）这样事儿不好做，叫人为难犯疑哉。
牛　寿：	（唱）想法害了石建章，他妻子与你续弦正应该。
王大才：	（唱）使坏害人都容易，不知怎样女裙钗？
牛　寿：	（唱）管保公子你如意，头等人物好人才。
王大才：	（唱）最怕你胜夸过了分，见面不打我心上来。
牛　寿：	（唱）实打实的不敢哄，公子面前不敢瞎掰。
王大才：	（唱）要是这门心打动，低头一计就上来。
牛　寿：	（唱）不知公子怎么做？事成就是夫人奶奶。
王大才：	（唱）要办咱俩一同去，到那里这般安赃硬把他拍。
牛　寿：	（唱）这个计谋真绝妙，赖他偷马法儿歪。
王大才：	（唱）绑在衙门把官见，叫他一命呜呼哀哉。
牛　寿：	（唱）最怕老官不做主，还像前任那样明白。
王大才：	（唱）不能，这位知府新上任，听说为人爱钱财。
牛　寿：	（唱）如此说来事好办，咱俩就走莫迟挨。
王大才：	（唱）有理，吩咐小子快带马，二人出府喜心怀。
牛　寿：	（唱）上马直奔红土岗，安心诬赖把人歪。
王大才：	（唱）家奴院公跟着走，见面硬把好人拍。
牛　寿：	（唱）说说笑笑来到了，有事不说揣在怀。
	面前就是红土岗，不言二人来作歪。

（大用夫妻出，坐）

石建章：	（唱）再表大用夫妻讲，心中喜悦在后宅。
	我今遭案又遇喜，不想又得小婴孩。
董月英：	（唱）石门也是该有后，此子才得降此宅。
	又惦妹妹在家内，叫人悬挂痛悲哀。
	也该过来居一处，

石建章：（唱）刻下就走不迟疑。

正是夫妻闲谈论，

吴　氏：（唱）吴氏进房把话言。

（白）姑爷闺女在房呢。

石建章、董月英： 岳母/母亲来了，请坐。

吴　氏： 不用坐着咧，外面来了一人口称姓牛，是姑爷的舅舅，前来打听与你，丈人又不在家，你出去见见他吧。

石建章： 呀，想是舅舅牛寿到此，待我前去见他。

董月英： 家中又有人来不知何故，母亲随奴出去听个消息。

吴　氏： 使得，咱娘俩外面听个声去。

董月英： 是。

石建章： 舅舅哪里？

牛　寿： 外甥哪里？

（牛寿拉马）

石建章： 舅舅可好？

牛　寿： 外甥也好哇？

石建章： 舅舅从哪里来？

牛　寿： 外甥要问里面一叙。

石建章： 如此，请进，院中把马拴上。舅舅请。

（唱）拉过马来前引路，拴上一起进房中。

又尊舅舅快请坐，

牛　寿：（白）有坐。

（唱）牛寿带笑外甥称。

自从那日送忤逆，是怨你妈心不明。

回家数落她一顿，觉着不对把你疼。

叫我急急寻找你，你妈想你心不宁。

叫我接你到这里，请你夫妻回家中。

石建章：（白）我母亲叫我回家，多亏舅舅费心，不知我妹妹病势怎样？我母亲可好？

牛　寿：（唱）你的妹子病大愈，听说接你喜心中。

　　　　　　　车在外边我先到，来见外甥诉前情。
　　　　　　　不要怀疑回家转，不用这里隐身形。
　　　　　　　外甥随我出去看，
石建章：（白）看什么？
牛　寿：（唱）车辆该来到内庭。
　　　　　　　说罢欠身往外走，
石建章：（唱）大用跟随后边行。
　　　　　　　假意为真心中喜，一起出来看分明。
王大才：（唱）王大才带领小子门外等，见人出来用上功。
牛　寿：（唱）牛寿使令一呶嘴，抽身而去走如风。
王大才：（唱）大才会意忙吩咐，小子们上绑莫消停。
家　仆：（白）哈，绑着绑着。
石建章：（唱）书生不明直发怔，
　　　　（白）这是为何？学生不曾犯法，因何将我上绑？
王大才：休装糊涂，我的马匹被你偷来，寻找不见，闻着消息带人来找，我早就上眼咧，今日巧遇，该你犯事。我也不伤你，小子们，把他拉着头里走，我去进院起赃拉马，将他送官问罪。
　　　　（家仆把石建章拉下）
王大才：（唱）忙进院，把马牵。
石建章：（唱）大用喊叫，不住说冤。
众　人：（唱）众人催着走，压着在后面。
王大才：（唱）大才拉马出院，回头又把人观。
吴　氏：（唱）吴氏急忙往外跑，
董月英：（唱）月英紧跟在后边。
　　　　　　　骂狂徒，礼不端。
　　　　　　　诬良为盗，胆大包天。
王大才：（白）好人头儿，你这老婆子与那美人都是贼的什么人？快说。
吴　氏：拿去是我婿。
董月英：那是丈夫男。
吴　氏：（唱）他们在此稳住，无故惊起祸端。

什么时候偷盗你？少来无赖放他还。

王大才：（唱）心里乐，口答言。

用吱唔，难把人瞒。

明明他偷盗，连马带着鞍。

你们亲戚告诉，我才找到此间。

现有马匹赃在此，诬害话儿不用言。

我送他，去见官。

下面再见，还不了然？

说罢乘上马，加鞭走如烟。

吴　氏：（唱）吴氏追赶大骂，

董月英：（唱）月英喊叫连天。

眼看他们去得远，无法追赶步履难。

庄民们：（唱）惊动庄中人等劝，一起拦住把话言。

王家狗子人难惹，仗着他爹做高官。

奉劝你们回去吧，另想别计保平安。

众人说罢一起散，

吴　氏：（唱）吴氏听说心犯颠。

叫声闺女消消气。

（白）闺女，咱娘俩回家吧，等你爹爹回来，叫他打听姑爷事情，回来再说吧。

董月英：也只好如此，苦哇。

（丑官出，升堂）

沈不明：（诗）做官生财有道，告状银钱直要。

有钱无理也中，无钱有理白告。

（白）本府莱州知府沈不明，上任以来交些乡绅富户，在此他们打点府用。又闻此处有位荫生公子名叫王大才，此人有名有势，他爹在京做官，我想此人需用心溜哄，必有升官发财之道。

衙　役：禀爷，今有城东仕宦公子王监生亲送盗案，求见老爷，特请判断。

沈不明：哟，王大才来啦，不可怠慢，快些有请。

衙　役：是，有请王大才上堂。

王大才：来了来了。公祖在上，监生王大才有礼。

沈不明：好说，不敢不敢，公子不要多礼，久闻年弟，未去拜见。不知怎么失盗，亲来投案？可将贼人拿到么？

王大才：晚生昨日失了马匹，今日见赃拿贼，亲送当堂，恳求公祖审问定罪，晚生感激不尽。

沈不明：好说，这点小事不难，交给下官，管保叫他承认。屈尊公子在一旁稍坐，看我审贼之案。

王大才：如此多谢。

沈不明：（后坐）人呢？带赃犯上来。

衙　役：赃犯带进。

（石建章上，跪）

石建章：冤枉哪，公祖大人。

沈不明：打，打，打，你做贼犯事，见了本府还不认罪？还讲什么冤呢？你叫什么名字？怎么偷盗王大才的马匹？快快招上来，免得本府费事，动刑拷打。

石建章：老公祖不要诬良，屈了好人，公祖听生员告禀。

（唱）连连不住叫冤枉，公祖在上请听言。
　　　生员名叫石建章，先父石璞做高官。
　　　不才读书也入泮，谁肯为盗做不堪？
　　　不白之冤人难测，公祖听我讲根源。
　　　家务之事说一遍，

沈不明：（白）哟，原是你后妈看不上你。

石建章：（唱）夫妻避难在外边。
　　　不知舅舅定何计，拉马去到郝家园。
　　　这般诳我他藏躲，王监生诬良竟把赃来安，
　　　拿我来把公祖见，伏乞明镜要高悬。
　　　释放与我回家转，一生一世感恩宽。
　　　诉罢不住将头叩，

王大才：（唱）王大才一边又接言。

（白）老公祖不要听他胡言乱语，他要是好人，他继母送他忤逆吗？前者那个糊涂的官放他，他不敢回家，还是不孝道。他又偷去我的马匹，他舅舅怕着连累他，才与我送信，我才拿他来到堂下，他还不承认呢。我说府台，抄手问罪，那中何用呢？

沈不明： 对呀，从来贼人都会巧辩，不打不招认呢。把他拉下去，重打二十，然后再问。

（拉下打完）

石建章： 哎呀，罢了我了。

沈不明： 石建章快快招上来吧。

石建章： 学生不曾犯法，叫我招个什么？

沈不明： 哈哈哈，好妥皮呀。看你像个书呆子，能会挺刑，不叫你吃苦你是不知道呢，你也不知我的厉害，人呢？快看大刑，把他枷起来。

（当堂上刑）

衙　役： 禀爷，昏过去咧。

沈不明： 用水喷来。

（喷水）

衙　役： 石建章醒醒招上来。

石建章： 嗨呀。

（唱）刑难忍，发迷糊。

　　　　只觉浑身，骨软筋酥。

　　　　苏醒多一会，慢慢睁眼珠。

　　　　高声直叫冤枉，严审太也糊涂。

沈不明：（白）嗨呀，你还叫冤呢，左右与我打。

石建章： 嗨呀。

（唱）嗨呀一声昏过去，停了半晌气方出。

　　　　睁二目，滚泪珠。

　　　　想是该我，一命呜呼。

　　　　凭他风波起，祸来躲不出。

　　　　有冤无处去诉，遇见糊涂官府。

　　　　并不推情问白皂，动刑硬把我屈诬。

　　　　王大才，亦狠毒。

哪世冤家，今生害吾？

诬良难分辨，仗势把人诬。

贪官偏又趋奉，当堂不问清楚。

打量不招死难免，何苦一身死受辱？

倒不如，死得速。

省得受罪，早赴冥途。

想罢说我认，减刑我招出。

沈不明：（白）罢了，你既愿意招出，与他减刑，与他纸笔，叫他画招。

衙　役：当堂减刑。

石建章：（唱）妻子妹妹不见，伤心有泪难出。

今日被屈胡招认，屈心难受不得不。

提起笔来画招供，

（招供呈上）

沈不明：（白）起过。

（唱）知府一见乐何如。

吩咐起监再定罪，（收监）生死任我一笔书。

王大才：（唱）大才欢喜十分乐，美人到手心意足。

欠身离座说告退，多谢定案把气出。

沈不明：（白）公子你且休回府。公子有啥勾当，下官没有不办的，你我请到书房再议，公子请。

王大才：府台请。

（太后出）

太　后：（诗）福寿兼全为国太，人间王母女至尊。

（白）哀皇孙太后，乃是先皇宜清原配，所生二子一女，女名玉英，早已招了驸马，二子祁镇、祁钰，皇爷驾崩，长子为君，次子封王，哀皇身为国太，退居慈寿宫内。前月忽然染病，屡治不好，无奈祈祷于泰安神祇，方能灾消痊愈。今日心暇，何不一到泰安庙走走？

朱祁钰：启奏皇娘，儿与驸马奉旨随驾起身，车辇齐备，文武百官静候送驾启程。儿臣特来奏知母后。

太　后：吩咐他们外厢等候。

（诗）哀皇平安去，不定早晚回。
（郝仁步上）

郝　仁：（诗）吉人无天相，良善祸偏多。
（白）老汉郝仁，那日赶集不在家内，可叹姑爷受人谋害，诬良为盗，拿送见官，被那糊涂知府屈打成招，认成盗案，是我打点收他问成军罪，发配陕西，今日便要起解。只得急急回家告诉闺女，叫他夫妻分别见面，咳，可怜可怜。
（老、小旦出）

吴　氏：（诗）亲戚有祸甚担心，
董月英：（诗）痛夫遭屈泪沾巾。
吴　氏：（白）老身吴氏。
董月英：奴家董月英。
吴　氏：闺女呀，姑爷被那王家狗子硬赖偷马盗送入衙门，你爹进衙门打点去咧，不知怎的，叫人放心不下。
（郝仁急上）

郝　仁：老婆子、闺女在房？
吴氏、董月英：老头子/爹爹回来，不知怎么样了？
郝　仁：咳，你们不消问了。
（唱）我打点，姑爷他。
　　　　衙里衙外，多把钱花。
　　　　算是买住命，免死不会杀。
　　　　知府糊涂可恨，把他却又充发。
吴氏、董月英：（白）不知发配何地？
郝　仁：（唱）听说发配陕西地，不知早晚才回家。
　　　　这一去，可怜煞。
　　　　今日起解，便有人押。
　　　　远去无时转，留住却无法。
　　　　我来告诉闺女，对你细说根芽。
　　　　夫妻分离见一面，我领你去快离家。
吴　氏：（唱）老吴氏，意如麻。

董月英：（唱）月英听罢，心如刀扎。

　　　　　　只把相公叫，哪世遇冤家？

　　　　　　夫妻刚刚重聚，不想又遇祸压。

　　　　　　知府怎不辨情理，诬屈良善不怕神查？

　　　　　　明明贪官受贿赂，比着前任太也差。

郝　仁：（白）这位老官糊涂太甚，比着前任那个差太多咧。

董月英：（唱）相公生死保不定，夫妻南北信不达。

　　　　　　想到此间心更痛，

郝　仁：（唱）郝仁也是泪滴嗒。

　　　　　　叫声闺女别哭了，你快改扮快走吧。

董月英：（唱）佳人带泪忙回转，改扮已毕离了家。

吴　氏：（唱）吴氏回房且不表，

官　差：（唱）又把解差说根芽。

　　　　　　奉命要把犯人解，有人托付乐无涯。

　　　　（白）我快头周七，奉府尊之命，押解犯人石建章充军陕西，今日便要起解。方才领票下堂，有盗犯失主王监生请我去吃酒饭，买托与我半路害了犯人之命，当面说明现交白银五十两，外赠路费，事成之后回来还有重赏，真是肥猪拱门的买卖。是我慨然应允辞别，不免一到狱中去提犯人起解便了。石先生随我出城快走。

石建章：是，我走呢。

　　　　（唱）跟随行路人悲痛，被屈受刑好可怜。

　　　　　　出城举目留神看，瞧见了郝公妻子在面前。

　　　　　　紧走几步迎上去，

董月英：（唱）月英一见泪如泉。

　　　　（白）相公哪。

石建章：娘子，岳父啊。

郝　仁：姑爷呀。

官　差：不要唠叨快些赶路吧。

石建章：好心贵差等一等，容我夫妻诉说几句离别之话再走不迟。

官　差：不中不中，快走吧。

郝　　仁：罢了，老汉这里有铜钱一串，奉贵差买盅茶吃罢，且求方便一二，暂且闪闪，叫我们说句话吧。
官　　差：有钱中不咧，暂且待一会，你们有话快说吧。
石建章：咳，岳父处处用情，叫我大用有恩难报。
郝　　仁：一个姑爷，丈人说不到此，你夫妻有话快说吧。
石建章：今日离别不知何时才能相逢，罢了，我的贤妻呀。
董月英：夫哇。

（唱）上前拉住相公手，分别如同剑刺肝。
　　　团圆不想又离散，棒打鸳鸯分北南。
　　　婆母歹心使的计，勾引王家狗子男。
　　　糊涂狗官把良心昧，相公怎不细辩冤？

石建章：（唱）妻呀，拙夫焉能不分辩？怎奈遇见糊涂官。
　　　　这位知府不比前任，断事不明爱赃钱。
　　　　屈刑审问受不过，无奈招认不得不然。
　　　　别无可冤该如此，岳父打点命算全。
　　　　我去不知生与死，回来不知是何年。
　　　　幼子成人你照管，无命凭你另嫁男。
　　　　拙夫生死无可定，莫要把你终身耽。

董月英：（唱）夫哇，主人叫说心痛碎，相公这话不可言。
　　　　从前被休无移志，如今怎会另上船？
　　　　你去只管把心放，妾身照管小儿男。
　　　　幼子有命奴也在，相公你不死回转咱再团圆。

石建章：（白）娘子如果如此，拙夫一生不枉。
董月英：还有一件求君事。

（白）相公咱夫妻分离，不知何日回转，抛下幼子你须起名留记，万一日后成名，盼你不回，便好命他远去寻找。

石建章：如此，是你想得周全，此子是你我在外所生，取名难喜；才离褓褓今又失父，我去与他起下学名石瑞。娘子用心照看成人，久候拙夫不回，你若命他寻父，当日在家失落那个金钗与他带去。我若不死，父子相逢，此物为凭，便好相认。

董月英：是，妾身记住了。

石建章：岳父。

郝　仁：姑爷说什么？

石建章：我去之后，她母子全托你老，还要接我妹一同到贵府安身，二老恩情，等我不死，慢慢报答。

郝　仁：姑爷，你去只管放心，老汉无不成全之理。

石建章：咳，嘱托已毕，无再二言，我要抛你们去了哇。

董月英：咳，相公你今要去，妾身难留，可怜分离，只有千言万语，一时却也诉说不了，这一别后，别无可怜，但愿你去而复回，乃为万幸。

石建章：娘子只管放心，耐等拙夫此去大料无有不回来之理。

官　差：你们说完了没有哇？天不早了，快走罢。

郝　仁：不用催，就要走咧。我这里有银子十两，一半交给姑爷，一半奉与贵差收作路费，此去远行，我姑爷也是软弱之人，一路刑具望乞松放，不要难为与他。

官　差：有银子不难为，快走罢。

董月英：相公小心。

石建章：岳父、娘子哇。

官　差：快走快走。

郝　仁：咳，姑爷呀。

董月英：咳，可叹我夫妻离别，令人肝肠寸断，相公夫哇！

郝　仁：闺女呀，我姑爷走咧，不用哭咧，随为父家走吧。

董月英：是苦哇，罢了，我的夫哇。

郝　仁：走吧。

（完）

第 六 本

【剧情梗概】草人对敌之策大获成功，国师会真逃走，番将索罗里回转番国求助，番王命令完者脱欢扮成贩马商人前往大明与王振密会。孙吉宗因差官宋凌失粮误令，将他重打四十大棍，宋凌趁机逃回王振处，与王振一道诬陷孙吉宗谋反，皇帝大怒，将求情的丞相杨普解职，并将孙吉宗所派差官赵杰重打。王大才强夺董月英后，被董月英在新婚之夜杀死，知府将董月英投入死牢，秋后问斩。石建章流放途中险遭解差暗害，幸为杏花山喽啰所救。女寨主宋金芳深慕石建章才貌，将他留在山上成亲。麒麟山上，刘赛花苦等孙堂不到，让弟弟刘月下山寻找。

（孙吉宗升帐，二将站一旁）

张　锐：（诗）金盔罩珠缨，铁甲挂红袍。

　　　　　　宝镜寒光现，威风透九霄。

　　　　（白）俺张锐。

孙　堂：孙堂。

赵　杰：赵杰。

宋　凌：宋凌。

董　宽：董宽。

韩　青：韩青。

众　人：元帅升帐，在此伺候。

（孙吉宗出）

孙吉宗：（诗）辕门战鼓似雷霆，军威赫赫杀气生。

　　　　　　干戈未了无宁静，龙泉日月将常征。

　　　　（白）本帅孙吉宗，时逢伏尽，休息月余，未曾交兵。草人阵势如今练成，今夜前去偷营，量他不防，难辨真假。分兵调队，巧取灭贼在此一举。手拨令箭，往下便叫张锐、孙堂、赵杰、宋凌，一起上帐听令。

众　将：在。

孙吉宗：你四人带兵四万偃旗息鼓，黄昏出城绕过贼营，背后三面埋伏，三更炮响，一起杀奔贼营，不得有误。

众　　人：遵令。

孙吉宗：董宽听令。

董　宽：在。

孙吉宗：你带领兵将一千人，不唱号，马去鸾铃，夜至三更，密奔敌营，点炮迎敌，许败不许胜，违令斩首。

董　宽：遵令。

孙吉宗：韩青上账。

韩　青：在。

孙吉宗：命你当头率领假兵，吩咐小卒各领一马，不许乱队，齐声呐喊与贼兵对阵，本帅随后擂鼓助威。

韩　青：遵令。众将官，尔等一半守城，一半随本将出关杀贼，响鼓助战，不得有误。

（打三更，董宽马上）

董　宽：军校们，来到贼营，天将三更，快点信炮杀贼，不得有误。

（呐喊，番兵报）

番　兵：报国师，今有明将前来偷营劫寨，乞令定夺！

会　真：嗨呀，这还了得？众番兵，一起上马去挡敌兵，不得有误。

（唱）会和尚，不消停。

　　　　提铲上马，杀出大营。

　　　　灯笼起火把，明月又东升。

　　　　合营全都惊起，喊声闹闹哄哄。

　　　　会真瞧见一员将，认得以前交过锋。

董　宽：（唱）秃驴哪里走？

会　真：（唱）急打架，喊连声。

　　　　小辈竟敢，前来偷营。

　　　　尚未丧命，得便跑回营。

　　　　今夜又来送死，叫你去赴幽冥。

董　宽：（唱）笑你不过生妄想，敌你不过我逃生。

　　　　忙回马，往回行。

会　真：（唱）小辈休走，逃命不能。

　　　　催马往下赶，霎时影无踪。

（内喊）耳听迎面呐喊，又来一将交锋。

（韩青对杀，又败下）

未及数回又败走，追赶遇此大英雄。

（领假人杀）

真奇怪，闷不清。

好像天神，来把人惊。

一将一卒伴，围裹不透风。

（杀草人坏）

交战怎不还手？受伤却也不停。

一连杀了几员将，并不落马无人声。

吓坏了，会真僧。

连说不好，入了牢笼。

大营怕失闪，回去看分明。

（杀死三番将，索罗里跑）

哎呀哎呀，原来早把营诈，喊声地裂山崩。

明将真把人气死，诡计多端比我能。

认着我，一命倾。

拼命对阵，舍死忘生。

抡铲催坐骑，咬牙眼圆睁。

遇人不问长短，恶狠努力相争。

（会真败）

一人虽勇难敌众，着急退后往外冲。

孙吉宗：（唱）孙元帅，来督兵。

　　　　　　月下杀贼，传令夹攻。

会　真：（白）老儿是谁？快些闪路。

孙吉宗：秃驴若问我，帅爷孙吉宗。

会　真：想来是你定计，今夜来破大营。

孙吉宗：正是帅爷用计破敌，秃驴看枪。

会　真：来来。

　　　　　　（唱）枪来铲去难抵挡，直取咽喉了不成。
　　　　　　　　　若不逃走命难保，着急闯出重围中。
　　　　　　　　　催马逃走无踪影，
孙吉宗：（白）众将官，和尚逃走，努力损杀贼兵。
　　　　（唱）疆场杀得血直流。
　　　　（索罗里上）
索罗里：（唱）再说番将索罗里，势变潜逃魂吓崩。
　　　　　　　　国师不知何处去，可叹兵将尽皆倾。
　　　　　　　　剩我不如回塞北，见了国主再调停。
　　　　　　　　自觉赧颜回国去，
　　　　（三军上）
三　军：（唱）不多一时天大明。
　　　　　　　　番营灭贼如平地，
孙吉宗：（唱）喜坏元帅孙吉宗。
　　　　（白）一阵成功灭了贼营，得了粮草器械无数，僧人不见，想是逃走。歇兵三天，此关仍留张锐镇守，我还带兵北进，杀奔沙漠。众将官打得胜鼓收兵。
　　　　（会真急上）
会　真：可恨哪，可恨哪，衰家竟中明将幻兵之计，失了大营，兵将皆亡，剩我虽然未死，却有何颜面见国主？
　　　　（唱）衰家自到沙漠国，元主敬重国师职。
　　　　　　　　自觉本领无对手，领兵灭明立功绩。
　　　　　　　　出手得胜今失去，丧师辱国无面皮。
　　　　　　　　好个明将孙元帅，用兵如神我不敌。
　　　　　　　　叫我杀些假兵将，真人扎营不防敌。
　　　　　　　　失机叫我难回国，无言只好去不辞。
　　　　　　　　回山投友访师去，后来报仇再对敌。
　　　　　　　　不言会真归家去，
王大才：（唱）接连再把大才提。
　　　　（马上）娶亲来奔红土岗。

　　　　　（诗）丧妻失偶房内空，手眼一动亲又成。
　　　　　（白）我大爷王大才，用计图谋美人，买通知府将石建章问罪充军，又托官差半路谋害，量那书生准死无挪，当官买下他的妻子与我为配。今乃良辰吉日，亲身带领小子们押着车辆来接美人成亲。眼前来到红土岗。小子们，尔等听我吩咐，随我进庄去到那郝家门口，叫那郝老头子送出石家美人上轿，万事皆休，不然尔等随我进去硬抢。

家　仆：是。
　　　　　（吴氏、月英出）

吴　氏：（诗）义女、姑爷又离分。

董月英：（诗）心悬两地痛断魂。

吴　氏：（白）老身吴氏。

董月英：奴家董月英。

吴　氏：闺女呀，可叹姑爷被屈充军远去，你爹爹去到安乐村接你小姑子去啦，也不知你婆婆那老东西是个啥心事，竟自拦挡，不叫离家，可惜白去一回，竟未接来。看你诸日想她，又惦着姑爷，常常忧愁掉泪，妈也替你糟心，赶几时你们三口再得团圆见面？

董月英：咳，孩儿命苦，累及父母不安，亲人分离，大料也无有遂心之日。
　　　　　（郝仁上）

郝　仁：老婆子，闺女可不好了。

董月英、吴氏：爹爹/老头子又有何等事，这样惊慌？

郝　仁：咳，你们娘俩如今不知王大才那个杂种王八大蛋，硬说闺女是个贼妻，当官化些银钱买闺女为配，亲身带人押着车轿来到咱家门口，吩咐叫我好好送出万事皆休，不然还赖我是个窝藏贼人的同伙，便要绑拿见官，抄家判产。这样一来叫我无法可挡，闺女你说怎么是好？

董月英：哎呀，好个狂徒，害我儿夫戴罪远离，又来霸占与我，真正气死人也。
　　　　　（唱）闻听气得朱颜变，柳眉直立咬银牙。

吴　氏：（唱）吴氏大骂王八蛋，杂种太也无王法。

董月英：（唱）狗子仗势把恶作，安心是要娶奴家。

吴　氏：（唱）待我去把他来见，合着老命拼了吧。

董月英：（唱）狗子厉害根子大，咱们算是惹不起他。

吴　　氏：（唱）不了这个怎么好？想个法叫那兔羔子往里爬。
董月英：（唱）母亲哪，贼子难惹无法挡，不必因我得罪他。
吴　　氏：（唱）我儿不必胡思想，慢思计谋好挡他。
董月英：（唱）孩儿命该遭冤孽，累累造次会怎么？
　　　　　　　　今又大祸临头上，想是该我染黄沙。
郝　　仁：（白）闺女放心，不要如此。
董月英：（唱）可惜父母恩待我，未曾尽孝反受驳杂。
　　　　　　　　大料今生恩难报，必要来生再报答。
郝　　仁：（白）休说此话，还是想法免祸。
董月英：（唱）孩儿此时无计策，无非忍着去到王家。
郝　　仁：（唱）你到那里贞节难保哇。
董月英：（唱）孩儿自然有主意，见机而作断不从他。
郝　　仁：（唱）闺女你去要寻死，叫人惦着意如麻。
　　　　　　　　豁出我来去告状，无非任着把钱花。
董月英：（白）爹爹不要拙想，你虽上告贼人，在此岂容时刻？
郝　　仁：（唱）时刻不容事难办，低头还是无方法。
　　　　　　　　正然说话门外嚷，
众家奴：（唱）众人着急把话发。
　　　　（白）郝老头子，快叫你干闺女出来上轿，不然闯进去就要硬抢啦。
董月英：门外喧嚷，爹爹快快出去告诉他们不要进来，等一片时孩儿就去上轿啦。
郝　　仁：咳，闺女你别说出去，等我出去见了他们，容个空儿回来再说吧。你们等等不要着急，我闺女一会就来上轿，站着别忙，我们离别还有话说。
王大才：有话快说，不要唠叨。
郝　　仁：他们等候，咱们有方法快想吧，真急死爹爹我啦。
董月英：祸事紧急，无法可使，爹娘不要多虑，无非认一命去吧。
郝仁、吴氏：闺女真要抛离？可叹小外孙怎样呢？就算死路，你就把我们老两口扔了吗？
董月英：父母何必细问？孩儿怎忍抛闪爹娘，不顾娇儿？怎奈命该遭劫，事到此间，不得不去了。
　　　　（唱）孩儿若说我不去，王家狗子岂肯依？

	突然进内要搅闹，我去二老得安居。

郝仁、吴氏：（白）你去了没好。

董月英：不用牵挂任着我死，免去爹娘受刑屈。

郝仁、吴氏：你去了哪养外孙？

董月英：（唱）幼子不过托二老，操心与他寻乳食。

　　　　　　不死成人把仇报，奉养二老替我夫妻。

　　　（内孩子哭喊）

吴　氏：（白）外孙哭了，闺女，快奶奶。

　　　（吴氏抱上）

董月英：（唱）回身抱起小幼子，儿啦，真是命苦数第一。

　　　　　　乳罢复又尊父母，二老难免费心机。

　　　（白）妈呀接过这孩子。

吴　氏：外孙随姥姥来吧。

董月英：孩儿拜别要告辞。

吴　氏：闺女呀，你摘了娘肝胆。

郝　仁：为父也是舍不得，正然一家难割舍。

众家奴：怎么还不出来呀？这咋地啦，快着点。

董月英：又听门外喊声急。咳，佳人横心往外走，（孩子哭）又听婴儿一声啼。

吴　氏：外孙又哭咧，再抱抱吧。

董月英：（唱）接过复又怀中抱，痛断肝肠把话提。

　　　（白）爹娘，外边连催上轿，再不出去必要进来，二老出去告诉他们，就说婴儿啼哭，我母子分离，再吃几口乳，稍刻我去上轿。吩咐他们远离，不许近前造次。

郝　仁：就将我女之言告诉他们知道，老娘子你也随我出去一同哀求他们等等，好叫闺女收拾收拾上轿，不要催促。

吴　氏：使得，我也出去见见他们。

　　　（孩子又哭）

董月英：儿啊，你别哭了，咱母子分离你再吃几口乳吧。

　　　（唱）义父义母出去了。儿啦，娘要抛你泪遥遥。

　　　　　　刚过满月扔了你，可怜分离血泪抛。

　　　　　　越哭越痛如酒醉，铁石人见了心也焦。
　　　　　　哭罢多时猛想起，何不如此把恨消？
　　　　　　主意一定把娇儿卧，寻把短刀配在腰。
　　　　　　暗暗掩藏人不见，报仇全节赴阴曹。
　　　　　　暗叫一声儿夫主，再想见我不能了。
　　　　　　你妻报仇全节烈，有缘来世再赴桃夭。
　　　　　　又想姑姑不得见，愚嫂舍你永分抛。
　　　　　　自己痛思无完了，

郝仁、吴氏：（唱）老夫妻进来把话学。
　　　　　　　　闺女呀，他们外头等着你，约摸时候不早了。
　　　　　　　　无得推脱难留你，分离真是把心焦。
董月英：（唱）父母哇，爹娘不用惦着我，一命造定苦难逃。
　　　　　　　难讲抛亲又闪子，无非舍命保节操。
　　　　　　　拜别复又把头叩，
郝仁、吴氏：（唱）闺女呀，拉起哭得身晃摇。
众家奴：咳。
　　　（唱）说上轿吗，咋还不快着？再不出来没空等，咱还是抢吧。
董月英：（唱）口尊爹娘快放手，你听外面喊声高。
　　　　　　　说不得分离儿去也，
郝仁、吴氏：（白）闺女呀。
　　　　　　（唱）心内如扎万把刀。
众家奴：（白）快着点，咋还不出来？
董月英：（唱）外面不住连声喊，再要挨迟必放刁。
　　　　　　　把心一横去上轿，
郝仁、吴氏：（唱）老夫妻追出房去痛号啕。
王大才：（唱）王大才看着美人上了轿，吩咐鼓乐吹打着。
　　　　　　　回府急急拜天地，上马而去乐陶陶。
郝仁、吴氏：（白）吴氏郝仁哭得痛，你我别哭，轿子远了。
郝　仁：老婆子别哭了，咱俩回房瞧瞧外孙去吧。
吴　氏：嗨。走不咧，会咋了哇，可怜呐可怜呐，苦哇。

（众将官人马急急赶行，孙堂、董宽马上）

孙　堂：（诗）为国思报效，出头可立功。
　　　　（白）俺孙堂。
董　宽：俺董宽。多亏爹爹巧用一计灭了贼营，你我二人军中立功，老人家一起把咱弟兄授为先锋。今又兵发北塞，叫咱二人上前途开路，遇水搭桥，逢山开路。大兵扎营，真是何等威武。
　　　　（唱）男儿立志要报国，方显英雄大有名。
孙　堂：（唱）你我随军是膀臂，帮助爹爹好成功。
董　宽：（唱）那是自然，自古打虎亲兄弟，上阵莫如父子兵。
孙　堂：（唱）这一兵进沙漠地，但愿灭虏贼人平。
董　宽：（唱）征服鞑王要降表，得胜还朝必加封。
孙　堂：（唱）贤弟若要光宗祖，不枉随军来立功。
董　宽：（唱）全仗哥哥与盟父，提拔小弟不忘情。
孙　堂：（唱）你我弟兄无彼此，仰仗之言必应。
孙堂、董宽：（唱）二人你言我语前开路，
孙吉宗：（唱）中间却是孙吉宗。
　　　　　　　带领大兵往北进，人马直奔沙漠城。
　　　　　　　元帅马上心欢喜，暗夸义子与亲生。
　　　　　　　随军立功是膀臂，恨不一时把北平。
　　　　　　　平贼回国拿王振，思思想想往前行。
赵　杰：（唱）赵杰随后催战马，暗夸咱的老英雄。
　　　　　　　枪马绝伦无对手，随军竟能立世功。
　　　　　　　此去若能平敌国，得胜回朝俱受封。
　　　　　　　思想催军押后队，大兵一直往北行。
　　　　　　　不言他们中途走，
宋　凌：（唱）随后军粮是宋凌。
　　　　　　　心想有人必约我，公爷托付事一宗。
　　　　　　　他与元帅有仇恨，征贼不叫他立功。
　　　　　　　想法叫他粮草误，耽误军机难进兵。
　　　　　　　犯罪天塌有大汗，吩咐不赶不应从。

因此大兵北行我落后，误他一程是一程。

眼看红轮往下坠，前途安营把帐升。

（升帐，孙堂、董宽、赵杰、孙吉宗坐）

孙吉宗：（诗）功绩盖天地，义勇冠三军。

（白）本帅孙吉宗。虽灭鞑虏离了紫荆关，天晚安营，宋凌运粮不到，令人可恼，待他来时定责不恕。

宋　凌：报！运粮官告进！

（宋凌上）

宋　凌：元帅在上，末将运粮，前来交令。

孙吉宗：运粮官。

宋　凌：有。

孙吉宗：本帅出兵有令在先，人马不动，粮草先行，你今运粮落后，该当何罪？

宋　凌：元帅，当此初春之际，风雪有误，车子难行，所以来迟，此乃些许小误，这也不算违啥将令。

孙吉宗：哼哼，本帅行师，大兵兼程而进，不顾风霜之苦，你竟有误军粮。无有天寒，已交春暖，哪有狂风大雪？你竟耽误途程，大兵不能前进，已违军令，不知己罪，真正可恼，来人！

小　兵：有。

孙吉宗：将他拉下去重责四十，以戒误粮之罪。

小　兵：哈。

（打，又上）

宋　凌：咳，罢了我了。

孙吉宗：本帅法令无私，你可知罪？

宋　凌：咳，些许小过，何罪之有？

孙吉宗：哼哼，这厮还不认罪，就是藐视本帅，傲慢军规，哪里容得？左右。

小　兵：有。

孙吉宗：将他拉下去再打四十。

宋　凌：嗨呀，元帅不必再打，末将知罪，知过必改就是了。

孙吉宗：罢了，你既知罪，此次免责，再犯定斩不恕。

宋　凌：遵令。

孙吉宗：众将官小心巡营，明日起兵北征。
宋　凌：嗨呀，罢了我了。出京受人托付，运粮不到，如今挨打，吾真受了惊了。虽然是吾有私，也怨孙吉宗待人狠毒，打得我受刑难忍，这口恶气难出，这却如何是好？哎呀，有了，且等下次运粮，不妨我悄悄回京密见公爷，想法害他一死，定是暗暗走之乎也，一为他人二为己，公私两尽把心亏。

（王大才出）

王大才：（诗）仗势图美色，一计便成功。

（白）吾王大才，娶来石家美人，拜了天地，送入洞房，天色将晚，吩咐梅香预备茶果酒宴去会美人吃个交杯盏，然后安息睡觉便了，走入洞房去。

（月英出）

董月英：（诗）真心报仇怀节烈，假意顺从哄痴迷。

（白）奴董月英，可恨王大才从前诬赖相公偷盗，使我夫妻分离，今又强娶奴家为妻，真是仇恨不共戴天。有心要在郝家自尽，又怕连累义父母受祸。再者还想报仇，故此顺从来到这里，随身带来短刀一把，准备今夜刺杀贼子，以消仇恨。

王大才：梅香。
梅　香：有。
王大才：洞房摆宴，秉灯伺候。
梅　香：晓得。

（唱）梅香答应不怠慢，洞房急忙秉上灯。
　　　安排下子孙饽饽长寿面，还有喜酒与汤羹。
　　　酒宴一起桌上摆，黄昏一过起了更。

王大才：（唱）王大才进来叫侍女，用你不着出房中。
丫　鬟：（唱）丫鬟出去门倒带，
王大才：（唱）大才这里笑融融。
　　　　　瞧见美人身背坐，带笑开颜把话明。
　　　　　叫声娘子转过面，不必害臊脸儿红。
　　　　　你又不是黄花女，转过回来我的星星。
　　　　　你看喜酒桌上摆，来来来，待我先敬你一盅。
董月英：（唱）佳人无奈转过面，勉强赔笑带春风。

	叫声官人勉劳吧，我先敬你礼才通。
王大才：（唱）	娘子说话真懂礼，越发叫人喜心中。
	大才乐得醉迷了，一阵魂飞上九重。
	开言又把美人叫，为你着实费心胸。
	而今刚刚到一处，活该咱俩事能成。
董月英：（唱）	听他之言心更恨，将他灌醉问个清。
	明白杀他也不晚。

（白）官人，咱二人今做夫妻，想是天缘福凑，奴才改嫁。今晚美景良宵，不要辜负今夜洞房花烛，喜酒必须吃个尽醉方休，才遂奴家心愿。

王大才：哈哈，那是自然。娘子乐啦，你咋说咋是，鄙人无有不从命的。

（唱）	你既有幸愿陪我，我就吃个醉醺醺。
董月英：（唱）	急忙取壶斟上酒，郎君饮尽我再斟。
王大才：（唱）	娘子斟酒真有趣，接来饮过笑吟吟。
董月英：（唱）	取过盅来又斟上，奴家奉陪敬郎君。
王大才：（唱）	我也应回来敬你，娘子不必再费心。
董月英：（唱）	奴家从来不饮酒，奉劝不必让妾身。
王大才：（唱）	娘子不吃我自饮，嘴对嘴儿更爽甚。
董月英：（唱）	见他喝有几分酒，假意赔笑问原因。
	郎君为我把心费，何不对奴说底根？
王大才：（唱）	娘子要问底里事，我就从头对你云。
	大料说了不要紧，如今你是我的人。
	起初引线是牛寿，死了浑家要续亲。
	几下不遂想起你，托他与我将你寻。
	回来设计把令夫害，说得叫人动了心。
	依计而行赖偷盗，才把令夫送衙门。
	不想郝家去打点，发配出去问充军。
	我又暗暗托解役，半路害他命归阴。
	而今将你谋到手，算是咱俩缘分深。
	这是以往从前事，尽都告诉你知闻。
	说罢带醉嘻嘻笑，

董月英：（唱）听罢气得面如金。

才要动怒说不可，复又低言叫郎君。

奴的前夫要不在，嫁你无事才净心。

今夜开怀要畅饮。

王大才：（白）哈哈哈，没拿深沉，拙夫有些醉了。

董月英：（唱）说醉想是懒得动，待奴将酒送入唇。

王大才：（白）娘子端酒吾喝，哈哈，拙夫自在大了。

董月英：（唱）放下酒盏用手灌，

王大才：（白）不喝啦，拙夫醉了。

董月英：（唱）醉了与你脱衣襟。

佳人伸手解纽扣，露出前胸好刺心。

恐怕不妥复又问，

（白）郎君你是醉了吗？醉了再吃一杯。

（王大才打呼噜）

董月英：呀，果然醉得人事不知。恶徒贼子，这是你安心害人，善恶到头终有报，量你今夜难逃一死。

（唱）只见他，似泥胎。

仰卧床上，敞露胸怀。

房内多隐秘，夜静少人来。

此时正好下手，叫他一命哀哉。

杀他即便就自尽，全节主意早安排。

回头转，头面摘。

色衣脱下，旁边一摔。

头上青丝挽，尖刀取出来。

近前叫声贼子，杀你也是命该。

恶狠狠得用尽力，一刀刺入把膛开。

王大才：（唱）哎呀，疼坏了，王大才。

诈尸离床，倒在尘埃。

肠肚向外冒，热血染尸骸。

霎时身子不动，一命赴了九台。

（王大才死）

董月英：（唱）哎，狗子不动想是死，复又近前看明白。
　　　　　　　果命尽，趁心怀。
　　　　　　　大仇已报，倒也快哉。
　　　　　　　奴算雪了恨，未把节义衰。
　　　　　　　想必也是一死，正好同赴阴宅。
　　　　　　　想罢才要身自刎，慢着，又怕郝家受冤哉。
　　　　　　　义父义母再受祸，何人抚养小婴孩？
　　　　　　　莫如不死留活口，由我一人自挡灾。
　　　　　　　胜负难出由命定，天明看他怎安排。
　　　　　　　正然思想天大亮，

丫　鬟：（唱）早晨丫鬟进房来。一见不好往外跑。
　　　　（白）不好了，你们都来看，新奶奶杀了人了。

家人甲：哎呀，这还了得，大家快去看看。

家人乙：哎呀，果然不虚，真好大胆子。

董月英：谁叫他强娶奴家，安心害人？这也是他自己闯祸，死而无怨。

管　家：杀不杀的休管，把她绑送衙门。伙计，你们把公子尸首装殓起来，然后差人进京去见老爷，其余随我绑押女犯进城便是了。

家　仆：哈，绑着绑着。

董月英：奴家杀人偿命，死而不惧，情愿自己投堂认罪，何用你们绑着？

家　仆：不用言语，快走。

管　家：咱们把尸首装殓起来，着人进京报丧便了。

（出番王升殿，四臣站一旁）

脱脱不花：（诗）国富民强属胡羌，要复中原旧家邦。
　　　　　（白）孤家大元王脱脱不花，都督领兵南征不胜，又命军师前去，总也不见捷音，好叫孤家心闷。

小　兵：启奏大王，今有都督索罗里兵败回朝，现在午门候旨。

脱脱不花：呀，怎么败兵回转？宣来见孤。

小　兵：领旨，大王有宣都督上殿。

索罗里：千岁千岁，臣索罗里回朝见驾领罪。

脱脱不花： 你与国师会兵南征，不知怎么败兵回国？快些一一奏来。

索罗里： 千岁。

  （唱）国师又领兵，我俩合大队。

    二犯紫荆关，两下把阵会。

    出手又立功，杀得敌兵退。

    不想敌将官，元帅真不赖。

    传言不交兵，运筹帷幄内。

    设的巧方法，世人皆不会。

    这般把营偷，黑夜未防备。

    杀得咱官兵，归阴命必废。

    军师去无踪，想是心抱愧。

    微臣带残兵，见主来领罪。

脱脱不花：（唱）哎呀哎呀，听罢喊连声，怒气冲两肋。

    大骂明将官，欺孤了不得。

    王振竟失言，莫非把心昧。

    怎不助孤家？发兵是白费。

    丧师不甘休，令孤心中愧。

    还得暗打通，去到南朝内。

    都督快平身，孤赦你无罪。

索罗里：（白）谢谢千岁。

脱脱不花： 知院上殿来，

阿　刺：（唱）阿刺出班跪。

    叩首在丹墀，启齿呼千岁。

    大王宣微臣，何事同议会？

脱脱不花：（唱）爱卿若问听孤讲。

  （白）咱国军师丧师辱国，自知无颜回转，自己远遁。孤家再要发兵，又无能将去征，如何是好？故此与卿家商议，可要哪个到南朝去见王振，瞧探他的心事？如果有计，除去他国能臣，回来再议进兵之策岂不是好？

阿　刺： 千岁要探虚实，何不差遣咱国参政院完者脱欢扮作贩马客人去见王振？

设法调回明将，用计谋杀，然后咱再进兵，有何不可？

脱脱不花：爱卿所奏有理，依计而行，命你传旨，命咱国参政一往。

阿　刺：微臣领旨。

脱脱不花：等候回音到来，发兵再去征讨便了。

　　　（诗）征伐失力难复国，计除南朝智勇臣。

（完者脱欢上）

完者脱欢：（诗）离了沙漠奔中原，一路前行不停歇。

　　　（白）吾北国参政院完者脱欢，方才大王传旨叫我扮作贩马之人，一到南朝打探，只得走走。

　　　（唱）催坐骑，奔途程。

　　　　　去见王振，好打私通。

　　　　　谋杀他国将，名叫孙吉宗。

　　　　　赖他私通北国，约定两下罢兵。

　　　　　一路我把谎言撒，到处传说信流通。

　　　　　就说他，占关城。

　　　　　召集人马，私养雄兵。

　　　　　后来成大队，要夺锦江山。

　　　　　不能明举大事，暗里塞北行兵。

　　　　　眼看倒把中原反，平分疆土灭大明。

　　　　　谣言出，信如风。

　　　　　大料明主，必然知情。

　　　　　吾再见王振，参他就机行。

　　　　　事情若要成就，我国再去进兵。

　　　　　私下养兵罪不小，定杀孙侯不用明。

　　　　　老儿死，再南征。

　　　　　夺取中原，必然成功。

　　　　　大王夺旧业，我是谋臣卿。

　　　　　想到此处打马，南行一路不停。

　　　　　北国使臣且不表，

沈不明：（唱）再说知府把堂升。

（白）本府沈不明，无意之中就把王大才结交上咧，与他办了一宗盗案，又把贼妻断给他为室，给了银子不少。我俩私交甚厚，真是一位好朋友，又有势力，又有名头，一来二去必要借光，不用再讲。

（衙役上）

衙　　役：禀爷，今有王家总管张能前来，说有人命大事来报。

沈不明：哎呀，这还了得，怎么闹出人命来了？快些命他上堂。

衙　　役：哈。张总管上堂。

张　　能：来了，老爷在上，张能叩头。

沈不明：起来了。

张　　能：是。

沈不明：本府听说你来禀报人命，不知尊府哪个被伤？快些说来。

张　　能：老爷不知，原是这般如此，家主被那贼妇杀死。天明小人知道，绑拿凶犯，特来送案，只求老爷极速定罪，好与家主偿命。

沈不明：哎呀，这还了得，既把凶手送来，你且下去听候定案。人来，快带凶犯上堂。

（董月英上）

董月英：老爷在上，犯妇董氏叩头。

沈不明：呵呵，你这妇人好生刁恶，你丈夫做贼犯法充军，理当将你官卖。巧遇王大才失偶，本府格外施恩，将你断给与他为妻，还有哪点不足？怎么你竟将他杀害？这等万恶就该将你千刀万剐。

董月英：杀人偿命，人人皆知，老爷若不从公判断，就请定罪，犯妇万死不辞。

沈不明：哟，你这妇人竟不怕死，真是一个好样的。你在郝家久住，必是有人挑唆，不然如何这等凶恶？不免再拿郝家之人一同审问。

董月英：老爷不可，杀人是我自己，不要连累无辜，诬陷良善。

（唱）郝家是我义父母，乃是一对年迈人。

　　　　无儿无女行慈善，留我夫妻且容身。

　　　　不料王家硬作对，安赃诬诈害夫君。

　　　　老爷不明屈定罪，叫我夫妻两离分。

　　　　昨夜酒后据实讲，贼子安心图谋我妇人。

　　　　杀他才保奴节志，欲自尽又怕连累郝家人。

　　　　　　故才留命来赴案，当堂一一诉原因。
　　　　　　老爷若要悬明镜，望乞查明是非分。
　　　　　　不然一命抵一命，报仇一死也甘心。
　　　　　　却与郝家无关系，不能从中带累人。
　　　　　　诉罢不住将头叩，
沈不明：（唱）听罢不住问良心。
　　　　　　只好顺水推舟作，去奉王家报案人。
　　　　　　主意一定叫女犯，你说的有理不胡云。
　　　　　　你与王大才偿了命，郝家不究免遭瘟。
　　　　　　定罪吩咐带下去，暂且收监候评文。
　　　　　（白）犯人当堂定罪收监。吩咐快请张总管。
衙　役：哈。有请张总管上堂。
张　能：来了，老爷在上，小人张能叩头。
沈不明：（唱）快些起来听我云，
　　　　（白）本府将凶犯定罪，评文上报，以待秋后处决。你也回府，急急差人上京禀知你家老爷，便好殡葬你家公子。
张　能：是，小人遵命。
沈不明：嗨，这是咋了？好容易交了一个朋友，偏偏被人杀死，还怕他父怪罪于我，只得用心打点，不叫革去我的前程才好。指望上升不骄傲，侥幸无祸免糟糕。
　　　　（孙吉宗升帐，赵杰站一旁）
孙吉宗：（诗）令下军无惧，一将便可由。
　　　　（白）本帅孙吉宗恨那宋凌运粮误令，又一去不返，不知何故。已命孙堂、董宽前去迎接，如何不见到来？
孙堂、董宽：小军将马带过。父帅在上，儿们打躬。
孙吉宗：你二人迎接军粮怎样？
孙堂、董宽：儿们奉令去接粮车，踪影不见，路遇兵士报宋凌随军回转，私自回京，儿们无奈急来交令。
孙　堂：呀，这是怀前番受责之恨，今回京必生是非，吾与王振不睦，怕有不好。
赵　杰：元帅，宋凌为人奸诈，运粮不返，私回京都必生是非，此事不得不虑，未免君前搬弄是非。若依末将拙见，军中缺粮难以进兵，胡兵不来，不如退兵回国。元帅修表，末将星夜进京，求人转达皇帝，上本参他怀私误兵，那时朝廷定将他问罪，另遣差官运粮到此，军中无忧，咱再起兵征伐不迟。

孙吉宗：好，就依将军之言，待本帅急急修表便了。
（唱）提起竹管忙写表，笔走龙蛇如飞烟。
刷刷点头急又快，一蹴而就霎时完。
装上封筒忙传令，贤侄赵杰细听言。

赵　杰：（白）在。

孙吉宗：（唱）投表进京到相府，去见杨普老忠贤。
叫他转达奏皇帝，本参宋凌恶奸顽。
再遣差官运粮草，急急送至紫荆关。
昼夜而行莫辞苦，急去速回莫迟延。

赵　杰：（白）遵令。

孙吉宗：（唱）复又传令众兵将，速速拔营急回关，
令下撤兵且不表，

张福、徐恭：（唱）又把二位国公言。
奉旨在外公事毕。
（诗）修堤防水患，赈济一代安。

张　福：（白）本公英国公张福。

徐　恭：本公定国公徐恭。

张　福：贤弟。

徐　恭：仁兄。

张　福：你我奉旨出京，带兵一千，库银十万，来到黄河河套修堤、赈济，平定盗贼。饥民不乱，堤工修完，粮饷散毕，如今荥阳地界耕田守业，一代皆安，你我事完，也该回去交旨。

徐　恭：仁兄言之有理，小弟惦着国事，恨不一时回转朝内。
（唱）黄河开堤水泥溅，淹没居民甚苦情。

张　福：（唱）逆水横流常泛滥，黄河两岸不安宁。
一方凶荒多急紧，黎民饿殍盗贼生。

徐　恭：（唱）官员上奏君王晓，钦命你我离了京。
　　　　　　　监理黄河修堤岸，赈济缉盗散开兵。
张　福：（唱）工完免去河堤患，散粮盗贼也消平。
徐　恭：（唱）外事已了思国患，王振当道祸非轻。
　　　　　　　皇帝不明将他宠，将来怕他乱江山。
张　福：（唱）不用贤弟心悬念，张某早已虑心中。
徐　恭：（唱）官宦多是阴谋辈，早晚近御惑圣听。
张　福：（唱）参奏外官如反掌，又兼皇帝多昏庸。
徐　恭：（唱）托国偏又多在外，朝内势孤君不明。
张　福：（唱）虽有丞相与三弟，唯恐不能镇奸雄。
徐　恭：（唱）你我事毕民安定，带兵急当转回京。
　　　　（白）贤弟你我就此回京交旨，吩咐官员免送，大家急急启程便了。
　　　　（唱）为国心常虑，君昏难忘忧。
　　　　（刘赛花出）
刘赛花：（诗）一枕凤兰情渺渺，半窗风月影迟迟。
　　　　（白）奴刘赛花自从郎君去后，不觉忽然半载，姐弟盼望招安，不见回音，莫非强人将奴家忘了。
　　　　（唱）独坐后寨心思念，自己愁闷不妥帖。
　　　　　　　自从成亲不欢喜，终朝每日把嘴噘。
　　　　　　　告辞下山留不住，塞北去见他的爹爹。
　　　　　　　姐弟求他诉冤枉，把我家以往之事奏金阙。
　　　　　　　朝廷若是准了本，早来招安好弃邪。
　　　　　　　海口应我在心意，为何音信不来咧？
　　　　　　　莫非征贼不回转，不然就是把奴抛？
　　　　　　　左思右想难猜测，音信不闻心暗憋。
　　　　　　　正然思虑愁默默，
海　棠：（唱）海棠进来把话曰。
　　　　　　　姑娘为何心不乐？光景必是想姑爷。
刘赛花：（白）呸。死丫头，少来打趣。
海　棠：（唱）不用细说是为此，猜着心病把情贴。

若果如此不用闷，何不请我大王爷？

叫他差人上塞北，打探回来便明白。

刘赛花：（白）你大王爷下山催粮，与哪个商议？

海　棠：大王若不在山寨，现在还有二王爷。

刘赛花：你既知我的心事，你就请你二王爷来见。

海　棠：（唱）答应急去说有请，

刘　月：（唱）刘月前来见姐姐。

你唤小弟有何事？

刘赛花：（唱）兄弟请坐听我曰。

刘　月：（白）有坐。

刘赛花：（唱）你姐夫一去无音信，辩本之事必是抛。

不见音信心中悋，商议怎把主意定。

刘　月：（白）这个不难，有主意。姐姐不用着急，我姐夫他去随军征贼，要不回京，怎替咱辩本鸣冤？哥哥他又下山催粮，也不用等他回来，我就下山去到塞北面见姐夫，说明来历，管许叫咱随军灭寇，有功回朝，报仇不晚。

刘赛花：兄弟主意，我想就怕你粗鲁不会办事，怕是有些不妥。

刘　月：不妨，姐姐只管放心，管保无错。

（唱）我急速，下高山。

见他父子，说明回还。

大家离山寨，一同到军前。

帮兵要把功立，出头可就不难。

回头赎罪参王振，那时管能大报仇。

刘赛花：（唱）依此计，果万全。

兄弟你去，可要善言。

千万莫急躁，不周要海涵。

一家若把仇报，愚姐那才心宽。

不失臣节归王化，省得隐遁在高山。

刘　月：（唱）说遵命，记心间。

我去不用，姐姐挂牵。

		至亲见了事，无有不香甜。
		我也粗中有细，见人能会搭讪。
		不用忧愁备行李，小弟就走不迟延。
刘赛花：	（唱）	回身转，手不闲。
		忙取盘费，装上衣衫。
		完毕叫兄弟，你去早回还。
		去见他父子，你替愚姐问安。
		到那里不可久停急回转，回来好把我们搬。
刘　月：	（唱）	是咧，莫嘱咐，我依言。
		拿起行李，出房乐颠。
		喽啰快备马，乘机手搬鞍。
刘赛花：	（白）	兄弟路上保重。
刘　月：	（唱）	姐姐回去莫送，催马奔路加鞭。

（暂压刘月下山去，赛花回房也不言，又表那将一员）

赵　杰：	（唱）	赵杰进京，奔走阳关。
		行路闻风信，心中不耐烦。
		听说元帅谋反，不知何人传言。
		唯恐谣言把京入，皇帝闻知是祸端。
		贼王振，对头冤。
		最怕如此，他派人参。
		元帅犯了罪，连我也不安。
		一路悬心牵挂，心中暗恨奸权。
		去奔杨府直不表，
王　振：	（唱）	再说王振房中坐。
	（诗）	睡梦想计策，安心害忠良。

（白）咱家王振暗合塞北出兵入寇，正好仇人孙吉宗行师，故托宋凌谋害与他，不想宋凌昨日回京告诉受辱之事，叫我设计一同报仇。正想见驾，不想又有孙老儿谋反风信入耳，虽是传言，也要参他报仇，何愁皇帝不究？孩子们，唤来宋凌见我。

| 家　仆： | 有请宋将军。 |

宋　凌：来了来了，公爷在上，小将打躬。
王　振：将军免礼，请坐。
宋　凌：小将告坐。
王　振：将军你把以往之事告诉咱家知晓。
宋　凌：公爷听了。
（唱）小将受辱不为己，皆因公爷把我托。
王　振：（唱）说过不用再言讲，将军尽早说明白。
宋　凌：（唱）公爷设计把仇报，早去见驾理才合。
王　振：（唱）本要上朝说风信，故才停止又颠夺。
宋　凌：（唱）谣言入耳又停止，莫非又有别计谋。
王　振：（唱）正好以此去参奏，前后呼应才信说。
宋　凌：（唱）不知哪个传言语，奇逢巧遇与计合？
王　振：（唱）大料不是北番定是本国，与咱拉近之人说。
宋　凌：（唱）公爷猜得真不错，本来背后人儿托。
王　振：（唱）有此因由先启奏，再上参本才信说。
宋　凌：（唱）这等一想倒也妙，有我见证就无挪。
王　振：（唱）所言正对我心事，你总咬定不改舌。
宋　凌：（唱）不用嘱咐我知道，赖他私通把反谋。
王　振：（唱）如此随我把朝上。
（白）将军随我上朝，莫要改口。朝廷准本，必要捉拿孙吉宗回朝审问，那时必要金殿辩本，要你必拿定主意，不可混乱招认。
宋　凌：那是自然，小将一心无二用，不用公爷再三叮咛嘱咐。
王　振：好，这才算我心腹之人，随我来。
宋　凌：来了。
（杨普出）
杨　普：（诗）两条眉锁江山恨，一片心怀社稷忧。
（白）本相杨普，孙皇亲出师胜贼，方欲进兵，不想军有误责，其下将宋凌径自外逃不返，忧虑朝有奸党，怕有不祥，故差人上表，求我代奏朝廷。需要上殿面君才是。人来！说与赵杰随我上殿见驾，外面抬轿伺候。

（六大臣站）

众　　臣：（诗）鸡鸣紫陌曙光寒，莺啭皇州春色阑。
　　　　　　　　金阙晓钟开万户，玉阶仙仗拥千官。

王　　振：（白）咱家王振。

杨　　普：本相杨普。

王　　直：下官王直。

胡　　英：下官胡英。

王　　文：下官王文。

王永和：下官王永和。

众　　人：圣驾已出，分班伺候。

皇　　帝：（诗）淡月疏星绕建章，仙风吹下御炉香。
　　　　　　　　侍臣鹄立通明殿，一朵红云捧玉皇。

（白）寡人正统在位，元兵入寇，朕命皇亲领兵迎敌，未见捷音，却有朝臣奏他谋反，寡人似信不信。有心访查底里，又怕屈诬皇亲，因此停止，免生疑虑。今设早朝，内臣。

内　　臣：伺候。

皇　　帝：传朕口谕，哪家有本早奏，无事散朝。

内　　臣：领旨，阶下文臣听着，哪家有本早奏，无本散朝。

王　　振：慢散朝纲。

内　　臣：何人有本？

王　　振：王振有本。

内　　臣：随旨上殿。

王　　振：万岁，万万岁，奴才王振前来见驾。

皇　　帝：先生有何本奏？

王　　振：万岁，今有征北元帅麾下运粮官宋凌说有密事回京奏主，求奴婢引来见主，现在午门候旨。

皇　　帝：宣来见朕。

王　　振：领旨。圣上有旨，宋凌上殿。

（宋凌上殿）

宋　　凌：万岁，万岁，臣来见驾。

皇　　帝：宋凌，你随皇亲征北有何密事？元帅差你入京？
宋　　凌：万岁，臣未奉令，乃是私自回转哇，万岁。
皇　　帝：哼，你不奉令私来见朕，为着何事？快些奏来。
宋　　凌：是。

　　　　　（唱）伏地连叩首，若问听臣奏。
　　　　　　　　微臣随大军，运粮不落后。
　　　　　　　　兵到紫荆关，随军征贼寇。
　　　　　　　　几次大交锋，重则往前凑。
　　　　　　　　元帅把关出，亲与鞑子斗。
　　　　　　　　见了为首贼，私自言语露。
　　　　　　　　不知说什么，贼兵就退后。
　　　　　　　　收兵把国回，元帅将人怄。
　　　　　　　　撤兵回了关，与众商议就。
　　　　　　　　他说皇帝爷，厚荣在年幼。
　　　　　　　　宠奸不信忠，良臣俱退后。
　　　　　　　　不久该灭亡，夸他福德厚。
　　　　　　　　总兵要占关，弑君且不露。
　　　　　　　　命臣多运粮，好把人马凑。
　　　　　　　　久候兵养成，才敢斗一斗。
　　　　　　　　生心人不服，臣与他讲究。
　　　　　　　　惹他气生真，责打我的肉。
　　　　　　　　臣才私回京，见主来启奏。
　　　　　　　　趁早把患除，莫等病成就。
　　　　　　　　奏罢又伏地，心里发啾啾。
皇　　帝：（唱）皇帝闻此言，动怒就眉皱。
　　　　　　　　好个孙吉宗，真把反心露。
　　　　　　　　传言未当真，朕我猜不透。
　　　　　　　　果然是不虚，又有人来奏。
　　　　　　　　这还是实情，再无虚讲究。
　　　　　　　　逆臣忘国恩，竟不管太后。

谋反罪逆天，法度难宽佑。
一族毁全家，死罪一起受。
先把反臣拿，不容把事露。
才要把旨传，

杨　普：（白）不可。

（唱）杨普听得透。
越众忙出班，跪倒将头叩。

（白）陛下切莫传旨，老臣杨普前来见驾。

皇　帝：丞相久不上朝，今来见朕，有何本奏？

杨　普：万岁，臣闻宋凌才奏皇亲谋反，乃是一派虚言妄奏。孙侯若有不轨，如何命人上表，反来参他？伏乞陛下请观孙元帅之表，在详情里便知他俩谁是谁非。

皇　帝：丞相所奏有理。皇帝拆开表章从头至尾看了一遍。哎呀，此表乃是皇亲本奏，宋凌因误兵怕受责，私逃理应问斩，叫朕另遣将运粮，方可进兵。咳，细想此事两情难测，叫朕犹豫不定。老丞相，进表之人今在何处？

杨　普：随臣入朝，现在午门以外。

皇　帝：宣来见朕。

杨　普：领旨。

内　臣：皇帝有旨，宣差官上朝。

赵　杰：万岁，万万岁，臣赵杰前来见主。

皇　帝：赵杰，你在皇亲帐下为将出兵，怎样对敌，宋凌怎误兵，怎受辱私逃，皇亲如何谋反，你俩同在军中一般为国，不要隐瞒，快些当殿一一奏来，朕好从公发落。

赵　杰：哎呀，万岁，微臣奉令上本表奏，实是不知，诬赖皇亲谋反却是为何人捏造？

皇　帝：乃是宋凌申奏。

赵　杰：呀，竟有如此屈人之事，万望吾皇不可听信。

（唱）闻言吓了一身汗，不住叩头在丹墀。
万岁休听宋凌话，竟掩己过把人屈。
皇亲哪里有反志？惑乱圣聪动猜疑。

皇　帝：（唱）朕当早闻皇亲不轨，并非宋凌一人所奏。
赵　杰：（唱）万岁，明是他把风声卖，谣言惑众入京师。
　　　　　　　将无作有把人害，自己犯罪却不提。
　　　　　　　问他因何私逃走，可恼耽误重军机。
　　　　　　　人马没粮兵难进，元帅这才怒不息。
　　　　　　　差遣微臣来上表，求主问罪不宜迟。
　　　　　　　速斩宋凌正国法，另遣军粮好行师。
　　　　　　　奏罢伏地又叩首，
宋　凌：（唱）宋凌又怕又着急。
　　　　　　　跪爬半步将头叩，万岁休听巧辩莫多疑。
　　　　　　　皇亲谋反臣送信，认定为国不怕捐躯。
　　　　　　　赵杰奉令来上本，明叫我死免对辞。
　　　　　　　反情已露难蒙昧，虽掩不过混一时。
　　　　　　　赵杰此来上奏本，明是同谋为亲戚。
　　　　　　　皇亲手下亲信广，私授旨义子亲生都把兵提。
　　　　　　　此时生心不拿问，只怕举问无人敌。
　　　　　　　万岁不要误大事，丧国再拿后悔迟。
　　　　　　　巧言奏罢伏地叩，
赵　杰：（唱）呀，赵杰气得二目直。
　　　　　　　大叫宋凌真万恶，一口咬定把人屈。
　　　　　　　能言巧辩好佞口，赵某言出不能敌。
宋　凌：（白）赶着的连你也有纰漏，如何能对呀？
赵　杰：住了，怒气难压打一掌，
宋　凌：哎呀，罢了我了。
赵　杰：哼哼，皇帝断喝休把人欺。
王　振：（唱）王振趁时出班奏，跪倒阶前把话提。
　　　　（白）万岁，赵杰小小一将，竟敢当殿无礼，明是仗着皇亲一党，不惧大威，圣上若不将他问罪，只怕回报反情已露，皇亲必要勾连塞北齐反京都，倘朝中不能抵挡，万里江山亡在一时。此乃国家大患，我主不可不虑。
皇　帝：先生所奏有理，但孙侯是朕之亲戚，岂有谋反之理？

王　振：万岁，错看情义，岂不忘汉室王莽、隋帝杨坚都是丈人夺了姑爷之位？若论他们翁婿至亲不比甥舅情义，怎见皇亲不能谋国篡位呢？我主细想是也不是？

皇　帝：好，倒是先生一言把朕劝醒，往下便叫殿前武士何在？

武　士：万岁。

皇　帝：将赵杰推出午门斩首示众。

武　士：领旨。

（推下赵杰，杨普上）

杨　普：万岁，不可屈杀赵杰。若斩来使，皇亲岂不寒心？他若退步边境不守，胡人便破关杀奔京师，那时才有亡国之忧。圣上若是坚持去恶存贤，哪有社稷不保之理？乞主三思，莫误国家大事。

王　振：丞相之言差矣。叛臣差来耳目，若不杀之，要是回去怪说，再告只怕更是家国不幸。若说皇亲叛逆不真，宋凌怎敢私自前来参主将谋反？而今看来反情为真，若不趁早拿问，要是后来患大难除，那时可就悔之晚矣。

杨　普：住口，你今竟是一派胡奏胡说。皇亲他乃托国股肱，又是万岁嫡亲娘舅，却与太后兄妹情关，为国掌兵抵挡鞑虏，哪里又有反志？明是你奸贼素日与他有仇，要将他谋害一死，你才甘心。怎知奸谋害人，神鬼不容？将来你不得善终而灭。

王　振：住了，老儿，不要信口开河。你来见本，必是一党同谋，暗有托付，不然为何当殿替他苦口争辩？明明是对众显露，你却与人不得。

杨　普：哼哼，好个佞口之贼，真正气死人也。

（唱）心大怒，气不休。

　　　　大骂王振，好个贼囚。

　　　　万恶能巧辩，舌动是非由。

　　　　从前羞辱与我，今日又参孙侯。

　　　　宋凌明是你主使，叫他赖人把反谋。

　　　　暗串通，两拉钩。

　　　　内中全是，你的阴谋。

　　　　不然他怎敢，私逃赴龙楼？

　　　　此来插标卖首，却叫别人吊头，

赵杰无罪叫他死，宋凌该杀怎不究？

误兵饷，法难留。

偏向不论，与理不投。

本拉他来见本，按公把情搜。

你又信口参奏，混赖与谁同谋。

无故屈人张口巧，不怕报应祸临头。

王　振：（唱）心暗怕，气倒抽。

勉强答对，分辩情由。

高叫杨丞相，往事莫追究。

宋凌他今为国，此来哪有不投。

反攻为罪混胡赖，谁的主谋信口诌？

不似你，信孙侯。

贪图富贵，无尽无休。

不思国恩重，竟与叛臣勾。

可笑空为宰相，竟学卖国之流。

越老越奸心越坏，不能治国反添忧。

杨　普：（唱）嘟，无名动，瞪双眸。

火气万丈，气冲斗牛。

高叫贼王振，咱俩不甘休。

哪怕翻天覆地？扔着老命不留。

手拿牙笏打了去，

王　振：嗨呀。

（唱）磕破脑门血直流。

只叫万岁快做主，不然奴才命要休。

皇　帝：（唱）皇帝一见说可恼，

（白）哼哼，好一个佞臣，竟敢当殿无礼，真是可恼，若不是看你年迈，素日有功，一定问罪斩首，今日格外施恩，免死不究。朝内有你不多，无你不少，罢去官职放你还乡去吧。

杨　普：万岁，老臣谢主隆恩。

王直、胡英：万岁，丞相托国老臣，不能听信谗言，误贬忠良，还是官复原职。

皇亲在外为国勤劳，谋逆不真，我主休听妄奏，还是差人访查虚实，真假自知。不可不辨清浑，擅自问罪。

皇　　帝：哼哼，罢了，二位所奏倒也有理，朕观太后之面，皇亲不调，暂访虚实，普既贬不可复用。旨意下，钦命锦衣卫捧旨一同宋凌去查皇亲谋反真假，若有其情，必调他回京，无私催促起兵。赵杰打入高墙听候回音，再做打算。王先生回府养病，一起下殿。不许再奏，散朝。

众　　人：万岁。

王直、胡英：罢了罢了，可恨皇帝年幼，听信谗言贬去丞相，保留不准，令人无可奈何。虽然保奏皇亲不调，又命王永和去查虚实，内中还有不详，只好听候回音，再见吉凶，如有不测，还望大家保护才是。

众　　人：有理，请。

（二喽兵上）

喽　　兵：（诗）奉命巡山寨，只等过往人。

（白）吾刘七、张六。伙计呀，咱们是杏花山喽兵，今日天气清和，你我奉寨主之命前来巡山。咱们到山顶瞭望瞭望。

（周七上）

周　　七：既受人之托，需当终人之事。吾周七押解罪犯石建章充军发配陕西，走了多月，离了本省，半路害他应当下手。主意一定，将他害死才是。石先生，快走。

石建章：来了。

（唱）大用随后跟着走，思想妻子如油烹。
　　　我今发配陕西去，不知何日再相逢。
　　　离城走了多少日，只觉浑身筋骨疼。
　　　叹我体弱难移步，不知何日到奔城。
　　　一日走不上三十里，歇息解役又不容。

周　　七：（白）快走。

石建章：（唱）不住串唆真可恼，一路刑具又不松。
　　　人犯王法受辖管，

周　　七：（白）快走快走。

石建章：（唱）勉强挣扎还得行。

　　　　　　　　大用这里心难受，
周　　七：（唱）周七心里暗调停。
　　　　　　　　这个罪犯走不动，正好害他归阴城。
　　　　　　　　找个僻处好下手，免人看见心内惊。
　　　　　　　　往前有座大山岭，树木交杂密层层。
　　　　　　　　正好这里把他害，神不知来鬼不明。
　　　　　　　　主意一定奔小路，
石建章：（白）贵差，怎不顺着大路行？
周　　七：你走不动咧走小路，抄近路你好歇歇。
石建章：罢了，难扭只能跟着走，
周　　七：（唱）周七欢喜乐无穷。走至岭头说站住。
　　　　（白）不用走了，走至岭上歇息歇息再走。
石建章：倒也甚好。
周　　七：待吾把刑具与你拿去，再松放松放，岂不更好呀？
石建章：如此多谢了。
周　　七：不用谢，背拧过来，把你绑在旁边树上再谢。
　　　　（周七绑石建章）
石建章：罢了我了，贵差这是为何？
周　　七：为何不说，量你不知，若问听我道来。
　　　　（唱）我今解你来，早把金银使。
　　　　　　　有人把我托，半路要害你。
石建章：（白）又是何人托你害我？
周　　七：（唱）名字少打听，你就等着死。
　　　　　　　这里很幽静，害人倒可以。
　　　　　　　绳子忙取出，待我勒死你。
石建章：呀。
　　　　（唱）大用叫苦哉，害怕泪如雨。
周　　七：（唱）哭也是白搭，急忙套绳子。
石建章：（白）救人哪救人哪。
周　　七：（唱）动手就要勒，

喽　兵：（唱）喽兵看端底。
　　　　　　　上前把话说，
周　七：（唱）来了人不好，
石建章：（白）二位爷爷救命呀。
喽　兵：（唱）为啥行无礼？
　　　　　　　叫人不明白，快些说根底。
石建章：（唱）二位听我言，这般是如此。
　　　　　　　望乞救残生，
喽　兵：（唱）听罢齐嚷起。
　　　　　　　大骂狗差人，你真是无理。
周　七：（唱）你少管闲事。
喽　兵：（唱）此地害巴人，不管偏依你。
　　　　　　　说罢用手抓，绑起狗男女。
　　　　（白）绑着绑着。
周　七：坏了，你们俩是做啥，这样多管闲事？
喽　兵：瞎眼的东西，不说量你只休当我们是走道的，我俩是此山的喽兵，奉命巡山，遇见你在此混闹，哪里容得？一起绑着去见我们寨主便了。
周　七：哎呀，遇见强盗咧。
喽　兵：走吧。
　　　　（小旦上）
宋金芳：（诗）袅娜风流武艺高，闺中独显女英豪。
　　　　　　　为王独居高山寨，无忧无虑任逍遥。
　　　　（白）奴家宋金芳，金陵人氏，只因国遭大变，祖父逃难来至山西交界之地，占了这座杏花山为王。离此百里之外还有同乡金家，住在豹头山，招兵聚将，乃是王太监心腹逆党。我两家虽然世代交好，怎奈父母一死剩我女孩，却与他们两不相通。自思幼女独守高山，何日是个头？
小　兵：报寨主姑娘，小人奉命巡山，如此这般，拿来两个人，乞令定夺。
宋金芳：如此把那行凶之人带上来。
小　兵：哈。
　　　　（周七跪）

周　　七：寨主奶奶饶命吧。
宋金芳：少来胡说，你是哪里人？差人叫何名字？押解哪个？因何半路行凶？快些实说，不然立追狗命。
周　　七：寨主姑娘听了。
　　　　　（唱）叩首战兢兢，心内好发惧。
　　　　　　　　偷眼往上观，暗暗看仔细。
　　　　　　　　这个女大王，生得好标致。
宋金芳：（白）快说。
周　　七：（唱）寨主把怒息，听我禀仔细。
　　　　　　　　小人名周七，家住山东地。
　　　　　　　　莱州府的人，衙门当头役。
　　　　　　　　奉命接犯人，发配离本地。
宋金芳：（白）那犯人叫何名字？
周　　七：（唱）犯人本姓石，建章是名字。
　　　　　　　　偷盗官宦家，拉马犯了事。
　　　　　　　　送官问充军，发配陕西去。
　　　　　　　　失主把我托，暗暗使毒计。
　　　　　　　　叫我谋害他，半路要雅密。
　　　　　　　　今日过高山，想起托付事。
　　　　　　　　正好要害他，不才把人遇。
　　　　　　　　拿来见姑娘，算我时不济。
　　　　　　　　问我照实说，不敢来隐匿。
　　　　　　　　这是已往情，从头讲完毕。
　　　　　　　　寨主把我饶，开恩留情义。
　　　　　　　　情愿认干亲，归降帐前立。
宋金芳：（唱）听罢怒气生，拍案蛾眉立。
　　　　　　　　大骂万恶贼，害人饶不得。
　　　　　　　　吩咐喽啰们，快些拉出去。
　　　　　　　　推出帐外边，立马割首级。
小　　兵：（白）哈。

周　　七：妈呀，坏了。
小　　兵：开刀。
宋金芳：（唱）吩咐带那人，上帐问来历。
石建章：（唱）大用战兢兢，害怕跪在地。
　　　　　　　寨主饶命吧。
宋金芳：（白）呀，好不风流人物。
　　　　（唱）一见此人暗夸讲，生得可爱趁人心。
　　　　　　　虽然是面黄肌瘦，不改俊俏带斯文。
　　　　　　　光景必是读书客，不像为非作歹人。
　　　　　　　看罢不由怜才意，启齿开言叫那人。
　　　　　　　你可是叫石建章？
石建章：（白）难人名唤石建章，寨主怎的知晓？
宋金芳：方才听那差人云。再问你今年多大？家中还有什么人？
石建章：学生今年二十五岁，家中继母、妻子、兄弟。
宋金芳：哈，可倒全科。看你人儿多稳重，为何偷盗罪裹身？
石建章：（唱）寨主不知其中故，叹我被屈苦十分。
　　　　　　　家乡来历说一遍，学生本是读书人。
宋金芳：（白）哎哟，你还是个念书的呢。
石建章：（唱）夫妻坎坷事在外，屡遭不幸大祸临。
　　　　　　　被人谋害诬良为盗，官府糊涂问充军。
　　　　　　　今日路过高山寨，官役今又起凶心。
　　　　　　　幸遇喽兵相解救，不然此时命归阴。
　　　　　　　可怜我喊冤无处诉，今见寨主讲原因。
　　　　　　　伏乞怜悯把我放，晚生一世不忘恩。
　　　　　　　说罢不住将头叩，
宋金芳：（唱）哼，佳人听罢犯沉吟。
　　　　　　　本要留他招亲事，他有前妻不遂心。
　　　　　　　若说不留将他放，错过此人再难寻。
　　　　　　　奴也不小二十岁，等到几时再嫁人？
　　　　　　　也罢，不如就计做了罢，何苦耽误己终身？

想罢开言才要讲,嗨呀,又觉害羞口难云。
哪有自己提亲事?喽啰岂不笑破唇?
这可叫我怎么讲?为难一会计上心。
吩咐喽啰齐退后。大帐剩了我二人。

石建章:(白)寨主开恩,放了我吧。

宋金芳: 哎哟!

(唱)不用害怕不杀你,快些起来把话云。

(白)那相公不要害怕,方才杀了官役,我算与你报仇。听你刚才说从前苦楚叫人伤心,今到此地逢凶化吉,遇难成祥。奴家也不杀你,也不放你,情愿留你住在山寨,有件事想和你商议商议。

石建章: 不知商议什么?寨主请讲。

宋金芳: 事到此间,不用瞒着,待我直说了吧。奴家姓宋,小字金芳,先父宋杰,在此为王,不幸去年双亲亡故,抛弃幼女独守荒山。奴家救你脱难,爱惜才貌,愿许终身,不知石公子意下如何?

石建章: 咳呀,若论寨主雅爱,本当从命,怎奈家有妻子,不能应承。

宋金芳: 相公不必推辞,一夫二妻多之,有前妻也不相干的,应了罢。

石建章: 咳,只得如此,我应下就是了。

宋金芳: 哟,你早说了这句话不就成了吗?相公请。

石建章: 寨主请。

(完)

第 七 本

【剧情梗概】 王振派遣使者前来紫荆关,希望坐实孙吉宗谋反的罪名,恰逢此时刘月下山寻找孙堂,使者抓住把柄,诬陷孙吉宗通反贼。孙吉宗大怒,将孙堂关入笼中,亲自押解前往京城辩本。使者深夜偷命袁斌将孙堂放出,以此诬陷孙吉宗。袁斌将真相告知孙堂,并与孙堂、董宽二人结为异姓兄弟,三人一同回孙家故乡探听消息。麒麟山上,刘赛花等人得知此事,密谋发兵下山解救孙堂。

(好老道出)

同　寅：(诗)明是文儒出仕心,怡情征路弃红尘。
　　　　　爱向丹炉谈道术,闲从静里悟玄真。
　　　　(白)贫道同寅,法号明镜,山西安邑县人氏,幼习文武,访求僧道,拜峨眉山隐士成吉为师,习成阴阳八卦,善推前因后果。早知明室双龙降世,各有天分。内有许多变乱,搅扰不宁。恩师叫我下山救护群星,扶保社稷,好成正果,遵奉师命只得下山走走。下山救群星,功德待飞升。

(刘月在马上)

刘　月：(诗)托亲血恨思报国,跋山涉水不辞劳。
　　　　(白)刘月,要与爹爹报仇,不辞远路投亲。今奉姐姐之命去见姐夫,下山数日,离着塞北不远,一路不停,只身奔走。
　　　　(唱)催马奔了阳关路,难辞劳苦受奔波。
　　　　　　自从离家出京地,一同哥哥上山坡。
　　　　　　姐弟招兵又聚将,居住高山日子多。
　　　　　　爹爹一死仇难报,去见那姐夫他父说明白。
　　　　　　若准归降帮兵将,回见姐姐与哥哥。
　　　　　　招安一同把山下,弃邪归正把兵合。
　　　　　　帮助亲戚灭塞北,回朝再拿王振贼。
　　　　　　心中思想催马走,

宋凌、王永和：(唱)再表宋凌与王永和。
　　　　　　　(二人在马上)二人奉旨边廷去,

王永和：（唱）永和打马暗颠夺。

　　　　　　这回老宋挨了打，奉旨跟来死难活。

　　　　　　到那里我再加花点，他就不死受折磨。

　　　　　　早与公爷计议妥，同心作非仗巧谋。

　　　　　　永和主意安排妥，

宋　凌：（唱）宋凌心内也思索。

　　　　　　这回来得准不好，事露难免要啰唆，

　　　　　　元帅要是问向我，须得嘴硬不改前辙。

　　　　　　有心不来由不得我，王命厉害我不敢驳。

　　　　　　两下事情不敢讲，硬叫我来好对舌。

　　　　　　眼看到了紫荆地，

孙　堂：（唱）又把孙堂表明白。

　　　　（白）俺孙堂奉父帅之命，假扮客商去探贼兵，谁知番奴退兵回国，并无消息，只得回关禀报父帅便了。

　　　　（元帅升帐，三将站一旁）

众　人：（诗）盔甲透玲珑，金盔映日红。

　　　　　　威风杀气远，剑戟放光明。

张　锐：（白）俺张锐。

韩　青：俺韩青。

董　宽：俺董宽。

众　人：元帅升帐，在此伺候。

　　　　（元帅出）

孙吉宗：（诗）铁马金戈伴龙泉，百战无敌敢当先。

　　　　　　制服夷虏京华外，威风凛凛震北番。

　　　　（白）本帅孙吉宗，差遣赵杰上本参宋凌，并无回音。又命孙堂去探胡人消息，专等回音到来，兵进沙漠之地。

小　兵：禀爷，朝命下。

孙吉宗：乞过。呀，皇宣下降必有是非，快摆香案待我接旨。钦差哪里？

王永和：元帅哪里？

孙吉宗：钦差可好？

王永和：元帅可好？

孙吉宗：哈哈，钦差请。

王永和：元帅请。

（二人同上）

王永和：圣旨到，跪。

孙吉宗：万岁万万岁。

王永和：听宣读，诏曰：兹尔皇亲孙吉宗，系朕至亲，托国股肱，奉旨提兵在外，为何不思报国，竟生异志？朕闻宋凌所奏不胜愤怒，若是加罪又恐情屈，游疑难定，钦命锦衣卫下诏严查虚实，果是无私，随旨进京当殿辩明真假，朕免忧虑，要尔改过前非，不加诛戮。如若抗旨不遵，不进京来，一定谋反是实，定拿问罪，更不再赦。钦此钦遵，望诏谢恩。

孙吉宗：万岁万万岁。人来将旨供奉龙亭。这是哪里说起？请问钦差大人，宋凌他在君前怎样参我？请大人一一说来。

王永和：老大人不必着急，如此这般。他说你勾连塞北谋反，约定两下罢兵不战，屯兵召集人马，后来再反京师。皇帝闻奏大怒，将你差人重打四十以后又打入高墙，贬去丞相杨普。若不关系太后情面，定要拿你进京问罪，恋念亲戚，未肯行动。故差小官捧旨前来查找是非，以往之情俱都告诉与你。

孙吉宗：呀，原来这等。好个逆贼！竟敢这样将无作有，误参好人，真正气死人也。怪不得赵杰一去不回，谁想竟生这些是非。本帅不才出师，也曾立功，若不是他运粮误期，私自回京，此时大兵早已进塞北。自己犯罪误了军机，反参孙某有私，其罪难恕，哪里容得?！请问钦差，他是在京还是跟来？

王永和：一同跟来，现在外面。

孙吉宗：好，大人在此，当面一问便知虚实，大人回朝奏知皇帝便好洗清。

王永和：正该如此，无故地屈人，问明口供，应当把他正法才是。

孙吉宗：大人请坐。

王永和：有坐。

孙吉宗：众将官，拿我令箭，速传宋凌进帐。

小　兵：哈，元帅有令，宋凌进帐。

宋　　凌：来了，元帅在上，末将打躬。

孙吉宗：运粮官。

宋　　凌：有。

孙吉宗：宋凌。

宋　　凌：在。

孙吉宗：哼哼，本帅出兵几时背主谋反，你竟敢君前妄奏？你误兵饷，怎么不言？无本帅将令竟敢私自回京，诬告是非，你该当何罪？

宋　　凌：咳咳，坏了。

（唱）说不出，心胆寒。

　　　　低头不语，暗打算盘。

孙吉宗：（唱）哼哼，元帅这里拍案，气得眼睁圆。

　　　　对着钦差在此，问你为何不言？

王永和：（唱）元帅不必再拷问，赖你谋反本不冤。

孙吉宗：（唱）咳罢，恶贼子，胆包天。

　　　　怪不得金殿之上，来把人参。

　　　　明是怀私恨，作对要害咱。

　　　　皆因责罚与你，受辱暗把京还。

　　　　耽误军机你不讲，反说本帅有异端。

　　　　明明是，有这盘。

　　　　不言而喻，难把人瞒。

　　　　不打不招认，可恶罪难宽。

　　　　吩咐军校拉下，重打四十再言。

（拉下打完）

宋　　凌：（唱）一瘸一点上大帐，罢了我了疼死咱。

孙吉宗：（白）快说。

宋　　凌：我都说啦，还叫我说啥呀？

众　　将：（唱）哎呀，哎呀，气炸了，众将官。

　　　　齐叫宋凌，太也不端。

　　　　误饷你犯罪，哪个不知全？

　　　　耽误大兵难进，无奈又退回关。

　　　　　　　明是你怀私报仇害元帅，自己脱罪想求安。
　　　　　　　这主意，不万全。
　　　　　　　量你一人，难把众瞒。
　　　　　　　一定要巧辩，当着钦差官。
　　　　　　　对众若不实讲，叫你一命归泉。
　　　　　　　说罢抽刀一起举，
孙吉宗：（唱）元帅上面亮龙泉。
　　　　（白）快说。
宋　凌：（唱）哎呀，宋凌怕，吓软瘫。
　　　　　　　齐大呼的，拷问难缠。
王永和：（唱）钦差也发惧，说声好威严。
　　　　　　　最怕说了实话，保佑莫露机关。
　　　　　　　只盼老宋急急死，
宋　凌：（唱）嗨呀，拿定主意总不言。
董　宽：（唱）哎呀，怒恼了，名董宽。
　　　　　　　上前抓住，按倒平川。
宋　凌：哎呀。
董　宽：（唱）举刀照面晃，用脚踏胸前。
　　　　　　　不说一刀两断，叫你命归阴间。
　　　　　　　屈诬何罪该何罪，应当将你斧剁锤颠。
宋　凌：（唱）魂颠冒，魄下川。
　　　　　　　刀压脖子，死在眼前。
　　　　　　　着急说实话，如此与这般。
　　　　　　　乃是有人托我，相帮不得不然。
董　宽：（唱）哎呀，狗子说话真可恼，一刀下去染黄泉。
　　　　（宋凌死）
众　人：（唱）众人一见说不好，
孙吉宗：（唱）元帅上面吓一跳。
　　　　（白）董将军为何将他杀死？
董　宽：他趋奉势力，同谋害人，怎么不该杀死呢？

孙吉宗：他既招出，有人主谋，当留活口，只顾将他杀死，无了对证，岂不叫我有冤难辩？
董　宽：呀，如此说来倒是我心粗大意，忙中有错了。
王永和：你也错大发了，当着钦差竟敢杀人，胆子真也不小，你只顾灭了活口，我看你们元帅吉凶有谁敢保？
董　宽：杀人偿命，敢作敢当，皇帝见怪由我认罪，却与他人无关。
孙吉宗：不必多言，快些退后。
董　宽：是。
孙吉宗：钦差，事已至此，本帅只好随旨进京，自述曲直。
王永和：是哇，你也必得随我面圣，不然这场官司却也清楚不了。
孙吉宗：人来，把宋凌的死尸抬下，用棺木成殓埋葬。
小　兵：禀爷，外面有人口称与元帅有亲，外面等候求见。
孙吉宗：这是何人到此？命他进见。
小　兵：哈，元帅有令命你进见。
刘　月：来了。上面坐的可是孙老伯父吗？
孙吉宗：正是本帅。你是哪个，见面这等称呼？
刘　月：老伯不知听我细讲。

（唱）老伯问情由，听我说一遍。
　　　家父叫刘球，昔日为官宦。
　　　生我姐弟仁，能文把武练。
　　　姐姐名赛花，哥哥叫刘汉。
　　　刘月是我名，人鲁心最善。
　　　只因我爹爹，惹了王太监。
　　　如此一命捐，死得真可叹。
　　　我们要报仇，杀贼未得便。

王永和：（白）好好，我的对头到了哈。
刘　月：（唱）姐姐反出京，把我哥哥见。
　　　　这般占高山，为王声名贯。
　　　　买马要招军，后来报仇冤。
　　　　遇见令郎他，离家把父探。

　　　　　上京过高山，留住招亲眷。
　　　　　他与我姐姐，洞房花烛伴。
　　　　　住了好几天，再留他不干。
　　　　　还有姓董的，是他朋友伴。
　　　　　一同下了山，嘱托事一件。
　　　　　进来见老伯，替我把冤辩。
　　　　　朝廷要招安，归降都情愿。
　　　　　谁知无音信，我们常常盼。
　　　　　差人又下山，进京去打探。
　　　　　回山见老伯，离京征反叛。
　　　　　我今又下山，来把你老见。
　　　　　说明以往情，是非怎么办？
　　　　　你老若用人，我就回去见。
　　　　　下山一同来，随军把功献。
　　　　　一家喜相逢，亲戚不离散。
　　　　　只要你老应，急来不迟慢。
　　　　　说罢又打躬，

孙吉宗：（白）住了。
　　　　（唱）听罢连拍案。
　　　　　原来是山贼，敢往这里窜。
　　　　　你家虽有冤，不该把主叛。
　　　　　一旦反朝廷，罪名怎去断？
　　　　　可惜宦门根，为贼名不善。
　　　　　逆子真无知，招亲人可厌。
　　　　　本帅不通贼，不认这亲眷。
　　　　　劝你快出关，休在此处站。
　　　　　不看你先人，拿下一刀断。
　　　　　不杀把你饶，是把同僚看。
　　　　　说罢叫军校，赶出休怠慢。

刘　月：呀，呸！

(唱) 老儿不认亲，待人真有嫌。
　　　叫我远路来，辛苦全不念。
　　　眼高把人轻，亲戚瞧不见。
　　　不敬也不挑，撵我真不犯。

孙吉宗：（白）左右将他赶出帅府，掐出辕门。

军　校：（唱）军校不消停，上来一大片。
　　　　　催促往外掐，

刘　月：（白）呸，
　　　（唱）气得浑身颤。
　　　　　无奈出了关，回了再上山。

王永和：（唱）钦差王永和，离座把身欠。
　　　　　叫声孙皇亲，不用混装扮。
　　　（白）明明你是串通胡人谋反，又叫你儿子结连山贼，几下里勾勾搭搭，安心叛乱朝廷，你还说没有呢，要依我看，宋凌赖你不假。可惜他死得算屈了。

孙吉宗：啊呀，钦差大臣不要多心，逆子做事我连一字不知。方才叫贼走远，我就是一片慈心。他出城不远，军校随去赶贼，将他拿回正法。

军　校：哈，禀爷，贼人出城不见，无处追赶。

孙吉宗：起过，咳咳，此事可是不好了。

王永和：得了吧，既放走，何必又追呢？明是叫我说对鬼病，何必闹假呢？要依我看不中咧，二下阴曹就不灵了，别的也不说，你快跟我进京吧。

孙吉宗：哎呀，大人需要体情，不要冤屈于我。

王永和：呀，你这样了是不愿跟我走哇？不去就不去吧，我先走咧，到京里咱们再见吧。

孙吉宗：钦差转来，钦差转来。哎呀，不好，苍天呐，叹我孙氏一门报国，忠直九代，不想出此逆子，背国忘家，私收女寇，罪及满门。可叹我一世忠直，尽成话柄，活活气死人也。

董　宽：盟父不要生气，若依我说，急将钦差赶回，把他杀死，省得遗留后患，岂不是好？为啥干生闷气呢？

孙吉宗：不要胡说，快些退后。

董　宽：是。
孙吉宗：咳，又恨我自己粗心，后悔不及。钦差他与王振也是一党，此去见君，一定要轻舌重告，大料我一家性命难逃，等着逆子回来定斩不赦。

（孙堂上）

孙　堂：军校们将马带过。爹爹在上，孩儿奉令去探贼兵，一直回国而去并未扎营，探明急急回来交令。
孙吉宗：好，算你探兵有功，人来。
小　兵：有。
孙吉宗：将那逆子上绑。

（绑孙堂）

孙　堂：父帅为何将孩儿上绑？
孙吉宗：孙堂。
孙　堂：有。
孙吉宗：我问你，方才有人这等求我，说你山寨招亲，问你可是有的么？
孙　堂：哎呀，爹爹既知此事，孩儿不敢隐瞒，原是这般如此，乃是万不得已，从权而作。
孙吉宗：哼哼，好一逆子冤家，你本世代簪缨之后，为何不思成名显业？竟敢吃酒恋花，丧志失义，辱尽祖父之名，真乃可耻可厌。你上犯国典，下辱家风，罪及三代九族，真是罪不容恕，死有余辜，刻下将你千刀万剐，也难消我胸中之恨。

（唱）连拍案，二目红。

大骂逆子，无志畜生。

你是宦门后，礼义怎不明？

家中现有妻妾，为何又把贼从？

误入贼山该早走，不该酒后把亲成。

孙　堂：（唱）尊爹爹，容儿明。

孩儿中计，一时朦胧。

亲事虽然做，抛弃早已扔。

谁知贼寇到此，又奏祸事一宗。

孩儿立时把亲断，未知爹爹得知情。

孙吉宗：（唱）胡说，事已做。

　　　　　　　休当儿戏，罪逆不轻。

　　　　　　　方才钦差去，如此你不明。

　　　　　　　真是冤孽巧遇，活该冤家命倾。

　　　　　　　逆子不忠又不孝，真是折祖又损宗。

　　　　　　　丧尽我，一世名。

　　　　　　　冤家最甚，万死不轻。

　　　　　　　若不把他斩，九族俱难生。

　　　　　　　说罢急急传令，军校细听分明。

　　　　　　　快把逆子推出去，斩首报来莫消停。

小　兵：（白）哈。

　　（推下孙堂）

董　宽：刀下留人！

　　　　（唱）董宽怕，吃一惊。

　　　　　　　直叫留人，切莫施刑。

　　　　　　　上帐忙跪倒，连把盟父称。

　　　　　　　哥哥虽然犯罪，当看父子之情。

　　　　　　　招亲之事我知晓，乃是醉后入牢笼。

孙吉宗：（白）住了。

　　　　（唱）心不悦，怒冲冲。

　　　　　　　喝叫董宽，于理不通。

　　　　　　　既然为朋友，不该心朦胧。

　　　　　　　为何贪杯误事？不可任他胡行。

　　　　　　　犯罪连你也有罪，不问你还来求情。

　　　　（白）退下。

董　宽：（唱）是。忙站起，把身平。

　　　　　　　目视众将，不敢再哼。

张锐、韩青：（唱）二将早会意，上帐齐打躬。

　　　　　　　　口内连呼元帅，父子不可绝情。

　　　　　　　　骨肉相残心何忍，虎毒还不损自生？

孙吉宗：（唱）你二人，心不明。

　　　　　　　　钦差见罪，定不留情。

　　　　　　　　逆子若不斩，显然与贼通。

　　　　　　　　本帅谋反一定，驾前难辩分明。

　　　　　　　　虽然死去冤难辩，难免万世落臭名。

张锐、韩青：（唱）虽如此，慢调停。

　　　　　　　　当得三思，不可急行。

　　　　　　　　先锋虽当斩，还有事一宗。

　　　　　　　　他是朝廷钦犯，私杀免罪不能。

　　　　　　　　差官岂不奏皇帝？不死分辩何为凭？

孙吉宗：（白）若依二位怎样？

张锐、韩青：（唱）依我等，拙见行。

　　　　　　　　莫如押解，不杀进京。

　　　　　　　　速把钦差赶，同去面主公。

　　　　　　　　任凭皇帝定罪，真假出于志诚。

　　　　　　　　不知所见何如也，

孙吉宗：哼！

　　（唱）听罢不住口打哼。

　　　　　三思九转说罢了。

　　（白）你二人之言倒也有理，私杀见驾，果然无凭。就依二位所言，本帅亲身押着，一同钦差面圣，凭主发落。

张锐、韩青：这便才是，此去一定转祸为福。

孙吉宗：也未可定，莫论吉凶，本帅速赶钦差，胡人退去，大料目下不敢前来犯境，兵将暂且交于贤侄张锐执掌，等我辩冤回来，再议退兵之计。

张　锐：小侄遵命。

董　宽：元帅，末将杀了宋凌，罪有余辜，不忍累犯盟父，情愿自己认罪，不如连我也打入囚车，押解进京。

孙吉宗：咳，岂有此理？我去祸福凭天，哪用你去认罪。

董　宽：末将意决，不必阻拦。一定不叫我去，情愿目下自刎一死。

孙吉宗：罢了，你既忠义，不好再拦，要去免入囚车，跟随后面就是了。

董　宽：是，末将遵令。

孙吉宗：军校们，快把孙堂打入囚车，随我押解进京，带马！速赶钦差，不得有误。

（刘月马上）

刘　月：呀，不好了，我刘月来寻姐夫，不想见了他父，闹了一鼻子灰。回店正在愁闷，又听人说钦差正在大帐，人多咧，我也未曾理会孙老儿因我动怒，竟把姐夫打入囚车，押解进京请罪。虽然打听明白，我也无法解救，只好回山告诉姐姐、哥哥商议，大起寨内喽兵，半路劫救囚车便了。

（出赵、康二旦）

赵素娘、康金定：（诗）淑娴柔雅性温良，嫡庶如一两情长。

赵素娘：（白）奴赵素娘。

康金定：奴康金定。

赵素娘：婚配孙堂为妻，所生一子刚过百日。

康金定：身为侧室，嫡庶相敬，情如姐妹，胜如同胞。

赵素娘：贤妹。

康金定：姐姐。

赵素娘：咱家将军进京见父，听说公公离朝远征贼寇，但愿马到成功，早日回转。

康金定：正是，只盼得胜回朝，免咱姐妹家中悬念。

孙　安：二位嫂嫂在房吗？

赵素娘、康金定：叔叔来了，请坐。

孙　安：有坐。嫂嫂，小弟心中有事，心神不安，特来告知嫂嫂。

赵素娘、康金定：贤弟有事请讲。

孙　安：嫂嫂听了。

（唱）自从我哥离家下，小弟终日守书斋。

　　　进城会文刚回转，人人说父子另把反心怀。

　　　倘若不好祸事到，小弟去探放心怀。

　　　朝廷差人去查访，要见真假辨明白。

　　　故此禀知二位嫂嫂，

赵素娘、康金定：（唱）呀，二人听罢甚惊骇。

　　　咱家谋反人难信，若是不好，叔叔何计保无灾。

孙　安：（白）小弟无计，只好探明原因再拿主意。

赵素娘、康金定：（唱）路远不如不去好，省着担心都有灾。

孙　安：（白）不去只觉放心不下。

赵素娘、康金定：（唱）你要一去更牵挂，要去另自把人差。

孙　安：（白）我若不去，可差何人前去？

赵素娘、康金定：（唱）院公老成可以前去，叫他进京探明白。

　　　　　　虚实回来大家定，

孙　安：（白）倒也有理，小弟这就去吩咐。

赵素娘、康金定：（唱）两个佳人甚愁怀。

孙　安：（唱）书生出房去吩咐，如此这般说明白。

　　　　　　此处暂且不表，

王永和：（唱）接连复又表钦差。

　　　　　　思想是非不快乐，

（白）下官王永和，与公爷定计，要害孙吉宗，密托宋凌赖他谋反，果然皇帝难辨真假，下旨命我查访。幸喜老宋被杀，又遇山贼帅府认亲，正好借此参奏，何愁孙家不灭满门？不想那孙老儿为人耿直，不惜骨肉，竟把他儿子打入囚车，随我进京，半路叫人遇上有些不好，令人十分不悦。他要见驾，舍子辩冤，皇帝必念亲戚之情，一定免罪，还是无法害他，因此忧虑。在路上又生一计，今夜必须这般而做，低声呼唤，袁斌哪里？快来。

袁　斌：来了。大人有何吩咐？

王永和：悄声说话，我有密事托你去办。

（唱）我有一事托付你，这般告诉那守官。

　　　　说罢了，无奈何。

　　　　难讲背亲，不孝罪多。

董　宽：（唱）快走趁夜晚，有令无人驳。

　　　　不言二人齐去，

小　兵：（唱）一夜晚景不说。

　　　　次日元帅升了帐，军校报事把头叩。

　　　　禀帅爷，把头磕。

孙吉宗：（白）什么祸事？快说明白。

小　兵：（唱）公子却不见，剩了空囚车。

孙吉宗：（唱）呀，逆子何时逃走？令人气堵心窝。

　　　　　　　　快请看车人来见，

小　兵：（白）是。

　　　　　（唱）答应一声走如梭。

　　　　　　　看车之人急去见，

看车人：（唱）二卒进帐把头磕。

孙吉宗：（唱）孙爷一见更加气，

　　　　　（白）哼哼，我命尔等看守囚车，竟叫逆子逃走，该当何罪？

看车人：回禀帅爷，非是小人不加小心，只因昨夜董将军说是奉令叫他带人看守，把我们支开，他们这才逃走哇，元帅！

孙吉宗：哼哼，这就是了，与你无关，下去。

看车人：是。

孙吉宗：好个董宽，竟敢盗我令箭，放了逆子逃走，其情可恼。人来，快去问明巡营将军，他们是什么时候逃走的？

小　兵：哈，禀爷，巡营之人言道，董将军三更之后带领二人要到外路巡哨，因有令箭，不敢拦阻，他们出营未返，不知何往。

孙吉宗：他们去远难以追赶，钦差必要咬舌，这一回京叫我如何应对？

　　　　　（小兵上）

小　兵：禀爷，钦差到来。

孙吉宗：有请。

小　兵：哈，里面有请。

王永和：我说孙大人哪，下官听说令郎逃走，可是真么？

孙吉宗：逆子逃走，正要追赶，不想大人来到。

王永和：哪里是他逃走？分明是你心疼儿子，暗暗放他逃走，还装不知，掩人耳目。一不伤己，二不为私，三显忠直，敢情那么好呢。

孙吉宗：大人不要胡猜，我既舍子辩冤，哪有徇私之理？！

王永和：你就给我罢了吧，你也不用纠正，这里无暇言讲，等着进京再说吧。

孙吉宗：见驾任你参奏，孙某既做忠臣，生死不惧。

王永和：不怕才好呢，别的休说，咱俩就走吧。

孙吉宗：军校们拔营起寨，急急带马。

（杨普便衣，马上）

杨　普：（诗）卸去簪缨辞名利，回首田园守故乡。

（白）老夫杨普只因替人辩本，怒与王振争辩，皇帝贬回故土，离朝归乡。听说张、徐两家国公趁机回朝，目下相离不远，迎路而行。见面听说朝中之事，孙皇亲倘有不测，好叫他俩从中保护。家童，催促车辆急急赶路。

（唱）我今在朝羊伴虎，一身要卸名利肩。

回乡无忧又无虑，深耕地亩守田园。

无荣无辱多潇洒，再不气愤惹人烦。

也免在朝鸡鸣起，省得带漏五更寒。

在家起卧无人管，哪怕日出到三竿？

自思有趣催马走，忽见迎面起狼烟。

旌旗招展人无数，必是国公把朝还。

吩咐家童急去问，国公来了细传言。

说我有事把他见，

家　仆：（唱）家人答应不迟延。

去不多时急回转，禀爷果然是他还。

说与军卒去传禀，二位公爷把营安。

杨　普：（唱）好，如此尔等且靠后，我去见他把话言。

急忙催马往前走，

张福、徐恭：（唱）张、徐二公出营盘。

杨　普：（唱）杨普爷远远忙下马，步行急急走上前。

张福、徐恭：（白）丞相哪里？

杨　普：二公哪里？

张福、徐恭：丞相可好？

杨　普：二公可好？哈哈。

（唱）彼此施礼齐问好，

张福、徐恭：（唱）故旧相逢好喜欢。

有请大人把营进，

杨　普：（白）请。

张福、徐恭：请。

　　　　　（唱）进帐归座又开言。

　　　　　（白）大家一别可想至深。丞相不在朝内，这样打扮要向何往？

杨　普：哎，二公不知，原是这般如此。

张福、徐恭：哎呀，怎么丞相因替别人辩本，凌辱王振，皇帝大怒，将你贬回故土吗？

杨　普：正是。

张福、徐恭：好一无道昏君，这样薄待忠臣，真是可恼可恨。

　　　　　（唱）皇帝幼，好愚信。

　　　　　　　听信奸谋，竟把忠欺。

　　　　　　　皇亲怎谋反？明是把人屈。

　　　　　　　丞相谏本革职，令人气恨不息。

　　　　　　　大人不必回乡去，还随我们转帝基。

杨　普：（唱）我已经，把朝离。

　　　　　　　二位不必，再费心机。

　　　　　　　无非念同僚，路会好相遇。

　　　　　　　告诉孙侯之事，好叫你们护庇。

　　　　　　　二位需要早防备，速去进京不可迟。

张福、徐恭：（唱）多承教，谨遵托。

杨　普：（唱）嘱托已毕，我要告辞。

张福、徐恭：（唱）一别何日会？叫人难舍离。

杨　普：（唱）咱今俱都年迈，料想后会无期。

　　　　　　　话已言尽我去也，

　　　　　（白）请。

张福、徐恭：请。

　　　　　（唱）一起送出把步移。

杨　普：（白）二公请回。

张福、徐恭：不远送了。

杨　普：请。

张福、徐恭：（唱）复回帐，把话提。
　　　　　　　　　叫声军校，近前听之。
　　　　　　　　　拔营急起寨，快带马龙驹。
　　　　　　　　　一起出了大帐，上马行路不提。

杨普等三人：（唱）再把行路三人讲。
　　　（董宽、袁斌、孙堂上）

袁　斌：（白）俺袁斌。

孙　堂：俺孙堂。

董　宽：俺董宽。

袁　斌：二位将军，咱今行路不知奔向何处？

孙　堂：贵差说是领我二人上京保本，怎么又问我何往呢？此话令人不明，莫非另有别故？

袁　斌：正是，我今若不明言，二位做梦不知其故。
　　　（唱）钦差叫把你俩放，并非好意是奸谋。
　　　　　　此乃调虎离山计，特命我暗送你俩去见阎罗。
　　　　　　皇亲大人把京进，请罪无凭命难活。
　　　　　　我袁斌怜惜忠良辈，早怀不平未明说。
　　　　　　今在途中无人处，告诉二位知明白。
　　　　　　我今若把你们放，从此远去快逃脱。
　　　　　　我要见主去复命，

孙　堂：（唱）孙堂闻听呆愣愣。

董　宽：（唱）哎呀，董宽听闻气炸肺，狗官害人真可恶。
　　　　　　待我急去把他找，拿他开膛把血喝。
　　　　　　说罢回身就要走，

孙　堂：（白）慢着。
　　　（唱）孙堂相拦说住着。
　　　　　　贤弟不可去惹祸，你今从此远逃脱。
　　　　　　探听我的吉凶信，

董　宽：（白）哥哥你上何处而去？

孙　堂：（唱）我还见父入囚车。

　　　　　　父子倘若全不幸，家中之事把你托。
　　　　　　保护兄弟你嫂嫂，莫叫一同遭网罗。
　　　　　　保他叔嫂避灾难，愚兄虽死也感德。
董　宽：（唱）哥哥你既脱身走，回京柱死主意拙。
　　　　　　莫如小弟替你去，纵死一身无啰唆。
　　　　　　留你保护妻子弟，时来报仇好杀贼。
孙　堂：（唱）拍手连连说不可，你替我死理不合。
董　宽：（唱）小弟主意算一定，再要拦阻是白说。
袁　斌：（唱）袁斌一见连夸奖，
　　　　（白）你二人如此这般义重之情，令人可敬。但有一件，此时有人陷害你二人，谁去俱都难生，若依我劝，谁也不去，免遭毒手，不如另寻上策。
孙　堂：尊兄之言虽是，想我孙堂若不随父进京，定然陷亲一死。若叫父死子在，落个不忠不孝之名，虽然叫我偷生于世，却有何颜面见人？细想偷生还不如死。我俩今蒙仁兄不忍暗害，私放留生，真是恩同再造，今生大恩难报，只好来世结草衔环。
袁　斌：好说，不敢。我今见你被屈，故才暗放你俩逃生，若要再去，复入罗网，岂不有负在下之意？
董　宽：着哇，倒是这位恩兄说得对。哥哥，既不叫我替你死，也不必再去赴死，咱俩逃走，何不再求指条明路？
袁　斌：好，董将军所言有理，你俩如不自投死亡，在下还有一言指示二位。
　　　　（唱）最可叹，我袁斌。
　　　　　　当初错认，奸党之门。
　　　　　　官小如芥子，不能尽忠心。
　　　　　　可恨奸贼王振，安心要害皇亲。
　　　　　　我虽差官离京地，奉旨暗杀二将军。
　　　　　　不忍害，你二人。
　　　　　　事情告诉，你俩知闻。
　　　　　　密放回乡去，不可去面君。
　　　　　　进京难免起祸，皇帝黑白不分。
　　　　　　宋凌一死无活口，通贼谋反假成真。

     王法重，不论亲。
     何必领罪，去把死寻？
     太后出朝去，保护有何人？
     有此自投罗网，不如避罪逃身。
     令尊不祥把仇报，强如匹夫见阎君。
     是不是，自思忖。

孙　堂：（唱）好，一言提醒，拜谢将军。
     我就回乡去，探听信与因。
     我父若有不幸，后来定把贼擒。
     恩兄怎把钦差见？私放钦犯罪加身。

袁　斌：（白）不妨，我去复命，不过瞒哄几句罢了。

孙　堂：（唱）如此深恩无可报，拜为朋友做知心。

袁　斌：（白）若不嫌弃，结交二位正合我意。

董　宽：（唱）董宽接言说好了，正是英雄一会人。
     大家快把年庚叙，

袁　斌：（白）我今年廿一岁，不知二位哪兄哪弟？

董　宽：（唱）你是大哥不用云。
     孙哥今年十九岁，小弟不才十七春。
     咱今患难为朋友，撮土为香跪在尘。

袁　斌：（唱）三人拜罢平身起，弟兄有事得离分。
     咱三人难割难舍分两下，

三　人：（白）请。

孙　孝：（唱）又把孙家院子云。
     奉命进京探恶信，

  （白）老汉孙孝，家主二公子听说老爷与大公子通贼谋反，怕有抄家之罪，命我进京探听虚实。一路行程听人议论，都说大公子私收女寇，父子二人谋反是真，令人闻言胆裂魂飞，只好连夜进京打探祸事便了。

（刘赛花出）

刘赛花：（诗）鸳鸯离别分北南，思夫不转心意牵。
  （白）奴刘赛花，兄弟刘月下山去找孙郎，也不知他郎、舅见面未有。久不回山，奴家不胜盼望。

（刘月上）

刘　　月：喽啰们，将马带过。

刘　　汉：兄弟回来了，打探姐夫怎么样？

刘　　月：你我同到后寨见了姐姐再说。

刘　　汉：有理。

刘　　月：姐姐可好。

刘赛花：兄弟回来，多有辛苦。

刘　　月：不辛苦。

刘赛花：你们一起坐下。

刘　　月：有坐。

刘赛花：你到塞北可曾见着你姐夫了无有？

刘　　月：咳，姐姐不消问了。

（唱）小弟下高山，一直奔北塞。
　　　到了紫荆关，见了孙元帅。
　　　说明以往情，老儿见了怪。
　　　说咱是山贼，做亲不喜爱。
　　　不看咱爹爹，叫我命不在。
　　　留情未曾杀，撵出关门外。
　　　小弟回店中，气闷不自在。
　　　未曾见姐夫，受辱心不快。
　　　次日听得说，叫人气难耐。
　　　姐夫见他爹，父把儿子怪。
　　　说他做亲戚，算把名节坏。
　　　气怒就要杀，惜乎命不在。
　　　多亏人保留，苦苦把情赖。
　　　未斩入囚车，解京离边塞。
　　　听说有钦差，赖他把法卖。
　　　一同要回京，凭主把罪派。
　　　小弟闻此言，回山来得快。

告诉你们知，发兵离山寨。

半路截囚车，救他免遭害。

要是去得迟，进京事就坏。

刘赛花：（唱）赛花甚惊慌，吓得魂不在。

刘　汉：（唱）刘汉也着急，心中不安泰，

　　　　　　　事到危急说怎了？

刘赛花：（白）兄弟，你姐夫身入囚车，押解进京一定有死无生。倘若有个好歹，可不苦死你姐姐了。

　　　　（唱）心中着急无主意，何法可使救他生？

　　　　　　　有心发兵把山下，又怕他们早进京。

　　　　　　　那里近来这里远，此去一定是扑空。

　　　　　　　半路不遇无法救，进了京中枉费功。

　　　　　　　左思右想无计策，急得不住手捶胸。

刘　汉：（唱）不怪姐姐发急躁，小弟此时也朦胧。

　　　　　　　他们离着京都近，这里相隔千里程。

　　　　　　　纵言去救遇不上，此时他们去进京。

　　　　　　　咱今计却无法使，待我前去见表兄。

　　　　　　　请他前来同商议，怎样设法作调停。

刘赛花：（白）兄弟所见，快去请来。

刘　汉：（唱）出了后寨到前寨，见了陈兄说分明。

　　　　　　　急请表兄到后寨，

　　　　（白）有请表兄。

陈　望：来了。

刘赛花：表兄来了，请坐。

陈　望：有坐。

　　　　（唱）陈望开言把话明。

　　　　　　　妹夫如今遭了难，表妹何计救他生？

刘赛花：（白）小妹无计，特请表兄商议。

陈　望：（唱）商议何来我无计，此时难定他们吉凶。

刘　月：（唱）你们无计依着我。

众　　人：（唱）依你有何高主意？
刘　　月：（唱）还是发兵下山峰。

　　　　　　　杀奔京都把人要，杀尽贼党报冤横。
　　　　　　　推倒朝廷方消恨，

陈　　望：（唱）粗鲁主意却不中。
刘　　月：（白）怎么不中？
陈　　望：（唱）说此大话全不用，皇帝脚下怎动兵？

　　　　　　　你们又有谋反罪，为何反去惹灾星？
　　　　　　　比不当初往外闯，再去擅入却不能。

刘　　月：（白）这事不行，那事不中，倒是怎好？
陈　　望：（唱）当此之时无别想，等我密去探吉凶。

　　　　（白）妹夫犯法，其父送子领罪乃是忠正无私，朝廷若念亲戚，必言开恩免罪，若有仇人作对，可就不定怎样，未免父子二人同遭不测。我今此去暗暗打探他们吉凶怎样，如有不祥，我就急急回山，咱就发兵下山救他一家，同上山寨，有何不可？

刘赛花：表兄所见万全，事不宜迟，就劳一往，我姐弟等候回音才是。
陈　望：如此我就去也。
刘赛花：表兄去了，二位兄弟训练喽兵准备下山。
刘汉、刘月：是。
刘赛花：（唱）偶闻凶信祸临头，痛夫悲亲心内忧。

（完）

第 八 本

【剧情梗概】 孙吉宗入朝后因孙堂之事百口莫辩，被皇帝打入死牢，徐恭苦谏不能，铜锤及顶而死，英国公受重伤，成国公受道士同寅指点，搬出太后来劝谏皇帝，终于说动皇帝延迟斩刑。孙堂等人回到孙府后，得知家中已派院公进京探听消息。差官赵杰被皇帝下令重打，回府后不久就去世了，去世前叮嘱妻子陶氏防备小妾张爱玉。

（摆朝，四臣站）
众　人：（诗）五夜漏声催晓箭，九重春色醉仙桃。
　　　　　　旌旗日暖龙蛇动，宫殿风微燕雀高。
王　振：（白）咱家王振。
王　文：下官王文。
胡　英：下官胡英。
王　直：下官王直。
众　人：圣驾临朝，分班伺候。
内　臣：开宫门。
　　　（皇帝出）
皇　帝：（诗）楼望西岭千秋雪，窗锁南山一朵云。
　　　（白）寡人英宗正统在位，自有皇亲谋反，真假难辨，差官去查为何不见动静，叫朕放心不下。
（王永和跑上）
王永和：万岁万万岁，臣王永和回朝交旨。
皇　帝：爱卿去查皇亲反情或真或假，不要隐瞒，一一奏朕知晓。
王永和：万岁，容臣细奏。
　　　（唱）伏服地，把主尊。
　　　　　　若问情由，细听臣云。
　　　　　　一同宋参将，去见孙皇亲。
　　　　　　宣读圣旨已毕，孙侯大怒生嗔。

　　　　　吩咐就把宋凌斩，谋反未曾辩真假。
　　　　　臣眼见，事又临。
　　　　　他的儿子，私自招亲。
　　　　　刘球子女反，现今占山林。
　　　　　孙堂收了女寇，分明与贼同寻。
　　　　　到了帅府说来历，皇亲他看着微臣在旁难认亲。
　　　　　将贼子，撵出门。
　　　　　怕事获罪，忌惮微臣。
　　　　　要把儿子斩，面目装得匀。
　　　　　众将保留活命，不杀领罪面君。
　　　　　微臣有气先自走，他便押着在后跟。
　　　　　到半路，又生心。
　　　　　天晚安营，秘密差人。
　　　　　暗把儿子放，假装不知闻。
　　　　　硬赖手下作弊，自己还露真心。
　　　　　勉强随臣来见驾，提防启奏又蒙君。
　　　　　我主想，细思忖。
　　　　　他人谋反，是假是真。
　　　　　若说无私意，不杀宋将军。
　　　　　明是要灭活口，见驾好把理分。
　　　　　奏罢伏地连叩首，
皇　　帝：（唱）哎呀，皇帝听罢知原因。龙心怒，大动嗔。
　　　　　皇亲竟有，结交贼人。
　　　　　谋反却不假，杀人即是真。
　　　　　亲情一概不念，奸心竟负国恩。
　　　　　朕也难观太后面，问问定要诛反臣。
　　　　　速速宣他来见朕，
王永和：（白）领旨。
内　　臣：圣上有旨，宣皇亲上殿。
孙吉宗：万岁。

（唱）孙侯上殿来面君。
跪倒金阙呼万岁，

皇　帝：（唱）皇帝大怒把话云。
（白）哼哼，好个大胆逆臣，为何忘亲负国，不念皇亲托孤之事？竟敢图谋不轨，通贼叛朕，问你该当何罪？

孙吉宗：哎呀，万岁，休听谗言妄奏。
（唱）微臣素受国恩重，怎敢背主起不忠？
君臣大义不敢忘，又观太后有亲情。
谋反必是佞臣奏，

皇　帝：（白）你不谋反，为何杀了宋凌？汝子又收女寇，还不是通贼谋反吗？

孙吉宗：（唱）万岁，若问其故请君听。
奉旨提兵征鞑虏，到了紫荆退敌兵。
逆贼宋凌把粮误，责罚他就私回京。
无粮人马回城转，差赵杰送表进京探实情。
无音正愁皇宣到，才知道宋凌参我罪不轻。
拷问实说王振计，暗害叫人气满胸。
竟遇辩本未防备，董宽送他归阴城。

皇　帝：（白）住口，你不传令谁敢杀他？不留活口必有叛逆之心无疑了。

孙吉宗：（唱）为人粗鲁性又暴，宋凌一死他不明。
不料又添一宗事，臣子收妻要斩定不容。
众将保留他不死，请罪押解见主公。
走在半路他又走，差官硬赖有私情。
教子不严来领罪，望主格外施恩行。
奏罢伏地丹墀下，

王　振：（唱）王振出班跪龙庭。
（白）万岁休听孙吉宗巧辩，他不谋反断不私杀宋凌，又言奴才主使，明是胡拉乱扯，自想免罪，反来误人。我主若不明正其罪，只怕日后江山不稳，定丧他人之手。

孙吉宗：住了，王振我把你这个逆贼呀！
（唱）孙某本无私，你又胡乱讲。

王　振：（唱）你若不通贼，宋凌死不爽。
孙吉宗：（唱）董宽将他杀，孙某甚冤枉。
王　振：（唱）没了活口人，你才心快敞。
孙吉宗：（唱）谋反不见真，好把良心枉。
王　振：（唱）谁知你儿子，他不颠分两。
　　　　　　通贼事露了，你的脸难长。
　　　　　　惧罪怕主公，明着不敢抗。
　　　　　　斩子吓唬人，又把别法想。
　　　　　　押解私放逃，贪夜去得莽。
　　　　　　见主赖别人，一推要两搡。
　　　　　　你总弄巧言，免罪是妄想。
孙吉宗：（唱）孙爷气难压，火气打一掌。
王　振：（白）咳呀，罢了我了。
皇　帝：（唱）皇帝喊一声，佞臣太粗莽。
　　　　　　先生快平身，寡人把他挡。
王　文：（唱）万岁，王文跪金阙，趁势把话讲。
　　　　　　皇亲起反心，真假还需访。
　　　　　　随他众三军，问明免冤枉。
皇　帝：（白）爱卿所奏有理，你就访来再奏虚实。
王　文：（唱）领旨下金銮，意定良谋广。
　　　　　　去了不多时，回奏说无谎。
孙吉宗：（唱）孙爷叫王文，你也来胡讲。
　　　　　　王振狗女男，你们是一党。
　　　　　　同谋来害吾，不怕天遭网。
王　文：（白）住了，我要从中问明，乃是保你无事，他们其言是真，叫我如何瞒哄呢？
皇　帝：（唱）王爱卿归班，拍案连声响。
　　　　　　大叫孙吉宗，罪逆归山岗。
　　　　　　若不把你诛，社稷难执掌。
　　　　　　通贼即是真，该死无的讲。

　　　　　　吩咐殿前官，快把逆臣绑。

　　　　　　叫他午时亡，暂且入法场。

殿前官：（白）领旨。

　　　　（绑孙吉宗）

王直、胡英：（唱）王直与胡英，保本往上闯。

　　　　　　跪倒未开言，

皇　帝：（唱）皇帝把话讲。

　　　　（白）孙吉宗犯罪当诛，你们前来莫非保他不死吗？

王直、胡英：正是，陛下息怒，臣等斗胆特来保奏哇，万岁。

　　　　　　（唱）齐叩首，尊吾皇。

　　　　　　　　皇亲乃是，托国忠良。

　　　　　　　　谋反不可信，通贼事渺茫。

　　　　　　　　我主须看素日，不要轻损栋梁。

　　　　　　　　想他从前南征北讨，专把四蛮八夷降。

　　　　　　　　功如山，世无双。

　　　　　　　　先皇敬重，恩待情长。

　　　　　　　　才封高爵位，怎会变心肠？

　　　　　　　　明是有人作对，挟仇害他命亡。

　　　　　　　　他要真心行叛逆，岂敢转身赴帝邦？

　　　　　　　　望我主，细思量。

　　　　　　　　休信谗言，自失主张。

　　　　　　　　想情当赦罪，君臣义不伤。

　　　　　　　　一不失去玉柱，二免太后无光。

　　　　　　　　宽恩礼待忠良将，方保社稷永绵长。

皇　帝：（唱）心大怒，气昂昂。

　　　　　　你们少来，说黑道黄。

　　　　　　若不将他斩，后来是祸殃。

　　　　　　犯罪情无远近，论法齐按王章。

　　　　　　不必多言一起退，有人强保罪难当。

王直、胡英：（唱）齐站起，脸气黄。

　　　　　　　不敢再奏，心意惶惶。
皇　　帝：（唱）皇帝又传旨，座上把口张。
　　　　　　　叛臣虽然问罪，还有逆子潜藏。
　　　　　　　理当抄家齐问罪，还有随征将儿郎。
　　　　　　　顺从他人皆拿问，不可遗祸在外乡。
　　　　　　　朕当一起要问罪，何人领旨出朝堂？
王直、胡英：（白）哎呀，不可。
　　　　　　（唱）王直胡英又跪倒。
　　　　　　（白）万岁，皇亲犯罪不容保奏倒也罢了，其余兵将在外，我主万万不可再行旨意捉拿。
皇　　帝：哼哼，寡人未及传旨，你们怎么又来拦阻？
王直、胡英：万岁，非是微臣逞颜多谏，皆因总在社稷为重啊，万岁。
　　　　　　（唱）我主不可行暴虐，多行仁政方法安。
　　　　　　　且听微臣说古典，我主思量细详参。
　　　　　　　想当初汉末董卓遭大逆，司徒王允献连环。
　　　　　　　计诛董卓当歇手，又除下降不应然。
　　　　　　　只顾要使绝户计，惹得那李傕郭氾反长安。
　　　　　　　王允难逃坠城死，走了温侯吕奉先。
　　　　　　　只因杀一又惹众，未能定国反丧江山。
　　　　　　　孙门犯罪死无怨，同遭祸患理不端。
　　　　　　　兵将随征身在外，全拿无辜算哪般？
　　　　　　　奉劝我主息此怒，莫像王允后悔难。
　　　　　　　休学桀纣失天下，当学尧舜保江山。
　　　　　　　非是微臣苦口谏，为国不能自求安。
　　　　　　　奏罢不住连叩首，
皇　　帝：哼哼！
　　　　　　（唱）皇帝听罢心犯颠。
　　　　　　　沉吟多会说罢了。
　　　　　　（白）罢了，朕就依你所奏，只拿孙氏一门问罪，其余兵将一概不究。只有董宽擅杀宋凌，罪在不赦，其户诛戮。赵杰乃是孙家至亲，也不可饶恕，死罪虽赦，活罪难免，提出高墙，重打四十御棍，革职为民。叛臣孙吉宗定斩不饶，再命臧万年带兵去抄家，锦衣卫王永和去监斩，先生王振带着斩杀剑把守午门，不准有人再来保奏。一起下殿，散朝！

众　　人：万岁，万万岁。

（王直、胡英急上）

王　　直：罢了我了，可恨昏君年幼无道，信谗灭忠良，不念皇亲汗马功劳，竟把孙贤侯问斩，下诏抄家。大家保本不准，只得勉强苦谏，却把兵将免罪。皇亲已然不赦，你我无法保奏，只好去到法场一祭，以尽同臣之谊。

胡　　英：有理，快走。

（唱）二人要到法场中，徒步而行不怠慢。

张福、徐恭：（唱）来了张徐二国公，带兵回朝要上殿。

　　　　　　催马正门抬头观，呀，两位官员来对面。

　　　　　　慌慌张张为哪般？步行轿马全不见。

　　　　　　定有是非在此中，何不上前问一遍？

　　　　　　吩咐左右且缓行，急忙下马停身站。

　　　　　　二位是往何处行？这样急迫出躁汗。

王直、胡英：（唱）恰遇相逢齐打躬，一起欢喜将佛念。

　　　　　　二位来得正对当，事在危急好救难。

张福、徐恭：（白）何人有难？二位快讲。

王直、胡英：（唱）有难乃是孙皇亲，如此这般说一遍。

　　　　　　保本不准无方法，我等法场去祭奠。

　　　　　　凑巧二位国公来，快救皇亲脱祸患。

张福、徐恭：（唱）二人听罢气冲天，果然三弟真有难。

王直、胡英：（白）二位公爷怎知此事？

张福、徐恭：（唱）路遇丞相把话明，才知遭贬是一患。

　　　　　　我俩极速转回城，不期果然遭大难。

王直、胡英：（白）二位公爷快去保本吧。

徐　　恭：（唱）徐爷开言叫仁兄，你上法场我上殿。

　　　　　　保护三弟莫施刑，

张　　福：（白）有理。

（唱）你我前去不怠慢。
　　　　张福带兵上能行，去奔法场急似箭。

徐　恭：（唱）吩咐带马快上朝，

王直、胡英：（唱）王胡拦挡说且慢。
　　　　（白）老国公暂且慢行，午门挂出斩杀剑，现有王振把守，不容保本。方才事急，忽然忘记未曾细言此事，想起莫如不去，另想别计可以保本。

徐　恭：不妨，我有铜锤，上打皇帝，下服群臣，又有祖上免死金牌，何惧许多？二位不必牵挂。左右带马上朝。哎呀，好一畜生竟将我摔落平川，与人不利，取出铜锤，自顶一下，畜生找打。
　　　　（马打死）

众　人：千岁一怒将马打死，只怕更有不利。

徐　恭：二位不必再言，打死畜生不足为惧。人来将马掩埋，我就徒步上朝去也。

王　直：张福此去，未免凶多吉少，咱二人且到午门以外，听候消息便了。

胡　英：有理，请。
　　　　（王振上，坐）

王　振：（诗）禁止人保本，把守在午门。
　　　　（白）咱家王振，奉旨带剑午门，阻挡文武官员，一概镇压，不准朝见皇帝。

徐　恭：中贵请了。

王　振：请了。哟，徐老先生你同英国公赴黄河修堤赈济，想是工完交旨么？

徐　恭：正是，工已完毕，回朝来见皇帝。老中贵你在这里作甚？快些闪开，老夫要上朝去见驾。

王　振：这不容咧，老国公且请回府，要上朝暂且等改日再来吧。

徐　恭：今日却是为何？

王　振：你看不着吗，门上挂着斩杀剑呢，有人犯罪不容保奏，皇帝特命咱家把守午门，别人都不叫上朝，却为何叫你过去呢？老千岁请回吧，今日算见不着皇帝了。

徐　恭：嘟，我来见驾，谁敢不叫上殿？何人犯罪，皇帝叫你把守午门？

王　振：哟，别发横啊，咱家知道你那厉害难惹，如今还是这样脾气，真是傲性难改啊。要问何人犯罪，想来你是乍到不知，听我说来，你就明白了。

（唱）尊声老国公，你不知根底。
　　　别横且消停，听我告诉你。
　　　皆因孙皇亲，犯罪恶无比。

徐　恭：（白）他犯何罪？
王　振：（唱）休急听我说，这般是如此。
　　　　　皇帝不留情，问罪叫他死。
　　　　　推到法场中，午时把命取。
　　　　　有人保本章，一概全不许。
　　　　　故此命我来，在此相禁止。
　　　　　你来也是白，见驾不能矣。
　　　　　说明快请回，不用在这里。
　　　　　你休仗官高，逞强在这里。
　　　　　何苦寻是非？强去无有喜。
徐　恭：（唱）大怒喊一声，骂声狗男女。
　　　　　不言我也知，作弊全是你。
　　　　　皇帝心不明，信你胡言语。
　　　　　老夫今日来，恨不将你劈。
　　　　　任着把命偿，一锤打死你。
王　振：（唱）不好快跑吧，不了白打死。
徐　恭：（唱）狗才竟敢藏，待我面皇帝。
　　　　　进朝上金殿，
　　　　（皇帝摆朝）
徐　恭：（唱）竟无人在此。
　　　　　急忙把钟敲，又把鼓擂起。
皇　帝：（唱）皇帝在宫中，不知何事体。
　　　　　急忙去临轩，坐上开言语。
　　　　　何人上金銮？
徐　恭：（白）万岁。
　　　　（唱）徐恭开言语。

　　　　　急忙跪丹墀，叩头忙接语。
　　　　（白）万岁，臣徐恭前来惊驾，罪该万死。
皇　　帝：原是老国公回朝，想是赈济修堤回转？
徐　　恭：正是。臣与英国公奉旨赈济，监理河道，重修堤坝，那里一带安然无患，事毕回京，特来见驾交旨。方才惊恐圣上，望主宽恩赦吾。
皇　　帝：好，为国勤劳有功无罪，平身。
徐　　恭：谢主隆恩。万岁，臣有一事不明，特来请问我主，不知孙皇亲身犯何罪，我主便要斩首？
皇　　帝：他私通胡人，纵子结连山贼，怎么不该问斩？
徐　　恭：万岁不可听信谗言，老臣冒犯天威，还有一言奉主。
　　　（唱）尊陛下，听臣言。
　　　　　我等回国，走在途间。
　　　　　路遇杨丞相，被贬出朝班。
　　　　　见面诉说以往，就知朝内根源。
　　　　　他为皇亲惹王振，圣上一怒贬良贤。
　　　　　良臣去，令人寒。
　　　　　臣等怕是，孙侯不安。
　　　　　故此急回国，正遇祸塌天。
　　　　　皇亲深遭冤枉，听说保奏枉然。
　　　　　英国公痛祭奔法场，臣来保本至金銮。
皇　　帝：（唱）心中怒，变龙颜。
　　　　　才要问罪，复又犯颠。
　　　　　徐恭虽有望，先皇敬忠贤。
　　　　　钦封臣把君管，代服文武百官。
　　　　　钦封铜锤人人惧，朕要惹他也是难。
　　　　　寻思毕，又开言。
　　　　　尊声国公，你不知全。
　　　　　皇亲真谋反，斩首理当然。
　　　　　传旨不容保本，午门早把剑悬。
　　　　　你来王振何处去？怎不阻拦你到三川？

　　　　　朕念你，灭反奸。
　　　　　只当交旨，别事不言。
　　　　　惊驾不问罪，无事得安然。
　　　　　不该又来保本，擅来言四语三。
　　　　　今朝依仗是你在，若是别者罪难宽。
徐　恭：（唱）尊陛下，莫心烦。
　　　　　老臣乃是，为主江山。
　　　　　损去股肱将，最怕后悔难。
　　　　　王振休当亲信，乃是败国奸顽。
　　　　　保国还是旧臣宰，轻任宦官理不全。
　　　　　请我主，莫信谗，
　　　　　早赦皇亲速除佞臣，
　　　　　若不贬王振忠臣焉能安？
　　　　　休怪微臣保本，当思先皇一言。
　　　　　托付我等同扶国，莫把他人当等闲。
皇　帝：（唱）皇帝听罢气难忍。
　　　（白）孙吉宗叛逆，逢赦不赦，你今既是保本，何妨朕不传旨，你替寡人赦？
徐　恭：哎呀哎呀，好个昏君，执意不赦，真正气死人也。
　　　（唱）发炸动无名，怒气冲两肋。
　　　　　厉声叫昏君，不明太暗昧。
　　　　　皇亲孙吉宗，几时有私为？
　　　　　一向禀忠心，鞠躬又尽瘁。
　　　　　我等是一般，敢言心无愧。
　　　　　自祖至于今，保国忠几辈。
　　　　　正直惹人嫌，才有人作对。
　　　　　你竟信谗言，不分泾与渭。
　　　　　功勋一旁扔，竟把忠良废。
　　　　　太后面不观，情理不理会。
　　　　　老臣来保本，枉把忠言废。

　　　　　　竟给面无颜，不明真昏聩。
　　　　　　实话对你说，我来得赦罪。
　　　　　　不然把脸翻，君臣要作对。
皇　　帝：（唱）咳，叫声老匹夫，休觉尊又贵。
　　　　　　不过仗祖先，世袭高爵位。
　　　　　　虽受先皇封，辖朕使不得。
　　　　　　硬来保罪臣，想是同作弊。
　　　　　　赦他万不能，往来相勒逼。
　　　　　　你再来逞强，朕要同问罪。
徐　　恭：（唱）哎呀，大声喊吆喝，不赦反作罪。
　　　　　　真正是昏君，也罢，与你对一对。
　　　　　　恶恨闯进前，袍袖攥手内。
　　　　　　举锤叫昏君，赦罪不赦罪？
内　　臣：（唱）内臣不敢拉，一起往后退。
皇　　帝：（唱）皇帝战兢兢，吓得离座位。
　　　　　　取过剑龙泉，要把龙衣废。
　　　　　　一剑两离分，回宫禁门内。
徐　　恭：（唱）徐恭无方法，回思理不对。
　　　　（白）咳，怎了这是？这是老夫只想威吓皇帝赦罪，不想圣上损坏龙衣，退殿回宫，细想我有欺君犯驾之罪。哈哈，是了，我想古人曾有割袍断义，我今为友不能全交，又是君臣断义，还有何颜面见人？自愧生不如死。咳，圣上哪，圣上呀，我徐门保国，自祖以来南征北战，立下血水之功，才有高官厚禄，不幸你今薄待汗马，叫我朋友难全，君臣失义，实在令人寒心，以后不能再保主的江山了，待我再拜谢皇恩。
　　　　（诗）二目滔滔跪禁门，拜谢君恩要归阴。
　　　　　　摘还冠带放禁门，眼望铜锤又伤心。
　　　　（白）铜锤呀铜锤，你本先皇御赐，为服别人竟损自己。咳，说罢铜锤举起照顶一下，也罢。
　　　　（徐恭死）
内　　臣：徐恭身死，启奏陛下才是。启奏万岁，徐恭铜锤及顶自尽身亡。

皇　　帝：呀，待朕看来。老国公怎样。呀呀，果然自尽身亡，可叹哪可叹。徐恭身死，怜悯忠良，须得知会御林军。

御林军：万岁。

皇　　帝：将徐恭尸首抬下金殿，用棺椁成殓，送至徐府，候朕出旨送灵。

御林军：领旨。

皇　　帝：内臣将铜锤入库，命王先生前来见朕。

内　　臣：领旨。

（王振上）

王　　振：万岁，万岁，奴才前来见驾。

皇　　帝：朕命你午门把守，为何放进徐恭搅乱金殿？

王　　振：万岁，非是奴才无用，因他仗着官大硬闯见驾，奴才拦阻他便要殴打奴才，奴才吓得藏躲，实在无法可挡啊，万岁。

皇　　帝：这就是了，他今一死，你再到午门把守，看还有何人敢来保本。

王　　振：万岁，徐恭虽死，还有张福也是难缠，他们同来回朝，全与犯官相契，我主还需再加仔细。

皇　　帝：若依先生怎样？

王　　振：若依奴婢，莫如命人带兵去护法场，到了时刻催促斩首，省得临期不防有变。

皇　　帝：所奏有理，别无可差，就命先生带领五百御林军去到法场，等候时刻一到，吩咐速斩犯官，前来交旨。

王　　振：奴婢领旨。

（中年旦上）

陶季春：（诗）愁肠心已乱，忧思祸相连。

（白）奴陶季春，婚配赵杰为妻，所生一子乳名喜哥，年方十二，起名赵荣。老爷奉命随征，孙家遭害，一同受祸，如今身在高墙。孙皇亲回家辩本，也不知老爷吉凶。又命赵毅打探，不见回音，必是吉少凶多了。

（赵荣上）

赵　　荣：哎呀，母亲可不好了。

陶季春：我儿为何这等惊慌？

赵　　荣：我父亲被打得昏迷不醒，院公扶回府来，只剩呼吸之气。

陶季春： 呀，这还了得？你我快到前庭看来。

（院公扶赵杰坐）

赵　毅： 老爷醒来，老爷醒来。

（母子急上）

陶季春： 老爷。

赵　荣： 爹爹醒来。

赵　杰：（唱）哎呀一声罢了我，只觉浑身筋骨疼。
　　　　　　耳边又听有人唤，睁开虎目看分明。

陶季春：（白）老爷醒醒。

赵　荣： 爹爹醒醒。

赵　杰：（唱）瞧见陶氏与幼子，还有赵毅老院公。
　　　　　　不见张氏爱玉妾，不由叫人气夹攻。

张爱玉：（唱）正然胡思与乱想，张氏爱玉闻风声。
　　　　　　也到前庭看一看，紧忙近前看分明。
　　　　　　一看叫人心难受，
　　　　　（白）老爷觉着心中怎样？

赵　杰：（唱）又叫张氏你是听。
　　　　　　我死陶氏把贞洁守，死后撇你甚年轻。
　　　　　　量你守寡难立志，莫如改嫁离门庭。

张爱玉：（唱）张氏听说心不乐。
　　　　　（白）老爷说的这是何话呢？你今活活的未死，为何说这些丧话？

赵　杰：（唱）量着如有好歹，夫人她能守节。

张爱玉：（白）老爷，她能守节，我就能立志，彼此一样，怎见她就胜于我，我就不如她呢？老爷不必轻人，只管放心，你就有个山高水远，我情愿甘心守节。你若不信，我敢立誓。老爷你死日后，我要改嫁，情愿一头碰死。

赵　杰： 罢了，你既坚守冰霜，可要心口皆通啊。

张爱玉： 那是自然，一言既出，永不改更。小妾生是赵家之人，死后是赵门之鬼。

赵　杰： 好，这才是我赵杰妻妾。我今讲话太多，只觉心肝口渴，张氏。

张爱玉： 有。

赵　杰： 快去烹盏姜汤我用。

张爱玉：是。

　　（张爱玉下）

赵　杰：将他支出去了，夫人近前来，我还有话吩咐与你。

陶季春：老爷有话请讲。

赵　杰：张氏为人嫉妒不贤，我死必有改变之事，断乎不能与你一样。妇人家不明节义，水性杨花，无有定准，你母子二人可要留心防备。

陶季春：是，妾身知道。

　　（张爱玉上）

张爱玉：姜汤已到，老爷请用。

赵　杰：暂且不用，放在桌案。

张爱玉：是。

赵　杰：院公近前些。

赵　毅：老奴伺候。

赵　杰：我今不为别事，因我目下将终，把这家务之事嘱托与你。

　　（唱）我今自谓死难免，要你照应用心机。

　　　　抚养你公子成人，量他不敢忘恩。

赵　毅：（白）这是为奴分所应当。

赵　杰：言罢又把夫人叫。

陶季春：有。

赵　杰：张氏娘子也听着。我死同心把节守，

陶季春、张爱玉：老爷保重身体，不要乱想。

赵　杰：你姐妹和气莫相争。

张爱玉：老爷放心，夫人待我不错，我俩无有不客气的，不用老爷劳心嘱咐。

赵　杰：（唱）不忘遗言谨遵守，我死阴间也感激。

陶季春、张爱玉：（白）老爷之言入于肺腑不忘，且请放心保养身体。

赵　杰：（唱）临危之言嘱咐毕，自觉气短少神思。

陶季春、张爱玉：（白）老爷请用姜汤罢。

赵　杰：（唱）端起姜汤才要用，（碗碎）

合：老爷/爹爹这是怎样？

赵　杰：（唱）气堵咽喉发昏迷。

赵　　毅：（白）老爷光景有些不好。

赵　　杰：（唱）往后一仰断了气，

（赵杰死）

陶季春：哎呀！

（唱）陶氏抱住魂吓离。

张爱玉：（唱）爱玉相扶不住叫，

赵　　荣：（唱）赵荣这里唤得急。

爹爹径自闪儿去，

赵　　毅：（唱）赵毅一旁也着急。

高声不住叫苏醒，

赵　　荣：（白）爹爹呀，

（唱）公子上前抱住尸。

陶季春：老爷呀！

（唱）方才好好还讲话，

张爱玉：（唱）怎么一时无气息？

赵　　荣：（唱）爹爹把我母子闪，径自抛离赴阴司。

陶季春：（唱）夫妻怎不同到老？闪我母子无靠依。

赵　　荣：（唱）再也不能受父教，教我文武两班习。

张爱玉：（唱）张氏爱玉泪不止，

赵　　毅：（唱）赵毅解劝把话提。

夫人公子莫悲痛，办理丧事要速急。

一起止泪忙着手，搭起灵床装殓衣。

不言赵家办丧事，

朱　　永：（唱）再把千岁朱永提。

远路封王回朝转。

（诗）出朝远离京，不辞万里程。

（白）本公成国公朱永，奉旨云南交趾国封王，新君留我难以久存，惦记国事紧急，及早回朝复命。国王深感君恩，多加进贡礼物，命我回朝多多美言。离了云南快行不止，离京不远。左右！

侍　　卫：有。

朱　　永：押着进贡礼物，急急快行。

　　　　　（同寅上）

同　　寅：（诗）异行游天下，红尘布德功。

　　　　　（白）贫道同寅下山云游，昨日至京，正遇孙侯有难，性命之忧无人解救，访问朱千岁回京，不免前去迎头相告，好叫他急急进京保护，须得指他一回，遇时可以赶到。

　　　　　（唱）此处离京三十里，等候着朱老千岁在路途。

　　　　　　　　相离不远迎面站，

朱　　永：（唱）再说朱永回京都。

　　　　　　　　催马行路抬头看，一位道士来得速。

　　　　　　　　迎面而立路旁站，玄门打扮亦不俗。

　　　　　　　　马到跟前不闪路，

侍　　卫：（唱）从人一见气扑扑。

　　　　　　　　国公大人从此过，你这道人无眼珠。

　　　　　　　　再不闪路用鞭打，

同　　寅：（唱）同寅连把众位呼。

　　　　　（白）列位不要厉害，快些闪闪，贫道有事特来求见千岁。

朱　　永：左右闪开，待我问来。哎，你这道人来见本公，有何事故？快快说来。

同　　寅：千岁，贫道乃三清教下弟子，云游无有定所，昨日至京，正遇帝王诛戮大臣，性命难保，存亡不定，无人可救。早知你是皇室宗亲，诡言太后之命，可以救急消解，贫道慈悲怜悯，布施先恩，前来指示与你。话已说完，速行莫误，贫道告辞去也。

朱　　永：呀，这一道人好生奇异。

　　　　　（唱）话不说明飘然去，令人糊涂心发蒙。

　　　　　　　　何人犯罪遭拿问，道人送信叫我进京？

　　　　　　　　本公一直进朝去，入朝便知哪个屈情。

　　　　　　　　心中着急叫左右，尔等随我莫消停。

　　　　　　　　鞭鞭打马急似箭，午时以前定进京。

　　　　　　　　暂不言朱永路上走，

张　　福：（唱）再表张福老国公。

　　　　　出了法场上了马，二弟不到为何情？
　　　　（白）本公张福，来到法场，见了孙三弟，方才苦祭一场，等候二弟保本，不见音信。无奈命人护守桩橛，我只得乘马上朝去探。呀，迎面又来了两位官员，慌慌张张，不知所为何故。
　　　　（王直、胡英上）

王直、胡英：老国公出离法地，不知要往哪里去？

张　　福：呀，原来还是王、胡两位大人。左右，将马带过。二位来奔法地，可知徐恭保本怎么样？

王直、胡英：老国公不知，不用细问了，原是如此这般，可怜徐大人保本不准，自尽身亡。又命王振带兵来保法场，不待时刻就要催促立斩，立把孙皇亲正法。我二人闻知，飞奔前来，告知大人，正好遇见大人。快想主意，保皇亲不死。

张　　福：呀，原来是这等。徐二贤弟呀，可怜你为友一旦身亡，令人好不伤感。咳，事到其间，我也舍命去见昏君，哪怕叫我三人一路而去，死也不怕。人来，速到芦棚请那监斩官前来见我。

侍　　卫：哈，我家千岁有请王大人。
　　　　（王永和上）

王永和：来了。老国公命人唤来下官有何事情？

张　　福：大人不知原是这般如此，王振前来，时刻不到，莫要施刑，老夫去见皇帝，还要舍命保本。

王永和：老国公此言差矣。下官奉旨不敢徇私，王命一到就要施刑，谁敢耽误，在等时刻呢？

张　　福：不妨，大人只管放心，待时而行，昏君出尔反尔，有我去做主。

王永和：这等吩咐，下官不敢从命，事忙我就请便，该斩我还要斩。

张　　福：住了，好个狗官，不达事务，令人可恼。
　　　　（唱）心大怒，火性蹿。
　　　　　　又气又恨，只叫狗官。

王永和：（白）只管骂吧，无空理你，回我芦棚去。

张　　福：住了，大喝哪里走？抓住按平川。

王永和：哎呀，罢了我了。

张　福：（唱）早知你与王振，同谋一党为奸。
　　　　　　　助纣为虐常作弊，处处尊奉狗女男。
王永和：（唱）身难动，把话言。
　　　　　　　国公你啊，胆大包天。
　　　　　　　吾本奉圣旨，来做监斩官。
　　　　　　　吩咐一声不允，竟敢凌辱不堪。
　　　　　　　这里不住胡造次，你敢与我上金銮？
张　福：（唱）更可恨，气炸肝。
　　　　　　　无名火起，怒把胸填。
　　　　　　　张某不惧罪，敢做就敢担。
　　　　　　　我今将你打死，哪怕同赴九泉？
　　　　　　　说罢扬拳往下打，打得面上血直蹿。
众　人：（唱）法场人，齐来观。
　　　　　　　王直胡英，站立旁边。
　　　　　　　暗说打得好，不劝也不拦。
　　　　　　　其余都看热闹，谁也不敢近前。
　　　　　　　英国公按住不撒手，越打越气眼睁圆。
王永和：（唱）王永和，心胆寒。
　　　　　　　暗说不好，老儿难缠。
　　　　　　　再不亲哀告，便硬命难全。
　　　　　　　想罢尊声千岁，抬手需报恩宽。
　　　　　　　有事大家慢商议，何用使性苦打咱？
张　福：（唱）你哀告，也枉然。
　　　　　　　任着咱俩，同赴阴间。
　　　　　　　除你先死去，再把王振参。
　　　　　　　奸党一概除尽，朝纲才将安然。
　　　　　　　正然痛打无完了，
侍　卫：（白）从人通报跪面前。禀爷来了王太监，
张　福：起过。
侍　卫：是。

张　　福：（唱）这才撒手用目观。
王永和：（唱）王永和得便脱身走，迎见王振去诉冤。
张　　福：（唱）狗官逃跑不该死，
王　　振：（唱）王振前来气冲天。
　　　　　（白）英国公你好大胆，竟敢痛打监斩官，赶离法场，莫非你要劫夺法场吗？
张　　福：狗奴不要胡言，你今又来毁谤忠良，明明都是你的诡计，皇帝信从所为，仗着奉旨前来，见我大模大样，哪里容得？左右，把他与我拉下马来。
（众人拉王振）
王　　振：反了反了，好个张福，咱俩这里不用讲，就等我面见皇帝，咱俩再说。孩子们，带马回朝。
张　　福：狗才见事不祥，自己退回，我有道理。军校们，本公去赶王振，你们小心护守法场，有人要斩犯官，拦挡莫要叫他施刑，不见我回来休离法场。
侍　　卫：遵令。
张　　福：左右，带马上朝。
王　　直：英国公一去也是不好，你我约会忠良，一同设法保护便了。
胡　　英：有理。
金　　英：御林军抬定棺椁，直奔徐府。咱家太监金英，可怜徐恭保本身亡，命我徐府去送灵牌。方才又见王永和和王振他二人慌慌张张所过，不知又是何事，我也未曾上前拦阻去问。呀，那边马上一人如飞而来，好像英国公张福。
（张福上）
张　　福：金公公乘马何往？可曾见过王振吗？
金　　英：我上徐府送灵，方才见他们过去，并未答言。老国公这等急速却为何事？
张　　福：我是追赶王振，同上殿去见驾。请问公公后面抬着可是徐恭灵柩么？
金　　英：正是。
张　　福：少站，我要灵前一祭。
金　　英：老国公要尽朋友之情，这却不难。御林军落下棺椁，张千岁要祭灵柩。
侍　　卫：哈。

张　　福：左右，纸钱伺候。

　　　　　（唱）下了坐骑心酸痛，

御林军：（唱）御林军校放下灵。

金　　英：（唱）金英下马一旁站，

侍　　卫：（白）禀爷，纸钱已到。

张　　福：闪过。

　　　　　（唱）张福跪倒又悲声。

　　　　　　　　化纸奠酒叫贤弟，可叹你今不善终。
　　　　　　　　弟兄今日回朝转，有功不得享太平。
　　　　　　　　愚兄今在灵前祭，诉尽昔年结义情。
　　　　　　　　若不惦着三贤弟，情愿同死不同生。
　　　　　　　　国公越哭心越痛，又连气恼两加攻。
　　　　　　　　一时过痛生疾病，往后一倒跌流平。

众　　人：（唱）众人一见忙扶住，千岁醒来，千岁醒来。

金　　英：（唱）金英一见连声叫，只叫千岁怎么行。

侍　　卫：（白）我家千岁径自生病，昏迷不醒，

众　　人：（唱）不幸怎又把病生？心疼不住连声叫，

王直、胡英：（唱）又来王直与胡英。

　　　　　　　　后跟曹鼎与匡也，齐来一见看分明。

　　　　　（白）英国公这是怎样？

金　　英：方才哭祭徐恭灵柩，悲伤过度，身染重病。

王直、胡英：这就是了。

金　　英：列位齐至何往？

王直、胡英：我等相约会合一处，要随英国公前去保本，不料他又病在这里。无人出头，如何是好？何人为首？

金　　英：果然你们难去呀，那边一人乘马而来，好像成国公朱千岁回京。

王直、胡英：果然是他。好好，刚刚的又来了救难之人，大家这里等候才是。

朱　　永：左右慢行，前面一群官员在此，不知何事，待本公下马去见。

众　　人：果然是朱千岁回朝，老大人在外一向可好？

朱　　永：列位，承问了。你们都在这里聚齐为何？

众　人：老宗亲不知，遂把前后之事说了一遍。我等在此合计保本，不敢出头，正巧大人来到，正好奉求再去保本。
朱　永：呀，此事当真？
众　人：老大人不信，请来观看这里，现有徐恭灵柩在此，还有英国公疾病倒在此处，如今皇亲还在法场被绑。
朱　永：呀，朝中竟有这样大事？别人不能保奏，倒还有可，皇亲犯罪，难道太后、齐王都不知道吗？
众　人：国太、二王驾去泰安降香未闻。如今徐恭一死，英国公有病，还有哪个保本前去？老宗亲要不赶到，别无可去，皇亲只好就在此地等死，无人可救。
朱　永：如此实在危急，别事难顾，我且先见皇帝，看看如何。
众　人：任凭宗亲办理。
朱　永：天色近午时，列位听我一言，王、胡二位大人速到法场一同兵将保护皇亲，莫叫被斩。匡、曹二位一同文武，齐聚午门，急急各写辞本一道，老夫带到金殿，自有保本之计。将英国公搀回府去将养，金英送灵，莫误彼此。两边各办其事。请。
众　人：请。
（王永和急上，跪）
王永和：万岁万万岁，恕过微臣之罪吧。
皇　帝：呵呵，爱卿为何这般光景？天至午时，想是斩了犯官前来交旨。
王永和：吾皇万岁，不消提起，听微臣慢慢道来。
　　　　（唱）法场事，奏其详。
　　　　　　　微臣被打，跑回朝堂。
　　　　　　　英国公胆大，竟不怕君王。
　　　　　　　欺臣无法可使，只得来见吾皇。
　　　　　　　望乞恕罪将头叩，
皇　帝：（唱）皇帝听罢气昂昂。老张福，太张狂。
　　　　　　　欺君之罪，不惧王章。
　　　　　　　犯罪难宽恕，叫你罪同当。
　　　　　　　同谋一党诛尽，社稷才得安康。

为何不见先生转？莫非他也身受伤？

正然盼，犯思量。

王　振：（唱）王振上殿，来见君王。

快与臣做主，吾皇想主张。

张福不尊王法，大胆要劫法场。

我主如不急拿问，一定同谋反朝纲。

奏罢不住连叩首，

皇　帝：（唱）皇帝气得面焦黄。

（白）你二人平身。

王振、王永和：万岁。

皇　帝：（唱）才要传旨拿张福，

（朱永上）

朱　永：（唱）朱永上殿来得忙。

跑上金殿呼万岁，微臣封王转朝纲。

皇　帝：（唱）皇帝一见恐怕保本，不待开言先把口张。

皇伯为国多劳苦，多加封赏理才当。

朕赐你御米一石银千两，回府三月免朝王。

朱　永：（白）万岁。

（唱）谢主隆恩还有本，微臣转达奏吾皇。

皇　帝：（白）皇伯还有何本奏来？

朱　永：（唱）进朝行至午门外，数位大臣献表章。

俱求微臣代启奏，事忙未问哪一桩。

进献陛下亲御览，是何情由必知其详。

皇　帝：（唱）传旨内臣齐呈上，未观心内早思量。

必是捧旨来保本，无奈拆开看端详。

从头到尾看一遍，俱是辞朝本一张。

看罢不解其中故，

（白）老皇伯，这些本章都要告辞，却是何故？

朱　永：陛下何必问臣？朝内有事，臣从外来，如何能晓？想来必是我主素日仁政，恩待忠良，多有好处才感动他们，齐来告知。

皇　帝：咳，老皇伯不用取笑，想来今日之事你必知晓，他们要保皇亲，不赦故而献表，特求皇伯代奏其意，为此要想叫朕赦免，才是辞官，是也不是？
朱　永：咳，罢了，陛下，既然猜透其意，微臣也不能不知了。他们情由本是如此，但不知陛下你还是叫他们辞去还是留在朝内呢？
皇　帝：不保犯官，辞朝不准，要保犯官，一个不留。
朱　永：若依陛下，他们难留，就要辞去，但不知臣要保本，我主怎么发放？
皇　帝：咳，皇伯言之差矣，你是寡人同宗，不比外人，理当同为社稷，不可偏向他人。
朱　永：万岁，非臣偏向他人，皆因太后是有情由，臣才赶来保本，不然现有徐恭一死，谁敢保奏？
皇　帝：皇伯，此言有诈，叛臣遭诛戮，皇太后在外如何知晓？况且你从云南而来，一路不遇，怎能见着太后？此言明明是假，寡人万万难信。
朱　永：万岁，臣有下情回禀陛下，自然明白。若言国有是非，太后在外不知，皇亲谋反也非在京，万岁怎就知晓他人叛逆？
皇　帝：乃是有人申奏。
朱　永：却又来，朝中闻奏，外有人报机密小事，俱有耳目皆知，何况国家大事？怎见太后不知？再者，臣我回京闻之太后降香出朝，难道不许绕路，参驾而论国事？传旨臣奉谕旨先来进京，保护皇亲不死，万岁怎见是假呢？
皇　帝：哎，所奏有理，想我皇娘在外，一定不知皇亲叛逆真假详情。
朱　永：太后不知，圣上可从细究。
皇　帝：何用细究？他怕事露，先灭活口，就算情真，何须还用细问？
朱　永：如此说来，必是无有口供定罪的了。
皇　帝：正是，不用口供。
朱　永：不见口供，如何定罪？怪不得这些官员都要辞官，原来这样问罪不明，谁不害怕？故而早退回乡。请问圣上，你今只顾不审，要杀孙侯，再叫文武官员皆散，不知何人还可保你江山？请你细思，请你细想。
皇　帝：这个……
朱　永：哪个？哼哼，昏君这样糊涂，不明曲直，屈杀先皇大臣，不念甥舅之情，太后回朝问你，何言答对？！
　　　　（唱）昂然大怒身站起，喝叫昏君血心蒙。

奸佞说一不敢二，有功之臣全看轻。
为何贬去杨丞相，今日又丧老徐恭？
英国公急病抬回府，再杀皇亲社稷扔。
老臣年迈难回国，死了孙侯散众卿。
太后回朝何颜见？母子难免不相逢。
赦与不赦全凭你，老臣奉命算尽忠。
失落江山后来见，临期后悔你才明。
老臣言明你自想，

皇　帝：（唱）皇帝听罢暗吃惊。
今日要把皇亲斩，太后回朝定不容。
左思右想无主意，猛然想起上眉峰。
何不暂且从容做？再除叛臣得安宁。
娘娘回朝无得讲，免得伤了母子情。
主意一定开言道。

（白）老皇伯不必暴躁，暂且息怒。

朱　永：万岁若肯回心转意，赦罪臣方才粗暴之过吧。

皇　帝：皇亲为国无罪，是非莫急，容朕三思而行。皇亲反情如果问罪不屈，无非未审，诛戮有碍，等明日发在三法司审问，审问明白，待我母回朝，再斩不迟。时下暂且免死，皇伯领旨去到法场，依言办理，告旨群臣暂留朝内居官。英国公虽闹法场，念其赈济有功，有病不究，其余随去的兵将，朕有封赏，一一替朕办理。赏罚分明，不许再奏，退朝！

朱　永：万岁万万岁，微臣领旨。

（王永和、王振上）

王　振：咳咳，气死人也气死人也，只说孙吉宗准死无挪，不想太后又差朱永进京保本，皇帝不敢违命，暂缓日期。明日我保举贤契，你与御史王文去做问官，苦动私刑，要他一死。我见皇帝密上一本，管你俩无罪，有公爷做主。

王永和：咋吩咐咋是，晚生无有不从之理。

王　振：好，这才算是我心腹之人呢。

王永和：我俩回府便了。

王　　振：有理，请。

王永和：请。

朱　　永：孙大人快些随我离了法场。

孙吉宗：来了，多谢老宗亲相救不死，又蒙众位大人协力同心，此情我孙某何日能报？

众　　人：好说，同朝为官，理当如此。

孙吉宗：咳，叹我孙吉宗一身被冤，不想又劳众位大人不安，又带累两位朋友病亡，令人闻之肝肠寸断。

朱　　永：大人不必悲伤，他二人病亡也是人生定数，如今你且屈尊入监，明日定要审问，可要你坚心受刑，不可屈招认罪，存心等待，自有生路。

孙吉宗：咳，我本一心无愧，哪怕一死也无别说。

朱　　永：好，这才方保无虑。列位大人各请回府，孙大人随旨入监，跟随的英、定二公兵将，各有高升受赏。老夫还要去交进贡礼物，事不宜迟，就去复旨，请。

（孙安出）

孙　　安：（诗）琢磨文字业，勤读古人书。

（白）晚生孙安，闻说父兄征北，有人参奏谋反，未知虚实。已命院公去探，为何不见音信？好叫我叔嫂忧思不定。

家　　仆：禀二公子，今有大公子回家，还带来一位朋友，一起进府，小人来禀。

孙　　安：是，我知道了。兄长回来，待我迎接。

（唱）慌忙离座出书舍，果然兄长转家门。

　　　　后跟一人不认得。

（孙堂、董宽上）

孙　　安：（唱）哥哥一向可安好？来的这位是何人？

孙　　堂：（白）此乃是愚兄的朋友，是你董大哥呀。

孙　　安：如此，董兄可好，小弟多怠慢，小弟不知兄驾临。

董　　宽：好说好说，不敢。哥哥，这就是兄弟嘛？

孙　　堂：正是舍弟。

董　　宽：（唱）好，不愧一向耳边闻。

　　　　果然俊秀多儒雅，说话一派带斯文。

孙　安：（白）好说，哥哥远来至家内，快请进房再叙温。
众　人：请。
赵素娘、康金定：（唱）再说素娘康金定，二人忧思闷沉沉。
　　　　　　　　　　正然念及公父事，
家　仆：（唱）侍女进来报原因。
　　　　　　大少老爷回家转，还有一位面生的人。
　　　　　　随着齐把后堂奔，
赵素娘、康金定：（唱）听罢不由喜在心。
　　　　　　　　　　才要迈步迎接去，

（三人上）

孙堂、孙安：（白）娘子/嫂嫂在房？
赵素娘、康金定：（唱）一见问候尊将军。
孙　堂：（白）好，董贤弟，这是你二位嫂嫂。
董　宽：嫂子可好？
赵素娘、康金定：（唱）这是哪里来的客？这样相貌甚惊人。
孙　堂：（白）此人乃是拙夫契友董贤弟。
董　宽：小弟长得磕碜，别见笑哇。
赵素娘、康金定：（唱）连说不敢快请坐，
众　人：大家同坐。
孙　安：（唱）你们是从何处临？
　　　　　　快些告诉我们晓，
孙　堂：（唱）孙堂开言把话云。
　　　　　　从头到尾说一遍，拙夫不幸罪临身。
　　　　　　我俩私自回家转，爹爹吉凶不知闻。
　　　　　　只好差人再去探，吉凶回来就知因。
孙　安：（白）呀，孙安闻听吓一跳，
赵素娘、康金定：（唱）两位佳人魂离身。
　　　　　　　　　　果然被屈言不假，将军真是又招亲。
　　　　　　　　　　不怪传言有议论，已往风信果然真。
　　　　　　　　　　爹爹进京命难保，少吉多凶不用云。

孙　堂：（白）原来你们在家早就知道，应当差人速去探信。
孙　安：（唱）已命院公进京去，此时不回渺无音。
董　宽：（唱）董宽接言说不怕，老天自古向吉人。
　　　　　　　料想罪必不至死，皇帝开恩必念情。
赵素娘、康金定：（唱）二位佳人说也是。
　　　　（白）董叔叔之言有理，我家乃与朝廷至亲，纵然有过，皇帝也必然开恩，料想公爹必然赦免无罪。但吉凶难定，且等院公回来便知。今天你们到家乃是喜事，梅香。
梅　香：有。
赵素娘：吩咐厨下排宴伺候。
梅　香：晓得。二位叔叔，将军请。
众　人：请。
　　　　（院公上，孙孝出）
孙　孝：（诗）祸福人难测，忠良反遭屈。
　　　　（白）老汉孙孝，奉命进京，可惜老爷吉凶不定，可怜坐马病死，只得徒步而行，此乃大大不幸也。
　　　　（唱）坐马一死是凶兆，离京不远徒步行。
　　　　　　　路上行人无其数，纷纷议论洗耳听。
　　　　　　　都说老爷真叛逆，朝廷差官调进京。
　　　　　　　大公子半路私逃走，老爷惜乎一命倾。
　　　　　　　多亏有人苦保奏，免死囚禁天牢中。
　　　　　　　下诏抄家我不晓，回家送信枉用功。
　　　　　　　不如进京把监探，用心服侍候吉凶。
　　　　（白）闻人传说老爷监中受罪，只得一到监中探主则可。

（完）

第 九 本

【剧情梗概】 王永和等人审问孙吉宗,用尽酷刑,但孙吉宗并不招供。王振又欲将其暗害于狱中,先用计支出朱永,再派袁斌前去施毒。臧万年奉王振之命,率兵到孙府抄家。孙堂战败被擒;赵素娘为不拖累众人,将儿子青郎托付给康金定后自刎;董宽保护孙安成功突围,后失散;康金定突围后,庙中产子,生下兴郎。为了忠于所托,她题下血诗,将兴郎弃舍路途,只带青郎离去。兴郎被同寅带到杏花山,并安排给石建章夫妻收养。

（王永和、王直、王文出,升堂）

众　　人：（诗）司堂法律惊人胆,例审叛逆辨屈冤。
王永和：（白）下官王永和。
王　　文：下官王文。
王　　直：下官王直。
王永和：二位大人,咱今奉旨亲审犯官反情一事,大家升堂来,二位请升正座。
王　　文：下官愿在一旁领教奉陪。
王　　直：一般为公,何分彼此？我二人暂且奉陪。大人且请先问。
王永和：如此,下官有谦了。左右,悬起圣旨,带犯人上堂庭审。
侍　　卫：哈。

（孙吉宗上堂,跪）

孙吉宗：万岁,万万岁。
王永和：孙大人哪,前日你在法场侥幸未死,算是你的造化,今日我等奉旨审问,来在法堂上,劝你不要隐瞒反情,快些一一招来,免得你皮肉吃苦。
孙吉宗：哼哼,孙某保国忠直,只可惜被人冤屈,叫我招什么？
王永和：哼哼,你这般嘴硬得狠哪,量着不打你是不招。左右呢,将这犯官给我拉下去,先打四十,然后再问。

（拉下打,又上）

孙吉宗：哎呀,罢了我了。
王永和：你既知道难受,何不爽快招认了呢？何必挨打呢？赶快招上来,不然还

　　　　　是动刑拷打。
孙吉宗：哪怕受刑？你叫我招什么？
王永和：呵呵，你真妥皮呀，咱俩较量较量，看谁皮肉吃苦？左右看大刑过来。
衙　役：将刑取到。
王　直：犯官业已受刑不招，大人需要容量容量。
王永和：什么？不打不招，你不叫动刑，下官退后，大人你来哄着问他来。
王　直：慢着，大人执意要动大刑，下官不拦着。
王　文：是呢，顺从而行才是。左右快快将他架起来。
衙　役：哈哈，当堂上刑。
孙吉宗：哎呀，哎呀。
王永和：犯官招上来。
孙吉宗：我今任死而已，无得可招。
王永和：老儿真会挺刑，着实地给我夹。
衙　役：禀爷，昏过去了。
王永和：用凉水喷来。
衙　役：犯官醒醒，招上来。
孙吉宗：（唱）一阵发昏迷，疼痛无知觉。
　　　　　　　苏醒心又明，皱眉把牙咬。
　　　　　　　喝叫王永和，作对真可恼。
　　　　　　　孙某哪有私，苦苦用刑拷？
　　　　　　　任着赴阴间，不留骂名表。
　　　　　　　哎呀气死吾。
王永和：（唱）不招动非刑，叫你尝个饱。
王　文：（唱）王文叫大人，你且旁坐了。
　　　　　　 等我问一番，叫他说头脑。
王永和：（白）如此，大人请来上座，我在旁观审。
王　文：（唱）转身把座归，屈辱二位了。
　　　　　　 高声叫犯官，细耳听分晓。
　　　　　　 谋反人尽知，汝子私放跑，
　　　　　　 今在三法司，对众将你拷。

何必苦受刑？招了岂不好？

孙吉宗：（唱）孙爷皱眉头，火起怒又恼。

叫声老王文，你也糊涂了。

也是这等问，令人真可恼。

（白）王文你也这等一问，令人可恼，孙某并无叛逆之情，叫我招作何来？你们串通一气，将我害死，不用对众拷问，快与你孙爷一个快刑。

王　文：好个孙吉宗，你不用胡说，自己犯罪不肯招认，反赖别人，哪里容得？人来。

衙　役：有。

王　文：与他卸去夹棍，另动非刑。

衙　役：哈。

王　文：左右快取火炉，炉内生火，准备用刑。

王　直：且慢，大人不可，犯官业已受刑不招，容日再审，再动刑不能见口供，倘若性命之忧，大家都吃罪不起。

王　文：哼哼，罢了，大人说的也是，执意强审，显然有私，异日再问才是。左右，还把犯官送入锦衣狱寄监。

衙　役：哈。

王　直：大家上朝复命便了。

众　人：有理，左右，备轿上朝。

王　直：请。

王永和、王文：请。

（袁斌上）

袁　斌：（诗）有交连心中，无计近人情。

（白）俺袁斌，自从路上放走孙堂、董宽二人逃难，回见王永和就说杀死，他信以为真，拿我当作心腹之人善待。如今盟父孙大人在监牢，无计可救，实在令人寒心不安。方才又在三法司审问，大料难定死罪，何不讨个查监之差？见事托付，让牢头们好好善待盟父，说明情由，聊表寸心，不枉我与其子交友。耳闻十字街有位道士算卦超神，何不前去见那道士求卦，暗与他占卦吉凶？定是如此，前去走走。

（唱）迈步如梭急急去，

同　寅：（唱）再表同寅坐街前。
　　　　　　　竟等天德星一位，好救天蓬命不捐。
　　　　　　　义仆顶替可救难，必得贫道指愚顽。
　　　　　　　吆喝众人来算卦，命薄不要卦礼钱。
　　　　　　　富贵之人不平赏，不求布施结善缘。
路人甲：（白）先生与我算一卦，看看怎样。
同　寅：尊驾时运不咋样，一生命苦却不甜。不要卦钱你去吧。
路人甲：得咧，不好不好了。
路人乙：你帮我算算如何？
同　寅：看你五行更不全。你的运气更不济，落道四字都占全。
路人乙：可不是，打光棍，吃喝落道样样碰不着。
袁　斌：口呼众位闪一闪，来了一人让近前。
众　人：大家闪闪，让人家进来。
袁　斌：（唱）袁斌进来留神看，瞧见众人围得严。
　　　　　　　忽然闪开忙走进，
同　寅：（唱）道人站起把话云。
　　　　（白）来的军爷莫非要求卦吗？
袁　斌：正是。
同　寅：看你品貌不俗，将来必主大贵，时下不显，现有要事不遂，故而来求卦，是与不是？
袁　斌：好先生一看便知，真乃神相。
同　寅：好说，将军过奖。
袁　斌：我的心事莫论，此来是为朋友求卦，乃是长亲，算算他的吉凶命运如何？
同　寅：如此就请摇卦，贫道一断。
袁　斌：是。
　　　　（唱）拾起卦爻合六遍，意禀虔诚闻吉凶。
同　寅：（唱）同寅从头断一断，口尊军爷听分明。
　　　　　　　此卦逢凶把吉化，好似困鸟又出笼。
　　　　　　　人要有灾问此卦，不久死里就逃生。
袁　斌：（白）如此再摇一卦，看其人子孙吉凶如何，请先生断断。

同　寅：（唱）复又一算说是了，六爻乱动两相冲。

　　　　　　　是非数载无决断，只待中年享太平。

袁　斌：（白）如此再摇我自己吧，看看为何？

同　寅：（唱）一观了然说不正，军爷命运也未通。

　　　　　　　数年以后方得稳，才能显要一身荣。

袁　斌：（白）先生之言令人可信。

同　寅：三爻已完，还问否？

袁　斌：别无再问，这是纹银一两，先生收过，请留仙号，异日相逢还有重谢。

同　寅：（唱）卦礼不收送人情。

　　　　　　　贫道同寅号明镜，咱俩有缘你留名。

袁　斌：（白）在下袁斌，道爷不收，叫我何以为报？

同　寅：（唱）人逢知己愿相送，不图回报愿留名。

　　　　　　　我有柬帖赠与你，密地观看自拆封。

袁　斌：（白）是。

同　寅：（唱）事毕你我都两便，你就回府我离京。

袁　斌：（白）先生何往？

同　寅：（唱）云游不定何处去，你我异日再相逢。

　　　　　　　说罢收拾告辞去，

袁　斌：（唱）袁斌也就回府中。

众　人：（白）人家走了，咱们也去吧。

袁　斌：（唱）回到了自己住处多净雅，拆开柬帖看分明。

　　　（白）柬帖上写一首八句七言之语，待吾念来。

　　　（诗）术士明镜造七文，天生二目照乾坤。

　　　　　　乙巳岁月干戈乱，胡汉相争加蒙尘。

　　　　　　天蓬灾消事该隐，时下脱难仗袁斌。

　　　　　　后继群星复定国，两帝归一旧日新。

　　　（白）呀，俱是未来之语，令人不解。一旁还有五言八句小字，待我念来。

　　　（诗）义士除奸佞，假意近人情。

　　　　　　占据权门下，有功莫图名。

　　　　　　只待真命主，北巡要尽忠。

　　　　　　难满同回转，国安身自荣。
　　　　　　谨记我言莫不信，朱散人同寅密启。
　　　　（白）呀，道人确有先见之明，不可小视，只得依言不敢违命，朋友莫挂漫解隐语，看是如何。正是：平生侠义比赵云，报国不忘难尽身。

王　振：孩子们，将马带过，王贤契随咱家一入书房议事。
王永和：是，来了。
王　振：咱家王振。
王永和：下官王永和。公爷，今日三堂会审，可恼孙吉宗这个老儿竟会挺刑，不忍屈招，偏又别人多嘴，不叫动刑，真叫晚生又气又恨。
王　振：正是为此。咱家上朝正遇你们交旨，闻知此事叫人气恨难消。又想仇人不死，又有朱永在朝，难以谋害，这是咱家一块大病，后来一家难免无祸。
王永和：公爷不必为难，若叫仇人一死，晚生倒有一计。
王　振：不知何计，请教？
王永和：公爷听了。
　　　　（唱）从前声扬孙家反，原是北国计狠毒。
　　　　　　使臣来到我的府，专等叫把仇人诛。
王　振：（唱）这个知道不用讲，想法必叫他呜呼。
　　　　　　必得支出那朱永，不然咱们怕受辱。
王永和：（唱）支出公爷把宫进，奏主叫他把兵出。
王　振：（唱）不知支往何处去？哪里抄贼说清楚。
王永和：（唱）刘球子女心腹患，一向未拿踪影无。
　　　　　　他们今在山东地，落草为寇该抄出。
　　　　　　因此叫他去扫灭，一拿仇恨二离眼。
王　振：（唱）好，贤契此举想得妙，一本叫他把京出。
王永和：（唱）他去还有皇太后，最怕找来无法除。
王　振：（唱）贤契所虑更有理，不来早办才安途。
王永和：（唱）我替公爷多忧虑，早害一日心才舒。
王　振：（唱）那是自然不用讲，不知贤契何计毒？
王永和：（唱）有心要把犯官药，叫狱卒饮酒之间下上毒。

王　　振：（唱）此计倒也甚绝妙，需要预习莫疏忽。
王永和：（唱）公爷放心管无错。
（白）晚生手下有一个心腹之人名叫袁斌，此人能干，办事尽心，前日路上暗杀孙堂、董宽就是此人，如今有功更加重用。我想朱永离京，太后不回，犯官在我的衙门牢里，每日都是袁斌查监，正好吩咐狱卒下毒药死犯官，晚生再来禀公爷，你再上报，他也难以怪罪，这样一办，公爷你说好也不好？
王　　振：好，真是计赛陈平，令人可敬可服。之后自有重谢。
王永和：好说，不敢。话已说完，晚生告辞。
王　　振：慢着，用宴再走不迟，贤契请。
（牛氏出）
牛　　氏：（诗）前房子媳无，女在心不舒。
（白）老身牛氏，兄弟求人除恨，不想成了一计，却差点害死吾啦。闹得大用充军，董氏杀人坐监，王大才贪色丧命，还好人命关天，没受牵连，这真是万幸。大用两口子一个外丧，一个偿命，准死无挪，这回可绝咧。只是还有玉珠，这丫头空口受聘，没见一个大财小礼，暂且不娶却又不敢另聘，实在叫人生气。如今她病咧，想她哥哥、嫂子，背地里哭，啥也不做净吃闲饭，老身如何受的？今日何不摆置摆置她出出气。丑儿哪里快来。
家　　仆：来了，太太有何吩咐？
牛　　氏：把你姑娘叫来见我。
家　　仆：小的知道。大姑娘，太太叫你呢，快来吧。
石玉珠：是，来了。母亲呼唤女儿有何话讲？
牛　　氏：大料我不说，你也不知，你且听了。
（唱）咱家不出好人日子难过，可恨你那嫂子哥。
　　　　他俩在外不用讲，你也学得不怎么。
　　　　出了些个荣养货，竟长样子不干活。
　　　　日子吃穿总不晓，也得节省得干活。
　　　　出入之人得少用，你也病好莫待着。
　　　　喂猪打狗也能做，快把衫子裙子脱。

　　　　　　　头上首饰一概去，做啥伶俐不啰唆。
　　　　　　　非是老身吩咐你，总学勤俭好处多。
石玉珠：（唱）小姐听罢忙跪倒，尊声母亲泪如梭。
　　　　　　　这样吩咐难去做，望乞恕罪开恩德。
牛　氏：（白）可是，娘吩咐你不去吗？
石玉珠：（唱）非是不去对母讲，自幼儿未做苦工。
　　　　　　　在闺阁勤学针织是本分，悬念兄嫂病体魔。
　　　　　　　外强内弱对谁讲？母亲哪，宽恩思量要明白。
　　　　　　　咱家做工有奴仆，何用女儿理生活？
　　　　　　　说罢不住将头叩，
牛　氏：（唱）哟，毒妇听罢气堵脖。
　　　　　　　好个丫头自在惯，好吃懒做装病么。
　　　　　　　好了竟想吃闲饭，是啥活计也不摸。
　　　　　　　今日老娘吩咐你，径自不去混对挪。
　　　　　　　怄得叫人心起火，打你一顿看怎么？
　　　　　　　说着就是窝心脚，
石玉珠：哎呀。
牛　氏：（唱）连推带咬巴掌捆。
　　　　　　　按着厮打不撒手，
石玉珠：哎呀！
　　　　（唱）小姐负痛苦受折。
　　　　　　　病又反复昏迷了，
　　　　（牛寿出）
牛　寿：（唱）牛寿进来忙拉着。
　　　　　　　直叫姐姐快停手。
　　　　（白）姐姐呀，饶过她吧，快拉倒吧，这样打她为什么？外甥女起来，你妈老背晦，不用理她。
石玉珠：哎呀，罢了我了。
牛　氏：你咋哼哼不起来呢？莫非又是犯了病了吧？丫鬟呢？把你小姐搀到后楼去歇歇吧。

丫　鬟：是，姑娘我搀你走吧。

石玉珠：咳，罢了我了。

牛　寿：姐姐呀，你不对也。

牛　氏：我咋不对呢？

牛　寿：她又没碍着你，打她干嘛呢？

牛　氏：他舅，你不知道那大丫头白给人家，啥也没见着，眼下又不娶，咋不叫我好气也？如今病又好了，指使干活计，咬着牙不去，和我他妈的对付着，咋不欠打呢？论理真是打得少，你咋还说我不对咧？

牛　寿：姐姐你莫生气，小弟听了个瞎信进来告诉你。

牛　氏：什么信？你坐下告诉告诉我。

牛　寿：是，姐姐若问，听了。

　　　　（唱）小弟进城听风信，都说是孙家谋反要抄家。
　　　　　　　九族人儿全不剩，朝廷问罪一起杀。
　　　　　　　孙宗灭门要绝户，剩下丫头老在家。
　　　　　　　那时留着你聘卖，多得银子把财发。
　　　　　　　目下要是折磨死，谁不笑话是后妈？
　　　　　　　不知说的是不是？

牛　氏：（唱）听罢连说很对哒。
　　　　　　　兄弟说透我醒悟，留着从今不打她。
　　　　　　　把病用心调治好，婆家不在卖了她。

　　　　（白）兄弟你说我心里去咧，姐姐我听信你的话就是了。咱们姐俩喝两盅去，完了吾见那丫头说个好话。

牛　寿：这才是呢，姐姐请。

牛　氏：请。

　　　　（朱永出，平桌坐）

朱　永：（诗）豺狼当道恨心头，国公难出终日忧。

　　　　（白）本公朱永，多得那位道人指点，本公假传懿旨，才能暂保皇亲不死，屈死不招，但等太后回朝，必然赦罪。可怜徐恭一死，英国公又病，太监王振又苦害忠良，皇帝信宠不诛，不由令人痛恨。

　　　　（朝命下，中军上）

中　军：禀爷，朝命下。
　　　　（王振上）
王　振：圣旨到，跪。
朱　永：万岁，万万岁。
王　振：听宣读诏曰：刘球子女叛逆背反，一向未收，结连皇亲，叛女婚配其子是实，皇亲内接山寇，外联番邦，反情无虚。朕因细问回奏无供，暂将犯官囚禁不究，钦命宗亲朱永带兵一万，偏将四员，征讨叛臣刘汉山寇，扫平押解回京。寡人当殿亲审叛臣，皇亲若无私通，只将叛臣问斩。望朱宗亲无违朕命。
朱　永：万岁，万万岁。人来，将旨供奉龙亭。
家　仆：哈。
朱　永：呵，我只当是何人捧旨，原来是你王振到此，哼哼，皇宣令人难辨真假。
王　振：哟，老宗亲，这是何话？咱家捧旨怎就不辨真假？莫非疑我有私吗？
朱　永：公私莫论，因你专行，故而难信。
王　振：不信你去问皇上去吧。
朱　永：自然同你去，但我见你不由得气性发作，令人可恨。
王　振：咱家并未惹着，你见我气者何来呢？
朱　永：不过因你平素不轨，十分奸诈。
王　振：咱家都是忠心报国，哪里又有什么奸诈被你看见？
朱　永：哼哼，好一个忠心报国，这等一保只怕越保越坏了，忠臣散尽，社稷倾亡。
王　振：哟，莫非你要怄人吗？怎么越发胡说起来了？
朱　永：好个奴才，哪个胡说？你敢出言辱骂宗亲，这等放肆可恼哇可恼。
　　　　（唱）心大怒，把手伸。
　　　　　　　上前抓住，按在尘埃。
王　振：（白）罢了罢了。
朱　永：恶狠踢又打，满身血淋淋。
王　振：哎呀，罢了我了。
朱　永：（唱）你说奉旨来此，我却不明真假。
　　　　　　　势必先将你打死，后上金殿再见君。

王　　振：（唱）心难忍，气攻心。
　　　　　　　身子难动，只把话云。
　　　　　　　老儿好大胆，仗你是宗亲。
　　　　　　　敢把钦差痛打，不怕死罪临头？
　　　　　　　你说圣旨是假的，咱俩快去同见君。
朱　　永：（唱）真与假，且莫云。
　　　　　　　心中正想，要把你寻。
　　　　　　　凑巧冤家遇，该我把冤伸。
　　　　　　　越说越打越气，用尽脚踢拳抡。
　　　　　　　任着抵命要出气，叫你一命归了阴。
王　　振：（唱）哎呀，心害怕，暗沉吟。
　　　　　　　受伤难动，无计脱身。
　　　　　　　须得软哀告，使硬命难存。
　　　　　　　只叫千岁饶命，高抬贵手宽恩。
　　　　　　　乞恕奴才多言语，打我认罪不理论。
　　　　　　　不愿去，另择人。
　　　　　　　饶我回去，奏主知闻。
　　　　　　　不敢再劳驾，恕罪必知恩。
　　　　　　　我算认得千岁，不敢放肆小心。
朱　　永：（白）罢了。
　　　　　（唱）你既哀告饶了你，大家急去见当今。
王　　振：（白）是，就请千岁同往。
朱　　永：（唱）言罢撒手说快去。
王　　振：（白）是，奴才骑不得马咧，只好步行。
朱　　永：我也步行去见君。快走。
王　　振：是。
朱永、王振：（唱）二人一起出了府，不多一时进午门。
　　　　　　　　　上殿跪倒呼万岁，老臣/奴才急来见主君。
皇　　帝：（唱）先生这是怎么样？快对我朕云一云。
王　　振：（唱）王振从头奏一遍。

皇　帝：（唱）皇帝听罢不好动嗔，二卿快些平身起。

（白）皇伯太也多疑任性粗了，寡人出旨哪有假代？你竟将他打得这般光景。

朱　永：万岁，非是微臣性粗多疑，皆因他常常作弊，如今令人难辨真假，既然君命是实，微臣不敢不遵旨前去。

皇　帝：罢了，皇伯既然愿往，寡人别事不论，你就速下校军场挑选兵将，吉日行师，征剿贼寇，得胜回朝另加封赏。

朱　永：万岁，微臣领旨。

王　振：万岁，他怒打奴才，我主怎不问罪？

皇　帝：咳，先生难道不知他是寡人的宗亲，又是先皇托孤之臣？却与别人不同，些许小事如何问罪？谁叫你见他不加谨慎，言语冲撞，自寻其辱反受屈，寡人不能与你报仇，下殿回府歇养去吧。

王　振：万岁。

皇　帝：散朝。

（王振急上）

王　振：可恼可恼，好个朱永，仗着是皇上宗亲，将咱家痛打，昏君偏向竟不问罪，这口恶气实在令人难下。等他出兵之后，暗暗害了孙吉宗，然后慢慢设计害他报仇便了。除尽良臣谋大业，倒卖江山两开及。

（朱永升帐出，四将站一旁）

众　人：（诗）威风将英豪，杀气万丈高。

　　　　　　临阵敌将怕，闻名个个逃。

刘　巨：（白）俺副将刘巨。

李　安：俺参将李安。

高　达：俺指挥高达。

夏　井：俺团练夏井。

众　人：公爷升帐，在此伺候。

（元帅出）

朱　永：（诗）奉旨行师掌兵权，扫荡烟尘灭高山。

（白）本帅朱永，奉旨出兵山东莱州府灭寇，人马点齐。众将官，就此起兵，带马伺候。

(唱）令下人马齐行动，出帐提枪上能行。
三声大炮惊天地，率领大兵出了京。
朱爷马上心思想，暗恨王振狗奸雄。
我今出朝领兵去，明明是他计牢笼。
将我支出无惧怕，要害孙侯不用明。
岂知不把招情认，皇帝难以问典刑？
量他不敢心谋害，提起太后心内惊。
我去拿来刘球子，内外结连要问清。
我想通达无凭据，金殿曲直辨分明。
孙侯若无通贼意，定保忠良无罪名。
思思想想催兵走，晚住晓行奔山东。
不言大兵路上走，

陈　望：（唱）再表陈望心内惊。

（白）俺陈望。表弟、表妹叫我下山探听孙家之事，谁知孙老儿这般犯罪？表妹夫逃走，不知去向，皇帝发兵，还拿表弟、表妹，这还了得？待我急急回山送信便了。

（同寅上）

同　寅：（诗）路游红尘结善缘，济困扶危便成仙。

（白）贫道同寅，指引鲛星，救了天蓬急难，又在京内卖卦，指点天德星，后来结果。

（唱）目下天蓬难已满，义仆替死隐全身。
后来自有出头日，未来之事且不云。
白虎星官又离位，该他降生在孙门。
落在山西人抚养，造定投胎父母分。
贫道慈悲将他送，久后团圆认双亲。
周全他一家聚会保明主，方显贫道布先恩。
明镜游行且不表，

（臧万年马上）

臧万年：（唱）又说那京兵来抄孙家满门。
这日来到怀度府，孙家宅不远面前存。

（白）本帅京营总兵臧万年，奉旨带兵五百，抄拿叛臣孙吉宗满门家口。临出京师，公爷密授一计，叫我假言别处抄贼，不许声张，去拿孙家，恐怕泄露风声，逃脱叛臣之子，不好拦拿。因此依计而行，兵将一路悄悄而行，来至河南怀度府，相离孙家宅不远。天色已晚，待我传令上墙。二位将军上前听用。

侍　卫：在，总帅有何吩咐？

臧万年：咱们今天不用安营，以逸待劳杀奔孙宅，量他预先不知，必然不做准备。大家趁夜团团围住，一涌杀入，给他一个迅雷不及掩耳，叫他插翅难飞。此是一件稳拿的功劳，叫他一个却也难逃。

侍　卫：大人高见不错，一来稳军之计并无风声，今夜他们怎么也想不到咱们到此。

臧万年：那是一定。军校们，随我三人团团围住孙宅，一网打尽不得有误。

（孙堂夫妻三人出，坐）

孙　堂：（诗）福祸一身罪满门，吉凶不明盼回音。

（白）俺孙堂。

赵素娘：奴赵素娘。

康金定：奴康金定。

孙　堂：二位娘子，我今回转带来朋友与兄弟在书房作伴，方才我在内宅，只觉心神不安，院公不回，莫非爹爹在京是有不幸？

赵素娘、康金定：正是，我二人今夜也觉难以入寝，咱夫妻秉灯同坐。

（内喊声）

孙　堂：呀，外面为何喊声不止？你姐妹不用安息，等我去问，回来再讲。

赵素娘：将军出去细问，大料祸事临门。

（内孩子哭）

康金定：姐姐不必惊慌，纵有不测，小妹可以保护你。婴儿床上啼哭，待我抱来哄哄。

赵素娘：贤妹，把他与我抱来。

康金定：是。

（孩内喊，孙堂出）

孙　堂：家将们，府门紧闭，小心把守。兄弟且莫悲痛，随你董兄且到书舍，待我进后房安排。安排已妥,回来一同逃走。

孙安、董宽: 是。

孙　堂: 咳,罢了,爹爹呀。

赵素娘、康金定: 呀,将军为何悲声不止?公爹怎么样了?外面喧哗却是何故?

孙　堂: 咳,你们不消问了。

　　　（唱)我方才,出府门。

　　　　　问明缘故,大祸来临。

　　　　　这般是如此,发兵说原因。

　　　　　可怜爹爹被斩,朝廷不辨清浑。

　　　　　发兵又来抄家口,突然到此不知闻。

赵素娘、康金定:（唱)呀,闻此话,吓掉魂。

　　　　　原来公爹,一命归阴。

　　　　　可怜死得苦,身首两下分。

　　　　　叹咱竟不知晓,还等院公回音。

　　　　　兵来将军怎么挡?不知何计可脱身。

孙　堂:（唱)我此时,痛碎心。

　　　　　爹爹一死,不孝罪身。

　　　　　理当寻父难,报仇又无人。

　　　　　欲保全家无计,心内忧如火焚。

　　　　　我算无谋少主意,你们各自说条陈。

赵素娘:（唱)我们是,妇道人。

　　　　　若论高见,不如将军。

　　　　　男儿智量海,宽阔计谋深。

　　　　　设法怎么逃走,一家保护生存。

康金定:（唱)不然舍命向外闯,莫等束手任遭擒。

孙　堂:（唱)连摆手,摇头云,

　　　　　官兵势众,围困府门。

　　　　　赵氏与兄弟,俱是文人。

　　　　　你我纵然会武,奈由他俩坠身?

　　　　　况且还有小幼子,纵然脱难柱劳神。

康金定：（唱）无计也得全携带。

（白）官人你既然随征做过武将，姐姐虽未受荣，你真是位英雄，当此患难之际，你我若要逃走，难道不顾她们母子，就忍抛弃不成？不然你保叔叔，我保夫人、幼子舍命外闯，保全生路也未可定。

孙　堂：不妥呀不妥呀，若论事急，我保兄弟可外逃走，你保夫人只怕枉然，她乃软弱女子，不能跨马，如何随行？况且又有孩子累赘难携带，倘有闪失岂不有愧？细想此时家败人亡，若有我在孩子却也难生留，留此褓褓之物何用？不如将他杀死，大家得个便利也罢。

（夺孩子）

赵素娘：官人不可。

孙　堂：你们放手。

赵素娘：官人不要，如此为妻还有话讲。

孙　堂：不要拉扯，留他无用。

赵素娘：将军，孙门后嗣只有这么一点骨血，不要心狠太甚。我纵不外逃生，孩子托与贤妹携带还可逃生，万一后来成人长大，接续祖宗一脉也未可定，何必今日叫他一死？

康金定：夫人解劝的是，官人不可绝情，快把孩子与我。

（唱）康氏抱婴儿，快向怀中抱。

赵素娘：（唱）素娘泪满腮，腹内心暗跳。

孙　堂：（唱）孙堂意如麻，心中多焦躁。
　　　　　　自行又不能，同走又不妙。
　　　　　　夫妻情虽深，保护又无靠。
　　　　　　不如下狠心，另立方为妙。
　　　　　　主意拿定了，宝剑忙出鞘。
　　　　　　举剑方要杀。

康金定：（白）官人却是为何？

赵素娘：咳，苦哇。

孙　堂：（唱）却又不忍落。

赵素娘：（白）将军手拿宝剑杀我，为何不落？

孙　堂：咳，我的夫人，妻呀。

（唱）听说把手松，宝剑平川掉。
　　　带泪叫夫人，细听拙夫道。
　　　非我下狠心，事急无法保。
　　　保护又不能，抛你无处料。
　　　倘把名节亏，岂不被人笑？
　　　为此无方法，才想匹夫道。
　　　细想却不该，自觉甚愧臊。
　　　毒手难以使，停止剑才掉。
　　　夫人莫寒心，恨我少谋略。
　　　保你又无法，有夫不能靠。
　　　我要一处亡，无人把仇报。
　　　有心两不抛，又无全生道。
　　　拙夫真无能，凭你自计较。

赵素娘：（唱）听罢痛伤心，又把官人叫。

（白）官人你的意思我也明白，怕我难逃，落他人之手，叫我于先全节；你们另外逃走无有牵挂，怎知你又不忍，妾身早怀此意。细想人生在世，男女贤名不过忠孝节义，若非祸患，男女生离死别，男儿有志当生，女子无路当死，若要不顾名节怕死贪生，成何人也？将军你是堂堂男子汉大丈夫，父亡理当报仇，为国除奸，全忠全孝，奴要不生也算尽节之义。当此离乱之间，你要逃走避祸，莫如保护叔叔一同贤妹速速离开，莫以妻子为念，奴家别有主意，不叫你们后悔。

康金定：姐姐不可如此，若愁将军多虑，小妹情愿保你母子同行，哪怕生死，愿在一处，不然你死我也难生，情愿阴司不离。

赵素娘：不可呀不可呀，贤妹你有武艺不比奴家，跟随官人还是一条膀臂，要走快些去吧，不可留恋与我，贻误大事。

康金定：咳，姐姐呀。

（唱）难割舍，悲切切。
　　　带痛直叫，吾的姐姐！
　　　一向同伴守，待奴体又贴。
　　　虽然名分妻妾，却与旁人各别。

    并不尊大称姐妹，贤惠第一世上缺。

    咱二人，情意贴。

    指望同生，死后同穴。

    不想今日个，你先把我抛。

    叫人如割心肝，

赵素娘：（白）快把孩子给我吧。

康金定：（唱）孩子不叫你接。

赵素娘：把孩子给我，不过一死，天不早咧。

康金定：姐姐呀，莫寻拙志有我在，小妹定要把你携。

赵素娘：（唱）主意定，命要绝。

    贤妹休劝，枉费唇舌。

    奴家身一死，你们无挂也。

    奉请急急速去，三更天不早咧。

孙　堂：（白）孙堂一见也伤感，夫人，妻呀，莫非自尽主意定。

赵素娘：（唱）真实话，非谎曰。

    谁还哄你？信不明白。

    逃走不能够，不死怎全节？

孙　堂：（唱）娘子节烈可敬，方才有愧难曰。

赵素娘：（白）愧者何来？

孙　堂：（唱）不该用剑逼催你，卑人不对情义绝。

赵素娘：（唱）丈夫当把体统顾，有名才算是豪杰。

康金定：（唱）康氏又把姐姐叫，

    （白）姐姐不要抛我自尽，执意不跟小妹同行，何不姐妹共赴九泉，省得生离死别？

赵素娘：咳，贤妹，愚姐有何德能这样恋情不舍？罢了，你既诚心尽义，不如吾把孩子托你抚养如何？

孙　堂：夫人所言有理。康氏娘子，你把婴儿揣在怀里，夫妻一同逃走。夫人不能携带，任其全节自尽吧。

康金定：孩子托我不难，自当视如亲生，夫人要死，叫我实实不能分离。

赵素娘：贤妹你替我抚养幼子，愚姐感恩不尽，不必痴心，快把婴儿与我来，我

　　　　　　母子分离，抱抱他吧。
康金定：是，姐姐好好接着。
赵素娘：妹妹放心，我不害他，咳咳，青郎随娘这里来，苦命的儿啊。
　　　（唱）接过孩子心更痛，吃口娘乳好分离。
　　　　　　可怜你才交两岁，血泡泡的人事不知。
　　　　　　托与姨娘相抚养，愿你成人立根基。
　　　　　　喂乳已毕呼贤妹，接过孩子把话提。
　　　　　　你把孩子揣怀内，女扮男装把府离。
　　　　　　跟随将军往外闯，
康金定：（白）不用姐姐嘱咐。
赵素娘：（唱）千万小心用心机。
　　　　　　恨着姐妹不相守，命该遭劫两分离。
　　　　　　替我抚养这儿子，感恩只好在阴司。
康金定：（白）姐姐不用如此，小妹还是保你逃走。
赵素娘：不用劳心，受我一拜。
康金定：（跪）姐姐快些请起，折死小妹了。
赵素娘：奴家之情不用提。
康金定：快快请起吧，姐姐同起。
赵素娘：（唱）拜罢又把将军叫，妾身就要把你辞。
　　　　　　今生不能同偕老，来世咱再做夫妻。
　　　　　　泪汪汪地又跪倒，
孙　堂：（白）咳，娘子快些请起吧。
赵素娘：（唱）就地忙把宝剑拾。
　　　　　　把心一横身自刎。

（赵素娘死）

康金定：（白）姐姐怎样，一眼未看，竟自刎身亡咧，咳，姐姐呀。
孙　堂：夫人，娘子，妻呀，果然全节自刎，可怜可惜，死得好，死得倒也节烈，这才是我孙堂之妻，不愧为侯门之妇，这个全节令人可敬。
康金定：姐姐，你今一死，我生何益？等小妹与你同去。
孙　堂：慢着，娘子不可，赵氏既然把孩子托付与你，你就该全孝全忠，莫寻自尽，快些改扮，随我逃走吧。
康金定：罢了。只为孩子无依，讲不起只好暂且逃生，待奴改扮。
孙　堂：梅香快来。
梅　香：来了。
孙　堂：你们快把夫人尸首用芦席裹定，抬去装殓停在密室，等一切事毕，你们各自散去，暗从后边逃生去吧。
梅　香：是，罢了，奶奶呀。
孙　堂：咳，夫人哪。
康金定：姐姐呀。
孙　堂：不必悲啼，收拾已毕，你快跟我去见兄弟，保护他一同董宽，大家上马一起杀出府去。
康金定：官人慢行，还有一言告禀，妾身也怀孕十月，早晚分娩，男女未定，今日逃生吉凶未定，倘若失散，不定何时相遇，官人留下男女之名，妾身便好存计。
孙　堂：好，娘子想得很是，你若生男名叫兴郎，大名孙弘，生女取名玉姐，赵氏所生青郎取名孙月。夫妻今夜逃难，若不分离，从今你就是我正室夫人。
康金定：既承抬爱，官人之言，妾身谨记在心。
　　（内喊声）
孙　堂：官兵攻打府门甚急，不可久停，夫人随我快去吧。
　　（孙安急上）
孙　安：吓死人也，吓死人也，外面喊声不止，官兵要把府门攻破倒是怎好？兄长在后怎么还不到来？
　　（董宽上）
董　宽：二弟不用着急害怕，有我保你，只管放心，他们就杀进府来却也拿不了你，少刻哥哥进来，我俩一起杀他娘的。
　　（康金定、孙堂上）
康金定：兄弟们不要害怕。
董　宽：哥哥来了，这是哪个？
孙　堂：此乃是你康氏嫂嫂改扮，方才赵氏这般身亡，命人停殓，隐藏已毕，仆人皆散，我俩前来咱好一同逃走。
孙　安：呀，原来赵氏嫂嫂身亡，可怜可怜。
董　宽：咳，似此家败人亡，真是可惜。
孙　堂：你们不必悲伤，事到此间不死也难逃生，如此方得伶俐。咱今出府还是另寻良谋，方可逃生。贤弟改名换姓安全，康氏假名康全。我孙堂充作二弟孙安，兄弟脱名，免人搜寻。董贤弟更名苗重，你家有罪脱身，多亏袁兄暗放方能回乡，一路隐藏真名，从此还是掩人耳目，方免朋友牵挂。这一出府，兄弟全仗你保护，大家努力外闯。有我当先顶名对应，你们得便就逃，不必顾我，我闯出生路，彼此寻觅再归一处，另寻投奔，岂不是好？
董　宽：哥哥此举甚妙，二兄弟随我上马，咱俩共乘一骑，不要惊慌，事不宜迟，大家快些闯杀出去。
众　人：有理，大家快走。

（臧万年马上）

臧万年：众将官努力攻打门户，莫叫罪犯逃走。
孙　堂：家将们打开门，一起杀出去逃走。
臧万年：内里哟呵必有准备，军校们，尔等闪闪，容他们出来便好一起捉拿。

（孙堂马上）

孙　堂：马前何人在此？快些闪开，不然叫你枪下做鬼。
臧万年：哟，你这小子见了本帅不惧生死，还是耀武扬威，口出大话，真是好大胆子。

（唱）小子莫逞凶，听我告诉你。
　　　本帅臧万年，此来是奉旨。
　　　问你是何人，这样凶无比？

孙　堂：（白）少爷名叫孙安。
臧万年：（唱）有个叫孙堂，乃是犯官子。
　　　我却不认得，想来不是你。
孙　堂：（白）那是家兄，如今不知所往。
臧万年：你们兄弟多，不知却有几？
孙　堂：就是俺兄弟二人，我是孙侯次子。

臧万年： 后边却是谁，一起跟随你。
孙　堂： 都是我家亲友在，在此遇难，随我逃走。不知我父兄犯了何罪，又来抄家？
臧万年：（唱）再问以往情，听我说根底。
　　　　　　　你的父与兄，这般是如此。
　　　　　　　谋反叛朝廷，犯罪应当死。
　　　　　　　无了你哥哥，不知在哪里。
　　　　　　　朝廷命我来，抄家又拿你。
　　　　　　　奴仆也不饶，不论男与女。
　　　　　　　恐怕有逃脱，夜间才到此。
　　　　　　　堵住拿稳的，回京好交旨。
　　　　　　　你要通时务，厉害不用使。
　　　　　　　下马受绑绳，进京去领死。
　　　　　　　若说一字不，刻下把命取。
孙　堂：（唱）狗官莫胡云，拿我不能已。
　　　　　　　说罢拧银枪，催马不停止。
臧万年：（唱）哈哈，你今不服拿，诚心要抗旨。
　　　　　　　动手大交锋，使得汗如雨。
　　　　　　　小子勇力强，厉害真无比。
　　　　　　　难敌败下风，
孙　堂：（唱）孙堂心欢喜。
　　　　　　　催马往前冲，
康金定：（唱）后跟康氏女。
　　　　　　　对敌杀官兵，催马把刀举。
　　　　（董、孙马上二人）
董　宽：（唱）董宽喊连天，大怒火性起。
　　　　　　　抢枪刺兵丁，碰着就是死。
孙　安：（唱）孙安怕又惊，紧紧抱身体。
董　宽：（唱）董宽出围困，逃走心暗喜。
康金定：（唱）康氏也脱逃，保护青郎子。

臧万年：（唱）臧万年着急，传令开言语。

（白）众将官，别人逃走，全不要紧，唯有孙堂乃是要犯，千万小心拦拿，不可放走尔等，一起围裹上去，不得有误。

（内喊，孙堂急上）

孙　堂：呀，可不好咧。

（唱）兵将四下围，被困走不脱。

娘子与董宽，不见何处躲。

莫非已逃生？果然单剩我。

着急抖威风，难逃心起火。

（二丑扎巾上）

二　丑：（唱）上墙能用他，觉着义不左。

奋勇要立功，兵卒尽围裹。

孙　堂：（唱）英雄闯重围，任着把命舍。

（杀二将）

怒杀二将官，不见兵卒躲。

臧万年：（唱）臧万年心焦，小子真难惹。

又杀将二员，厉害了不得。

若不把他拿，逃走坑了我。

吩咐校尉兵，快下绊马索。

黑夜不提防，料他难以躲。

众　人：（唱）哈哈，军卒不消停，下了绊马索。

孙　堂：（白）豪杰冷不防，呀，不好。

（孙堂落马）

孙　堂：绊倒被兵扯。

臧万年：（唱）吩咐上绑绳，囚车要放妥。

随我把府搜，拿住齐上锁。

侍　卫：（唱）兵丁入孙宅，财物一起掠。

来到马前又禀报，

（白）禀总爷，孙宅男女皆无，只有财物抢掠一空，乞令定夺。

臧万年：想是忙乱之时，他们得便逃走。孙堂未拿住，拿住孙安也就有功。其余不必追赶，就把犯人打入囚车，随我进京交旨便了。

（急上董宽、孙安）

董　　宽：好呀好呀，围困闯出，走了多时，前有黑洞之地，好大一片松林。二兄弟，咱俩下马进林歇息歇息再走。

孙　　安：是，有理。

董　　宽：二兄弟，你看林内倒也雅密，你在这里等候，我回去救护兄嫂，一同来到，咱再行路如何？

孙　　安：如此甚好，董兄快去，小弟在此等候。

董　　宽：你可别离地方，我就出林去也。

孙　　安：董兄去了，剩我一人在此，此地教人十分惊怕。兄嫂不知吉凶，好令人牵挂。

（唱）坐在林中长叹气，不幸父兄大祸临。
　　　多亏董兄保护我，算是侥幸脱了身。
　　　不知兄嫂怎么样，吉凶不定惦在心。
　　　董兄他又回去救，抛我自己在松林。
　　　野地孤零心惊怕，又怕官兵来找寻。
　　　兄嫂倘若难逃遁，董兄也必是遭擒。
　　　他们若是身被掠，兵将必然把我寻。
　　　等了多时不见到，凶多吉少不用云。
　　　旷野荒郊难久站，莫如早走寻信音。
　　　想到此间出林内，独自前行且不云。

康金定：（唱）再说康氏催马走，怀揣婴儿脱了身。
　　　　将军必出围困地，英勇不能身被擒。
　　　　黑夜分离两分散，天明可再把他寻。
　　　　带访叔叔同聚会，好寻投奔把身存。
　　　　佳人行路又不讲，

董　　宽：（唱）不时天明到早晨。
　　　　董宽又把松林奔，不见孙安急在心。

（白）咳，有些不好，孙兄被擒，身入囚车，盟嫂不知去向，回转松林又不见孙安，自己定是害怕已逃走，剩我一人。朋友失散，盟兄难救，其弟又有负所托，这却如何是好？有了！事到其间无法可使，何不星夜去到麒麟山告知刘家盟嫂？叫她姐弟发兵下山，路劫囚车，解救盟兄，有何不可？定是如此，催马前去走走便了。

（康金定抱孩子，马上）

康金定：（诗）祸事不备苦难明，一门零散各西东。

（白）奴康金定，黑夜急难之时闯出突围，怀揣婴儿逃走，天明不见将军、叔叔行迹，不知他吉凶如何，好生叫人牵挂。寻觅不见踪影，信马由缰而行。不知面前来到何处呀，一时之间，为何满腹疼痛？只觉满腹百爪搅肠的光景，莫非是要分娩？咳，如果如此，在这路上又无房屋，叫我如何是好？

（唱）心着急，四下观。
呀，面前倒有，一座孤山。
高岗有庙宇，松柏穿枝连。
何不去奔那里？庙内可以分娩。
催马直奔山神庙，下了坐骑树上拴。
绣绒刀，靠一边。
斜入进庙，铺在平川。
急忙将怀解，婴儿放上边。
解衣疼痛更紧，移身紧皱眉。
不时疼得昏过去，忽忽悠悠如梦间。

催生、送生：（唱）善哉，忙了那，众神仙。
催生送生，齐下云端。
黑虎星早降，白虎又临凡。
众神齐来护法，只听音乐声喧。
不多一时生育了，婴儿离娘神归天。

康金定：（唱）康氏醒，睁眼观。
瞧见已生，是个儿男。
忙把罗裙扯，包裹把身缠。
完毕抱着坐起，觉着幼子软瘫。
可叹孩子真命苦，生此野地令人难。

有青郎，在身边。
　　　又生此子，乃是孽冤。
　　　叫人难携带，怎养二儿男？
　　　行路不能雅密，难免泄露机关。
　　　无法往前怎么好？心内犹如滚油煎。
　　　咳，说罢了，道该然。
　　　二子性命，不能双全。
　　　该把亲生弃，无娘儿孤单。
　　　须把所托重义，自生扔在一边。
　　　咳，抛弃无命又难舍，有了，猛然一计上心间！

（白）思想我是妇女，改扮男装行路，难带二子，只好弃去亲生，为顾他人方为尽义。我将此子抛在庙内，必丧山虫之腹，何不写血书留名寄姓，放在路途？万一上天保佑，有人带去照养成人，日后母子重逢也未可定。如此待奴放下婴儿，咬破手指，汗巾之上留首诗句。咳，是是也罢，哎呀，十指连心，好生疼痛，展开绫巾待奴写来：

（诗）家门不幸被祸欺，生死存亡一旦离。
　　　路途生子难养育，弃舍婴儿把字题。
　　　母去但求神保佑，保佑有命有人伺。
　　　苍天不灭孙门后，日后相逢凭血诗。

（白）此子乳名兴郎，大名孙弘，其父孙堂，其母康氏，途生异变，泣题血书。写完曾见庙外有座清泉，不免将娇儿抱出去洗浴身体，好将他抱下山去，回来我再行路。

（唱）忙将青郎寄庙内，抱住娇儿不住哭。
　　　直奔清泉洗身体，完毕包裹拴血书。
　　　抱起下山到大路，放下兴郎力气无。
　　　不是为娘心意狠，为娘我无处存身苦又孤。
　　　不顾路远回家转，舍去骨肉相逢凭血书。
　　　越哭越痛难割舍，事到其间不得不。
　　　强硬心肠抛离去，不住回头滚泪珠。
　　　回庙揣起青郎子，提刀上马赶路途。

|||暂且不论康氏女，
同　　寅：（唱）明镜先生来得速。
算定白虎星官降，落难离娘在路途。
须得贫道将他送，山西地令人抚养怜血孤。
仙丹一粒送入腹，入口倍甜神气足。
身体渐长又助力，十四见亲把头出。
抱起婴儿使法术，缩地神术快又速。
不时来到山西地，收了法术又停足。
（将婴儿放在一块石头上）
忙写一封柬帖书，指点那六合天贵二星收养。
半明半暗执迷途，手一指婴儿元神离了体。
一只白虎把穴出，随风直扑林中去。
引诱高风众喽卒，事毕复又飘然去。

（宋金芳马上）

宋金芳：（唱）再表宋氏女花姑，带领喽啰把围打。
（白）奴宋金芳，路遇石郎配偶倒也遂心，可是怎奈他悬念家乡，有些不乐？今日奴家行围，定要打些野物回山，我俩开怀畅饮对酒为欢，便好与他消愁解闷。

喽　　啰：报姑娘，山下林中赶出一只猛虎，直扑山下大路去了。

宋金芳：尔等速速炮打箭射，休叫它逃走。

喽　　啰：哈。
（唱）喽啰不消停，追赶不怠慢。

宋金芳：（唱）金芳把马催，随后留神看。
白虎向里行，神速如闪电。
霎时把山归，凡夫看不见。

喽　　啰：（唱）喽啰往后追，忽然看不见。
有块卧牛石，不远在前面。
虎往哪里藏？擒他把功献。
孩子哭，那里孩子哭，快去看一看。
谁家小孩子，放在石上面？

>　　猛虎影无踪，四下并不见。
>　　莫非这孩子，他是老虎变？
>　　旁有黄纸帖，红字写上面。
>　　拿起不认得，不过是瞎看。
>　　叫人不明白，缘故无法辨。
>　　全然发愣怔，

宋金芳：（唱）金芳早看见。

　　　　马至跟前开了道，

　　　　（白）尔等为何在此发怔？

喽　啰：姑娘不知，我们追赶猛虎，眼见跑到这里，忽然不见，有一孩子放在石上，大料必是老虎变的。旁边有张黄纸帖，帖上有红字，我们也不认得。不知是何缘故，又想老虎变成孩子真是稀奇。

宋金芳：不要再说，岂有此理？什么黄纸帖？拿来我看。

喽　啰：姑娘请看。

宋金芳：呀，原来朱红黄柬一联，上有字迹，奴家不明，喽啰们把孩子抱来我看。

喽　啰：哈，姑娘接着。

宋金芳：好哇，这一婴儿倒也不错，看他生不过弥月，这等俊美，品貌不俗，将来必成大器。脖项所系白绫上有血字，莫非是他带来不成？不免抱回山，一并黄柬交于相公，观后必知其故。喽啰们，就此回山，散了围场。

（石建章出，平桌）

石建章：（诗）逃难佳偶喜绸缪，虽处安乐不时忧。

　　　　（白）学生石建章，得与宋氏山寨成亲，不觉两月有余。虽说脱难，有地安身，无奈着避罪不敢回乡，终日忧思妻子、妹妹，不能重逢，真乃是身在他乡，心在故土。

宋金芳：喽啰们，将马带过，相公请看这个孩子，好也不好？

石建章：呀，这是哪里婴儿？娘子所抱，令人不明，莫非是你生养不成？

宋金芳：呸，别瞎说咧，咱俩成亲日子不多，哪有这样快的？不要取笑。这孩子是我方才抱来，如此这般奇异，若问来历，我也不知，他带来血书黄柬，相公请看便明。

石建章：如此待吾看来，呀，黄帖上有七句诗词，待吾念来。

(诗)术士明镜束一道，亲送天星杏花山。
收养全亏石建章，他乡奈度二七年。
养子成人亲生见，孙石两家得团圆。
顺兴逆灭干戈定，同享皇恩雨露沾。

(白)呀，黄帖乃是神人所示，再看这一封血书是何来历。

(唱)观罢黄帖看血字，不由叫人甚惊慌。

宋金芳：(白)相公看完血书为何惊慌不止？

石建章：(唱)娘子不知其中故，听我对你说其详。
婴儿他是孙门后，父名孙堂母姓康。
不知为遭什么祸，路生此子弃他乡。
神人送他你拾取，叫我抚养在山岗。
他母留下名与姓，成人还叫认爹娘。
其父与我是朋友，昔日结义两分张。
不知而今遇何祸，朋友连心故惊慌。

宋金芳：(唱)原来还是有交往，怪不这样心着忙。
婴儿是你朋友后，理当收养尽心肠。
用心抚养成人大，奋志叫他把名扬。
虽然不想将他济，发达也必沾他光。

石建章：(唱)娘子之言合我意，收养求你费心肠。
替我抚养这幼子，你就算他养身娘。

宋金芳：(唱)不用相公多嘱咐，替你操心奴应当。
孩子只管交与我，无不着意尽心肠。

石建章：(唱)如此全仗娘子你。

(白)此子幼离父母十分孤苦，你我收养全当亲生，且从石姓，切莫泄露真姓实名，等他日后成人寻找亲生父母，再叫他复姓归宗不迟。

宋金芳：相公所言有理，你我有儿子乃是大喜，劝你从今不要思家。梅香，吩咐厨下排宴，祝贺我夫妻有子之喜。

梅　香：晓得。

(诗)神人送子到高山，看来造定非偶然。

(完)

第 十 本

【剧情梗概】刘赛花等人发兵下山,恰遇臧万年押解孙堂回京。他们救下孙堂,但孙堂不屑与山贼为伍,与董宽一起去寻找康金定、孙安叔嫂。朝廷派成国公来麒麟山剿匪,刘汉想要面见成国公,一诉冤屈。王振派遣袁斌前去狱中谋害孙吉宗,袁斌将真相告知孙吉宗和前来探监的孙家院公,院公假扮孙吉宗替他赴死。孙安来到石家,意欲入赘避难,牛氏姐弟则谋划将其交给官府。幸得石玉珠前来告知,二人乔装为兄弟后一同逃走。康金定与孙府众人走散后,投到渔民裴成家,暂时栖居。

(刘赛花升帐,四扎巾站,刘汉、刘月、高礼、毛福寿)

众　　人:(诗)神居高山寨,隐遁聚雄兵。
　　　　　　召集英雄士,杀奸报冤横。

刘　　汉:(白)俺刘汉。

刘　　月:俺刘月。

高　　礼:俺高礼。

毛福寿:俺毛福寿。

众　　人:姐姐,升帐在此伺候。

(刘赛花出)

刘赛花:(诗)昔为闺中女多娇,今在高山逞英豪。
　　　　　　心怀一片身家怨,何日报仇把恨消?

(白)奴刘赛花。表兄陈望又去京都探听孙郎父子吉凶,兄弟刘汉把兵符令箭交与奴家训练兵将。听表兄回音,将军公父如有不测,准备发兵下山,大报冤仇,我姐弟哪怕粉身碎骨,定要舍命齐雪二家之恨。

(陈望出)

陈　　望:探听凶险事,回山报信音。表弟、表妹,可不好了。

众　　人:表兄回来了,探听孙家之事如何?快些请坐,告诉我们知道。

陈　　望:你们若问,听了。

(唱)我下山,进京都,

　　　　　　一路之上，未敢停足。
　　　　　　打听表妹丈，以往知清楚。
　　　　　　他父解他请罪，舍子认定遭诛。
　　　　　　不意半路有变化，有人作对把计出。
　　　　　　放走了，贤妹夫。
　　　　　　背父得命，叫人心舒。
　　　　　　董宽同逃走，他俩踪影无。
　　　　　　妹夫侥幸脱难，他父受了大辱。
　　　　　　进京朝廷问死罪，险些一命立刻无。
　　　　　　有人保，未遭诛。
　　　　　　暂缓不死，身入囹圄。
　　　　　　发兵抄家口，原籍去得速。
　　　　　　孙爷三堂会审，口供并未招出。
　　　　　　朝廷又发人共马，要把山寨一扫除。
　　　　　　拿我们，一概诛。
　　　　　　大兵出发，离了京都。
　　　　　　不久随后到，闻知跑得速。
　　　　　　愚兄急急回转，细对你们告诉。
　　　　　　快些设法挡兵将，再救孙家莫疏忽。
刘赛花：（唱）呀，闻此话，胆突突。
刘　月：（唱）兄弟听罢，好不自如。
刘赛花：（唱）开口叫兄弟，快把良计图。
刘　月：（唱）我俩并无妙计，愿听姐姐吩咐。
刘赛花：（唱）两下事急不容缓，无法可使急煞奴。
　　　　　　哎呀，着急多会说有了。
　　（白）兄弟，当时两事齐来，不能不虑，你们听我分派，必须保护两下无失，才能得遂我心愿。
　　（唱）座上传令开言道，你们听我细细言。
　　　　　　两下事急多不便，必须从中保万全。
　　　　　　孙家犯罪抄家口，若不保护心不安。

　　　　　　　朝廷发兵攻山寨，也得保护设机关。
　　　　　　　必须安排分兵将，两不失机才是安。
　　　　　　　兄弟刘汉听将令，
刘　汉：（白）在。
刘赛花：（唱）你同表兄守高山。
　　　　　　　山口安排喽兵将，防备官兵把守严。
刘　汉：（白）遵令。
刘赛花：（唱）使女海棠守本寨，兄弟刘月随我下山。
　　　　　　　姐弟扮作平人样，名姓别对外人言。
　　　　　　　带领喽兵人三百，扮做客商样样全。
　　　　　　　一路跟随陆续走，真定怀庆奔正南。
　　　　　　　救来孙家众人等，同归山寨心才安。
　　　　　　　传令吩咐安排定，
刘　汉：（唱）刘汉众人各依令。
刘　月：（唱）刘月说是咱快走，我们速速下高山。
刘赛花：（唱）吩咐喽兵齐改扮，一路雅密把人瞒。
众　人：哈。
刘赛花：（唱）兄弟随我戎装换，
刘　月：（白）是。
刘赛花：（唱）卸去甲胄便衣穿。
　　　　　　　改扮已毕出后寨，吩咐带马齐下山。
刘　汉：（唱）刘汉送下高山寨，带领众人又回山。
陈　望：（唱）陈望后寨去歇息，
海　棠：（唱）海棠回后不用言。
刘　汉：（唱）刘汉归座又传令。
　　　　　（白）往下便叫高、毛二兄上帐听令，你二人带领喽啰下山，验看出入之境，留下崎岖小路，其余深沟高垒多加谨慎，准备抵挡京兵。
高礼、毛福寿：得令。
刘　汉：喽啰们瞧探是非，小心巡山，不得有误。
　　　　　（袁斌出，坐）

袁　斌：（唱）君王暗暗宠权奸，豺狼当道害忠贤。

（白）俺袁斌，可恼太监王振与锦衣卫王永和蒙君作弊，密托于我要害孙大人一死，叫人惊慌，无法可救。不免去到监中见了盟父告知此事，买通牢头，然后再做主意。

（唱）佞党害忠贤，要把人暗算。
　　　虽然气不平，不过空恨怨。
　　　不能替报仇，枉自心中叹。
　　　幸喜把我托，凑巧遂心愿。
　　　急去到监中，去把盟父见。
　　　告诉真实情，再把方法献。
　　　急急设良谋，好救他脱难。
　　　不枉其子交，朋友同患难。
　　　祸福要同当，才算是真恋。
　　　不遂众奸谋，须把巧计变。
　　　目下救危急，辗转不好办。
　　　想起道人言，心中常常念。
　　　临期看如何，却是怎么办？
　　　思想走如飞，急去不怠慢。
　　　袁斌且不言，

（步上孙家院公）

孙　孝：（唱）又表另一段。
　　　孙家老院公，愁思如麻乱。
　　　进京府被抄，无奈存旅店。
　　　一夜心不安，早起用了饭。
　　　思想如油焦，连连说可叹。
　　　急急来探监，不住悲又叹。
　　　可惜又可惜。

（白）老汉孙孝来到京中，老爷犯罪在监，府中被抄，仆人皆散，府门封锁无处存身，无奈店中存身。今早起来，不免急急探监便了。

（孙吉宗罪衣出）

孙吉宗：（诗）忠奸不并祸患生，心同日月被云蒙。

（白）吾乃孙吉宗，可叹冤情难辩，冤逆辖身，皇帝问斩，险些遭诛，多亏成国公还朝保奏，才得且免不死。前日在三法司重审，若非同行相护，奸党徇私，我命休矣，定丧非刑之下。皇帝下诏，大料满门难逃罗网。昨日有人前来查监，见我这般而言，他名袁斌，暗放我儿一同董宽还家，又想救我，却又无计。未知此事真假，令人似信非信。

（牢头上）

牢　头：禀大人，外边来了一人，口称尊府家人，从原籍而来，特来探监。

孙吉宗：如此命他进来。

牢　头：是，大人命你进见。

孙　孝：来了，老爷哪里？老爷呀。

（孙孝跪）

孙吉宗：原来院公前来，牢头外封把守，莫叫闲人走动。

牢　头：哈。

（牢头下）

孙吉宗：院公起来。

孙　孝：是。

孙吉宗：你从故乡而来，可知抄家之事怎么样？

孙　孝：一路未闻风声，离京不远才知信息，有心回转，又惦老爷不知生死，故而急来探监。

孙吉宗：这就是了。

（牢头上）

牢　头：禀爷，外面堂上又命人来查监。

孙吉宗：来的却是哪位？

牢　头：还是往日那位。

孙吉宗：如此相见无妨。

（袁斌内）

袁　斌：禁卒快来。

牢　头：来了。

袁　斌：要你外面伺候，无令休进内封。

牢　头：是。

袁　斌：请问大人，禁卒禀道，有人探监，来的此人却是哪个？

牢　头：此乃家院，前来探监。

袁　斌：好，乃是一家之人，讲话无忌。

孙吉宗：贤契请坐。

袁　斌：有坐。

孙　孝：请问老爷，此位贵姓高名？与咱家有何来往这样称呼？

孙吉宗：此人名唤袁斌，与你大公子乃是契友，昨日这般对我言讲才知。

孙　孝：呵，是少爷朋友，理当拜见才是。袁爷可好，老奴孙孝叩头。

袁　斌：老院公请起。

孙　孝：是，袁爷既是与我家少爷相契，乃是一家，非比外人，何不用计救护我家老爷脱难？日后有恩于我一家，岂敢有忘？

袁　斌：我早有意救护，怎奈无计可施？不幸你家老爷如今——

孙　孝：怎样？

袁　斌：咳，事到此间不必隐瞒。此处无有外人，待我实言相告。

（唱）你主仆，莫高声。

听我秘密，细说其情。

王振王永和，两个狗奸佞。

他俩这般定计，要害大人命倾。

命我如此这般做，令人心内似油烹。

孙吉宗：（唱）呀，孙老爷，吃一惊。

孙　孝：（唱）院公听罢，吓走真灵。

咬牙又切齿，贼党了不成。

却有何仇何恨，害人这般苦情？

阴使毒计真少有，怎能免死保全生？

袁　斌：（唱）他们怕，成国公。

用计支出，去把贼征。

除此无可来，故又把君蒙。

要把大人早害，不等国公回京。

他们害你如秦桧，大人好比岳精忠。

孙吉宗：（唱）可叹我，孙吉宗。
　　　　　　如要被害，死得不明。
　　　　　　赫赫国公位，皇家一品卿。
　　　　　　命丧奸党之手，自愧算是无能。
　　　　　　怎能一身脱罗网，后来杀贼报冤横？
孙　孝：（唱）呀，叹坏了，老院公。
　　　　　　无计救主，暗自叮咛。
　　　　　　何不舍性命？死后可留名。
　　　　　　想罢主意一定，连把袁爷尊称。
　　　　　　有劳外面看一看，无人回来有话明。
袁　斌：（唱）袁斌去而复又返。
　　　　（白）我已吩咐牢头封外把守，无人敢来，且听院公有话请讲。
孙　孝：如此听我悄悄而言，袁爷你看我这形态相貌却与我家老爷怎样？
袁　斌：虽论你俩年貌形态，看着诸般倒也不差上下。
孙　孝：好，既然相似，可就好说。但有一件，我有一言说出，可得袁爷成全而作，不然还是枉费心意。
袁　斌：我与你家少爷相交，一心无二，若说有计救你家老爷，只管言来，我袁斌若不患难相扶，就算枉自为人。
孙　孝：好，正要袁爷这般仗义才好。我家老爷今逢死难，别无可救，我要替他一死，救主逃生，袁斌你看如何？
袁　斌：呀，此话当真？
孙　孝：为主若有假意，定遭天诛地灭。
袁　斌：好，这样义仆千古少有，真是难得呀。
孙吉宗：慢，慢，我今负屈被害身亡，理所应当，岂可叫仆代死，又累贤侄不安？此事万不可做，你们不要信口谈论。
孙　孝：老爷不必拦阻于我。
　　　　（硬唱）老奴一死如蓬蒿，救出老爷如山立。
　　　　　　　　一为身家大报仇，二则为国全忠义。
　　　　　　　　三则尽了主仆情，义奴救主正该替。
　　　　　　　　若说不忍任遭屈，主仆同死有何益？

>   一点慈心不为高，误了许多重大事。
>   老爷一死难办冤，岂不屈节又亏志？
>   反叫小人能遂心，孙孝英名千古计。
>   一世忠心化为灰，老爷细思是不是？

袁　斌：（白）好。

> （唱）袁斌一旁不住夸，院公之忠全大义。
>   盟父不可不从权，机会错过不可遇。
>   自从大人你入监，我也求人问卦示。
>   遇一道人问吉凶，说你不久脱牢狱。

（白）大人今逢绝难之忧，有此义仆来替，明是忠感天地，命不该绝，道人卦驳相应，正该权变而行。如此顶替，我袁斌便好周全。大人脱身，院公恩情难报，主仆之义只在后来分明也就罢了。

孙吉宗：咳，你们所言虽是，但是叫我于心何忍？

孙　孝：老爷不要挂念，奴才意决，无有更改。莫说全尸一死，就是叫我赴汤蹈火，粉身碎骨，却也情愿不辞。

袁　斌：豪侠以义为首，真令人可服可敬。老大人，令仆意决，快些依言而作吧。

孙吉宗：哼哼，罢了，院公大义只是叫我全忠雪恨，不得不从。目下别无可报，请上受我一拜。

（同跪院公）

孙　孝：老爷快些请起，可折煞老奴了。

孙吉宗：理当如此。

袁　斌：你主仆不要悲痛，来来来，我与你们更换衣服，大改刑具，大人出监，夜晚便好行事。

孙　孝：有理，老爷快来。

孙吉宗：是。

袁　斌：院公在此，大人随我出去可要屏住身影，莫叫外人看破。

孙吉宗：是，我知道，老院公我就抛弃你去了。

孙　孝：老爷，你去吧。

（袁斌随下，又上）

袁　斌：禁卒这里来。

牢　头：来了，军爷有何吩咐？
袁　斌：方才那一仆人被我问明，他家如今被抄，此人逃出，密地进京来探监，你出狱吩咐不准再来，速去急回，还有秘事吩咐与你。
牢　头：是。吩咐已毕，量他不敢再来。不知还有何事，上差请讲。
袁　斌：是，你附耳过来。
牢　头：是。
袁　斌：今夜如此这般，你要密把犯官药死，明早堂上大人亲身来验，事成必有重赏。
牢　头：哎呀，我的爷，这件事情叫我怎么办呐？
袁　斌：不妨，此乃大人亲自吩咐，有事与咱无干，只管依言而行，不可违命。我就回复大人，明早见你的功劳。
牢　头：是，小人遵命。
袁　斌：好呀好呀，金蝉脱壳计已成，只要出狱见侯爷，赠他盘缠必能隐遁身形。
　　　　（刘赛花上）
刘赛花：喽啰们，陆续而行。
　　　　（唱）假做经营下高山，为夫连心救祸端。
　　　　（白）奴刘赛花。
刘　月：俺刘月。姐姐你我带领喽兵下山，假扮客商一路前后而行，前来河南，离怀庆府不远，但愿姐夫避祸在家，彼此见面一同上山才好。
刘赛花：咳，愚姐那时一闻凶信，心似油烹，想你姐夫既然逃走，必是回家，咱今此去官兵不到，夫妻、郎舅相见，同归山林，才遂愚姐心愿。
　　　　（唱）为他亲身把山下，夫妻相见才遂心。
　　　　　　最怕京兵预先到，姐弟此去枉劳神。
　　　　　　大料虽然遭罗网，抄拿钦犯必进京。
　　　　　　打听若不把京进，一路急行苦追寻。
　　　　　　路途赶出全不怕，定要解救上山林。
喽　兵：（唱）喽兵陆续赶在后，接连而行不停身。
　　　　　　假扮经商不一样，有人盘问不能真。
刘赛花：（唱）正然行路抬头看，迎面走过来一人。
　　　　　　催马而行急似见，相离且进看得真。

刘　月：（白）好像那姐夫朋友董好汉，他今是从何处临？

刘赛花：（唱）如果是他问问看，他必知道我夫音。
　　　　　　　一起下马路旁等，

（董宽马上）

董　宽：（唱）董宽一见喜在心。
　　　　　　　跳下马来忙问候，

（白）刘二弟与嫂子可好？你们下山这样打扮要往哪里去啊？

刘赛花：叔叔。

刘　月：董兄，不知原是这般如此，我姐弟下山救护孙家人等上山避祸，你今何来何往？可知我姐夫、你哥哥今在何处？

董　宽：呀，原来你们不知逃走并抄家之事，从头至尾说了一遍。

刘　月：呀，我姐夫被京兵拿去了吗？

董　宽：正是，剩我一人无法可使，竟来山上勾兵，不期而遇。你们来得正好，事不宜迟，随我快去追赶官兵，劫夺囚车要紧。

刘　月：呀，这还了得？此事事急不可迟误，大家一起上马，你快前面引路，我姐弟星夜催促喽兵，一起追赶囚车便了。

刘赛花：有理。

刘　月：快走。

（王永和出）

王永和：（诗）足智多谋心最刁，助纣为虐不可学。

（白）下官王永和，果然我的妙计成功，暗差袁斌与狱卒把孙吉宗药死，监内今早亲自验明正身，并无差错。老儿一死，去了公爷一场大病，我也觉着心静，不用担忧。赏了禁卒，厚待袁斌，我也前去报功才是。左右。

侍　卫：是。

王永和：吩咐外面备轿，到司礼监走走。

（唱）心中欢喜甚得意，去见公爷说根源。
　　　　　告诉他欢喜不用讲，不负我的好心田。
　　　　　不言永和见王振，

（臧万年马上）

臧万年：（唱）再表总兵臧万年。

押解囚车回京转，马上思量自己言。
幸喜拿住孙家后，那一叛子叫孙安。
其余男女却不见，走死逃亡不用言。
有了正犯就不怕，不算往来这一番。
回京交旨见圣驾，后见公爷必喜欢。
越思越想路上走，

众　人：（唱）又来了刘家姐弟与董宽。

吩咐喽啰快追赶，不许落后往前蹿。
这日赶上离不远，一起大怒喊连天。
传令喽兵杀上去，

臧万年：（唱）臧万年回头吓一蹿。

（白）不好，正然押解囚车行路，后方来了一伙强盗，必是要劫囚车，这还了得！众将官，尔等小心，随我努力杀贼。

董　宽：哎呀，狗官快把囚车留下，万事皆休，如若不然，叫你刀下做鬼。

臧万年：你这瞎眼强盗，叫啥名字，竟敢要劫囚车？真乃好大胆子。恍惚好像见过，怎么想不起来？快说叫什么名字，报上来，好在你爷爷刀下做鬼。

董　宽：狗官不必细问，看叉取你。

臧万年：来来来。

（臧万年败，对刘赛花）

刘赛花：来者将官，报名受死。

钮　相：你老爷名叫钮相，你这老娘们是谁，也跟这儿胡闹？看你怪好的，老爷开恩，姑息不杀，收你做我夫人，你说好不好呀？

刘赛花：不要胡说，看刀。

钮　相：不愿意？来吧。

（刘赛花杀死钮相，裴分对刘月）

刘　月：狗官报上名来，好在你祖宗刀下做鬼。

裴　分：你把总老爷裴分，你这黑小子叫什么名字？

刘　月：哪有闲工夫与你通名道姓？看枪！

裴　分：来来来。

（裴分死）

臧万年：哎呀，这伙强盗十分厉害，众将一起努力上前，不可退后。

刘　月：呀，官兵齐上蜂拥而来。喽啰们，努力攻打，不得有误。

臧万年：哎呀，不好，强盗越聚越多，不知从何处来到此地？杀得兵将纷纷逃亡，剩我一人不能抵挡，若不逃命定要命归阴间。只得扔下囚车回京，奏知朝廷发兵，四处搜拿，岂不是好？定是这个主意，跑了吧。

（三人上）

董　宽：这一阵杀死官兵不少，其余弃了囚车纷纷逃命，大家下马，打开囚车便了。

（打开囚车）

刘月、董宽：姐夫/哥哥受惊了。

孙　堂：好说，你们怎么同来救我？你保我兄弟逃走，他今却在何处？

董　宽：咳咳，哥哥不知，那夜我俩夜里闯出重围，累夜赶路把他寄在松林，复返救你，未曾赶上，回去寻他，却又不见。小弟无奈上山去求嫂嫂，不想我们逢途而行，同来追赶，救你脱难，倒也心宽幸甚。

刘赛花：相公侥幸脱离虎口，就请回山，奴再差人寻访叔叔、姐姐不迟。

孙　堂：说哪里话来，一家失散，杳无踪影，我如何自求安身？必须寻找他叔嫂，方可一同上山。你姐弟一同请回山寨，我与董贤弟仍去寻找他叔嫂。

刘　月：慢着，姐夫你说此话有些不对。

（唱）我们为你把山下，非为见你两相逢。

　　　离别日久今日见，应该欢喜回山中。

　　　为何又想脱身走？这样情疏理不通。

孙　堂：（唱）咳，我为你们惹大祸，一门遭害恨心中。

　　　还提什么情与义？情愿一世不相逢。

刘赛花：（唱）郎君这是哪里话，莫非要把奴家扔？

孙　堂：（唱）算你猜透其中意，果然是要弃婚盟。

刘赛花：（唱）说话不怕别人笑，当初不该把亲成。

孙　堂：（唱）成亲中了你们计，并未心愿接亲情。

刘赛花：（唱）生米已煮成熟饭，夫妻恩爱难割舍。

孙　堂：（唱）恩爱休提不用讲，寻我泄露罪不轻。

刘赛花：（唱）也是一时未想到，不该差去愣头青。

刘　月：（白）不用说了，必是为我找你，那时未加仔细，泄露招亲之事，有了罪咧。

孙　堂：（唱）正是为此不用讲，罪及我父满门倾。

刘赛花：（唱）兄弟性粗未谨慎，错了奴替领罪名。

孙　堂：（唱）此时领罪却也晚，咱俩无涉算绝情。

刘赛花：（唱）你是诚心将奴弃，误了终身罪不轻。

孙　堂：（唱）有罪无罪不理论，你回山寨我登程。

董　宽：（唱）董宽相劝说不可，哥哥莫把嫂子扔。
过去之事不用讲，你们夫妻莫绝情。
请看小弟薄脸面，回山不用把气生。

孙　堂：（唱）不用贤弟把我劝，一言既出无改更。
爱去你随他们去，我就独自把路行。
说罢转身奔山路，

刘　月：（白）站住。
（唱）刘月拉住不放松。
姐夫你往哪里去？

孙　堂：（白）不必管我，你快放手，不要拉扯。

刘　月：消停，你且慢去，小弟还有话讲。知道你今却因我们犯罪抄家，故此前来相救于你，今脱祸免难，见我姐弟正该转怒为喜，同回山寨再令打探才是，为何这样将人论罪？真叫舅爷不乐也。
（唱）今日你怎不说理，反恩为仇这样歪？
我姐不知哪点错，一心不要为何来？
虽然你家遭了祸，也是天定命里该。
不是混把人来怪，往事莫提尽丢开。
你俩还是好夫妇，不用分离把脸歪。
姐夫哇，今日舅爷赔不是，恕我与你招祸灾。
不必生气回山去，喽啰快把马牵来。

喽　啰：哈。

刘　月：（唱）姐夫快请把马上，大家一同转山崖。

孙　　堂：（唱）口是心非说我去，飞身上马喜心怀。
　　　　　　　加鞭岔路如飞去，
刘赛花：（唱）佳人一时脸气白。
刘　　月：（唱）刘月一见气炸肺，恨得不住把手拍。
董　　宽：（唱）董宽开口尊嫂嫂，等我追去话说开。
　　　　　　　你们暂且在此等，少刻劝回一同来。
　　　　　　　转身上马急去赶。
刘赛花：（唱）强人心狠必不来。
　　　　　　　直叫兄弟你也去，
刘　　月：（唱）姐姐不要把我差。
　　　　　　　小子任性真可恼，凭他去吧赶不来。
刘赛花：（唱）见他去远不回转，不住伤心泪满腮。
　　　　　　　强人薄情恨到底，安心不要我裙钗。
　　　　　　　今日思来昨日想，今日见面又分开。
　　　　　　　兄弟有气不去赶，奴纵赶去也是白。
　　　　　　　举目抬头看不见，光景必是不回来。
刘　　月：（唱）刘月又把姐姐叫，
　　　　　（白）姐姐不用观看，他俩一去准是不回，你我不必久等，还是回山见我哥哥。若是退去官兵，山寨安然无事，等我差人下山去寻访他家人等接回山寨，大料他无有不回之理。
刘赛花：兄弟所见极是。喽啰们，带马回山。
喽　　啰：哈。
孙　　堂：贤弟快走。
董　　宽：是。
　　　　　（孙堂、董宽马上）
董　　宽：哥哥，我嫂嫂在路上等着小弟，赶来劝你回去，为何这样执迷不去？是何意思呢？
孙　　堂：贤弟，不必劝我回去。此时不见兄弟与你那康氏嫂嫂，心似油焦，还有什么意思？跟他们回山，又且皆因他们祸及合族，才有灭门之罪。而今见那女寇、恨如仇敌，哪里还想和好？

|（唱）恨我当初心意粗，招亲误入机关巧。
董　宽：（唱）看来也算是应该，天作之合无处跑。
孙　堂：（唱）惹起风波罪全家，父死妻亡家无了。
董　宽：（唱）过去之事不用说，夫妻见面当和好。
孙　堂：（唱）一家亡散为他们，令人一见心中恼。
董　宽：（唱）而今救你把难脱，不当分离依意抛。
孙　堂：（唱）我算把那女窦抛，从此弃她天涯角。
董　宽：（唱）哥哥心狠劝不听，我也无法算拉倒。
孙　堂：（唱）贤弟作伴随我行，且去寻找他叔嫂。
董　宽：（白）有理。
　　　　（唱）二人行路且不说，
　　　（皇帝出，凭桌坐）
皇　帝：（唱）接连再把皇帝表。
　　　　　　这日独坐恨皇亲，叛朕杀他有人保。
　　　　　　关系皇亲暂留生，太后回朝再斟酌。
宫　人：（白）启奏万岁，王振前来进宫奏主。
皇　帝：快些宣来见朕躬。
宫　人：领旨，圣上有旨，宣先生进宫。
王　振：万岁。
　　　　（唱）王振进宫忙跪倒。
　　　　　　伏地叩首尊皇爷，奴才有事奏分晓。
皇　帝：（白）先生有本，平身奏来。
王　振：（唱）监内死出孙皇亲，锦衣卫官验过了。
　　　　　　禀报奴才奏主知，
皇　帝：（唱）呀，皇帝闻听说不好。
　　　　　　皇亲怎么一命亡，太后回朝要犯搅。
王　振：（唱）万岁，口尊我主莫惊慌，细听奏明无烦恼。
　　　　　　只因反情他不招，审问谁不问分晓？
　　　　　　拷问不招监内毙，自亡谁也怪不了。
　　　　　　太后回朝细追问，奏明却也无得搅。

皇　　帝：（唱）皇帝点头无话云，人死不究事算了。
　　　　　　　　朕赐棺椁葬其尸，算把旧日亲情表。
　　　　　　　　先生请退回府中，以往之事不细考。
王　　振：（白）万岁！
　　　　　（唱）王振回府心暗喜，
皇　　帝：（唱）皇帝歇息龙床倒。
　　　　　　　　宫内之事不再言，
完者脱欢：（唱）又把行诈胡人表。
　　　　　（白）我乃北国使官完者脱欢，奉命假扮客人来到南朝，见了王振，留在他府栖身。我俩同谋，妙计已成，如今害了孙吉宗，理当回国。等他来时我便告辞，起身回国。
王　　振：参政可在房？
完者脱欢：中贵回来，请坐。
王　　振：有坐。
完者脱欢：老中贵，下朝回府，我今便要告辞回北，翌日再会。
王　　振：参政要走，为国事急不敢强留，屈尊少坐片刻，咱家还有一事，求你回朝替我代奏。
　　　　　（唱）咱家一心通北国，要分江山灭大明。
完者脱欢：（唱）我国大王常感念，蒙与协力不忘情。
王　　振：（唱）废了许多心血力，才能害了孙吉宗。
完者脱欢：（唱）你见朝廷怎么样？想来必究内里情。
王　　振：（唱）皇帝信真他自尽，咱家无事得安宁。
完者脱欢：（唱）总是大人身受宠，说一不二他信听。
王　　振：（唱）孙侯一死去了病，参政回国好发兵。
完者脱欢：（唱）南朝无有能挡将，早夺中原必成功。
王　　振：（唱）嘱咐你替奏国主，事成不可负前盟。
完者脱欢：（唱）大人只管把心放，协力相助不忘情。
王　　振：（唱）但愿早把社稷取，不枉咱家费心胸。
完者脱欢：（唱）我就告辞回国去，
王　　振：（唱）咱家日后再相逢。

完者脱欢：（唱）你我分别再不恋，

王　振：（唱）咱家命人送一程。

完者脱欢：（唱）连说不用我就去，一揖而别外边行。

王　振：（唱）王振回后且不表，

（朱永骑马上）

朱　永：（唱）再说朱永领大兵。

　　　　　　来到山东麒麟寨，吩咐山下安大营。

　　　　　　传令造饭去要战，

刘　汉：（唱）接连又把山寨明。

　　　　　　刘汉聚众升大帐。（高、毛、陈站，刘坐）

　　　　（诗）心怀中天恨，起义待复仇。

　　　　（白）吾顺天大王刘汉，姐姐、兄弟带领喽兵下山去接孙家家眷，并未回转，又恐王师临镜，不久人马到来，因此人马下山盘查，小心严加防范。

喽　啰：报大王，朝廷发来人马，山下安营，为首两个老将官前来讨战，乞令定夺。

刘　汉：再去打探。

喽　啰：得令。

刘　汉：大兵果然来得迅速，趁他远来疲乏，正式迎敌。往下便叫表兄陈望带领喽兵把守山口，高、毛二兄随我杀下山去。

高礼、毛福寿：得令。

刘　汉：喽啰们，抬枪带马。

李　安：众将官随我攻打山口。

（刘汉马上）

刘　巨：俺刘巨。

李　安：我李安。你我随成国公带兵来麒麟山捉拿反叛刘汉，兵分两路，不用安营歇息，咱俩带兵攻山，定要一战成功，扫平山寨。呀，山上冲下无数喽兵，你我杀上前去。

众　人：有理。

（高对刘）

刘　巨：来者贼将，报名上来领死。

高　礼：你老爷高礼，你叫啥名？
刘　巨：你副将老爷刘巨，特来灭你山贼。要知时务，速速下马受死，免动刀斧。
高　礼：休说大话，看枪。
刘　汉：来来来。

　　　　（刘巨战败，刘汉对李安）

李　安：来者山寇可是贼首刘汉么？
刘　汉：正是你大王，前来敌将何名？
李　安：你老爷李安，久闻你是朝廷命臣，为何叛乱朝廷，谋逆背反？
刘　汉：我今被势所逼，不得不反。你们将官主将是谁？快些请来见吾。
李　安：我家主帅乃是成国公朱千岁，还在营内歇息，并未前来。你要见他却也不难，快些下马受绑，随我进营，自然叫你看见。
刘　汉：住了，敌将不要猖狂，看我拿枪取你。
李　安：来来。

　　　　（李安败）

刘　汉：你看杀得二将大败回营，天色已晚，不免回山瞧探明白。果是成国公朱永领兵前来，定要见他诉说心事，看是如何。喽啰们，打得胜鼓回山。
众　人：哈。

　　　　（康氏抱孩子，扮男装在马上）

康金定：（诗）鸡鸣茅店月，马踏板桥霜。
　　　　（白）奴康金定，弃舍亲生，怀抱青郎，寻访将军、叔叔，渺无踪影，有心回转娘家，又无亲人，唯恐难以生存。无奈想起将军所收女寇，住在山东麒麟山寨，不如投奔那里可以安身。因此一路前行，投奔山东。天色又晚，前方有河阻路，不知水是深是浅。你看河心有一艘小船，上有男女二人捕鱼，正好上前问路便了。

　　　　（老丑、小旦上船）

裴　成：（诗）一叶孤舟浮水面，往来中流捕游鱼。
　　　　（白）老汉裴成。
裴桂香：奴裴桂香，开封府祥符县人氏。
裴　成：咳，家境贫寒，拙荆早故，剩我父女二人，专在黄河小溪打鱼为生。今日天气平和，风平浪稳，打鱼不少，正好拿到家去卖上几串铜钱，好买柴米油盐,够我父女过些日子了。

（康氏拉马上）

康金定：船上那位老人家请了。

裴　成：请了,君子像是要过河吗?

康金定：正是要过此河,在下远方来到此处,不知那里水势深浅,望乞老人家指示过河,感激不尽。

裴　成：君子远来,自然不知,河虽不大,水却不浅,行人到此,无法可过,要寻渡口还在上流,离此不远。眼看天晚难行,劝你不如回去,明日再奔渡口。

康金定：我既到此,岂有复返回去之理? 不然,借着老人家连人带马渡过去,在下情愿先付舟金。

裴　成：罢了,论理,我们小小渔船不渡行人,今见君子有些为难,又且天晚不便回去,要不了老汉行一方便,将你渡过河去,如何呢?

康金定：如此麻烦了。

裴　成：好说。

裴桂香：爹呀,你只顾叫人家过河,也不看看有女儿在此,别闷不拉的。

裴　成：是呀,要不了你也下船回去,然后我再渡他还方便哪。

裴桂香：倒也使得。

裴　成：那位君子,且在河岸稍待,我们过去回来,再渡你过去。

康金定：任凭尊意。

裴　成：丫头把船抛岸,你就家去吧。

裴桂香：是,爹爹你把他渡过去,你也早早来家呀。

裴　成：是啦,去吧。

裴桂香：是啦。

裴　成：那位君子请来上船。

康金定：是。

裴　成：渔船窄小,渡人难渡,马要不了,将马拴在船后,带过它去吧。

康金定：倒也使得。

裴　成：君子上船小心站稳。

康金定：是。

裴　　成：我要开船。

　　　　　（唱）执桨行舟急又快，不多一时过河去。
　　　　　　　　下船将舟系在岸，
康金定：（唱）佳人拜谢作一揖。
裴　　成：（唱）寻些方便不用谢，君子高名何处居？
　　　　　　　　不知要往哪里去？行路为何带孩子？
康金定：（唱）随机应变忙应答，你老见问不消提。
　　　　　　　　在下金康怀庆住，十年投军把家离。
裴　　成：（白）该是军爷，怪不得这样打扮呢。
康金定：（唱）父母双亡归故土，丧妻抛子身无依。
　　　　　　　　离家投亲来到此，望乞方便我感激。
　　　　　　　　请问老大贵名姓，造府拜谢礼上宜。
裴　　成：（唱）君子若问细听了，裴成不远河北居。
　　　　　　　　一辈无儿只一女，吾的老伴早归西。
　　　　　　　　父女打渔度日月，
康金定：（白）那位姑娘就是令爱吗？
裴　　成：不错就是我闺女，请问君子年庚大？
康金定：吾今年一十九岁了。
裴　　成：（唱）我有心事不敢提。
康金定：（白）老人家有话只管请讲。
裴　　成：（唱）吾女今年一十七岁，模样不丑你也差不离。
　　　　　　　　招你为婿有恩爱，不知愿意不愿意？
康金定：（唱）佳人听罢犯思想，无处安身这里居。
　　　　　　　　时下暂且不说破，见了他女再落实。
裴　　成：（白）君子倒是愿意不哇？
康金定：（唱）主意一定说情愿，蒙恩见爱岂敢辞？
裴　　成：（唱）愿意就是姑爷了，请到我家把身栖。
　　　　　　　　不说他们回家转。
裴桂香：（白）奴裴桂香，方才看到那位行路客人物出奇，虽是男子胜似女孩。奴家今年一十七岁，跟着爹爹打渔，何日是个了？看见少年知音，不由想

　　　　　　起一片心怀，叫奴不好对人讲。
裴　　成：姑爷到家咧，把马拴上，请到我那屋里坐着。
康金定：岳父请便。
裴　　成：闺女在屋里呢。
裴桂香：爹爹来了，请坐。
裴　　成：闺女呀，我把那人请到家中，有件事儿与你商议商议。
　　　　（唱）咱家美事来贵客，天缘巧遇对心窝。
裴桂香：（唱）无亲无故家内领，越发不便憋闷多。
裴　　成：（唱）自然到时行方便，有事前来对你说。
裴桂香：（唱）不知爹爹有何事？女儿糊涂不明白。
裴　　成：（唱）我看那人对心事，为你招赘结丝萝。
裴桂香：（唱）一闻此事正遂意，口内不言暗念佛。
裴　　成：（唱）闺女愿意不愿意？为父好去对他说。
裴桂香：（唱）爹爹看好赶着做，女儿愿从结丝萝。
裴　　成：（唱）好，事成就把天地拜，不用择日不啰唆。
　　　　　　是啥不用省点事，作亲就把外孙得。
裴桂香：（白）爹爹，那没遛儿啥话也。
裴　　成：（唱）可是你女婿他把儿子带，闺女先得小阿哥。
裴桂香：（唱）爹爹只管如此讲，也不管女儿脸面红与白。
裴　　成：（唱）抱儿子终究远不了，告诉姑爷他晓得。
　　　　　　去不多时急回转，叫声闺女听明白。
　　　　　　快些梳洗拜天地，姑爷等着把头磕。
裴桂香：（白）是。
裴　　成：（唱）快的复又出房去，天地神前放下桌。
　　　　　　急忙烧上香一股，跑进房来又撺唆。
　　　　　　叫声闺女快些走，去到院中拜神佛。
　　　　　　拜罢天地洞房入，用过晚餐起更锣。
　　　　　　老儿他抱着孩子去睡觉，
康金定：（唱）康氏不语话不说。
　　　　　　坐在房中交三鼓，

裴桂香：（唱）裴氏桂香不快活。

　　　　　　新郎低头不言语，忍耐不住把话说。

裴桂香：（白）相公与我父萍水相逢，家父留你招亲，虽然草率行礼，也算天定良缘。你我今日拜堂合卺，郎君为何不欢？莫非是嫌弃门户窄小，奴家丑陋不堪，难以为配，留你在此有屈尊驾吗？

康金定：姑娘说哪里去了，我有为难之事不好言讲。

裴桂香：你我既为夫妻，有话既当同知，何必这样愁闷，有话只管讲来。

康金定：我要说出，姑娘不可见责。我乃女流之辈，假扮到此，奴康金定出嫁孙门，家遭大祸，一家失散。

裴桂香：呀，既是有夫之妇，因何女扮男装？为何遭了祸事？可实对我言讲。

康金定：姑娘，你听了。

　　（唱）从前之事说一遍，告诉姑娘你明白。

　　　　　我见令尊心慈善，欲要安身住尊宅。

　　　　　望乞留恋讲情感，抚养身边小婴孩。

　　　　　日后得第身不认，省得出丑与卖乖。

　　　　　佳人说了一席话，

裴桂香：（唱）咳，裴氏听罢发了呆。

　　　　　　原来她是女裙钗，一团高兴往下摔。

　　　　　　好叫奴猫咬尿泡空欢喜，事到此间说不来。

　　　　　　只得暂且留在此，留她藏身把名埋。

　　　　　　想罢启齿开言道，不知夫人到此来。

　　　　　　妇女失敬望恕罪。

　　（白）原来是宦门夫人到此，恕我父女不知，多有失敬。

康金定：好说，不敢。

裴桂香：夫人不嫌舍下，屈尊就在此处久住，万一皇天有眼，日后一家团圆，也未可定。

康金定：多谢姑娘收留与我，素无瓜葛打搅有愧，若不弃嫌，就请拜为姐妹，不知意下如何？

裴桂香：夫人不嫌贫贱，正合我意。家父说过，已知夫人年长，小妹胆大高攀夫人屈尊了。

康金定：好说，如此你我就是姐妹了，我今在此久住，还不可教外人知晓。

裴桂香：那是自然，姐姐不必牵挂。

康金定：我今蒙恩收留，别无可报，但愿我夫妻相逢，叔嫂聚会，你的终身之事只管包在愚姐身上，管教你随心如意。

裴桂香：如此，尽在姐姐了。夜已更深，姐姐发困，多日不得舒服，今日稳便快请歇息，宽衣安寝。

康金定：（唱）夫妻变幻为姐妹，有地安身盼荣归。

（番王出，升帐，四将站一旁）

众　人：（诗）身在鞑虏地，威名震番邦。
　　　　　　　文谋能治国，武勇可扶王。

阿　刺：（白）俺枢密院阿刺。

昂　克：俺丞相昂克。

铁哥不花：吾乃大同王铁哥不花。

达儿不花：吾乃塞力王达儿不花。

众　人：大王升殿，在此伺候。

（番王出）

脱脱不花：（诗）欲吞中原山河地，恢复旧业振邦国。

　　　　（白）孤家可汗王脱脱不花，自从军师远遁，败兵回国，谋臣设计又遣参政假扮客商，密到南朝去见王振，若能计除敌国勇将，再议进兵之策，看是如何。

（完者脱欢上，跪）

完者脱欢：大王千岁千千岁，微臣完者脱欢，从南朝回国交旨见驾。

脱脱不花：爱卿一路疲乏，平身。

完者脱欢：谢过千岁。

脱脱不花：孤家命你南朝用计，怎么样了？

完者脱欢：千岁听了。
　　　　（唱）奉命到南朝，去见王太监。
　　　　　　　他早用计谋，替咱把事办。
　　　　　　　硬拉孙吉宗，说他是反叛。
　　　　　　　密与咱国通，暗中两勾串。

明主信了真，拿问不细断。
要杀孙老儿，不容他分辩。
保本人太多，一概情不看。
又死一国公，姓徐也不善。
末后是这般，来了一硬汉。
保下孙吉宗，寄监审钦犯。
王振想方法，托人行暗算。
害死孙老儿，与咱除了患。
叫我回国中，来把大王见。
这是已往情，从头奏一遍。

脱脱不花：（唱）听罢心喜欢，这才遂心愿。
爱卿有大功，歇息去下殿。

完者脱欢：（白）谢过千岁。

脱脱不花：（唱）座上把旨传，高叫枢密院。
速速上殿来，议事休怠慢。

阿　剌：（白）千岁，臣来见驾。

脱脱不花：（唱）参政回国来，奏明事一段。
孤家要发兵，与你商议办。
何人再领兵，去与明朝战？

阿　剌：（白）千岁，微臣荐一人，知他甚能干。

脱脱不花：却是哪个？

阿　剌：（唱）乜先兵将多，俱是强勇汉。
领兵叫他征，管保把功献。

脱脱不花：（唱）好，准奏把他差，奉旨休怠慢。
爱卿走一遭，领旨把他见。

阿　剌：（唱）领旨下银安，

脱脱不花：（唱）番王把朝散。
这里且不言，

臧万年：（唱）又表另一段。
总兵臧万年，回京上金殿。

臧万年：（白）万岁万万岁，臣臧万年奉旨抄拿孙家家眷，叛子孙堂逃走，一众女眷不见，只拿住叛臣次子孙安，不想走至半路，遇见一伙强盗劫夺犯人，问他不说名姓，一起动手杀死咱兵将不少，叛子被劫，臣见事不祥，逃回京来，见驾领罪。

皇　帝：哎呀，何处贼寇这样胆大逞凶。奸恶太甚。叛子逃脱乃朕心腹之患，必须严拿诛灭，方免无忧。爱卿败兵回朝，朕开恩赦卿无罪，下殿回府歇养去吧。

臧万年：谢主隆恩万岁。

皇　帝：散朝。

（孙安步上）

孙　安：（诗）一家失散两离分，寻兄觅嫂无信音。

（白）晚生孙安自从黑夜逃走，与兄嫂失散分离，寻觅不见，无奈由我独自前行。所记哥哥来奔山东石家村投亲，思想无有婚书媒证之人，恐怕人情冷暖。晓行夜宿，来到安乐，禀明石家，拜见岳母妻兄便了。

（牛氏出）

牛　氏：（诗）花开两朵去一支，独享家业乐有余。

（白）老身牛氏，那日正打玉珠，不想她又得病咧，兄弟劝我不要折登，她婆家犯罪被抄，不知真假，听了兄弟话又暖乎那个丫头，寻个大夫与她调治，如今又算好咧。听说她婆家有祸事，又疼她哥哥、嫂子，啼哭不止。老身用心打听他家，真要家败人亡了，要卖玉珠可以放心大胆，无人敢拦，只一面把他一窝子可要除尽了。

（牛寿急上）

牛　寿：姐姐，姐姐。

牛　氏：哟，有啥事这样着急？兄弟你坐下说说。

牛　寿：姐姐听了。

（唱）方才家人说，禀报来贵客。
　　　命人到前面，见面不认得。
　　　让他在前厅，盘问他说破。
　　　原来是孙安，投亲来避祸。

牛　氏：（白）莫非就是孙堂兄弟、玉珠女婿吗？

牛　寿：姐姐算猜着，一点也不错。

牛　氏：你说他家灭门绝户倒是真哪？

牛　寿：（唱）一点也不虚，正是这么着。
　　　　　　　方才我问他，一一讲明澈。
　　　　　　　如此是这般，朝廷心不乐。
　　　　　　　拿问杀他爹，一家罪不赦。
　　　　　　　抄拿灭满门，他们胆吓破。
　　　　　　　闯出把命逃，七零与八落。
　　　　　　　走了他嫂子，还有他哥哥。
　　　　　　　失散行无踪，剩他独一个。
　　　　　　　无奈来投亲，想得真德合。
　　　　　　　这里入赘来，成亲心欢乐。
　　　　　　　小弟留下他，请入内书舍。
　　　　　　　前来见姐姐，你是怎么做？

牛　氏：（唱）牛氏听了说，心中好不乐。
　　　　　　　兄弟你留他，太也心肠热。
　　　　　　　无形这门亲，当初我们作。
　　　　　　　都是大用他，信口瞎说过。
　　　　　　　妹子白许人，大礼都不过。
　　　　　　　玉珠那丫头，就算人家货。
　　　　　　　留她到如今，不敢许哪个。
　　　　　　　幸喜老孙家，如今遭了祸。
　　　　　　　亲戚算断绝，想法再另做。
　　　　　　　无形汉子来，留他做什么？
　　　　　　　与我快撵出，休叫他装客。
　　　　　　　说罢气扑扑，

牛　寿：（唱）牛寿脸难抹。
　　　　　　　姐姐莫着急，大家商量做。
　　　　　　　你既不留他。小弟有计策。
　　　　（白）姐姐消消气，不用着急。他来指望入赘成亲，小弟支吾说是有事外出，不在家内。他拜见姐姐，我说稍停，等我通禀一声，再见不迟，将他让在书房，等候姐姐相见。小弟辞出便来告诉与你，姐姐既不愿意，留他却也不用生气，小弟有个主意与你商议而定。

（唱）不留却也不用撑，小弟心内有计较。

牛　氏：（白）兄弟你有什么主意呢？
牛　寿：（唱）孙家犯罪人皆晓，各州府县有告条。
　　　　　　谁能拿住大钦犯，送到衙门有功劳。
　　　　　　他今自来投罗网，明日与咱送银钞。（丫鬟上，听）
　　　　　　今日留住稳在此，明天拿他岂能逃？
　　　　　　绑送衙门去领赏，再把玉珠另开销。
　　　　　　你说主意好不好？
牛　氏：（唱）今日此计果然高。
　　　　　　孙家小子衙门送，玉珠就好另卖了。
　　　　　　真是一举两得事，兄弟妙计人难学。
　　　　　　早晨你就如此做，吾到书房把他瞧。（丫鬟下）
　　　　　　不言姐弟定巧计，
丫　鬟：（唱）丫鬟丑儿听到了。
　　　　　　要与小姐去送信，

（白）你说说吧，孙家姑爷来咧，我替小姐欢喜，谁知舅爷与太太定计，想要拿他，叫人气恨不过，方才听得明白，记在心内。小姐素日待我甚好，何不告诉与她，早早想个主意才是？快见小姐去。

（石玉珠出，坐）

石玉珠：（诗）愁肠百结如乱麻，事有千般无了休。
　　　　（白）奴石玉珠，可怜哥哥被人谋害充军去了，嫂嫂行刺抵命，奴家痛丧兄嫂，又遭继母挫折，旧病复发，惜乎丧命，还亏舅舅解劝继母回心与奴调治。怎奈幼女孤身难以离家，正在愁烦，又听孙家被抄，满门受祸，令人闻知又添愁肠。自恨生不如死，真是红颜薄命。

丫　鬟：小姐，你忧喜交加，快拿主意吧。
石玉珠：什么忧喜交加？令人不明，快快细讲。
丫　鬟：小姐听了。

丫　鬟：（唱）奴婢到前厅，听得人乱讲。
　　　　　　都说姑爷来，令人心快爽。
　　　　　　暗地偷着观，人家怎么长。
　　　　　　模样好风流，人品真叫响。
　　　　　　留下姑爷他，告诉太太讲。
　　　　　　如此是这般，避祸这里往。

石玉珠：（白）如此说来，孙家受祸无疑。但不知孙公子到此，你舅爷将他留下，你太太怎样安排？

丫　鬟：（唱）姑娘往后听，叫人气堵嗓。
　　　　　　舅爷与太太，混把方法想。
　　　　　　如此定良谋，要把姑爷绑。
　　　　　　拿他见官府，衙门去领赏。
　　　　　　然后把姑娘，另卖向外操。
　　　　　　这样坏勾当，难为他们想。
　　　　　　你说该不该，他把良心忘。
　　　　　　奴婢气不服，来对姑娘讲。
　　　　　　你快想方法，好把他们挡。

石玉珠：（唱）听罢甚惊慌，着急珠泪淌。
　　　　　（白）咳，天哪，可叹我兄嫂一去无生，不想孙公子到此，又要受害，看来真是天之命也。
　　　　　（唱）急得二目流珠泪，无计所出转默默。
　　　　　　　有心去把母亲见，泄露机关了不得。
　　　　　　　相公若是入罗网，奴家却也命难活。
　　　　　　　继母姐弟真少有，如此狠毒似蝎蛇。
　　　　　　　害我兄嫂心不死，又卖奴家女娇娥。
　　　　　　　相公到此若不救，若等明日祸难脱。
　　　　　　　奴既与他名分定，袖手旁观使不得。
　　　　　　　怎奈无计把他救，可叫奴家能怎么？

丫　鬟：（白）大姑不用着急，实在没法，你不会隔呼隔呼与我大姑父跑了哇。

石玉珠：（唱）一言提醒说罢了，讲不起憨脸脱网罗。

　　　　　　开口又把丫鬟叫，
　　　　（白）丫鬟，你既好心送信，叫我救你姑爷逃走，我就依着你的主意脱难，但是我们去后，你可不要泄露，叫你太太知道。
丫　鬟：那是一定，我叫你们走了，还会告诉他们吗？
石玉珠：好，如此你周全于我，今夜我们逃走，不用在这里作伴，明早他们问你，你好装作不知道，可以免辱，不然你要受责，叫我于心不忍。
丫　鬟：姑娘放心吧，这么一吩咐，奴婢记住，管保泄露不了。我要见事不祥，也就跑了呗，免遭他们毒手。
石玉珠：不要浑说，你要谨慎，咱们主仆各保无事。天色将晚，你到上房服侍你太太去吧。
丫　鬟：是，晓得了。
石玉珠：丫鬟去了。你看她平日愚昧，今日倒也尽心。不免今夜女扮男装，暗开后花园门，悄悄一到书房去与相公说明。这里讲不清楚，乘漏同他逃走便了。
　　　　（孙安出，坐）
孙　安：（诗）避祸潜藏隐，投亲暂安身。
　　　　（白）学生孙安，来到石家投亲，不见妻兄，说是有事外出，无奈拜见舅翁说明避难之故，引荐岳母，方才在书房独自安身。天将二鼓，想是难以成寝，不如秉上灯烛观书才是。
　　　　（唱）可叹一家遭大祸，父亲身亡手足分。
　　　　　　兄嫂不知生与死，剩我一人来投亲。
　　　　　　岳母怜爱收留我，花烛以后定用心。
　　　　　　此处容身苦奋志，但愿一步上青云。
　　　　　　时来若能登金榜，定要报仇把冤伸。
　　　　　　思思想想观书史，
石玉珠：（唱）来了玉珠女钗裙。
　　　　　　自想女装不好见，假扮来到书房门。
　　　　　　窗前止步朝里望，舔破窗纸细留神。
　　　　　　但见一人独自坐，对灯观书看诗文。
　　　　　　见他天资非一表，举止文雅不同寻。

想来定是孙公子，奴与他喜结连理也遂心。

幸喜今日同逃走，此处并无一外人。

门儿半掩不曾闭，正好进去把话云。

推门而入开言道，孙公子在房吗？

孙　安：（白）你少年却是哪个？日间并未会面，贪夜到此何事？

石玉珠：公子悄言，夜静更深不要高声，恐被外人知晓，我有密事前来相告。

（唱）未曾启齿红粉面，问君可是孙相公？

孙　安：（白）学生孙安，你是何人？请坐一叙。

石玉珠：（唱）我来与你谈心事，知君前来奔家兄。

孙　安：（白）如此说来，你必是石二公子。

石玉珠：（唱）咳，不是，不用混猜说与你，难以瞒哄得说明。

奴家就是你妻子，石氏玉珠女花容。

家兄早年将奴聘，令兄为你定婚盟。

公子到此来避祸，你的来历我知明。

家兄不在多慢待，有事惦着不安宁。

明来不雅故假扮，免君疑心把我轻。

心中暗有机密事，特来见你细言明。

孙　安：（唱）书生听罢心不悦，

（白）小姐理当自重，谨守闺门，为何不明伦理？私奔书宅是何意思？纵然有明早，还有令堂相见，何必你来到此？你我虽是夫妇，尚未完婚，私自相会，名节有误，被人知道耻笑不堪。劝你速速回房，免失宦门体统。

石玉珠：公子不必多疑错怪，你只知其一，不知其二。

（唱）听他说的这些话，心内暗夸是英豪。

不枉宦门读书客，果然尊重知道学。

不是寻常轻浮客，出言礼义比人高。

虽然遭祸时未至，将来必然把名标。

奴家何幸将他配，君子淑女赴桃夭。

此来是非他不晓，贪夜私奔礼正挑。

心内敬服叫公子，不要错怪女多娇。

奴家并非淫奔女，原有正事讲根由。
我家这般是如此，兄嫂被害命难逃。
你今又来入虎穴，他们这等暗商着。
丫鬟送信奴知晓，故此惦着用心劳。
无计可脱来送信，你我一同把祸逃。
若要痴迷不早走，只怕明早走不牢。

孙　安：（唱）听罢吓得心胆战，毛发悚然问根苗。
（白）小姐此话可是当真？

石玉珠：祸事临头谁还哄你不成？若不事急，奴岂敢不避嫌疑到此？公子不信，再若迟疑，只怕你我夫妻双双要入罗网。

孙　安：呀，如此说来我还做梦不知，方才不该错怪，小姐万万不可介意。

石玉珠：好说，你我夫妻未行大礼，难怪郎君多疑。今既说明，各无私心，你我就好逃走。

孙　安：虽则如此，夜静更深，你我从何处逃走？

石玉珠：不妨，我已料定出路，后花园中可以出去，此去可以掩人耳目。奴家假扮，你我兄弟相称，可以免人盘问。侥幸脱离是非，便可再寻投奔。

孙　安：好，倒是小姐所虑有理，你我急急快走。夫妻未久同患难，名分一定两关心。

（五更鸡叫，牛氏出）

牛　氏：（诗）有事关心难成寝，鸡鸣早起捉拿人。
（白）老身牛氏，兄弟稳住了孙家小子，今早便好拿他送官领赏。此时已到早晨，也不知兄弟起来了无有。

牛　寿：姐姐，可坏了。

牛　氏：兄弟咋咧？为何这样惊慌？

牛　寿：咳，姐姐不消问了。
（唱）可恨我，太心粗。
既然定计，不该疏忽。
要拿孙家子，应该早吩咐。
叫人和他伴宿，再也不能逃出。
有失防备他竟走，今早不见踪影无。

牛　氏：（唱）说咋的，心不舒。

　　　　　　埋怨兄弟，你真废物。

　　　　　　怎不将他伴，你俩宿一屋？

牛　寿：（白）可我昨夜吃酒吃醉了。

牛　氏：（唱）真是酒后误事，枉自废了良图。

　　　　　　却是哪个漏风信，他竟知道走得速？

　　　　　　快寻找，莫停足。

牛　寿：（白）不用寻找，白费功夫。

牛　氏：怎不找呢？

牛　寿：（唱）府中都搜遍，各处一概无。

　　　　　　莫非是在楼上，姐姐去看请出。

牛　氏：（唱）牛氏出房绣楼去，却又不见石玉珠。

　　　　　　各处看，找遍屋。

　　　　　　不见丫头，叫人模糊。

　　　　　　莫非同逃走，令人气扑扑。

　　　　　　问明丫鬟不晓，走得令人糊涂。

　　　　　　府门俱都上了锁，莫非他们是逃出？

　　　　　　吩咐众人一起，轻放他们罪难逃。

花翠红：（唱）花氏大兴齐寻找，

牛　寿：（唱）还有牛寿与家奴。

　　　　　　满府各处皆搜看，一点行迹搜不出。

　　　　　　又到花园仔细看，门儿未锁有唐突。

　　　　　　不用说了明白啦，他们定是从这出。

　　　　　　牛寿复又开言道：

　　　　（白）姐姐与外甥你都看看，花园门未锁，浮土上有脚印，他们一定是从这里出去无疑了。

牛　氏：玉珠姑娘不见，必是孙家小子拐去咧，怎么不见妇女脚印呢？

牛　寿：咳，姐姐你好糊涂，那个姑娘十分伶俐，她不会改扮男装么？你看看这不是两个人的脚印子？

牛　氏：咳，是咧，倒是兄弟心细，猜得有理。那姑娘神通广大，必是听见咱定计,害怕闹鬼,同她汉子逃走,定是如此,不用说咧。兄弟快想法把他们追回来才好。

牛　寿：这却不难,大料他们去不甚远。二外甥随我带着小子前去顺着脚印追赶,大料没有追赶不上。若是追回还是照样行事便了。

花翠红：妈呀,他们这一窝子成啥咧？真叫人好笑。

牛　氏：咳,不用说了,实指望把姑娘调治好了卖了她,哪承想那孙家小子来咧,竟把她拐着跑咧。他们追去不定怎样,咱们娘俩回房听信吧。单等追回恶狠狠地处置处置他们解解恨,把人气坏了。

花翠红：妈呀,走吧,咱们歇歇去吧。

牛　氏：咳,把吾气死咧。

（完）

第十一本

【剧情梗概】孙吉宗被义仆营救逃出,路遇乔装逃出石府的孙安二人,父子相认,一道前行。孙吉宗途中身染重病,无奈一行人在寺庙中暂时存身。番国使者完者脱欢与王振密谋后,回国派出乜先进攻宣化府。乜先生擒总兵杨洪之子,杨洪为营救其子,许乜先以金银财宝,并答应乜先与大明联姻的要求。王振不想此事成功,蓄意破坏。孙堂、董宽二人前往石府寻找兄长/姐姐,得知石府之事,董宽大怒,将石大星打死,被扭送至官府。孙堂无奈,回转麒麟山搬救兵。

(孙吉宗便衣马上)

孙吉宗：（诗）仙人换形离京地,金蝉脱壳少人知。

（白）老夫孙吉宗,多亏义仆顶替,脱难离京。听说家乡被抄,次子与媳妇们不知生死,长子不知投奔何处。我今难回故土,无奈投奔苏州。

（唱）我今一身脱死难,多亏院公与袁斌。

有日出头重报国,一定表奏他二人。

提拔袁斌入内阁,追封义仆报深恩。

义仆舍命将我救,孙某侥幸能脱身。

家口被抄真可叹,无奈苏州去投亲。

以前长子禀过我,他为次子订了婚。

无处安身石家奔,苏州不远面前存。

孙爷催马路上走,

孙安、石玉珠：（唱）再表逃难两个人。

孙　安：（唱）孙安在前引着路,

石玉珠：（唱）后跟玉珠女钗裙。

孙　安：（唱）黑夜逃走把人赶,走了半宿未停身。

石玉珠：（唱）天明日出走不动,累得浑身汗津津。

叹奴本是香闺女,怎游他乡奔远亲?

事到其间言不得,一命造定苦莫云。

走得乏困难挣扎,两足疼痛咬牙根。

　　　　　　　实在难行身子晃，

孙　安：（白）咳，小姐快些走吧，不看后有人追赶。

石玉珠：（唱）咳，走不动了坐在尘。

孙　安：（唱）小姐起来快些走，挨迟怕有人追寻。

石玉珠：（白）实在走不动了，歇歇再走吧。

家奴内：小子们，面前果有二人行路，大家赶上看来。

孙　安：（唱）不好，后面果有人追赶，心内惊慌吓掉魂。

石玉珠：（唱）佳人一见魂不在，祸事难免苦死人。

孙　安：（唱）正然着急无处躲，呀，正东马上来一人。

　　　　　　　相离不远说奇怪，好像屈死父天伦。

　　　　　　　莫非显灵来保护，

孙吉宗：（唱）孙爷马上细留神。

　　　　　　　冷眼一见心内闷，

　　　　（白）呀，你不是我儿孙安吗？怎样脱难？父子奇逢巧遇。

孙　安：呀，果然是爹爹到此。听说被斩，怎样死而复生？莫非灵魂前来显灵吗？

孙吉宗：我儿不必惊疑，为父侥幸活命不死，这位少年却是哪个？为何随你一同行路？

孙　安：事忙无暇细禀，大料把投亲之事说了一遍。此乃石家小姐，如今假扮随孩儿逃走。后面有人赶来，幸遇爹爹到此，快些救护孩儿脱难便好，一同逃走。

孙吉宗：呀，竟有此事。你们上马前行，待为父挡他们回去。

孙　安：好哇，倒是吉人天相，爹爹到此免祸无忧。小姐快些上马，你我前行等候爹爹便了。

石玉珠：是。

孙吉宗：你们这些人追赶哪个？快些说个明白。

牛　寿：你这老小子不要多管闲事，我家跑出两个奴才，特来追赶。你为何拦住去路，这等问长问短。

孙吉宗：住了，你们不言，我也明白。路见不平便要解劝，劝你们好好回去倒也罢了，不然叫你们个个难逃一死。

牛　寿：哪里来这么一个挡路的？其情可恼。小子们呢，快些动手把他拿住再说。

孙吉宗：奴才们休得撒野，看剑。
牛　寿：看棍子吧。
　　　　（乱打，众丑败）
牛　寿：哎呀，不好了，老头子武艺高强，厉害难惹，再不逃走，难以保命，小子们快跑吧。
孙吉宗：这伙狂奴见事不祥，一起逃走。不免去见我儿和媳妇一同行路，另寻投奔便了。
牛　寿：小子们呢，快跑哇。
众　人：不用跑啦，人都回去啦。
牛　寿：这是咋了，眼看赶上二人，相离不远看得真切，那个正是孙家小子，领着一个走不动的必是玉珠那个姑娘，女扮男装看看就要拿住，不想这个老小子来得可恶，杀得我们无法可挡，一起逃命，可惜一件发财的功劳径自白搭咧。不必追赶快回去吧。真他妈的丧气，快走罢！
孙　安：小姐下马，等候爹爹再走不迟。
石玉珠：是。
　　　　（唱）玉珠小姐下了马，
孙　安：（唱）孙安公子放心怀。
　　　　　　　爹爹退去众人等，逢凶化吉免祸灾。
　　　　　　　正然遥望孙爷到，孙安问候跪在地。
石玉珠：（唱）小姐也就拜公父，
孙吉宗：（唱）儿们一起快起来。
孙安、石玉珠：（白）是。
孙吉宗：（唱）问儿离京怎脱难？你把往事说明白。
孙　安：（唱）口尊爹爹不消问，提起往事痛悲哀。
　　　　　　　自从爹爹征鞑房，就有凶信转故宅。
　　　　　　　儿命院公把京进，探信一去未回来。
　　　　　　　伺候我兄把家转，还有董宽将英才。
　　　　　　　说明招亲又惹祸，官兵抄家暗地来。
　　　　　　　说是爹爹身被斩，要把家口一起获。
　　　　　　　如此赵氏嫂嫂死，这般别人算脱灾。

　　　　　　黑夜闯出大失散，儿与董宽又离开。
　　　　　　访问他们却不见，无奈投亲石家来。
　　　　　　偏遇妻兄又不在，儿与小姐又逃灾。
　　　　　　遇父脱难算有幸，爹爹怎么出京来？
　　　　　　何幸巧遇这里奔？
孙吉宗：（唱）听罢伤心泪满腮。
　　　　　　我儿问我怎脱难，细听为父说明白。
　　　　　　袁斌救出院公替死，离京藏身把名埋。
　　　　　　前次听你哥哥讲，来往石家投亲来。
　　　　　　不想路遇得救难，骨肉相逢称心怀。
　　（白）石小姐这样与你同患共难，真是一位贤德夫人，不愧为我门之妇，可惜目下奔驰无路，难与我儿成礼。目下别无可投，你们只好随我投奔亳州，到你去世的徐伯父家内存身，再议完婚之计。目下行路掩人耳目，不漏消息才是。

孙　安：是，儿们记住了。
孙吉宗：媳妇上马速速赶路。正是：父子相逢虽然喜，奔走他乡意可悲。
　　（番王升帐，番将站一旁）
众　人：（诗）生身在北番，性野胆如天。
　　　　　　力大如牛虎，艺高胜南蛮。
铁木耳：（白）我铁木耳。
哈　明：我哈明。
撒　茂：我撒茂。
众　人：太师升帐，在此伺候。
　　（番王乜先出）
乜　先：（诗）平生英气烈性刚，一身勇猛赛霸王。
　　　　　　执掌胡虏兵百万，威名势重镇番邦。
　　（白）吾顺宁王乜先，在可汗王驾下称臣，官拜太师之职。先父在世，杀阿鲁台并吞诸部，坐镇瓦剌，传位与我，兵威更胜，久有灭明之意，并未举动。

　　（侍卫上）

侍　卫：报大王，旨意到来。
乜　先：呀，朝命到来，必有国事，速摆香案待我接旨，钦差哪来？
钦　差：太师哪里？
乜　先：钦差请。
钦　差：谕旨到，跪。
乜　先：千岁千千岁。
钦　差：听宣读曰：孤怀先祖失业之恨，社稷难复，征发屡败，兹尔乜先，兵多将广，堪可代孤南征。钦命枢密院下诏爱卿知悉：吉日行师，兵发边塞，若能中原旧业复得，情愿裂土分茅，以表汗马之劳。旨意读罢，钦此，钦遵。
乜　先：千岁千千岁，将旨供奉龙亭，排宴伺候。
钦　差：慢着，钦命在身，不敢久停。
乜　先：如此大人请。
钦　差：请。
乜　先：好，我正有意兵伐中原，不期王命到来，也是如此，正好择日出师。尔等操练人马，准备发兵紫荆关，不得有误。自古有道伐无道，从来无德让有德。

（朱永升帐，四人站一旁）

朱　永：（诗）出师灭寇无计取，贼势猖狂遇劲敌。
　　　　（白）本公朱永，奉旨带兵捉拿刘家子女回朝，好与孙皇亲父子辩本。不意本公行路不爽，人马到此安营，命别将出马，被敌人杀得大败回营。几次折兵，令人怒气不息。我今病愈，定要亲自出马会会贼寇。众将官，抬刀带马过来，随本公杀出营去，攻打山寨，不得有误。
喽　啰：报大王得知，今有敌营首将出马前来要战。
刘　汉：好，我正要见他，他就前来。喽兵们，随我下山，抬枪带马。

（刘汉出）

朱　永：来者山寇可是反叛刘汉吗？
刘　汉：然也。你这老儿可是成国公朱永？
朱　永：正是本公。老夫也知你是朝廷命臣，为何不知报效，竟敢叛君逆国？
刘　汉：老大人不知其情，若问，听我道来。

　　　　　（唱）我本朝廷忠良将，只为父死把难脱。
　　　　　　　　被势所逼不得已，背负君恩住山坡。
　　　　　　　　我家以往被屈事，大人必然尽明白。
朱　永：（唱）你父被害我也知晓，你不该叛乱朝廷。
刘　汉：（唱）既知不必再絮叨，把我心事对你说。
　　　　　　　　落草并非真要反，乃是报仇要杀贼。
　　　　　　　　拿了王振再报国，以前冤枉洗清白。
　　　　　　　　只恨无人再申奏，这般才把孙家托。
　　　　　　　　不想如今他受害，反被人诬招祸多。
　　　　　　　　大人领兵来到此，从前不遇话难说。
　　　　　　　　幸喜今日对了面，说明心事把你托。
　　　　　　　　奉劝不必再对垒，就请回兵息干戈。
　　　　　　　　替我奏明以往事，雪恨必然弃山坡。
　　　　　　　　我的实情是如此，不知大人是如何？
朱　永：（唱）听罢冷笑开言道。
　　　　（白）孙皇亲如此这般为你受害，今在囹圄难出狱，我奉圣旨特来拿你弟兄回京质对明白，好救他人免死，不然就会负屈身亡。今若知时务，不必求我代奏，就请伏拜入朝，自辩曲直，老夫从中保本皇帝，必然赦罪，容你归降。若是不肯，叫我空口相传，虚言难信，老夫断然不肯撤兵。
刘　汉：住了，我今好意奉劝你收兵，为何不允？这样悖逆人情，令人可恼。不要走，看枪！
朱　永：来来。

（大杀一阵，鸣金）

朱　永：刘汉，你我杀了多时，不分胜败，两下鸣金，明日再战如何？
刘　汉：倒也使得，明日再来拿你，请。

（刘汉下）

朱　永：这人真乃少年英雄，猛勇无比，堪称报国一员大将，若不被势所逼，必不至于叛变。等我明天多带兵将，拿他回京，奏明皇帝，当殿辩明以往之事，一为皇亲免罪，二则替刘家申冤，便好扫除君侧，定是如此。众将官，收兵回营。

（摆场，刘汉出）

刘　汉：喽啰们，将马带过。（毛、高站）好一朱永，虽然年老，骁勇无敌。他不肯撤兵，还需用计降他才是。

喽　啰：报大王得知，今有二大王与郡主一同回山，到达山下。

刘　汉：好，姐姐兄弟回山，待我上前去迎接。

　　　　（唱）迈开虎步下大帐，见面启齿问明白。

　　　　　　姐姐兄弟受劳苦，孙家兄弟可曾来？

刘赛花：（唱）咳，赛花未语先叹气，兄弟若问提不来。

刘　汉：（白）姐姐、兄弟请坐。

刘　月：（唱）归座从头说一遍，可恨姐夫他吊歪。

刘赛花：（唱）冤家薄幸绝情义，与他朋友远走开。

刘　月：（唱）姐弟无奈回山寨，知道发兵到此来。

刘赛花：（唱）绕路悄悄把山上，问兄弟怎样退敌守山崖？

刘　汉：（唱）官兵到此见几阵，方才回寨正愁怀。

　　　　　　姐夫怎不来到此？这样薄幸太不该。

　　　　　　何计请他把山上？再退官兵保无灾。

刘赛花：（唱）赛花复又开言，

　　　　（白）兄弟，寻你姐夫却不紧，早退官兵乃是大计。大家观看山下埋伏之地，设法退去兵将，然后再慢慢寻那强人上山不迟。

刘　汉：（唱）姐姐言之有理。

　　　　（白）喽啰们，排宴伺候，姐姐、兄弟远来歇息歇息，请。

　　　　（孙堂、董宽马上）

董　宽：（诗）海阔凭鱼跃，天高任鸟飞。

　　　　（白）俺董宽。

孙　堂：俺孙堂。自从身脱缧绁，抛了刘家姐弟，寻找兄弟、康氏，杳无踪影，无奈又奔苏州探望石家兄嫂。

董　宽：兄弟你我赶奔姐姐家，还有四十余里。到了那里，万一我嫂嫂与兄弟也在那里，大家到在一处，岂不天大之喜？

孙　堂：不必妄想，既然分散，哪有这样巧遇？

董　宽：也未可定，你我且到他家再做道理。

	（唱）你与兄弟把亲定，告诉与他岂不知？
孙　堂：	（唱）从前在家也说过，以往结亲对他提。
董　宽：	（唱）康氏嫂嫂也知道，无处可投必奔亲戚。
孙　堂：	（唱）去与不去不定准，到了那里自然知。
董　宽：	（唱）此去把我姐姐见，亲友相逢乐有余。
孙　堂：	（唱）从前我是不辞走，今再去怕疑淫风慢相知。
董　宽：	（唱）哥哥你是正人君子，不能怠慢当有私。
孙　堂：	（唱）正然闲谈催马走，忽然天阴雨淅淅。
	你我哪里避一避？明日再行也不迟。
	前有庄村离不远，不妨住店去歇息。
董　宽：	（白）有理。二人催马把庄进，见一老儿在路西。
	（郝仁抱孩子上）下马近前开言道，这位老人家请了。
郝　仁：	请了。
孙　堂：	请问老人家一声，此处哪里有店？我们避避雨，便好歇息。
郝　仁：	我们这里没店，没有行人过客。我看二位君子必是远方来的，到此无处避雨存身，若不弃嫌，何妨请到我家暂避一避如何？
孙　堂：	如此多有借仗了。
郝　仁：	好说，你们把马拉进来，拴上到屋里坐。
孙　堂：	老人家请。
郝　仁：	请，二位这屋来请坐。
孙　堂：	有坐，请问老丈尊姓大名？我二人到此蒙老人家留住避雨，如此慷慨，令人感激不尽。
郝　仁：	好说。二位来草舍，不堪一敬，若问老汉姓名，把我孩子送到后房回来再陪二位。
	（唱）说罢起身后房去，说与吴氏有客临。
	放下孩子回前舍，
孙　堂：	（白）老人家来了，请坐。
郝　仁：	（唱）坐着，二位别动听我云。
	此处地名红土岗，老汉名字叫郝仁。
	吾两口子无儿女，老来无靠不用云。

孙　堂：（白）老丈既无儿女，方才抱得却是哪个子女？
郝　仁：（唱）若问孩子有来历，二位不知听我云。
　　　　　　无儿无女干亲认，偏又遭祸好伤心。
孙　堂：（白）认何人为亲？又遭什么祸事？
郝　仁：（唱）从头至尾说一遍，呀，闺女坐监姑爷充军。
　　　　　　夫妻二人同不幸，抛下一个小祸根。
　　　　　　叫我们抚养把乳找，我抱着他娘见子哭个昏。
　　　　　　方才二位来到此，我从城内回家门。
　　　　　　不知你们名和姓，也对老汉说个真。
孙　堂：（唱）孙堂听罢心急躁，
董　宽：（唱）呀，董宽火起怒生嗔。
　　　　　　我且去把他们找，我与姐姐把冤伸。
孙　堂：（唱）一把拉住说慢去，
郝　仁：（唱）郝仁拉住把话云。
　　　　（白）站住，站住，这位君子这样气昂昂却要往哪里去？快说个明白再去不迟。
孙　堂：罢了，既已相遇，不必瞒哄。老丈若问，听我真言相告：在下名叫孙堂，他名董宽，我二人原是这般如此，同来石家投亲。你的义女乃是他的姐姐，我俩到此正要访问石家。不期而遇老丈，说明底细，谁不气恨难捱，故而一怒，他要前去。老人家放心，有我在此，绝不叫他前去惹祸。
郝　仁：呀，这就是了，怪不得这样连心有气，说来说去都不是外人。不才讨大，说董表侄，你且消消气，不用动怒。如今你姐姐在监，想你想得死去活来，常常叫我打听领你探监，哪承想总也不见你来。正好而今相遇咧，啥也顾不得，明日老汉再领你去探监要紧。
孙　堂：老人家说得有理，贤弟不可粗鲁任性，如今你我有罪在身，不可妄自惹祸，莫如雅密，且先去探监，悄悄回家，你我计议，搭救令姐出狱才是。
董　宽：罢了，既是哥哥与老人家苦劝，我且忍气不找牛氏，暂且便宜他们。像我姐姐如此受罪，令人心如火焚，如何等到明日？事不宜迟，就烦劳老人家领去进城探监。
郝　仁：表侄不必性急，你看天色已晚，不如在此歇息一宿，明日再去不迟。待我去叫拙荆速备酒饭，与你二人迎风。无有儿女要行善，周全患难是吉人。

（乜先在马上）

乜　先：小番们，随我杀奔宣化府。孤家乜先奉元主旨意，兵发南朝，半路与都督分兵，一半攻打紫荆关，一半随孤来夺宣化府，两路夹攻，易如反掌。

（唱）孤家兵满将又广，化外执掌大权衡。
　　　元主命我征明地，出师一定早成功。
　　　分兵来取宣化府，定把城池一扫平。
　　　人马行路急又快，宣化不远咫尺中。
　　　传令一声安营寨，带领大兵把城攻。

众　人：（唱）不等乜先来要战，再说宣化将与兵。
　　　　　伺候元帅升大帐，聚将鼓打如雷鸣。
　　　　　来了纪广与杨俊，又来朱千与杨能。
　　　　　指挥吴良也来到，兵将齐集大帐中。
　　　　　三通鼓打出元帅，

杨　洪：（唱）杨洪急忙上帐中。

（诗）威震宣化任四方，声名赫赫挡胡羌。

（白）本帅杨洪。自从刘汉逃走，本帅到此镇守要路，堵挡胡兵，又提拔吴良随我助战。远探报道元兵又来犯境，本帅操兵演将，准备与番人恶战一场。

侍　卫：报元帅得知，今有番兵前来要阵，乞令定夺。

杨　洪：再探。

侍　卫：得令。

杨　洪：众将官，一起出城会会敌兵。军校们，随本帅城头观阵，擂鼓助威。

侍　卫：哈。

哈　明：来者明将报名受死。

纪　广：你老爷纪广，元将何名？好到枪下做鬼。

哈　明：你帅爷哈明，知我厉害，快快下马受死。

纪　广：少要胡言，看枪取你。

（纪广败，乜先上）

乜　先：众番兵，尔等闪过，待我擒拿明将。

（乜先杀明将，明将败）

杨　俊：番将少逞威风，你杨老爷擒你来也。

乜　先：明将少发狠言，快些报名受死。

杨　俊：你参将老爷杨俊，乃是总兵杨洪之子。我父在此独挡番兵，可笑你们胆大，竟敢前来犯境，若知时务就该退去人马，不然叫你死无葬身之地。

乜　先：不要狂妄，看我取你。

杨　俊：来！来！呀，不好！

乜　先：小番们，将他绑进营去。

番　兵：哈。

杨　洪：呀，不好，我儿被擒，众将败回，这还了得，众将官，抬刀带马，随我杀出城去。

众　人：哈。

乜　先：来者老儿可是总兵杨洪么？

杨　洪：然也。元将何名？竟敢擒去我子。

乜　先：你王爷乜先带兵来夺中原之地，你既心疼儿子，快些开城投降，我便饶他不死，不然连你也难逃一死。

杨　洪：住了，敌将不要猖狂，看刀取你。

乜　先：来来。

（大杀，洪败）

乜　先：这老儿，我已挑半幅征袍，败进城去。天色已晚，不免收兵罢战，明日带他儿子再来攻城。众番兵打得胜鼓回营。

杨　洪：众将官，防守城池。（上坐，众站）一场好杀一场好战，可不吓死人也。

（唱）在大帐，心内惊。

番将厉害，果然逞凶。

擒去儿杨俊，不知死和生。

本帅一怒出马，险些刀下倾生。

挑去征袍一大块，惊魂丧胆败回城。

咳，无法使，计谋穷。

搭救我儿，冲出牢笼。

若叫被人害，活活把人倾。

救他却又无计，着急不住打哼。

为难只是干搓手，

吴　良：（唱）吴良上帐身打躬。

尊姐夫，听我明。

不必为难，我有计生。

杨　洪：（白）有何妙计？

吴　良：（唱）番人最贪利，末将走一程。

明日去见番将，谈谈外甥吉凶。

若有活命不曾死，行贿救他急回城。

杨　洪：（唱）言有理，谨依从。

多备金银，明日速行。

到了番营内，见面要谦恭。

救得我儿回转，父子不忘恩重。

吴　良：（白）你我至亲，说不到此。

杨　洪：（唱）传令歇息各归帐，明日好去奔番营。

吴　良：（白）是。

杨　洪：此处暂且不表，

（石玉珠男装，孙吉宗父子步行上）

孙吉宗：（唱）再表行路孙吉宗。

带领次子与媳妇，去奔亳州投宾朋。

一路思想心惨切，恨奸雄不知何日报仇恨。

气恼夹攻生疾病，一阵头昏倒流平。

（白）哎呀，罢了我了！

孙　安：（唱）孙安一见吓一跳，

石玉珠：（唱）玉珠忙下马来行。爹爹这是怎样了？

孙吉宗：（白）咳，我只觉一阵昏迷眼黑，难以举步，不觉坐在地上，光景是要害病。天色将晚，你我快些寻店，我好温存歇息。

孙　安：邻近并无村庄，哪里有店？往前一座山岭上有庙宇，想来内中必有僧道，你们在此暂等，我去见主持，求他借地歇息，明日再行看是如何。

孙吉宗：倒也使得，我儿快去。

孙　安：是。

石玉珠：爹爹觉着身体怎么样？

孙吉宗：我只觉着心如火焚，不能挣扎，此回只怕不轻，光景是要连累你们了。

石玉珠：爹爹只管宽心养病，自然大愈。

（孙安上）

孙　安：好不凑巧，庙内并无僧道，乃是尼姑，不留男子存住，如何是好？

石玉珠：爹爹身体病重难行，若不歇息怎能安身？你去不留，待奴改装前去，再三哀求庵主，看是如何。

孙吉宗：好媳妇，若去见了尼僧，你须称作我女，与孙安还是姐弟并称。咱是避罪之人，在外隐姓埋名，言语之间需要多加谨慎。

石玉珠：孩儿知道。

孙吉宗：媳妇快些扶我上马，去到庙外等候。

石玉珠：是。

（老尼姑出）

静　贞：（诗）弃俗削发入空门，一尘不染证禅心。

（白）贫僧静贞，自幼在本乡即墨县青石岭白衣庵出家，照看香火。师傅辞世，我又收了一个徒弟，名唤一清。我师徒两个诚心修道，虽不能羽化成仙，倒也清心静爽。

（小尼姑出）

一　清：禀师傅，方才外有行人染病，到此借宿，被我辞去，又有一个女子前来求见师傅。

静　贞：既有女子相随，留住倒也无妨，何妨领来见我？

一　清：是，那姑娘随我来。

石玉珠：来了，老师傅万福。

静　贞：好说，女施主哪里人士？姓字名谁？路过敝处何来何往？

石玉珠：师傅不知，奴家姓宗，小字玉珠，苏州府人氏。只因家遭天火，跟随兄弟奔亳州来投亲。路过此处，天色已晚无店，要在宝刹借宿，方才师傅未留舍弟，故此又来拜见。望乞师傅慈悲，留住一晚，明日再行，情愿奉上宿资。

静　　贞：按理小庵不同僧道，难以留客存宿，怎奈女施主因父有病到此，为难留住一宿，倒是无妨，就请令尊一起到东禅堂歇息去吧。

石玉珠：如此多谢师傅慈悲。

静　　贞：徒弟，去把他们领入禅堂。

　　　　　（唱）方才来的这女子，看她俊俏品不俗。
　　　　　　　　不知她父是何病，留住将养把病离。
　　　　　　　　想罢出堂去瞧看，进来三人马一匹。
　　　　　　　　少年不过十五六，老者确有六旬余。
　　　　　　　　有病行走把身晃，二人搀扶贴身躯。
　　　　　　　　徒弟拴马往后领，

一　　清：（白）施主们随我来。

石玉珠：来了。

静　　贞：（唱）东厢房内去歇息。
　　　　　　　　看罢回转禅房去，要把善心慈悲施。
　　　　　　　　病人不好定留住，周济贵人有功绩。
　　　　　　　　正然思想发慈善，

石玉珠：（唱）来了师傅与小尼。
　　　　　　　　进房复又深深拜，

　　　　　（白）多亏师傅留住我们，在此打搅，于心何安？我父好了离此，来日必有重报。

静　　贞：好说，出家人慈悲为怀，见人有难，理当周全。令尊有病，理当在此歇息。好了便罢，不然在此只管多住几日，却也无妨。

石玉珠：如此多有见怜了。

静　　贞：些许方便，不必挂念。一清。

一　　清：有。

静　　贞：快备斋饭伺候。

一　　清：是。

静　　贞：施主姑娘请。

一　　清：师傅请。

（董月英出，穿罪衣坐）

董月英：（诗）抱恨全节雪见霜，法遇沉冤待死亡。

（白）奴董月英，夫妻受害，杀贼雪恨，官府不念节烈，把奴问罪抵偿。又想大仇已报，死不足惜，只是惦着相公充军不回，可怜夫妻生死不见，令人痛断肝肠。还亏义父抱着婴儿前来探监，母子见面难免揪心。又想兄弟永不回乡，必是把他这苦命姐姐忘了。

（女牢头上）

女牢头： 石家娘子，你干爹领家下兄弟来探监来了。

董月英： 哦，在哪里？

女牢头： 不用着急，这就来了。

董　宽： 姐姐在哪里？呀，我那姐姐呀！

董月英： 兄弟呀。

女牢头： 你们见了面必定有话说罢，老身外面去了。

郝　仁： 闺女呀，你们姐弟见面慢慢说，不用哭哇。

董月英： 咳，兄弟呀。

（唱）姐弟见面悲又痛，二目盈盈泪满腮。
　　　兄弟你一向何处去？为何今日你才来？

郝　仁：（白）闺女不知我们爷俩咋个碰着，算是奇逢巧遇吧。

董　宽：（唱）姐姐若问我去向，细听小弟说明白。
　　　　交友投亲说一遍，孙家犯罪齐避灾。
　　　　我们齐来探望你，遇见老伯说开怀。
　　　　才知有祸把监探，姐姐受罪算不该。
　　　　见官怎不分辩理，任命抵偿把刀挨？
　　　　姐夫充军受谋害，杀贼报仇理不歪。
　　　　官府如何这样断？这样判决把头摘。
　　　　还有牛氏姐弟俩，有仇不报算装呆。
　　　　姐姐你再告诉我，小弟不让他走开。

董月英：（唱）姐弟远别不知晓，愚姐受害说不来。
　　　　里外都是他姐弟，这般如此巧安排。
　　　　勾引王家恶贼子，后又把我夫妻拆。

愚姐杀贼把仇报，

董　宽：（白）杀得好。
董月英：（唱）县官并不把罪责。
　　　　　　　不问曲直要抵命，一死算是命里该。
　　　　　　　你我姐弟见了面，吾就死去也瞑目。
董　宽：（唱）哎呀，听罢气得双足跺，大叫姐姐放心怀。
　　　　　　　不用害怕有我在，报仇再救你除灾。
　　　　　　　说罢大怒扬长去，
董月英：（唱）哎呀，直叫兄弟快转来。
郝　仁：（白）表侄转来转来。
董月英：（唱）如飞而去说不好。
　　　　（白）爹爹，吾兄弟一怒而去，头也不回，必是找我婆母、兄弟晦气，唯恐闹出是非，孩儿吃罪不起。还是爹爹急去劝回，把他领去咱家好好安顿，千万休叫惹我婆母，孩儿再担不孝之罪。
郝　仁：闺女放心，务必劝他回来，不叫我儿担心就是了。
董月英：爹爹去了，唯恐粗鲁人不听解劝，叫我吃罪不起，苦哇。
董　宽：可恼哇，方才听姐姐之言怒气难消，待我去找牛氏姐弟算账，到了那里定与乞婆、狗才势不两立。
　　　　（唱）迈步走如飞，几里一眨眼。
　　　　　　　不过十里多，相离不甚远。
　　　　　　　走得快又急，力壮气不喘。
　　　　　　　霎时就到了，进庄看长短。
　　　　　　　到了石家门，进去高声喊。
　　　　　　　牛氏快出来，牛寿往外捡。
　　　　　　　莫在屋里猫，出来莫迟缓。
牛　氏：（唱）牛氏在屋中，只听人叫喊。
　　　　　　　急忙出房来，一见犯辗转。
　　　　　　　原是董表侄，多会还家转。
董　宽：（白）今日来的。
牛　氏：因何气扑扑，这样叫又喊？

董　宽：（唱）乞婆你明知，何须顾问俺？
　　　　　　你们心太刁，害人真不浅。
　　　　　　吾的姐姐她，平素并无短。
　　　　　　姐夫更明白，做事不犯软。
　　　　　　哪点惹你们，总不对心眼？
　　　　　　设计害他们，夫妻两分散。
　　　　　　生死两不齐，哀苦真是惨。
　　　　　　他们都遭殃，恨我来得晚。
　　　　　　而今知道了，也要显一显。
　　　　　　祖宗今找来，试试董大胆。
　　　　　　我要发发威，叫你也遭贬。
　　　　　　连嚷带吵吵，喊声听得远。

花翠红：（唱）花氏也出来，怒气攻心坎。
　　　　　　叫声姓董的，少来叫长短。
　　　　　　你那好姐姐，有短又有染。
　　　　　　他们两口子，一对不长脸。
　　　　　　行事不如人，提起真愧惭。
　　　　　　有祸也不屈，报应恶贯满。
　　　　　　你还这里来，找的什么脸？
　　　　　　不如早请出，省得往外撵。

董　宽：（唱）哎呀，好个臭娼妇，你敢来逞脸。
　　　　　　正要把你寻，竟敢来惹俺。
　　　　　　叫你试试咱，痛打不能免。

花　氏：（唱）你也配打人，看看有谁敢？

董　宽：（唱）上前一顿拳，打得掉了魂。

牛　氏：（白）这小杂种竟敢打人，你把我也打了吧，我跟你碰头。

董　宽：（唱）乞婆不用忙，打你也不免。
　　　　　　暂且先打她，你且后面闪。
　　　　　　踢打花氏她，

花　氏：（白）哟，可罢了我了。

董　宽：（唱）扯衣头发散。
牛　氏：（唱）牛氏又上前，连骂带着卷。
　　　　　　　冤家小兔羔，杂种这里反。
　　　　　　　这里来行凶，你真好大胆。
　　　　　　　家人一起来，你们都不管。
家　仆：（唱）众人齐上前，咬牙与瞪眼。
董　宽：（唱）你们谁敢来？全都没有眼。
家　仆：（唱）众人齐发呆，俱各躲得远。
董　宽：（唱）叫声老乞婆，打你我手软。
　　　　　　　看你有年纪，我且开恩典。
　　　　　　　不打游四街，瞅瞅你的脸。
　　　　　　　说罢手拉扯，出门无人赶。
花翠红：（唱）花氏发昏迷，不动干直眼。
梅　香：（唱）亏着丑儿来，搀着回房转。
　　　　（董宽拉牛氏上）
董　宽：（唱）董宽到大街，牛氏放平坦。
　　　　（白）老乞婆，今日叫你认认董家叔叔我的厉害。
牛　氏：哟，老表侄，你且消消气，今日我算认得你啦，饶了老身吧。
董　宽：饶你不成，我还未出气呢。扯去你的外衣，留下里衣，乞婆随我街上逛逛去啊。
　　　　（唱）用手扯着毒妇腿，大街四面来回拉。
　　　　　　　只叫众人看一看，为人切莫要学她。
　　　　　　　谋害前房儿媳妇，吾姐被屈气死咱。
　　　　　　　某家今日把仇报，拉她四街气才压。
众　人：（唱）看热闹的人儿齐解恨，你言我语把话发。
　　　　　　　牛氏素日多骄性，酸气狠毒谁像她？
　　　　　　　街坊邻居不说好，庄中提起都咬牙。
　　　　　　　石公子夫妻全都好，四街两巷谁不夸？
　　　　　　　偏偏不入乞婆眼，摆置俱都离了家。
　　　　　　　不想有人来出气，今日她算遇硬茬。

	不言众人齐谈论，
牛　氏：	（唱）牛氏难受只哎呀。

　　　　　浑身衣服都拉破，蹭破皮肉血滴嗒。
　　　　　观见人儿真不少，径自不动也不拉。
　　　　　齐看笑话真可恼，无奈又把软话拿。
　　　　　表侄开恩饶了我，够我受了疼死咱。

董　宽：（白）你还疼？我姐姐比你苦不苦？还是拉呀。

牛　氏：哎呀，

　　　　（唱）无可奈何直叫苦，

牛寿、石大星：（唱）来了牛寿大星他。

　　　　　　　甥舅外出回家转，大街遇见说为啥。

牛　氏：（唱）兄弟、我儿原是这般如此，快些拉着。

牛寿、石大星：（唱）二人听说动了手，一起上前混胡拉。

董　宽：（唱）豪杰骂声狗男女，乱打才把牛氏撒。

牛　氏：（白）可他妈甩开了，我的娘啊！

董　宽：（唱）一脚踢倒名牛寿，回手又把大星抓。

　　　　　恶狠举起摔在地，叫你一命染黄沙。

牛　寿：（白）我找乡约去吧。

董　宽：（唱）狗子不动想是死，

众　人：（唱）观看众人齐惊讶。

董　宽：（白）你们大家不必害怕。

牛　寿：（唱）牛寿找来乡约保，上前只说祸把天塌。

　　　　（白）只叫外甥死得苦。外甥啊外甥啊。

乡　约：（白）别哭别哭。

牛　寿：乡约、地方二位老哥，这小子前来扎刺不算，竟敢把我外甥打死，你们怎不动手把他绑起来？

乡　约：对，锁上他。

董　宽：哎呀，少来动手，丈夫做事敢作敢当，断不贪生怕死，我既打死人命，情愿投堂认罪，何用你们所拿？不用费事，某家前去见官，正想要会会他去呢。

乡　约：哟，这倒是位好汉，叫人佩服。既然如此跟着我们请吧。
董　宽：请。
牛　寿：只好回去见我姐姐，说明其故，丁词牌头快来。
牌　头：来了来了，啥事？
牛　寿：看守尸首，我走咧。
牌　头：该用你吩咐，我们还不知道，他妈的人家都走啦，咱俩把他挪挪吧。
　　　　（郝仁急上）
郝　仁：咳咳，丁闺女叫我赶他兄弟解劝，不叫他生事，哪承想这个愣头青跑得老汉一点脚步也赶不上。他到石家仗着愣劲，这等乒乒乓乓，闹得昏天黑地，把老石家一家子拉的拉，打的打。这还不算，然后把石老二活活摔死咧。牛寿会同乡约送他见官去咧，大约必将问罪偿命。我这是随后到衙门听个信儿，急急到家告诉那个姓孙的去吧。
　　　　（乜先升帐）
乜　先：（诗）钢叉惊破敌人胆，志大力强平南蛮。
　　　　（白）孤家乜先，前日一阵战败杨洪，擒来其子，今日带他要战，那个老儿再不投降，就把杨俊杀在城下。
　　　　（小兵上）
小　兵：报大王得知，营外来了一员明将，求见千岁。
乜　先：想是杨洪差人到此。传令叫弓上弦，刀出鞘，令他钻刀而进。
小　兵：哈，那一明将听着，大王有令，叫你钻刀而进。
吴　良：来了。大王千岁在上，小将吴良参见千岁。
乜　先：免礼。
吴　良：是。
乜　先：你这明将来见孤家为着何事？快讲。
吴　良：大王若问，容禀。
　　　　（唱）小将奉了总兵命，不才斗胆来讲和。
　　　　　　南北二国久通好，不知怎的动干戈？
　　　　　　大王擒来总兵子，不知确是死与活。
乜　先：（白）因在后营，待其投降。
吴　良：（唱）杨俊有命是万幸，恳求千岁赦恩德。

	伏乞慈悲把他放，定有笑纳不用说。
乜　先：	（白）有什么笑纳？讲。
吴　良：	（唱）末将带来银千两，还有绸缎礼物多。
乜　先：	（白）此事可是当真？
吴　良：	（唱）千岁要是不凭信，差人营外验明白。
乜　先：	（白）好，
	（唱）一闻此言说罢了，放了杨俊有话说。
吴　良：	（唱）千岁有话只请讲。
乜　先：	（唱）孤家久慕中原地，大邦妇女美貌多。
	要和天朝结秦晋，还要奏乐女伎歌。
	你对总兵杨洪讲，叫他上表奏清歌。
	你国君王若投顺，孤家撤兵免干戈。
	不然定把中原灭，侵占大国获娇娥。
	从与不从孤等候，要你君王细定夺。
吴　良：	（唱）这事不难全在我，
	（白）大王要与我国朝廷结亲却也不难，只求放了杨俊，末将百事全应。
	等我回去告诉杨总兵，写表奏主，大王听后面回音，大料无有不成之理。
乜　先：	罢了，如此你就回城告诉明白，叫杨洪疆场见面，孤家也好差人去见你国皇帝。
吴　良：	小将遵命。乞千岁收了礼物，我好回城。
乜　先：	如此，孤也不全收，留下一半，其余自己领回去。事成孤家还有重赏。
吴　良：	多谢千岁厚恩，小将告退。
乜　先：	小番们，送他出营，将礼物收下一半。
小　兵：	哈，明将随我来。
吴　良：	来了。
乜　先：	好，孤家今日行兵征服蛮将，若得明王之女与孤世子结亲，两下和好，却也不怕元主怪罪。番兵们，押着杨俊带马随我出营，不得有误。
	（唱）下大帐，上能行。
	带领番将，甚是威风。
	来到战场上，

杨　洪：（唱）杨洪也出城。
　　　　　　　见了乜先施礼，马上弓背身形。
乜　先：（唱）乜先举手也还礼，开言叫声杨总兵。
　　　　　　　方才事，可知情？
杨　洪：（唱）吴良回转，尽都说明。
乜　先：（唱）既然都知晓，你是怎么行？
杨　洪：（唱）无非急急写表，差人奏之朝廷。
　　　　　　　答知千岁心腹事，大料我主无不从。
乜　先：（唱）既如此，无啥明。
　　　　　　　我也差人，跟随同行。
　　　　　　　我就进贡马，就把聘礼行。
　　　　　　　按兵暂且不动，不成事时再动兵。
　　　　　　　吩咐速速放杨俊，传令撤兵回了城。
杨　俊：（唱）杨俊见父号啕痛，
杨　洪：（唱）我儿不必痛伤情。
　　　　　　　未死多亏你舅舅，行贿救出你残生。
杨　俊：（唱）不用细说儿知道，许下事儿也得应。
杨　洪：（唱）回城我就把表写，差遣纪广进都京。
　　　　　　　不言他们回城去，
沈不明：（唱）再说知县把堂升。
　　　　（诗）忧虑人命心烦恼，时运不随遇大凶。
　　　　（白）时衰运不通，连连遇大凶。本府沈不明，可惜王大才被一妇人杀死，业已问罪定案。如今安乐村石家又出人命啦，有一牛寿前来报案，说他外甥被人打死，凶犯叫什么董宽，乡约地方送进城来。本府事先问凶手，再差作作验尸。
衙　役：禀爷，凶手已到。
沈不明：带上堂来。
衙　役：凶手上堂，知府老爷请了。
沈不明：呀，好个凶犯胆大，见了本府竟不下跪。左右呢？拉下去先打二十板子，然后再问。

董　宽：住了，谁敢动手？谁敢动手？
衙　役：是，我们不敢。
董　宽：狗官哪。
　　　　（唱）大叫狗官沈不明，你竟贪赃能受贿。
　　　　　　　我的姐夫石秀才，从前乃是你定罪。
　　　　　　　被屈不明问充军，你是图了人家贿。
　　　　　　　王家硬霸我姐姐，杀死狗才理很对。
　　　　　　　你不念节问抵偿，把我姐姐定死罪。
　　　　　　　我到石家打死人，何用你问不瞒昧？
　　　　　　　从头至尾对你说，出气是把亲戚为。
　　　　　　　某家今来到大堂，咱俩正好会一会。
　　　　　　　恨你恶气还未出，捎带教训你知罪。
　　　　　　　说罢踢翻公案桌，
沈不明：（白）反了反了。
　　　　（唱）吓得知府把堂退。
　　　　　　　吩咐拿人快入监，
衙　役：（唱）衙役齐说了不得。
　　　　　　　大家动手往上围，
董　宽：（唱）豪杰时下气炸肺。
　　　　　　　闯出大堂跑如飞，
衙　役：（唱）衙役齐说要累赘。
　　　　　　　咱们快报副将知，拿他速把城门闭。
副　将：（唱）惊动副将带领兵，吩咐拿人快排队。
董　宽：（唱）董宽愤怒闯重围，夺过兵刀到手内。
　　　　　　　舍命对敌杀官兵，生死二字不理会。
副　将：（唱）这条黑汉如虎凶，一人敢闯我大队。
　　　　　　　杀死不少众兵丁，如狼似虎羊群内。
　　　　　　　拿他若不想计谋，一眼不到把命费。
　　　　　　　（副将败）
　　　　　　　吩咐就地扯锁绳，让他上下齐受累。

董　宽：（唱）豪杰正然抖威风，绊住腿脚未防备。

　　　　　　　说声不好倒流平，

兵　丁：（唱）兵丁拿住绑二臂。

董　宽：（唱）董宽大骂不绝声，

副　将：（唱）副将吩咐送衙内。

　　　　（白）军校们把他绑着交与府尊便了。

董　宽：罢了哇，罢了哇。

（哈明上）

哈　明：番兵们，催着马匹进贡，急急前行。吾乃哈明，乜先太师听信明将之言，要与中国王子结亲，杨洪又差人上表，命我向南朝进贡马三千匹，以作北国聘礼。此来唯恐合议不成，反生怨恨。

　　　　（唱）我家太师生妄想，唯恐此来枉费心。

　　　　　　　元主自来为敌国，从来南北未相亲。

　　　　　　　明主之女尊又贵，岂肯和番嫁胡人？

　　　　　　　必是杨洪巧设计，贿赂买他儿子身。

　　　　　　　放了杨俊虚写表，我家大王当了真。

　　　　　　　此来情势倒罢了，不成难免大动嗔。

　　　　　　　大王打破中原地，必把南朝一统吞。

　　　　　　　我来但愿能和好，免得两国害黎民。

　　　　　　　思思想想奔中国，晓行夜宿过关津。

　　　　　　　暂不表番将把京奔，

（孙堂出）

孙　堂：（唱）又把孙家公子云。

　　　　　　　独坐房中心忧闷，

　　　　（白）俺孙堂，一同董宽路遇郝家投宿，无意之中才知石家详细，原来石兄夫妻身遭大难，令人悲伤。不禁又闻兄弟孙安来石家投亲，不知怎么又同弟妇逃走，不知所往。今早董宽与郝老进城探监，我也有心去见盟嫂，怎奈我是避罪，不敢出面。身在郝家，心悬朋友，意念手足，坐卧不安。

（郝仁急上）

郝　仁：孙公子，可有些不好了。

孙　堂：老人家为何这样惊慌？董宽为何没回？

郝　仁：咳，公子可不好了。

　　　　（唱）我领着，董宽他。

　　　　　　　探监打点，又把银花。

　　　　　　　姐弟见了面，以往说根芽。

　　　　　　　他就气冲两肋，一怒去找石家。

　　　　　　　如此这般闹大祸，见官他又把人杀。

　　　　　　　众兵官，把他拿。

　　　　　　　知府问罪，又把监掐。

　　　　　　　详文又上报，回来就挨杀。

　　　　　　　老汉知得详细，颠跑急急回家。

　　　　　　　告诉公子你知道，救他有何巧办法？

孙　堂：（唱）呀，闻此话，甚惊讶。

　　　　　　　心内着急，汗如把抓。

　　　　　　　董宽又遇难，粗鲁任性他。

　　　　　　　不听我的言语，又惹祸把天塌。

　　　　　　　无计可施怎样，活活难死与咱。

郝　仁：（白）咳，公子要救他可是进退无路，就只能等着死咧。

孙　堂：（唱）咳，为难想起说罢了，只能求救到山崖。

　　　　　　　去见刘家姐与弟，下山搭救董宽他。

　　　　　　　主意一定开言道：

　　　　（白）老人家不必担忧，要救董宽与石家嫂嫂出狱，如今别无他计，如此这般我要上山勾兵，共同来救他姐弟脱离大难，岂不是好？

郝　仁：哎呀，好可是好，要这么一办，劫牢反狱，闹个惊天动地，越发乱子更大了。

孙　堂：不用害怕，救出他们，老人家在此也住不得了，不如跟着一起上山乃为上策。

郝　仁：若是这么说，公子你就去勾兵，快去，老汉就等着连轴转了。

孙　堂：如此不要走漏风声，我就去也。

郝　仁：你看孙公子去了。待我告诉我老婆子收拾收拾，等着搬家便了。

　　　　（张福出）

张　福：（诗）豺狼当道心肠狠，良臣冤狱痛无休。

　　　　（白）本公张福，只因朋友痛恼生疾，惜乎一死，多亏良医调治，方保全生。可怜徐恭一死，又闻孙三弟亡在狱中，细想定是王振蓄意谋害，此仇不报，枉为生死之交。我今病体痊愈，定要舍生忘死，本参奸党，与我朋友雪恨。人来。

侍　卫：哈。

张　福：外边带马上朝。

　　　　（摆朝，八臣站）

众　人：（诗）金钟三下响，文武上朝堂。

　　　　　　　侍立丹墀下，一起候君王。

张　福：（白）下官英国公张福。

王　直：下官吏部尚书王直。

胡　英：下官户部尚书胡英。

邸　野：下官兵部尚书邸野。

曹　鼎：下官学士曹鼎。

王　文：下官督察院王文。

王永和：下官锦衣卫王永和。

王　振：咱家王振。

众　人：圣驾驾临，分班伺候。

　　　　（皇帝出）

皇　帝：（诗）金鸡三唱开宫扇，驾座金阙集文武。

　　　　（白）朕大明皇帝正统在位，可惜孙皇亲叛逆，真假难定，却在监中身亡，唯恐娘亲还朝求情深究，却叫人无言以对。今设早朝，侍儿伺候，传旨晓谕文武，出班早奏，无事散朝。

侍　儿：领旨，圣上圣旨传下，哪家有本，出班早奏，无事散朝。

张　福：慢散朝纲。

侍　儿：何人有本？

张　福：张福有本。

皇　帝：随旨上殿。

张　福：万岁万万岁，老臣张福见驾。

皇　帝：老国公一向称病不曾上朝，今来见朕有何本奏？

张　福：万岁，微臣冒死天威不惧，有本要奏。

　　　　（唱）伏地金阙连叩首，微臣谏诤奏吾皇。
　　　　　　　孙皇亲谋反之事还未变，听说监中一命亡。
　　　　　　　死得不明人难测，吾皇不究太渺茫。
　　　　　　　明是有人阴谋害，太监王振必知详。
　　　　　　　吾王传旨把他问，当殿深究理应当。
　　　　　　　当众必明含冤事，斩首逆党才安康。
　　　　　　　陛下知之若不问，可怜屈死将忠良。
　　　　　　　贤臣寒心齐退步，难道社稷要倾亡。
　　　　　　　伏服奏罢丹墀下，

王　振：（唱）王振惧怕甚惊慌。
　　　　　　　越众出班忙跪倒，高叫张福太不当。
　　　　　　　皇亲自死谁谋害？混来参驾把人伤。
　　　　　　　早知你们是同党，兔死狐悲不安康。
　　　　　　　陛下查清快问罪，有朋无君是豺狼。
　　　　　　　监斩犯官闹法场，欺君罔上越王章。
　　　　　　　自己有罪不隐匿，反来出头逞刚强。
　　　　　　　万岁若不把他斩，难免后来起祸殃。
　　　　　　　必与朋友把仇报，结连鞑子顺番邦。
　　　　　　　早除祸患方为妙，

张　福：（唱）听罢大怒气满腔。
　　　　（白）好个信口奴才，真能舌辩是非，暗害良臣，气死人也，是你找打。

王　振：哎呀，反了反了，把门牙打掉两颗，万岁快与奴才做主吧。

皇　帝：哼哼，好大胆的佞臣，往日有病，未曾深究，其情可恼，若不念你托孤老臣，一定问罪斩首，朕格外施恩，还回印绶，贬尔还乡去吧。

张　福：哼哼，罢了罢了，昏君哪昏君哪，不用贬我，我早欲辞朝，今时正逢机会，别无他词，交付冠冕出朝去也。

王　　振：仁义万岁，张福带怒而辞，心怀不忿，必要生事，我主应将他拿回斩首正法。

王直等四人：不可呀不可。英国公乃是三朝托孤老臣，今日一旦遭贬就算我主薄待汗马，听信谗言，拿回问罪，实是令人寒心，奉劝圣上莫如请回官府之职，方为国家幸甚。

王　　振：嘿嘿，你们一起住口，圣上去了叛臣，乃社稷之福，为何说是不幸呢？早知你们一党，故此出头保留。万岁，休听他们之言，若不赶回问罪，任着他去，千万不可召回复职。

王直等四人：咳，王太监，你真为人太也奸恶，残忍太甚。

（唱）齐大怒，气纷纷。

呼叫王振，狗肺狼心。

哪个不知你，谋害孙皇亲？

圣上信从问罪，未斩狱内亡身。

可惜死得不明见，无人出头敢见君。

英国公，元老臣。

勉强辩本，要把冤伸。

又被你参奏，贬下去为民。

我等袖手不忍，无奈保留忠臣。

你又出言混伤众，拿个同党连累人。

王　　振：（唱）孙侯死，俱知闻。

是他自己，一命归阴。

哪个敢谋害？你们混胡云。

张福多言该贬，是他自己找寻。

谁叫你们来保本？就欠一概赶出朝门。

皇　　帝：（白）正是张福既贬，众卿不必保留，一起下殿去吧。

王直等四人：（唱）万岁，齐叩首，尊主君。

臣等有本，细奏当今。

国公不可贬，莫叫齐寒心。

王振误国不善，迫害许多忠臣。

万岁怎不杀佞党？这样偏向太也昏。

皇　帝：（唱）住口，皇帝恼，大动嗔。

　　　　　　连拍御案，断喝群臣。

　　　　　　信口相乱奏，不听半毫分。

　　　　　　先生忠良为国，哪里又有奸心？

　　　　　　都进谗言太抗上，法度森严不容人。

　　　　　　论理本当齐革职，寡人格外又施恩。

　　　　　　先生下殿去你府，朕当发落有条陈。

王　振：（白）万岁，王振谢恩下殿去，

皇　帝：（唱）皇帝忙叫御林军。

　　　　　　将他四人全拿下，打入高墙囚禁身。

　　　　　　百日罪满再释放，

御林军：（白）领旨。

王直等四人：罢了罢了。

皇　帝：（唱）事毕散朝回宫门。

众　臣：（唱）文武一起各回府，

张　福：（唱）再说张福气攻心。

　　　　（白）可恼哇，可恨，好个昏君偏向王振，将我革职，群臣申奏又把众人打入高墙，如此行事太也心昏，令人怒气难消。我今被贬却不还乡，太后降香也该回朝，何不到泰安迎见太后，告诉朝中以往之事？料想太后必有发落。定是如此，急急回府，收拾离京便了。

王　振：孩子们呢，将马带过。好个张福敢与咱家作对，被我参奏贬出朝去，又有众人保本，被皇帝打入高墙，这方除了心头之恨。

内　臣：禀公爷，今有杨洪总兵差遣纪广前来见公爷。

王　振：杨洪差人前来，有事命他进见。

内　臣：是。公爷命你进见。

纪　广：来了，公爷在上，小将纪广打躬。

王　振：将军免礼，你进京有何事故？

纪　广：公爷容禀。

　　　　（唱）复又打一躬，公爷听我讲。

　　　　　　北番鞑子兵，犯境又来莽。

　　　　　　　　忙了杨总兵，出城去抵挡。
　　　　　　　　儿子被人擒，惜乎头难长。
　　　　　　　　有个将吴良，他把方法想。
　　　　　　　　讲和见胡人，应允倒也爽。
　　　　　　　　放回杨俊来，鞑子太高想。
　　　　　　　　要做中原亲，永远把和讲。
　　　　　　　　总兵上表章，特差吾纪广。
　　　　　　　　进京见公爷，从头说以往。
　　　　　　　　烦劳奏朝廷，见驾仔细讲。

王　　振：（白）表章是何言语？拿来吾看。

纪　　广：是。呈上公爷观。

王　　振：（唱）急急伸手掌。
　　　　　　　　拆开细观瞧，看完心不爽。

　　　　　（白）纪将军，表上言道：鞑子乜先他有个儿子，想要与朝廷公主结亲，他差人来进贡马三千匹当作聘礼，可是当真么？

纪　　广：怎么不真呢？跟随小将同来，他们住在金亭馆驿等候见皇帝。

王　　振：呀，胡闹。你等候见驾不忙，咱家自有主意。

纪　　广：是，小将遵命。

王　　振：孩子们，将他另去款待酒饭。

侍　　卫：是。纪将军随我来。

纪　　广：来了。

王　　振：呀，杨洪好不懂时务，你儿子被擒，该想别计救他，为何能许两国结亲？此表若是议成，社稷难分，不如将表改换，再去上朝。定是如此打发纪广速回，将我心事告诉杨洪便了。一心通化外，连合社稷分。

　　　　　　　　　　　　　　　　　　　　　　　　　　　　（完）

第十二本

【剧情梗概】 朝廷派遣成国公围剿麒麟山刘氏众人，成国公败，与刘汉二人达成协议，刘汉将成国公放还，成国公为刘氏上表请求招安。自董宽为姐报仇打死石府之人后，孙堂回转麒麟山，与赛花和解，夫妻双双下山解救出董宽与董月英等人，众人一起回到麒麟山。皇宫里，英国公因替孙吉宗求情遭皇帝贬谪，遂将实情禀告太后，太后回转朝内，为众老臣恢复官职，并痛打王振一百大杖。孙安夫妻因孙吉宗病重，在寺庙内存身，但情况不见好转，石玉珠自请卖身安葬公爹。

（刘赛花升帐，五人站）

众　人：（诗）英雄志气高，威风透九霄。

　　　　　　豪杰荒山隐，背君叛皇朝。

刘　汉：（白）俺刘汉。

刘　月：俺刘月。

高　礼：俺高礼。

陈　望：俺陈望。

众　人：姐姐寨主升帐，在此伺候。

（刘赛花出）

刘赛花：（诗）刀马无敌女英豪，凛凛威风杀气雄。

　　　　　　六韬三略心藏术，排兵布阵胜须眉。

（白）奴刘赛花，可恨负义强人，撇我分离，回到高山，官兵常来要阵，奴与兄弟设计埋伏，免战不出。曾见盘蛇峪一带山沟曲曲弯弯，两旁尽是山涧，若是引诱敌人入峪，可以有进无出，人马随入，再将山口垄断，管教敌兵各个难逃，等他人马俘虏势穷力尽，必然一战而擒。此处埋伏，百万无一失手。今日升帐，奴家替兄弟吩咐人马，前去引诱敌人便了。

（唱）赛花座上高声叫，喽啰头目细听知。

　　　　山下官兵常要战，若不用计难退敌。

　　　　关山埋伏盘蛇峪，诳他人马入沟渠。

　　　　敌兵入峪断山口，管教无出柱着急。

|||困他十天与半月，等他力尽好擒之。
|||兄弟刘汉来听令，
刘　汉：（白）在。
刘赛花：（唱）你带喽啰去诱敌。
|||诓他兵将入了峪，骑马登山步崎岖。
刘　汉：（白）得令。
刘赛花：（唱）又叫刘月高礼毛福寿，
众　人：（白）在。
刘赛花：（唱）你三人带领喽啰两千余。
|||埋伏山中去引诱，周围四面防备齐。
|||若有大兵进山峪，放下箭矢与飞石。
众　人：（白）得令。
刘赛花：（唱）又叫陈望来听令，你带喽啰守沟渠。
|||敌兵进峪断归路，莫叫走脱费心机。
陈　望：（白）得令。
刘赛花：（唱）传令已毕又吩咐，
|||（白）海棠，你留一半喽啰守山，等你大王引诱敌人进峪，咱主仆杀奔敌营，不得有误。
海　棠：遵令。
刘赛花：喽啰们，抬刀看马。

（朱永骑马上）

朱　永：众将官随我攻打山口。本公朱永常来攻打山口，敌寇这些日子防守不出。今日留下二将守营，其余俱随我杀奔高山。今日定要捉拿刘家子女，班师奏凯。

刘　汉：喽啰们，随我杀上前去！

朱　永：呀，贼寇下山待我上去。

（刘汉对朱永）

朱　永：刘汉往日避而不出，今日为何赶来交锋？本公若不拿你兄弟，扫平山寨，情愿立誓永不退兵。

刘　汉：老儿休发狂言，是你看枪。

朱　永：来来来。

　　　　（唱）话不投机交了手，二马盘旋两相争。
　　　　　　　朱永拧枪威风抖，

刘　汉：（唱）刘汉假定怕又惊。
　　　　　　　故意败阵拨马行，绕路而行引敌兵。

朱　永：（唱）朱永传令齐追赶，但叫毛寇分路行。
　　　　　　　败阵不敢回山寨，落荒该我要成功。
　　　　　　　率领兵将急急赶，

刘　汉：（唱）刘汉回头喜心中。
　　　　　　　只见大兵随后赶，活该他们入牢笼。
　　　　　　　故装弃甲撇开样，吩咐喽啰散队行。
　　　　　　　催马跑入盘蛇峪，

朱　永：（白）吩咐众将官，随我捉拿毛寇。

陈　望：（唱）陈望高礼早用功。
　　　　　　　只见大兵把山进，吩咐喽啰不消停。
　　　　　　　连用石木垒断路，休教他们转回城。

刘　汉：（唱）刘汉引兵入山峪，弃马上山隐身形。

朱　永：（唱）朱永率兵往里闯，呀，毛寇不见影和踪。
　　　　　　　前行俱是崎岖路，两旁山峪怪石峰。
　　　　　　　说声不好怕中计，若有埋伏了不得。
　　　　　　　吩咐人马回旧路，

小　兵：（唱）跑上军卒报一声。
　　　　　　　山口却被贼人断，外边把守俱有兵。

朱　永：（白）哎呀，不好，我今中了贼人计，有负谋略入牢笼。
　　　　（李安、刘巨上）

李安、刘巨：（唱）李安刘巨尊主帅，不必着忙莫心惊。
　　　　　　　　难退军校往里闯，翻山越岭回大营。

朱　永：（白）有理。
　　　　（唱）传令人马又前进，

刘　月：（唱）刘月城头看分明。

埋伏见有人马到，吩咐放箭射敌兵。

兵　　丁：（唱）吓得兵将往后退，从两山怀里上行。

偷趴石渠想逃命，

喽　　啰：（唱）山上喽啰不容情。

山上滚石往下放，又着飞石往下扔。

兵　　丁：（唱）妈呀，兵丁一中就丧命，

朱　　永：（唱）朱永一见叹连声。

受困四面无出路，莫非此处丧残生？

着急无法山内困，

刘赛花：（唱）又把赛花主仆明。

只见人马入山峪，带领喽啰下山峰。

（白）喽啰们，来到敌营一拥上前去，不得有误！

兵　　丁：报高、夏二位老爷得知，千岁追贼入山未回，山中又有女寇杀奔大营而来，乞令定夺。

高达、夏井：咳咳，这还了得？快些出营抵挡，不得有误。

刘赛花：来者敌将报名受死。

高　　达：好一个人儿啦，你老爷高达，你这女贼何名？

刘赛花：哪有闲工夫与你通名道姓？看刀。

高　　达：来来。

刘赛花：敌将骁勇，等他赶来用锤打他便了。

高　　达：哪里走！

刘赛花：找打！（高达败）喽啰们，绑了。

众　　人：哈。

夏　　井：哟，你这小娘子叫啥名字？

刘赛花：少来轻狂，看刀。

夏　　井：来喽，哟，这小娘好生厉害也。

（唱）夏井怕，发了毛。

这个花娘，武艺真高。

长枪难招架，一口好大刀。

杀得叫人害怕，无奈败阵走逃。

刘赛花：（白）哪里走？

夏　井：（唱）说声不好又来赶，勉强复又把手交。
　　　　　　　杀一处，魂胆消。
　　　　　　　身子一闪，坠落鞍桥。
　　　　（白）妈呀，坏了！

刘赛花：（唱）吩咐快上绑，去把敌营抄。

兵　丁：（唱）明将拼死逃命，喊声地动山摇。

喽　啰：（唱）夺些粮草与器械，还有锣鼓与刀枪。

刘赛花：（唱）刘赛花，喜眉梢。
　　　　　　　踏破敌营，令人宽绰。
　　　　　　　一阵成功也，多亏计谋高。
　　　　　　　吩咐打得胜鼓，回山庆贺功劳。
　　　　　　　收拾敌营所弃物，率众回山乐陶陶。
　　　　　　　这里事暂不讲，

孙　堂：（唱）再表孙堂一位英豪。
　　　　　　　回山勾兵将，搬请女多娇。
　　　　　　　但愿夫妻和好，从此再不分抛。
　　　　　　　不语豪杰奔山寨，

众　将：（唱）又把刘家姐弟讲。
　　　　　　　一同回山进营寨，彼此成功说根苗。
　　　　　　　寨主又把兄弟叫，
　　　　（白）哦，兄弟们把官兵困在山峪之里，我与海棠下山踏破敌营拿来二将，还未斩杀，不知兄弟如何处置？

刘　月：如此别无他法，若依小弟拙见，只可留生，不可伤害。想那朱永乃是朝廷宗亲，已有名望，虽然被咱困在山中，只好耐心劝他回兵，不可再战。擒来二将留在山中，不杀耐等几时，小弟亲身劝他撤兵，大料无有不允之理。

刘赛花：好，倒是兄弟想的主意与我相同，以理劝他收兵，方保山寨无事。

喽　啰：报大王，今有郡马回山，已至寨外，乞令定夺。

刘赛花：呀，这强人与我断情绝义，大料无事再不回山，此来必有缘故。兄弟休要留他与我见面，速速打发他下山，别无再说，愚姐回后寨去了。

海　棠：哎哟，姑娘还要拿一把劲呢。姑爷前来分明欢喜，偏又这等说辞。二位大王看着办吧，不用听她之言，我也回后寨去了。

刘　月：小孙儿来了，果然叫人有气，等他来到，定要发落一场。

刘　汉：说哪里话来？娇客到此，哪有慢待之理？从前不周，过去休提。喽啰们排开队伍，一起下山迎接。

　　　　（唱）说罢迈步接出去，

刘　月：（唱）刘月有气心内烦。

　　　　　　无可奈何随在后，

刘　汉：（唱）刘汉一见面堆欢。

　　　　　　急忙问声姐夫好，

刘　月：（唱）刘月带气也问安。

　　　　（白）姐夫你好哇。

孙　堂：（唱）好，往日不周恕我错，贤弟担待望海涵。

刘　月：（唱）话已说开我不恼，姐夫为何来此山？

孙　堂：（唱）此来本有为难事，求你姐弟帮助咱。

刘　汉：（唱）有事进帐再商议，

孙　堂：（白）请。

刘　汉：姐夫请坐。

孙　堂：（唱）有坐，归座慢慢叙心田。

刘　月：（唱）姐夫你来有何事？如此快来对我言。

孙　堂：（唱）从头到尾说一遍，为救朋友来到山。

刘　汉：（唱）如此说来当解救，患难与共理当然。

孙　堂：（唱）望乞兄弟发人马，随我劫狱去反监。

刘　月：（唱）要去我们无的讲，还怕有人不下山。

孙　堂：（白）却是哪个？

刘　月：（唱）难道把我姐姐忘？她正恼你心里烦。

孙　堂：（唱）如此说来我赔罪，少刻见她望周全。

刘　月：（唱）不用你说必解劝，观看笑话不是咱。

刘　汉：（唱）刘汉复又接言语，

（白）姐夫远来求救，从前既往不咎，我姐弟必然发兵下山，但还有一事为难，料想小弟不能同往。

孙　堂：（白）却是为何？

刘　汉：如此这般，朝中发兵被我们困在山里，还未劝解罢兵，不想姐夫又来求救，只好大家商议保护，两下不失乃为万全。

孙　堂：好贤弟，所虑有理。想那国公朱千岁为人中正无私，贤弟若以礼相待劝他，必然撤兵回京。

刘　月：别事慢讲，姐夫勾兵心急，快去见我姐姐赔罪。你要老老实实地硬求她，你们俩和美了，我姐好发兵下山。

孙　堂：贤弟取笑了。

刘　月：取笑不取笑的单凭你的造化，随我来吧。

孙　堂：是，来了。

刘　汉：喽啰们，杀猪宰羊，大排筵席，合寨庆功，不得有误。

刘赛花：（诗）凄凉岁月担寂寞，恼恨负义无情人。

（白）奴刘赛花，方才听喽啰们报道强人回山，奴家有气躲在后寨，也不知兄弟怎样留他，又怕言语冲撞，令人放心不下。

海　棠：咳哟，姑娘哪，姑爷好容易来，咱不应接见，为何又躲起来了呢？难道不怕人家恼了再走哇。

刘赛花：呸，死丫头，少来多嘴，你快出去吧。

海　棠：是咧，不用你这功夫拿劲，只怕人家来了哇要后松了。

刘　月：姐夫随我来。

孙　堂：是，来了，娘子可好？

刘赛花：住了，你是哪里来的野汉？敢来奴的房中，快些出去！

刘　月：我觉着必有这一面。姐夫坐下，待我劝劝。姐姐不必生气，我姐夫远路而来，原是这般如此，求咱姐弟发兵下山救他朋友之难。我们把话说开，他又来见你赔罪，现已认错，不必计较于他咧！你快转怒为喜，夫妻和好才是。

刘赛花：兄弟不必解劝，他若无事，再也不来。如今我俩也无瓜葛，有事与咱何干？凭他怎样央求想要发兵，万万不能，话已说完。叫他快走。

刘　月：姐姐你这就不对了吧。

　　　　　　（唱）每日常把姐夫念，见面又闹无意思。
　　　　　　　　　人家赔情又恕罪，再要怀恨使不得。
　　　　　　　　　常常说真亲恼不上一百日，何况你俩是夫妻？
　　　　　　　　　既来求咱当帮助，应该和好把气息。
孙　　堂：（唱）叫声娘子休记恨，从前是我心性愚。
　　　　　　　　　有事相烦来赔罪，
刘　　月：（唱）过去以往不用提。
　　　　　　（白）把话说开不用恼，姐姐啊，消消气吧别痴迷。① 哦哦是了。
　　　　　　（唱）刘月一见心会意，姐姐一定闹假局。
　　　　　　　　　有人在旁难说话，无人未见是咋地。
　　　　　　　　　想罢不劝躲出去。
孙　　堂：（唱）娘子为何总不理？卑人这里作下揖。
　　　　　　　　　见她还是佯不睬，咱再闹个大年初一。
　　　　　　　　　不由叫人红粉面，
刘赛花：（唱）赛花一见把话提。
　　　　　　（白）咱俩已成陌路，谁叫你前来求我？
孙　　堂：我有事找来，何用人叫呢？
刘赛花：你今怕是白来一趟，想叫我发兵万万不能。
孙　　堂：娘子，鄙人朋友有难，难道真是坐视不救么？
刘赛花：你的朋友有难，与我何干？
孙　　堂：罢了，朋友有难难逃一死，叫我有何面目回去？不如拔剑自刎，也罢。
刘赛花：将军不可，是你少来。将军，奴家与你玩耍，你真就恼咧，小爷爷呀！
　　　　　　（唱）将军你看这个宝剑锋又快，拿剑自刎不是玩。
　　　　　　　　　用手夺过一边撂，你咋这么脸子酸？
　　　　　　　　　才说不去是玩话，这也值得心内烦。
孙　　堂：（白）你不愿去，我不强求。
刘赛花：（唱）知你豪杰性子傲，却与别人不一般。
　　　　　　　　　只需你把人家惹，待你不周把脸翻。

---

① 按：此处疑有脱文，原文如此。

将军你有为难事，怎忍不救袖手观？

不必寻死奴家去，情愿发兵就下山。

孙　堂：（白）这便才是，快些传令。

刘赛花：忙啥也？再快也得明日去，今日夫妻庆团圆，不知说的是不是？

（白）将军远来暂且休息，明日我姐弟商议商议，留人看守山寨，其余跟你下山，你看如何呀？

孙　堂：娘子说好便好。

刘赛花：好不得呀，可别拿刀动剑，把奴家吓了一跳。别愣着咧，歇着去吧。夫妻离别久，重逢乐有余。

将军请吧。

孙　堂：请。

（张福便衣出，马上）

张　福：（诗）为国难除患，被贬恨如山。

（白）老夫张福，一路不辞辛苦直奔泰安而来。闻听太后回京，驾宿平安镇，我不免启奏国太便了。

（太后、朱祁钰出，驸马站）

朱祁钰：（诗）远游先圣地，护驾作随从。

（白）小王朱祁钰。

景　元：吾驸马景元。

众　人：太后设座，在此伺候。

太　后：（诗）祭祀神祇远离京，虔心诚敬圣有灵。

（白）哀家孙太后，春月离京，驾幸泰安降香，如今秋月后回京。只因闲观圣地，畅慰心怀，所以迟住日久。如今回銮，昨日驾宿平安镇，今日早膳已毕，这就传令上辇行路。

侍　卫：启禀国太，今有英国公张福被贬离京，前来见驾，说有事启奏。

太　后：呀，英国公乃是托孤老臣，为何被贬？想来朝中必有大事，快些宣来见哀家。

侍　卫：领旨。太后有宣，老大人请来见驾。

张　福：千岁，娘娘千岁千千岁，罪臣张福前来参见国太。

太　后：老皇兄何罪之有？你今被贬，哀家不明，不知国有何事？快些平身，一一奏来。

张　　福：谢过娘娘千岁。

（唱）叩头谢恩平身起，口尊国太听臣云。
自从凤驾离京后，朝中是非乱纷纷。
可恨太监贼王振，这般硬赖孙皇亲。
谋反大逆情难恕，问罪剿家灭满门。
文武保本皆不准，徐恭为此命归阴。
微臣一气生疾病，卧床在府昏沉沉。
伺候病愈听得讲，皇亲这般命归阴。
成国公离京平贼寇，老臣一气去见君。
只想参贼把仇报，不想被贬出京门。
文武保留遭囚禁，微臣无法救众臣。
无奈前来见凤驾，细把朝中是非陈。
望乞凤驾垂怜悯，一为社稷二为臣。
早除祸患方得稳，免得国家玉石焚。
奏罢以往前后事，

太　　后：（唱）太后听罢走三魂。
只叫皇兄死得苦，不明不白冤屈身。
等我回朝把仇报，定拿王振碎分身。
皇兄不必回乡转，随我回朝见昏君。

张　　福：（白）微臣遵旨。

太　　后：（唱）言罢急急忙传旨，驸马皇儿细听真。

朱祁钰：（白）儿臣伺候。

太　　后：（唱）传旨起驾速催辇，急急回京转朝门。

朱祁钰：（白）遵旨。

孙　　堂：（唱）不言太后回京去，再把孙堂夫妻云。

（孙堂、刘赛花马上）带领众人把山下。

孙　　堂：（白）俺孙堂。

刘赛花：奴刘赛花。

孙　　堂：娘子，你我夫妻离而复合，带领喽啰下山救出董宽姐弟脱难，这回劫牢反狱，必须大家努力，方可成功。

刘赛花：那是自然。兄弟刘月与表兄陈望，跟随你我来奔郝家村打听是非，其余喽啰们在后扮作客商，各样不等，陆续而行。天晚封路扎营，听候将令。

孙　堂：娘子言之有理，你我先走便了。

刘赛花：将军引路，速奔红土岗歇息，夜半探听城中详细，明日早晨召集大家便好。

孙　堂：有理。

（郝仁步上）

郝　仁：（诗）命里绝后无能为，认一女儿化为灰。

（白）老汉郝仁，可怜干闺女与她兄弟董宽明日就要处决，姓孙的勾兵不到，令人着急。不时出庄外张望，目下要不来，可叹她姐弟无有救了。

（唱）老儿着急悲又痛，复又信步出了庄。
别人无有关系重，最可怜干闺女一死哭断肠。
好不容易认义我家住，刚刚有人把我们叫爹娘。
眼下无救她要死，抛下外孙小业障。
孙堂他咋不回转？目下他们一命亡。
走着捣鬼抬头看，马上二人走得忙。
相离且近看得准，原来男女人一双。
女子面生不相认，男子就是名孙堂。
来得凑巧刚赶上，这才料觉心不忙。
说话对面开言道，

（白）孙公子你可来了。

孙　堂：（唱）孙堂下马问其详。

（白）老人家出庄哪里去？

郝　仁：瞭望瞭望你们嘛。

孙　堂：却因何故这惊慌。

郝　仁：这里不是讲话之地，家里说去。

孙　堂：口呼娘子快下马，这就是盟嫂义父问安康。

刘赛花：是，老人家万福。

郝　仁：好说，不敢。问公子她是哪位？我咋不晓？
孙　堂：老人家有所不知，这是拙荆刘氏，发兵下山同我前来。
郝　仁：（白）好说。

（唱）如此救命星到了，却叫老汉免愁肠。

　　　正然说话人又到，

（刘月、陈望上）

刘月、陈望：（唱）刘月、陈望问短长。

（白）请问姐夫／妹丈，这位老者是谁？

孙　堂：你们有所不知，这就是善人到此。
刘月、陈望：原来是这样，多有错认了。
郝　仁：好说好说。请问两位高名贵姓？同来到此，想来都不是外人。
刘　月：正是。在下刘月。
陈　望：吾乃陈望。
众　人：我们都是亲戚，故此同来救难。请问老人家，董氏姐弟在监受罪，性命怎样？
郝　仁：咳，不用说了，明日就要处决。幸亏你们今日赶到，要是晚来一天，人死了就赶不上了。
众　人：哎呀，这还了得。要是明日处决，我等劫夺法场杀那狗官，搭救他们。
陈　望：呀，表弟你有什么方法去劫夺法场呢？
刘　月：无有别法，不过大家齐心努力，搭救朋友脱难。
陈　望：此举虽好，怕是硬去劫夺，人家必有准备，不如想个主意，大家行事才妥。
刘　月：好，倒是表兄所虑有理。有何妙计快些说来，大家商议，省得明日临时有误。
郝　仁：对，好汉有啥主意？这里不是说话之地，你们风尘路远到此，请到我家歇息歇息再说吧。
陈　望：老丈不必费心，事到临头，岂有去与不去的？若不商量主意，怕明日误事。离庄很远正好讲话，无人听见。计议妥当，明日去救他们姐弟不死。

（唱）我们赶得正凑巧，来迟一步了不得。

　　　他们明日要处斩，却比劫牢省事多。

　　　　　　你们仔细听我讲，早做准备免啰唆。
　　　　　　孙家妹丈与表妹，你夫妻郝家那里去歇着。
　　　　　　明日老丈把二人领，去到法场这般说。
　　　　　　充作犯人表兄妹，祭奠法场无人拨。
　　　　　　我与表弟回营去，告诉头目与喽啰。
　　　　　　假扮布衣进法场，装看热闹外围着。
　　　　　　要有动静往里奔，你们留神看明白。
　　　　　　即时先杀刽子手，就把犯人绑绳割。
　　　　　　背着姐弟出法场，有人拦挡我们劫着。
　　　　　　山上带来人五百，俱有武艺猛又泼。
　　　　　　不怕他们发人马，也能抵挡不怕多。
　　　　　　你们到了郝家内，极速收拾就上车。
　　　　　　离了此地就不怕，大家一同上山坡。
众　　人：（唱）好，听罢一起连说好，依计而行准备着。
　　　　　　计已停妥两下去，暂且压下再不说。
沈不明：（唱）又把知府不明表，来到法场一边坐。
　　　　（白）法场如地府，追命取亡魂。下官莱州知府沈不明，凶犯董宽杀人太甚，昨日上司行文已到，今日处决，连他姐姐一并施行。只为要与王大人尽心，亲至法场监斩。人呢？把犯人提来，我与他们点了朱红，等候时刻，准备开刀。
衙　　役：哈，绑着绑着。
沈不明：来，我与你姐弟两个头上点上点，你们死了，我死也不远，呸呸呸，好丧，绑下去。
董月英：咳，我姐弟好不苦也。
　　　　（唱）姐弟绑在柱子上，就等时刻被刀杀。
董　　宽：（唱）董宽叹气不言语，
董月英：（唱）月英二目泪如雨。
　　　　　　奴家命苦夫被害，杀人抵偿染黄沙。
　　　　　　奴死又别义父母，抛下我儿小冤家。
　　　　　　姑姑不知在不在？一概不见把心扎。

　　　　　　　　想到此间心如醉，两眼不住泪滴嗒。
　　　　　　　　一阵昏迷合两目，
郝　　仁：（唱）来了郝仁老儿他。
　　　　　　　　领来孙堂夫与妇，来到法场把话发。
　　　　　　　　口尊众位闪一闪，容我祭完就回家。
众　　人：（唱）众人拦挡不让进，
沈不明：（唱）座上知府问根芽。
　　　　　（白）人呢，外面吵什么？
衙　　役：禀爷，是女犯干爹郝老爷子领来一男一女说是犯人表亲，前来祭奠法场。
沈不明：还有女的呢？既有女子，又是犯人亲戚，祭奠没有啥关系，叫他们进来吧。
衙　　役：是，老爷容你们进来一祭，小心着。
郝　　仁：来了，贤侄、闺女，有你亲戚祭奠来了，睁开眼睛看看吧，我到外面瞧瞧去。
董　　宽：呀，这不是哥哥到此吗？
孙　　堂：表弟不要多言，我们前来祭奠不过聊尽亲戚之意。
　　　　　（唱）一言挡住董宽口，言语不漏半分多。
董　　宽：（唱）愣怔会意把头点，说声多亏费尽心。
孙　　堂：（唱）又见盟嫂二目闭，心中感叹说可怜。
　　　　　　　　叫声表弟与表姐，今日一会永别分。
　　　　　　　　说罢故意假祭奠，
众　　人：（唱）四外来了人一群。
　　　　　　　　假装前来把热闹看，演武执弓把箭分。
　　　　　　　　耍戏法的锣打起，耍刀枪的剑已临。
　　　　　　　　卖马齐备鞍与镫，卖货俱把东西分。
　　　　　　　　一起来把法场奔，各处往里挤又推。
　　　　　　　　众人拦挡吵嚷起，
沈不明：（唱）知府一见把话云。
　　　　　（白）人呢？外边何故这样吵吵嚷嚷，乱七八糟的？
衙　　役：禀爷，这都是看热闹的往里头挤。

沈不明：哎呀，哪里有这样看热闹的呢？硬往里头挤，光景来路不通，他们要劫法场，都给我赶出去，吩咐刽子手开刀。

衙　役：哈。

陈　望：呀，慢来动手，看刀。

（刽子手死，孙堂夫妇乱砍众人，衙役跑下，割绳子）

孙　堂：好，众人惧各后退，你我夫妻背着他们姐弟快出法场。

刘赛花：言之有理。

沈不明：哎呀，我的妈呀，可坏了。

（唱）知府魂吓飞，吓得迷瞪了。

　　　　无有人获庇，自己回里跑。

　　　　觉着这事情，果然是不好。

　　　　法场被人劫，刽子手死了。

　　　　女子勾我来，多亏好腿脚。

　　　　没死算跑开，害怕再来找。

　　　　正然往前行，

陈　望：（唱）狗官哪里跑！

沈不明：（唱）妈呀，果然有人追，有谁把我保？

　　　　着急跑不开，腿软身栽倒。

　　　　妈呀，可坏了，完了完了。

陈　望：（唱）陈望跑上来，狗官跑不了。

（沈不明死）

陈　望：（唱）狗官被我杀，阴间去点卯。

　　　　城内来官兵，众人听分晓。

　　　　大家莫惧敌，叫他死净了。

　　　　这里显显能，成功要尽早。

（高、毛与辛乱杀）

众　人：（唱）不言大交锋，又把别人表。

　　　　出离法场中，

（孙堂、董宽、郝仁、董月英、刘赛花步上）

董　宽：（唱）脱难齐站脚。

董宽便开言，尊声哥与嫂。
不想你们来，救难把命保。
如同再造恩，姐弟报不了。

董月英：（唱）月英尊叔叔，婶婶见面少。
为我姐弟来，恩情何日表？
今生报不能，来生再结草。

刘赛花：（白）好说，嫂嫂过奖了。

孙　堂：（唱）孙堂复又开言道，
（白）贤弟、嫂嫂，我与你们情同骨肉，患难相扶，幸喜解救不死，正好无人追赶，你们上马前行，娘子保护，同到郝家歇息，及早收拾，等候众人聚齐行路。你听城外喊声连天，必有官兵对敌，我还回去帮助众人，成功杀退敌兵，回来一同上山便了。

董　宽：我哥去了，我今带伤不能转动，只好听候他们成功。

郝　仁：你身受刑带伤，如今免死，理当避罪歇息。今日贤侄与我闺女脱难，老汉喜之不尽。你们快些上马，老汉引路回家，收拾收拾，等他们到来一起上山，捎带着搬家。

董月英：爹爹言之有理。

众　人：大家请。

官　兵：众将官呢？一起努力擒贼。
（丑扎巾，马上对刘月）

刘　月：来者狗官，报名受死。

牛　金：哇，好个贼寇，竟敢聚伙成群，前来劫夺法场，杀官造反。问你副将老爷，听真，我叫牛金。你快下马受死，省得你老爷费事。

刘　月：狗官休要逞强，看刀取你。

牛　金：来来。
（牛金死）

刘　月：这厮被我一刀砍于马下。喽啰们，向前攻杀。
（唱）刘月马上高声喊，怒杀官兵手抡刀。

官　兵：（唱）又来尤君名费力，当场催马把枪摇。

孙　堂：（唱）孙堂拧枪来对战，三合刺下马鞍桥。

（陈望步上）

陈　望：（唱）陈望提枪来对战，步下伶俐如凤飘。
　　　　　　　杀得官兵齐退后，

（吴茂马上与陈杀）

吴　茂：（唱）千总吴茂气难消。
　　　　　　　催马拧枪来上阵，不通姓名把手交。

陈　望：（唱）陈望败中要取胜，锦囊之中取龙镖。
　　　　　　　敌将赶来迎面打，

（吴茂败下）

吴　茂：（唱）吴茂受伤把命逃。

陈　望：（唱）陈望复又往下赶，

（毛包出）

毛　包：（唱）又来守备叫毛包。
　　　　　　　大战高礼毛福寿，几回败走魂胆消。

陈望、孙堂：（唱）二人率众赶下去，

喽　啰：（唱）大小喽啰逞英豪。
　　　　　　　杀得敌兵一起散，受伤一死东西逃。
　　　　　　　满地是血人翻滚，兵丁算是把殃遭。

守　备：（唱）守备回城忙传令，快闭城门拽吊桥。
　　　　　　　兵将害怕不出世，

众　人：（唱）众人一见乐陶陶。

孙　堂：（唱）孙堂勒马开言道。
　　　　（白）官兵大败回城，不必追赶，大家收拾回山。你们率众前行，我还去到郝家协同他们悄悄而行，免得惊动众人等。

众　人：言之有理，大家回山便了。

（吴氏出）

吴　氏：有事心中怕，牵挂意如麻。老身吴氏听说干闺女与她兄弟今日处决，由他朋友前来解救，老头子领着两个人到法场半天不见回来，好叫我害怕放心不下。

郝　仁：老婆子，闺女来咧，还有别人到此，你快做饭，我去雇车回来。大家吃得饱饱的，咱们好走。

　　　　（唱）老头说罢出房去，

吴　　氏：（唱）吴氏接出好喜欢。

　　　　　　瞧见闺女把心放，紧走几步到跟前。

　　　　（月英、赛花、董宽同上）

董月英：（唱）月英问声母亲好。

吴　　氏：（白）女儿好哇。

董　宽：（唱）董宽作揖也问安。

吴　　氏：（白）好哇。

　　　　（唱）你们姐弟多有惊了，却怎救出说根源。

董月英：（唱）从头至尾说了一遍，多亏孙家叔婶贤。

吴　　氏：（唱）如此多谢刘小姐，救出老身心也安。

刘赛花：（白）好说。

　　　　（唱）我们到此来打搅，事毕奉请同上山。

郝　仁：（唱）不请我们也都去，难住也是把家搬。

　　　　　　没有外人把房进，闺女去看小外孙。

董月英：（白）是。

　　　　（唱）不言他们把房进，

孙　堂：（唱）又来孙堂小魁元。

　　　　　　打发众人回旧路，霎时来到郝家门前。

郝　仁：（唱）郝仁雇车回家转，一见急忙问根源。

　　　　（白）孙公子回来啦，把敌兵挡退啦？

孙　堂：如此大获全胜，打发他们回山。吾来到此，奉请老人家夫妻上山。

郝　仁：如此甚好，我雇来车辆，咱们齐大呼地用了酒饭，叫他收拾收拾就起身。公子请。

孙　堂：请。

　　　　（朱祁钰、景元、张福等上）

朱祁钰：御林军开路趟莽，人马款款而行。

　　　　（唱）郕王马上传钧旨，

景　元：（唱）景元随后抖丝缰。

御林军：（唱）御林军校前开路，太后回銮转朝纲。

张　福：（唱）张福乘马随在后，心中暗喜乐洋洋。
　　　　　　太后可称明尧舜，深明国事胜君王。
　　　　　　这一回朝必教子，定问前后事一桩。
　　　　　　必然问罪拿王振，那时才出气一腔。
　　　　　　我随凤驾回朝转，复职全凭老娘娘。
　　　　　　晓行夜宿随驾走，一路不停到帝邦。
　　　　　　太后凤驾把朝入，

（皇帝同文武卿步上）

皇　帝：（唱）皇帝闻报知其详。
　　　　　　亲身接出午门外，

文　武：（唱）文武跟随到两旁。
　　　　　　瞧见开路人马到，上前参驾步履忙。

朱祁钰、景元：（唱）郕王景元忙下马，进前参驾。

皇　帝：（唱）御弟驸马平身起，

朱祁钰、景元：（白）万岁。
　　　　　　（唱）二人侍立在两厢。
　　　　　　太后下了龙凤辇，

皇　帝：（唱）皇帝参驾见皇娘。（平身）
　　　　　　谢过皇娘把安问，皇娘远路受风霜。

太　后：（唱）传旨文武免参驾，快些一起入朝堂。

皇　帝：（唱）皇帝传旨上金殿。

太后、皇帝：（唱）太后皇帝上金殿，

文　武：（唱）文武伺候在朝房。

太　后：（唱）太后偏殿归了座，叫声昏君气昂昂。

皇　帝：（白）太后为何发怒？

太　后：（唱）见你治得好国政，可笑可恨愧见先皇。

皇　帝：（白）不知所为何故？孩儿不明，望皇娘教训。

太　后：（唱）我问你皇亲犯了什么罪？你今叫他一命亡。

皇　帝：（白）他私通胡人谋反，倒卖江山，孩儿不得不问罪呀。

太　后：胡说。
　　　　（唱）皇亲哪里有异志？空废托国老忠良。
皇　帝：（白）皇亲虽死，孩儿观皇娘之面未曾斩首，如此这般囚禁，是他自己身亡而无怨哪，太后。
太　后：（唱）不用细言我知晓，早已有人奏其详。
皇　帝：（白）不知何人告诉皇娘？
太　后：（唱）你贬国公名张福，见我奏明事一桩。
　　　　　　　我今带他回朝转，官复原职理应当。
　　　　　　　遭贬宣召上金殿，囚禁一起出高墙。
　　　　　　　从今以后邪归正，乃显你是有道王。
　　　　　　　若不听从违吾命，母子今日闹一场。
皇　帝：（白）是。
　　　　（唱）皇帝连连说遵命，为儿不违老皇娘。
　　　　　　　回归龙位忙传旨，
　　　　（白）内臣伺候。捧朕圣旨速到高墙，赦出四位官员，一同国公张福即日起官复原职，前来见朕。
内　臣：领旨。
　　　　（唱）内臣领旨下金殿，高墙救出众公卿。
众　人：（唱）官员就旨上金殿，（五人上）五人见驾跪龙庭。
　　　　　　　多谢圣上与国太，蒙恩赦罪不忘情。
　　　　　　　一起叩头把恩拜，
太　后：（唱）众卿一起把身平。
众　人：（白）谢过太后。
太　后：（唱）我儿年幼登九五，忠奸二字不分明。
　　　　　　　哀家今日立国政，全仗文武苦尽忠。
　　　　　　　良臣负屈今赦罪，立把忠奸要分清。
　　　　　　　公公去宣王太监，来见哀家有事明。
内　臣：（白）领旨。
　　　　（唱）急忙去宣不怠慢，不多一时又回城。
　　　　（白）启奏国太，王振抱病不来朝见。

太　后：闪过，好一大胆奴才，他是哪里有病？分明惧罪不敢来见。哀家我今日回朝，莫说你是有病，就是抬尸哀家也见你。往下便叫英国公上殿。

张　福：娘娘千岁。

太　后：命你带御林军速到司礼监将王振拿来见我。

王　振：微臣领旨。

皇　帝：呀，此事有些不好。

（唱）母后动怒拿王振，叫朕不好相承担。
　　　　只好临危相保护，莫叫王振一命捐。
　　　　座上不言观动静，

张　福：（唱）国公复命上金銮。
　　　　启奏太后王振到。

太　后：（白）起过，御林军将王振绑上金殿。

王　振：（唱）王振叩头尊凤驾，太后拿我何原因？

太　后：（唱）大叫奴才不知罪，看你不像病体缠。
　　　　为何宣召不来见，竟敢装病把我瞒？
　　　　违了旨意该何罪？欺哄哀家胆包天。
　　　　今朝若是饶了你，过后你必反面颜。
　　　　吩咐女官速动手，斩首逆贼莫迟延。

女　官：（白）遵旨。

（唱）女官拔剑才要斩，

皇　帝：（白）慢着，

（唱）皇帝一见忙阻拦。
　　　　太后面前深施礼，皇娘息怒听儿言。
　　　　王振今日无死罪，小过不周望海涵。

王　振：（唱）王振哀求说知罪，太后饶恕海量宽。

众　人：（唱）文武情愿王振死，并不保本一旁观。
　　　　你瞧我看不理论，

皇　帝：（唱）皇帝无奈又开言。

（白）母后看孩儿情面将他恕过死罪吧。

太　后：住了，此贼欺君误国，诛之应该，保他何益？全不想那些忠良被屈含冤而死，他竟奸心害国，反当明珠保留，真乃可笑可恨。昏君哪昏君哪，你今失道误政，要学亡国之君，留此祸患，害人误己，日后必要倾邦丧国，断送一统江山，那时你才悔之晚矣。

皇　　帝：是，皇娘责儿有理。但有一件，王振是儿自幼体己未离，一向登基又蒙扶立，可怜伴驾有年。今要一旦杀之，儿实实于心不忍。母后要怕社稷有失，儿情愿在外边巡劳七载，把江山让与御弟执掌。

太　　后：咳，一派胡言。你既为君，哪有把江山让与兄弟之理？自古君王口无戏言，倘若轮到那时，以尧舜之望，只怕手足相残，更使得国家倾危。

皇　　帝：皇娘莫忧，若把王振赦罪，总就应该如此，为儿却也不悔。

太　　后：住了，昏君哪昏君哪，他有什么能感动你，这样痴心保他不死？

王　　振：太后娘娘息怒，奴才素日若无好处，却也不能感动万岁。这样乞情国太却要执意问斩，只怕陛下如失左右手一般，娘娘千岁想哪。

　　　　　（唱）叩头如同鸡啄米，口尊太后细思量。
　　　　　　　　奴才若不情意重，怎感万岁龙心长？
　　　　　　　　我死倒也不要紧，只怕皇爷痛悲伤。
　　　　　　　　想我若是忧愁病，那时太后悔难当。
　　　　　　　　何如开恩把我赦？情愿立誓报吾皇。
　　　　　　　　我要丧良把心忘，万剐凌迟死应当。

太　　后：（唱）奴才，你纵发誓也难信，令人算是恼痛肠。

皇　　帝：（唱）皇帝无奈也跪倒，皇娘开恩吧，不必气昂昂。

众　　人：（唱）文武一齐看不过，这才跪倒尊娘娘。
　　　　　　　　将把王振赦了吧，不然圣上面无光。

太　　后：（唱）罢了，众卿既然来保本，母子情分也难伤。
　　　　　　　　你们君臣平身起，哀家赦他都有光。

众　　人：（白）谢过娘娘千岁。

太　　后：（唱）死罪赦过活罪不能再免，若不责罚怕逞强。
　　　　　　　　宫娥快去取龙凤杖，打他一百戒王章。

宫　　娥：（白）遵旨。

　　　　　（唱）宫娥答应不怠慢，取过御拐手高扬。

太　　后：实实地打来。

宫　娥：遵旨。

（唱）一拐起来一拐落。

王　振：哎呀！

（唱）无奈咬牙身着伤。

罢了罢了，王振疼得实难忍，不敢躲来不敢藏。

咬牙挺身不敢动，忽忽悠悠把死装。

宫　娥：（白）启奏娘娘，打够一百。

太　后：住手。

（唱）吩咐御林军抬下去，死活凭他去养伤。

宫　娥：（白）遵旨。

（唱）御林军抬送司礼监，

太　后：（唱）张国公上殿听其详。

张　福：（白）臣在。

太　后：（唱）你是托孤老臣宰，吾儿重逢在朝纲。

张　福：（白）继承厚恩敢不尽心。

太　后：（唱）御儿加封又传旨，放赦孙家后代郎。

准他出头来保国，再选被贬救忠良。

皇　帝：（白）是。

（唱）皇娘请回养老院，儿臣传旨出朝堂。

太　后：（唱）太后欠身回宫苑，聊出心中气一腔。

皇　帝：（唱）皇帝归座又传旨，

（白）旨意下：钦封英国公张福为掌朝太师，捧旨速往山东即墨县杨家庄宣召丞相杨普回京，官复原职。他若老而不至，荣封子孙入朝。孙家之人，其罪过大且免赦，朕观太后之面宽恩不究。太师领旨急急出朝，其余重臣各回府第，寡人事毕回宫。众卿退下。

众　人：万岁万万岁，散朝。

（刘汉出，升帐）

刘　汉：（诗）良臣叛国负君恩，何日复仇显忠心？

（白）吾乃刘汉，姐姐、兄弟、姐丈带领喽啰下山去救董宽姐弟。如今，官兵困在山峪不觉数日有余，把人马饿孚，无力争持，正好劝他撤兵回朝。方才写了书字一封,何不拴在箭头射下山去,交与敌兵献与朱永观看明白,看是怎样?喽啰们,带马巡山,不得有误。

(唱)吩咐喽啰将马带,亲到山下去传书。

　　　　暂不提刘汉去传信,

众　兵:(唱)再说被困众兵卒。

　　　　人马屯扎山峰下,围起柴草做棚屋。
　　　　刘巨李安陪主帅,受困无法气满出。

朱　永:(唱)朱永坐在草铺上,眼望苍天滚泪珠。
　　　　恨我中了贼人计,失计被困走不出。
　　　　人马难出盘蛇峪,贼兵一概有埋伏。
　　　　兵将困了许多时,饿食战马又不足。
　　　　冬月天寒齐冻饿,难免一起命呜呼。
　　　　饿死一身不要紧,可怜众将与兵卒。
　　　　为国一世无结果,命丧沟渠赶明途。
　　　　正然可惜兵与将,

(兵卒上)

兵　卒:(唱)军卒报事来献书。

朱　永:(白)拿来我看。

侍　卫:是。

　　　　(唱)接过书字拆封筒,从头至尾看清楚。
　　　　上写刘汉顿首拜,书给大人老宗族。
　　　　从前禀过以往事,怎奈不听费心途。
　　　　千岁不肯收兵将,归降之意心不足。
　　　　无奈这才困人马,草粮收起将兵伏。
　　　　拿来二将并未斩,如今收留在山屋。
　　　　思想朝廷国恩重,不忍大人丧军卒。
　　　　故此传书禀心事,心腹之言说清楚。
　　　　奉劝还是收兵将,表奏招安情不疏。
　　　　若说伏罪归王化,怕的是朝中奸贼心不服。
　　　　大人若依良言劝,放出大军出山谷。

　　　　　　余不多禀言语尽，刘某后听来得速。
　　　　　　看罢辗转心难定，刘巨李安听清楚。
　　　　　　书上之言是如此，有心依言怕疏忽。
刘巨、李安：（唱）二将打躬说无碍，不必犹疑有良图。
　　　　　　他若真心如此做，我俩前去说清楚。
　　　　　　咱今山口撤兵将，放回二将来得速。
　　　　　　再把粮草送山下，咱就撤兵回京都。
　　　　　　不然他就是假意，不能再入计谋图。
朱　永：（白）好。
　　　　（唱）听罢连夸好高见，
　　　　　　你俩去说莫疏忽。本公立等听回信，
刘巨、李安：（唱）二将速去不停留。见了刘汉说来历，
　　　　　　彼此不违意不古。不多一时急回转。
　　　　（白）回禀千岁，敌兵依言不扭，情愿放回二将，送回粮草，言道山口撤兵，拆豁石墙道路通顺，就命二将来见千岁。
朱　永：好，如此看来，仰仗皇帝洪恩，保住全命不丧，敌人愿降，放咱回兵，老夫回朝，表奏皇帝前来招安与他，方不负老夫为国尽忠，保护良臣之后，不失臣节之职。
侍　卫：报公爷得知，今有贼人放回高、夏二将来见千岁。
朱　永：好，速命二将前来见我。
侍　卫：哈，公爷命你们进见。
高达、夏景：来了。公爷恕我俩败阵失机之罪吧。
朱　永：你二人怎么失手大营，被擒上山？
高达、夏景：公爷，你与贼人交战，他们分兵踏破大营，兵丁四散，我俩失机被擒，留在山寨未杀。听说如今和好，放我们来见千岁，叫咱人马出山。他们外边等候，还想要见公爷一面。
朱　永：好，如此敌人果不失信，你二人前头引路，然后同出山峪。
高达、夏景：遵令。
朱　永：众将官，人马齐出山峪，不得有误。
　　　　（唱）一声令，不迟挨。

　　　　　　　晓谕兵将，俱都明白。
　　　　　　　欢喜上了马，率众出山崖。
　　　　　　　人马困了多日，险些命赴泉台。
　　　　　　　可怜坐骑少大半，与人充饥命哀哉。
众　　人：（唱）兵与将，喜心怀。
　　　　　　　不顾饥饿，东倒西歪。
　　　　　　　都说有出路，精神好起来。
　　　　　　　随身收拾器械，各把草铺齐拆。
　　　　　　　来到山口留神看，好，果然通路好妙哉。
朱　　永：（唱）老朱永，把头抬。
　　　　　　　瞧见刘汉，认得明白。
　　　　　　　站立在山外，喽啰两边排。
　　　　　　　刀枪剑戟不带，恭敬礼貌多抬。
　　　　　　　看罢下马接上去，将军哪里老夫来？
刘　　汉：（唱）尊一声，虎驾台。
　　　　　　　一向得罪，恕我不该。
　　　　　　　望乞把罪赦，有请到山崖。
　　　　　　　歇兵几日回转，替我代奏应该。
　　　　　　　若来招安归王化，省得背主落不才。
朱　　永：（唱）将军不必多嘱咐，和好招安我再来。
　　　　　　　老夫这一回京去，必然替你奏明白。
　　　　　　　不必上山去打搅，只从这里两分开。
　　　　　　　早去便好奏圣主，将军等候招安来。
刘　　汉：（唱）如此不敢多留恋，交还粮草我走开。
朱　　永：（唱）不言朱永回朝去，
刘　　汉：（唱）刘汉也就回山崖。
　　　　　　　走进大帐归了座，
　　　　（白）好也好也，我今恩待朱永，劝其撤兵回朝，但愿奏主早来招安，便好同归王化。
喽　　啰：报大王得知，今有二位寨主一同郡马带来众人，人马齐到山寨外。

刘　汉：起过。好，众人齐至，待我迎接。
　　　　（唱）听说寨主回山寨，心欢喜悦往外迎。
孙堂、刘月：（唱）来了孙堂与刘月，
陈望、董宽：（唱）后跟陈、董二英雄。
高礼、毛福寿：（唱）还有高礼与毛福寿，
郝　仁：（唱）老儿郝仁随后行。
吴　氏：（唱）吴氏抱着小男婴，
刘赛花、董月英：（唱）后跟赛花董月英。
刘　汉：（唱）众人来到大寨外，刘汉迎接喜相逢。
众　人：（唱）见面施礼问候好，彼此道罢以往情。
　　　　　　言罢一起往里请，
海　棠：（唱）后寨海棠也来迎。
　　　　　　口尊姑娘道万福，众位远来受寒风。
　　　　　　海棠在前引着路，同入大寨传酒令。
　　　　　　不提女眷入后寨，
众　人：（唱）又说前寨众英雄。
　　　　　　齐上大帐躬身立，
孙　堂：（唱）孙堂开言把话明。
　　　　　　问及官兵是怎样，
刘　汉：（唱）刘汉从头说分明。
　　　　　　奉劝撤兵回京去，应许招安奏龙庭。
　　　　　　不知怎样候音信？且喜众人回山峰。
　　　　　　大家祝贺当聚会，吩咐排宴饮刘伶。
　　　　（白）幸喜董家姐弟脱难，与姐丈来到荒山，从今无牵挂免劳心力，然后归降，好拿仇人雪恨申冤。众人下山救难来往多有辛苦，理当庆贺大功。喽啰们，杀猪宰羊大排筵席伺候。高山聚会众英雄，时来盼望抱冤横。众位请。
众　人：请。
　　　　（杨普出，坐）
杨　普：（诗）弃去荣辱乐逍遥，悠悠田亩伴桑榆。
　　　　（白）老夫杨普，自从被贬离京回家，乐享天年。夫妻父子相伴，倒也无忧无虑。

院　公：禀老爷，圣旨到来。

杨　普：呀，我今到家闲居，王命下降，不知其情为何？院公，大厅速排香案，我前去接旨。

院　公：哈。

张　福：圣旨到，跪。

杨　普：万岁万万岁。

张　福：听宣读！诏曰：兹尔丞相杨普，先帝令其辅佐朕。公实系托孤老臣，一旦被贬，日久后悔无及，追恩情切，钦命英国公下诏请回朝，官复原职。有子年少，随旨进京，朕也封官。皇宣下降，勿违朕意。旨意读罢，望诏谢恩。

杨　普：万岁万万岁。家院，将旨意供奉龙亭。

张　福：哈哈，老丞相一向可好？

杨　普：好，多蒙承问，我不敢当。我以为何人捧旨到来，原是老国公前来。你我故友相逢，喜出望外，快些请到书房，大家一叙。

（唱）手拉故人说声请，

张　福：（白）请。

杨　普：（唱）满面春风笑颜堆。

　　　　　　携手相随入书房，二人宾主把座归。

　　　　　　吩咐家院把茶献，故人相逢把心随。

张　福：（唱）丞相在家多潇洒，胜如在朝把君陪。

杨　普：（唱）大人此话真不假，提起为官把心灰。

张　福：（唱）我今奉旨来到此，有请大人把朝回。

杨　普：（唱）皇帝业已把我贬，怎又相召不明白？

张　福：（唱）这般多亏皇太后，皇帝出旨施恩德。

杨　普：（唱）如此算我把恩谢，老朽不能把官为。

张　福：（唱）我今奉旨来请你，君命下诏不敢违。

杨　普：（唱）年迈去了也无用，不能治国才辞推。

张　福：（唱）丞相执意若不去，叫我怎么把旨回？

杨　普：（唱）老夫不去有犬子，我叫杨善把你随。

张　　福：（唱）有子承继能袭职，大人宁愿公子随。

（白）丞相年迈不愿复职，若叫令郎前去，必须应诏速行，我好回京交旨复命。

杨　　普：慢着，你我离别日久，见面还未促膝谈心，哪有立时辞去之理？必须盘桓几日再去不迟。

张　　福：如此从命。

杨　　普：这便才是。少时酒宴齐备，你我席前慢叙，请。

（唱）正是知己情不厌，会心话偏长。

（石玉珠出）

石玉珠：（诗）红颜薄命不如人，他乡落难痛忧心。

（白）奴石玉珠，自从公爹路途染病，来到白衣庵存身，不觉两月有余。公父病重，卧床不起，请医无效，问卜不灵，日久盘费皆空，相公又卖了鞍马，在此将养公爹病体。不足费用，还亏庙内师傅慈心周济，在此打搅并无怨言，令人恩情难报。昨日庙内山主杨乡宦夫人生辰之日，他师徒前去祝寿未回，今早相公上街取药，禅堂剩奴自己。方才扶着公父倒下，趁此无人，何不到大殿焚香，拜求神佛保佑便了？

（唱）意秉虔诚求神佑，款动金莲到前边。
　　　霎时来到大雄殿，净手焚香跪神前。
　　　眼泪汪汪暗祝告，拜求菩萨见可怜。
　　　弟子公父身染病，休叫他乡染黄泉。
　　　他老若要遭不幸，万望菩萨显灵颜。
　　　佳人拜罢平身起，但愿公父病体全。
　　　玉珠拜罢回房去，

孙　　安：（唱）再说孙安取药还。
　　　回庵来到病房内，只见小姐泪涟涟。

（白）哟，小姐，此时爹爹可觉安稳？

石玉珠：咳，贤弟，你取药回来啦？

孙　　安：正是回来啦。

石玉珠：方才我求神佛保佑，谁知回房唤他饮水不应，越发的沉重，我正在悲啼，不期你来。老人家若有不幸，你我倒是怎样主意？

孙　　安：啊呀呀，这还了得，待我上前看来。爹爹怎么样了？连叫不应，只是微有气息，看着光景可有些不好了。

（唱）急又痛，大放悲。
　　　　直叫爹爹，休把阴归。
　　　　若有个好歹，叫儿依靠谁？
　　　　虽有小姐作伴，叫人更是难为。
　　　　虽是夫妻未婚配，身在他乡何处归？

石玉珠：（唱）叫公父，泪双垂，
　　　　爹爹苏醒，莫要垂危。
　　　　儿们都在此，正眼看明白。
　　　　千万莫归阴路，休抛苦命的儿。
　　　　剩我夫妻无投奔，有谁照应受颠危？

孙　　安：（唱）连声叫，把魂回。
　　　　叫够多时，总不明白。
　　　　二目紧紧闭，心窝气微微。
　　　　光景是要不好，叫人意乱魂飞。
　　　　急得搓手连叫苦，怎能保住命不亏？

石玉珠：（唱）小姐近前仔细看，爹爹气转身体随。
　　　　叫声贤弟不用怕，

（白）相公不要悲痛，老人家动转，会打哼声了，像是不怕了。虽然病体好转，总是沉重。只怕旦夕性命难保，还是服药喝水看是怎样。

孙　　安：咳，病势垂危，服药也是无益。爹爹在此安稳，不要害怕，你随我这里来，小生有话嘱咐于你。

石玉珠：相公有何话说？

孙　　安：咳，小姐听了。

（唱）你我有人称姐弟，无人还是有分别。

石玉珠：（唱）相公却有何话讲？莫要提及老公爹。

孙　　安：（唱）天伦有病命难保，叫人心内悲切切。

石玉珠：（唱）真是该着遭不幸，父子相逢又病咧。

孙　　安：（唱）穷途路上因得病，卖去鞍马盘费缺。

石玉珠：（唱）还亏庙内师傅助，待咱十分有恩德。
孙　安：（唱）尽靠人家不中用，不好一定往外抛。
石玉珠：（唱）如今这可怎么好？相公只好主意叠。
孙　安：（唱）事出无奈分别了，我要卖身永分别。
石玉珠：咳，

（唱）董永卖身葬过父，莫非学古孝公爹？
孙　安：（唱）万般无奈因困苦，若不如此路算绝。
石玉珠：（唱）若要卖身何用你？奴家尽孝礼不缺。
孙　安：（唱）连连摆手说不可，怎忍难为贤姐姐？
石玉珠：（唱）贤弟不必拦阻我，诚心替你主意绝。
孙　安：（唱）怜你为我同患难，再你屈身礼不贴。
石玉珠：（唱）郎君说到哪里话，细听奴家对你曰。

（白）官人，公父病入膏肓，你我羁旅之人，无计可出，郎君卖身孝父，生养死葬，故是正理。但有一件，孙门大仇未报，伯伯不知所往，公爹命在旦夕，你再屈身隐志，不得出朝，孙门无人，大仇何日可报？若依我劝，莫如奴家卖身，留你展志后来报仇。一则为国为家全忠尽孝，二则使得夫妻聚会不难，三则男儿志在随心。若是不然，女子出嫁从夫，不过生死不离，患难同朽。相公埋没若不出朝，岂不有愧男儿之志向？相公你再思再想。

（唱）从来男子身体贵，不比闺女无来由。
　　况你又是宦门后，难满必然要出头。
　　男儿自有冲天志，何难名标五凤楼？
　　时来奋志登金榜，春雷一响贯九州。
　　只要你得第不把奴家忘，夫妻完聚自不愁。
　　强如你屈身为下贱，匹夫之志何来由？
　　若说不替小误大，咱一家几时结果把元收。
　　不知说的是不是？
孙　安：（唱）好，听罢夸好连点头。
　　小姐真是明大义，愿为下贱不顾羞。
　　学生一生敬服你，患难与共志相投。

	我要何时将恩忘，立誓必然一命休。
石玉珠：	（唱）相公不可言太重，只要你保全终始两无忧。
	快些领我把身卖，去寻善人把主投。
	正然说话脚步响，
静　贞：	（唱）尼姑进来问情由。
	（白）相公、姑娘为何满眼落泪？莫非令尊病体沉重吗？
孙　安：	方才我父昏迷不醒，生死不定，我姐弟虑及无计可施，欲要卖身，彼此犹豫不决。凑巧师傅祝寿回来，正好替我寻个债主，等人家领去投主，卖些费用便好殡葬家父。
静　贞：	难得呀难得，你二人小小年纪如此大孝，真是古今罕有。可怜有人落难，贫尼无力周济，却叫你二人卖身，真是可惜可叹。
石玉珠：	师傅说哪里话，我们在此打搅，若无师傅帮助，早已穷尽无处。而今家严病笃，只好奴家卖身，留我兄弟侍亲，养生死葬，以尽儿女之道。师傅恩德，别无可报，只等来生结草衔环吧。
静　贞：	不必如此，出家人一点慈悲心，何须挂齿？只等令尊病愈，保全你们有靠，乃为万幸。姑娘既要卖身，待我领你去见山主杨老爷，可以收留，多求周济，奉养令尊，保全无虑。
石玉珠：	好，如此有劳师傅领我去见。兄弟好好扶持爹爹，愚姐就要抛你去了。
孙　安：	姐姐慢行，有话再嘱咐小弟几句罢了。
石玉珠：	兄弟不要留恋，事到如今，其情难讲，只要你服侍爹爹不死，保全病愈，投奔去处，你后来得第不忘姐姐卖身之意就是了。
孙　安：	咳，小弟无能，却叫姐姐替我卖身。可惜你我分离，真是肝肠寸断，咳，苦哇！
静　贞：	事已至此，不必悲伤，姑娘快随我来吧。
石玉珠：	是，来了。
孙　安：	咳，姐姐呀。你看小姐去了，令人心肠如割。待我祝告神佛，若能保全我父病愈，日后夫妻团圆，必要重修庙宇，在此舍饭三天，重重报答尼僧之情。
	（诗）有人遭磨难，保佑但凭天。

（完）

第十三本

【剧情梗概】 石玉珠卖身至杨普家,被杨普收为义女。寺庙内,孙吉宗服下同寅的灵丹后身体痊愈,并与杨普相认。因为王振从中作梗,也先联姻的计划没有成功,恼羞成怒,举兵攻打宣化府。杨洪不敢应战,求助巡抚罗亨信,罗亨信调来副将石亨相助。也先无法战胜石亨,只得绕路进兵紫荆关。赵杰死后,张爱玉不堪寂寞,与王山勾搭成奸,王山到赵家抢走张爱玉。陶氏赴都察院控告,反被都察院正堂王文与王山、张爱玉合谋诬陷为害死亲夫,定为绞刑。赵杰挚友、大理寺少卿薛瑄为陶氏申冤,大闹都察院,又上金銮殿参奏王文,却被王振、王文诬陷受贿,天子将其罢官夺职。

(杨普上,老旦坐)

杨　普:(诗)闲居乐业胜为官,桑榆晚景伴残年。
　　　(白)老夫杨普。
祁　氏:老身祁氏。
杨　普:夫人,前有圣旨命我回京,因我年迈不愿为官,偏又辞之不妥,因此已命孩儿杨善跟随钦差进京受旨,看来咱三世受国恩,又有子孙继业,倒也罢了。
祁　氏:总是老爷品行端正,才有世袭富贵,福禄绵长。
家　仆:禀老爷、太太,外面有一老尼,带来了一个年轻女子,说要见老爷。
杨　普:她见我何事?
祁　氏:她又去而复返,却不知有何事?
杨　普:叫她先来见我。
家　仆:是。老爷命师傅先来见。
静　贞:如此姑娘稍等,我先去进见。
石玉珠:是。
静　贞:老爷夫人在上,贫尼稽首。
祁　氏:师傅免礼请坐。
静　贞:是。

杨　普：师傅回庵复返，不知领来女子所为何事？说明来历。
静　贞：老爷若问容禀。
　　　　（唱）前日太太千秋日，师徒祝寿一起来。
　　　　　　　庵内却有病人在，以往也曾说明白。
　　　　　　　慈悲留住容将养，谁知不幸未减灾。
　　　　　　　老人病重将要死，他的儿女痛悲哀。
　　　　　　　这般情愿把身卖，贫尼领那女子来。
　　　　　　　拜见老爷与太太，我先替他说明白。
　　　　　　　望乞收留多周济，葬养她父免愁怀。
　　　　　　　倘若病愈人不死，看他们不是忘恩负义才。
　　　　　　　将来必然有名望，不过目下时运衰。
　　　　　　　老爷留下那女子，扶持太太伶俐乖。
　　　　　　　老尼说罢一席话，
杨　普：（唱）呀，老夫妻听罢甚可哀。
　　　　　　　世上竟有这样孝顺儿女，为父卖身比不来。
　　　　　　　如此大孝当怜悯，收留周济理应该。
　　　　　　　师傅快去把她领，如意多多出钱财。
静　贞：（白）是。
　　　　（唱）尼姑急急出房去，姑娘快快随我来。
　　　　（白）拜见老爷与太太。
石玉珠：（白）老爷太太在上，难女叩头。
杨　普：呀，好一位伶俐女子。
　　　　（唱）夫妻二人齐夸奖，这位女子甚出奇。
　　　　　　　看她美丽多俊秀，说话温柔品不俗。
　　　　　　　面发愁容多稳重，见人之时把头低。
　　　　　　　开言便把女子叫，你的孝心数第一。
　　　　　　　可惜你闺门幼女知大义，为父尽孝把身屈。
　　　　　　　想来意诚不后悔，
石玉珠：（唱）老爷太太话差迟。
　　　　　　　儿女尽孝礼当然，哪有后悔在心里？

　　　　　只求收留可怜见，老爷太太发仁慈。
　　　　　周全我父病体好，报恩生世感恩及。
　　　　　说罢含泪又叩首，
祁　　氏：（唱）夫人听罢动仁慈。
　　　　　低声又把老爷叫，
杨　　普：（白）夫人说什么？
祁　　氏：（唱）此乃贤女甚可喜。
　　　　　叫她为奴心不忍，认为义女理应的。
　　　　　不知老爷意怎样，
杨　　普：（唱）好，夫人之言动心机。
　　　　　又叫女子听我道，老夫有言听心里。
　　　　　我们无女只一子，远离膝下进京师。
　　　　　有心认你为义女，就当亲生有靠依。
　　　　　不知你意何如也？
石玉珠：（唱）听罢欢喜乐有余。
　　　　　叩头就把爹娘叫。
　　　　（白）父母不嫌贫贱，请受孩儿一拜。
杨普、祁氏：好，我儿起来。
石玉珠：是。
静　　贞：难得老爷、太太这样善心，将姑娘收为义女，贫尼此来也有光彩，不才理当与老爷、太太拜贺。
杨普、祁氏：好说，师傅不必多礼。
石玉珠：我今到此多蒙师傅引见，得认双亲，理当也有一拜。
静　　贞：好说，不敢。
石玉珠：爹娘在上，孩儿在此多蒙收留，认亲有靠。还求父母疼顾孩儿，周全我们骨肉不离，从中可怜见罢。
杨　　普：我儿不必担心，既是亲戚，为父自然周全无忧。你母女且自谈心，我就吩咐速办车辆亲接他们父子进府，好与令尊请医调治身体。
石玉珠：如此多谢爹爹。
杨　　普：父女之间不必如此，事不宜迟我就前去。

静　贞：我也回庵，好领老爷相见，异日进府再来拜见太太。
杨　普：有事不便相留，师傅请。
静　贞：请。
祁　氏：我儿，你父接你爹爹去了，过午必然回府来，必请好医调治，令尊无妨，我儿宽心免忧。吩咐厨下排宴伺候，女儿随娘来。
石玉珠：来了。

（同寅步上）

同　寅：（诗）慈悲功济世，游行无定踪。

（白）贫道同寅，布散功德，云游四海，昨宿静极观天，但见山左之地一股白气冲天，袖占一课，原是天蓬又有失难困身。东斗、孔兰二星处境，孝心感动天地怜悯，故此气数相照。善恶终有报，忠孝鬼神钦。

（孙安步上）

孙　安：（唱）痛心严亲病不息，双雁失群两分离。小生孙安，方才服侍爹爹用药，倒下睡熟，小姐卖身不见回音，不免出庙张望张望。

（唱）可惜贤德石小姐，替我卖身难忘恩。
　　　不曾拜堂孝公父，大义凛然令人尊。
　　　去见山主杨乡宦，但愿收留落难人。
　　　多求周济调治父，只盼爹爹病离身。
　　　思思想想出庙外，向南得望细留神。
　　　五里之路去半日，不见回信渺无音。
　　　心中着急不住盼，那边来了一道人。
　　　相离且近对了面，

同　寅：（唱）同寅开言把话云。

（白）此位施主请了请了，贫道善观气色，看你之行不利，面带愁容，定有困苦之忧，何妨明言，相告贫道？为你消灾祛难如何？

孙　安：道爷，既有神见，不敢相瞒。我乃远方人士，只因家贫，随父投亲，路过此处，家严染病，歇在庵中，请医无效，时下将亡。凑巧道爷至此，像是有缘，命不该绝，望乞大发慈悲，施展仙方。若能调治家严病愈，学生一世感激不尽。

同　寅：原来这等，贫道救难，行个方便就是了。我这里有仙丹一粒，去用无根水烧开，与病人用下，管保立时见效。还有柬帖一联，交付与你，令尊病愈，交与他看，自有好处，快些一起收过。

孙　安：是，多谢道爷慈悲。

同　寅：贫道口渴，有劳取盏茶来我用。

同　寅：是，你看东斗星去了，管保天蓬灾消病愈，我与他们后会有期，目下只好不辞而别。

（诗）隐现人难测，神德妙无边。

孙　安：道爷请来用茶。霎时不见，莫非不辞而去？待我四处观望观望，好生奇怪，四望不见，渺无踪影。细想道士非人，定是仙也神乎？待我望空一拜。叩拜已毕，待我急取无根水，服侍爹爹用了丹药，看是如何。

（唱）定是神人来赐药，搭救爹爹命残生。
　　　回身忙取无根水，急急来到病房中。
　　　丹药盏内水研化，服侍病人用腹中。
　　　霎时之间提元气，

孙吉宗：（唱）孙爷苏醒口打哼。
　　　不多一时精神爽，睁开二目看分明。
　　　只叫孙安扶着我，为父坐起定身形。
　　　自从病重不知觉，糊里糊涂在梦中。
　　　不知怎么病体愈，何人救我得复生？
　　　为何不见石小姐？吾儿快些说分明。

孙　安：（唱）房内无人听我禀，提起以往真苦情。
　　　自从爹爹病沉重，儿与小姐心不宁。
　　　屡治不效卖鞍马，如今盘费一概空。
　　　不幸爹爹又沉重，旦夕之间难保生。
　　　这般儿要把身卖，小姐替我尽孝名。
　　　庵内师傅把她领，如此而去未回程。

孙吉宗：（白）如此这般好生可怜。

孙　安：（唱）方才来了一道士，问病赐药甚有灵。
　　　真是仙丹有神效，用药倏然病体轻。

孙吉宗：（白）道人今在何处？请来相谢。

孙　　安：（唱）不辞而去真奇异，他还留下柬一封。
　　　　　　　　病愈交与爹爹看，嘱咐孩儿记心中。
孙吉宗：（白）柬帖在何处，拿来我看。
孙　　安：（唱）在此请父细观看，
孙吉宗：（唱）孙爷接过看分明。
　　　　（白）呀，原来是朱红柬帖一联，上有七言八句诗一首，待我念来。
　　　　（诗）术士同寅柬一联，留与孙公仔细观。
　　　　　　　知君有难来相救，后会有期二八年。
　　　　　　　灾消病愈逢故友，他乡隐蔽保平安。
　　　　　　　数载以后复定国，一门雪恨忠孝全。
　　　　（白）呀，道士必是神人，到此救难，言说后会有期，必有相见之日，不知故友会在何日，令人难解。只好等待庵内老尼回转，问明媳妇投身下落如何，我父子也好放心，便好另投下处。
静　　贞：徒弟，禅堂备茶伺候。相公在房？
孙　　安：师傅回来了，多有劳动，快快请坐。
静　　贞：呀，好生奇怪，这位老檀主几时病退身安？这等急快，令人不解。
孙　　安：师傅不知，原是这般如此。不知家姐卖身怎样？师傅快些请道其详。
静　　贞：如此说来可谓重重见喜。姑娘卖身，杨老爷夫妇感其孝意，认为义女，守在膝下，又亲身来接你父子进府调治。不想老檀主又逢神人救难，病退身安，两者难寻。真是吉人天相，喜出望外。
孙吉宗、孙安：如此真是大喜，我父子谢天谢地。
静　　贞：杨老爷少刻进庵，你们相见，贫尼令人去备斋饭。
　　　　（唱）老尼说罢出房去，
孙吉宗、孙安：（唱）父子二人乐非凡。
　　　　　　　　　　一同去接老乡宦，
杨　　普：（唱）杨爷下车进了庵。
　　　　　　　瞧见二人迎接我，冷眼一见发愣然。
　　　　　　　乃是皇亲孙国舅，紧走几步迎上前。
孙吉宗：（白）呀，这不是杨丞相吗？
杨　　普：（唱）正是老夫来到此，相见来迟恕过咱。

孙吉宗：（唱）梦想不及遇知己，我儿快问大人安。
孙　安：（白）是，老爷可好，学生拜揖。
杨　普：（唱）好说，故旧相逢三生幸，请进禅房叙心田。
孙吉宗：（唱）携手相逢归了座，问大人几时把乡还？
杨　普：（唱）自从为你身被贬，倏忽不觉有半年。
孙吉宗：（唱）可惜同僚俱为我，皇帝不明贬忠贤。
杨　普：（唱）听说被斩你身死，怎得复生在世间？
孙吉宗：（唱）隐姓埋名难细讲，说出唯恐有祸端。
杨　普：（唱）此乃我家功德院，无有外人只管言。
孙吉宗：（唱）如此大人听我讲，以往情由说一番。
　　　　　　侥幸脱难投亲眷，又遇子媳是这般。
　　　　　　携同赴难亳州去，不幸染病住尼庵。
　　　　　　可怜未婚儿妇把身卖，为我孝义算感天。
　　　　　　听说大人认义女，多蒙厚待感恩宽。
　　　　　　多亏怜悯当拜谢，
杨　普：（白）不敢。
　　　　（唱）连连称赞道罕然。
　　　　（白）难得呀难得，吾认义女只当令爱，不想还是大人未过门的儿媳。未出闺阁幼女，一切所为公爹，如此贤孝，真是古今罕有。看来大人忠义所感，方能有此孝子贤媳。
孙吉宗：好说，大人过奖了。
杨　普：老夫未来时，听说大人病入膏肓，不知怎么一时病退身安？
孙吉宗：方才犬子言说，这般有一道人来去甚异，恩赐一粒丹药，孙某才得病退身安。还有柬帖一联，指示叫我隐遁，耐等时来出头。又言病愈，故旧重逢，想来必是应在大人身上。
杨　普：好，这等罕见，必是神人怜悯忠孝，故此来去，令人难测。你我故旧相见，又是亲翁，越发不是外人。速请到府安身，择日便叫令郎与小女合卺，也是你我完成儿女一件大事。
孙吉宗：如此，尽在大人周全。
静　贞：素宴齐备，有请老爷与这位老檀主用餐回府。

杨　普：有劳师傅费心了。

孙吉宗：吾们在此打搅，不堪师傅恩德，等我父子以后再补盛情。

静　贞：出家人方便一二，不劳挂齿，二位请。

众　人：请。

（王文出，坐）

王　文：（诗）痛子夭亡恨悠悠，只得一醉解千愁。

（白）老夫王文，在京为官，深交太监王振，仰仗提拔高升，倒也甘心，只是老来丧子，大为不幸。可惜我儿王大才，竟在原籍因贪图美色身亡。家人来报，令人闻知，诸日痛恨不休，直说知府把石家恶妇问罪，料与老夫消恨，不知何处强盗劫去犯人，未得报仇。老夫无法解闷，只能以酒消愁。王振却被太后打了一百龙凤拐，将养多日，才得身安，官员会客都去贺喜，正好吾也前去。

（唱）心烦闷，饮刘伶。

　　闲来会客，宽解心胸。

　　王文去不讲，

纪　广：（唱）又把纪广明。

　　催马兼程而走，急快回见总兵。

　　太监公爷晓谕我，鞑子求婚事没应。

　　未上奏，主不明。

　　已叫他们，动兵相征。

　　告诉杨总兵，急回宣化城。

　　边关不必防守，竟叫他们南征。

　　只好由着公爷意，怎样吩咐怎样行。

　　暂不表，纪广行。

（哈明马上）

哈　明：（唱）再言鞑官，番将哈明。

　　奉命进贡马，指望定婚盟。

　　谁知明主不论，打招未把亲应。

　　内中不然有诡计，可恼王振行不公。

　　减马匹，把君蒙。

我今回转，定要说明。

路远把兵动，努力向南征。

灭明待拿王振，那时方趁心胸。

不言哈明回北去，

王　　山：（唱）又把王山明一明。

闲来出府要潇洒，

（诗）进来花街柳巷，闷了放肆常逛。

（白）吾大爷王山自从豹头山回京，那夜挨了刺客一刀，一向将养伤痕，并未出府，幸喜背伤早愈，无事却在府内闲居。今日只觉闷闷不乐，何不带领小厮出府游逛一番，有何不可？小子们哪里？快来。

家　　仆：来了，大爷，有何吩咐？

王　　山：你们随我出府闲散一回，咱主仆步行一同走。

家　　仆：是。

（诗）喜观繁花开，酒色乐为先。

（张爱玉出）

张爱玉：（诗）丧夫守节全是假，怎如欢乐到白头？

（白）奴家张爱玉，嫁与赵杰为妾，老爷随征犯罪，回家而死，我与夫人一同守节。细想己身无后，守着人家儿子，却有什么结果？不如趁着早寻个出路，乃为上策。想起死人临终叫我改嫁，奴家信口发誓，如今后悔不及。喜哥小子想念他，一心守墓，其母不叫离家。无奈花园亭内设下死人牌位，一日三时烧香，不离左右，初一十五上香，我与夫人也去叩头。今日又逢十五，不免同夫人去到花园上香便了。

（陶氏素衣出）

陶季春：（诗）夫妻意比同林鸟，大限临时各分离。

（白）奴陶季春，自从老爷辞世，喜哥守孝，花厅侍奉老爷神主，虽然年幼，也知孝顺，将来也许成器。我母子孤苦无依，别无所虑，最怕张氏变心，守节不久。

（张氏上）

张爱玉：夫人在房。

陶季春：妹妹来了。

张爱玉：又该去祭老爷神主，你我快走吧。

陶季春：好，如此，贤妹头前引路。

（唱）一边走着心酸痛，出房走着悲切切。

进了花园把亭入，

（赵荣上）

赵　荣：（唱）赵荣一见忙迎接。

（白）母亲姨娘又上香么？

陶季春：正是。

（唱）快些点香焚化纸，

陶季春、张爱玉：（白）是。

（唱）一起跪倒泪双抛。

两个佳人齐叩首，

赵　荣：（唱）喜哥哀痛叫爹爹。

陶季春：（唱）愿老爷死后灵不昧，

赵　荣：（唱）保佑孩儿站金阙。

陶季春、张爱玉：（唱）不枉我们身立志，照应孩儿苦守节。

一边祝告悲又痛，

赵　荣：（唱）二老亲戚该歇歇。

陶季春、张爱玉：（唱）二人止泪忙站起，

张爱玉：（唱）张氏爱玉把话曰。

人死纵哭活不了，身体也得保重些。

你们母子且在此，我到外边去去也。

赏花楼上把心散，暂且失陪我走咧。

陶季春：（唱）陶氏一见心不悦，看她光景大个别。

怪不得老爷临终嘱咐我，看其意思必改节。

赵　荣：（白）母亲，我姨娘出去，母亲也散散心去吧。

陶季春：咳，我儿啦，

（唱）为娘此时心不定，一日间不知几个主意叠。

什么心肠去闲散？恨不得阴司去找你爹爹。

赵　荣：（唱）母亲休说断头之话，你死有谁照看孩儿？

陶季春：（白）咳，儿啦，

（唱）为娘若不怜悯你，早随你父一命绝。

赵　荣：（白）母亲既看孩儿就不必拙想，何不到亭内歇歇吧？

陶季春：咳，少刻等待回房去，喜哥。

赵　荣：有。

陶季春：（唱）娘我有话嘱咐你。

尚且不提母子俩，

王　山：（唱）再把王山恶贼曰。

带着家人闲散闷，不走大巷到小街。

来到赵家花园楼墙外，不由得摆动心猿与意马。

张爱玉：（唱）注目观看发呆也，爱玉也就留神看。

楼下站立一位少爷，打扮王孙公子样。

三十上下神妙绝，看罢不由邪念动。

想我无夫守贞节。怎如重婚得欢乐？

想罢开言把话曰，

（白）楼下是哪家王孙公子到此？请问贵姓高名，想来不是等闲之辈。

王　山：哈哈，楼上娘子敢是问我吗？

张爱玉：正是。

王　山：在下名叫王山，乃是治国公王太监之侄，闲来散步至此。敢问娘子尊姓芳名？此处莫非就是贵府吗？

张爱玉：然也。奴姓张，芳名爱玉，乃是赵指挥之妻，不幸我家老爷辞世，奴家孀居守节，闷在绣房心烦意躁，也是闲来楼上潇洒。不期得遇贵门公子，偶语一番，少解心中烦闷。

王　山：咳咳，可叹可叹。

（唱）故意的，叹连声。

细听女子，说话有情。

似有怜我意，底里对我明。

想来是有话讲，看她是何情形。

想罢启齿尊娘子，怜你守节甚年轻。

怎如再，配婚盟？

　　　　　　终身半世，不受孤伶。

　　　　　　守节什么好？一身冷清清。

　　　　　　有谁知疼知苦？凄凉如罪难扔。

　　　　　　怎如有夫得知己，遂心如意乐融融。

张爱玉：（唱）咳，奴也有，这般情。

　　　　　　不遇其人，难遂心胸。

王　山：（白）似我这般年貌，娘子，你看如何呢？

张爱玉：（唱）若似君子你，倒也近人情。

　　　　　　奈何身不由己，相遇好事难成。

王　山：（白）不知你家还有何人做主呢？

张爱玉：还有正室夫人在，凡事得等她依从。

王　山：（唱）据你讲，事难成。

　　　　　　若依我看，不必担惊。

　　　　　　我家势力重，处事任纵横。

　　　　　　目下这就娶你，却也无人敢哼。

　　　　　　我就回府备彩轿，娶你速去莫消停。

张爱玉：（唱）要雅密，急速行。

　　　　　　明来仗势，怕是招风。

　　　　　　我家夫人晓，岂肯把奴容？

　　　　　　那时反为不美，连你也不安宁。

　　　　　　越礼王法难容让，定要嚼舌是非生。

　　（喜哥暗上）

王　山：（唱）你莫忧，无事生。

　　　　　　百事有我，一并应承。

　　　　　　只管把心放，我就急速行。

　　　　　　来时必有音乐，要你留神细听，

　　　　　　响亮为号速上轿，谨记告辞回府中。

张爱玉：（唱）爱玉才要回身转，

赵　荣：（唱）喜哥近前把话明。

　　　　　（白）姨娘在此与何人交言约定？哪个前来娶你？

张爱玉：哟，我无此话，孩子你啥时候来的也？

赵　荣：姨娘不用瞒我，孩儿来了多时，早在背地听得明白，你要与何人苟合改嫁？岂不知我父虽死，英明在上？夫死不守节，面口心不同，是何道理？

张爱玉：住了，好个小冤家，少来多嘴多舌，你就是听见又敢怎样？慢说你知道我不怕，连你妈知道我也不惧。你父既死，我愿守节就守着，不愿守就改嫁，量你母子二人也管我不着。

赵　荣：她竟改嫁意决，苦劝不听，只得禀知母亲才是。

陶季春：（唱）哭泣悲无尽，点点血泪衣。

（白）奴陶季春，来到花亭祭奠老爷神位。张氏妹妹去已多时，已命喜哥去唤，好同我回房，为何不见到来？

赵　荣：母亲可不好了。

陶季春：却是为何这样惊慌？

赵　荣：孩儿奉母命去唤姨娘，我到赏花楼上听外边有交言，原是这般如此，少刻有人来娶亲。孩儿有气劝她不听，故此急来告知母亲，想个办法吧。

陶季春：好一个贱人，真就有了异心。你今说她，怕有不好，这可怎好？

（唱）一闻此言说不好，叫声冤家你无知。

　　　难道忘了你父话，临危对咱母子提？

　　　说她久后必改嫁，而今想来果是实。

　　　她要改嫁不当劝，不当冒犯言语词。

赵　荣：（唱）孩儿不敢冒犯，因此前来告知母亲。

陶季春：（唱）难道不知娘性软，小事容人心太慈？

赵　荣：（白）母亲再不管，难道叫他任性胡为吗？

陶季春：（唱）咱母子莫非是用良言劝，怒管也要伤面皮。

赵　荣：（白）你要劝她，还得趁早为好。

陶季春：（唱）所言极是咱速去，

张爱玉：（唱）张氏回房气不息。

　　　我今一定要改嫁，谁劝也白费心思。

　　　回身急忙开箱柜，脱去素衣换色衣。

　　　随身衣服与首饰，包裹停当收拾齐。

　　　只等彩轿把身起，

陶季春：（唱）陶氏进来看端底。
　　　　　　呀，冷眼一见呼贤妹。
　　　　（白）妹妹因何换了素衣，穿戴这样鲜艳衣服？

张爱玉：夫人来了。不必细问，我的心事想来喜哥必然告诉与你，明知故问者，何来？

陶季春：如此说来，你改嫁之心算铁。贤妹呀，千万莫要如此，且听愚姐相劝。
　　　　（唱）夫死咱当把节守，好歹照看小赵荣。
　　　　　　为何一旦把心变，不顾玉洁与冰清？
　　　　　　怀抱琵琶怎能好？怎知守节从一终？
　　　　　　咱们耐度喜哥大，有始有终又有名。
　　　　　　强如重婚另改嫁，一家老幼都感情。
　　　　　　良言相劝不答语，低着头儿直打哼。
　　　　　　无奈又把喜哥叫，央你姨娘莫离门庭。

赵　荣：（白）是。
　　　　（唱）赵荣进前把头叩，

张爱玉：（白）哟，不要如此，担待不起，快起来。

赵　荣：姨娘啊，
　　　　（唱）方才不周恕我年轻。
　　　　　　还望照看我母子，莫要骨肉分西东。
　　　　　　苦守孩儿成人大，母亲姨娘都有功。
　　　　　　生死不离在一处，说罢不住将头叩。

张爱玉：哼！
　　　　（唱）听罢还是不做声，

陶季春：（唱）光景总是心不转。
　　　　（白）贤妹呀，我也与你尽礼情。

张爱玉：夫人请起，不要折寿与我，我跪下了。

陶季春：（唱）你不开恩就不起，我母子任着跪到日再生。

张爱玉：（白）咳，口是心非说罢了。哟，夫人、公子不要如此，既然留恋于我，我不改嫁就是了，大家快些一同起来吧。

陶季春：贤妹既出此言，你心口不同，若叫我们信真，除非再鸣一誓，咱们一同起去。
张爱玉：罢了，奴家有誓在先，我若再有三心二意，就碰头而死。
陶季春：如此咱们大家一同起去，呀，这是哪里音乐到此？
张爱玉：咳，事已至此，不得不说，这是王家迎亲公子。你去吩咐就说，我不改嫁，打发他们回去。
赵　荣：是，孩儿遵命。
陶季春：妹妹，王家既来娶你，不见岂有空回？怕是不讲理，恐生是非。
张爱玉：夫人若不放心，我亲自叫他们回去。
陶季春：妹妹转来，叫着不回，她这一亲去，更又不能，待奴前去看是怎样？
（院公上）
赵　毅：可笑哇可恨，老汉赵毅，方才少公子言道张氏变心勾引王家狗子，想着改嫁，命我紧闭门户，告诉他们回去。这得速去上了门锁，劝走他们才是。
王　山：小子们，来到赵家门首，尔等随我上前。
家　仆：哈。
王　山：好生奇怪，来到这里吹打多时，怎不见美人出来？莫非还在房内，未曾听见鼓乐？你们再吹打起来，看是如何？
家　仆：哈。
王　山：这也奇怪呀，音乐累次响动，不见美人出来，想是机关泄露，他家有人拦挡。小子们，上前叫门。
家　仆：是咧，里面有人么？快些开门，王家接亲来咧。
家　仆：我家闭门无人出入，何人到此敲门击户？
王　山：这里面来者何人？
赵　毅：老汉赵毅，乃是这里院公，你们是谁咧？到此何故？这等喊叫不止。
王　山：老头子有所不知，我名王山，如此这般，带人前来接娶美人成亲。告诉你知道，快叫她出来上轿，不要这等唠叨。
赵　毅：呵，原是王大人到此，恕老汉不知。方才我家主母知道，不愿改嫁，情愿守节，特命我告诉公子请回。
王　山：住了，老头子少来胡言乱道哇。
（唱）闻此话，气难消。

　　　　　　　　不由大怒，喊叫声高。
　　　　　　　　呼叫老头子，不要把舌嚼。
　　　　　　　　此是你家主母，亲口许赴桃夭。
　　　　　　　　如今不愿何意也？难道敢叫空走一遭。
赵　毅：（白）你不空回，难道还敢造次硬欺寡妇不成？
王　山：（唱）哈，老贼狗，混叨叨。
　　　　　　　　劝你退后，休惹我曹。
　　　　　　　　来把美人娶，不见岂能饶?!
　　　　　　　　既来就是不怕，哪怕你们计较？
　　　　　　　　吩咐家人打进去，砸门而入抢多娇。
家　奴：（唱）众家奴，逞英豪。
　　　　　　　　各拿棍棒，齐把门敲。
　　　　　　　　砸开门两扇，赵毅发了毛。
王　山：（唱）王山率众闯入，
赵　毅：（唱）喊叫连说反了。
王　山：（唱）叫声老狗不要走，恶恨一脚踢在腰。
赵　毅：（唱）呀，栽倒地，不能逃。
　　　　（赵荣上）
赵　荣：（唱）赵荣出来，大骂土豪。
　　　　　　　　贼奴敢撒野，不怕犯律条？
王　山：（唱）哈，小子敢将人骂，叫你去赴阴曹。
　　　　　　　　抓住举起摔在地，
张爱玉：（唱）呀，爱玉跑来用目瞧。
　　　　（白）哟，王大人，我不去了。
王　山：这是什么话呢？咱二人却是怎样面讲的呢？如今你言不应口，难道佳丽当前，叫我空回不成？美人不要唠叨，快些跟我上轿去吧。
张爱玉：我不去了。
王　山：不要装模作样，小子们抢了美人回府。
　　　　（陶氏急上）
陶季春：救人哪救人哪。好一个恶奴，青天白日硬闯官宅，抢掠人妇，又把我儿与院公打伤，这还了得？有心奴家追赶，无人照看院公我儿，待我将他们唤醒，再做道理。吾儿醒来，喜哥苏醒呀，叫着不应，心窝只有微呼之气。吾儿若有好歹，可不苦死为娘了。

（唱）口内不住把儿叫，二目滔滔泪淋淋。

福无双至古来语，祸不单行果然真。

吾儿若有好共歹，为娘我也命归阴。

手扶娇儿连声唤，

赵　荣：（唱）死去多时又还魂。

陶季春：（白）吾儿醒来。

赵　荣：（唱）耳听呼唤睁眼看，身旁就是我母亲。

（白）娘啊，问我姨娘可还在？

陶季春：光顾拉你，还顾不得你姨娘，被强人抢去了。

赵　荣：（唱）闻听大叫气死人，气火加攻又昏过。

陶季春：（唱）我儿怎样？我儿怎样？

问着不应又昏过，无名火起骂贼人。

又恨张氏狗贱辈，无故生非起淫心。

又骂王山狗贼子，此仇不报枉为人。

恨罢多时又想起，左右思量难死人。

奴家本是软弱妇，可上何处把冤申？

喜哥不定生与死，如何动转离家门？

为难不住号啕痛，苦哇！

赵　毅：（唱）难坏院公老家人。

勉强爬起尊主母，报仇可有何条陈？

陶季春：（白）我此乃是心如芒刺，无计申冤，你公子却又不定怎样，叫我如何离家？

赵　毅：（唱）不然老奴鸣冤去，察院衙门把冤申。

陶季春：（白）你也带伤，动转不能，如何去的？

赵　毅：（唱）待我挣扎走一走，站起难立跌在尘。

陶季春：（唱）看你实在难行走，出头还得我自身。

赵　毅：（唱）主母如何去露面？

陶季春：（唱）除了我去无别人。
赵　毅：（白）咳，夫人。
陶季春：（唱）不必担忧守门户，哪怕舍死去见君。
　　　　　　儿呀，为娘鸣冤舍你去，搀你房内去温存。
赵　毅：（白）待老奴也挣扎招手搀下。
陶季春：（唱）放在软床安慰好，见他口打哼声翻过身。
　　　　　　我儿此时若不怕，为娘辞去也放心。
　　　　　　说罢改换又吩咐，
　　　　（白）院公，我去申冤，吉凶难定，要你好生看管家务，好好服侍你家公子，不用把我为念。
赵　毅：不用夫人嘱咐，老奴无不尽心，此去鸣冤无非仰仗神佛、祖宗保佑。
陶季春：休言不利，令人悬心不必疑虑，我就去也。
赵　毅：夫人转来，夫人转来，老奴还有话说呀。主母扬长而去，唤之不回。此去怕是察院也与仇家相厚，再若不管，反有不测，如何是好？也罢，我等候公子苏醒，疾躯难动，任着膝行也要离家，打探夫人吉凶。察院若不准状，我再另自投天上告便了。事起仓促人难测，意外非灾祸偏多。

（王文上）

王　文：左右打道回府。
　　　　（唱）来了王文都察院，会客已毕要回家。
陶季春：（唱）陶氏告状离了府，大街行走用目撒。
　　　　　　不知察院在何处，见人懒问难死奴。
　　　　　　正自忧愁人言道，迎面轿马乱如麻。
　　　　　　不知哪家大人过，又听人役声喧哗。
侍　卫：（白）呀，察院大人过来了，快些闪路呀。
陶季春：（唱）喊叫说是察院过，我今巧遇正对着。
　　　　　　邻近跪倒将冤喊，恳求青天把事查。
侍　卫：（白）闪开，人役上前欲打退，
王　文：（唱）轿内王文把话答，面前何人来喧哗？
侍　卫：（白）禀爷，是一妇人喊冤。

王　文：（唱）如此尔等带着她。

侍　卫：（白）那一妇人随我们来。

陶季春：是，来了。

王　文：（唱）回到察院升堂坐，带那妇人问根芽。

陶季春：（白）陶氏上堂双膝跪，冤枉啊，大人。

王　文：那一妇人有何屈情，竟敢拦路申冤？可有呈状？

陶季春：难妇冤枉重大，写状不及，乃是口述。舍命投天，巧遇大人，望乞做主，感恩不尽。

王　文：看你愁容悲戚，似有重大冤枉，需把家乡来历以往是非说清，本院便好与你做主。

陶季春：大人若问容禀。

（唱）难妇姓陶早出嫁，本夫赵杰住本京。

王　文：（白）你今多大岁数了呢？

陶季春：（唱）奴今年长三旬外，夫主居官也受荣。

王　文：（白）你夫官居何职呢？

陶季春：（唱）曾为京营指挥职，这般犯罪一命终。

王　文：（白）汝夫辞世，家有何人？

陶季春：（唱）抛我妻妾把节守，还有幼子与院公。

王　文：（白）你们既然守节，有何事呢？

陶季春：（唱）不想有一恶豪霸，抢我庶妹把婚重。

王　文：（白）却是何人这样大胆呢？

陶季春：（唱）太监王振亲侄子，名叫王山恶又凶。

　　　　　　仗着势力行强霸，打院公摔我子顷刻中。

　　　　　　抢去张氏无法救，大人案下把冤鸣。

　　　　　　这样仇恨人难恕，粗风暴雨不入寡妇房中。

　　　　　　大人恩准垂情理，断回庶妹感恩情。

　　　　　　诉罢不住将头叩，

王　文：（唱）哼哼，王文听罢口打哼。

　　　　　　原来她把契友告，叫人为难在心中。

　　　　　　若是别人定不恕，强抢寡妇罪不轻。

　　　　　此事难以拿法论，伤了公子了不成。
　　　　　有心不管这件事，又把女子带衙中。
　　　　　这可叫我怎么好？何不请来做调停？
　　　　　主意一定开言道，
　　　（白）那妇人据你讲来果然恨重如山，本院有心立准，奈何被告势大，难以拘留，若要消难，容本院从中计议方妥。
陶季春：呀，大人既要准状，必须急速公断，若要挨迟不究，我庶妹失节，如何是好？
王　文：哼，罢了，不然与你立拘，少刻阅案就是了，你且下去堂外等候。
陶季春：谢过大人天恩。
王　文：我想此情不能公断，必须顺情计议方妥。人来，拿我名帖速到司礼监面见公子，实言相告，请他密到我的书房相见。虽然国家法度正，也要徇私不逆情。
　　（张爱玉出）
张爱玉：（诗）重结良缘临福地，富贵两般甚遂心。
　　（白）奴张爱玉，今被义人王山抢来，少刻便要拜堂成亲，我得遂心如意，细想赵家母子怎样哀告。
　　（王山急上）
王　山：呀，美人，不好了。
张爱玉：郎君来了，请坐，为何这等惊慌失色？
王　山：美人，原是这般如此，察院大人差人请我速去，岂不祸事到了？
　　（唱）我料赵家必不让，陶氏这就告得急。
　　　　　察院准状来请我，只怕咱俩要分离。
　　　　　美人快些想计策，保住咱俩不分躯。
张爱玉：（白）我今只得毒计想。
王　山：想啥毒计呢？
张爱玉：（唱）前夫死，就赖陶氏暗有私。
　　　　　凭我当堂去对证，管教以正反受屈。
　　　　　咱俩不分多么好，
王　山：（唱）这个妙计果出奇。

	我就去把叔父见，写张军帖叫都察院知。
	你快改装都察院去，
张爱玉：	（唱）是，不言夫妻把府离。
	（乜先升帐，众番将站）
乜　先：	（唱）又把番兵乜先讲，还有番兵排得齐。
	但等南朝结秦晋，撤兵好把干戈息。
	正自思量心盼望，
哈　明：	（唱）哈明回北来得急。
	（白）小番们，将马带过，千岁在上，末将交令。
乜　先：	元帅回来很快，朝见明主结亲之事怎样？
哈　明：	太师不消问了，末将到了南朝，见了王振引见皇帝，两国结亲一字未提。可恨王振反倒减了马匹，留作贡献，令人无颜而回。此仇难消。若依末将主意，太师急急兵发南朝，捉拿王振方为正理。
乜　先：	哎呀，好个南朝昏君，如此无礼，辜负孤家美意。可恼杨洪诓去其子，哪里容得？小番们，一涌出营，随孤前去攻打城池，捉拿杨洪老儿，碎尸万段，不得有误。
明　兵：	报元帅，今有番兵前来攻城，乞令定夺。
杨　洪：	传令免战高悬，速请巡抚大人帅府议事。
明　兵：	得令。
	（杨洪升帐，众将站）
杨　洪：	（诗）求和不随意，无计可退敌。
	（白）本帅杨洪。方才军卒报到番将攻城，众将又不是鞑子对手，无人出马，本帅畏敌失信，却也不敢出城交锋。昨日纪广回来，面道公爷未上和亲之表，情愿叫我顺贼南征。有心献城投降，又怕有人不服本帅，性命难保，特请巡抚商议退贼之策。本帅公私不露，方保身家无祸。
侍　卫：	禀爷，巡抚大人请到。
杨　洪：	起过。
侍　卫：	哈。
杨　洪：	待我迎接便了。

（唱）急忙离座出大帐，辕门接见身打躬。
罗亨信：（唱）大人可好？巡抚罗爷说免礼，二人一起进帐中。
杨　洪：（唱）口尊大人快请坐，末将请教退敌兵。
罗亨信：（唱）番人到此安营久，听说将军不胜奏朝廷。
杨　洪：（唱）这般如此表难上，差官昨日转回城。
罗亨信：（唱）南北自来为敌国，私许和亲理不通。
杨　洪：（唱）如此失信番人恼，方才发兵来困城。
罗亨信：（唱）兵马忙忙人心惧，元帅何计退贼兵？
杨　洪：（唱）无法方把大人请，请教大人把贼平。
罗亨信：（唱）贼兵势众难以退，若非勇将难成功。
杨　洪：（唱）帐下兵将皆胆怯，不敢努力与贼征。
罗亨信：（唱）本院想起人一位，到此可以显威能。
杨　洪：（唱）不知却是哪一个？大人说来末将听。
罗亨信：（唱）将军若问听我讲，
　　　　（白）本院为官在此十数余载，文官代管武职。从前曾有番人犯边，调取各路人马会兵退敌，曾见万全卫有一副将名叫石亨，此人身高力大，上阵退敌多立奇功。如今危机之际，若要调他前来退兵，管保易如反掌。
杨　洪：好，如此，大人速发宪牌，末将差人前去调他前来会兵。若能杀退敌兵，大家为国，必然功勋彪炳。
罗亨信：还未退敌，功劳莫论。事不宜迟，本院回衙门，将军快去领宪牌，速速差人前去调他要紧。
杨　洪：大人言之有理，众将官多加防备，小心巡城。
罗亨信：大人请。

（王文出，升堂）

王　文：（诗）官堂律例理讼词，法度无欺暗有私。
　　　　（白）本院王文。方才请来王山书房密问其情，真是抢来寡妇，不虚人所告，反拿一毒计叫我这般所断。现有公爷军帖不敢违命，这事顺从反断，冤枉才是。人呢？速带张氏上堂。
衙　役：哈，喊冤人进。

（张氏跪）

张爱玉：哈，冤枉啊，大人。

王　文：那一妇人你有什么重大冤枉，敢投公府？明是感动王大人引你来见本院。

张爱玉：大人，小妇人若无实在冤枉，岂敢冒险投名，舍死叩天？

王　文：你来上告可有呈状吗？

张爱玉：有呈状，请大人观看。

王　文：左右呢，呈上来。

张爱玉：请爷过目。

王　文：闪过，待我看来，上面呈状写：赵门张氏年廿五岁，婚嫁指挥赵杰为妾，过门七载，夫妻恩爱。嫡室日久嫉妒，欺夫凌妾，夫妇不和，反目为仇。前岁秋月，夫为国出征，因亲犯罪，被贬受刑，回家身染重疾，昼夜服侍调药，可惜无情。嫡已有嗣，仗终有托，暗害妾夫。将妾身支开，就要毒夫一死，计谋已毕，再移祸妾身。妾得便潜出，为夫喊冤雪恨，无门可入。偶遇王山，心生怜悯，恳求引领鸣冤之计。感动义士，不料大人，突遭贵役王府详报，我家嫡室陶氏，反控公子劫掠行凶，闻报惊悚惶恐，速命王大才引领台下申冤，叩禀青天，积极释放无辜。申冤得洗，拨云见日，虽死无恨。为此舍死，上叩伏乞，恩准感望万代。哎呀，好一张哀鸣呈状。

　　（唱）看完故意叫张氏，据你纸诉真惨情。
　　　　　本院本当悬明镜，另审覆盆细查情。
　　　　　我今准下你的状，怜你孤寡把冤鸣。

张爱玉：（白）多谢大人天恩。

王　文：（唱）现今原告也在此，可要你俩把词对。

张爱玉：（白）是，小妇人知道。

王　文：吩咐左右，带陶氏。

陶季春：（唱）贤人上堂跪流平。
　　　　　瞧见爱玉心酸痛，只叫贤妹你受惊。
　　　　　想是大人断回你，脱离虎口出虎坑。

张爱玉：（白）住了，
　　　　（唱）劝你少来称贤妹，少用假局说受惊。

陶季春：呀，

（唱）听闻此话直发怔，贤妹这是为何？好叫愚姐不懂。

张爱玉：（白）你不用装作朦胧。咱的老爷这般被你毒手害死，我才有冤难明，无奈私出告状，得投王山明见，还未举动，不想你先出手来，告他二人行凶，自己脱净，移祸别人，如此毒想真正可恨呀。

陶季春：呀，这话从何而起？咱夫主随军为国，犯罪受刑，回家一死，你我共见，人人皆知，怎么有病是我谋害？你被王家恶徒所抢，打伤院公与喜哥，我才申冤，一则报仇，二则救你回家。今来堂下你怎的将无作有？巧言诬我，是何意也？莫非你反心向外，同谋定计，害我一死不成？

张爱玉：呸，你少巧辩，明明如此，不言而喻，何用瞒人？

王　文：住了，你俩原本不睦，堂下不待本院审问，竟敢自己争辩，真乃好生大胆。

张爱玉：小妇不敢强辩，求大人做主。

王　文：你且压言退后。

张爱玉：是。

王　文：陶氏你来出首，发现张氏被抢才申冤，如今张氏又以屈情告你害妾毒夫，若依本院所断，以大压小可易，以下犯上很难，必是你有不良，她才逃出，何必赖她反心向外？劝你有罪快快招来，免遭刑拘，不然隐匿，定要吃苦。

陶季春：呀，大人既悬明镜，当知曲直，为何清浑不辨，信假灭真，屈贤信愚？这样公断，请问是何法度？

王　文：哼哼，好一个刁嘴恶妇，竟敢冒犯本院，哪里容得？若不动刑，量你不招。人来，将她与我铐起来。

衙　役：哈，当堂上刑。

陶季春：哎呀哎呀！

衙　役：禀爷，昏过去了。

王　文：用水喷过来，叫她苏醒招来。

衙　役：那一妇人，醒醒，招上来。

陶季春：哎呀。

（唱）十指连心疼难忍，负痛难忍发昏迷。
　　　苏醒多时精神定，微睁二目泪淋淋。

	叹奴软弱刑难受，
衙　役：	（白）那一妇人招上来。
陶季春：	（唱）又叫招来气不息。
	高声又把大人叫，需要垂青问虚实。
	未做亏心招什么？不要信准一面辞。
	明是他们同定计，怎就屈打我花枝？
	只顾不分清与白，罪名无辜有天知。
王　文：	（白）好一恶妇，竟会挺刑不招。左右呢？着实与我敲。
陶季春：	哎呀，
	（唱）一敲疼痛又昏过，
衙　役：	禀爷，又昏过去了。
王　文：	再用水喷来，叫她招。
衙　役：	那一妇人醒来，招上来。
陶季春：	（唱）复又还魂气连吁。
	微睁二目说罢了，想是该我赴阴司。
	造定屈死拖不过，何必受刑口不移？
	只叫卸刑我招认，
衙　役：	（白）禀爷，妇人愿招。
王　文：	她既愿招来，卸去刑具。
衙　役：	哈。
陶季春：	（唱）大人留神请听知。
	张氏诉告本非假，任凭定罪死不屈。
王　文：	（白）好，
	（唱）你既愿招就定案，按律应该处凌迟。
	格外施恩问绞罪，即刻施刑不待时。
陶季春：	（唱）大人定罪死难免，恳求宽限把恩施。
	我家还有老仆与幼子，我死他们却不知。
	岂容子仆见一面？就死黄泉也感激。
王　文：	（唱）闻言点头说罢了，
	（白）你既怜恤子仆要见一面，本院宽恩，死限暂缓日期，将你收监，容

	你们监中一见就是了。
陶季春	多谢大人。
王　文	人来，且将她押送锦衣卫，交与女禁子寄监。她家有人探望，不用拦阻，以后再讲。
衙　役	哈，当堂钉杻收监。
王　文	张氏上堂。
张爱玉	来了，小妇人与老爷叩头。
王　文	张氏，你的冤枉已洗，陶氏定罪，你是回赵家守节，还是另寻出路？
张爱玉	大人容禀，仇恨已报，本当回家守节。陶氏其子必然心怀仇恨，必是回去也难久住，要归娘家，却又无人。当此少依无靠，不如大人做主与我另寻门路。
王　文	罢了，看你年轻少归，孤寡无依，倒也可怜，不然下官做主将你断与王山为偶，你看如何？
张爱玉	多谢大人天恩。
王　文	哈哈哈，不用谢，本院早知其意。人来，将张氏领至官宅，更衣上轿，少刻同王山回府。
衙　役	王夫人随我来。
张爱玉	是，来了。
王　文	人呢？请王山上堂。
衙　役	哈，有请王山。
王　山	来了，大人在上，晚生有礼。
王　文	公子免礼，你看此案，老夫断的如何？
王　山	晚生观见大人断得不差，多谢大人周全良缘，感恩不尽。
王　文	知己不用客套，少时你夫妻同归府邸，下官明天还要亲自庆贺。
王　山	多承美意，晚生必要答谢。
王　文	且请书房待茶，再去不迟。左右打点退堂，公子请。
王　山	请。

（院公急上）

| **赵　毅** | 哎呀，不好，灾祸还未退，雪上又加霜。老汉赵毅看主母告状不返，我把公子安慰好了，前来打探是非，听人议论，不知夫人因何犯罪被人押 |

送锦衣卫入监，这还了得？待我急急探监问个明白便了。

（乜先升帐，哈明站）

乜　先：（诗）提兵调将征南蛮，赫赫威名镇中原。

（白）孤家乜先，前日怒气攻城，明将怯战不敢出马，免战牌高悬，令人架云梯、火炮努力攻打，若能一战攻破城池，叫明将全军废命。

番　兵：报大王得知，今有副都督撒林，奉令求见千岁。

乜　先：命他进见。

番　兵：哈，大王有令，命你进见。

撒　林：来了，千岁在上，末将参见。

乜　先：都督免礼，孤家命你众兄弟攻打紫荆关，胜败如何？

撒　林：千岁若问容禀。

（唱）奉将令，两分兵。

攻打要路，去夺关城。

到了紫荆地，人马两交锋。

明将厉害骁勇，个个能战能征。

关内守将名张锐，足智多谋苦用兵。

难以破，那座城。

空费粮草，不能成功。

吾兄差末将，前来报军情。

请教破关之计，太师速做调停。

撒林说罢军机事，

乜　先：（唱）乜先听罢气冲冲。

骂明将，了不成。

有何本领？这样逞凶。

孤家若前去，定有关口平。

都督切莫回转，且随孤家攻城。

一阵打破宣化府，然后再去灭紫荆。

撒　林：（白）遵令。

乜　先：说罢复又传将令，多带弩箭和强弓。

众　人：哈，

（唱）令下率众出营去。
石　　亨：（唱）再说大将名石亨，众将官闪放营门。
　　　　　（红面髯帅马上）
石　　亨：（诗）坐下马蛟龙出水，偃月刀抢舞如飞。
　　　　　（白）吾乃石亨，渭南人氏，自幼随军有功，官升参将，还有侄儿石彪在吾帐下听用。今有番人犯境，宣化府巡抚调我前来平贼，到此赐我金盔金甲，出城交锋，一马当先，来到疆场，但见迎面来了个贼人，只得迎将上去。
　　　　　（哈明上）
哈　　明：明将是谁？前日闭门不出，今日敢来交锋，报名上来领死。
石　　亨：你老爷名石亨，番贼何名？
哈　　明：我乃哈明，尔等皆是败军之将，少来逞勇，莫如开城投降，免做枪下之鬼。
石　　亨：番贼休发狠言，看刀取你。
哈　　明：来来。
　　　　　（哈明败，乜先上）
乜　　先：明将休要逞强，孤家擒你。
石　　亨：这厮形容古怪，称孤道寡，莫非是贼首乜先？
乜　　先：然也。城内兵将知孤厉害，闻名丧胆，你是哪里来的贼鼠辈？竟敢杀败两员大将。快些报名，好祭孤家钢叉。
石　　亨：你爷爷石亨，本郡属下万全之将，命我前来扫灭贼寇。你若知我骁勇，快些退远隐遁，不然叫你刀下做鬼。
乜　　先：哎呀哎呀，好个鼠辈却有何能，竟敢说此大话？不要走，看叉。
石　　亨：来来。
　　　　　（乜先败）
乜　　先：哎呀，这一明将果然力大无穷，刀沉马快，本领不在孤家以下，正是棋逢对手，倒要多加仔细。
　　　　　（唱）看他天威神武样，果然本领也出奇。
　　　　　　　　光景胜他不能够，须得奋勇把威拾。
石　　亨：（唱）石亨腹内也夸奖，这员番将勇无敌。

　　　　　　　　今日若非我来到，别人斗他万无一。
　　　　　　　　大刀磕叉连声响，好比闪电快又急。
　　　　　　　　番贼钢叉来得快，人能勇猛果不虚。
　　　　　　　　棋逢对手无胜败，疆场来往两相敌。
　　　　　　　　彼此奋勇争强弱，征杀尘土把日迷。
众　人：（唱）两旁观阵齐喝彩，二人勇猛巨无敌。
哈明、撒林：（唱）哈明撒林勒战马，高岗之上把话提。
　　　　　　　　千岁从来无敌手，不想今日遇劲敌。
　　　　　　　　二人杀得难分解，无数回合日平西。
　　　　　　　　你我何不去助战？吩咐擂鼓催征驹。
罗亨信、杨洪：（唱）罗爷杨洪也观阵，二人城头看虚实。
　　　　　　　　只见石亨战番将，要赛霸王古今稀。
　　　　　　　　二人杀了多半日，不分上下与高低，
　　　　　　　　番将鼓响人马动，咱也传令去对敌。
杨　洪：（唱）说罢回身去传令，炮响开城摇旌旗。
朱千、杨能：（唱）朱千杨能催坐骑，二人出城快又急。
　　　　　　　　齐奔疆场来助阵，
乜　先：（唱）乜先一见把话提。
石　亨：乜先。
乜　先：石亨。
石　亨：咱俩杀了半日不分胜败，你看两下人马齐来助战，若有本领传令兵将一起退回，谁也不许帮助咱俩，单人独马杀上一天，拼个你死我活，你看如何？
乜　先：谁还怕你不成？咱俩约定，人马退回，只需动鼓，不许鸣金，与你拼命对阵，人马不歇，哪怕大战三日三夜，还惧你不成？
石　亨：好，这才算是英雄好汉，你我各自回马传令便了。
乜　先：有理，请。
　　　　（唱）二人传令把马回，吩咐兵将一起退。
　　　　　　　压锣动鼓把阵催，令下不准有违背。
　　　　　　　回马复又把手交，
石　亨：（唱）咱俩今日配一配。

乜　先：（唱）孤家与你杀到晚，不见雌雄连日会。
石　亨：（唱）哪怕杀上一百天，若要怕敌就不对。
乜　先：（唱）孤家若不把你杀，誓不生在人间内。
石　亨：（唱）石爷若不杀贼头，不能前来把你会。
乜　先：（唱）两边阵鼓一起催，谁也不敢往后退。
石　亨：（唱）赌下人头各用功，生死二字不理会。
乜　先：（唱）乜先钢叉刺前胸，
石　亨：（唱）石亨大刀取头背。
乜　先：（唱）兵刀来往响叮当，
石　亨：（唱）一眼不着把命废。
乜　先：（唱）二人仇敌恶战争，
石　亨：（唱）杀得红日往西坠。
众　人：（唱）两边观阵胆战惊，齐夸二人是奇对。
　　　　　　一个舍命要争先，一个要想来夺萃。
　　　　　　常言二虎两相争，必有一损把命废。
　　　　　　天晚罢战该鸣金，两下人马各回队。
石亨、乜先：（唱）疆场二将把手停，一起说是明日会。
石　亨：（白）乜先。
乜　先：石亨。
石　亨：咱二人大战一日，不分胜负，天晚鸣金，明日再战，来者是君子。
乜　先：不来是小人，请。小番们，将马带过。
　　　　（乜先坐，哈明、撒林两旁站）
乜　先：一场好杀一场好打，好一个明将石亨，真是孤家对手，有他在此不能成功，这却如何是好？
哈明、撒林：千岁不必为难，这里不胜，莫如发兵攻打紫荆关，那里管保无太师敌手，要破关城，易如反掌。
乜　先：二位言之差矣，孤家与石亨大战一日，如果撤兵显然惧敌，岂不被明将所耻笑？
哈明、撒林：千岁不必逞志，彼此征伐是为个功绩，今两路分兵，俱都不胜，只顾在此死战，耽误日久，两不成功，岂不是有误军机大事？

也　先：如此，二位所见有理，就此撤兵。小番们，拔营起寨，连夜赶奔紫荆关，不得有误。

　　　　（唱）一声令下人马动，收拾器械把营挪。
　　　　　　　不言番兵紫荆去，

众　人：（唱）又把明城众人说。
　　　　　　　收兵齐把帅府入，

（石亨、杨洪等众站，罗亨信坐）

罗亨信：（唱）巡抚罗爷笑哈哈。
　　　　　　　眼望石亨将军叫，果然你的本领大。
　　　　　　　大战也先无胜败，算是敌住那番贼。
　　　　　　　来日一定同出战，必然一阵把贼捉。
　　　　　　　正然议论军机事，

明　兵：（唱）军卒进来把话说。
　　　　　　　启禀大人军爷晓，番贼撤兵把营挪。

罗亨信：（唱）罗爷听罢说起过，多亏将军有功德。

石　亨：（白）为国效力理所当然，何足挂齿？

罗亨信：（唱）此番退敌功不小，吾必奏主说明白。
　　　　　　　皇帝见喜加封赏，高升将军表功德。

石　亨：（白）如此有劳大人提拔小将。

罗亨信：（唱）为国尽忠当如此，立功不把汗马薄。
　　　　　　　吩咐军校排宴席，且把庆功喜酒喝。

　　　　（白）将军请！

石　亨：（白）大人请。这里成功且不表，

赵　毅：（唱）又把赵家院子说。
　　　　　　　探监问明以往事，天乎冤哉呀冤哉。

　　　　（白）老汉赵毅，方才去到锦衣卫探监，问明夫人犯罪之事，原是反被张氏诬告，这般问罪，闻之令人犹如刀割肺腑，却又无法搭救，这却如何是好？有了，猛然想起老爷契友薛瑄今为大理寺少卿，我今前去求他，救主出监便了。

（薛瑄出，坐）

薛　瑄：（诗）国乱奸党势应朝，悲夫良臣俱化消。
　　　　（白）下官大理寺少卿薛瑄，只因朝内出奸党，谋害忠良令人忧虑，诸日不安。可怜契友赵杰受祸回家一死，下官也曾前去祭奠。似此国乱用奸去贤，看起来不如弃官回乡，享田亩之乐。
侍　卫：启禀老爷，今有赵家院子说有要紧大事求见。
薛　瑄：命他进来。
侍　卫：哈，命你进见。
赵　毅：来了，薛老爷在上，赵毅叩头。
薛　瑄：不消，起来。
赵　毅：是。
薛　瑄：你家老爷辞世，一家守孝，你不在府内来到这里为着何事？
赵　毅：呀，老爷不消问了，赵毅遂把王山行凶、张氏诬告、夫人被屈之事说了一遍。老奴无法救治，特来求见老爷。望乞搭救我家主母之命。
薛　瑄：呀，此事当真？
赵　毅：老奴焉敢撒谎？
薛　瑄：竟有这样之事，真是气死人也。
　　　　（唱）大骂豪徒贼王山，胆大欺人太纵性。
　　　　　　　王文错断把人屈，罪做无辜太野性。
　　　　　　　我今定要把案翻，搭救弟妹她的命。
　　　　　　　不枉其夫与我交，朋友分外连心重。
　　　　　　　以下犯上不惧敌，合着一死把法正。
　　　　　　　赵毅快把我跟随，此去可要你作证。
赵　毅：（白）老奴知道。
薛　瑄：（唱）吩咐左右跟着行，带马不用人跟定。
　　　　　　　出房待我上走龙，星飞电闪如雷送。
　　　　　　　不时到了察院衙，下马离鞍弃了镫。
　　　　　　　不用通禀上大堂，
衙　役：（唱）察院衙役直发怔。
　　　　　　　这位老爷猛又凶，他咋来得这么愣。
　　　　　　　不敢追问俱躲开，

薛　瑄：（白）薛爷堂前相坐定。吩咐左右把鼓击。
王　文：薛少卿不在贵府，来到这里击惊堂鼓所为何事？
薛　瑄：王大人我不为别故，皆因有一事不明，特来领教。
王　文：为着何事？请讲。
薛　瑄：大人听了。

　　　　（唱）遂把来意言始末，此案你是怎断的？
王　文：（唱）哼哼，原来还为这宗事，早已判明把罪批。
薛　瑄：（唱）知你原来定了罪，还得另审把人提。
王　文：（唱）业已定案无错断，多事还把哪个拘？
薛　瑄：（唱）要拘王山和张氏，要审翻案不把人屈。
王　文：（唱）莫非你要显手段，笑我无能今有疑。
薛　瑄：（唱）令人犯疑算一定，此案断得不正直。
王　文：（唱）呵呵，看你敢是来查底细？
薛　瑄：（唱）本来为此不是虚。
王　文：（唱）我无错处不惧你，
薛　瑄：（唱）无错怎有人言屈？
王　文：咳，

　　　　（唱）你怎信那奴才话？
薛　瑄：（唱）想来其中定有私。
王　文：（唱）把他传来问一问，
薛　瑄：（唱）要问必得人到齐。
王　文：（唱）到齐不知还有哪？
薛　瑄：（唱）先拘王山问端底。
王　文：（唱）拘他你拘我不管，
薛　瑄：（唱）早知你们好相知。
王　文：哎呀，

　　　　（唱）薛瑄你敢揭人短？
薛　瑄：（唱）王文你趋奉谁不知？
王　文：哼哼，

　　　　（唱）你是无故来晦气，

薛　瑄：（唱）不是晦气来辨曲直。
王　文：（白）罢了，
　　　　（唱）我倒洗眼观明见，
薛　瑄：（唱）本来是叫你见高低。
王　文：（唱）如此你就提人吧，
薛　瑄：（唱）说提就提不推辞。
王　文：（唱）慌忙难坐奔公案，急忙抽取签一支。
　　　　　　又把自己跟随叫，如此你们快去提。
衙　役：（唱）二役接签忙答应，走出大堂去得急。
王　文：（唱）王文暗自生闷气，自言自语自不息。
衙　役：（唱）人役去而忙复返，挨打急回不多时。
　　　　　　上堂交签说疼痛，差口厉害惹不得。
薛　瑄：（唱）薛爷一见连忙问，
　　　　（白）尔等回来为何这等光景？可将王山拿到？
衙　役：咳，老爷不消问了，小人们不但差使未曾办好，反倒受了屈了。
薛　瑄：怎样？快讲。
衙　役：小人们来到那里，未敢擅入，好歹婉转见了王山，说着其故。那厮不但不肯认罪，反说老爷多事，管不起他，一怒吩咐仆人用棍把我们打出府去。小人无奈只得撒手而回，乞老爷恕过小人无能之罪吧。
薛　瑄：起过，什么？哼哼，好大胆的王山，竟敢不尊法度，竟把差人轻视，下官哪里容得！王大人此事你也不用装作不知，快快同我去见他叔侄，从中解案倒还罢了，不然下官就要前去面君了。
王　文：此案本院定就，何用你来多事？你既要多事，凭你任意而作，何必会同下官同往？不然你就见驾，我问心无愧，何惧许多？
薛　瑄：哈哈，好一个问心无愧。早知你趋奉，可是不愿翻案。我今面圣若不把你们一并参奏，誓不为人。左右，外厢带马上朝。
王　文：你看他愤然而去，倘若此时有变，只怕连我也有不好，只得带着呈状招状去见治国公，从中计议，向皇帝参薛瑄受贿，不愁当今不信，定是如此。薛瑄无故寻非多有害，堪笑无私当有私。人来，挑轿速到司礼监。
　　　　（薛瑄上）

薛　瑄：人来，将马带过来，尔等午门外伺候。万岁万万岁，臣大理寺少卿薛瑄前来见驾。

皇　帝：爱卿见朕，有何本奏？

薛　瑄：我皇若问听臣细奏。

（唱）伏服金阙呼陛下，不平一事奏根源。

皇　帝：（白）却是何故？

薛　瑄：（唱）此事关系王太监，他有一侄名王山。

真是无法又无天，

皇　帝：（白）他敢抢谁家妇女？

薛　瑄：（唱）指挥赵杰身犯罪，回家一命归九泉。

他有一妻并一妾，庶室美丽在少年。

王山他知其无夫闻其美，硬行抢护无人拦。

打伤了赵家院子与幼子，他家嫡室鸣了冤。

告在察院想雪恨，不料想御史王文惧盛权。

皇　帝：（白）莫非他未按公论法？

薛　瑄：（唱）如此这般信诬告，屈打成招把案完。

竟把贤良定死罪，水性杨花反得安。

将张氏断与王山重婚配，赵家院子又申冤。

告臣案下详细问，深明其故案要翻。

臣到察院要复审，王文不悦挡又拦。

臣命人立拘王山辱差役，无奈才来奏驾前。

望主降旨深究问，钦命一下辨屈冤。

奏罢伏服又叩首，

皇　帝：（唱）皇帝听罢犯详参。

王振素日明国典，如何家侄行不端？

不信薛瑄如此奏，这等立宣问根源。

想罢才要传圣旨，

王振、王文：（唱）王振王文上金銮。

一起跪倒将头叩，

皇　帝：（唱）皇帝一见便开言。

(白）你二人来得正好，不然寡人还要宣召。方才薛少卿奏本，说你二人这般如此失政，一个宗侄坏法，一个把人诬屈，如此无法，可是真么？

王　振：万岁，休听薛少卿一派谎言。奴才身禀国政，家法森严，哪有纵侄行凶之理？若要诬赖并无可证，现有御史当殿来辩是非，万岁，问他便知其中之理。

王　文：万岁休信邪词，现有微臣所定案卷呈供，在此请主一观，自然明白以往之事。

皇　帝：如此，侍儿，呈上来。

侍　儿：遵旨，请主御览。

皇　帝：闪过，待朕看来呀，观此呈状招供，倒是薛瑄你无故妄参大臣，反屈良善，是何道理？

薛　瑄：哎呀，万岁，臣无缘无故不敢擅来，奏主陛下如要不信，臣将赵家老仆带到金殿，凭主钦审如何？

王　文：钦案已定，劝你少来惑乱圣聪，再要多言，必是有私庇。

薛　瑄：住了，薛某自来中直无二，哪里有私？你敢胡言乱道，反来血口喷人。

王　文：薛瑄你少要当殿强辩是非，罪犯若不差人行贿，你也不会前来多事。今己私情败露，反诬人过，混显忠直，怎得能够？

（唱）早已知，把贿贪。

故意从中，与人申冤。

以假把真卖，公私要两全。

但能知误而过，却不露水显山。

一来肥己二显美，三来为国又忠贤。

是不是，要你言？

薛　瑄：（唱）听罢断喝，怒发冲冠。

王文你竟敢，误把好人冤。

金殿有灵有圣，不怕暗有循环。

薛某中正不似你，灭正弃邪趋奸顽。

王　文：（唱）呀，真佞口，能巧言。

驾前巧辩，任意胡谈。

倒是谁诬赖？你混把人冤。

无暇和你咬口，求主公论莫偏。

陛下若不分邪正，怕他卖法无有完。

王　振：（唱）王振加言又尊主。

（白）万岁，薛瑄受贿情由如招，不用再问，只求我主急急将他问罪。

薛　瑄：哎呀，万岁休听他们串通一气之言，微臣何时受贿？乞主辨明真假，莫要屈贤信佞。

皇　帝：住了，先生是朕亲信，无私为国，参你受贿并不屈你，应该将你正法。念你素日忠直，朕开恩免死，革官罢职，贬你出朝回乡去吧。

薛　瑄：万岁万万岁，微臣谢主隆恩。

皇　帝：赵家一案，王文所断不假，先生家务却也不究，你二人下殿回府，不许再奏，退下。

众　人：万岁。

（赵毅上）

赵　毅：（诗）生死不畏惧，舍命候朝天。

（白）老汉赵毅，叩求薛老爷，指望翻案救主不死，谁知察院竟不准情，薛爷一怒，上朝舍命，我在午门候旨见驾，久待多时，为何不见动静？你看里边薛爷来也。

（薛瑄便衣上）

薛　瑄：咳，罢了罢了。

赵　毅：呀，薛老爷下朝，为何这般光景？请问实情怎样？

薛　瑄：呀，院公不消提起。

（唱）这般如此说一遍，我今遭贬要回乡。

你家夫人不能救，大料难免一命亡。

你也不必再投告，须得趁早做主张。

领你小主远投奔，莫等在京受祸殃。

嘱咐已毕我去也，

赵　毅：（唱）呀，赵毅一听自惊慌。

出神多会说可叹，薛老爷竟因我家离朝堂。

仇人势大无人惹，朝廷偏向恶豺狼。

纵有太后不能见，公侯俱都在外乡。

      无门可入难死我,尽头绝路算无方。
      薛爷良言嘱咐我,只好遵依离帝邦。
      急急回家见小主,明日个领他探监子见娘。
      然后主仆同逃走,说不好一家死别两分张。
      不言赵毅回家去,
乜　先:(唱)又把乜先表其详。
      不能攻破宣化府,遇见劲敌难争强。
      无奈退兵往东进,令夺要路取关乡。
      这日来到紫荆地,
军　卒:(唱)番卒跪倒报事忙。
    (白)报大王得知,人马到贼国大营,相离不远,乞令定夺。
乜　先:传令,兵归一处,随孤进营去见都督,不得有误。

(完)

第十四本

【剧情梗概】也先进攻紫荆关,守将张锐向朝廷求救。驸马景元率兵驰援,亦不敌也先。王振怂恿天子御驾亲征,英宗不听群臣劝阻,带兵来到紫荆关。王山娶了张爱玉后,又垂涎陶氏,来到狱中设法赚取,被陶氏拒绝。女牢头同情陶氏,设法将她救出。赵杰之子赵荣与母亲诀别,跟随院公到怀来投奔舅父陶忠,伺机复仇。麒麟山上,刘赛花等人等朝廷招安诏书不到,又闻天子北征,由孙堂下山打探消息,其他人在山上等待。

（升帐,二番将站）

众　人：（诗）鼓响惊天地,号炮震山川。
　　　　　　杀气愁云滚,鏖战苦征惨。

龙　明：（白）俺左护卫龙明。

虎　亮：右护卫虎亮。

龙明、虎亮：都督升帐在此伺候。

（撒茂出）

撒　茂：（诗）杀气腾腾照军营,冉冉征云锁碧空。
　　　　　　干戈日忧兵难进,铁壁铜墙枉用功。

（白）本都督撒茂,奉也太师之命,分兵来取紫荆关,到此对面安营。大战几次不分胜负,屯兵日久未再攻城,无奈差遣兄弟撒林去见太师,请教破关之计。去已多日,为何不见回来?

（撒林出）

撒　林：小番们,将马带过。兄长在上,小弟交令。

撒　茂：二弟回来,去见太师怎样?

撒　林：如此这般,去大王那里,大战也未取胜,如今同来,合兵攻破此关。人马带到,小弟先来通报,兄长快快去迎接千岁。

撒　茂：好,如此,小番们快排宴,大闪营门,随本都督迎接大王,不得有误。

　　　　（唱）迈步出了牛皮帐,营外参见身打躬。

也　先：（唱）都督免礼前引路,同回大帐议军情。

番兵番将齐上帐，乜先归座问分明。
这里如今怎么样？听说都督未成功。

撒　茂：（唱）几次大战不取胜，关内守将智谋能。
乜　先：（唱）孤家今日来到此，定与敌将见输赢。
撒　茂：（唱）大王未取宣化府，想来那里也难攻。
乜　先：（唱）胜负未定遇敌手，无奈这里来合兵。
撒　茂：（唱）千岁此来归一处，明日与他决雌雄。
乜　先：（唱）既来就要会一会，不歇刻下就出营。
撒　茂：（唱）千岁不必心急躁，歇息明日再出征。
乜　先：（唱）不必阻拦孤要去。
（白）孤今奉旨行师，对敌不胜，令人恨在心中，今日兵合一处，定要攻破此城，方显为国建功立业。小番们，外厢抬叉带马，随孤家出营，城下要战，不得有误。
撒　茂：千岁原来不歇，到此带怒出马，本都督正好随后助战。番兵们，齐出营盘擂鼓助威。

（张锐升帐，韩青站）

张　锐：（诗）国乱内廷害忠臣，刀兵滚滚外敌侵。
　　　　　　出师未捷功先报，千古英雄泪沾襟。
（白）本帅张锐，可怜盟叔孙大人却被权臣陷害，皇帝不辨贤愚，径自诬屈汗马。如今胡兵纷纷来犯境，几次交锋难以退敌。城内军心惶惶，只好用计防守，最怕贼势增添，此关有些难保。

军　卒：报帅爷得知，贼营又添人马，又来要阵。
张　锐：几时添兵？快些报来。
军　卒：（白）帅爷听报，
（唱）报报报帅爷，大祸把天塌。
　　　鞑子添兵令人怕，人马多俱高大。
　　　番将生得似夜叉，黑脸红发张獠牙。
　　　为首的特凶煞，名叫乜先数他大。
　　　坐骑高烈马，手上托天叉。
　　　施威风不住耍，铁环晃动响声麻。

似这等，稀溜溜哗啦啦，大兵一直到城下。
来要阵，甚惊讶，小人一见吓坏了。
来禀帅爷得知道，却有何法抵挡他？

张　锐：（白）再去打探。

军　卒：得令。

张　锐：哎呀不好，果然番贼添兵助阵，只怕势重难挡。韩将军，你我奋勇出城，大杀一阵，看是如何。

韩　青：遵令。

张　锐：众将官抬枪放马，闪放城门。

（哈明上）

韩　青：来者番将，报名受死。

哈　明：你帅爷哈明，敌将是谁？

韩　青：你爷爷名韩青，不要走，看枪。

哈　明：来来。

（杀明败，乜杀，韩败）

张　锐：哎呀，好一番将杀败韩青，好生厉害也。
（唱）睁虎目，看明白。
　　　敌将骁勇，武艺甚强。
　　　人高马又大，钢叉手中托。
　　　生的青脸红发，威武甚高凶恶。
　　　需要仔细会一会，看罢拧枪催马拨。

（乜先对上）

（白）至对面，把话说。
敌将报名，不要逃脱。

乜　先：孤家乜先，明将是谁？

张　锐：（唱）本将名张锐，特来会番贼。
　　　臊奴称孤道寡，胆大不怕遭剥。
　　　问你南北已和好，为何又来动干戈？

乜　先：（唱）钢叉指，笑哈哈。
　　　明将要问，细听孤说。

|||我奉元主命，恢复旧山河。
从中有意和好，怎奈你主情薄？
张　锐：（白）我主怎么薄待你？
乜　先：（唱）从头至尾说一遍，求婚不允怀恨多。
张　锐：（唱）微冷笑，叫番贼。
痴心妄想，不细掂度。
南北分上下，天地两相隔。
胡汉怎结秦晋？鸾凤岂入犬窝？
劝你收兵还罢了，不然叫你命难活。
乜　先：（唱）啊吥，心大怒，喊哟呵。
明将说话，太也可恶。
我先杀了你，再把关口夺。
说罢抡叉催马，愤怒直奔心窝。
张　锐：（唱）张锐还手拧战枪，
乜　先：（唱）乜先诈败马回拨。
张　锐：（白）忙追赶，紧跟着。
乜　先：回首一下，不容腾挪。
张　锐：（唱）闪开盔脱掉，吓了一哆嗦。
催马败回关去，收兵鸣金敲锣。
乜　先：（唱）明将外逃不追赶，传令回营且不说。
张　锐：（唱）张锐败阵回帅府，坐在大帐直发怔。
惜乎叉下废了命，番将厉害了不得。
韩　青：（白）元帅，这回兵难退，这可如何是好？
张　锐：别无他法，只得求救。
韩　青：既要奏主速写急表，末将愿去求救，万死不辞。
张　锐：（白）好，
（唱）提起笔来写如梭。
写好叠好装封筒，将军速去莫耽搁。
韩　青：（白）遵令。
张　锐：（唱）吩咐众将防贼寇，星夜巡城打更锣。

传令已毕下大帐，

王　山：（唱）又把王山恶贼说。

思想得陇又望蜀。

（诗）美景良宵乐无休，又思双凤两绸缪。

（白）俺王山。可喜张氏美人到手，欢乐无尽，虽然欢喜，于心足矣。还想陶氏那样美貌，比张氏年长，更觉强如她几分。自从察院相见一面，令人朝思暮想，念念不忘。今日心下无事，何不去到锦衣卫监中会会美人？若能见便顺手，我定救她不死。那时二美同归，真乃一生乐之不尽。定是如此，待我自己秘密前去，走了便了。

院　公：小官人慢慢而行。

王　山：是，我走呢呀。

赵　荣：（唱）小赵荣，泪汪汪。

一边走着，直叫亲娘。

连叹母子俩，无故遭祸殃。

可恨姨娘张氏，不该勾引强狼。

闹得一家生离散，铁石人闻也悲伤。

可恨我，年幼郎。

不能挡贼，身体被伤。

忽悠难动转，后事不知详。

原是张氏改嫁，变心反复无常。

母亲申冤反被陷，可恨官府诬屈良。

老院公，性义良。

一心要想，救主不亡。

央求薛伯父，翻案辩冤枉。

上朝面见皇帝，又被奸臣诬赃。

不但不洗我家事，反倒遭贬又还乡。

今日离家把监探，只觉难行又悲伤。

时难挣扎坐在地，

赵　毅：（白）公子这是怎样？

赵　荣：（唱）难动歇息不要忙。

赵　　毅：（白）此地不必歇息，公子走不动了，待奴背负与你慢慢走吧。
赵　　荣：（唱）此事多有累赘你，处处费尽好心伤。
赵　　毅：（白）主仆之间说不到此。
　　　　　（唱）不言他们把监探，
陶季春：（唱）再表那受罪贤人泪两行，独坐监中心悲痛。
　　　　　（诗）泪填九曲黄河溢，恨压山岳华峰低。
　　　　　（白）奴陶季春，可叹受罪待死，无人解救。院公曾言领我儿探监，盼望为何不到？咳，喜哥，冤家，为娘待死，你再不来，只怕母子不能相见了。
　　　　　（唱）自己伤心又悲痛，二目滔滔泪不干。
　　　　　　　　叹奴中年把夫丧，不幸灾祸连又连。
　　　　　　　　总怨天爷不睁眼，竟无报应循与环。
　　　　　　　　善者屈死无始终，恶者随意反安然。
　　　　　　　　也不知我哪世造下这冤孽，今生屈死难辩冤。
　　　　　　　　谁不说我把夫害？以假成真罪逆天。
　　　　　　　　想到此间气又恨，恼骂张氏与王山。
　　　　　　　　我与你们哪世孽？今生对头脱避难。
　　　　　　　　死后阴司去告状，定捉你俩和贪官。
　　　　　　　　阎罗殿前把冤辩，一还一报心才安。
　　　　　　　　哭罢又把小儿叫，冤家不来眼盼穿。
　　　　　　　　为娘想你肝肠断，晚来只怕见面难。
　　　　　　　　不久就要身作鬼，再相逢除非鼓打三更天。
　　　　　　　　女娇娥哭得如酒醉，
　　（王山上）
王　　山：（唱）来了恶贼名王山。
　　　　　　　　见了禁子撒个谎，吩咐领着去探监。
女牢头：（白）大爷随我来。
王　　山：（唱）进了内封留神看，瞧见美人动心田。
　　　　　　　　吩咐声刑具快卸去，
　　（解去刑具）
陶季春：（唱）贤人糊涂问根由。

（白）请问老人家为何卸去刑具？这个男子是谁，竟敢领进内封？

女牢头： 娘子有所不知，这位大爷姓王，他说和你有亲戚，进来探监，吾怎不领来呢？

陶季春： 咳，老人家，你好糊涂，我与他素不相识，哪里来的亲故？此人不怀好意，你快叫他出去。

王　山： 这位尊嫂不必见怪，我来要不说明来意，量你做梦不知。禁子，你向外把守封门，莫叫别人到这里来往。

女牢头： 哟，可气死人了，她才说不认得吗？你还有啥话说？我看大爷你请走吧。

王　山： 住了！奴才少来多嘴，再不躲开，吃我一顿好打。

女牢头： 是，大爷不要生气，我躲过就是了。哟，好厉害，真是难惹。

陶季春： 老人家不要远离，快些转来。

王　山： 哈哈，贤嫂不要害怕，听我说明来历，管保叫你欢天喜地，听之乐之。

陶季春： 住了，我与你非亲非故，男女授受不亲，交的什么言语？再不走开，叫你定讨无趣。

王　山： 美人不要动怒，听我对你细说来意。
（唱）我看你，性贤良。
　　　体态风流，美貌无双。
　　　为何这般烈，说话气昂昂？
　　　交言不近情理，待人这般丧邦。
　　　你我纵然不识面，却也到过你家里。

陶季春：（白）一派胡言，几时到过我家？像这样胡言乱道。

王　山：（唱）真实话，非说谎。
　　　不说量你，不知其详。
　　　忘了那一日，你家遭祸殃。
　　　因我去接张氏，动怒摔过令郎。
　　　皆因拦挡才使性，那日本是我不当。
　　　皆因你，告当堂。
　　　搅闹令人，不得安康。
　　　本来有幻变，罪压你身旁。
　　　如今张氏后悔，又念姐妹心肠。

|||哀告救你同归我,姐妹相伴不分张。
陶季春:(唱)哼哼,闻此话,气满腔。
　　　　　大骂贼子,丧尽天良。
　　　　　你与那淫妇,害人世无双。
　　　　　结下仇恨难报,又起邪念不当。
　　　　　说甚救我成婚配,恨不杀你大开腔。
王　山:(唱)美人你,欠思量。
　　　　　要知时务,救你不亡。
　　　　　纵然不愿意,妇女有何妨?
　　　　　我今便要强作,看你何处躲藏?
　　　　　说罢上前拉玉腕,
陶季春:(唱)恶贼找打,喊叫救人大骂强梁。
王　山:(唱)贱人竟敢把我打,好个无知臭婆娘。
　　　　　羞恼变怒踢一脚,
陶季春:(白)哎呀,罢了我了。
王　山:(唱)不识抬举该命亡。
陶季春:(唱)佳人背气昏过去,
女牢头:(唱)禁子跑来说不好。
　　　　(白)大爷,你要把她踢死,这是谁的干系呢?
王　山:不妨,有事也与你无关系。料想却也死不了,只管叫她苏醒,用心服侍这般如此。你与我办事若能尽心,劝她顺从于我,断乎不忘你的好处。
女牢头:是,大爷且请回府去,老身必然替你尽心就是了。
王　山:好,如此,我就回府,明日再来送信。
女牢头:送大爷。
王　山:不用,免了吧。
女牢头:你是个什么东西呢。这位大娘子可怜,他还前来调戏踢打,真是可恶滔天,没有了王法的坏杂种。他去咧,待吾叫大娘子醒来。叫着不言,闭目不语,人事不知,摸着心口窝,只有微呼之气,光景怕是又不好。咳,真是可恼。
牢　头:刘婆子,赵家有人探监来了。

女牢头：来了，待我瞧去。原是外牢头领人到此，来者一老一少，老的来过认得，少者是谁呀？口称探监。

牢　头：这是儿子，前去领去相见吧。

女牢头：这就是了，你们随我相见吧。

赵荣、赵毅：来了，母亲/主母在哪里？哎呀，我的母亲/主母为何这般光景？却是什么缘故？

女牢头：你们不知原是这般如此，方才那个坏杂种，去了时候不多。

赵　毅：哎呀，好个恶贼，竟敢又来撒野，真正可恼。主母醒来呀！叫着不动，面如金纸，如同死去一般。若有好歹，可不苦死人也。

（唱）主仆二人悲又痛，一起扶住唤连声。

快些睁眼你亲人到，千万不可赴幽冥。

手拍胸膛不住叫，

陶季春：（唱）哎呀，死去多时又复生。

定定精神微睁眼，二目发糊看不清。

赵荣、赵毅：（白）母亲/主母醒过来了。

陶季春：（唱）面前说话那是谁？

赵荣、赵毅：（白）母亲/夫人，连我们你也不认得了。

陶季春：啊呀，

（唱）好像我儿与院公。

莫非是在做个梦？

赵荣、赵毅：（白）明明我们到此，怎言是梦？

陶季春：（唱）原来非梦好伤情。

急忙拉住喜哥手，我儿啊，叹你幼小苦不同。

可怜你丧父又失母，不能亲看你成丁。

为娘抛你要一死，在监盼你眼哭红。

今日母子见一面，为娘就死目能瞑。

赵　荣：（白）妈呀，休说绝话，万一苍天有救。

陶季春：儿啊，你不知方才恶贼又来作孽，可恨他催我早死哪有生？

赵　荣：娘哪，不用告诉儿知晓。

陶季春：你怎知道？

女牢头：乃是老身告诉他们知道。

赵　荣：（唱）仇恨不用明。

还有一事娘不晓，

陶季春：（白）又有何事？

赵　荣：（唱）从头至尾说分明。

可叹我薛伯父为咱身被贬，又嘱咐我避祸离家中。

孩儿难舍生身母，不如同赴枉死城。

陶季春：（唱）我儿说到哪里去？你死谁去报仇恨？

赵　荣：（白）纵然不死，举目无亲，哪里投奔？

陶季春：（唱）何不投奔你舅舅？去到怀来可藏形。

赵　荣：纵到那里途长路远，如何去的？

陶季春：（唱）院公相伴可以去，我再写上书一封。

赵　荣：（白）此处哪有纸笔？

女牢头：不必为难说声有。

陶季春：（白）在哪里呀？哎呀，罢了我了。

赵荣、赵毅：哎呀，

（唱）母亲/夫人这是怎样？一眼未看伤了手指。

陶季春：（唱）口咬手指血流红。撕下了半幅绫巾写血字，

我儿展开，上写小妹拜长兄。

我家如此遭不幸，望哥哥见着收留你外甥。

久候成人把仇报，小妹九泉不忘情。

写完我儿快收起，你主仆快去莫久停。

赵　毅：（唱）老奴遵命回身转，回身一看心惧恐。

（白）哎呀，咱一家只顾讲话，也不怕语多言失，这还得了？

女牢头：哟，你们不必多心，老身不是坏人哪，我替大娘子可怜，不料受此冤罪哪。

陶季春：院公不要疑忌，这位妈妈人心最善了，待我有恩，倒也不必多虑。

赵　毅：好，如此我主仆去后方保无祸。夫人你今在罗网之中，我们去后生死未定，全靠这位妈妈照顾，无恩可报，何不认为义母？聊表心田。生死你也有靠，岂不是好吗？

陶季春：好，院公此言有理，妈妈有恩，正当如此。母亲不要弃嫌，转来受女儿

　　　　一拜。
女牢头：快快起来。
陶季春：是。
赵　毅：夫人、太太，老奴带来纹银一百两，一半用作路费，一半留你们监中使用。夫人倘有不测，全仗太太尽心照管。
女牢头：那是自然，不劳嘱咐。要去你们就去吧，时候不早了。
赵　毅：是，你们收过银两，我主仆就要拜别了。
赵　荣：妈呀，孩儿怎忍去呢？
陶季春：儿啊，事到此间说不得骨肉分离，你们去吧。
众　人：苦哇苦哇。
陶季春：吾儿、院公去了，可怜一别再不能见，令人肝胆俱裂。哦，吾的儿啦！
女牢头：闺女不必哭了，妈我倒想起一个主意来咧。
陶季春：咳，母亲有何妙计，救我不死？
女牢头：我看你这两日折磨得三分像人，七分像鬼，活死人的一样，等到夜晚狱官监察来了，你就躺在匣床内装死，我奏报监理，他们一看必信。吾再领尸埋葬，多用银子买通牢头，暗用芦苇将你埋卷出去，放在僻静之处，妈再买来男衣靴帽，给你穿戴起来，到吾家藏身，等着外甥来到，到得那时，你母子二人必有团圆之日。
陶季春：好咧，倒是母亲计谋高强，孩儿侥幸不死，必要膝下尽孝，报答救命之恩。
女牢头：咱自己娘们，不必套言，随妈妈等着夜晚，救你出监。
陶季春：是。
　　　　（升帐，四将站）
众　人：（诗）甲衣叮当响，刀枪绕眼明。
　　　　　　　剑戟生杀气，战马似蛟龙。
范　广：（白）吾副将范广。
方　英：吾参将方英。
冉　保：吾指挥冉保。
田　礼：吾守备田礼。
众　人：元帅升帐，在此伺候。

（景元出）

景　元：（诗）孔圣文章武子兵，先人留与后人行。

　　　　　　　　文官执笔安天下，武将提刀定太平。

　　　　（白）本帅驸马景元，蒙圣恩封为平北元帅。今有番兵二犯紫荆关，总兵张锐急表求救，朝无良将，皇帝命我为帅，提兵数万，战将四员，来灭胡人。今逢黄道吉日，人马已齐。众将官。

众　人：哈。

景　元：起兵一起赶奔紫荆关，不得有误。

女牢头：闺女呀，快走哇。

（二人上，陶氏男装）

女牢头：老身刘门马氏。

陶季春：奴陶季春。

女牢头：闺女呀，妈的方法算把官哄信，救出你来，女扮男装，行路无人，忍得这一回你算死里逃生，平安无事，妈也年纪大了，辞役不当，正好咱们娘俩在吾家安身，有银子糊口，管保过个太平日子，无人寻找。

陶季春：母亲救儿不死，两世为人，大恩可报。只好等你外孙来后，容我母子，一同侍奉，送终养老吧。

女牢头：巧计一身脱死难，应亦积德好处多。

（王二刚上）

王二刚：（诗）自幼生来不上相，赌钱场里常去逛。

　　　　　　　　万贯家财尽输干，一身冷落瞎混闯。

　　　　（白）在下王二刚，家住宣化府，从小胎里红出身，因吾长大落得不堪，爹娘气死，媳妇也叫我卖着输光，家业花得一贫如洗，真是要啥没啥，敞门睡觉，贼人也不敢来偷，吃穿指着坑蒙拐骗，今日去我朋友家求借便了。

　　　　（唱）生来爱耍钱，家业被我耗。

　　　　　　　　无钱一生空，女人也不要。

　　　　　　　　学会把人倾，这算不害臊。

　　　　　　　　亲戚瞧不着，朋友也见笑。

　　　　　　　　任凭他怎么，我也不计较。

　　　　　　　　求人但低头，有钱且落到。

今日又没钱，去借银和钞。
正走抬头观，见人好细料。
迎面来两人，一老并一少。
小的把马骑，老的步下绕。
不像此处人，好像走远道。
老小无啥能，何不瞧一瞧？
想法把他诓，连马带褥套。
量着他无法，得便溜了号。
主意拿定了，有了方法妙。
装着肚子疼，哎呀，咳嗽喊又叫。
说话到跟前，乱滚挡着道。

（白）哎呀，妈呀。

赵荣、赵毅：（唱）赵家主仆来，赶路心急躁。
有人把路横，见他连声叫。
光景病缠身，乱滚好急爆。

赵　荣：（唱）赵荣动慈心，院公听我道。
（白）院公扶我下马，问问这人是何病症？

赵　毅：呀，公子不要多管闲事，咱正是行路要紧。

赵　荣：说哪里话来？逢人有难，哪有见死不救之理？不必多言，快些扶我下马吧。

王二刚：哎呀，好哇，倒是这位少爷，快些给我捶打捶打吧。

赵　荣：老兄是何病症，在此卧路？

王二刚：我呀，从小种下肚子疼的毛病，犯了就死疼，七零八落的，不定几天才好。今日走至半路又犯了病咧，折磨得我好苦哇，可罢了我了。

赵　荣：我与你捶打几下看看，看是如何。

王二刚：别打咧，歇歇吧，这会管点用，好多咧。请问二位哪里人氏？何来何往？贵姓高名呢？

赵　荣：在下名赵荣，京里人氏。我俩是主仆行路，欲上怀来投亲。问你可知道离此还有多远？

王二生：不太远咧，怀来是在府北关地界，离此不过一百里地。

赵　荣：如此多有借问了。

王二刚：好说。哎呀，肚子又疼起来了，亲戚家不用去咧，回去又走不得咧，这可怎么是好？该要不好了吧？少爷你的马让我骑两步儿，几里也中，少爷只当修好，借仗携带携带，你说中不中？等到庄前我忘不了你的好处，我也是有心的人啊。

赵　荣：你家离此还有多远？

王二刚：正通大道不过四五里地。

赵　荣：如此倒也使得，我就护你骑坐儿里。

王二刚：好，这位少爷真是佛心之人，修好得好，将来错不了。没别的，我要骑上走了。

赵　毅：慢着，你快下来，公子骑上咱好赶路。

赵　荣：恻隐之心，人皆有之，不必阻拦，让他骑上吧。

王二刚：总是少爷心慈，这位年纪人不慷慨，纵使心细，老了没什么出息了，看不出是好歹。没啥说的，你们步行，我要借光骑马走了，驾。

（唱）心欢喜，乐无穷。

拉辔催马，行走如风。

赵　荣：（白）老兄且等等，大家一同行。

赵毅、赵荣：妈呀，慢跑哇。

王二刚：你们追吧，我要失陪了。

赵　荣：绕过土岗不见，叫着竟自不应。

赵　毅：不好，这一定是崩子手。

赵　荣：呀，这可怎么是好？

赵　毅：公子不听老奴之言，咱们算是上了当了。

赵　荣：（唱）后悔快赶莫消停，赶不上，被他倾。

霎时不见，无影无踪。

赵荣连叫苦，天哪，不住手捶胸。

恨我欠谋短见，见人设计不明。

拐去行囊与鞍马，盘费皆无路怎行？

咳，说也罢，把心横。

不如一死，早赴幽冥。

何必活在世？处处临火坑。

赵　毅：（唱）公子不必抽想，老奴还有调停。
　　　　　　事到此间讲不起，只好乞食把路行。
赵　荣：（白）纵然不怕死，也怕做饿殍之鬼哟。
赵　毅：（唱）无非是，忍饥行。
　　　　　　吉人天相，待时而兴。
　　　　　　到了怀来地，至亲无不疼。
　　　　　　舅爷将咱留住，奋志你好求名。
　　　　　　苦尽自有甜来日，君子目下且固穷。
赵　荣：咳，
　　　　（唱）连声叹气说罢了，
　　　　（白）院公既然苦苦劝我，不死只好暂留余生，但怀来离此尚远，一路乞食不惯，如何是好呀？
赵　毅：有我作伴，不必为难，主仆忍耐，慢慢儿走吧。
赵　荣：也只好如此啦，苦哇。
　　　　（二和尚出）
会真、慧空：（诗）法门懒悟道，富贵恋红尘。
　　　　　　　一心求名利，出头想荣身。
　　　　（白）贫僧会真/慧空在塞北黑虎山青云寺出家，不无妖法，练成邪术无敌手。僧兵五百，任意独居一方，真是威名赫赫，无人不惧。
会　真：师兄，自我昔年扶保元主，不想领兵征南，丧师辱国，无颜回朝，投奔这里不觉三载有余。而今法术演成，又练飞镖百发百中，正好辞别师兄，该是我出头前去立功报国之期。
　　　　（唱）我这时听说南北大交战，两国不服大动干戈。
　　　　　　正该我去相帮助，平蛮立功把罪折。
　　　　　　有功再把师兄荐，显显法力胜蛮贼。
　　　　　　保国扬名天下晓，强如幽居在山坡。
　　　　　　身高富贵岂不好？
慧　空：（白）好。
　　　　（唱）师弟此言对心窝。

	不是愚兄夸海口，自觉无敌法力多。
	更有四海大徒弟，各个惯战武艺高。
	荐举师徒能保国，必夺大明锦山河。
会　真：	（白）好，如此你们且等候。师兄法力多端，强如小弟。我今此去，日后必来奉请。你师徒暂且等候，我先下山去了。请。
慧　空：	师弟前行，保重。师弟去了，等候来请，待我操练兵马才是。正是：本门难显耀，保国便扬名。
景　元：	众将官，人马离关不远，前哨通报，兵马急急进城。
	（唱）景元马上传将令，吩咐速进紫荆关。
韩　青：	（唱）韩青当先把城进，到了帅府禀根源。
张　锐：	（唱）张锐吩咐排队伍，迎接大兵进了关。
	路旁恭候远观望，瞧见了大队人马至跟前。
	口称张锐接元帅，
景　元：	（唱）景元马上摆手说免参。
	将军引路把关进，帅府好把军机谈。
	不言他们把城进，
乜　先：	（唱）又表番营将乜先。
	聚集番兵升大帐，思量得胜心喜欢。
	孤家到此合人马，杀得明将心胆寒。
	这几日闭门不敢战，免战牌高挂城上悬。
	今日带兵去骂阵，再不出奋勇攻城破此关。
	才要传令出营去，
军　卒：	（唱）番卒跪倒大帐前。
	禀报大王去知晓，敌将城内把兵添。
乜　先：	（唱）量他添兵也无惧，孤家奋勇去当先。
	吩咐抬叉速带马，传令一起出营盘。
	不言番兵来要战，
明　兵：	（唱）明兵帅府报根源。
景　元：	（唱）景元吩咐齐出战，都要努力退腥膻。
众　将：	（唱）大将出城齐奋勇，

田　礼：（唱）田礼拧枪杀上前。
虎　亮：（唱）番将虎亮来对阵，明将休往前进，看刀。
田　礼：（白）看枪。
　　　　（虎亮败，乱杀一阵，乜先上，田礼死）
景　元：好一臊奴，竟敢伤我一员大将，报名受死。
乜　先：你王爷乜先，明将何名？
景　元：你帅爷景元提兵前来灭贼，番奴不要走，看枪。
乜　先：看枪。
　　　　（乜先败）
乜　先：明将枪急马快，等他赶来，摘下钢鞭打他便了。
景　元：番将哪里走？哎呀，不好。
乜　先：明将受伤大败而逃，众番兵随孤追杀，努力攻城。
景　元：众将官，人马回城，不得有误。
乜　先：明将回关，乱箭齐发，暂且留你。番兵们，打得胜鼓收兵回营。
景　元：军校们，小心巡城，将马带过了。哎呀，罢了我了。
军　校：元帅这伤怎样？
景　元：左膀疼痛，疼得难忍，叫我枉来助战。初到就损将折兵，令人心中有愧。
　　　　（唱）坐在大帐中，不住将牙咬。
　　　　　　　番将武艺高，力大无人比。
　　　　　　　田礼枪下亡，本帅心中恼。
　　　　　　　不服也被伤，英明一旦少。
　　　　　　　难胜愧难当，还得写急表。
　　　　　　　说罢提挥毫，霎时写完了。
　　　　　　　急忙将印按，传令叫冉保。
　　　　　　　命你求救兵，急速来要早。
冉　保：（唱）遵令往外行，急忙叫军校。
　　　　　　　带马上能行，出城星夜跑。
景　元：（唱）又叫众将官，小心将城保。
　　　　　　　言罢下了中军帐，押下且不表。
赵　荣：（唱）再说小赵荣，主仆把饭讨。

来到怀来城，投亲说分晓。

（白脸武髯扎巾坐）

陶　忠：（唱）自己坐在大厅内，再言陶指挥，操兵回来了。

（白）吾指挥陶忠，北京人氏，自随军旅与国报效，蒙恩封为镇边指挥，携家眷赴任，却有几载。夫人孟氏去岁身亡，一辈无儿，抛下一女，乳名秀英，今年一十四岁，请教习武，刀马精通，这也不在话下。我有一妹妹在京出嫁赵杰为妻，兄妹分别几载不见，时常想念在心。近日胡兵犯境，常来搅扰，日日操兵，防患未然。

军　卒：禀爷，府外来了老少两个贫人，少的口称是京里赵老爷之子，领仆人前来投亲，到此要见老爷。

陶　忠：呀，甥儿乃是孩童，为何远离父母？想来必有是非。快些领来二人见我。

赵荣、赵毅：舅舅/老爷可好？我主仆前来叩见。

陶　忠：呀，果是甥儿一同院公到此。外甥，你主仆快些请起。

赵荣、赵毅：是。

陶　忠：你们因何离家这样到此？你父母近日可安好吗？

赵　荣：遂把父死、母亲遭祸、主仆离家、半路被诓之事说了一遍。我主仆无奈乞食到此，望乞收留。还有我生母血书一封，请舅舅观看。

陶　忠：快将拿来吾看看。

赵　荣：是。

陶　忠：接过血书，急忙展开，从头至尾看一遍。哎呀，我那被屈的妹丈啊，苦命甥儿，含冤妹妹呀。

（唱）看罢血书悲又痛，可叹妹丈竟身亡。
　　　抛下甥儿与妹妹，母子孤苦受凄凉。
　　　张氏竟不把节守，淫荡生非起祸殃。
　　　一家死别生离散，妹妹谁保命不亡？
　　　仇人势大难雪恨，谁若出头定遭殃。
　　　止泪又把甥儿叫，你主仆可叹远来背井离乡。
　　　路途又把歹人遇，诓去马匹与行囊。
　　　到此算有安身处，就在这里耐时光。

赵荣、赵毅：（白）多谢舅舅/老爷。

陶　　忠：吩咐左右排宴，妹丈身亡，妹妹有死无生，真是福无双至，祸不单行。甥儿到此暂且安身，我教你习学枪马，时来便好报仇。今日甥舅相聚，料且宽心。人来。

侍　　卫：有。

陶　　忠：吩咐厨下预备酒宴伺候。你主仆二人随我来。

（摆朝升殿，皇帝出，文武站一旁）

众　　人：（诗）剑佩声随玉墀步，衣冠身惹御炉香。
　　　　　　共沐恩波凤池上，朝朝染翰侍君王。

王　　直：（白）下官王直。

胡　　英：下官胡英。

邸　　野：下官邸野。

曾　　龙：下官曾龙。

王　　文：下官王文。

王永和：下官王永和。

众　　人：圣驾临轩，大家分班伺候。

皇　　帝：（诗）玉炉香尽漏声残，驾座宝殿聚百官。

（白）寡人大明皇帝正统在位，可恨元主累次攻打紫荆关，总兵张锐告急求救，驸马景元提兵灭贼，不知如今胜败怎样？

邸　　野：万岁，微臣邸野前来见驾。

皇　　帝：兵部见朕，有何本奏？

邸　　野：万岁，臣昨日接得紫荆关大同、宣化府三处表奏，不敢自专，请主御览。

皇　　帝：侍儿，呈表上来。

侍　　儿：遵旨，请主御览。

皇　　帝：（唱）皇帝展开三表章，从头至尾看一遍。

（白）呀，真乃是不好了。

（唱）看完表章说不好，圣颜变色怔呵呵。
　　　　头道驸马来求救，今有损将把兵折。
　　　　番将乜先难抵挡，累次失机胜不得。
　　　　二道表大同总兵郭登具，贼兵犯境奏明白。
　　　　三道表具罗亨信，宣化巡抚奏清言。

　　　　　　　胡人叛乱将兵退，三处上表一样说。
　　　　　　　偏偏的太师张福山东去，成国公征贼也未奏凯歌。
　　　　　　　朝中武将大臣少，何人领兵去退贼？
　　　　　　　眼望阶下开言道，众卿留神听朕说。
　　　　　　　表上之言讲一遍，哪位爱卿有良谋？
　　　　　　　你们谁人领人马，挡退胡虏保山河？
　　　　　　　寡人定封高爵位，厚待功臣定不薄。
　　　　　　　问了几遍无人应，不由得龙心大怒气勃勃。
　　　　　　　可叹群臣皆无用，不能分忧挡番贼。
　　　　　　　还得去把先生宣，凡事计议把心托。
　　　　　　　侍儿快去宣王振，

侍　　儿：（唱）内臣答应走如梭。
　　　　　　　不时宣来同上殿，

王　　振：（唱）王振跪倒把头磕。

皇　　帝：（唱）先生平身快请坐，

王　　振：（白）奴才告坐。
　　　　　（唱）归座已毕问明白。
　　　　　（白）万岁，宣召奴才有何国事？

皇　　帝：先生不知原是这般如此，无人为国分忧，寡人为难，特请先生请教条陈。

王　　振：哦，原来鞑子犯境，无人退敌。奴才倒有良谋保国，只因不敢启奏。

皇　　帝：却是为何？

王　　振：前者因受国太凌辱，故此不敢出头，唯恐一言奏错，我主不从，太后见怪。

皇　　帝：既然为国，请奏无妨。

王　　振：万岁若是不怪，请听奴才细奏。
　　　　　（唱）胡人逞凶干戈动，必得出力保江山。
　　　　　　　无人退敌真忧虑，奴才替主把心担。
　　　　　　　要退胡人得劳驾，我主亲征灭腥膻。
　　　　　　　未知圣意何如也？去而不去细详参。
　　　　　　　奏罢离座又跪倒，

皇　　帝：（唱）皇帝点头道依然。

准奏寡人亲征去，旨下三日就起銮。

众　人：（白）万岁不可。

（唱）班中忙了胡吏部，王直越众也出班。
还有曾龙与邸野，四人上殿把主拦。
一起跪倒说不可，我主莫听王振言。
陛下如何亲离国？万乘之尊非等闲。
干戈林内非善地，倘若不测后悔难。
吾皇需听臣等劝，不离京都万事全。
退贼应当想别计，圣上千万休到边关。
众臣拦驾苦苦劝，

王　振：（白）住了。

（唱）王振不悦心内烦。
你们少来挡圣驾，为何先说不利言？

众　人：（唱）我等劝驾是好意，你怎不叫把君拦？

（白）常言龙不离潭，凤不离巢，圣上御驾亲征怕会遇险，我等故才拦驾，怎又惹你动怒。岂不闻宋主钦宗轻身离国，不听良臣之谏，所以才失去汴梁，父子双双被俘？圣上今要有难，只为国不守宗庙，倘若身家不保，若像钦、徽二帝，岂不悔之晚矣？

王　振：竟是一派胡说！我劝圣驾亲征乃为江山安稳，你们怎道有失？若说比古更又不同，谁不知道唐太宗远征高丽，宋太祖亲定南唐？因保江山咱先帝永乐曾征沙漠，也为社稷。他们都是御驾亲征，哪个不是全胜而归？你们单单比败不比胜，是何意也？

众　臣：先生言之有差矣。你今所比，皆是创业之帝，我等讨论乃是软弱之主，文武不一，如何同比呀？

（唱）咱主守业非比古，自幼皇宫都不出。
光通文墨不会武，如何提兵离京都？
不如坐守先帝业，另遣别人把贼除。

王　振：（唱）你们怕主有失闪，怎不出头灭贼奴？
为何圣上单选我，前来计议把兵出？
亲征又来混拦挡，谏旨也不觉厌恶。

　　　　　　　复又叩首尊陛下，我主龙意莫夺乎？
　　　　　　　休听他们胡言语，既要亲征不可否。
皇　　帝：（唱）亲行意绝无二样，先生莫虑无含糊。
　　　　　（白）寡人执意亲征，众臣不许阻拦。先生下殿回府，安置准备三日行师。
王　　振：奴才遵旨。
皇　　帝：众卿齐退，候朕出旨起銮，不许再奏，散朝。
众　　人：万岁万万岁。
（娘娘出）
皇　　后：（诗）执掌昭阳院，秉德性纯良。
　　　　　（白）正宫皇后钱太贞，位居中宫，所生一子御学读书。今早圣上登殿，许久未回。
（宫女上）
宫　　女：启禀国母，圣驾回宫。
皇　　后：待本宫接驾。万岁万万岁，小妃接驾。
皇　　帝：梓童平身。
皇　　后：万岁。
　　　　　（唱）君妻一同把宫进，太真复又把驾参。
皇　　帝：（白）御妻免礼，请落座。
皇　　后：小妃谢座。
皇　　帝：（唱）君妻今要分南北。
皇　　后：（唱）万岁临殿议国事，驾欲何往请明言。
皇　　帝：（唱）如此这般说一遍，朕要亲征灭北番。
皇　　后：（唱）我主为何要离国？怎不差遣文武官？
皇　　帝：（唱）朝中勤王之人少，若不亲去难保江山。
皇　　后：（唱）重赏之下有人去，何用圣上龙离潭？
皇　　帝：（唱）圣旨一出难更改，自古君王无戏言。
皇　　后：（唱）奉劝不必亲身去，小妃实实把心悬。
皇　　帝：（唱）有人保驾无忧虑，御妻不必把心担。
皇　　后：（唱）君妻二人正讲话，又听禁中响声连。
皇　　帝：（唱）大殿钟响有人至，哪家大臣上金銮？

　　　　　　出宫又去上金殿，
皇　　后：（唱）皇爷出朝心意坚。
　　　　　　大料小妃难相劝，我何不奏之太后把他拦？
　　　　　　吩咐宫娥速备辇，养老宫里去问安。
　　　　　　不言皇后见国太，
张福、朱永：（唱）再把张福朱永言。
　　　　　　二人金殿候圣主，专等启奏把驾拦。
　　　　　　忽听得内臣高喊皇帝至，不待宣召跪平川。
　　　　　（白）万岁，臣等回朝见驾。
皇　　帝：原是二位老国公回朝，张太师可曾宣来丞相？老皇叔可是灭贼回转？
张　　福：万岁，微臣宣召丞相未至，其子杨善前来见驾。
朱　　永：微臣征贼未灭，他们情愿归降，无奈允许招安退京，回京特来奏主。
皇　　帝：当此天下惶惶，贼寇群起，纵愿归降，其心难辨真假，皇伯不该允许招
　　　　　安，此事寡人难以从命。太师宣来杨善，理应封官，如今朕要亲征北番，
　　　　　你二人回来正好总理军机。
张福、朱永：哎呀，万岁，臣等二人正为此事而来，上殿鸣钟请驾呀，万岁。
　　　　　（唱）微臣二人回京转，前来见驾至午门。
　　　　　　正遇文武把朝下，告诉其故知原因。
　　　　　　原来又是贼王振，奏主亲征是胡云。
　　　　　　万岁如何离朝内？需守宗庙守金身。
　　　　　　千万不可出京去，若有差迟玉石俱焚。
　　　　　　若愁无人退鞑虏，不才现有臣二人。
　　　　　　情愿领兵退敌去，哪怕一死报国恩。
皇　　帝：（唱）二位休要言不利，全仗你俩保朕身。寡人亲征已传旨，军令一出无
　　　　　别云。
　　　　　（白）二位不必阻拦，胡人猖狂太甚，寡人定要亲去扫除。后日离朝，钦
　　　　　命郕王监国，太监王振、兵部邱野、学士曾龙随朕离京，杨善封为御史，
　　　　　一同文武跟随御营，你二人统领京兵百万，战将千员，随朕从征。刻下
　　　　　挑兵选将，候朕起銮一同离京，不得再奏，退朝。
众　　人：万岁。

（王振出）

王　振：（诗）两国相争暗有奸，参谋大事里外连。

（白）咱家王振，私通塞北，劝驾亲征，皇帝允诺今日就要启程。吩咐王山回转原籍，一同招兵聚将，保举王林同往，随军从征。又把喜宁献与皇帝做了随驾内侍，提拔王文升至内阁，协同马顺、王永和在京替我办事，尽心协力。咱家随驾出朝，皇帝背后内外俱有膀臂，夺了京城好与元主平分天下。今日离京，府中事务嘱托王明、毛亮二人照看。诸事安置妥当，只得上朝候驾便了。

侍　卫：启禀公爷，今有王丞相与锦衣卫还有指挥马顺，同来候送公爷启程。

王　振：好，快些请来一起见我。

侍　卫：有请三位老爷。

众　人：来了，宗兄/公爷在上，我等有礼。

王　振：好说，老宗亲与二位贤契免礼请坐。

众　人：我等告坐。

王　振：我今离京，三位齐来到此，还有什么话不成？

众　人：正是，我等此来一则饯行，还有大事嘱咐。

（唱）公爷这一出朝去，却让我等把心担。

王　振：（唱）多蒙费心又尽力，有事知己惦心间。

众　人：（唱）但愿北国拿皇帝，公爷早早把京还。

王　振：（唱）若能够明天我侄儿为皇帝，你三人就是开国元勋官。

众　人：（唱）只求天助成功业，无不协力保江山。

王　振：（唱）但愿成功加酬谢，不枉为我费心田。

众　人：（唱）夜思提拔当协力，后来恩典不必言。

王　振：（唱）咱家离京身在外，朝中事全靠你们尽心田。

众　人：（唱）不用嘱咐俱知道，我三人上下同心处事严。

王　振：（唱）余不尽言分别了，大家上朝候起銮。

王　文：（唱）且慢还有事商议，

王　振：（白）不知宗弟还有何事？

王　文：乃是我故乡又出事一端。

（唱）山东之地莱州府，这般强盗杀了官，

伤损不少官兵将，省内的文书进京我知全。

王　　振：（白）却是何处强盗，这样大胆？

王　　文：（唱）还是刘家贼反叛，毛寇聚伙麒麟山。

因此见你来计议，还得扫灭理当然。

王　　振：（唱）摆手连连说不必，

（白）如今皇帝离朝征北，郕王监国，京内无主，人心不定，外事不必启奏。他们不动，暂且休提，但等朝廷被擒，那时天下惶惶，国家用人必要赦罪，招贤纳士，孙、刘两家叛子必要进京出朝。那时要你三人留心细查，若要见面，用计杀之，可以容易。不然等候大兵夺了京师，我家大位一定，那时出兵捉拿，不怕他们飞上天去。强如现下多劳无益，反为不美。

王　　文：好，倒是宗兄目光深远，愚弟万万不及。我就依言而行，慢等机会再拿他们就是。

王　　振：这见机而作才是正理。我今随驾离京，你们也去伺候，大家同去上朝便了。孩子们，外厢带马伺候，三位请。

众　　人：请。

（袁斌出，坐）

袁　　斌：（诗）英雄久隐身未现，时来效力在军前。

（白）吾校尉袁斌，自从救出孙大人脱难离京，一向顺从奸党办事，未离贼府，他们拿我当作心腹之人，十分厚待，倒也遂心。如今皇帝北巡征贼，果应道人之言，正该我出朝立功，好与朋友相会。禀知王永和，我要随征去保王振，他必乐于从命。我此去一离贼府，真是困鸟出笼，飞腾之日，只等一到东厂伺候大人点兵便了。

（升帐，八将站）

众　　人：（唱）金铃响，将披锦战袍。

马挂侯印，长悬带血刀。

王　　计：（白）吾督军元帅王计。

蒋　　贵：吾副帅蒋贵。

刘　　巨：吾新升前营总兵刘巨。

李　　安：吾后队总兵李安。

樊　　忠：吾左护卫将军樊忠。

梁　　贵：吾右护卫将军梁贵。

彭德清：吾指挥彭德清。

王　　林：吾指挥使王林。

众　　人：二位国公升帐，在此伺候。

　　　　（张福、朱永出）

张福、朱永：（诗）金符如斗重元戎，颇慕声名九塞通。

　　　　　　　　令下炮响军威动，鸦雀不敢乱飞腾。

张　　福：（白）本公英国公张福。

朱　　永：本公成国公朱永。

张　　福：老宗亲。

朱　　永：张皇兄。

张　　福：王振劝驾征北，旨下难阻，钦命你我挑选人马，发动倾国之师去扫鞑房，兵将点齐。昨儿至龙虎台驻营，方交一鼓，众军作乱，传令押住，视为不祥之兆。

朱　　永：大料皇帝百灵相助，倒也无妨。你我传令人马出城，候驾起銮便了。

张　　福：有理，众将官，人马离京，前军后队，左营右哨，为首将官，一旅之师，不许错乱。兵将先行，齐至长亭伺候皇帝起銮。不得有误。

（张氏出）

张爱玉：（诗）夫妻情无尽，美景乐长春。

　　　　（白）奴张爱玉，自从见了王郎，恩爱如鱼得水，真是无边快乐。听说陶氏贱婢已死，其子不知去向。想他母子不在，无人怀仇，倒也甘心无事。

　　　　（王山上）

王　　山：娘子在房？

张爱玉：官人来了，请转上座。

王　　山：便座可以，哈哈哈。

张爱玉：有何乐事，将军这等欢喜？

王　　山：娘子要问，你听。

　　　　（唱）咱的叔父通塞北，暗与胡人有结连。

　　　　　　惹得两国干戈动，刀兵滚滚不得安。

又诓皇帝去征讨，是要灭他分江山。
朝廷做梦不知晓，入了叔父巧机关。
叫他一去难回转，命我招兵回家园。
事成夺了北京地，叫我为君坐金銮。
二弟王林随军去，内外托付安置全。
叔父随军出朝去，保驾还有文武官。
方才离京我去送，回转来对娘子言。
咱夫妻一同回家去，收拾起身莫迟延。

张爱玉：（唱）爱玉听说心欢喜，想不到叔父与咱打江山。
你若得把皇帝坐，我是娘娘何用言？

王　山：（白）那是自然。

张爱玉：（唱）奴算有福陪伴你，比在赵家强万千。
咱俩收拾原籍去，回转家乡心更宽。

王　山：（白）外边家人伺候启程，娘子上车吧。
（唱）不言他们回乡去，

伯　彦：（唱）又表番营名伯彦，带领番将离瓦剌。
（白）吾英烈王伯彦铁木耳，兄王乜先，奉元主旨意带兵征南，听说得胜，未见捷音。昨日差人回转瓦剌，令我带兵去征怀来，夺取边关咽喉之路，便好进兵攻取各处。兄弟们仍取紫荆关来，打退来将，回去我便带酋长都督毛袄兵五千离了瓦剌，先取怀来之地。

（唱）当此北国声势振，多出猛将与雄兵。
元主失了先帝业，一心恢复灭大明。
从前征服又大败，惧怕南朝孙吉宗。
用计谋杀去敌手，令我兄长又发兵。
但愿早把明主灭，复国方显我弟兄。
不言番兵行人马，

明　兵：（唱）再说皇帝御驾亲征。

张福、朱永：（唱）张福朱永催兵将，人马在前开路行。

明　兵：（唱）皇帝居中乘銮驾，文武百官随驾行。
御军校尉护圣驾，宫官太监伴主公。

	拥护皇帝人无数，大兵前行百万人。
	一路上逢州过县人接送，这日将到紫荆城。
	前哨人马来通报，
景　元：	（唱）驸马景元把帐升。
	聚集兵将方归座，
明　兵：	（唱）蓝旗跑来报军情。
	（白）报元帅得令，今有朝廷御驾亲征，带兵前来，乞令定夺。
景　元：	起过。呀，皇帝为何离朝？真是胡来。众将官排开队伍，齐随本帅迎接圣驾。
	（唱）率众出帐忙上马，迎接圣驾出了关。
	瞧见对面旌旗闪，人马无数蜂拥一般。
	相离且近下坐骑，带领兵将跪平川。
	口呼万岁臣接驾，
军　卒：	（唱）军卒回报文武官。
众　臣：	（唱）众臣驾前忙启奏，
皇　帝：	（唱）皇帝传令说免参。
	人马快些把城进，
军　卒：	（唱）校尉前来把令传。
	皇爷开恩免参见，引路一起速进关。
景　元：	（唱）说声遵命平身起，上马引路在头前。
军　卒：	（唱）皇帝同众把城入，人马蜂拥如兵山。
	君臣帅府见了面，议论军情且不提。
乜　先：	（唱）又表乜先来要战，率众一起出营盘。
	（白）孤家乜先，前日命人回国，又令御弟伯彦带兵去征怀来，各路进兵，不定先取哪一关口。方才番兵报来说明主御驾亲征，来到紫荆关，令人心内不服，率众前去对敌。定要攻破关城，拿住明主方随我愿。呀，城内炮响涌出无数人马，为首一将直奔孤家来也。
	（王计出）
王　计：	来者番将，报名上来受死。
乜　先：	呀，明将若问听了。

|（唱）叉一指，把话言。

　　　　　明将问孤，细听根源。

　　　　　闻名休丧胆，乜先就是咱。

　　　　　奉了元主之命，带兵特来征南。

　　　　　问尔为谁来会战？报名叉下染黄泉。

王　计：（唱）住了，骂臊奴，少狂颠。

　　　　　问我有名，细听周全。

　　　　　帅爷名王计，威名四海传。

　　　　　奉驾前来扫北，竟来拿你乜先。

　　　　　若知时务把兵退，免伤和气把兵还。

乜　先：（唱）休妄想，少劝咱。

　　　　　各为其主，扶保江山。

　　　　　大元失基业，怀恨世代传。

　　　　　如今尔主当灭，天意又该兴元。

　　　　　正统亲来是天意，留下降书放他还。

王　计：（唱）哎呀，心大怒，眼瞪圆。

　　　　　胡奴无知，胆大包天。

　　　　　良言不听劝，一心要逆天。

　　　　　竟敢逞强争斗，作孽其罪难宽。

　　　　　抗拒天兵难容忍，定把尔国一扫完。

乜　先：（唱）哎呀，一声喊，骂南蛮。

　　　　　小视我国，太也不端。

　　　　　既把干戈动，何惧两争残？

　　　　　你主不献降表，想他回去甚难。

　　　　　孤家目下将杀你，省得乱道发狂言。

　　　　（白）明将休逞威风，看枪取你。

　　　　（王计败）

乜　先：这厮败走，众将兵随孤一起冲杀。

众　人：哈。

　　　　（杀一阵，鸣金，乜先上）

乜　先：	明将兵多将广，天色已晚，两下鸣金，不免收兵回营。孤也写表，奏主多请兵将前来助阵便了。众番兵，天晚罢战，一起回营。

（孙堂、刘赛花出）

孙　堂：（诗）虎落平川隐深山。

刘赛花：（诗）鸾凤鸟聚又团圆。

孙　堂：（白）俺孙堂。

刘赛花：奴刘赛花。哦，郡马呀，你我夫妻聚会，幸喜又救你那朋友姐弟，同上高山，从今安然无事，住在山寨，你可静了心咧？

孙　堂：咳，娘子说哪里话来？纵然朋友脱难，还有自己亲人生死不知，又且仇恨未报，叫我怎会安然心静？

（唱）可惜一家遭零替，提起叫人痛伤心。

刘赛花：（唱）郡马不必窄里想，从来老天向吉人。

孙　堂：（唱）爹爹被斩死得苦，兄弟妻子又难分。

刘赛花：（唱）难满亲人必相会，不必着急惦在心。

孙　堂：（唱）不知他们生与死，我要去把他们寻。

刘赛花：（唱）这个论理当访问，又怕你去无回音。

孙　堂：（唱）不必牵挂必回转，寻找一同上山林。

刘赛花：（唱）不然你去我也去，夫妻作伴两不分。

孙　堂：（唱）妇人家跟随行路多不便，伶俐不如我自身。

刘赛花：（唱）自己孤伶无好处，不然叫你兄弟把你跟。

孙　堂：（唱）谁也不用我自去，独行雅密便好寻。

刘赛花：（唱）不愿作伴任凭你，只求早回免挂心。

刘　汉：（唱）正然议论把山下，刘汉进来把话云。

孙堂、刘赛花：（白）贤弟来了，请坐。

刘　汉：姐丈、姐姐可知道，

孙堂、刘赛花：知道什么？

刘　汉：小弟得了一信音。

孙堂、刘赛花：所为何事？

刘　汉：（唱）自从那朱永撤兵回转去，不见招安到山林。

小弟差人密探信，喽啰回山禀原因。

>
> 这般朝廷去征北，归降之事化灰尘。
> 我要发兵把山下，去到疆场灭敌人。
> 若能立功可折罪，好见皇帝把冤伸。
> 不知此意何如也？

孙　　堂：（唱）连说不可欠思忖。

　　　　　（白）贤弟此举虽妙，朝廷御驾亲征，肯定有奸臣跟随。咱家现今有罪，不见招安，如何敢去助兵？不然强如出头，倘被仇敌参奏，那时不但劳而无功，只怕反有劫驾之罪。

刘　汉：若依姐丈怎样？

孙　堂：若依我的拙见，莫如隐兵不动。等我下山，一则探访一家，二则大同投亲，见我舅爷郭登，密问王师胜败如何，倘乎朝廷有用兵之处，岂不强如目下自去，反惹罪上加罪？

刘　汉：好，倒是姐丈之计高强，我就依着，等你回来再做定夺便了。

孙　堂：有礼，娘子快备行囊，事不宜迟，我就急急下山。

刘赛花：行李齐备，将军可要早去早回。

孙　堂：那是自然。你姐弟谨守山寨，我就去也。

刘赛花：喽啰们，寨外带马伺候。

刘　汉：姐丈路上保重吧。

刘赛花：郡马路上保重吧。

孙　堂：你姐弟请回。

刘赛花：将军去了，为国为家倒也心胜。此去若能回来团圆，下山两家保主灭贼，便好报仇雪恨。夫妻聚会又分离，但愿保国立功绩。

（完）